Marie-Eve Berty

january 2009

Kumarakom lake
Kerala
India

Gora

Rabindranath Tagore

Gora

roman

Traduction de l'anglais par Marguerite Gloz,
entièrement revue sur le texte bengali
par Pierre Fallon

Collection Motifs

L'éditeur tient à remercier Tirtanckar Chanca
pour son aide à la publication de ce livre.

MOTIFS n° 146

La traduction anglaise approuvée par Tagore parut en 1924.
Cette traduction allégeait considérablement le texte original de façon à
le rendre plus strictement narratif. La traduction française, bien que
revue aussi soigneusement que possible sur l'original bengali, respecte
la volonté de l'auteur qui a lui-même voulu ces limitations de la
première traduction de son œuvre en une langue européenne.

Illustration de couverture : © Karen Petrossian,
Olivier Mazaud, Bernard Perchey

Première publication : 1907
sous le titre original : *Gora*

© Visra Bharati
© D. R., pour la traduction française
© 2002 Le Serpent à Plumes
© Groupe Privat/Le Rocher, 2007, pour la présente édition.

Nº ISBN : 2-84261-321-X

À PROPOS DE L'AUTEUR

Rabindranath Tagore est né à Calcutta en 1861, d'une famille de brahmanes réformateurs – son père fut l'un des créateurs du mouvement religieux Brahmo Samaj.

Il commence par composer des poèmes et publie son premier recueil à dix-sept ans. Continuant d'écrire, il fonde en 1901 l'école de Visva-Bharati, dédiée à la culture indienne et qui devint une université en 1921.

Proche de Gandhi – qu'il baptisera « le Mahatma », la Grande Âme –, Tagore restera en marge de la politique, tout en prônant une « unité de la conscience », équilibre entre les religions indiennes, chrétiennes et musulmanes. Il décède en 1942.

Rabindranath Tagore a obtenu le prix nobel de littérature en 1913.

CHAPITRE PREMIER

À Calcutta c'était la saison des pluies. Les nuages matinaux venaient de se dissiper et le ciel ruisselait de soleil. De la véranda de son appartement au premier étage, Binoy, seul et oisif, observait les allées et venues ininterrompues des passants. Il y avait longtemps qu'il avait terminé ses études universitaires, cependant il n'était toujours pas marié ; il restait ainsi sans travail régulier. Sans doute, il avait écrit quelques articles dans les journaux et organisé quelques meetings ; mais cela ne suffisait pas à remplir sa vie. Et ce matin, faute d'être requis par une occupation définie, il commençait à se sentir nerveux.

Devant la boutique d'en face, un mendiant *baul**, vêtu de la robe bigarrée des musiciens ambulants, chantait :

Mon cœur est comme une cage ; un oiseau inconnu,
Je ne sais comment, entre et sort ;
Si je pouvais le saisir, je l'attacherais d'un fil,
Le fil de mon amour.

------

* *Baul :* musicien et chanteur ambulant, sorte de barde.

9

Binoy eut envie de faire monter le *baul* et de noter cette chanson sur l'oiseau inconnu. Mais, comme il arrive parfois qu'au milieu de la nuit, quand tombe subitement le froid, on est trop paresseux pour étendre la main et attirer vers soi une couverture supplémentaire, le *baul* ne fut pas appelé, le chant de l'oiseau inconnu ne fut pas transcrit ; la mélodie seulement continua de résonner dans la tête de Binoy.

Juste alors, un accident se produisit devant la maison. Un fiacre fut heurté par un carrosse à deux chevaux qui s'éloigna de toute sa vitesse sans prendre garde à la petite voiture presque renversée qu'il laissait sur sa route. Binoy se précipita dans la rue et vit une jeune fille de dix-sept ou dix-huit ans sortir du fiacre, tandis qu'un vieux monsieur essayait d'en descendre. Il courut à leur aide et, devant la pâleur du vieillard, il demanda : « Vous n'êtes pas blessé, monsieur, j'espère ?

– Non, ce n'est rien », répondit celui-ci en s'efforçant de sourire ; toutefois son sourire disparut vite.

Visiblement il allait se trouver mal. Binoy lui prit le bras et se tourna vers la jeune fille anxieuse : « Ma maison est là, entrez donc. »

Quand ils eurent installé le vieux monsieur sur un lit, la jeune fille chercha du regard où elle trouverait de l'eau ; saisissant une cruche, elle aspergea légèrement le visage de son père et se mit à l'éventer tout en demandant à Binoy : « Pourriez-vous faire appeler un médecin ? » Comme un médecin habitait dans le voisinage, Binoy envoya aussitôt son domestique le chercher.

Dans le miroir qui pendait au mur, Binoy, debout derrière la jeune fille, regardait le reflet qu'en renvoyait la glace. Depuis l'enfance il avait, dans son foyer à Calcutta, consacré tout son temps à l'étude ; le peu qu'il connaissait du monde, il l'avait puisé dans les livres. Il n'avait jamais rencontré d'autres femmes que celles de sa famille et l'image qu'il apercevait dans le miroir le fascinait. Il ignorait l'art d'observer avec détail les traits féminins ; mais la tendresse passionnée de cette figure juvénile penchée avec tant d'affection angoissée lui révélait un monde nouveau et merveilleux. Au bout d'un instant, le vieillard ouvrit les yeux avec un soupir ; la jeune fille s'inclina vers lui et demanda en un murmure tremblant : « Père, êtes-vous blessé ?

– Où suis-je ? » questionna le vieillard en essayant de s'asseoir.

Binoy s'approcha en hâte : « Reposez-vous un peu, le médecin va arriver. »

Comme il parlait, ils entendirent les pas de celui-ci qui entra aussitôt. D'ailleurs son examen du patient ne lui révéla rien de grave et il s'en alla bientôt, après avoir prescrit un peu d'alcool dans du lait chaud. Au départ du docteur, le père de la jeune fille manifesta une sorte d'agitation et d'inquiétude ; mais sa fille, en devinant la cause, le calma en l'assurant que, sitôt rentrée, elle enverrait au médecin ses honoraires et le prix du remède. Puis elle se tourna vers Binoy.

Quels yeux admirables ! Il ne vint pas à l'esprit de Binoy de chercher s'ils étaient grands ou petits, noirs ou marron. Au premier regard ils donnaient une impression de sincérité ; on n'y trouvait pas trace de timidité ou d'hésitation, mais ils étaient pleins de force et de sérénité. Avec gêne, Binoy hasarda : « Oh, les honoraires ne seront rien, ne vous inquiétez pas… je… » mais les yeux de la jeune fille qui le fixaient l'empêchèrent d'achever sa phrase et le persuadèrent qu'il faudrait accepter le montant de la visite. Le vieillard protesta qu'on ne devait pas aller chercher d'alcool ; sa fille insista : « Pourtant, Père, le docteur l'a ordonné.

– Les médecins, répondit-il, ont la mauvaise habitude d'ordonner de l'alcool sous le moindre prétexte. Un verre de lait suffira bien à dissiper cette petite faiblesse. »

Après avoir bu un peu de lait, il se tourna vers Binoy : « Maintenant nous allons partir. Nous vous avons, j'en ai peur, beaucoup dérangé. »

La jeune fille demanda une voiture, mais son père s'exclama doucement : « Pourquoi déranger davantage ce jeune homme ? La maison est si près d'ici, je peux bien marcher jusque-là. » Comme elle protestait et que le père n'insistait pas, Binoy sortit lui-même pour appeler une voiture.

Avant de partir, le vieux monsieur désira savoir le nom de son hôte et, sur la réponse : « Binoy-bhusan Chatterji », il donna le sien : « Paresh-chandra Bhattacharya », ajoutant qu'il habitait tout près, au 78 de la même rue. Et encore : « Quand vous aurez du temps à perdre, nous serons heureux que vous veniez nous voir. » Et les yeux de la jeune fille confirmèrent silencieusement l'invitation. Binoy sentait le désir de les raccompagner sur l'heure, mais n'étant pas trop sûr que ce fût bien correct, il hésitait ; au départ de la voiture, la jeune fille fit un léger salut qui prit Binoy à l'improviste, si bien que dans sa confusion il omit de le rendre.

De retour dans sa chambre, Binoy se reprocha à plusieurs reprises ce léger oubli. Il passa en revue dans son esprit tous les détails de sa conduite depuis l'instant où il avait vu ses nouveaux amis jusqu'à celui où il les avait quittés, et il eut l'impression que du début à la fin ses manières avaient été détestables. Il tentait vainement de décider ce qu'il aurait dû faire et ce qu'il aurait dû ne pas faire, ce qu'il aurait dû dire et ce qu'il aurait dû ne pas dire, quand son regard tomba soudain sur un mouchoir dont la jeune fille s'était servie et qu'elle avait oublié sur le lit. Tandis qu'il s'en emparait, le refrain de la chanson du mendiant lui revint à la mémoire :

Mon cœur est comme une cage ; un oiseau inconnu,
Je ne sais comment, entre et sort !

Les heures passèrent et la chaleur se fit intense Un flot de fiacres commença à s'écouler vers les bureaux ; mais ce jour-là Binoy ne parvenait pas à fixer son attention sur son travail. Sa petite maison et l'affreuse ville tout autour de lui étaient soudain devenues un monde de conte de fées, un monde où l'impossible devient réel, la laideur devient beauté, l'inaccessible se fait tout proche. La flamme rayonnante du soleil de juillet brûlait dans sa tête, courait dans ses veines, et d'un voile de lumière éblouissante masquait à sa pensée la mesquinerie de la vie journalière.

Tout à coup, il aperçut un petit garçon de sept ou huit ans, debout dans la rue, en train d'examiner les numéros des maisons. Sans savoir pourquoi, il ne douta pas un instant que sa maison fût l'objet de la recherche. « C'est bien ici », cria-t-il ; il descendit en courant et littéralement entraîna chez lui le petit bonhomme. Il scrutait avec ardeur le visage de l'enfant, quand celui-ci lui tendit une lettre sur laquelle il lut son nom écrit en anglais d'une main féminine. Le petit garçon dit : « Ma sœur m'envoie vous porter ceci. » L'enveloppe ne contenait pas de lettre, rien que de l'argent. L'enfant voulut alors repartir, mais Binoy insista pour le faire monter dans sa chambre. Il avait le teint plus foncé que sa sœur ; néanmoins la ressemblance était frappante et Binoy, la joie au cœur, se sentit séduit par le gamin. Visiblement celui-ci n'était pas intimidé ; en entrant dans la chambre, il montra un tableau suspendu au mur et demanda : « Qui est-ce ?

– C'est le portrait d'un de mes amis, répondit Binoy.

– Le portrait d'un ami ! s'exclama l'enfant. Qui donc ?

– Oh, tu ne le connais pas, dit Binoy en riant. Il s'appelle Gourmohan, mais je l'appelle Gora. Nous avons fait toutes nos classes ensemble.

« – Allez-vous encore en classe ?

– Non, j'ai fini mes études.

– Vraiment ? Vous avez fini… »

Binoy ne put résister à la tentation de gagner l'admiration du petit messager et dit : « Oui, j'ai tout à fait fini. »

Le petit garçon le regarda d'un œil émerveillé et poussa un soupir. Sans doute rêvait-il qu'un jour peut-être il atteindrait lui aussi ces cimes de la science. Comme Binoy lui demandait son nom, il répondit : « Satish-chandra Mukerji.

– Mukerji ? » répéta Binoy, déconcerté.

En un clin d'œil, une intimité s'était nouée et Binoy apprit bientôt que Paresh *Babou** n'était pas leur vrai père, mais qu'il les avait élevés depuis leur enfance. Le nom de la sœur était autrefois *Radharani*** ; mais la femme de Paresh Babou l'avait remplacé par le nom moins agressivement orthodoxe de Sucharita.

Quand Satish se disposa à partir, Binoy lui demanda : « Peux-tu rentrer tout seul ? »

À quoi le gamin répondit d'un ton de fierté blessée : « Je le fais toujours. »

---

* *Babou* : nom donné aux membres de la bourgeoisie bengalie ; équivalent de Monsieur ; dans la bouche des Anglais, prend un sens légèrement péjoratif.

** *Radha ou Radharani* : la fille du roi pasteur aimée par Krishna parmi les bergères : personnage du Gita Govinda et surtout des poèmes de Chandidâsa.

Lorsque Binoy lui dit : « Je vais te reconduire », il ressentit l'insulte faite à sa virilité et répliqua : « Pourquoi donc ? Je peux bien aller tout seul », et il se mit à citer quantité de précédents pour montrer son habitude de circuler seul. Pourquoi Binoy insista cependant pour le ramener jusqu'à la porte de sa maison, c'était plus que le petit garçon ne pouvait comprendre. Lorsque Satish lui proposa alors d'entrer, Binoy refusa fermement : « Non, pas maintenant ; je reviendrai un autre jour. »

De retour chez lui, Binoy reprit l'enveloppe ; il lut et relut l'adresse avec tant de minutie qu'il en connut bientôt par cœur chaque jambage et chaque trait. Puis il la mit avec son contenu dans un coffre qu'il referma soigneusement : il ne se servirait jamais de cet argent, on pouvait en être sûr, même dans la nécessité la plus pressante.

CHAPITRE II

Un soir très sombre, durant la saison des pluies, le ciel était lourd et bas, tout chargé d'humidité. Sous les nuages pesants et ternes qui fuyaient silencieusement au-dessus d'elle, la ville de Calcutta reposait immobile, tel un grand chien triste roulé en boule, la tête couchée sur la queue. Depuis la veille, l'averse n'avait pas cessé, assez constante pour remplir les rues de boue, pas assez violente pour laver cette boue. La pluie s'était arrêtée à quatre heures de l'après-midi, mais les nuages restaient menaçants.

Dans cette lumière lugubre, où rester chez soi manquait de charme autant que se risquer dehors, sur la terrasse qui servait de toit à une maison de trois étages, deux jeunes gens étaient assis sur des tabourets d'osier. Sur cette terrasse les deux amis avaient dans leur enfance joué au retour de l'école ; là ils avaient, avant les examens, appris leurs textes par cœur, marchant de long en large comme en transe ; et au temps des grandes chaleurs, ils avaient coutume de dîner là en rentrant de l'université, discutant souvent jusqu'à deux heures du matin, pour s'éveiller en sursaut au lever du soleil et s'apercevoir qu'ils étaient tous deux endormis sur la natte. Après qu'ils eurent fini leurs études universitaires, c'est sur ce toit que se tinrent une fois par mois les séances de la Société des Patriotes hindous dont l'un d'eux était président et l'autre secrétaire. Le président s'appelait Gourmohan, mais ses amis et ses connaissances l'appelaient Gora. Au premier coup d'œil, sa haute taille le distinguait des autres. Un de ses professeurs de faculté l'appelait la Montagne de Neige, car son teint était outrageusement blanc, sans le moindre soupçon de pigment. Sa taille atteignait presque six pieds, son ossature était forte et ses poings ressemblaient aux pattes d'un tigre. Le timbre de sa voix était si profond et si rude que vous auriez sursauté à l'entendre seulement demander : « Qui est là ? » Son visage paraissait inutilement grand et excessivement énergique, son menton et ses mâchoires faisaient songer aux verrous massifs d'une forteresse. Il n'avait pratiquement pas de sourcils, son front descendait, sans saillie, jusqu'aux oreilles ; son nez s'avançait droit comme une épée au-dessus de ses lèvres fines et serrées. Ses yeux, petits mais perçants, semblaient braqués comme la pointe d'une flèche vers un but invisible et distant ; mais ils pouvaient en un éclair se diriger vers un but proche et l'atteindre. Évidemment Gourmohan n'était pas beau ; cependant on ne pouvait pas ne pas le remarquer et sa personne se serait imposée dans n'importe quelle société.

Son ami Binoy était modeste, comme la majorité des Bengalis instruits et de bonne famille, et pourtant intelligent. Sa nature délicate et sa vive intelligence s'unissaient pour conférer une qualité particulière à l'expression de son visage. À l'Université, il avait toujours obtenu des notes brillantes et des bourses ; Gora n'était pas capable de rivaliser avec lui, n'ayant pas le même goût pour les études ; il ne saisissait pas les idées avec la même rapidité que Binoy et sa mémoire était moins sûre. Aussi Binoy, en fidèle soutien, avait-il dû à travers tous les examens entraîner Gora avec lui.

En cette humide soirée d'août, une discussion absorbait les deux amis. « Laisse-moi te dire, déclarait Gora, qu'en critiquant l'autre soir les *brahmos*, Abinash montrait simplement qu'il a un esprit sain et normal. Pourquoi t'es-tu ainsi enflammé contre lui ?

– Tu m'étonnes ! répliqua Binoy. Je croyais évident que sa façon de parler était offensante.

– Si tu penses ainsi, c'est sûrement toi qui te trompes. Tu ne peux pas attendre de la société qu'elle considère avec calme ces traîtres qui en font partie et qui essayent de la détruire en agissant suivant leur bon plaisir, ni qu'elle montre envers eux de l'indulgence et de la modération. La société, tout naturellement, se méprend sur ces gens-là et considère leur conduite comme perverse, quoiqu'ils agissent peut-être sans mauvaise intention. Qu'elle regarde fatalement comme le mal ce qu'ils appellent le bien, ce n'est qu'une des sanctions qui doivent frapper ceux qui, de propos délibéré, la défient.

– Peut-être est-ce naturel, dit Binoy ; mais je ne puis admettre qu'une telle attitude, parce que naturelle, soit juste.

– Oh ! zut pour la justice ! interrompit Gora. Il y a peut-être quelques individus réellement justes dans le monde mais, de grâce, que tous les autres s'en tiennent à ce qui est naturel et normal. Sinon, il n'y aurait pas moyen de travailler ni même de vivre. Si des gens veulent jouer les petits saints en se posant comme *brahmos*, ils doivent être prêts à assumer l'ennui de se voir méconnus et injuriés. Compter que vos adversaires applaudiront pendant que vous faites la roue comme un paon, c'est trop de prétention ; s'il en était ainsi, le monde serait bien pitoyable.

– Je n'ai pas d'objection à ce que l'on condamne et injurie une secte ou un parti ; mais quand on se livre à des attaques personnelles...

– Quel intérêt y a-t-il à injurier une secte ? Cela équivaut simplement à critiquer ses opinions. Je veux m'en prendre aux individus. Et toi-même, noble personnage, ne les critiquais-tu pas de façon personnelle ?

– Si, je l'ai fait, avoua Binoy. Souvent même je le crains. Et j'en ai foncièrement honte.

– Non, Binoy ! s'exclama Gora avec une excitation soudaine, c'est impossible. Jamais de la vie. »

Binoy resta un instant silencieux. « Voyons, que se passe-t-il donc ? demanda-t-il à la fin. De quoi as-tu peur ?

– Je vois clairement que tu t'engages sur le sentier de la faiblesse.

– La faiblesse, vraiment ! s'écria Binoy avec colère. Tu sais très bien que je pourrais aller leur rendre visite tout de suite si je le voulais (ils m'y ont même invité) ; et tu vois pourtant que je n'y vais pas.

– Oui, je vois. Mais tu as l'air de ne pas oublier un instant que tu t'en abstiens. Jour et nuit tu ne fais que songer : "Je n'y vais pas. Je n'y vais pas." Mieux vaut que tu y ailles et que ce soit fini.

– Est-ce que sérieusement tu me conseilles d'y aller ? »

Gora se frappa le genou du poing en répondant : « Non, je ne te le conseille pas. Je parie que le jour où tu iras en effet chez eux, tu passeras entièrement dans leur camp. Ce même jour, tu t'assiéras à leur table, tu te feras enrôler dans leur secte, et tu en arriveras bientôt à être connu comme orateur militant du *Brahmo Samaj**.

– À la bonne heure. Et quoi encore ? demanda Binoy en souriant.

---

* *Brahmo Samaj* : mouvement religieux théiste, fondé vers 1830. S'inspire d'éléments communs à l'hindouisme, à l'islam et au christianisme, mais dégagés de l'idée de révélation miraculeuse et de la croyance en une autorité infaillible. Croyance en un Être infini, doué de sagesse et d'amour, immanent dans l'homme et le monde et qui les transcende ; on le définit par cette phrase empruntée aux Upanishads. « Il est unique et sans forme, mais il assume mille formes en vue de mille desseins. » L'homme est libre : il doit aimer et prier Dieu. Chercher la communion avec Dieu est l'essence de la vie spirituelle. Grande place des préoccupations sociales dans le Brahmo Samaj : fraternité, moralité, action philanthropique, relèvement de la femme, abolition des castes ; sur ces points, il s'oppose à l'hindouisme classique. Le Brahmo Samaj, fondé par Ram Mohun Roy, fut développé par Maharshi Devendranath Tagore, le père du poète, et par Keshub Chandra Sen.

– Et que veux-tu de plus ? repartit amèrement Gora. Si tu veux mourir, meurs donc ! Toi, le fils d'un brahmine, tu iras au charnier comme une vache qui crève, tu rejetteras nos coutumes et nos principes. Tel un pilote dont la boussole s'est brisée, tu perdras tout sens de direction et tu en arriveras à juger qu'il y a superstition et intolérance à ramener un navire au port ; la meilleure méthode de navigation, à ton idée, sera tout simplement de se laisser aller au gré du vent. Mais je n'ai pas la patience de continuer à argumenter avec toi. Aussi je te dis simplement : Vas-y, et saute le pas s'il le faut ! Du moins cesse de nous énerver en hésitant ainsi au bord de l'enfer. »

Binoy éclata de rire. « Le patient abandonné par le médecin ne meurt pas nécessairement. Je n'aperçois aucun signe de ma fin prochaine.

– Vraiment ? ricana Gora.

– Non.

– Tu ne sens pas ton pouls faiblir ?

– Absolument pas, il bat encore très fort.

– Tu n'as pas l'impression que si certaine jolie main t'offrait la nourriture d'un hors-caste, elle en ferait un festin digne des dieux.

– Ça suffit, Gora, dit Binoy en rougissant. Tais-toi.

– Et de quoi rougis-tu ? protesta Gora. La jolie main dont je parle n'est pas de ces fleurs qui se cachent devant les rayons de soleil. Cette belle dame permet à tout le monde de lui serrer la main mais toi, la moindre allusion à cette main très pure t'irrite et te choque. Mon vieux, ton cas est désespéré !

– Écoute, Gora, je respecte la Femme, et dans nos livres sacrés...

– Ne cite pas les livres sacrés à l'appui du sentiment que tu éprouves. Ce n'est pas respect qu'on le nomme, on l'appelle d'un autre nom que tu te fâcherais encore davantage de m'entendre employer.

– Tu affirmes cela sans aucune raison.

– Les livres sacrés nous enseignent, persista Gora, que la femme mérite le respect parce qu'elle est la lumière du foyer. Mieux vaut ne pas qualifier ainsi l'hommage que lui rendent les Anglais parce qu'elle enflamme le cœur des hommes.

– Est-il juste de condamner ainsi un sentiment très noble parce que, parfois, ce sentiment peut être perverti ? demanda Binoy.

– Binou, répondit Gora avec impatience, maintenant que tu as, de façon évidente, perdu la faculté de juger par toi-même, tu as besoin que je te guide. Je te l'affirme, toutes les exagérations qu'on trouve dans les livres anglais au sujet des femmes n'ont d'autre fond que le désir. La femme a droit à notre respect, à notre adoration, comme mère et comme épouse fidèle ; ceux qui la font descendre de ce piédestal pour louer ses charmes l'insultent.

« Ce qui te fait voler comme un papillon autour du logis de Paresh Babou, c'est tout simplement ce qu'en anglais on appelle amour. Mais au nom du ciel, ne *singe* pas les Anglais et ne va pas t'imaginer que cette espèce d'amour est une sorte de culte, une fin digne de toi. »

Binoy bondit comme le jeune poulain sous le fouet. « Assez, assez ! cria-t-il. Tu vas trop loin, Gora.

– Trop loin, rétorqua Gora, je n'en suis même pas encore au point essentiel. Tout simplement parce que, sur le sujet des relations normales entre homme et femme, la passion égare notre bon sens, il nous faut les poétiser.

– Si c'est la passion qui souille notre idée des relations normales entre homme et femme, les étrangers sont-ils seuls à blâmer ? La même passion n'entraîne-t-elle pas nos moralistes à exagérer la véhémence pour prêcher que la femme est un mal qu'il faut fuir ? Ce ne sont là que deux aspects opposés de la même attitude d'esprit sous deux formes différentes. Si tu critiques l'une, tu ne peux pas excuser l'autre.

– Je t'ai méconnu, je le vois, fit Gora en souriant. Ta condition n'est pas aussi désespérée que je le craignais. Tant que ton esprit est capable de philosopher, tu peux jouer à l'amour sans crainte. Cependant reprends-toi à temps, c'est le vœu de ceux qui sont tes vrais amis.

– Tu deviens fou, mon vieux, déclara Binoy. Qu'ai-je à faire de l'amour ? Pour te tranquilliser, je confesserai que j'ai conçu, par ce que j'ai vu et entendu de Paresh Babou et des siens, un grand respect à leur égard. Pour cette raison sans doute, je suis curieux de voir à quoi ressemble leur vie familiale.

– Disons si tu veux que tu es curieux ; mais tu feras bien de te défier de cette curiosité. Quel mal y aurait-il à ce que tes recherches de naturaliste restent incomplètes ? Une chose est certaine : ils appartiennent à l'espèce des rapaces, et si tes observations te conduisent trop près d'eux, tu y perdras jusqu'au dernier signe de ton hindouisme.

– Tu as un grand défaut, Gora, objecta Binoy, tu as l'air de croire que tu es le seul à qui Dieu ait donné force et caractère, tous les autres n'étant pour toi que des êtres faibles et mous. »

Cette remarque parut frapper Gora avec la violence d'une idée neuve. « Tu dis vrai, cria-t-il, en donnant à Binoy un coup enthousiaste sur le dos, tout à fait vrai, c'est un de mes grands défauts.

– Seigneur ! gémit Binoy, tu as un défaut encore plus grand, Gora, ta complète incapacité à apprécier quelle intensité de choc peut supporter une colonne vertébrale ordinaire. »

À ce moment, le demi-frère de Gora, son aîné, Mohim, se montra en haut de l'escalier, obèse et essoufflé ; il appela : « Gora. »

Gora quitta aussitôt son siège et se tint debout avec déférence pour répondre : « Vous désirez ?

– Je suis venu, dit Mohim, voir si l'orage avait éclaté juste sur notre toit. Qu'est-ce qui t'excite tant, aujourd'hui ? On croirait que tu as repoussé les Anglais jusqu'en plein océan Indien. Mais ta belle-sœur est couchée là en bas avec un fort mal de tête et tes rugissements léonins sont pour elle une cruelle épreuve. »

Et Mohim les quitta pour redescendre.

CHAPITRE III

Juste au moment où Gora et Binoy se disposaient à abandonner la terrasse, la mère de Gora arriva ; Binoy la salua avec respect, s'inclinant pour lui toucher le pied.

À voir Anandamoyi, nul ne se serait douté qu'elle était la mère de Gora. Elle était mince, mais bien faite, et, quoique ses cheveux eussent commencé à grisonner, on ne s'en avisait pas : au premier coup d'œil, on lui aurait donné moins de quarante ans. Les traits de son visage, très délicats, semblaient ciselés avec soin par une main d'artiste. Sa silhouette était élancée bien qu'elle fût de taille modeste, et son visage portait l'empreinte d'une intelligence fine et vive. Son teint sombre n'offrait aucun rapport avec celui de Gora. Le fait qu'avec son *sari** elle portait un corsage frappait tous

---

* *Sari :* élément essentiel du costume féminin dans l'Inde entière. Se compose d'une pièce de tissu d'environ 5 mètres de long sur un de large qu'on drape autour de la taille de façon à couvrir jusqu'aux pieds la partie inférieure du corps, puis elle est relevée sur l'épaule droite, couvre la tête pour les femmes mariées et un pan descend sur l'épaule gauche. Le sari est d'étoffes et de couleurs variées, souvent bordé d'une bande

ceux qui la connaissaient. À l'époque dont nous parlons, certaines jeunes femmes modernes se mettaient à adopter l'usage de ce vêtement ; mais les dames de la vieille école se défiaient du port d'un corsage, voyant là une mode particulière aux chrétiens. Le mari d'Anandamoyi, Babou Krishnadayal, avait occupé un poste dans l'Administration, et avec lui Anandamoyi avait, depuis son enfance, vécu très longtemps loin du Bengale ; aussi ne considérait-elle pas que se couvrir convenablement le corps était chose honteuse ou risible. Malgré l'application qu'elle apportait à tous les devoirs domestiques, qu'il s'agît de frotter par terre ou de laver, de coudre, de raccommoder ou de tenir les comptes, et malgré l'intérêt efficace qu'elle témoignait à toute la parenté comme aussi à la famille de ses voisins, elle n'avait jamais l'air d'avoir trop d'ouvrage.

Tout en répondant au salut de Binoy, Anandamoyi dit : « Quand la voix de Gora parvient jusqu'à nous là-bas au rez-de-chaussée, nous pouvons être sûrs que Binoy est venu. La maison était si calme ces jours-ci que je me demandais ce qui vous arrivait, mon enfant. Pourquoi ne vous a-t-on pas vu de si longtemps ? Avez-vous été malade ?

– Non, répondit Binoy avec un peu d'hésitation, non, Mère, je n'ai pas été malade, mais il pleuvait si fort.

– Il pleuvait, interrompit Gora. Et quand la saison des pluies sera finie, Binoy pour s'excuser

lamée or. Il s'accompagne traditionnellement du gorgeret porté au-dessus de la poitrine. Le corsage couvrant le dessous de la poitrine est une innovation empruntée au costume occidental et encore peu répandue à l'époque dont parle Tagore.

invoquera le soleil. Si l'on accuse les éléments, ils sont incapables de se défendre, mais la vraie raison, sa conscience la connaît.

– Tu dis des bêtises, Gora, protesta Binoy.

– Oui, mon petit, accorda Anandamoyi, Gora ne devrait pas présenter les choses ainsi. L'esprit a ses humeurs, tantôt sociables, tantôt mélancoliques ; on n'est pas toujours bien disposé. Il ne faut pas en faire reproche aux gens. Allons, Binoy, venez dans ma chambre manger quelque chose. Je vous ai préparé les friandises que vous aimez. »

Gora secoua la tête avec véhémence. « Non, non; Mère, je vous en prie, je ne peux pas admettre que Binoy mange dans votre chambre.

– Ne sois pas stupide, dit Anandamoyi, je ne te demande pas à toi de venir manger chez moi. Quant à ton père, il est devenu si orthodoxe qu'il n'accepterait rien qui ait été cuit par des mains autres que les siennes. Mais Binou est mon cher petit enfant, il n'a pas ta bigoterie, et toi tu veux l'empêcher par la force de faire à sa guise.

– Oui, Mère, c'est vrai, répondit Gora. Je veux l'empêcher. Il est impossible que nous mangions dans votre chambre tant que vous garderez une servante chrétienne comme Lachmi.

– Oh, mon chéri, comment peux-tu dire des choses pareilles ? s'exclama Anandamoyi d'un ton désolé. N'as-tu pas toujours mangé la nourriture* cuisinée de

---

* *Nourriture :* un hindou de haute caste, surtout un brahmane,

sa main ? C'est elle qui s'est occupée de toi depuis ton enfance. Il y a peu de temps encore tu goûtais seulement les mets arrosés du chutney** qu'elle prépare. Et pourrai-je jamais oublier que ses soins dévoués ont sauvé ta vie quand tu avais la petite vérole ?

– Alors renvoyez-la avec une pension, dit Gora impatiemment. Achetez-lui un bout de terrain et construisez-lui une petite maison ; mais ne la gardons pas chez nous, Mère.

– Gora, t'imagines-tu que toutes les dettes se règlent avec de l'argent ? Elle ne veut ni or ni terrain, elle veut vivre près de toi ou bien elle mourra

– Alors gardez-la si vous voulez, dit Gora avec résignation, mais Binoy ne mangera pas dans votre chambre. Les règles des Écritures doivent être observées littéralement. Mère, je m'étonne que vous, la fille d'un si grand *pandit****, montriez si

ne peut consommer d'aliment qui ait été touché ou préparé par la main d'un homme ou d'une femme de caste inférieure et qui est donc impur. Cette règle est particulièrement rigoureuse en ce qui concerne l'eau qui doit venir d'un puits ou d'une rivière non pollué et ne peut être puisée que par des mains pures. Certains brahmanes gagnent leur vie, sans déchoir, à puiser de l'eau et à faire la cuisine pour les familles riches.

** *Chutney* : sauce épaisse à la fois sucrée et vinaigrée, constituée par une purée de tomates ou de mangues, très assaisonnée, qui accompagne ou relève de nombreux mets, en particulier le riz.

*** *Pandit* : érudit, théologien qui détient la science du sanscrit et des textes sacrés.

peu de respect pour les prescriptions de l'orthodoxie. Vraiment…

– Gora, petit sot, dit Anandamoyi en souriant, il
fut un temps où ta mère observait toutes ces prescriptions avec grand scrupule et non sans larmes. Où
étais-tu alors ? Tous les jours j'adorais le symbole de
Siva, fait de mes propres mains, et ton père venait me
l'arracher avec fureur. À cette époque, j'éprouvais
même du remords si je mangeais du riz préparé par
un brahmine quelconque. Il n'existait guère de chemins de fer et, quand je voyageais en charrette à
bœufs, à dos de chameau ou en palanquin, il me fallait jeûner pendant de longues journées. Ton père
était vu avec faveur par ses chefs anglais parce que,
sans montrer de scrupule religieux, il emmenait sa
femme dans tous ses voyages ; cela lui valut de l'avan-
cement, des postes stables dans les grands centres
administratifs au lieu de déplacements constants.
Pourtant, malgré ces avantages, ne crois pas qu'il ait
trouvé facile de vaincre mes habitudes d'orthodoxie.
Maintenant qu'il est vieux, à la retraite, avec des économies, il est devenu subitement religieux et intolé-
rant ; mais je ne peux le suivre dans ses évolutions.
Les traditions de cent générations de mes ancêtres
m'ont été arrachées une à une ; crois-tu possible
maintenant de les faire repousser sur commande ?

– Bon, bon, répondit Gora, ne parlons pas de vos
ancêtres, ils ne protestent pas. Mais sûrement vous
devez accepter certaines règles par égard pour nous.
Même si vous ne respectez plus les Écritures, vous ne
pouvez oublier les droits de l'affection.

– As-tu besoin d'insister sur ces droits-là auprès de moi ? demanda Anandamoyi avec lassitude. Ne les connais-je pas trop bien ? Quelle joie puis-je trouver à me heurter à propos de chacun de mes actes à mon mari et à mon fils ? Te rends-tu compte pourtant que, du premier jour où je t'ai pris dans mes bras, j'ai rejeté toutes ces conventions ? Quand on tient un bébé contre sa poitrine, on sent avec certitude que nul homme n'est à sa naissance pourvu d'une caste. À partir de ce jour-là j'ai compris que, si j'éprouvais du mépris à l'égard d'un autre être parce qu'il était de basse caste ou chrétien, alors Dieu t'arracherait à moi. Demeure seulement dans mes bras comme la lumière de mon foyer, ai-je dit dans mes prières, et je prendrai de l'eau des mains de qui que ce soit au monde. »

À ces paroles d'Anandamoyi, une vague inquiétude traversa l'esprit de Binoy et il porta rapidement les yeux du visage d'Anandamoyi à celui de Gora. Mais aussitôt il bannit de ses pensées l'ombre même d'un doute.

Gora également semblait perplexe. « Mère, dit-il, je ne comprends pas votre raisonnement. Les enfants ne souffrent pas de vivre et de grandir dans les maisons où l'on suit la loi religieuse. Qui a mis dans votre esprit l'idée que Dieu vous a spécialement dispensée de l'observer ?

– Celui qui t'a confié à moi m'a aussi inspiré cette idée, répondit Anandamoyi. Comment aurais-je résisté ? Cela ne dépendait pas de moi. Ô mon cher petit bêta, je ne sais si je dois rire ou pleurer de ta folie. Mais tant pis, je n'y peux rien. Donc, voilà ta dernière extravagance, Binoy n'a plus la permission de manger dans ma chambre.

– S'il en trouve le moyen, il s'y précipitera comme une flèche, dit Gora en riant, et l'appétit ne lui manque pas. Pourtant, Mère, je m'y opposerai. Il est le fils d'un brahmine, il ne doit pas oublier ses devoirs pour quelques friandises. Il aura beaucoup de sacrifices à faire, une grande maîtrise de soi-même à exercer, avant d'être digne de cette noble naissance. Mère, ne vous fâchez pas contre moi, je vous en adjure par la poussière de vos pieds chéris.

– Quelle idée ! s'exclama Anandamoyi, pourquoi me fâcherais-je ? Tu ne sais pas, laisse-moi te le dire, ce que tu fais là. C'est un grand souci pour moi de t'avoir élevé ainsi… Quoi qu'il en soit, je ne peux pas accepter ce que tu appelles ton devoir. Cependant, si tu ne veux pas manger dans ma chambre, il me suffit de t'avoir près de moi matin et soir. Binoy, mon chéri, n'ayez pas l'air si triste. Vous êtes trop sensible, vous me croyez blessée, mais je ne le suis vraiment pas. Ne vous tourmentez pas. Un autre jour je vous inviterai et je ferai préparer votre repas par un brahmine authentique. Pourtant, en ce qui me concerne, je vous préviens tous deux que j'ai l'intention de continuer à prendre mon eau des mains de Lachmi. »

Et sur ce, elle descendit.

Binoy resta immobile un instant, puis il se retourna et dit lentement : « N'est-ce pas aller un peu trop loin, Gora ?

– Qui va trop loin ?

– Toi.

– Pas trop loin même de la largeur d'un cheveu, dit Gora avec emphase, je suis d'avis que chacun de nous doit se tenir dans les limites les plus strictes. Dès qu'on cède le terrain fût-ce d'une pointe d'épingle, on ne sait jusqu'où l'on peut aller.

– Elle est ta mère, protesta Binoy.

– Je sais qui est ma mère, répondit Gora, tu n'as pas besoin de me le rappeler. Qui donc possède une mère qui vaille la mienne ? Mais si une seule fois je me laisse entraîner à ne plus respecter la tradition, peut-être un jour cesserai-je aussi de respecter ma mère. Écoute, Binoy, ce que je veux te dire : le cœur est une bonne chose, non la meilleure de toutes. »

Après une pause, Binoy hasarda : « Vois-tu, Gora, aujourd'hui les paroles de ta mère m'ont étrangement troublé. Il m'a paru qu'elle a dans l'esprit une arrière-pensée qu'elle ne peut nous communiquer, et qu'elle en souffre.

– Oh, Binoy, dit impatiemment Gora, tu laisses trop libre cours à ton imagination, ce n'est pas bon et ça te fait perdre ton temps.

– Tu ne prêtes jamais d'attention à ce qui se passe autour de toi, répliqua Binoy ; alors tu repousses comme imaginaire ce que tu n'as pas saisi. Bien souvent, je te l'affirme, j'ai remarqué que ta mère semble préoccupée par un secret qui pèse sur elle, une idée qui ne s'harmonise pas avec sa vie ordinaire et qui rend cette vie douloureuse. Gora, tu devrais écouter plus attentivement ses paroles.

– Je fais attention à ce qui se laisse entendre, répondit Gora ; si je n'essaye pas d'aller plus loin, c'est parce que je crains de me tromper. »

CHAPITRE IV

Quand il ne s'agit que d'opinions, on peut accepter des idées abstraites ; mais elles cessent de présenter la même valeur de certitude lorsqu'on les applique à des personnes. Du moins était-ce le cas de Binoy qui se laissait surtout guider par le sentiment. Aussi, avec quelque ardeur qu'il soutînt un principe dans la discussion, au moment d'agir, les considérations humaines prévalaient ; d'autant plus qu'il était difficile de démêler dans quelle mesure il acceptait les préceptes professés par Gora pour leur valeur propre et dans quelle mesure il les acceptait mû par sa grande amitié pour celui-ci. En rentrant de chez Gora, tandis qu'en cette soirée pluvieuse il marchait lentement dans les rues pleines de boue, une lutte se livrait en lui entre les droits de la théorie et ses sentiments personnels. Quand Gora soutenait qu'à leur époque, pour sauver la société des attaques ouvertes ou cachées, il était indispensable de rester constamment en alerte pour tout ce qui touchait à la nourriture et à la caste, Binoy acquiesçait sans résistance ; il avait même soutenu le principe avec ardeur contre des contradicteurs. Il alléguait que, si une forteresse est attaquée de tous les côtés, ce n'est pas faire preuve d'intolérance que de monter la garde sans relâche devant la moindre route, sente, porte, fenêtre ou même lézarde, débouchant vers l'intérieur. Mais l'opposition de Gora à ce qu'il mangeât dans la chambre d'Anandamoyi le blessait cruellement.

Binoy n'avait pas connu son père, et il avait aussi perdu sa mère dès l'enfance. Il avait un oncle à la campagne ; mais très tôt il avait vécu à Calcutta une vie solitaire d'étudiant, et du jour où il avait été présenté à Anandamoyi il l'avait appelée Mère. Bien souvent, il allait dans sa chambre et la taquinait pour lui faire préparer ses plats favoris ; plus d'une fois, il prétendit être jaloux de Gora, accusant sa mère de le favoriser quand elle les servait. Binoy savait bien qu'elle s'inquiétait s'il restait deux ou trois jours sans lui rendre visite et qu'elle se réjouissait de le voir faire pleine justice à ses gâteries. Et voilà qu'au nom de la société, on lui défendait de manger avec elle. Le supporterait-elle et lui-même pourrait-il le tolérer ? Elle avait dit en souriant : « Maintenant je m'abstiendrai de toucher votre nourriture quand je vous inviterai et j'aurai un brahmine sûr pour cuisiner vos repas. » Pourtant comme elle devait se sentir blessée, songeait Binoy en arrivant chez lui.

Sa chambre solitaire était sombre, mal tenue, avec des livres et des papiers traînant dans tous les coins. Binoy craqua une allumette et alluma la lampe, souillée de marques de doigts laissées par le domestique. Le tapis de table blanc qui couvrait son bureau était taché de graisse et d'encre. Entré dans cette chambre, il eut l'impression d'étouffer. L'isolement, l'absence de toute créature humaine, de tout amour humain, le plongèrent dans le découragement. Des devoirs comme la libération de son pays et la protection de la société semblaient chose vague et artificielle. Bien plus réel apparaissait « l'oiseau inconnu » qui, un beau et radieux matin de juillet, était entré dans la cage et s'était ensuite envolé. Mais Binoy avait décidé de ne pas laisser sa pensée s'appesantir sur cet oiseau inconnu ; aussi, pour calmer son esprit, essaya-t-il de se représenter la chambre d'Anandamoyi d'où Gora l'avait banni.

Le sol de terre battue, scrupuleusement propre, d'un côté le lit moelleux couvert d'une courtepointe blanche comme l'aile d'un cygne et, sur un tabouret placé au chevet, la lampe allumée. Penchée sur son ouvrage, Anandamoyi devait être en train de broder de fils de couleurs variées une couverture bigarrée, tandis que la servante Lachmi, accroupie à ses pieds, bavardait dans son drôle de bengali. C'était toujours à cette couverture qu'Anandamoyi travaillait quand elle avait un souci, et Binoy se concentrait sur l'image de son calme visage absorbé dans la tâche. « Puisse, se disait-il, la tendresse lumineuse de ce visage me garder de toute erreur. Qu'il soit pour moi le symbole de la patrie et me maintienne ferme sur la route du devoir. » En pensée, il l'appelait « Mère » et se répétait : « Il n'est pas de livre sacré qui me persuade que la nourriture reçue de votre main ne m'est pas bonne. » Dans le silence de la chambre, on entendait le tic-tac régulier de la grosse horloge ; rester là parut intolérable à Binoy. Près de la lampe sur le mur, un lézard attrapait les insectes. Binoy l'observa un instant, puis il se leva, prit son parapluie et sortit. Il n'avait pas décidé où il irait. À l'origine, son intention était sans doute de retourner chez Anandamoyi, mais il se rappela soudain que c'était dimanche et il se détermina à aller écouter le sermon de Keshub Babou au service du Brahmo Samaj. Il savait qu'à cette heure le prêche devait être à peu près terminé, toutefois cette idée ne modifia pas sa résolution.

Quand il arriva, la congrégation se dispersait et, comme il attendait sous son parapluie au coin de la rue, il vit Paresh Babou sortir, la bienveillance et la sérénité inscrites dans son attitude. Quatre ou cinq personnes de sa famille l'accompagnaient ; mais les yeux de Binoy se fixèrent seulement sur le visage juvénile de l'une d'entre elles, une seconde éclairé au passage par la lumière d'un réverbère ; puis on entendit un bruit de roues et le groupe s'évanouit comme une bulle dans l'océan d'obscurité.

Binoy ne chercha pas à retourner chez Gora ce soir-là ; il rentra chez lui, perdu dans ses pensées. Le lendemain après-midi, étant de nouveau sorti, il finit après un long détour par arriver effectivement chez Gora ; le soir nuageux et sombre était déjà tombé. Quand il entra, Gora venait d'allumer sa lampe et de s'asseoir pour écrire. Il leva les yeux de son papier et dit : « Et bien, Binoy, de quel côté le vent souffle-t-il aujourd'hui ? »

Sans prendre garde à ces paroles, Binoy dit : « Je veux te poser une question, Gora. Dis-moi, l'Inde est-elle vraiment réelle pour toi ? La vois-tu clairement ? L'Inde habite jour et nuit tes pensées, mais comment te la représentes-tu ? »

Gora cessa d'écrire et un instant regarda Binoy avec intensité. Puis il posa sa plume et, s'adossant à sa chaise, expliqua : « Comme le capitaine du navire, voguant en plein océan, garde en mémoire, qu'il travaille ou qu'il se repose, le port où il abordera, ainsi, à tout moment, l'Inde occupe mon esprit.

– Et où est-elle, ton Inde ? poursuivit Binoy.

– Dans la direction où se tourne nuit et jour l'aiguille de la boussole que j'ai là, s'exclama Gora en mettant la main sur son cœur. Là, et non dans ton Histoire de l'Inde de Marshman.

– Et y a-t-il un port qu'indique spécialement l'aiguille de ta boussole ?

– Si, il y en a un, répondit Gora avec une conviction intense. Je peux manquer à mes devoirs, je peux sombrer et me noyer ; mais ce port d'un grand destin ne disparaîtra pas. Là règne l'Inde que je conçois. Elle règne dans toute sa grandeur, puissante par la Richesse, par la Science, par la Religion. Prétendrais-tu qu'une Inde ainsi conçue n'existe pas ? N'y aurait-il donc que cette fallacieuse apparence, ton Calcutta avec ses bureaux, sa cour d'appel, et ses verrues de briques et de ciment ? Pouah ! »

Il se tut et fixa des yeux Binoy qui restait silencieux, perdu dans ses réflexions.

Gora poursuivit : « Ici, en ce lieu où nous lisons, où nous étudions, où nous cherchons un emploi, en peinant de dix heures à cinq heures, sans rime ni raison, serait-il admissible, sous prétexte que nous nommons Inde cette créature de mensonge, œuvre d'un mauvais génie, que trois cent cinquante millions d'hommes honorent une telle fausseté, s'enivrent de l'idée que ce monde de trahison est un monde de vérité ? Comment, quelque effort qu'on y fasse, puiser la vie dans cette illusion ? Voilà pourquoi, peu à peu, nous mourons d'inanition. Pourtant elle existe, l'Inde véritable riche et généreuse, et, à moins de nous appuyer sur elle, nous ne puiserons la sève de vie ni par le travail de notre esprit ni par celui de notre cœur. Aussi, je t'y invite, oublions tout, la science livresque, les diplômes inutiles, la tentation d'un métier servile, renonçons aux attraits de ces vanités et gouvernons notre navire vers le port. Si notre destin est de sombrer, de mourir, qu'il en soit ainsi. C'est parce qu'elle est si vitale pour nous que, moi du moins, je ne peux oublier la véridique et totale image de l'Inde.

– Tout ceci n'est-il que fantaisie de l'imagination ou est-ce la vérité ? demanda Binoy.

– La vérité, bien sûr, tonna Gora.

– Et ceux qui ne peuvent pas voir les choses comme tu les vois ?

– Nous les leur ferons voir, repartit Gora, serrant le poing. C'est notre tâche. Si les gens ne sont pas capables de saisir l'image authentique de la vérité, ils accepteront n'importe quel fantôme. Tenons devant tous les yeux le tableau pur de l'Inde, et les hommes s'en pénétreront. Il ne s'agira plus alors de mendier de porte en porte pour obtenir de maigres offrandes, les gens se presseront pour offrir leurs vies.

– Eh bien, alors, montre-moi cette image ou renvoie-moi rejoindre les multitudes aveugles.

– Essaie de la concevoir tout seul. Si seulement tu croyais, tu trouverais la joie dans l'austérité de ta dévotion. Nos patriotes à la mode ne croient pas en la vérité, c'est pourquoi ils ne peuvent exiger beaucoup d'eux-mêmes ni des autres. Si le dieu du Succès en personne leur offrait ses faveurs, je suppose vraiment qu'ils n'auraient pas le courage de lui demander plus que l'insigne doré de domestique du Vice-Roi. Ils sont sans foi, donc sans espérance.

– Gora, protesta Binoy, tous n'ont pas la même nature. Toi, tu as la foi ; tu trouves un appui dans ta propre force, aussi es-tu incapable de comprendre vraiment la mentalité d'autrui. Je te le dis très simplement, donne-moi une tâche, quelle qu'elle soit. Fais-moi travailler jour et nuit, autrement je n'ai l'impression d'avoir saisi un appui tangible que tant que je suis avec toi ; aussitôt que je t'ai quitté, je ne trouve plus rien à quoi m'accrocher.

– Tu parles de travailler, répliqua Gora ; pour le moment, notre seul devoir est de faire pénétrer parmi les sceptiques notre confiance inflexible en notre pays et en tout ce qui est de lui. Par l'habitude constante d'avoir honte de notre patrie, le poison de la servilité s'est emparé de nos esprits. Si chacun de nous, par exemple, combat l'influence de ce poison, nous trouverons bien vite un champ digne de notre service. Tout ce que nous essayons de faire actuellement, c'est copier ce que notre manuel d'histoire nous apprend de l'action des autres. Pouvons-nous vraiment consacrer notre intelligence et notre cœur à une besogne d'imitation comme celle-là ? En agissant ainsi, nous nous enfonçons sur le sentier de la décadence. »

Comme Gora parlait, Mohim entra dans la chambre, *hookah** en main, le pas lent, l'air désœuvré. À cette heure, rentré du bureau, il prenait une collation, puis s'asseyait devant sa porte pour chiquer le *bétel*** et fumer. Un à un ses amis du voisinage le rejoignaient et ils se retiraient dans la salle pour jouer aux cartes. À son entrée, Gora se leva et Mohim, tirant sur son *hookah* : « Dis, toi qui t'occupes avec tant d'ardeur de sauver l'Inde, je voudrais que tu sauves ton frère. »

Gora le regarda d'un air interrogateur, et Mohim reprit : « Le nouvel Européen en charge de notre bureau est une vraie rosse. Il a la face d'un bull-dog et, nous autres *babous*, il nous appelle babouins. Si l'un de nous perd sa mère, il ne lui accorde pas de congé, prétendant que c'est un mensonge. Pas un seul employé bengali ne touche intégralement sa paye à la fin du mois, parce que chacun est criblé d'amendes. Les journaux ont publié récemment une lettre anonyme à son sujet, et l'individu veut me l'attribuer. Non d'ailleurs qu'il se trompe beaucoup. Il

---

* *Hookah* : narghilé, pipe à eau.

** *Bétel* : arbuste dont les feuilles et les noix ont une saveur poivrée et qui fournit l'élément principal dans la préparation du *pan* (voir ce mot). La chique de bétel, en usage dans l'Inde et en Indochine, donne à la salive une couleur rouge caractéristique.

me menace de renvoi à moins que je n'écrive sous mon propre nom une réfutation énergique. Vous deux, brillants joyaux de notre Université, il faut que vous m'aidiez à concocter une bonne lettre, émaillée d'expressions comme "parfaite justice", "inépuisable bienveillance", "gracieuse courtoisie", etc. »

Gora garda le silence, mais Binoy se mit à rire et demanda : « *Dada**, est-il possible de faire tenir tant de mensonges en une seule phrase ?

– Il faut traiter les gens selon leur nature, répliqua Mohim. J'ai une longue expérience de ces *sahibs*** et d'eux rien ne m'étonne. La façon dont ils peuvent collectionner les faussetés est au-dessus de tout éloge. Rien ne les arrête si la nécessité les pousse. Si l'un d'eux dit un mensonge, toute la bande s'amasse, hurlant en chœur comme font les chacals ; ils ne sont pas comme nous qui considérons comme une grâce de dénoncer nos compatriotes. Soyez bien sûrs que ce n'est pas un péché de les tromper, du moins tant qu'ils ne le découvrent pas. »

Sur ces derniers mots, Mohim éclata d'un rire sonore et prolongé et Binoy ne put s'empêcher de sourire.

« Vous avez l'espoir de leur faire honte quand vous les confrontez avec la vérité, continua Mohim. Si le Tout-Puissant ne vous avait pas donné un esprit

---

* *Dada, Didi* : Frère aîné (ou sœur aînée), appellation déférente ou tendre.

** *Sahib* : signifie seigneur, désigne les Européens.

ainsi fait, le pays ne serait pas tombé dans l'esclavage. Allez-vous commencer à comprendre que la grande brute d'outre-océan ne se cache pas le visage quand vous la surprenez en flagrant délit d'effraction ? Au contraire, elle brandit sa pince contre vous avec toute l'assurance qu'inspire l'innocence. N'est-il pas vrai ?

– Ma foi, oui, répondit Binoy.

– Par conséquent, reprit Mohim, si pour les flatter et les adoucir nous employons une goutte d'huile pressée au moulin du mensonge, si nous leur disons : "Oh, hommes vertueux, grands saints, ayez la bonté de nous jeter une aumône de votre sacoche quand il ne s'agirait que d'une miette", alors une petite portion de notre patrimoine pourra nous revenir. En même temps, nous éviterons le risque que la guerre éclate entre eux et nous. Si vous y réfléchissez, voilà le véritable patriotisme. Mais Gora se fâche contre moi. Depuis qu'il est devenu ortho-doxe, il a pris le pli de me témoigner un grand res-pect, à moi son frère aîné. Mais aujourd'hui mes paroles ne lui paraissent pas venir d'un frère aîné. Qu'y puis-je, frère ? Je dois parler avec franchise même au sujet de la fausseté. Quoi qu'il en soit, Binoy, tu vas m'écrire cette lettre. Attends un instant, je vais t'apporter les notes sommaires que j'ai prises à cet effet. »

Et Mohim sortit en aspirant son *hookah*.

Gora se tourna vers Binoy et lui dit : « Binou, va dans sa chambre, aie la gentillesse de le faire tenir tranquille pendant que je finis d'écrire. »

CHAPITRE V

Anandamoyi frappa à la porte de l'oratoire de son mari. « Vous m'entendez ? demanda-t-elle. Je n'entrerai pas, vous n'avez pas besoin d'avoir peur, mais, quand vous aurez fini vos prières, je voudrais vous dire un mot. Maintenant que vous avez deux nouveaux *sannyasis**, je ne vous apercevrai plus, je le sais, pendant un bon bout de temps ; c'est pourquoi je vous appelle. N'oubliez pas de passer une minute chez moi quand vous aurez terminé. »

Et sur ces mots, elle retourna à ses occupations ménagères.

Krishnadayal Babou était un homme au teint sombre, pas très grand, avec une tendance à l'obésité. Le trait le plus frappant de sa physionomie était ses grands yeux. Le reste de son visage disparaissait à peu près sous une barbe et une moustache épaisses et grises. Il affectait de porter comme les ascètes un vêtement de soie ocre, des sandales de bois et un bol de cuivre. Le devant de sa tête était chauve, mais il gardait les cheveux longs et les ramenait en chignon

---

* *Sannyasi :* saint personnage, ascète ou mendiant.

sur le sommet du crâne. Jadis, quand son emploi le tenait éloigné de Calcutta, il s'était, en compagnie des soldats de son régiment, permis à sa guise l'usage des chairs défendues et du vin. À cette époque, il considérait comme un signe de courage moral de se détourner de sa route pour railler ou pour insulter les prêtres, les *sannyasis* et tous les hommes de profession religieuse. Maintenant, au contraire, il multipliait les pratiques de dévotion et mille observances religieuses. Sitôt qu'il apercevait un *sannyasi* il allait s'asseoir à ses pieds, dans l'espoir d'être initié à une forme nouvelle d'exercice religieux. Avec un zèle sans limite, il cherchait les voies cachées conduisant au salut, une méthode ésotérique permettant d'acquérir des pouvoirs mystiques. Après avoir récemment pris avec assiduité des leçons de technique *tantrique**, il venait de découvrir un moine bouddhiste qui avait encore une fois bouleversé son esprit.

Quand sa première femme mourut en couches, il n'avait que vingt-huit ans. Incapable de supporter la vue du fils qui avait tué sa mère, Krishnadayal confia l'enfant à son beau-père et, dans une crise de désespoir et de renoncement, partit vers l'ouest. Six mois plus tard, il épousait Anandamoyi, petite-fille orpheline d'un grand pandit de Bénarès. Il obtint un poste dans l'administration de l'Intendance pour une ville du Haut-Gange et sut gagner la faveur de ses chefs. À

---

* *Tantrisme :* doctrine mystique dont les origines se trouvent dans les « traditions » et non dans les Védas ; souvent dégénère en magie.

la mort du grand-père de sa femme, il dut, faute d'un autre tuteur, la prendre auprès de lui et vivre avec elle.

Cependant, la Révolte des Cipayes avait éclaté, il s'arrangea pour ne pas laisser échapper l'occasion de sauver la vie de quelques Anglais haut placés ; il en fut récompensé par des honneurs et par l'octroi d'une terre. Peu après la fin de la *mutinerie**, il donna sa démission et rentra à Bénarès avec Gora, alors nouveau-né. Quand l'enfant eut cinq ans, Krishnadayal s'établit à Calcutta et, reprenant de chez son beau-frère son fils aîné Mohim, il en commença l'éducation. Maintenant Mohim, par la protection des anciens patrons de son père, était entré au ministère des Finances où il travaillait avec l'ardeur que nous avons vue.

Gora, dès son enfance, avait joué le rôle de chef parmi les garçons du voisinage et de l'école. Son but et sa distraction essentielle consistaient à tourmenter ses maîtres. Un peu plus tard, il dirigea les chœurs d'étudiants qui chantaient les chants nationaux, il fit des conférences en anglais et devint le chef reconnu d'une bande de jeunes révolutionnaires. Quand, à la fin, ce poussin fut sorti de la coquille du Club des Étudiants et qu'il se mit à caqueter en public dans les réunions d'adultes, Krishnadayal sembla y trouver un considérable amusement. Gora se faisait une réputa-

---

Mutinerie : révolte des troupes indigènes (Cipayes) contre les Anglais en 1857. La révolte s'accompagna de massacres dans les principales villes de la vallée du Gange. La Mutinerie a laissé des souvenirs d'épouvante.

tion hors de la maison, mais chez lui personne ne le prenait très au sérieux. En tant que fonctionnaire, Mohim se sentait obligé d'essayer de retenir Gora dont il se moquait, l'appelant « poseur patriotique » ; sur quoi, il leur arrivait d'en venir presque aux mains. Anandamoyi était, au fond du cœur, fort troublée par l'antagonisme militant manifesté par Gora à l'égard de tout ce qui était anglais et elle tentait de le calmer par tous les moyens, mais sans succès. En fait, Gora était enchanté quand, dans la rue, se présentait une occasion de se quereller avec un Anglais. En même temps, il était très attiré par le Brahmo Samaj, envoûté par l'éloquence de ses prédicateurs, spécialement par *Keshub Chandra Sen**.

Juste à ce moment, Krishnadayal se convertit brusquement à une stricte orthodoxie, à tel point qu'il se montrait même fort contrarié si seulement Gora entrait dans sa chambre. Il en arriva à réserver pour son usage personnel une partie de la maison qu'il appelait l'ermitage, allant jusqu'à étaler ce nom sur un écriteau. L'esprit de Gora se révoltait contre cette façon d'agir. « Je ne peux admettre semblable folie, disait-il. Tout simplement, je ne le supporterai pas. » Gora était vraiment sur le point de rompre toute relation avec son père quand Anandamoyi intervint et, dans une certaine mesure, les réconcilia.

Quand la chance s'en présentait, Gora discutait chaudement avec les pandits brahmines qui se ras-

---

* *Keshub Chandra Sen* : réformateur religieux, un des fondateurs du Brahmo Samaj, prédicateur éloquent

semblaient autour de son père. On ne peut guère d'ailleurs parler de discussions à propos de ces paroles qui ressemblaient à des soufflets. La plupart de ces pandits n'avaient qu'une érudition fort courte, mais ils étaient d'une cupidité et d'une vénalité féroces ; aussi étaient-ils incapables de tenir tête à Gora qui les terrorisait par ses attaques féroces. L'un d'entre eux, cependant, inspira au jeune homme un grand respect. Krisnadayal s'était adressé à lui pour l'interprétation de la philosophie *védanta**. Au début, Gora voulut le traiter avec son insolence habituelle, mais il se trouva bientôt désarmé. Le théologien, à ce que Gora découvrit, avait non seulement une science profonde, mais une étonnante largeur d'esprit. Jamais Gora n'aurait imaginé qu'un homme, qui avait seulement étudié le sanscrit, sa philologie et sa tradition, pût avoir une intelligence aussi vaste et aussi vigoureuse. Sa personnalité rayonnait tant de force et de sérénité, une patience et une profondeur si constantes, que malgré lui Gora se sentait intimidé en la présence du pandit. Gora voulut étudier avec lui la philosophie *védanta* et, comme il ne savait pas faire les choses à demi, il se plongea à corps perdu dans toutes ces spéculations.

----

* *Védanta :* l'ensemble des Upanishads (spéculations mystiques et métaphysiques) qui viennent après la Véda et forment la base de la philosophie traditionnelle de l'Inde orthodoxe. Le non-dualisme métaphysique et une certaine tendance à refuser une valeur positive au monde et à la vie dans le monde sont caractéristiques de cette pensée védanta.

Or, le hasard fit coïncider cet engouement avec l'ouverture dans les journaux d'une controverse provoquée par un missionnaire anglais qui attaquait la religion et la société hindoues et invitait à la discussion. Gora prit feu immédiatement, car, bien qu'il ne fût que trop disposé, quand l'occasion s'offrait, à blesser ses adversaires hindous, en dénigrant à la fois les préceptes des Écritures et les coutumes populaires, il fut piqué au vif par l'irrespect qu'un étranger témoignait à la société de son pays. Aussi se rua-t-il à la bagarre et assuma-t-il la défense. Il n'admettait pas la moindre critique, pas la plus petite fraction du moindre reproche adressé à sa patrie. Après l'échange de plusieurs lettres, l'éditeur du journal mit un terme à la controverse.

Mais Gora avait été secoué jusqu'en son tréfonds et il se mit à écrire en anglais un livre sur l'hindouisme où, de tout son zèle, il s'efforçait de rassembler les arguments fournis par les Écritures ou par la raison en faveur de l'excellence sans défaut de la religion et de la société hindoues : « Nous devons refuser d'admettre la comparution de notre pays à la barre d'une cour étrangère, et son jugement prononcé d'après une loi étrangère. Il est également inutile de nous enorgueillir ou de nous ravilir par de mesquines et perpétuelles comparaisons avec des modèles étrangers. Ni devant autrui ni devant nous-mêmes, nous ne devons éprouver de confusion en pensant au pays de notre naissance, qu'il s'agisse de ses traditions, de sa foi ou de ses livres sacrés. Notre devoir est de le sauver des insultes et d'assumer virilement son fardeau en le soutenant de toute notre force et de toute notre fierté. »

Plein de ces idées, Gora se mit à prendre les bains rituels dans le Gange, à pratiquer matin et soir avec régularité les cérémonies d'adoration, à montrer un souci scrupuleux de ses contacts et de ses aliments et même à se laisser pousser un tiki*. Il allait tous les matins enlever la poussière des pieds** de ses parents ; quant à Mohim, qu'il ne se gênait pas naguère pour traiter d'imbécile et de nullité, maintenant, à son entrée dans la chambre, Gora se levait et le saluait du salut dû à un aîné. Mohim n'épargna pas à Gora ses railleries pour cette volte-face, mais jamais Gora n'y répondit.

Par la parole et par l'exemple, Gora organisa autour de lui un véritable parti de jeunes enthousiastes. Son enseignement semblait les libérer de la peine qu'ils éprouvaient à concilier dans leur conscience des impulsions contradictoires. « Nous n'avons plus besoin de chercher des arguments, semblaient-ils se dire avec soulagement. Peu importe que nous soyons bons ou mauvais, civilisés ou barbares, pourvu que nous soyons nous-mêmes. »

Tiki : petite mèche de cheveux que les brahmanes orthodoxes se laissent pousser sur le sommet de la tête.

** Prendre la poussière des pieds, c'est rendre hommage en s'inclinant profondément pour toucher les pieds de celui qu'on respecte ou l'on honore et en portant ensuite les mains vers son propre front.

Pourtant Krishnadayal, de façon assez surprenante, ne paraissait pas satisfait de ce brusque changement chez Gora. Au contraire, il l'appela un jour pour lui dire : « Écoute, mon fils, les Livres Sacrés de l'hindouisme sont difficiles et mystérieux ; il n'est pas possible à n'importe qui de sonder les fondements de la religion établie par les *rishis**. Il vaut mieux ne pas s'en mêler sans une compréhension totale. Ton esprit n'est pas encore assez mûr, d'autant moins que tu as reçu une éducation anglaise. Ta première impulsion, qui te poussait vers le Brahmo Samaj, convenait mieux à ta forme d'esprit. Aussi ne m'a-t-elle pas mécontenté, j'en étais plutôt satisfait. Mais le chemin que tu suis maintenant n'est pas du tout ton chemin ; je crains qu'il ne donne rien de bon.

– Que dites-vous, Père ? protesta Gora. Ne suis-je pas un hindou ? Si je ne peux pas aujourd'hui comprendre la signification la plus profonde de l'hindouisme, je le pourrai demain. Même si je ne comprends jamais tout le sens, ce chemin est le seul qui puisse me convenir. Le mérite que j'ai acquis lors d'une précédente naissance hindoue m'a fait naître cette fois dans une famille brahmine ; ainsi, par des naissances successives au sein de la doctrine et de la société hindoues, j'atteindrai finalement mon but. Si

----

* *Rishis :* les sages, les voyants qui, par l'inspiration divine ont entendu et transmis au monde la parole éternelle des *Védas*. Les rishis sont distincts également des hommes et des dieux ; la tradition les a sanctifiés.

par erreur je m'éloigne de la route que je dois suivre, je n'aurai que plus de peine à y revenir. »

Cependant Krishnadayal secoua la tête : « Mais, mon enfant, il ne suffit pas de se proclamer hindou pour le devenir. Il est facile de devenir musulman, n'importe qui peut devenir chrétien, mais hindou ! Seigneur, c'est une autre affaire.

– Assurément, répondit Gora. Toutefois, puisque je suis hindou par naissance, j'ai du moins passé le seuil. Il me suffit de garder la voie droite pour progresser peu à peu.

– Je crains, mon fils, répondit Krishnadayal, de ne pas arriver à te convaincre par le raisonnement. Dans une certaine mesure ce que tu dis est vrai : la religion à laquelle tu appartiens en vertu de ton *karma**, tu y reviendras tôt ou tard, personne n'y peut rien. Que la volonté de Dieu soit faite ! Sommes-nous autre chose que ses instruments ? »

Krishnadayal avait une manière à lui d'accepter les bras ouverts aussi bien la doctrine du karma que l'abandon à la volonté de Dieu, l'identité avec le Divin comme l'adoration de la Divinité ; il ne sentait même pas la nécessité de réconcilier les contraires.

---

* *Karma :* activité physique ou psychologique propre à chaque homme ; destinée individuelle en tant qu'elle est le résultat des actes accomplis dans une existence antérieure.

CHAPITRE VI

Se rappelant la prière de sa femme, Krishnadayal, son bain pris et son repas terminé, entra dans la chambre d'Anandamoyi. C'était la première fois depuis de longs jours ; il étala sa propre natte par terre et s'assit bien droit comme pour s'isoler avec soin de tout ce qui l'entourait. Anandamoyi ouvrit la conversation : « Pendant que vous essayez de décrocher la sainteté, vous vous désintéressez des affaires domestiques ; mais je me tourmente mortellement au sujet de Gora.

– Pourquoi ? Qu'y a-t-il à craindre ?

– Je ne puis le dire exactement, répondit Anandamoyi ; mais je crois que, si Gora continue de cette façon avec sa manie d'hindouisme, l'équilibre ne pourra plus se maintenir, une catastrophe se produira certainement. Je vous avais déconseillé de lui conférer le fil sacré* ; mais vous n'aviez pas alors le scrupule d'aujourd'hui et vous disiez : "Quelle importance peut bien avoir un bout de ficelle de plus

---

* *Fil sacré :* marque distinctive de la caste des brahmanes, porté obliquement sur la poitrine et sur le dos, de l'épaule à la taille.

ou de moins ?" Maintenant il s'agit de bien autre chose que d'un fil. Où déciderez-vous de l'arrêter ?

– Naturellement, grogna Krishnadayal, vous rejetez tout le blâme sur moi. L'erreur initiale ne vous est-elle pas imputable ? C'est vous qui avez insisté pour que nous le gardions. À cette époque, moi aussi j'étais un irréfléchi et je ne comprenais rien aux choses de la religion. Je n'imaginerais pas aujourd'hui agir de la sorte.

– Dites ce que vous voulez, je n'admettrai jamais qu'alors j'ai fait un acte irréligieux. Vous vous rappelez que j'avais fait l'impossible pour avoir moi-même un enfant. Je me suis prêtée à tout ce qu'on m'a conseillé. Que de *mantras**, j'ai prononcés ! Que d'amulettes j'ai portées ! Eh bien, un jour j'ai rêvé que je faisais offrande à Dieu d'une corbeille de fleurs blanches : un instant après, les fleurs disparurent et à leur place je vis un petit enfant aussi blanc qu'elles. Je ne puis exprimer ce que j'éprouvai à sa vue, mes yeux se remplirent de larmes. J'étais sur le point de le saisir et de le presser sur ma poitrine quand je m'éveillai. C'est exactement dix jours plus tard que je reçus Gora, ce don que Dieu m'a fait. Comment aurais-je pu le céder ? Sans doute l'ai-je porté dans mon sein durant une vie antérieure, non sans de grandes souffrances ; c'est sans doute pourquoi aujourd'hui il m'appelle Mère.

---

* *Mantra :* formule sacrée, ligne de conduite.

« Rappelez-vous dans quelles étranges circonstances il nous arriva. Quand, à minuit, ce soir-là tout n'était autour de nous que sang et carnage, la dame anglaise vint chercher asile dans notre maison ; cette même nuit elle mourait en donnant naissance à un fils. L'enfant n'aurait pu vivre si je ne l'avais pas soigné. Que vous importait ? Vous l'auriez déposé chez un *padre**. Pourquoi l'aurais-je cédé à un *padre* ? Le *padre* ne lui était rien ; lui avait-il sauvé la vie ? Une telle façon d'engendrer un enfant est-elle moins mystérieuse que si je l'avais conçu moi-même ? Quoi que vous puissiez dire, à moins que Celui qui m'a donné mon enfant ne me le reprenne, je ne renoncerai jamais à lui.

– Ne le sais-je pas ? fit Krishnadayal. De toute façon, agissez comme vous le voudrez avec votre Gora, je n'ai jamais tenté de m'en mêler. J'ai dû l'investir du cordon sacré puisque je le présentais comme notre fils ; les obligations de la société l'imposaient. Cependant il reste deux questions à régler. Légalement, Mohim a droit à tout ce que je possède et...

– Qui vous prie de partager vos biens ? interrompit Anandamoyi ; vous pouvez léguer à Mohim toutes vos propriétés, Gora n'en demandera pas un centime. C'est un homme fait maintenant, son éducation est terminée, il peut gagner sa vie. Pourquoi convoiterait-il la richesse d'un autre ? Quant à moi il me suffit qu'il soit là, il ne m'en faut pas davantage.

---

* *Padre :* nom donné dans l'Inde aux prêtres et missionnaires chrétiens.

– Non, objecta Krishnadayal, je n'ai pas l'intention de le laisser absolument sans rien. La terre qui m'a été conférée par le Gouvernement... elle doit bien avoir un revenu d'un millier de roupies par an. La question la plus épineuse est celle de son mariage. Ce qui est fait est fait ; mais, que vous vous en fâchiez ou non, je ne puis aller plus loin et l'introduire par le mariage dans une famille brahmine conformément aux rites de l'hindouisme.

– Alors parce que je diffère de vous, que je n'asperge pas la maison d'eau du Gange, vous imaginez que je n'ai pas de conscience, pourquoi voudrais-je le marier dans une famille brahmine ? Pourquoi me fâcherais-je à ce sujet ?

– Mais vous êtes vous-même une fille de brahmine ?

– Cela n'a pas d'importance. Il y a longtemps que j'ai cessé de tirer orgueil de ma caste. Voyons, quand, lors du mariage de Mohim, notre parenté a soulevé tant de difficultés à cause de mes habitudes non orthodoxes, je me suis contentée de rester à l'écart sans un mot de protestation. Ils sont tous disposés à me prétendre chrétienne ou n'importe quoi d'autre. Je prends tout ce qu'on insinue sans m'irriter et je réplique tout simplement : Eh bien, les chrétiens ne sont-ils pas aussi des hommes ? Si vous êtes les seuls élus de Dieu, pourquoi vous a-t-Il fait ramper dans la poussière, d'abord devant les *Pathans**, ensuite

---

* *Pathans* : envahisseurs musulmans venus d'Afghanistan, ont établi leur domination sur l'Inde au XVIe siècle.

devant les Grands Mogols, à présent devant les chrétiens ?

– Oh ! c'est une histoire compliquée, répondit Krishnadayal avec quelque impatience. Vous êtes une femme, vous ne seriez pas capable de comprendre. Il y a un fait qui s'appelle la société et il est impossible de l'ignorer ; cela du moins vous pourriez le comprendre.

– Je ne vais pas me tourmenter à ce sujet, dit Anandamoyi. Du moins je comprends que si, après avoir élevé Gora comme mon enfant, je me mets à présent à jouer l'orthodoxie, j'offenserai non seulement la société, mais ma propre conscience. Par respect pour ma conscience, j'ai évité de rien cacher, j'ai toujours laissé voir que je n'observe pas les rites, j'ai supporté avec patience tous les outrages que m'a valus cette attitude. Le fait essentiel cependant, je l'ai dissimulé, et je ne cesse à ce sujet de redouter le châtiment de Dieu. Écoutez, quoiqu'il puisse advenir, je crois que nous devrions tout avouer à Gora.

– Non, non ! s'exclama Krishnadayal, très troublé par cette perspective. Pas tant que je vivrai. Vous connaissez Gora. Si un jour il est averti, on ne peut dire ce qu'il sera capable de faire, et ensuite nous aurons toute la société contre nous. En outre le Gouvernement aussi pourrait nous créer des ennuis : il est bien vrai que le père de Gora a été tué pendant la mutinerie et que nous avons vu mourir sa mère ; mais une fois le calme rétabli, nous aurions dû avertir les autorités. S'il y a des ennuis, un scandale, c'en sera fait de mon activité religieuse et j'ignore quelle autre calamité pourrait fondre sur moi. »

Anandamoyi demeura silencieuse ; après une pause, Krishnadayal reprit : « En ce qui concerne le mariage de Gora, j'ai une idée. Paresh Bhattacharya était mon camarade d'Université. Il vient juste de prendre sa retraite ; il était inspecteur de l'Enseignement et s'est retiré à Calcutta. C'est un brahmo cent pour cent et j'ai entendu dire qu'il y a chez lui plusieurs filles à marier. Peut-être s'éprendrait-il de l'une d'elles après quelques visites, si seulement nous pouvions l'orienter vers cette maison. Ensuite, nous pourrions abandonner la conduite des événements au dieu de l'amour.

– Comment ! Gora assidu chez un brahmo ! Ces jours-là sont passés pour lui », s'exclama Anandamoyi.

Comme elle parlait, Gora lui-même entra dans la pièce, appelant de sa voix retentissante : « Mère ! » Mais apercevant son père assis dans la chambre, surpris il s'arrêta. Anandamoyi s'avança vers lui, la tendresse rayonnant de toute son attitude tandis qu'elle demandait : « Qu'y a-t-il, mon enfant, que désires-tu ?

– Rien d'urgent, cela peut attendre. »

Et Gora se retournait vers la porte ; mais Krishnadayal l'arrêta en disant : « Reste ici un instant, Gora, j'ai à te parler. Un de mes amis est récemment arrivé à Calcutta, un brahmo, il habite près de la rue Beadon.

– Est-ce Paresh Babou ? interrogea Gora.

– Comment le connais-tu ? demanda Krishnadayal surpris.

– J'en ai entendu parler par Binoy qui habite tout près de chez lui, expliqua Gora.

– Eh bien, poursuivit Krishnadayal, je voudrais que tu lui fasses une visite et te renseignes à son sujet. »

Gora hésita un instant ; il avait l'air de peser une idée dans son esprit. Puis il laissa échapper : « Très bien, j'irai demain matin de bonne heure. »

Anandamoyi fut assez étonnée par l'acquiescement immédiat de Gora ; mais bientôt il ajouta : « Non, j'oubliais, je ne puis y aller demain.

– Pourquoi pas ? demanda Krishnadayal.

– Demain, il faut que j'aille à Tribeni.

– À Tribeni ?

– On y célèbre la cérémonie du bain rituel pour l'éclipse de soleil, expliqua Gora.

– Tu m'étonnes, Gora, dit Anandamoyi. N'as-tu pas le Gange à Calcutta, que tu ne puisses te baigner sans faire toute la route jusqu'à Tribeni ? Tu exagères l'orthodoxie. »

Gora quitta la pièce sans répondre. La raison pour laquelle il avait décidé de se baigner à Tribeni, c'est qu'il y aurait là-bas des foules de pèlerins. Gora saisissait toutes les occasions de secouer ses répugnances, ses préjugés antérieurs, pour se sentir uni au peuple de son pays et pouvoir lui dire de tout son cœur : « Je suis vôtre et vous êtes mien. »

CHAPITRE VII

Au matin en s'éveillant, Binoy vit fleurir la lumière de l'aube, pure comme le sourire d'un enfant nouveau-né. Quelques nuages blancs flottaient paresseusement dans le ciel. Tandis que, debout sous la véranda, il évoquait l'heureux souvenir d'un autre matin tout récent et semblable à celui-ci, il vit Paresh Babou qui descendait la rue tenant d'une main une canne, et de l'autre Satish. Dès que Satish aperçut Binoy il battit des mains en criant : « Binoy Babou ! » Paresh Babou leva les yeux et regarda Binoy qui descendit en hâte l'escalier et les rejoignit comme ils entraient dans la maison. Satish se précipita vers lui et demanda : « Binoy Babou, pourquoi n'êtes-vous pas venu nous voir ? Vous aviez promis de le faire. »

Binoy caressa affectueusement l'épaule du petit garçon en lui souriant, et Paresh Babou, plaçant avec soin sa canne contre la table, s'assit et dit : « Je ne sais pas ce que nous aurions fait sans vous l'autre jour. Vous avez été si aimable avec nous.

— Oh, ce n'était rien ; je vous en prie, n'en parlez pas, dit Binoy.

— Dites, Binoy Babou, n'avez-vous pas de chien ? s'enquit Satish.

« – Un chien ? répondit Binoy en souriant, non, je n'en ai pas.

– Mais pourquoi pas ? insista Satish.

– Ma foi, je n'ai jamais eu l'idée d'en avoir un.

– Il paraît, dit Paresh Babou, venant à son secours, que Satish est venu chez vous ce même jour. J'ai peur qu'il ne vous ait dérangé. Il parle tant que sa sœur l'a surnommé Monsieur le Babillard.

– Moi aussi, dit Binoy, je peux bavarder quand je m'y mets, aussi nous sommes-nous très bien entendus, n'est-ce pas, Satish Babou ? »

Satish continua ses investigations, Binoy lui répondant, mais Paresh Babou parla fort peu ; il se contenta de jeter de temps en temps un mot dans la conversation en l'accompagnant d'un sourire heureux et serein. Au moment de partir, il dit : « Le numéro de notre maison est 78 ; vous n'avez qu'à longer la rue tout droit, et c'est à gauche.

– Il connaît bien la maison, interrompit Satish, il est venu avec moi l'autre jour jusqu'à la porte. »

Il n'y avait là aucune raison d'être gêné ; néanmoins, Binoy fut saisi d'un accès de timidité comme si on l'avait pris en flagrant délit d'indiscrétion.

« Donc, vous connaissez notre maison, dit le vieux monsieur, si jamais vous…

– Oui, certainement, si je… balbutia Binoy.

– Nous sommes proches voisins, dit Paresh Babou en se levant, il faut habiter une grande ville comme Calcutta pour se côtoyer sans se connaître. »

Binoy reconduisit ses visiteurs jusqu'à la porte et resta un moment à les regarder, Paresh Babou marchant avec lenteur appuyé sur sa canne, Satish bavardant sans arrêt auprès de lui.

Binoy réfléchissait : « Jamais je n'ai rencontré un vieillard comme Paresh Babou ; je voudrais essuyer la poussière de ses pieds. Et quel délicieux gamin que Satish ! Quand il sera grand, ce sera vraiment un homme ; il est aussi franc qu'intelligent. »

Si sympathiques que fussent le vieillard et le garçonnet, leurs qualités n'étaient peut-être pas un motif suffisant pour cette explosion subite de respect et d'affection. Toutefois, les dispositions de Binoy ne requéraient pas une connaissance plus ample. « Maintenant, se dit-il, il *faut* que j'aille chez Paresh Babou, si je ne veux pas me montrer grossier. » Mais l'Inde de Gora et de son parti le réprimanda : « Attention ! tu ne dois pas aller là-bas. »

Pour chacun des actes de sa vie, Binoy s'était soumis aux interdictions formulées par cette Inde partisane. Parfois des doutes l'assiégeaient ; il n'en obéissait pas moins. À présent, un esprit de rébellion s'éveillait en lui ; aujourd'hui cette Inde-là lui semblait incarner simplement la Négation.

Le domestique entra pour annoncer le déjeuner, mais Binoy n'avait même pas encore pris son bain. Il était midi passé ; d'un geste délibéré de la tête, il renvoya le serviteur : « Je ne déjeunerai pas ici, tu peux t'en aller. » Et sans même prendre son écharpe, empoignant son parapluie, il sortit. Il alla droit à la maison de Gora ; il savait que chaque jour à midi Gora se rendait au bureau de sa Société des Patriotes hindous, où il passait l'après-midi à écrire des lettres destinées à aiguillonner les membres de son parti à travers tout le Bengale ; ses admirateurs avaient l'habitude de se réunir là, prêts à l'écouter, et ses assistants dévoués se sentaient honorés qu'il leur permît de le servir. Gora était absent comme l'avait escompté Binoy, qui se précipita dans l'intérieur de la maison et fit irruption dans la chambre d'Anandamoyi. Elle commençait juste à déjeuner et Lachmi était auprès d'elle en train de l'éventer. « Eh bien ! Binoy, que se passe-t-il ? s'écria Anandamoyi, toute surprise.

– Mère, j'ai faim, dit Binoy, en s'asseyant en face d'elle. Donnez-moi quelque chose à manger.

– Quelle malchance ! dit Anandamoyi contrariée, le cuisinier brahmine vient justement de partir et...

– Croyez-vous que je sois venu chercher un repas orthodoxe ? s'exclama Binoy ; pourquoi ne me serais-je pas contenté de mon propre cuisinier ? Je veux partager votre repas à vous, Mère. Lachmi, voulez-vous me donner un verre d'eau ? »

Binoy but l'eau d'un trait et Anandamoyi, lui cherchant une autre assiette, le servit avec tendresse et sollicitude du plat préparé pour elle. Binoy dévora comme un homme à jeun depuis de longs jours.

Anandamoyi était délivrée d'un grand souci, et Binoy, la voyant heureuse, se sentait aussi tout allégé. Ensuite, tandis que le parfum des fleurs de *kéya**

---

* *Kéya :* fleurs longues, très parfumées qui, au printemps, poussent dans la steppe sur un arbre épineux.

remplissait la chambre, Anandamoyi s'assit pour coudre ; Binoy s'étendit à ses pieds, la tête appuyée sur le bras et, oubliant le reste du monde, se mit à bavarder avec elle comme au temps jadis.

CHAPITRE VIII

Lorsqu'il eut brisé cette première barrière, une nouvelle vague de rébellion balaya le cœur de Binoy et, quand il quitta la maison d'Anandamoyi, il semblait voler tant ses pieds effleuraient légèrement la terre. Il aurait voulu proclamer à tous ceux qu'il rencontrait le secret qui, depuis quelques jours, avait créé tant de doutes et de confusion dans son esprit.

Juste en arrivant devant le 78, il rencontra Paresh Babou qui venait de la direction opposée. « Entrez, entrez, dit Paresh Babou, je suis enchanté de vous voir, Binoy Babou. » Et il l'introduisit dans son bureau qui donnait sur la rue. La pièce était meublée d'une petite table, d'un petit banc au dossier de bois et de deux chaises cannées. Sur un mur, pendait une gravure en couleur représentant la tête du Christ et sur un autre la photographie de Keshub Chandra Sen. Sur la table, un paquet de journaux soigneusement pliés était tenu par un presse-papier de plomb. Dans un coin, une petite bibliothèque supportait des volumes bien alignés. Un globe couvert d'un voile surmontait la bibliothèque. Binoy s'assit et son cœur se mit à battre quand il évoqua la personne à qui la porte pourrait livrer passage.

Cependant Paresh Babou expliquait : « Tous les lundis, Sucharita va donner une leçon à la fille d'un de mes amis et, comme ils ont un fils de l'âge de Satish, le petit a accompagné sa sœur. Je viens juste de les conduire ; si je m'étais attardé, je vous aurais manqué. » À cette nouvelle, Binoy éprouva tout à la fois une impression de soulagement et un vif mouvement de déception. Toutefois, causer avec Paresh Babou était facile, et au cours de l'entretien Binoy lui eut bientôt confié tout ce qui le concernait : qu'il était orphelin, que son oncle et sa tante habitaient la campagne où ils faisaient valoir leur terre, qu'il avait fait ses études avec ses deux cousins dont l'aîné était devenu avocat à la Cour et le plus jeune mort du choléra. Son oncle aurait désiré faire entrer Binoy dans la magistrature, mais il ne se sentait aucune disposition pour l'état de juge et il perdait son temps en occupations inutiles. Une heure s'écoula en conversation ; prolonger la visite sans raison apparente eût été impoli, aussi Binoy se leva-t-il en disant : « Je regrette d'avoir manqué mon ami Satish, voulez-vous lui dire que je suis venu ?

– Attendez encore un instant et vous les verrez, répondit Paresh Babou. Ils vont être bientôt de retour. »

Binoy eut un peu honte de se prévaloir de cette suggestion fortuite. Si Paresh Babou avait tant soit peu insisté, il serait resté ; mais son hôte ne se dépensait pas en vaines paroles et n'avait pas l'habitude de presser les gens contre leur apparente volonté. Il fallut donc prendre congé, et se contenter de la phrase : « Je serai content de vous revoir à l'occasion si vous revenez. »

Rien ne rappelait Binoy chez lui de façon urgente. Sans doute, il écrivait dans les journaux et tout le monde vantait son anglais, mais depuis quelques jours il n'avait pas pu se concentrer assez pour travailler et, s'il s'asseyait à sa table, son imagination commençait à errer à l'aventure. Aussi prit-il sans raison particulière la direction opposée à celle de sa maison. À peine avait-il fait quelques pas qu'il entendit une voix aiguë de garçonnet qui criait : « Binoy Babou ! Binoy Babou ! » Levant les yeux, il vit Satish qui, de la portière d'une voiture, lui faisait signe. Binoy entrevit un sari, et la manche blanche d'un corsage qui laissait deviner quel était l'autre occupant de la voiture. L'étiquette bengali ne permettait pas à Binoy de regarder à l'intérieur du véhicule ; mais bientôt Satish avait sauté à terre, pris son ami par la main et supplié : « Venez à la maison, Binoy Babou.

– J'en sors justement, expliqua Binoy.

– Mais je n'y étais pas, il faut revenir », insista Satish.

Binoy n'eut pas le courage de résister et Satish pénétra dans la maison avec son prisonnier en criant : « Père, j'ai ramené Binoy Babou. »

Le vieux monsieur sortit de sa chambre et sourit. « Vous êtes tombé en des mains énergiques, Binoy Babou, et il ne vous sera pas facile d'y échapper. Satish, appelle ta sœur. »

Binoy demeura là le cœur battant et la respiration haletante. Paresh Babou fit observer : « Vous êtes hors d'haleine : ce Satish est un vrai démon. »

Quand Satish fit entrer sa sœur dans la chambre, la première impression de Binoy fut celle d'un délicat parfum. Puis il entendit Paresh Babou qui disait : « Radha, Binoy Babou est venu nous voir. Naturellement, tu te souviens de lui. »

Comme Binoy levait timidement les yeux, il aperçut Sucharita qui le saluait et qui prenait une chaise en face de lui ; cette fois, il ne manqua pas de s'incliner à son tour.

« Oui, dit Sucharita ; Binoy Babou a passé près de notre voiture ; dès que Satish l'a aperçu, il a bondi hors de la voiture et s'est emparé de lui. Peut-être, Binoy Babou, aviez-vous à faire ; j'espère qu'il n'a pas dérangé vos projets. »

Binoy n'avait pas osé imaginer que Sucharita lui adresserait la parole à lui personnellement et il fut si déconcerté qu'il eut seulement la présence d'esprit de répondre : « Non, non, je n'avais rien à faire ; il ne m'a pas du tout dérangé. »

Satish tira sur le vêtement de sa sœur en disant : « Didi, donne-moi la clef ; je veux montrer à Binoy Babou notre boîte à musique. »

Sucharita se mit à rire. « Comment ! Déjà ! Les amis de M. le Babillard n'ont jamais la paix une minute. Pour commencer ils doivent entendre la boîte à musique, sans mentionner leurs autres épreuves et tribulations. Binoy Babou, il faut que je vous avertisse : la tyrannie de votre petit ami est sans limite, je ne sais comment vous ferez pour la supporter. »

Binoy se sentait absolument incapable de répondre à Sucharita avec autant de naturel. Il fit un suprême effort pour dissimuler sa gêne, mais parvint seulement à articuler quelques phrases entrecoupées : « Non, non, pas du tout… je vous en prie… cela m'amusera beaucoup… »

Satish prit la clef que lui donna sa sœur et rapporta la boîte à musique : c'était un coffret de verre à l'intérieur duquel reposait sur des vagues de soie un petit bateau ; quand on la remontait, elle jouait un air et le bateau se balançait en suivant le rythme. Satish lançait des regards extasiés qui allaient du bateau au visage de Binoy pour revenir au bateau ; il avait du mal à refréner son excitation. Grâce à l'enfant, Binoy parvint à dominer sa gaucherie et peu à peu il trouva le courage de regarder Sucharita en lui parlant. Un instant après, Lila, une des filles de Paresh Babou, vint annoncer : « Mère voudrait que vous montiez tous dans la véranda. »

CHAPITRE IX

En haut, sur la terrasse qui surplombait le porche, une table était dressée, couverte d'une nappe blanche et entourée de chaises. Sur le rebord extérieur de la balustrade, il y avait toute une rangée de plantes en pots, et en se penchant l'on apercevait le long de la rue le feuillage luisant de pluie des arbres *sirish**.

Le soleil n'était pas encore couché et ses rayons obliques luisaient faiblement sur un coin de la terrasse. Quand Paresh Babou fit monter Binoy, personne n'était là, mais Satish arriva bientôt accompagné d'un terrier blanc et noir au poil épais ; on l'appelait *Khudé* – le petit – et Satish les honora de tous ses tours. Il savait saluer de la patte, baisser la tête jusqu'à terre et demander un biscuit. De ces glorieuses performances, Satish s'attribua tout le crédit ; Khudé lui-même ne prétendait point au mérite, le biscuit lui paraissant une valeur plus sûre.

De temps en temps, d'une chambre du voisinage, parvenait jusqu'à la véranda un gazouillis de voix féminines entrecoupé d'éclats de rire, où se mêlait

---

* *Sirish :* grand arbre dont les fleurs blanches ressemblent à nos boules de neige.

par moments une voix d'homme. Ce courant de gaieté éveilla dans l'esprit de Binoy une douceur inconnue teintée d'une légère envie. Jamais, dans son existence, il n'avait entendu le murmure joyeux de jeunes filles au foyer familial. Et maintenant cette musique semblait si proche ; pourtant elle lui demeurait inaccessible. Le pauvre Binoy en perdait presque la tête et il n'arrivait pas à prêter l'attention voulue au bavardage de Satish.

Enfin la femme de Paresh Babou apparut, accompagnée de ses trois filles et d'un jeune homme, leur parent éloigné. Elle s'appelait Baroda ; elle n'avait plus l'air jeune quoique évidemment elle se fût parée avec soin. Elle avait jadis mené une vie très simple, puis tout d'un coup avait été prise du souci de se mettre de niveau avec la société la plus avancée. Pour cette raison, la soie de son sari bruissait très fort, ses souliers à talons résonnaient avec vigueur. Elle prenait le plus grand soin de distinguer ce qui était brahmo et ce qui ne l'était pas ; ainsi elle avait substitué le nom de Sucharita au nom trop orthodoxe de Radharani.

L'aînée de ses filles s'appelait Labonya. Elle était grassouillette, d'humeur gaie et sociable, et adorait les commérages. Elle avait le visage rond, de grands yeux, un teint foncé, une peau lisse. Peut-être n'aurait-elle pas d'elle-même apporté beaucoup d'intérêt à sa toilette ; mais dans ce domaine sa mère la régissait de manière très stricte ; quoiqu'elle détestât les hauts talons, il lui fallait en porter et, quand elle allait dans le monde l'après-midi, sa mère lui mettait elle-même du rouge et de la poudre. Comme elle était forte, ses corsages très ajustés la serraient et, au sortir du cabinet de toilette, quand elle échappait aux mains de sa mère, elle avait l'air d'une balle de coton quittant la presse. La cadette, Lolita, était l'antithèse de son aînée. Plus grande, de teint plus foncé, très mince, elle n'obéissait qu'à elle-même et, quoique silencieuse d'ordinaire, se montrait à l'occasion capable d'observations caustiques. Sa mère, au fond du cœur, tremblait devant elle et prenait soin de ne pas la fâcher.

La plus jeune, Lila, n'avait que dix ans ; vrai garçon manqué, elle était toujours en train de se disputer ou de se battre avec Satish. Un des sujets principaux de discussion était de déterminer qui pouvait revendiquer la propriété de Khudé. Si l'on avait consulté le chien, sans doute n'aurait-il choisi comme maître aucun des enfants, quoiqu'il éprouvât sans doute une légère préférence pour Satish, dont la sévérité lui semblait plus facile à supporter que les étouffantes caresses de Lila.

À l'apparition de Mme Baroda sur la terrasse, Binoy s'était levé et il la salua très bas. Paresh Babou le présenta en disant : « Voilà l'ami dont la maison m'a l'autre jour...

– Oh ! s'exclama Baroda avec effusion, comme vous avez été bon. Nous vous sommes si reconnaissants. »

Mais Binoy fut pris d'une telle timidité à cette manifestation de gratitude qu'il ne trouva pas de réponse convenable. On le présenta aussi au jeune homme qui accompagnait les jeunes filles. Il s'appelait Sudhir et il préparait encore sa licence à l'Université. L'air sympathique, le teint clair, il portait une petite moustache et des lunettes ; il semblait un peu agité, ne pouvait tenir en place un moment et par ses taquineries et ses plaisanteries il amusait les jeunes filles. Celles-ci ne cessaient de le repousser, mais elles ne savaient cependant pas se passer de leur Sudhir. Il était toujours prêt à faire leurs courses, à les accompagner au cirque ou au jardin zoologique. La familiarité sans arrière-pensée de Sudhir avec ces jeunes filles, sans précédent pour l'expérience de Binoy, l'émut singulièrement. Sa première impression fut de condamner cette façon de se comporter, mais la condamnation se trouva bientôt mêlée d'une ombre de jalousie.

« Il me semble vous avoir aperçu une ou deux fois aux services du Brahmo Samaj », déclara Baroda comme entrée en matière. Binoy eut l'impression d'avoir été surpris en flagrant délit quand il reconnut, sur un ton qui semblait bien inutilement comporter des excuses, qu'il était quelquefois allé y entendre un sermon. « Je suppose que vous suivez des cours à l'Université, poursuivit Baroda.

— Non, j'ai fini l'Université.

— Jusqu'où êtes-vous allé ?

— J'ai ma licence. »

Cette réponse inspira visiblement à Baroda un respect mérité pour ce jeune homme qui ne paraissait pas son âge. Avec un soupir, elle se tourna vers Paresh Babou pour observer : « Si notre Manou avait vécu, lui aussi serait licencié. »

Leur premier enfant, un fils, était mort à neuf ans, et quand Mme Baroda entendait parler d'un jeune homme qui avait réussi ses examens, ou obtenu un poste avantageux, ou écrit un bon livre, elle pensait aussitôt que son fils, s'il avait vécu, en aurait fait autant. Toutefois, après l'avoir perdu, elle croyait de son devoir de faire connaître à la société les vertus de ses trois filles. Elle ne négligea pas l'occasion d'informer Binoy de leur goût pour l'étude et ne lui cacha pas ce que leur gouvernante anglaise disait de leur intelligence et de leurs remarquables dons. À la distribution des prix du collège de filles, en présence du lieutenant-gouverneur et de sa femme, Labonya avait été choisie parmi toutes les élèves pour présenter à ces notabilités les guirlandes de jasmin. Binoy eut même le privilège d'entendre en quels termes la femme du gouverneur l'avait complimentée. Baroda conclut en disant à Labonya : « Va chercher, ma chérie, la tapisserie qui t'a valu un prix. »

Cette figure de perroquet, exécutée en laine, était depuis longtemps familière aux parents et aux amis. Elle avait été réalisée au prix de mille efforts et de nombreux mois avec l'aide constante de la gouvernante, si bien que la part du travail personnel de Labonya n'y était pas considérable ; pourtant la cérémonie qui consistait à l'exhiber devant chaque nouveau visiteur n'en restait pas moins obligatoire. Tout d'abord Paresh Babou avait tenté de s'y opposer, mais il avait dû y renoncer en s'apercevant que ses protestations étaient vaines.

Tandis que Binoy s'occupait à manifester pour cette œuvre d'art la surprise et l'admiration requises, un serviteur entra, apportant une lettre pour Paresh Babou. Quand il en acheva la lecture, le visage de Paresh Babou s'éclaira de plaisir ; il commanda au domestique : « Faites monter ce monsieur.

– Qui est-ce ? demanda Mme Baroda.

– C'est le fils de mon vieil ami Krishnadayal qui vient me voir. »

Brusquement, le cœur de Binoy cessa de battre et il pâlit. Il s'assit en croisant les mains comme s'il se préparait à soutenir un assaut ; il ne doutait pas que Gora serait frappé défavorablement par les manières en usage dans la famille et qu'il en jugerait les membres en conséquence. Aussi Binoy se disposait-il à défendre leur cause.

CHAPITRE X

Sucharita prépara le goûter sur un plateau dans le couloir ; puis elle remit le plateau à un serviteur pour le faire passer à la ronde, revint ensuite sur la terrasse et s'y assit. Quand le domestique arriva, il était suivi de Gora. Tous furent frappés par sa haute taille et son teint clair. Il portait la marque de sa caste tracée sur son front en argile du Gange. Il était vêtu d'un *dhuti** de gros fil et d'une veste à l'ancienne mode tenue par des cordons ; ses sandales de facture rustique laissaient voir ses orteils. Il entra, incarnation de la révolte contre la modernité ; même Binoy ne l'avait jamais vu arborer une tenue si martiale et si provocante.

En vérité, Gora était alors rempli d'une furieuse révolte contre le cours des choses, et cette révolte avait une raison particulière. Il était parti la veille sur un bateau pour assister à la cérémonie du bain à Tribeni. Aux escales du parcours, montèrent à

---

* *Dhuti* : pièce essentielle du vêtement masculin, étoffe blanche nouée autour des reins et drapée autour des jambes, parfois relevée en pagne. Se complète par une écharpe ou un châle porté sur l'épaule ou croisé sur la poitrine.

bord comme passagères des troupes de pèlerines accompagnées par un ou deux hommes. Par souci de s'assurer une place, elles avaient joué des coudes et s'étaient bousculées, si bien qu'avec leurs pieds boueux quelques-unes avaient glissé sur la simple planche qui servait de passerelle et étaient tombées, tandis que d'autres se voyaient même poussées dans l'eau par les matelots. Plusieurs de celles qui étaient parvenues à s'assurer une place avaient perdu leurs compagnes dans la foule. Par-dessus le marché, la pluie tombait ; de temps en temps une averse les trempait, et le pont sur lequel il leur fallait s'asseoir était recouvert d'une vase gluante. On lisait sur les visages de ces malheureuses un désespoir harassé, dans leurs yeux une pitoyable anxiété. Elles n'ignoraient pas que, créatures faibles et insignifiantes, elles ne pouvaient attendre aucun secours du capitaine ni de l'équipage ; aussi leur moindre mouvement révélait-il leur timidité et leur appréhension. Seul, Gora s'efforçait de les aider dans leur détresse.

Appuyés au bastingage du pont des premières, un Anglais et un *babou* bengali d'allure moderne fumaient le cigare, causaient et s'amusaient du spectacle ; par moments, devant une situation spécialement fâcheuse d'une des pèlerines, l'Anglais éclatait de rire et le Bengali se joignait à son hilarité. Quand ils eurent deux ou trois fois manifesté cette gaieté, Gora fut incapable d'en supporter davantage ; il monta sur le pont supérieur et cria d'une voix de tonnerre : « Cela suffit. N'avez-vous pas honte ? »

L'Anglais se contenta de regarder durement Gora en l'examinant des pieds à la tête, mais le Bengali daigna répondre : « Honte ? railla-t-il. Oui, j'ai honte de la stupidité de ces pauvres créatures.

– Il y a des brutes bien pires que de misérables ignorantes, lança Gora le visage en feu, ce sont les hommes sans cœur.

– Allez-vous-en, riposta le Bengali qui se fâchait. Vous n'avez pas le droit de monter en première.

– Non, certes, répondit Gora, ma place n'est pas avec un type comme toi, mais avec ces humbles pèlerins. Pourtant je vous conseille de ne pas me forcer à remonter dans vos premières. »

Et il descendit en courant vers le pont inférieur.

Après l'incident, l'Anglais s'étendit de nouveau sur son fauteuil de pont, les pieds sur la rambarde, et il se plongea dans la lecture d'un roman. Son compagnon bengali tenta deux ou trois fois, mais sans succès, de renouer le fil de la conservation. Alors, pour bien montrer qu'il se distinguait du troupeau de ses compatriotes, il appela le garçon et lui commanda du poulet rôti ; le garçon ne pouvait offrir que du pain, du thé et du beurre, sur quoi le babou s'exclama en anglais : « Quel scandale de trouver si peu de commodités à bord de ce bateau ! » Son compagnon, néanmoins, ignora cette ouverture ; et même quand, un instant après, le journal de l'Anglais s'étant envolé, le Bengali sauta de son fauteuil pour le rattraper et le rendre à son propriétaire, il ne reçut pas un mot de remerciement. En descendant à Chandernagor, le sahib aborda Gora et, soulevant légèrement son chapeau, lui dit : « Je m'excuse de ma conduite, j'en suis confus », puis il se hâta de descendre.

Mais ce qui brûlait en Gora, c'était le sentiment de l'outrage infligé par le spectacle d'un de ses compatriotes, un homme instruit, capable de se joindre à un étranger pour s'amuser de la triste situation de son propre peuple et pour rire des malheureux en prenant un air de supériorité. Les gens de son pays prêtaient le flanc à toutes sortes d'insultes et d'insolences. Ils s'étaient habitués à considérer comme inévitable d'être traités comme du bétail par des compatriotes plus heureux et ils en arrivaient à considérer une telle attitude comme naturelle et légitime. L'origine de cette soumission, Gora la voyait dans l'ignorance profonde qui pénétrait tout le pays et dont la pensée lui brisait le cœur ; mais la blessure la plus vive était pour lui de voir ses compatriotes plus éduqués, au lieu d'assumer eux-mêmes le fardeau de cette honte et de cette indignité permanente, préférer se faire gloire de leur immunité. Voilà pourquoi Gora, désireux de montrer son mépris pour les conventions vaines et livresques respectées par les gens plus cultivés, avait arboré, pour une visite dans la maison brahmo où son père l'envoyait, le signe tracé sur son front avec l'argile du Gange et cette tenue rustique et provocante.

« Ô Seigneur ! se dit Binoy, voilà Gora sur le sentier de la guerre. » Le cœur lui manquait à la simple évocation de tout ce que Gora était susceptible de dire ou de faire dans semblable humeur et il sentit la nécessité de bander ses forces en vue du combat.

Tandis que Mme Baroda causait avec Binoy, Satish avait dû se contenter de grimper sur la balustrade dans un coin de la terrasse. Mais quand il aperçut Gora, cette occupation perdit tout charme pour lui ; il se glissa doucement jusqu'au siège de Binoy et en dévorant des yeux le visiteur, il murmura : « C'est votre ami ?

– Oui », répondit Binoy.

Gora, après un bref regard jeté sur Binoy, ignora sa présence. Il salua correctement Paresh Babou, sans paraître gêné le moins du monde, prit une chaise qu'il éloigna un peu de la table, puis s'assit. Quant aux dames, l'étiquette orthodoxe exigeait qu'aucun signe de sa part ne marquât qu'il s'était aperçu de leur présence. Mme Baroda avait décidé d'écarter ses filles de ce goujat quand Paresh Babou le lui présenta comme le fils d'un vieil ami ; sur quoi Gora se tourna vers elle et s'inclina.

Sucharita avait entendu Binoy parler de Gora, mais elle ne comprit pas que ce visiteur était précisément Gora et au premier abord elle éprouva pour lui de l'antipathie, car elle n'avait ni l'habitude ni la patience de supporter les gens instruits qui affichaient cependant une stricte orthodoxie.

Paresh Babou se mit à poser des questions sur son ami d'enfance Krishnadayal et à rappeler des souvenirs de leurs études universitaires.

« Parmi les étudiants de cette époque, nous étions les pires iconoclastes qu'on puisse imaginer. Nous n'avions pas l'ombre de respect pour les traditions, nous regardions comme un véritable devoir de manger des aliments défendus. Que de soirs nous avons passés à faire d'abord un dîner non orthodoxe dans un restaurant musulman près du collège et à rester ensuite jusqu'à minuit à discuter de la réforme de la société hindoue.

– Et quelles sont aujourd'hui les idées de votre ami ? interrompit Baroda.

– Maintenant, répondit Gora, il observe scrupuleusement les coutumes orthodoxes.

– N'a-t-il pas honte ? demanda Baroda, enflammée d'indignation.

– La honte est le signe d'un caractère faible, dit Gora en riant. Il y a des gens qui ont même honte de reconnaître leur propre père.

– N'avait-il pas été brahmo ?

– Moi-même j'ai été brahmo, dit Gora.

– Et maintenant vous croyez en un Dieu qui a une forme finie ? demanda-t-elle.

– Je n'ai pas la superstition de mépriser sans raison les formes finies. Suffit-il d'en parler avec mépris pour leur ôter toute valeur ? Qui a su en pénétrer le mystère ?

– Mais la forme impose des limites à la Divinité, interrompit Paresh Babou avec calme.

– Rien ne peut se manifester sans s'imposer des limites, persista Gora. L'infini a dû prendre forme pour se manifester. Autrement, comment se serait-il révélé ? Ce qui n'est pas révélé ne peut atteindre la perfection. L'infini se réalise dans la forme comme la pensée se parfait dans le verbe.

– Prétendez-vous, s'exclama Baroda en secouant

la tête avec incrédulité, qu'un Dieu fini, emprisonné dans une forme, est plus parfait que l'Absolu sans forme ni limite ?

– Peu importe ce que je prétends, répliqua Gora ; la forme du monde ne dépend pas de mes paroles. Si l'informe avait été vraiment la perfection, la forme n'aurait pas trouvé place dans la création. »

Sucharita souhaitait avec ardeur que quelqu'un se montrât capable d'humilier cet impudent jeune homme et triomphât de lui dans la discussion ; elle s'irritait de voir Binoy rester tranquillement assis sans ouvrir la bouche. La violence même du ton de Gora semblait communiquer à la jeune fille l'énergie nécessaire pour lui adresser une réplique écrasante. Cependant le serviteur entra, apportant un pot d'eau bouillante, et Sucharita dut s'occuper à préparer le thé, tandis que Binoy lançait de temps en temps dans sa direction un regard interrogateur.

Quoiqu'il n'y eût pas grande différence entre Binoy et Gora en matière de religion, Binoy était profondément peiné que Gora, venu sans invitation dans cette maison brahmo, montrât une hostilité si inflexible. La calme maîtrise de soi, la bienveillante sérénité de Paresh Babou, sa hauteur de pensée, planant au-dessus des arguments des deux partis, remplissaient Binoy d'admiration, surtout quand il la comparait avec l'attitude agressive de Gora. « Les opinions ne sont rien, songeait-il ; ce qui a de la valeur, ce qui est seul réel, c'est la paix intérieure. Qu'importe le poids relatif de tel ou tel argument ? Ce qui compte, c'est l'expérience personnelle. »

Au cours de la discussion, Paresh Babou par instants fermait les yeux et se replongeait dans les profondeurs de son âme. Il en avait l'habitude, et Binoy observait, fasciné, la quiétude qui rayonnait sur ses traits quand son esprit était ainsi absorbé. Binoy éprouvait une vive déception à voir Gora ne pas ressentir un respect spontané pour cet homme vénérable, un respect qui aurait refréné les outrances de son langage.

Quand Sucharita eut fini de verser le thé, elle se tourna vers Paresh Babou d'un air interrogateur ; elle cherchait auquel de leurs hôtes elle offrirait du thé. Mme Baroda regarda Gora et s'exclama : « Vous, je suppose que vous n'en prendrez pas ?

– Non, répondit Gora, d'un air décidé.

– Pourquoi ? insista Baroda, craignez-vous de perdre votre caste ?

– Oui, répondit Gora.

– Alors, vous croyez en la caste ?

– La caste a-t-elle donc été instituée par moi que je puisse n'y pas croire ? Puisque je dois obéissance à la société, je dois aussi respecter la caste.

– Devez-vous donc à la société une obéissance totale ?

– Désobéir à la société c'est la détruire.

– Quel mal y aurait-il à la détruire ?

– Vous pourriez aussi bien demander quel mal il y aurait à scier la branche sur laquelle nous sommes assis.

– Mère, à quoi sert cette discussion vaine ? interrompit Sucharita, blessée. Il ne veut pas manger avec nous et voilà tout. »

Gora fixa les yeux sur Sucharita tandis que, regardant Binoy, elle demandait d'un air hésitant : « Et vous… ? »

Binoy n'avait jamais pris de thé de sa vie ; depuis longtemps il avait renoncé au pain et aux biscuits faits par les musulmans ; mais, ce jour-là, il se sentait obligé de boire et de manger ce qu'on lui offrait ; aussi leva-t-il les yeux avec effort pour dire : « Certainement. » Puis il jeta un coup d'œil vers Gora sur le visage de qui jouait un sourire léger et sarcastique. Binoy but courageusement son thé, quoiqu'il le trouvât amer et désagréable au goût.

« Quel gentil garçon, ce Binoy », tel était le commentaire inexprimé de Baroda et elle lui accorda toute son attention, tournant le dos à Gora. Remarquant cette attitude, Paresh Babou déplaça doucement sa chaise vers Gora et se mit à causer avec lui à voix basse. On annonça un autre visiteur. Tous l'accueillirent en l'appelant Panou Babou. Le vrai nom du nouveau venu était Haran-chandra Nag.

Dans le cercle de ses connaissances, il avait la réputation d'être remarquablement intelligent et cultivé et, quoique rien n'eût été expressément convenu, l'idée était dans l'air qu'il épouserait Sucharita. On ne pouvait douter de son inclination à le faire et les sœurs de Sucharita la taquinaient à ce sujet. Haran enseignait dans une école et Mme Baroda ne faisait pas grand cas d'un simple instituteur ; aussi ne cachait-elle pas que mieux valait pour Haran ne pas oser prétendre à une de ses filles à elle. Les gendres de ses rêves étaient d'audacieux chevaliers errants dont la poursuite avait pour objet un siège de magistrat.

Comme Sucharita offrait à Haran une tasse de thé, Labonya, de loin, lui adressa un clin d'œil complice et plissa les lèvres en un sourire. Ce geste n'échappa pas à Binoy, car dans ce bref espace de temps, sa vision avait acquis pour certaines matières une pénétration et une rapidité inhabituelles. Binoy voyait une injustice de la Providence dans le fait que ces deux-là, Haran et Sudhir, étaient assez incorporés à la famille pour provoquer des signes d'intelligence entre les filles de la maison. Pour Sucharita d'autre part, l'arrivée de Haran sur la scène fit briller un espoir. Si seulement ce nouveau champion qui se présentait pour ses idées parvenait à jeter dans la poussière l'orgueilleux visiteur, elle se sentirait vengée. D'ordinaire, le goût de Haran pour l'argumentation ne faisait que l'agacer ; mais ce jour-là elle accueillit avec joie ce combattant féru d'éloquence et lui fournit généreusement des armes sous forme de thé et de gâteaux.

« Panou Babou, commença Paresh Babou, voici notre ami... »

Mais Haran l'interrompit : « Oh ! je le connais bien. Il était naguère membre enthousiaste de notre Brahmo Samaj. » Et Haran se détourna de Gora pour s'absorber dans le souci de sa tasse de thé.

À cette époque, seuls deux ou trois Bengalis avaient passé à Londres les examens supérieurs d'entrée dans l'Administration, et Sudhir décrivit la réception faite à l'un d'eux lors de son retour d'Angleterre.

« Quelle importance cela peut-il avoir ? interrompit

hargneusement Haran. Si les Bengalis peuvent réussir leurs examens, ils sont incapables d'être administrateurs. » Et voulant démontrer qu'aucun Bengali n'était de force à administrer un canton, il déploya tout son talent pour dénoncer les défauts et les faiblesses variés du caractère bengali.

Le visage de Gora rougissait visiblement durant cette tirade et, atténuant autant que possible son mugissement léonin, à la fin, il éclata : « Si c'est là votre sincère opinion, n'avez-vous pas honte d'être tranquillement assis à cette table en train de croquer des tartines de beurre ?

– Que voudriez-vous que je fasse ? demanda Haran en levant les sourcils de surprise.

– Ou bien essayez d'effacer ces tares chez les Bengalis, ou bien allez vous pendre. Souffrez-vous donc si peu en déclarant que notre nation sera toujours incapable d'accomplir quoi que ce soit ? Je m'étonne que vos tartines ne vous restent pas en travers du gosier.

– Ne faut-il pas reconnaître la vérité ? demanda Haran.

– Pardonnez-moi, continua Gora avec chaleur ; mais, si vous croyiez vraiment ce que vous venez de dire, vous ne pourriez pas pérorer avec tant de désinvolture. Vous savez que c'est faux ; voilà pourquoi vous en parlez avec ce calme. Laissez-moi vous le dire, Haran Babou, le mensonge est un péché, la calomnie est un péché pire encore, mais il n'y a guère de péché aussi grave que d'injurier calomnieusement ses propres compatriotes. »

Haran tremblait d'une colère croissante. Gora

ajouta : « Imaginez-vous que vous êtes le seul individu supérieur parmi le peuple de notre pays ? Que vous êtes seul qualifié pour fulminer contre lui et que nous autres, au nom de tous nos ancêtres, devions patiemment supporter vos accusations ? »

Ces paroles rendirent impossible pour Haran d'abandonner sa position et il poursuivit son réquisitoire avec plus de parti pris encore. Il rappela plusieurs coutumes néfastes de la société bengali, affirmant que tant qu'elles subsisteraient il n'y avait aucun espoir pour la race.

« Les coutumes soi-disant néfastes dont vous parlez, dit Gora d'un air méprisant, vous les mentionnez pour les avoir vu dénoncer dans les livres des Anglais, vous ne les connaissez pas personnellement pour telles. Quand vous condamnerez avec autant d'honnête indignation les coutumes scandaleuses des Anglais, alors vous aurez le droit de parler. »

Paresh Babou faisait tous ses efforts pour changer le sujet de la conversation ; mais il n'y avait pas moyen d'arrêter Haran, devenu furieux. Cependant le soleil se couchait, le ciel s'embrasait de ses rayons qui filtraient à travers un banc de nuages et, malgré la controverse qui faisait rage, le cœur de Binoy se remplissait d'une douce musique. Comme l'heure était venue de sa méditation du soir, Paresh Babou quitta la terrasse et descendit dans le jardin où il s'assit sous un *champak**.

---

* *Champak* : grand arbre qui porte à sa cime un bouquet de fleurs jaunes au parfum très pénétrant « qui provoque le doux sourire », dit la poésie populaire.

Baroda avait conçu pour Gora une antipathie totale et Haran n'était pas non plus de ses favoris. Aussi se sentit-elle bientôt incapable de supporter plus longtemps leur discussion ; elle se tourna vers Binoy en disant : « Venez, Binoy Babou, rentrons. »

Pour montrer qu'il était sensible à la faveur spéciale témoignée par Mme Baroda, Binoy ne put moins faire que de la suivre docilement dans la maison. Baroda commanda à ses filles de les accompagner tandis que Satish, comprenant la vanité d'attendre la fin du débat, sortait avec son chien. Baroda saisit l'occasion qui s'offrait d'entretenir Binoy des mérites de ses filles et se tourna vers Labonya : « Apporte ton album, ma chérie, pour le montrer à Binoy Babou. » Labonya était si habituée à montrer son album à tous les nouveaux visiteurs qu'elle s'attendait toujours à cette requête et aurait en fait été désappointée de voir la discussion des autres se terminer. Binoy, en ouvrant l'album, y lut des poèmes anglais de Moore et de Longfellow. Les initiales et les titres des poèmes en lettres ornées et toute l'écriture frappaient par un mérite singulier. Il témoigna d'une admiration sincère, car c'était alors pour une jeune fille un mérite singulier qu'être capable de copier avec élégance de la poésie anglaise. Binoy une fois dûment soumis, Mme Baroda se tourna vers sa cadette : « Lolita, ma chérie, ta récitation... »

Mais Lolita répliqua avec beaucoup de fermeté : « Non, Mère, vraiment je ne peux pas... je ne me rappelle plus bien. » Et elle se tourna vers la fenêtre pour regarder au-dehors. Baroda expliqua à Binoy qu'en réalité elle n'avait pas oublié, mais qu'elle était trop modeste pour se faire valoir. Elle montrait cette disposition depuis l'enfance, dit sa mère qui, à l'appui de ce dire, cita un ou deux exemples des remarquables connaissances de Lolita et ajouta qu'elle était si courageuse que, même blessée, elle ne pleurait pas, semblable à cet égard à son père.

Enfin le tour de Lila arriva. Priée de réciter, elle commença par glousser sottement ; puis, une fois lancée comme une machine, elle dévida d'une seule haleine son couplet : « Brille, brille, petite étoile », sans marquer par le moindre signe qu'elle comprenait le sens. Sachant que le point suivant du programme comportait un tour de chant, Lolita quitta la pièce.

Dehors, la discussion avait atteint son paroxysme. Haran renonçait à l'apparence même d'user d'arguments et s'abandonnait au langage le plus violent, tandis que Sucharita, honteuse et blessée de ce manque de dignité, se rangeait du parti de Gora ; son attitude n'ajoutait pas à la maîtrise de soi qui faisait défaut à Haran et ne contribuait pas à le soutenir.

D'épais nuages chargés de pluie assombrirent le ciel du soir ; on entendit le cri des marchands ambulants qui vendaient dans la rue des guirlandes de jasmin, les lucioles sortirent brillantes du feuillage bordant la route et l'obscurité envahit la surface de l'étang voisin. Binoy revint alors sur la véranda pour prendre congé et Paresh Babou dit à Gora :

« Revenez nous voir quand vous voudrez. Krishna-dayal était pour moi comme un frère et, quoique aujourd'hui nos opinions diffèrent, que nous ne nous voyons ni ne nous écrivons plus jamais, les amitiés d'enfance restent partie intégrante de notre chair et de notre sang. Je me sens très proche de vous à cause de mes vieilles relations avec votre père. » La voix calme et affectueuse de Paresh Babou agit comme un charme magique sur l'ardeur raisonneuse de Gora. Son salut d'arrivée au vieil homme était presque dépourvu de respect, mais au départ il s'inclina avec une déférence sincère. Aucun geste ne marqua qu'il eût conscience de la présence de Sucharita, car le moindre témoignage lui aurait paru d'une suprême grossièreté. Binoy, après avoir salué très bas Paresh Babou, esquissa aussi un salut devant Sucharita ; puis, comme honteux de son geste, se précipita derrière Gora. Pour éviter tout adieu, Haran était rentré dans l'appartement et tournait les pages d'un livre d'hymnes brahmos qu'il avait trouvé sur la table ; mais, sitôt les deux hôtes partis, il revint rapidement dans la véranda et dit à Paresh Babou : « Cher monsieur, pourquoi présenter ainsi les jeunes filles à n'importe qui ? »

Sucharita, trop mécontente pour cacher plus longtemps ses sentiments, s'exclama : « Si Père avait pensé comme vous, nous ne vous aurions jamais connu.

— Il vaut beaucoup mieux, expliqua Haran, se borner à des relations avec des gens qui appartiennent à votre monde. »

Paresh Babou se mit à rire : « Vous voulez nous ramener au système du *zenana** en réduisant nos rapports à notre propre groupe. Mais je suis d'avis que les jeunes filles doivent rencontrer des personnes qui professent tous les genres d'opinions pour éviter qu'elles gardent de l'étroitesse d'esprit. Pourquoi nous montrerions-nous si défiants à cet égard ?

– Je n'ai jamais dit qu'elles ne doivent pas rencontrer des gens d'opinions diverses, répliqua Haran ; mais ces garçons-là ne savent même pas comment on doit se conduire avec les dames.

– Non, non, protesta Paresh Babou, ce que vous prenez pour un manque de manières n'est que timidité, et ils ne s'en guériront jamais s'ils ne se mêlent pas à la société des dames. »

---

* *Zenana :* partie de l'habitation réservée aux femmes dans le système du purdah.

CHAPITRE XI

Haran avait ce jour-là vivement désiré remettre Gora à sa place et brandir sous les yeux de Sucharita l'étendard de la victoire. Au début, Sucharita avait entretenu le même espoir. Toutefois les choses tournèrent de telle façon que ce fut justement l'inverse qui se produisit. Sucharita ne pouvait admettre les idées sociales et religieuses de Gora ; mais comme lui, elle éprouvait spontanément du respect pour la race qui était la sienne et de la sympathie pour ses compatriotes. Quoiqu'elle n'eût encore jamais discuté la situation de son pays, quand elle entendit Gora fulminer au spectacle des humiliations infligées à leur peuple, son esprit et son cœur s'associèrent à la protestation. Elle n'avait jamais eu l'occasion d'entendre exprimer avec tant de force et de fermeté la foi en la mère patrie. Aussi quand Haran revint à la charge avec rancune, attaquant Binoy et Gora derrière leur dos, les appelant des rustres sans manières, Sucharita, pour s'opposer à cette petitesse, fut de nouveau conduite à prendre leur parti.

Pourtant le sentiment de révolte que lui avait inspiré Gora n'était pas tout à fait apaisé. Même après son départ, la manière agressive et orgueilleuse dont il faisait montre la choquait un peu. Elle saisissait bien que l'affectation qu'il mettait à adopter ces allures orthodoxes était une sorte de défi, qu'il y manquait le naturel d'une conviction spontanée, que sa foi ne suffisait pas à le satisfaire, qu'en fait il assumait cette attitude mû par la colère et l'arrogance avec l'intention de blesser les autres. Ce soir-là, dans toutes ses occupations, qu'elle dînât ou qu'elle racontât des histoires à Lila, Sucharita garda la conscience d'une peine sourde, cachée au fond de son être, qui ne cessait pas de la faire souffrir. Vous ne pouvez extraire une épine que si vous savez où elle est enfoncée, et Sucharita restait assise toute seule dans la véranda, cherchant à découvrir le siège de son mal. Dans la fraîche obscurité, elle tentait, mais en vain, de calmer la fièvre involontaire de son cœur. Le fardeau vague qui l'accablait lui donnait envie de pleurer, les larmes pourtant ne venaient pas.

Sucharita (il serait absurde de l'imaginer) ne se sentait pas ainsi tourmentée parce qu'un jeune homme inconnu était venu, portant sur le front, comme un défi, une marque de caste, et qu'il n'avait pu être vaincu pendant la discussion ni humilié dans son orgueil. L'esprit de la jeune fille repoussait cette explication comme sans valeur ; soudain elle rougit de honte quand, à la fin, lui apparut la cause réelle de sa contrariété ; elle était demeurée deux ou trois heures en face de ce jeune homme, l'avait même de temps en temps défendu contre ses adversaires, sans qu'il eût pris garde à elle ou même qu'il eût, au moment de se retirer, marqué une conscience quelconque de sa présence. Elle vit clairement et indubitablement que c'était cette complète indifférence qui la blessait si profondément. Binoy avait lui aussi montré la gaucherie naturelle chez ceux qui ne sont pas habitués à la société féminine ; mais cette gaucherie n'était qu'une gêne, un manque de hardiesse dû à la modestie, dont on ne trouvait pas trace chez Gora.

Pourquoi Sucharita ne parvenait-elle pas à admettre cette choquante indifférence de Gora ou à la chasser avec mépris de sa pensée ? Elle se sentait près de mourir d'humiliation en songeant que, malgré cette absence d'égards, elle n'avait pas été assez maîtresse d'elle-même pour s'abstenir de prendre part à la discussion. Une fois cependant, quand elle avait dénoncé avec chaleur la mauvaise foi d'un argument de Haran, Gora avait levé les yeux sur elle. Assurément, il n'y avait dans ce regard pas trace de timidité ; mais ce qu'il y avait en effet était indéchiffrable. La jugeait-il bien hardie et désireuse de se faire valoir pour se lancer sans y être invitée dans un débat entre hommes ? Mais qu'importait ce qu'il pensait ? Rien du tout. Néanmoins, Sucharita ne laissait pas de souffrir. Elle combattit contre elle-même pour arriver à oublier l'incident, à l'effacer de sa mémoire ; mais en vain. Alors elle se sentit irritée contre Gora et s'efforça de concevoir pour lui, garçon arrogant et superstitieux, un écrasant mépris. Malgré tout, elle éprouvait de la mortification à se rappeler le regard ferme et décidé de cet homme gigantesque à la voix de tonnerre et elle ne réussissait pas à maintenir intacte son assurance, elle se sentait petite en face de lui.

Tourmentée par ces sentiments contradictoires, Sucharita resta levée tard dans la nuit. On avait éteint les lampes et chacun était rentré dans sa chambre. Elle entendit fermer la porte de la rue et sut ainsi que les domestiques avaient terminé leur journée et allaient se coucher. À ce moment, Lolita apparut en chemise de nuit et, sans rien dire, sortit sur le balcon et alla s'appuyer à la balustrade. Sucharita sourit, car elle comprit que Lolita était fâchée. Sucharita avait promis de partager ce soir-là le lit de Lolita et avait entièrement oublié sa promesse. Toutefois, reconnaître l'oubli n'était pas le moyen d'apaiser l'offensée : la vraie faute consistait à avoir oublié. Et Lolita n'était pas fille à rappeler une promesse ; elle avait décidé de rester tranquillement dans son lit, sans montrer de regret ; mais comme le temps passait, son désappointement devenait plus aigu ; incapable de l'endurer plus longtemps, elle s'était levée juste pour montrer sans parler qu'elle ne dormait pas. Sucharita quitta sa chaise, s'approcha doucement de sa sœur et l'embrassa. « Lolita chérie, dit-elle, ne sois pas fâchée contre moi. »

Lolita s'écarta en murmurant : « Fâchée ? Pourquoi fâchée ? Reste donc assise.

– Viens, ma chérie, allons nous coucher », plaida Sucharita en lui prenant la main.

Mais Lolita demeurait immobile sans répondre ; finalement Sucharita l'entraîna vers la chambre à coucher. Alors seulement Lolita demanda d'une voix étranglée : « Pourquoi es-tu restée si tard ? Sais-tu qu'il est onze heures ? J'ai entendu l'heure sonner et maintenant tu auras trop sommeil pour bavarder.

– Pardonne-moi, chérie », dit Sucharita en la serrant dans ses bras.

La faute étant ainsi reconnue, la colère de Lolita s'évanouit et elle s'adoucit aussitôt. « À qui pensais-tu, assise toute seule et si longtemps, Didi ? Est-ce à Haran ?

– Oh, veux-tu te taire ! » s'écria Sucharita avec un geste de reproche.

Lolita ne pouvait souffrir Haran ; elle ne voulait même pas taquiner Sucharita à ce sujet comme faisaient ses sœurs. La seule idée que Haran voulait épouser Sucharita la mettait en colère.

Après quelques instants de silence, Lolita reprit : « Quel homme sympathique est Binoy Babou ; n'est-ce pas, Didi ? » Et l'on ne peut affirmer que cette question n'était pas destinée à sonder ce que Sucharita avait dans l'esprit.

« Oui, chérie, Binoy Babou a l'air très gentil. »

La réponse, cependant, n'était pas du ton qu'escomptait Lolita ; elle poursuivit donc : « Tu diras ce que tu voudras, Didi, mais ce Gourmohan Babou est vraiment insupportable. Quel teint affreux et quels traits durs ! Et si horriblement prétentieux ! Quelle impression t'a-t-il faite ?

– Il est beaucoup trop orthodoxe pour mon goût, répondit Sucharita.

– Non, non, ce n'est pas cela, s'exclama Lolita. Voyons, notre oncle aussi est orthodoxe, mais c'est bien différent... Je ne sais pas expliquer ce que je pense.

– Oui, en effet, c'est bien différent », dit Sucharita en riant.

Et, comme elle évoquait le haut front blanc de Gora portant la marque de la caste, son irritation se ranima, car n'était-ce pas pour Gora sa façon d'affirmer en grosses lettres : « Je suis différent de vous. » Il n'aurait fallu rien moins que la défaite dans la poussière de cet orgueil et de ce défi pour adoucir la révolte de Sucharita.

Peu à peu les jeunes filles cessèrent de parler et s'endormirent. Vers deux heures, Sucharita s'éveilla et entendit la pluie tomber à torrents. La veilleuse allumée dans le coin de la chambre s'était éteinte et de temps en temps un éclair brillait à travers la moustiquaire. Dans l'obscurité et le silence de la nuit, avec le murmure incessant de la pluie qui remplissait ses oreilles, Sucharita se sentait le cœur lourd ; elle se retournait dans le lit, espérant se rendormir et regardait avec envie le visage de Lolita plongée dans le sommeil ; mais le sommeil se refusait. Agacée, elle se leva, gagna la porte du balcon et l'ouvrit, puis demeura sur la terrasse à regarder tomber la pluie qui rejaillissait au moindre souffle de vent. Tous les incidents de la soirée repassaient un à un dans son esprit. Le visage de Gora brillait, enflammé par l'excitation et illuminé par les rayons du soleil couchant. Tous les arguments qu'elle avait entendus, mais oubliés, lui revinrent alors, portés par une voix forte et profonde. Les paroles du jeune homme retentirent de nouveau à ses oreilles : « Ceux que *vous* appelez illettrés sont ceux au côté de qui je me range. Ce que *vous* appelez superstition, c'est ma foi. Tant que vous n'aurez pas d'amour pour votre pays et que vous ne prendrez pas le parti de votre propre peuple, je n'admettrai pas de votre part un mot qui dénigre la mère patrie. »

Haran avait répliqué : « Comment une telle attitude contribuerait-elle à la réforme du pays ? »

Sur quoi Gora avait rugi : « La réforme ! Elle peut attendre. L'amour et le respect importent plus que la réforme. La réforme se fera d'elle-même quand nous serons un peuple uni. Avec votre politique de désunion vous émietteriez le pays en mille fragments. En vérité, sous prétexte que chez nous règne la superstition, vous, les non superstitieux, affectez la supériorité et le dédain. J'espère que mon constant désir restera de ne jamais me séparer des autres, même pour acquérir une supériorité. Quand un jour nous ne formerons plus qu'un seul peuple, ce qui alors devra subsister de nos pratiques orthodoxes, le pays et le Dieu de notre pays en décideront. »

Haran avait rétorqué : « Mais toutes ces pratiques et coutumes empêchent justement le pays de s'unifier. »

Et Gora : « Si vous croyez nécessaire de déraciner toutes les pratiques et coutumes vicieuses avant d'unifier le pays, alors, chaque fois que vous voulez traverser l'océan, il vous faudrait commencer par épuiser l'eau. Rejetez du fond du cœur votre orgueil et votre mépris, rapprochez-vous de tous avec une sincère humilité, et votre amour triomphera de tous les vices et de tous les maux. Toute société a ses défauts et ses faiblesses ; mais tant que les gens sont attachés les uns aux autres, ils sont de force à neutraliser tous les poisons. Les sources de décomposition restent présentes dans l'atmosphère, mais quand la vie circule, elles demeurent impuissantes ; seuls les morts pourrissent. Permettez-moi d'affirmer que nous n'allons pas nous soumettre à des tentatives de réforme venues du dehors, qu'elles viennent par vous ou par les missionnaires étrangers.

– Pourquoi pas ? avait demandé Haran.

– Parce qu'on peut accepter d'être corrigé par ses parents ; tandis que si la police prétend le faire, on doit attendre de son intervention plus de colère que de progrès ; nous plier à ses leçons ne pourrait qu'humilier notre fierté. Reconnaissez d'abord notre fraternité avec nous, ensuite vous proposerez de nous réformer ; autrement, même un avis judicieux de votre part ne fera que du mal. »

Ainsi Sucharita se remémorait dans tous les détails les paroles de Gora et, tandis qu'elle se les rappelait, la douleur croissait dans son cœur. Enfin, épuisée, elle revint se coucher et les mains sur les yeux, tenta de chasser de sa tête ces pensées qui l'empêchaient de dormir ; mais son visage et ses oreilles brûlaient, et dans son cerveau les idées fermentaient et se combattaient.

CHAPITRE XII

Dans la rue, après avoir quitté la maison de Paresh Babou, Binoy dit : « Tu pourrais marcher moins vite, Gora, mon vieux ; tes jambes sont plus longues que les miennes et si tu ne modères pas ton allure, je vais m'essouffler à essayer de te suivre.

– Je voudrais me promener tout seul ce soir, répondit Gora d'un ton rébarbatif, j'ai à réfléchir. »

Et il poursuivit sa marche au même rythme.

Binoy fut profondément blessé. En se révoltant contre Gora, il venait de rompre contre la coutume, et il se serait senti soulagé si Gora le lui avait reproché : un orage aurait purifié l'atmosphère qui alourdissait le ciel de leur longue amitié, et il aurait respiré plus librement. Binoy n'avait pas le sentiment que Gora lui faisait tort en le quittant sous l'empire de la colère ; pour la première fois depuis qu'ils se connaissaient, une véritable querelle les séparait ; aussi Binoy se sentait-il le cœur lourd, tandis qu'il avançait dans la nuit sinistre et pluvieuse et que, par intervalles, grondaient les sombres nuées d'orage. L'existence, subitement, semblait abandonner son cours ordinaire et prendre une direction nouvelle : dans les ténèbres, Gora était parti d'un côté et lui d'un autre.

Le lendemain matin, au lever, il avait l'esprit moins oppressé. Il eut l'impression de s'être, le soir précédent, enfoncé dans un tourment inutile ; maintenant son amitié pour Gora et ses relations avec Paresh Babou ne lui paraissaient plus si incompatibles. Il alla jusqu'à sourire en pensant à la détresse qu'il avait éprouvée la veille. Aussi, jetant son châle sur ses épaules, il sortit et d'un bon pas s'achemina vers la maison de Gora. Gora, assis au rez-de-chaussée, lisait. Il avait aperçu Binoy dans la rue, mais l'arrivée de celui-ci ne lui fit pas lever les yeux de son papier. Binoy, sans dire un mot, lui retira son journal.

« Je crois que vous devez faire erreur, dit Gora ; je suis Gourmohan, un hindou superstitieux.

– Peut-être est-ce vous qui faites erreur ? répliqua Binoy, je suis Binoy Bhusan, l'ami superstitieux de ce même Gourmohan.

– Mais Gourmohan est un individu si incorrigible qu'il ne s'excuse jamais auprès de personne pour ses superstitions.

– Binoy est tel, mais il ne prétend pas obliger les autres à avaler ses superstitions. »

Au bout d'un instant, les deux amis étaient pleinement engagés dans une chaude discussion et les voisins ne tardèrent pas à être avertis que Gora et Binoy étaient réunis. « Quel besoin as-tu éprouvé de nier tes visites chez Paresh Babou ? demanda finalement Gora.

– Aucun besoin, dit Binoy en souriant. Je les ai niées simplement parce que je n'avais pas encore été chez lui. Hier, pour la première fois, j'entrais dans sa maison.

– Ce qui me frappe, c'est que si tu trouves bien le moyen d'entrer, je doute que tu trouves aussi le moyen d'en sortir, railla Gora.

– Peut-être, dit Binoy, peut-être suis-je fait de telle sorte que je ne m'avise pas facilement du moyen de quitter quelqu'un pour qui j'éprouve de la sympathie et du respect. Tu as toi-même la preuve que je suis fait ainsi.

– Alors tu vas désormais continuer tes visites là-bas ?

– Pourquoi serais-je le seul à aller et à venir ? Toi aussi tu es doué de mouvements, tu n'es pas cloué au décor, je suppose.

– Moi, je peux aller, mais je reviens, dit Gora, tandis que les signes que j'observe en toi ne semblent guère parler de retour. Comment as-tu trouvé ton thé ?

– Amer.

– Mais alors ?

– Le refuser m'aurait paru plus amer encore.

– Suffit-il donc d'avoir de bonnes manières pour sauver la société ?

– Pas toujours. Mais, écoute, Gora, quand nos sentiments sont en conflit avec les règles qui régissent la société... »

Gora, impatient, coupa la parole à Binoy : « Les sentiments ! rugit-il. C'est parce que la société compte si peu pour toi qu'à tout bout de champ tes sentiments entrent en conflit avec elle. Si seulement tu réalisais la gravité et la profondeur des atteintes portées à l'intérêt de la société, tu aurais honte de sentimentaliser à ce propos. Cela te déchire le cœur d'offenser, si peu que ce soit, les filles de Paresh Babou ; mais cela brise le mien de te voir léser si facilement la société tout entière sous un prétexte futile.

– Vraiment, Gora, dit Binoy sur un ton de reproche, si c'est léser la société que de boire une tasse de thé, je peux dire que des coups de ce genre seraient salutaires pour le pays. Si nous tentons de le protéger contre de telles épreuves, nous ne ferons que le rendre faible et efféminé.

– Mon cher monsieur, répliqua Gora, je connais tout le répertoire de ces arguments ; ne me prenez pas pour un innocent. La question qui se pose dans le cas présent est tout autre. Quand un enfant malade ne veut pas avaler la drogue prescrite, la mère, quoique bien portante, en prend un peu pour le consoler par l'idée qu'ils partagent le même sort. Il ne s'agit pas d'un traitement médical, mais d'amour ; quand cet amour fait défaut, si conforme à la raison que soit la conduite de la mère, la tendresse réciproque entre mère et enfant est ébranlée, et l'effet voulu n'est pas atteint. Je ne m'attaque pas à ta tasse de thé ; ce dont je souffre, c'est que tu manques à la fidélité envers notre pays. Il aurait mieux valu refuser le thé quitte à blesser les filles de Paresh Babou. Dans la situation actuelle de la patrie, nous identifier à elle en esprit est notre premier devoir. Ce devoir accompli, le problème de savoir si nous boirons ou non du thé peut être réglé en deux mots.

« – Alors, je vois qu'il faudra longtemps avant que je boive ma seconde tasse de thé, observa Binoy.

– Non, il n'y a pas de motif pour que ce soit si long. Pourquoi, Binoy, insistes-tu pour t'accrocher à moi ? Le moment est venu pour toi de me lâcher en même temps que tout ce qui te déplaît dans la société hindoue. Autrement tu offenserais les filles de Paresh Babou. »

À cet instant, Abinash entra dans la chambre. Abinash était un disciple de Gora et, quelque enseignement qu'il entendît tomber des lèvres de Gora, son esprit l'abaissait et son langage le vulgarisait, tandis qu'il s'employait à le répandre autour de lui. Cependant ceux qui étaient incapables de comprendre Gora avaient le sentiment de comprendre parfaitement Abinash et ils louaient ses discours. Abinash était particulièrement jaloux de Binoy et dès que l'occasion s'en offrait, il se mesurait avec lui en usant des arguments les plus stupides. Binoy ne montrait aucune patience pour sa bêtise et lui coupait la parole ; sur quoi Gora reprenait la controverse, entrait lui-même dans l'arène, et Abinash se flattait que les idées exposées par Gora étaient les siennes. Voyant que l'arrivée d'Abinash compromettait pour le moment toute chance d'une réconciliation avec Gora, Binoy monta rejoindre Anandamoyi assise devant l'armoire à provisions en train d'éplucher des légumes.

« Il y a un bon moment que j'entends votre voix, dit-elle. Vous êtes venu de bien bonne heure. Avez-vous déjeuné avant de venir ? »

Tout autre jour, Binoy aurait avoué que non ; il se serait assis là et se serait régalé en faisant honneur à l'hospitalité d'Anandamoyi ; mais il répondit : « Merci, Mère, j'ai déjeuné avant de sortir. » Il ne voulait pas, ce jour-là, donner à Gora un nouveau prétexte de s'irriter ; il savait que son ami ne lui avait pas entièrement pardonné et le sentiment d'être tenu à distance l'oppressait. Il s'assit, sortit un couteau de sa poche et se mit à aider Anandamoyi à peler des pommes de terre. Au bout d'un quart d'heure, il redescendit et vit que Gora et Abinash étaient sortis ensemble ; il resta d'abord tranquillement assis dans la chambre de Gora, puis il prit un journal et d'un œil absent consulta la colonne des annonces ; enfin, poussant un profond soupir, il quitta la maison. Après avoir déjeuné chez lui, il chercha de nouveau avec énervement s'il irait voir Gora ; il n'avait jamais hésité à s'humilier devant son ami, mais même s'il n'avait pas à vaincre d'orgueil personnel, la dignité de son amitié devait compter. Il sentait bien que sa fidèle loyauté envers Gora souffrait de cette nouvelle intimité avec Paresh Babou ; il s'attendait à des sarcasmes et à des reproches de la part de Gora ; mais être abandonné de la sorte était plus qu'il n'avait imaginé. Après avoir fait quelques pas hors de sa maison, Binoy y revint, il ne voulait pas se hasarder de nouveau chez Gora, craignant une autre insulte à son amitié.

CHAPITRE XIII

Après plusieurs jours passés de cette façon, Binoy, un après-midi, s'assit pour écrire à Gora. Comme il n'avançait pas dans son entreprise, il imputa son échec à sa plume mal taillée et passa un long moment à en affiner la pointe avec un couteau. Tandis qu'il s'appliquait ainsi, Binoy entendit appeler d'en bas. Jetant la plume sur la table, il se mit à courir en criant : « Montez, Mohim Dada. »

Mohim monta et s'installa confortablement sur le lit de Binoy. Après avoir inventorié le mobilier de la chambre, il dit : « Écoute, Binoy, ce n'est pas que j'ignore ton adresse ni que je ne m'intéresse pas à ce qui te concerne ; mais dans vos chambres, jeunes gens modèles de la nouvelle génération, il n'y a aucune chance de trouver du *pan** ou de quoi fumer, si bien que, sauf raison spéciale… » Il s'arrêta un instant, voyant Binoy tout interdit, puis il poursuivit :

---

* *Pan :* sorte de chique mâchée dans l'Inde et en Extrême-Orient ; se prépare en enveloppant dans une feuille de *bétel* de la noix d'arec pilé, un peu de chaux, des épices ; la feuille est ensuite pliée et fermée par un clou de girofle. Pour les fêtes le pan est saupoudré d'or et d'argent.

« Si tu as l'intention de sortir acheter un *hookah*, je te supplie d'avoir pitié de moi ; je peux te pardonner de ne pas m'offrir de tabac, mais je ne saurais survivre à l'offre d'un *hookah* neuf, rempli par la main maladroite d'un novice. » Mohim prit un éventail qui traînait là et, après s'être un moment éventé, il aborda l'affaire qui l'amenait. « Le fait est que j'ai un motif de venir te voir aux dépens de ma sieste du dimanche. Je voudrais que tu me rendes un service.

– De quel service s'agit-il ? demanda Binoy.

– Promets d'abord de le rendre, je parlerai après.

– Bien sûr, si cela dépend de moi.

– Cela dépend de toi seul. Tu n'as qu'à dire oui.

– Pourquoi êtes-vous si embarrassé, aujourd'hui ? demanda Binoy. Vous savez très bien que je suis comme de la famille ; si je puis vous aider, naturellement je le ferai. »

Mohim sortit de sa poche une poignée de feuilles de *pan* et, après en avoir offert à Binoy, fourra le reste dans sa bouche et, tout en mâchant, expliqua : « Tu connais ma fille Sasi. Elle n'est pas laide, car sur ce point elle ne ressemble pas à son père. Elle grandit et il faut que je m'arrange pour la marier. Il y a des nuits où je reste éveillé en songeant qu'elle pourrait tomber entre les mains d'un propre à rien.

– Pourquoi vous inquiéter ainsi ? dit Binoy, réconfortant. Vous avez encore bien le temps de la marier.

– Si tu avais une fille à toi, tu comprendrais mon anxiété, répliqua Mohim avec un soupir. Les années passent et elle avance en âge ; mais un épouseur ne se présentera pas de lui-même. Alors, avec le temps, je commence à me tourmenter. Pourtant, si tu me donnes de l'espoir, naturellement cela m'est égal d'attendre. »

Binoy se trouvait très gêné. « Je regrette beaucoup, mais je ne connais pas grand monde à Calcutta, murmura-t-il ; en somme on peut dire que je ne connais pratiquement personne que votre famille ; mais je vais chercher.

– En tout cas, tu connais Sasi, quel genre de fille elle est, etc.

– Évidement, dit Binoy en riant. Voyons, je la connais depuis qu'elle est bébé, c'est une jolie fille.

– Alors tu n'as pas besoin de chercher bien loin, mon garçon, je te l'offre. »

Et Mohim, triomphant, rayonna.

« Quoi ? s'écria Binoy, cette fois sérieusement alarmé.

– Pardonne-moi si je suis indiscret. Certes ta famille est d'un rang plus élevé que la nôtre ; mais sûrement, avec ton éducation moderne, cela ne doit pas être un obstacle.

– Non, non ! s'exclama Binoy, ce n'est pas une question de famille, mais pensez combien elle est jeune…

– Que veux-tu dire ? protesta Mohim, Sasi a bien l'âge de se marier. Les filles de l'Inde ne sont pas des *mem-sahibs**. Nous n'allons pas braver nos coutumes nationales. »

* *Mem-sahib :* dame européenne.

Mohim n'était pas homme à libérer rapidement sa victime, et Binoy, tenu dans ses serres, se sentait incapable de réagir. À la fin il dit : « Eh bien, prenons le temps d'y songer.

– Prends ton temps tout à ta guise. Ne crois pas que je suis venu pour fixer, séance tenante, l'heureux jour.

– Il faut que je consulte ce qui me reste de parents.

– Mais oui, interrompit Mohim, certainement il faut les consulter. Tant que ton oncle est vivant, nous n'agirons pas contre sa volonté. »

Et, puisant de nouveau dans sa poche pour en extraire du *pan*, il partit, semblant considérer l'affaire comme réglée.

Quelques mois auparavant, Anandamoyi avait vaguement suggéré que Binoy pourrait épouser Sasi, mais Binoy n'y avait pas pris garde. Aujourd'hui, ce mariage ne lui paraissait pas plus tentant ; pourtant l'idée entra cette fois dans son esprit. Si le mariage se faisait, réfléchissait-il, du moins il entrerait véritablement dans la famille de Gora et on ne pourrait guère l'en chasser. Il avait toujours considéré comme étrange la coutume anglaise de voir dans le mariage une affaire de sentiment ; aussi n'y avait-il pour lui rien d'impossible dans une union avec Sasi. En fait, pour l'instant, la proposition de Mohim lui fit un certain plaisir, car elle lui fournissait un prétexte pour aller consulter Gora. Il espérait même un peu que Gora insisterait pour qu'il accepte et il était sûr que s'il ne montrait pas d'empressement, Mohim prierait

Gora d'intervenir. Peu à peu, ces réflexions chassèrent la dépression de Binoy et, dans sa hâte de voir Gora, il partit le trouver.

Il était encore dans le voisinage de sa maison quand il s'entendit appeler par Satish. Il rentra chez lui avec le petit garçon qui sortit de sa poche un paquet enveloppé dans son mouchoir. « Devinez ce qu'il y a là-dedans ? » dit Satish. Binoy mentionna toutes sortes de choses impossibles : un petit chien, un crâne, sans obtenir rien que des dénégations de Satish. À la fin, ouvrant le paquet, Satish laissa voir des fruits noirs et demanda : « Quels sont ces fruits ? » Binoy hasarda quelques hypothèses, puis, quand il se fut déclaré battu, Satish expliqua qu'une tante habitant Rangoon avait adressé à la famille un colis de ces fruits et que sa mère faisait cadeau de ceux-ci à Binoy.

À cette époque, des mangoustans de Birmanie étaient une rareté à Calcutta, si bien que Binoy les secoua, les serra et finit par demander : « Mais comment les mange-t-on, Satish Babou ? »

Satish se mit à rire de l'ignorance de Binoy : « Voyons, n'essayez pas de mordre dedans, il faut les ouvrir avec un couteau pour manger l'intérieur. »

Cinq minutes auparavant, Satish avait amusé ses sœurs par des essais infructueux pour mordre dans l'écorce dure ; il avait maintenant le plaisir d'oublier sa déconvenue en se moquant de Binoy. Après que ces amis d'âge inégal eurent échangé quelques plaisanteries, Satish déclara : « Binoy Babou, Mère dit que si vous avez le temps, vous devez m'accompagner à la maison ; c'est aujourd'hui l'anniversaire de Lila.

– Je regrette de ne pouvoir venir, dit Binoy, je vais ailleurs.

– Mais, où ?

– Chez mon ami.

– Comment ! Chez l'ami que j'ai vu ?

– Oui. »

Satish ne pouvait comprendre que cette raison empêchât Binoy de venir chez eux ; il allait chez un ami, et encore chez un ami que lui, pour sa part, ne pouvait souffrir. L'idée même que Binoy pût désirer voir un tel ami le choquait ; cet ami avait l'air plus sévère encore que son maître d'école, et attendre de lui quelque admiration pour la boîte à musique était hors de question. Aussi insista-t-il : « Non, Binoy Babou, il faut que vous rentriez avec moi. » Après un délai assez bref, Binoy dut capituler. Malgré le conflit de ses inclinations, malgré les objections qui se présentaient à son esprit, il prit à la fin la main de son vainqueur et partir avec lui. Binoy ne pouvait réprimer son plaisir d'avoir été spécialement choisi pour partager les fruits précieux de Birmanie ni ignorer l'invitation à une intimité plus grande que comportait ce cadeau.

En approchant de la maison de Paresh Babou, Binoy aperçut Haran qui en sortait avec d'autres gens inconnus qu'on avait dû inviter à la réception donnée pour l'anniversaire de Lila. Haran, toutefois, s'éclipsa sans paraître l'avoir vu. En entrant, Binoy entendit des rires et des galopades : Sudhir s'était emparé de la clef du tiroir où Labonya cachait son album. Parmi les poèmes choisis par cette jeune aspirante à la gloire littéraire, il s'en trouvait qui provoquaient la plaisanterie et Sudhir menaçait de les lire devant tous les assistants. Quand Binoy apparut sur le champ de bataille, la lutte entre les deux camps était à son comble. En le voyant, les partisans de Labonya s'éclipsèrent en un clin d'œil et Satish courut après eux pour s'amuser aussi.

Bientôt Sucharita entra dans la pièce et dit : « Mère vous prie d'attendre un instant, elle va venir tout de suite. Père est sorti visiter un ami et ne tardera pas à rentrer. » Pour mettre Binoy plus à son aise, Sucharita se mit à lui parler de Gora. Elle dit en riant : « J'imagine qu'il ne remettra plus les pieds chez nous.

– Qu'est-ce qui vous le fait croire ? demanda Binoy.

– Il a certainement été choqué de nous voir, nous les jeunes filles, paraître devant les visiteurs masculins, expliqua Sucharita. Il ne doit avoir de respect que pour les femmes qui se consacrent entièrement à leurs devoirs domestiques. »

Binoy trouva difficile de répondre à cette remarque : il n'aurait été que trop heureux de la contredire, mais comment affirmer ce qu'il savait faux ? Aussi hasarda-t-il : « L'opinion de Gora, je crois, est que si les jeunes filles ne concentrent pas toutes leurs pensées sur leurs tâches domestiques, elles manquent au dévouement qu'elles doivent à celles-ci.

– Alors, répliqua Sucharita, ne vaudrait-il pas mieux pour les hommes et les femmes avoir des existences complètement séparées comme leurs devoirs ? Si les hommes pénètrent dans la maison, leur devoir envers le monde extérieur risque aussi d'en souffrir. Partagez-vous l'opinion de votre ami ? »

Binoy avait, jusqu'alors, sur les lois qui règlent la conduite des femmes dans la société, été d'accord avec Gora ; il avait même écrit dans les journaux des articles dans ce sens, mais à présent, il ne pouvait se décider à admettre une telle opinion. « Ne croyez-vous pas, suggéra-t-il, qu'en pareille matière, nous sommes vraiment les esclaves de la coutume ? Tout d'abord, nous nous choquons de voir des femmes hors de la maison parce que nous ne sommes pas habitués à ce spectacle, et alors nous tentons de justifier notre impression en prétendant que c'est inconvenant ou choquant. La raison profonde est bien la tradition, les arguments ne sont qu'un prétexte. »

Sucharita, par ses questions et ses suggestions, maintint la conversation sur le sujet de Gora, et Binoy raconta avec une sincère éloquence tout ce qui concernait son ami ; jamais auparavant il n'avait présenté de façon si convaincante ses explications et ses exemples ; on peut même douter que Gora eût exposé avec tant de netteté et d'éclat ses propres principes. Stimulé par la clarté d'esprit et le pouvoir d'expression exceptionnels qu'il se sentait, Binoy était plein d'une joie et d'une gaieté qui rayonnaient sur son visage. « L'Écriture prescrit, continua-t-il, de se connaître, car se connaître c'est se libérer. Je puis vous affirmer que mon ami Gora incarne la connaissance de l'Inde par elle-même. Impossible de l'imaginer comme un homme ordinaire. Tandis que l'esprit de chacun de nous est sollicité dans des directions diverses par un incident fortuit ou par l'attrait de la nouveauté, Gora est le seul homme qui résiste à la distraction, rappelant d'une voix forte le mantra : Connais-toi toi-même. »

La causerie aurait pu se prolonger indéfiniment, car Sucharita y prêtait l'oreille la plus attentive ; mais soudain, de la chambre voisine, leur parvint la voix aiguë de Satish déclamant :

« Ne me dites pas tristement :
La vie n'est qu'un vain rêve... »

Le pauvre Satish n'avait jamais la chance de déployer son savoir devant les visiteurs. Souvent on imposait aux hôtes, gênés et agacés, l'obligation d'entendre Lila réciter des poèmes anglais, mais jamais Baroda ne faisait réciter Satish, malgré l'émulation qui animait les deux enfants. Pour Satish, la plus grande joie de la vie était d'humilier Lila, s'il parvenait à en trouver l'occasion. La veille, Lila avait été mise à l'épreuve devant Binoy, mais Satish n'y avait pas été invité et n'avait donc pu prouver sa supériorité. On lui aurait fait affront s'il avait essayé. Aussi, ce jour-là, se mit-il à réciter dans la chambre voisine, comme s'il récitait pour lui-même, et Sucharita ne put se retenir de rire. À ce moment, Lila entra en trombe dans la pièce, secouant ses nattes et, courant vers Sucharita, lui murmura quelques mots à l'oreille. La pendule sonna quatre heures. En venant chez Paresh Babou, Binoy avait décidé d'en repartir de bonne heure pour aller voir Gora, et, plus il avait parlé de son ami, plus avait grandi son désir de le voir. L'heure s'étant ainsi rappelée à lui, il se leva précipitamment.

« Êtes-vous obligé de partir si tôt ? demanda Sucharita, Mère prépare le thé, ne pourriez-vous rester encore un peu ? »

Pour Binoy, ce n'était pas là une question, mais un ordre, et il se rassit. Labonya, vêtue d'une jolie robe de soie, entra à son tour, pour annoncer que le thé était servi et que sa mère les priait de monter sur la terrasse.

Pendant que Binoy buvait son thé, Mme Baroda, pour le distraire, lui raconta la biographie complète de chacune de ses filles. Lolita emmena Sucharita et, seule, Labonya demeura, assise, la tête penchée sur son tricot Quelqu'un l'avait un jour complimentée du jeu délicat de ses doigts quand elle tricotait ; depuis, elle avait l'habitude de prendre son ouvrage, avec ou sans raison, dès qu'il y avait une visite.

Paresh Babou rentra juste avant la tombée de la nuit ; comme c'était dimanche, il proposa à la famille de se rendre à l'office du Brahmo Samaj. Mme Baroda se tourna vers Binoy et déclara qu'ils seraient contents de l'y emmener. Binoy ne put s'aviser d'au-

cune objection. On se partagea entre deux *gharries**
et l'on partit pour le Samaj. Le service terminé, au
moment de remonter en voiture, Sucharita tressaillit
et s'exclama : « Tiens, voilà Gourmohan Babou. »
Sans aucun doute, Gora avait aperçu le groupe, mais
il s'éclipsa comme s'il ne l'avait pas remarqué. Binoy
fut blessé du manque de courtoisie de son ami, toutefois il comprit immédiatement la cause de cette
retraite précipitée : Gora l'avait vu parmi les autres.
Le bonheur qui avait toute la journée illuminé son
cœur s'éteignit soudain. Sucharita lut aussitôt les
pensées de Binoy et en devina la cause : que Gora pût
juger un ami comme Binoy avec tant de dureté, plus
durement à cause de son injuste préjugé contre les
brahmos, la remplit d'indignation. Plus que jamais
elle souhaita la défaite de Gora, quels qu'en dussent
être les moyens.

---

* *Gharry :* petite voiture fermée traînée par un cheval.

CHAPITRE XIV

Quand Gora vint s'asseoir pour déjeuner, Anandamoyi tenta d'introduire le sujet qui dominait son esprit. « Binoy est venu ici ce matin, dit-elle en guise d'ouverture ; ne l'as-tu pas vu ? »

Sans lever les yeux de son assiette, Gora répondit brièvement : « Si, je l'ai vu.

– Je lui ai proposé de rester ici, reprit Anandamoyi après un long silence, mais il est reparti d'un air préoccupé. »

Gora ne releva pas ces mots, et Anandamoyi ajouta : « Gora, il a un souci, j'en suis sûre, jamais encore je ne l'ai vu dans cette disposition, son humeur ne me plaît pas du tout. »

Gora continua à manger sans mot dire. Anandamoyi, précisément parce qu'elle l'aimait tant, le craignait un peu, si bien qu'en général, elle hésitait à insister sur un sujet quand il ne se confiait pas de lui-même à elle. En toute autre circonstance, elle eût laissé la question en suspens, mais ce jour-là Binoy la préoccupait tant qu'elle poursuivit : « Écoute, Gora, ne te fâche pas si je dis ce que je pense. Dieu a créé des hommes d'espèces très diverses, et il n'entre pas dans ses intentions qu'ils suivent tous la même voie.

Binoy t'aime de tout son cœur, aussi est-il prêt à tolérer n'importe quoi de ta part ; mais rien de bon ne peut sortir de ton effort pour le contraindre à penser comme toi.

– Mère, donnez-moi encore un peu de lait, s'il vous plaît », fut la seule réponse de Gora, et la conversation s'arrêta.

Quand elle eut elle-même déjeuné, Anandamoyi, songeuse, s'assit sur son lit pour coudre tandis que Lachmi, après avoir vainement tenté de l'entraîner dans une discussion sur la perversité extraordinaire d'une servante, se couchait par terre pour faire sa sieste.

Gora passa un long moment à rédiger sa correspondance. Son irritation n'avait pu, le matin, échapper à Binoy ; Gora ne pouvait donc imaginer qu'il ne vienne faire la paix. Aussi, tout en travaillant, Gora prêtait-il l'oreille pour entendre les pas de Binoy. Mais le jour s'écoula. Binoy ne venait pas. Gora avait juste décidé de cesser d'écrire quand Mohim entra. Il se laissa tomber sur un siège et plongea aussitôt dans le vif du sujet : « As-tu réfléchi au mariage de Sasi ? »

Comme Gora n'y avait pas accordé la moindre pensée, il ne put que garder un silence coupable. Mohim, alors, essaya de l'amener à un sens exact de ses devoirs d'oncle en dissertant sur le prix élevé des fiancés, sur le marché du mariage et sur la difficulté de fournir la dot requise dans la situation présente de la famille. Et, ayant dûment acculé Gora à la confession qu'il ne voyait pas d'issue, Mohim le soulagea du problème en suggérant Binoy comme solution. Il n'était pas nécessaire pour Mohim d'avoir recours à ces circonlocutions ; mais, quoi qu'il prétendît devant son frère, au fond du cœur Mohim le craignait un peu.

Gora n'avait jamais rêvé que le nom de Binoy pût se présenter en pareille occurrence, surtout que tous deux avaient décidé de ne pas se marier, pour consacrer tout leur amour au service de leur pays. Aussi se contenta-t-il de répondre : « Mais Binoy acceptera-t-il seulement de se marier ?

– Voilà quel hindou tu es, éclata Mohim ; malgré tous les signes de caste et les *tikis* que vous arborez, votre éducation anglaise vous a pénétrés jusqu'aux moelles. Tu sais pourtant que les Écritures prescrivent le mariage à tout fils de brahmine. »

Mohim n'ignorait pas, comme font beaucoup de jeunes hommes modernes, les coutumes traditionnelles, mais il n'avait pas non plus les Écritures sans cesse à la bouche. Il trouvait absurde de parader dans les restaurants des hôtels, et ne croyait pas qu'il était nécessaire, pour les gens du commun, de citer constamment les textes sacrés, comme Gora aimait à le faire. Mais il pensait qu'il faut hurler avec les loups, aussi ne négligeait-il pas, dans ses rapports présents avec Gora, un appel à ces textes.

Si la proposition avait été faite deux jours plus tôt, Gora n'y aurait simplement prêté aucune attention ; mais ce jour-là, elle ne lui sembla pas absolument indigne d'intérêt ; en tout cas, elle lui fournissait une excuse pour aller immédiatement

trouver Binoy. Aussi accorda-t-il à tout hasard :
« Bon, je vais me rendre compte de ce que Binoy en
pense.

– Tu n'as pas besoin de t'en enquérir, répliqua
Mohim, il en pensera juste ce que tu lui diras d'en
penser. Si d'un mot tu appuies mon projet, cela
suffira ; aussi, nous pouvons considérer l'affaire
comme réglée. »

Le soir même, Gora se rendit à l'appartement
de Binoy et, comme un ouragan, fit irruption dans
la chambre. Il la trouva vide ; il appela le domestique et apprit que Binoy était chez Paresh Babou.
Un flot empoisonné de rancune contre Paresh
Babou, sa famille et tout le Brahmo Samaj remplit
le cœur de Gora et, cette révolte l'animant tout
entier, il se précipita vers la demeure de Paresh
Babou ; son intention était de dire crûment ce qu'il
pensait afin de rendre l'atmosphère irrespirable à
toute la maison et à Binoy également. Mais quand il
y arriva, il apprit que tout le monde était allé au
Samaj pour l'office du soir, il hésita, se demandant
si Binoy les accompagnait ; peut-être s'était-il justement rendu chez Gora lui-même ; Gora put à peine
dominer son impatience et avec son impétuosité
habituelle, il courut au Brahmo Samaj ; quand il
atteignit la porte, il aperçut Binoy qui montait en
gharry derrière Mme Baroda. Donc, cet individu sans
pudeur n'hésitait pas à se montrer en pleine rue
dans la compagnie d'une bande de jeunes filles
étrangères. Le fou ! S'être ainsi laissé prendre au
piège, et si vite, et si facilement ! L'amitié dès lors

perdait tout son charme. Gora s'enfuit, rapide comme le vent, tandis que Binoy restait silencieux dans l'obscurité de la voiture, regardant par la fenêtre.

Mme Baroda, jugeant que le sermon l'avait touché, n'osa pas interrompre sa méditation.

CHAPITRE XV

Gora, en rentrant chez lui, monta directement sur la terrasse, et se mit à l'arpenter de long en large. Un instant plus tard, Mohim apparut tout essoufflé. « Puisque l'homme n'est pas doué d'ailes, grogna-t-il, pourquoi diable bâtir des maisons de trois étages ? Les dieux habitants du Ciel ne toléreront pas que les créatures terrestres prétendent se hisser jusque-là. As-tu vu Binoy ? »

Sans répondre directement à la question, Gora dit : « Le mariage de Sasi avec Binoy est impossible.

— Pourquoi ? Binoy refuse ?

— C'est moi qui refuse.

— Quoi ! cria Mohim, levant les bras avec consternation. Quel nouveau caprice te passe par la cervelle ? Puis-je savoir pourquoi ?

— J'ai compris qu'il sera impossible de maintenir longtemps Binoy dans l'orthodoxie ; aussi ne convient-il pas de l'introduire dans notre famille.

— Par exemple ! éjacula Mohim. J'ai vu bien des bigots dans ma vie, mais tu les bats tous. Tu vas l'emporter même sur les pandits de Bénarès. Ils sont satisfaits si l'on respecte l'orthodoxie ; toi tu veux que l'orthodoxie soit garantie pour l'avenir. Un de ces jours, tu voudras imposer la purification aux gens parce que tu auras rêvé qu'ils sont devenus chrétiens ! »

Ils échangèrent encore quelques mots, et Mohim ajouta : « Je ne peux pourtant pas donner la petite au premier goujat sans éducation que je rencontrerai. Et les gens qui ont de l'éducation risquent fatalement de manquer parfois à une règle des Écritures. Tu peux les en blâmer ou te moquer d'eux à ce propos ; mais pourquoi punir ma pauvre fille en l'empêchant de se marier ? Quel type tu fais de mettre tout sens dessus dessous. »

En redescendant, Mohim alla directement trouver Anandamoyi et lui dit : « Mère, vous devriez serrer la bride à votre Gora.

– Quoi donc ? Qu'a-t-il fait ? »

Mohim expliqua : « J'avais pratiquement réglé le mariage de Binoy avec ma Sasi et fait accepter le projet par Gora. Et maintenant il s'avise qu'à son gré, Binoy n'est pas assez bon hindou ; il a soi-disant des vues qui ne concordent pas dans tous les détails avec celles des anciens législateurs religieux ; à présent voilà que Gora a changé d'avis, et vous savez ce que cela signifie quand il s'agit de lui. En dehors des anciens législateurs vous êtes la seule personne au monde dont l'opinion compte pour Gora. Si seulement vous parlez, l'avenir de ma fille est assuré, il serait impossible de trouver un meilleur parti pour elle. »

Et Mohim raconta en détail l'entretien qu'il venait d'avoir avec Gora. Anandamoyi fut très émue de sentir que le désaccord entre Binoy et Gora s'approfondissait jusqu'à former un véritable abîme. Elle monta rejoindre Gora : il avait cessé d'arpenter la terrasse et lisait dans sa chambre, assis sur une chaise, et les pieds sur une autre ; elle avança un siège et s'assit près de lui tandis qu'il reposait les pieds par terre et, se redressant, la regardait en face.

« Gora, mon chéri, commença Anandamoyi, écoute-moi, ne te fâche pas avec Binoy. À mes yeux, vous êtes comme deux frères, et je ne peux souffrir la pensée d'un désaccord entre vous.

– Si mon ami rejette mon amitié et veut aller son chemin, dit Gora, je ne vais pas perdre mon temps à le suivre.

– Mon chéri, j'ignore la cause de votre différend ; mais quelle valeur a ton amitié si tu peux t'imaginer que Binoy veut couper les liens qui vous unissent ?

– Mère, vous savez que je veux suivre la voie droite. Si quelqu'un veut prendre deux bateaux à la fois, un pied dans chaque bateau, je le prierai de retirer la jambe qu'il a de mon côté ; peu m'importe si lui ou moi souffrons dans l'affaire.

– Mais après tout, que s'est-il passé ? raisonna Anandamoyi. Il a été faire visite dans une maison brahmo, est-ce là tout son crime ?

– C'est une longue histoire, Mère.

– Qu'elle soit aussi longue que tu le voudras, j'ai un mot à y ajouter. Tu te piques de constance, tu prétends ne jamais abandonner ce que tu as une fois saisi. Alors pourquoi tiendrais-tu si peu à Binoy ? Si ton Abinash voulait se retirer de ton parti, le laisserais-tu faire aussi aisément ? Alors, garder Binoy te paraît-il peu important justement parce qu'il est un ami si fidèle ? »

Gora demeura silencieux et songeur, car les paroles d'Anandamoyi venaient d'éclairer pour lui son propre esprit. Durant toute cette période, il s'était persuadé qu'il sacrifiait l'amitié au devoir. Il s'avisait maintenant que c'était tout le contraire : il avait été prêt à infliger à Binoy la punition la plus dure pour une affection sincère, uniquement parce que celui-ci ne se soumettait pas à toutes les exigences de son amitié à lui. La force de cette amitié nécessitait que Binoy fût docile à la volonté de Gora, et Gora souffrait simplement parce qu'il n'en était pas ainsi. Dès qu'Anandamoyi comprit que ses paroles avaient porté, elle se leva pour partir sans rien ajouter. Mais Gora bondit de sa chaise et empoigna son châle accroché au portemanteau. « Tu sors ? demanda Anandamoyi.

– Je vais chez Binoy.

– Ne veux-tu pas dîner d'abord ?

– Je ramènerai Binoy et nous dînerons ensemble. »

Anandamoyi se retourna pour descendre, puis s'arrêta en entendant des pas monter l'escalier. « Voilà Binoy », et à l'instant Binoy apparut.

Les yeux d'Anandamoyi se remplirent de larmes à sa vue. « J'espère que vous n'avez pas dîné, Binoy, mon enfant, dit-elle affectueusement.

– Non, Mère.

– Alors vous allez dîner ici. »

Binoy se tourna vers Gora et Gora dit : « Binoy, tu es né coiffé, j'allais chez toi. »

Anandamoyi se sentait toute soulagée, comme elle sortait rapidement de la pièce, laissant les deux amis ensemble. Ils s'assirent, mais aucun d'eux ne trouva le courage d'aborder le sujet qui dominait leur pensée. Gora commença par tenir des propos insignifiants : « Connais-tu le nouveau moniteur de gymnastique que nous avons pour les garçons ? Il est épatant. » Et ils continuèrent sur ce ton jusqu'au dîner. Quand ils vinrent près d'elle, Anandamoyi comprit au ton de leur conversation que le nuage qui les séparait n'était pas dissipé. Aussi, quand le dîner fut achevé, suggéra-t-elle : « Binoy, comme il est tard, vous devriez passer la nuit ici ; je ferai prévenir chez vous. »

Binoy jeta sur le visage de Gora un coup d'œil interrogateur et répondit : « L'adage sanscrit dit que celui qui a dîné doit se comporter royalement ; je ne vais donc pas arpenter les rues ce soir, mais prendre mon repos ici. »

Les deux amis montèrent alors sur la terrasse découverte et s'assirent sur une natte étendue dans un coin. Le clair de lune automnal emplissait le ciel. Des nuages blancs et légers comme des charmes porteurs de sommeil passaient devant la lune, puis flottaient en s'éloignant. De tous côtés jusqu'à l'horizon, s'étendaient des rangées de toits de hauteur et de taille diverses, séparés çà et là par des cimes d'arbres, et composant une symphonie fantaisiste et immatérielle d'ombres et de lumières. L'horloge d'une église voisine sonna onze heures ; les marchands de glace s'étaient tus ; le bruit du trafic s'éteignait. Rien ne troublait le repos dans l'allée qui longeait la maison, sauf l'aboiement occasionnel d'un chien ou le choc sourd des coups de sabot frappés par les chevaux du voisin contre la cloison de bois qui fermait leur écurie.

Les deux amis demeurèrent longtemps sans parler ; finalement Binoy, d'abord hésitant, puis s'abandonnant à son émotion, exprima toute sa pensée : « Mon cœur est trop plein, Gora, pour que je me contienne. Je sais que tu ne t'intéresses pas aux idées qui m'absorbent ; mais je me tourmenterai tant que je ne t'aurai pas tout confié. J'ignore si mon impulsion est bonne ou mauvaise, mais ce dont je ne doute pas, c'est qu'elle s'impose à moi. J'ai beaucoup lu à ce sujet et jusqu'à présent je croyais en savoir tout ce qu'on en peut savoir, juste comme on peut s'imaginer connaître le plaisir de nager quand on regarde l'image d'un lac. Mais maintenant que je suis en pleine eau, je ne trouve pas la chose si simple. »

Après cette introduction, Binoy se mit à développer pour Gora, tant bien que mal, l'extraordinaire expérience qui bouleversait sa vie. Maintenant, déclara-t-il, il lui semblait flotter dans les nuits et les jours, le ciel l'enveloppait tout entier sans une faille et rempli de douceur comme une ruche pleine de miel au printemps. Tout lui semblait proche, tout le touchait, tout prenait un sens nouveau. Jamais il n'avait soupçonné qu'il aimât ainsi la nature entière, que le ciel fût si admirable, la lumière si merveilleuse, que même le fleuve des passants inconnus le long des rues fût chargé d'une réalité si profonde. Il aspirait à rendre service à tous ceux qu'il rencontrait ; il voulait, tel le soleil, consacrer toute sa force au service éternel de l'univers.

De la manière dont Binoy s'exprimait, on n'aurait pu induire qu'il avait quelqu'un de particulier dans l'esprit ; il semblait avoir scrupule à mentionner un nom ou même à suggérer qu'il eût un nom à mentionner. Il éprouvait presque un remords à parler : il prenait là une liberté inadmissible, il commettait presque une offense ; mais par une nuit pareille, la tentation était trop forte pour lui, assis auprès de son ami, sous le firmament silencieux. Quel admirable visage ! Avec quelle émotion délicate ses traits révélaient toute l'ardeur de la vie ! Quelle rayonnante intelligence, quelle profondeur insondable se lisaient sur son front ! Avec quel éclat, quand elle souriait, ses yeux s'éclairaient de ses pensées intimes, ou bien se cachaient, mystère indicible, à l'abri de ses paupières baissées, à l'ombre de ses cils. Et ses deux mains ! Elles semblaient douées de la parole, tant le charme de leurs gestes utiles exprimait sa tendre application à ses devoirs. Binoy sentait que cette vision comblerait sa vie et sa jeunesse, et de grandes vagues de joie ébranlaient sa poitrine tandis que l'image chérie dilatait son cœur.

Quel miracle que le privilège de connaître un bonheur dont la plupart des gens en ce monde n'ont pas même l'idée quand ils accomplissent leur destinée ! Y avait-il là quelque folie ? En devait-on concevoir du remords ? En tout cas il était trop tard maintenant pour apporter un remède. Si le courant qui l'entraînait le ramenait au rivage, tant mieux ; mais s'il le conduisait vers la haute mer ou le noyait, personne n'y pouvait rien ; il ne désirait même pas être sauvé, comme si son destin véritable était de se laisser ainsi emporter, arraché aux liens de la tradition et de la coutume.

Gora écoutait en silence. En bien des soirs de clair de lune comme celui-ci, assis seuls ensemble dans la nuit sereine, les deux amis avaient eu les discussions les plus variées, sur la littérature, les gens, le bien de la société, leurs projets d'avenir, mais jamais sur une matière aussi intime. Jamais Gora ne s'était trouvé en face d'une révélation directe comme celle-ci, jamais il n'avait entendu de confidence qui éclairât de façon si vive et si profonde le secret du cœur humain. Il avait toujours considéré avec quelque dédain ces émotions comme des élucubrations poétiques. Aujourd'hui cependant, le contact était trop immédiat, il ne pouvait fermer les yeux davantage. Bien plus, la violence de l'explosion ébranlait même son esprit, le ravissement de son ami envoyait en son être des flammes qui illuminaient son propre cœur ; le voile se levait sur des régions ignorées de sa sensibilité et la magie du clair de lune automnal qui les enveloppait éclairait en lui des racines jusqu'alors obscures.

Ils n'eurent pas conscience que la lune descendait derrière les toits et qu'une lueur imperceptible envahissait le ciel de l'est, pareille au sourire qu'on devine sur le visage d'un enfant endormi. Quand, à la fin, le poids qui oppressait l'esprit de Binoy se fut allégé, il se sentit un peu honteux. Il s'interrompit, pour reprendre bientôt : « Ce qui vient de m'arriver doit te paraître banal. Peut-être même cela t'inspire-t-il du dédain à mon égard. Mais qu'y puis-je ? Je n'ai jamais eu de secret pour toi et maintenant j'ai déchargé mon cœur, que tu puisses ou non me comprendre. »

Gora répondit : « Binoy, je ne puis dire en toute loyauté que je comprends ce que tu me racontes et tu ne l'aurais pas compris davantage il y a quelques jours. Je ne puis même pas nier que, dans la vie si vaste et si riche, cet aspect des choses, malgré l'enthousiasme et la passion qu'il inspire, me paraît en effet d'une extrême banalité. Mais peut-être n'en est-il pas vraiment ainsi, je veux bien l'admettre. Ce genre de sentiment m'a paru médiocre et vide parce que je n'en ai pas expérimenté la force ou la profondeur. Pourtant il m'est désormais impossible de rejeter comme sans valeur ce que tu ressens avec tant de puissance. En fait, si les vérités étrangères au champ d'activité de chacun ne lui apparaissent pas comme de faible importance, personne ne pourrait mener à bien sa tâche. Aussi Dieu n'a-t-il pas plongé l'homme dans la confusion en lui faisant tout apparaître dans une égale clarté. Il nous faut préciser nous-même le domaine sur lequel nous voulons concentrer notre attention, puis nous désintéresser du reste ; sans quoi nous serons incapables de trouver la vérité. Je ne peux adorer l'autel où t'est apparue l'image de la vérité, sans quoi je perdrais le sens intime de ma propre vie. Il nous faut choisir.

– Je vois, s'écria Binoy. Ou le choix que fait Binoy ou celui de Gora ; je suis sur la voie de l'enrichissement, toi sur celle du renoncement. »

D'un ton impatient, Gora l'interrompit : « Binoy, ne fais pas d'épigramme. Je me rends très bien compte que te voilà en face d'une réalité essentielle avec laquelle on ne saurait tricher. Il faut que tu t'y consacres si tu veux la saisir tout entière, on ne peut y accéder autrement. Le désir suprême de mon cœur est d'atteindre un jour à une conviction aussi passionnée que la tienne. Jusqu'à présent, tu ne connaissais l'amour qu'à travers les livres ; de même je n'ai encore qu'une connaissance livresque de ce qu'est vraiment l'amour de la patrie. Maintenant que tu en as l'expérience directe, tu conçois combien la réalité diffère de ce que tu lisais. Elle ne prétend embrasser rien moins que l'univers entier, tu n'aperçois nul coin où y échapper. De même, quand un jour mon amour pour la patrie sera dominateur et évident, alors je ne pourrai m'y soustraire nulle part ; il absorbera mes forces et ma vie, mon sang et jusqu'à la moelle de mes os, mon ciel, ma lumière, tout mon être. Comme elle sera merveilleuse, belle, claire, indiscutable, cette image véridique de mon pays ! Quelle fougue et quelle violence dans la joie et la souffrance elle m'inspirera, entraînant la vie et la mort dans son torrent irrésistible ! J'en ai eu la vision en t'écoutant. Cette expérience, qui s'est imposée à toi, m'a baigné moi aussi dans sa nouveauté. Je ne sais pas si je serai un jour à même de comprendre ce que tu as éprouvé, mais je crois pressentir à travers ton sentiment un avant-goût de ce à quoi j'aspire moi-même. »

Tout en parlant, Gora avait quitté la natte et se promenait de long en large. L'aube qui pointait à l'est semblait lui apporter un message, il était ému jusqu'au fond de l'âme, comme s'il avait entendu dans un antique ermitage des forêts indiennes une récitation solennelle des mantras védiques. Un instant il demeura immobile, tout frissonnant sous l'impression que de son cerveau jaillissait une tige de lotus prête à s'épanouir en une fleur radieuse dont les pétales empliraient le ciel. Son être, sa conscience, ses forces s'évanouissaient dans l'extase de cette beauté suprême. En revenant à lui, Gora dit brusquement : « Binoy, même cet amour que tu éprouves, il faudra le transcender. Je te le dis, tu ne pourras t'arrêter là. Un jour, je te montrerai la grandeur et la certitude de cette Puissance infinie qui m'a appelé de son irrésistible pouvoir. Aujourd'hui je suis heureux, je sais que je ne te laisserai jamais en des mains moins hautes. »

Binoy se leva, s'approcha de Gora et se tint près de lui tandis qu'avec un enthousiasme extraordinaire Gora le pressait sur son sein en s'exclamant : « Frère, unis jusqu'à la mort. Nous ne sommes plus qu'un, nul ne pourra nous séparer, nul nous faire obstacle. »

L'émotion tumultueuse de Gora ébranlait de ses battements le cœur de Binoy et, sans parler, celui-ci s'abandonna complètement à l'influence de son ami. En silence, tous deux arpentèrent la terrasse tandis que le ciel s'embrasait à l'est. Gora reprit : « Frère, la déesse que j'adore ne s'offre pas à moi encadrée de beauté. Je l'aperçois dans la pauvreté et la famine, dans la souffrance et l'insulte, non pas en un lieu où le culte se célèbre parmi les chants et les fleurs, mais parmi le sacrifice de la vie et du sang. Pour moi cependant, c'est une joie profonde que nul élément simplement agréable n'y vienne exercer de séduction ; là le fidèle doit rassembler toutes ses forces et être prêt au dévouement suprême. Nulle douceur ne charme dans le témoignage qu'il faut rendre. C'est un réveil impitoyable, implacable, cruel et terrible qui ébranle si durement les fibres de l'être qu'elles se rompent en faisant résonner toutes les notes de la gamme. Y songer suffit à me faire bondir le cœur ; la joie qui me pénètre est vraiment la joie virile. C'est la danse de Siva, la danse cosmique qui crée et qui détruit. Le but de la recherche humaine n'est autre que la vision du Nouveau qui resplendit dans sa magnificence à la cime enflammée de l'Ancien quand il s'abîme. Se détachant sur ce ciel sanglant, j'aperçois un avenir radieux, libéré de toute entrave ; je le devine dans cette aube qui apparaît aujourd'hui ; écoute, tu en peux entendre les battements dans ma poitrine. » Et Gora prenant la main de Binoy la mit sur son cœur.

« Gora, mon frère, dit Binoy profondément ému, je serai ton compagnon jusqu'au bout. Mais, je t'en adjure, ne me laisse jamais hésiter. Comme le destin rigoureux lui-même, il faut que tu ne cesses de m'entraîner sans merci. Nous marchons tous deux sur la même route, mais nos forces sont inégales.

– Nos natures sont différentes, il est vrai, mais une joie suprême viendra à bout de les fondre. Un amour nous unira, plus grand que celui qui nous lie maintenant l'un à l'autre. Tant que ce suprême amour ne devient pas pour chacun de nous l'essentielle réalité, nous risquerons à chaque pas le conflit et la chute. Pourtant un jour viendra où, oubliant tout ce qui nous sépare, oubliant notre amitié même, nous nous verrons debout l'un près de l'autre, inébranlables, en un transport infini de renoncement. Dans cette austère ferveur, notre amitié trouvera son accomplissement final.

– Puisse-t-il en être ainsi, répondit Binoy, pressant la main de Gora.

– Cependant d'ici là je te ferai beaucoup souffrir, continua Gora ; tu auras à supporter ma tyrannie, car il ne convient pas de considérer notre amitié comme un but en soi. Nous ne devons pas la déshonorer en nous efforçant de la préserver à tout prix. Si notre amitié doit périr dans l'intérêt d'un sentiment plus haut, nous n'y pouvons rien ; mais si elle survit, alors vraiment elle sera parfaite. »

Ils tressaillirent tous deux en entendant des pas derrière eux et, se retournant, aperçurent Anandamoyi. Elle leur prit la main à chacun et les entraîna vers la chambre à coucher en disant : « Allons, venez au lit.

– Non, Mère, il nous est impossible de dormir à présent.

– Oh, mais si, c'est possible », dit Anandamoyi et elle força les deux amis à s'étendre, puis fermant la porte de la chambre elle s'assit près de l'oreiller et se mit à les éventer.

« Vous avez beau nous éventer, Mère, dit Binoy, le sommeil ne viendra pas maintenant.

– Ah, vraiment, nous allons voir, en tout cas, si je reste ici vous ne pourrez pas vous remettre à causer. »

Quand ils furent endormis tous les deux, Anandamoyi sortit sans bruit de la chambre et dans l'escalier rencontra Mohim qui montait. « Pas à présent, recommanda-t-elle, ils sont restés éveillés toute la nuit. Je viens juste de les forcer à s'endormir.

– Seigneur, dit Mohim, voilà ce qui s'appelle de l'amitié. Savez-vous s'ils ont seulement discuté la question du mariage ?

– Non, je n'en sais rien.

– Ils ont dû prendre une décision, songea tout haut Mohim. Quand donc vont-ils se réveiller ? À moins que le mariage ne se fasse tout de suite, nous risquons des complications.

– Qu'ils dorment, dit Anandamoyi en riant, n'entraînera pas de complications. Ils se réveilleront certainement dans la journée. »

CHAPITRE XVI

« N'allez-vous pas vous décider à marier Sucharita ? » demanda Mme Baroda.

Paresh Babou se caressa la barbe de son air calme et interrogea d'une voix tranquille : « Qui est le fiancé ? »

À quoi sa femme répliqua : « Voyons ! il est pratiquement entendu qu'elle épousera Haran, du moins nous le croyons, et Sucharita elle-même le sait.

– Je ne suis pas sûr que Sucharita ait de l'inclination pour lui, aventura Paresh Babou.

– Par exemple ! s'exclama sa femme, voilà une phrase que je ne peux supporter. Comment ! Nous avons toujours traité cette petite comme notre fille ; pourquoi prendrait-elle de grands airs ? Si un homme instruit et religieux comme Haran Babou désire l'épouser, peut-elle traiter ce sentiment avec désinvolture ? Quoi que vous disiez et bien que Labonya soit bien plus jolie, elle ne refusera jamais, je vous l'assure, quelqu'un que nous aurions plaisir à la voir épouser. Si vous continuez à encourager la vanité de Sucharita, il sera difficile de lui trouver un mari. »

Paresh Babou ne discutait jamais avec sa femme, surtout s'il s'agissait de Sucharita ; aussi garda-t-il le silence.

Quand la mère de Sucharita était morte en donnant le jour à Satish, la fillette n'avait que sept ans. Son père avait, durant son veuvage, embrassé le Brahmo Samaj, et pour fuir la persécution de ses voisins s'était réfugié à Dacca. Pendant qu'il travaillait à la poste de cette ville, il s'était lié avec Paresh Babou d'une amitié intime, amitié d'autant plus étroite que, dès lors, Sucharita avait montré à ce dernier la même affection qu'à son père. Ram Babou mourut subitement, laissant à ses deux enfants ce qu'il possédait et désignant Paresh Babou comme leur tuteur. Les deux orphelins vinrent alors vivre dans la famille de celui-ci.

Le lecteur sait déjà quel adepte enthousiaste du Brahmo Samaj était Haran ; il participait à toutes les activités du Samaj, servait de professeur à l'école du soir, d'éditeur au journal, de secrétaire à l'école de filles, en fait se montrait infatigable. Chacun s'attendait à ce que le jeune homme occupât une place hors pair dans le mouvement. Il avait même, grâce à ses élèves, acquis de la notoriété en dehors du Samaj pour sa maîtrise dans le maniement de l'anglais et pour ses connaissances philosophiques. Ces capacités avaient inspiré un respect particulier pour Haran à Sucharita ; comme d'ailleurs à tous les brahmos distingués. En arrivant de Dacca à Calcutta, elle était même impatiente de faire sa connaissance. En fait, non seulement elle avait fait la connaissance de ce personnage notable, mais même il n'avait pas tardé à lui montrer de la prédilection. Non que Haran se fût ouvertement déclaré amoureux, mais il se dévouait si exclusivement à effacer les travers de Sucharita, à corriger ses défauts, à accroître son ardeur, bref à la perfectionner, que son but semblait évidemment de rendre cette jeune femme digne d'être un jour sa compagne.

Pour Sucharita, quand elle comprit qu'elle avait gagné le cœur d'un homme si remarqué, elle ne put se défendre d'un sentiment d'orgueil qui se mêla à son respect pour lui. Quoique aucune démarche n'eût été faite auprès des autorités dont dépendait la décision, comme la voix publique la mariait à Haran, Sucharita elle aussi accepta la décision comme acquise et sa préoccupation principale fut de parvenir, par l'étude et la conduite, à se rendre digne de celui qui avait consacré sa vie au Brahmo Samaj. La perspective de son mariage lui apparaissait comme une forteresse de crainte, d'effroi et de responsabilité, non le théâtre d'une existence heureuse, mais bien d'un effort assidu, non une affaire de famille, mais un événement historique. Si le mariage avait eu lieu dans ces circonstances, on l'aurait regardé, tout au moins du côté de la mariée, comme une chance.

Malheureusement, Haran en était venu à considérer son destin comme si important qu'il jugea au-dessous de sa dignité un mariage fondé simplement sur une attraction mutuelle ; il ne se sentait pas prêt à prendre une décision d'une telle portée sans avoir d'abord examiné sous tous les points de vue dans quelle mesure le Brahmo Samaj en bénéficierait. Dans ce dessein, il commença à éprouver Sucharita. Mais quand on s'aventure ainsi à mettre autrui à l'épreuve, on risque d'y être mis soi-même. Aussi, quand Haran fut connu plus familièrement dans la maison, on ne vit plus seulement en lui ce réceptacle de science anglaise et de sagesse métaphysique qui avait paru incarner toutes les connaissances bénéfiques au Brahmo Samaj ; on fit encore intervenir le fait qu'il était un homme ; comme tel, il cessait d'être un pur objet de révérence, devenait un sujet de sympathie ou d'antipathie. Chose étonnante, la physionomie, qui de loin avait suscité en Sucharita de l'admiration, en vint, lorsque des relations plus étroites se furent établies, à la frapper défavorablement. La façon dont Haran se constituait le gardien et le protecteur de tout ce qui dans le Brahmo Samaj semblait le vrai, le beau, le bien, conférait à sa personne, quand on l'approchait, des proportions ridiculement mesquines. Le rapport normal de l'homme à la vérité est d'amour et de dévouement, car sur ce plan l'homme normal éprouve de l'humilité. Qui se montre orgueilleux et sûr de lui-même ne dévoile que trop clairement sa réelle petitesse.

Dans ce domaine Sucharita ne pouvait manquer d'observer la différence entre Babou et Haran. À qui regardait le visage serein de Paresh Babou, la noblesse de la vérité qu'il contemplait apparaissait avec évidence. Chez Haran, c'était le contraire, car son brahmoïsme agressif et suffisant mettait tout le reste dans l'ombre et s'étalait, quoi qu'il dît ou fît, désagréablement. Quand, obsédé par sa propre conception de l'intérêt du Brahmo Samaj, Haran n'hésitait pas même à attaquer le jugement de Paresh Babou, Sucharita se contractait comme un serpent blessé. À cette époque, au Bengale, les gens qui avaient reçu l'éducation anglaise n'étudiaient pas la *Bhagavat Gita** ; mais Paresh Babou en lisait fréquemment des passages à Sucharita et même lui avait lu presque en entier le *Mahabharata***. Haran désapprouvait cette lecture et il aurait voulu proscrire ces livres de tous les foyers brahmos. Lui-même ne les lisait jamais, soucieux de s'abstenir de toute littérature révérée par les orthodoxes. Parmi les livres sacrés de toutes les religions, le seul qui le soutînt était la Bible. Que Paresh Babou n'établît aucune distinction entre brahmo et non brahmo dans un domaine comme l'étude des Écritures saintes et dans d'autres domaines qui ne lui paraissaient pas vitaux, était pour Haran une perpétuelle cause d'irritation. Mais Sucharita ne supportait pas que quiconque eût l'arrogance de critiquer Paresh Babou, même en

---

* *Bhagavat Gita* ou *Chant du Bienheureux (Krishna) :* long épisode moral détaché du *Mahabharata*. Doctrine mystique un peu indécise au point de vue théologique, mais imprégnée d'un sentiment largement humain.

** *Mahabharata :* une des deux épopées nationales de l'Inde, l'autre est le Ramayana. Ces immenses ouvrages (le Mahabharata comprend environ 100 000 strophes) ont été élaborés au cours des premiers siècles de notre ère ; ils sont écrits en sanscrit.

secret, et cette outrecuidance de la part de Haran le diminuait à ses yeux.

Sucharita donc se sentait de plus en plus repoussée par la violence du sectarisme de Haran, par sa sécheresse et son étroitesse d'esprit ; cependant la probabilité de leur mariage n'avait encore jamais été mise en question ni par l'un ni par l'autre. Dans une communauté religieuse, l'homme qui s'estime lui-même très haut en arrive peu à peu à être estimé à la valeur qu'il s'attribue. Paresh Babou ne discutait jamais les prétentions de Haran et, puisque chacun considérait le jeune homme comme un des futurs piliers du Brahmo Samaj, il donnait à cette perspective son consentement tacite, bien plus, il se posait la question de savoir si Sucharita était digne d'un tel époux ; il ne lui venait pas à l'esprit de se demander dans quelle mesure Haran plaisait à Sucharita. Personne ne se préoccupant de consulter le point de vue de Sucharita en la matière, elle-même s'habitua à ignorer ses inclinations personnelles. Comme le reste du Brahmo Samaj, elle trouvait évident que, s'il convenait à Haran de se déclarer prêt à l'épouser, son rôle était d'accepter ce mariage comme son devoir essentiel.

Les choses en étaient là quand Paresh Babou, entendant les mots vifs que Sucharita adressait à Haran pour défendre Gora, commença à chercher si elle éprouvait bien pour son futur époux le respect qu'on croyait acquis. Peut-être un motif obscur de désaccord venait-il de se manifester ; aussi, quand Baroda revint à la charge pour le mariage de Sucharita, ne montra-t-il plus la même complaisance que naguère.

Ce jour-là. Mme Baroda prit Sucharita à part et lui dit : « Tu donnes de l'inquiétude à Père. »

Sucharita tressaillit, car l'idée de causer, même inconsciemment, un souci à Paresh Babou, la touchait profondément. Elle pâlit en demandant : « Comment ! Qu'ai-je fait ?

– Qu'en sais-je, ma chérie ? Il imagine que tu n'aimes pas Haran. Pratiquement, tout le monde dans le Brahmo Samaj croit ton mariage avec lui décidé ; si maintenant tu…

– Voyons, Mère, interrompit Sucharita surprise, je n'en ai jamais parlé à personne. »

Elle avait raison de s'étonner. L'attitude de Haran l'avait souvent irritée, mais pas un instant, même en pensée, elle ne s'était révoltée contre l'idée de l'épouser ; en effet, nous l'avons vu, elle était convaincue que la question de son bonheur personnel n'intervenait pas en la matière. Alors elle se rappela que l'autre jour elle avait à l'étourdie laissé apercevoir à Paresh Babou le mécontentement que lui causait l'attitude de Haran, et supposant que de là provenait l'inquiétude de son père, elle éprouva un vif remords. Jamais encore elle ne s'était permis de laisser voir ainsi ses sentiments et elle se promit que jamais plus elle ne se livrerait à pareille expansion.

Il advint que Haran se présenta l'après-midi même chez Paresh Babou. Mme Baroda le fit venir dans sa chambre et lui dit : « Au fait, Haran Babou, tout le monde prétend que vous allez épouser notre Sucharita ; mais je n'ai jamais rien entendu à ce sujet de votre propre bouche. Si c'est bien là votre intention, pourquoi n'en parlez-vous pas ? »

Haran ne put différer davantage sa demande ; il sentit qu'il lui fallait s'assurer que Sucharita lui appartiendrait. Le problème de la capacité de Sucharita à l'aider dans son travail pour le Samaj et de l'attachement qu'elle lui portait pourrait être réglé plus tard. Aussi répondit-il : « Il n'y a même pas besoin d'en parler. Je voulais simplement attendre qu'elle ait dix-huit ans.

– Vous êtes trop scrupuleux, dit Baroda, il suffit qu'elle ait dépassé quatorze ans. »

Paresh Babou fut surpris, ce jour-là, de voir l'attitude de Sucharita à l'heure du thé ; depuis longtemps elle n'avait réservé à Haran une réception aussi cordiale. Quand il se disposa à partir, elle insista pour qu'il se rassît, elle voulait lui montrer une nouvelle broderie de Labonya.

Paresh Babou fut soulagé ; il songea qu'il avait dû se tromper et sourit à l'idée qu'une querelle d'amoureux les avait divisés en secret et qu'ils s'étaient réconciliés. Le soir même, avant de partir, Haran adressa à Paresh Babou une demande en règle pour la main de Sucharita, ajoutant qu'il désirait que le mariage ne fût pas différé trop longtemps. Paresh Babou ne cacha pas sa surprise : « Vous affirmiez toujours qu'une jeune fille ne devait pas se marier avant dix-huit ans. Vous avez même soutenu cette thèse dans des articles de journaux.

« — Cette règle ne s'applique pas à Sucharita, expliqua Haran, car son esprit est développé de façon exceptionnelle pour son âge.

— Soit, protesta Paresh Babou, ferme malgré sa douceur ; mais, Haran Babou, à moins que vous ayez une raison toute particulière, vous devriez agir suivant vos convictions et attendre qu'elle soit majeure. »

Haran, honteux d'avoir trahi sa faiblesse, se hâta de la réparer en disant : « Certes, c'est mon devoir. Mon seul désir était de célébrer bientôt en présence de Dieu et en présence de nos amis nos fiançailles officielles.

— Assurément, voilà une bonne idée », agréa Paresh Babou.

CHAPITRE XVII

Quand Gora s'éveilla après deux ou trois heures de sommeil et qu'il vit Binoy qui dormait à son côté, son cœur se remplit de joie. Il éprouva le soulagement de quelqu'un qui en rêve a perdu un objet très précieux et qui, en se réveillant, s'aperçoit qu'il a simplement rêvé. Quand il aperçut Binoy auprès de lui, il se représenta pleinement tout ce dont sa vie serait amputée s'il avait sacrifié son ami. Gora sentit un tel transport que, pour sortir Binoy du sommeil, il le secoua en criant : « Vite, vite, nous avons beaucoup à faire. »

Tous les matins régulièrement, Gora accomplissait un devoir social, visiter les pauvres du voisinage. Son idée n'était pas de leur donner des conseils ni de les secourir ; simplement il désirait leur compagnie. En fait, son intimité avec ses amis instruits était à peine aussi grande qu'avec ces pauvres gens ; ils l'appelaient Oncle et lui offraient un beau *hookah* serti de coquillages. Gora s'était contraint à fumer, juste pour entrer en contact plus étroit avec eux. Le principal admirateur de Gora était un certain Nanda, fils d'un charpentier. Il avait vingt-deux ans et travaillait dans l'atelier de son père à fabriquer des boîtes en bois ; il excellait dans les sports et était le meilleur bôleur dans l'équipe locale de cricket : Gora avait fondé un groupe de chasse au tir et un club de cricket où il avait introduit ces fils de charpentier et de forgeron sur un pied d'égalité avec les membres de bonne famille. Dans ce milieu éclectique, Nanda occupait facilement la première place pour les exercices physiques ; aussi plusieurs des étudiants le jalousaient ; mais la discipline sévère établie par Gora les obligeait à accepter son élection comme capitaine.

Quelques jours auparavant, Nanda s'était blessé au pied avec un burin et depuis il n'avait pas reparu sur le terrain de cricket ; Gora, préoccupé par Binoy, n'avait pu s'enquérir du blessé. Aussi partirent-ils ensemble ce jour-là pour le quartier où habitait le charpentier afin d'avoir des nouvelles de Nanda. En arrivant à la porte de la maison, ils entendirent à l'intérieur des pleurs de femmes. Ni le père de Nanda ni aucun des hommes de la famille n'étaient présents et par un boutiquier du voisinage Gora apprit que Nanda était mort le matin même et que son corps venait d'être porté au *ghat** des incinérations.

Nanda mort ! Lui si sain, si fort, si plein de vigueur et de bonté, si jeune surtout, mort ce matin ! Gora restait pétrifié. Nanda était le fils d'un simple charpentier, sa disparition ne serait ressentie que par

---

* *Ghat :* quai qui descend à la rivière par de vastes escaliers dont les larges marches sont parallèles à la berge ; au bord du Gange les ghats sont le centre de la vie religieuse ; la prière, la purification, les funérailles s'y déroulent.

peu de gens dans leur cercle et sans doute pour peu de temps, mais sa mort semblait à Gora cruellement inadmissible. Il connaissait l'intense vitalité du jeune homme ; bien des gens étaient vivants, mais chez qui trouver une telle surabondance de vie ? Ils s'enquirent de la cause de la mort et apprirent que c'était le tétanos. Le père de Nanda avait voulu appeler un médecin ; mais la mère avait prétendu que son fils était possédé d'un mauvais esprit ; elle avait fait venir un exorciste qui avait passé la nuit à prononcer des formules magiques et à tourmenter le malade, le brûlant au fer rouge. Au début de sa maladie, Nanda avait prié qu'on informât Gora ; mais sa mère, craignant que celui-ci insiste pour la venue d'un médecin, n'avait pas transmis le message.

« Quelle sottise et quel terrible châtiment ! gronda Binoy, tandis qu'ils repartaient.

– Ne te réconforte pas, Binoy, en rejetant tout cela comme une stupidité que nous pourrions regarder de loin comme si elle nous était tout extérieure. Si tu concevais clairement la profondeur de cette stupidité et l'ampleur du châtiment, tu ne te sentirais pas quitte avec une simple expression de regret. »

Gora hâtait le pas de plus en plus comme son excitation allait croissant, tandis que Binoy, sans répondre, essayait de se maintenir à sa hauteur. Après un court silence, Gora continua : « Binoy, je ne peux me débarrasser du sujet si facilement. Les souffrances infligées à mon Nanda par ce charlatan me torturent, elles torturent le pays tout entier. Impossible de considérer le fait comme fortuit ou isolé. »

Binoy continuant à se taire, Gora reprit : « Binoy, je sais très bien ce que tu as dans l'esprit ; tu crois qu'il n'y a pas de remède ou que, s'il y en a un, il est encore lointain. Mais je n'envisage pas les choses sous ce jour ; si je le faisais, je serais déjà mort. Tous les maux de mon pays, si graves soient-ils, ont leur remède et ce remède dépend de moi. Parce que j'ai cette conviction, je suis capable de supporter l'angoisse, la détresse, la honte qui m'environnent.

— Je n'ai pas le courage, dit Binoy, de garder ma confiance en présence d'une misère si générale et si terrible.

— Jamais je ne me déciderai à considérer cette misère comme définitive, répondit Gora. Toutes les forces spirituelles et vitales immanentes dans l'univers s'y attaquent du dehors et du dedans. Binoy, je t'en adjure de nouveau, même dans tes rêves, ne crois pas impossible pour notre pays de conquérir sa liberté. Ayant ferme dans nos cœurs la certitude de cette liberté, il nous faut nous tenir prêts. Tu voudrais te contenter de l'idée vague qu'à un moment propice, commencera la bataille pour la liberté de l'Inde. Moi, je dis que le combat a déjà commencé et qu'il se poursuit à chaque minute. Rien ne serait plus lâche de notre part que de rester calmes, indifférents.

— Écoute, Gora, dit Binoy, entre toi et nous autres, je vois cette différence : ce qui se passe tous les jours autour de nous, même ce à quoi on est habitué depuis toujours, toi, tu vois tout avec un œil nouveau, jamais habitué. Mais nous, cela ne nous frappe plus, nous en sommes inconscients comme de l'air que nous respirons ; tout cela ne nous cause ni joie ni désespoir : cela nous laisse indifférents. Nos jours s'écoulent dans le vide et nous ne distinguons pas notre patrie ou notre personnalité parmi les événements qui surviennent. »

Tout à coup Gora rougit violemment et les veines de son front se gonflèrent tandis qu'il serrait les poings et se mettait à courir furieusement derrière une voiture attelée de deux chevaux. D'une voix qui fit sursauter toute la rue, il criait : « Arrêtez, arrêtez ! » L'élégant et gros *babou* bengali qui tournait le coin de l'autre rue regarda autour de lui, puis après un coup de fouet sur ses vigoureux chevaux, il disparut. Un vieux cuisinier musulman venait de traverser, portant sur la tête une corbeille de provisions pour son maître, sans doute un Européen. Le prétentieux *babou* lui avait crié de s'écarter de sa voiture, mais le vieillard, probablement sourd, avait failli être écrasé. Il parvint à échapper, mais trébucha et le contenu de son panier, fruits, légumes, beurre et œufs, se répandit sur la chaussée. Le conducteur furieux l'avait traité d'imbécile et cinglé d'un coup de fouet. « Allah, Allah ! » soupirait le pauvre homme tandis qu'humblement il essayait de ramasser et de remettre dans son panier ce qui n'était pas trop abîmé. Gora s'approcha de lui et se mit à l'aider. Le pauvre cuisinier fut tout confus de voir ce monsieur bien mis prendre tant de peine et lui dit : « Pourquoi vous donnez ce mal, Babou ? Tout cela ne peut plus servir à rien. »

Gora savait bien que son geste était inutile et même qu'il embarrassait le malheureux : mais il sentait la nécessité de montrer aux passants qu'il y avait au moins un homme éduqué désireux de racheter la brutalité d'un autre en assumant l'insulte, et de défendre ainsi le droit outragé. Quand le panier fut rechargé, Gora dit : « La perte est trop lourde pour que vous puissiez la supporter. Venez jusque chez moi et je vous dédommagerai. Mais permettez-moi de vous dire qu'Allah ne vous pardonnera pas d'avoir enduré pareille insulte sans un mot de protestation.

– Allah punira le coupable, répondit le musulman. Pourquoi me punirait-il moi ?

– Celui qui s'incline devant l'injustice, dit Gora, est coupable aussi, car il permet tout le mal qu'on fait dans le monde. Peut-être ne me comprenez-vous pas, mais rappelez-vous que la religion ne consiste pas à être bonasse, parce que cela ne fait qu'encourager les méchants. Votre Mahomet le comprenait bien, aussi n'a-t-il pas prêché la résignation au mal. »

Comme la maison de Gora se trouvait assez loin, il emmena le vieillard chez Binoy : là, debout devant le bureau, il dit à Binoy : « Donne-moi de l'argent.

– Un instant, répondit Binoy, je vais chercher la clef. »

Mais, sous le coup brutal infligé au tiroir par Gora, la serrure céda brusquement et le tiroir ouvert laissa voir une grande photographie de la famille de Paresh Babou que Binoy s'était procurée par l'entremise de son jeune ami Satish. Gora renvoya le vieux après lui avoir remis la somme nécessaire ; il ne souffla pas mot de la photographie et, devant le silence de Gora, Binoy ne se soucia pas d'en parler, quoique l'échange de quelques mots à ce sujet eût soulagé son esprit.

« Bon, eh bien je pars, dit soudain Gora.

– Tu es bien aimable, s'exclama Binoy, tu pars tout seul. Ne sais-tu pas que Mère m'a invité à déjeuner avec toi ? Je pars aussi. »

Ensemble ils quittèrent la maison. Pendant le trajet, Gora n'ouvrit pas la bouche. La photographie lui avait rappelé que les impulsions de Binoy entraînaient son cœur dans une voie bien distincte de celle que suivait sa vie à lui. Binoy comprenait parfaitement la cause du silence de Gora ; mais il manquait de courage pour briser cette réserve, car il sentait que sur le point auquel s'attachait l'esprit de son ami, un obstacle positif troublait leurs relations.

Comme ils arrivaient chez Gora, ils trouvèrent Mohim debout devant la porte inspectant la rue. « Qu'est-il donc arrivé ? » cria-t-il en apercevant les deux amis. « Comme vous avez bavardé toute la nuit dernière, je vous imaginais tous les deux tranquillement endormis sur un trottoir ; mais il se fait tard, Binoy, tu devrais aller prendre ton bain. »

Débarrassé de Binoy, Mohim se tourna vers Gora et dit : « Écoute, Gora, il faut que tu penses sérieusement à ce dont je t'ai parlé. Même si l'orthodoxie de Binoy ne te satisfait pas, où donc au monde trouverions-nous mieux ? Il ne suffit pas de s'assurer qu'un prétendant est hindou cent pour cent, il faut aussi qu'il ait reçu de l'éducation. J'avoue que le dosage usuel « éducation plus orthodoxie » n'est pas conforme à nos Écritures ; néanmoins il ne constitue pas une trop mauvaise combinaison. Si tu avais une fille à toi, je suis sûr que tu en jugerais ainsi.

– Très bien, Dada, répondit Gora ; je ne crois pas que Binoy fasse des objections.

– Mais écoutez-le, cria Mohim, qui donc se tracasse des objections de Binoy ? Ce sont tes objections à toi que je redoute. Si seulement tu adresses personnellement la requête à Binoy, je n'en demanderai pas davantage. Au cas où ce serait impossible, n'en parlons plus.

– Je m'en occuperai », dit Gora.

Sur quoi Mohim considéra qu'il n'avait plus rien à faire qu'à ordonner la fête du mariage.

À la première occasion, Gora dit à Binoy : « Dada me presse d'intervenir pour ton mariage avec Sasi. Qu'en penses-tu ?

– Dis-moi d'abord ce que tu en penses toi-même.

– Je crois que ce ne serait pas si mal.

– Naguère tu étais d'un autre avis. N'étions-nous pas d'accord pour ne nous marier ni l'un ni l'autre ? Je croyais que nous avions ainsi décidé.

– Eh bien, admettons que tu te marieras et moi pas.

– Pourquoi ? Pourquoi des buts différents pour le même pèlerinage ?

– C'est parce que je crois nos buts différents que je suggère cet arrangement. Dieu place certains hommes dans le monde en leur imposant un faix très lourd, tandis que d'autres gardent une légèreté délicieuse. Si l'on attelle ensemble ces deux sortes de créatures, pour que l'attelage tire droit, il faut surcharger l'un afin qu'il avance de pair avec l'autre ; pour qu'avec commodité nous marchions du même pas, il faut que tu aies à supporter le poids de la vie conjugale.

– Bon, dit Binoy, en souriant, surcharge-moi de cette façon, j'accepte.

– Mais ce poids-là en particulier, te convient-il ?

– Puisque le but est de m'imposer une charge supplémentaire, celle-ci ou une autre, brique ou pierre, cela ne fait rien. »

Binoy devinait bien la raison du vif intérêt montré par Gora pour ce mariage et il s'amusait du souci de son ami de le sauver d'un engagement avec une des filles de Paresh Babou.

Quand ils eurent déjeuné, ils passèrent le reste de l'après-midi en une longue sieste qui compensa leur veille de la nuit.

Les deux amis n'eurent plus de conversation avant la tombée du soir, moment où ils remontèrent sur la terrasse. Binoy examina le ciel et dit : « Vois-tu, Gora, je crois, et je veux t'en faire la remarque, qu'il y a un grand défaut dans notre amour pour notre patrie. Nous ne pensons qu'à une moitié de l'Inde.

– Comment ? Que veux-tu dire ?

– Nous regardons l'Inde seulement comme un pays d'hommes, nous ignorons complètement les femmes.

– Tu es pareil aux Anglais, dit Gora, tu veux voir les femmes partout, au foyer et dans le monde du dehors, sur terre, sur mer et dans les cieux, associées à nos repas, à nos distractions et à notre travail. En conséquence, pour toi les femmes éclipseront les hommes et ton jugement lui aussi sera partiel.

– Non, non, répliqua Binoy, tu ne te débarrasseras pas ainsi de ma critique. Pourquoi chercher si j'en juge ou non comme les Anglais ? Je dis simplement que nous ne donnons pas aux femmes de notre pays la considération qui doit leur revenir. Prends ton propre exemple : j'affirme sans crainte de me tromper que tu n'accordes pas aux femmes la moindre de tes pensées. Dans la conception que tu te fais de notre pays, les femmes n'interviennent pas, cette conception ne peut donc être juste.

– Depuis que je regarde et connais ma mère, je vois en elle toutes les femmes de l'Inde et je sais quelle place elles doivent occuper.

– Tu fais des phrases pour te tromper toi-même. La familiarité dans laquelle on vit au foyer avec les femmes de la maison ne fournit pas une connaissance véritable. Je sais que je provoquerai ta colère en me hasardant à comparer notre société à celle des Anglais, et je n'ai d'ailleurs pas envie de le faire. Je ne prétends pas non plus savoir la mesure et la façon dont nos femmes devraient paraître en public sans dépasser les limites de la bienséance ; mais je suis sûr que tant qu'elles resteront cachées derrière le *purdah**, notre pays n'aura pas pour nous toute sa plénitude et que nous ne pourrons pas lui

---

* *Purdah* : règle qui astreignait les femmes hindoues de haut rang à une vie cloîtrée ; fait de la claustration ; observance de la règle de réclusion.

donner notre amour tout entier et notre entier dévouement.

– De même que le temps se présente sous deux aspects, le jour et la nuit, la société a deux aspects, les hommes et les femmes. Dans une société naturelle, les femmes restent cachées comme la nuit, leur tâche s'accomplit sans qu'on les voie, derrière le théâtre. Quand la société perd sa forme naturelle, la nuit usurpe les fonctions du jour, et le travail comme le plaisir sont poursuivis à la lumière artificielle. Quel est le résultat ? L'action secrète de la nuit s'arrête, la fatigue croît peu à peu, le repos devient impossible et l'homme ne poursuit son existence qu'en ayant recours à l'ivresse. Si nous voulons traîner nos femmes dans le domaine des activités extérieures, le travail serein qui est leur propre sera troublé, la paix et le bonheur de la collectivité seront détruits et la frénésie en prendra la place. À un coup d'œil superficiel, on peut confondre cette frénésie avec la force, mais c'est une force qui conduit à la ruine. Des deux éléments de la société, l'homme est le plus apparent, il ne s'ensuit pas qu'il soit privilégié. Si tu amènes en pleine lumière la force cachée de la femme, la société sera amenée à vivre sur son capital et risquera de glisser à la banqueroute. Je prétends au contraire que si nous, les hommes, assistons au festin et que les femmes veillent aux provisions, alors seulement la fête sera réussie, même si les femmes demeurent invisibles. C'est folie de vouloir que toutes les énergies soient orientées dans la même direction, utilisées au même endroit et de la même façon.

« – Gora, je ne veux pas discuter ta théorie ; mais tu n'as pas réfuté mes arguments. Le vrai problème...

– Écoute, Binoy, interrompit Gora, si nous continuons à discuter ce sujet, nous finirons par nous disputer sérieusement. Je confesse que les femmes ne se sont jamais imposées à ma réflexion comme elles s'imposent en ce moment à la tienne ; donc il est impossible que tu me fasses sentir ce que tu sens. Pour le moment, acceptons de n'être pas d'accord. »

Gora éloignait ainsi le sujet. Pourtant une graine qu'on rejette peut néanmoins tomber sur la terre et là elle n'attend qu'une occasion de germer. Jusqu'alors, Gora avait tenu les femmes absolument hors du champ de sa vision et n'avait jamais imaginé qu'il en pût résulter pour lui une lacune ou un préjudice. Ce jour-là, l'exaltation de Binoy avait placé devant sa conscience le fait de leur existence et de leur importance. Mais, ne pouvant ni décider de la place qui leur revenait ni distinguer à quel besoin elles répondaient, il répugnait à la discussion entamée avec Binoy. Incapable de dominer la question ou de la repousser comme dénuée d'intérêt, il préférait s'abstenir de la traiter.

Le soir, comme Binoy allait partir, Anandamoyi l'appela pour l'interroger : « Votre mariage avec Sasi est-il décidé ? »

Binoy répondit avec un rire légèrement embarrassé : « Oui, Mère, Gora a joué le rôle de marieur.

– Sasi est une très gentille fille, dit Anandamoyi, mais n'agissez pas comme un enfant, mon petit. Je vous connais bien ; vous vous êtes hâté de prendre un parti parce que votre esprit restait hésitant. Le temps ne vous manque pas pour réfléchir. Vous avez l'âge de juger par vous-même ; ne décidez pas d'une question si sérieuse sans consulter vos sentiments profonds. »

Parlant ainsi, elle caressait doucement l'épaule de Binoy et lui, sans répondre, partit lentement.

CHAPITRE XVIII

Pendant le trajet qui le ramenait chez lui, Binoy réfléchit aux paroles d'Anandamoyi. Il n'avait jamais fait bon marché des avis qu'elle lui donnait et, toute la nuit, il sentit un souci peser sur son esprit. Il s'éveilla le lendemain matin avec l'impression qu'en payant ainsi un prix convenable pour l'amitié de Gora, il se libérait de toute autre obligation : il lui semblait que le lien permanent de son mariage avec Sasi lui permettrait de se libérer d'autres obligations vis-à-vis de l'orthodoxie. Ce lien conjugal protégerait toujours des soupçons non fondés de Gora, redoutant que la tentation de se marier dans une famille brahmo ne le détache de l'orthodoxie. Aussi Binoy se mit-il à multiplier ses visites chez Paresh Babou et à les faire sans scrupules. Il n'avait jamais trouvé de difficultés à se sentir chez lui dans la maison des gens qu'il aimait ; aussi, libéré de l'hésitation qu'il avait éprouvée à cause de Gora, fut-il bientôt traité comme un membre de cette nouvelle famille.

Tout d'abord Lolita avait montré de l'hostilité contre Binoy ; mais son attitude changea quand disparut le soupçon que Sucharita avait conçu un faible pour lui. Dès qu'elle vit clairement que

Sucharita ne montrait pas d'indulgence particulière à l'égard de Binoy, sa révolte s'effaça et elle voulut bien admettre sans résistance que Binoy Babou était un homme exceptionnellement sympathique. Même Haran ne lui témoignait pas de méfiance. Au contraire, il semblait insister sur le fait que Binoy avait réellement une notion des bonnes manières, sous-entendant ainsi que Gora n'avait même pas cette notion. Et, comme Binoy n'entamait jamais de discussion avec Haran, tactique à laquelle l'encourageait Sucharita, il ne fut jamais l'occasion d'un conflit à l'heure du thé.

Pourtant, en l'absence de Haran, Sucharita encourageait Binoy à exposer ses idées en matière sociale. Elle ne dominait pas la curiosité de savoir comment deux hommes instruits comme Gora et Binoy pouvaient justifier les antiques superstitions de leur patrie. Si elle n'avait pas connu personnellement les deux jeunes gens, elle aurait repoussé semblable tentative comme indigne même d'une pensée. Mais depuis sa première rencontre avec Gora, elle était incapable de le chasser avec mépris de son esprit. Aussi, dès que la chance s'en offrait, elle amenait la conversation sur les théories de Gora et sur son mode d'existence, et elle tentait de pénétrer de plus en plus le sujet par ses questions et ses objections. Paresh Babou considérait qu'une éducation libérale devait permettre à Sucharita de connaître les opinions de toutes les sectes. Aussi n'empêchait-il pas ce genre de discussion comme s'il avait redouté que Sucharita puisse en être égarée.

Un jour, Sucharita demanda : « Dites-moi, Binoy Babou, Gourmohan Babou croit-il sincèrement au système des castes, ou sa profession de foi n'est-elle que l'expression exagérée de son culte pour le pays ?

– Vous reconnaissez la différence de niveau entre les marches d'un escalier, n'est-ce pas ? répliqua Binoy ; vous n'avez pas d'objection à ce que les unes soient plus hautes que les autres ?

– Non, certes, parce qu'il faut que je monte, mais je n'accepterais pas cette nécessité sur le sol plat.

– Justement, dit Binoy. La raison d'être de l'escalier, c'est-à-dire de la hiérarchie des castes, est de permettre aux gens de s'élever, de monter à travers des existences successives depuis l'échelon le plus bas jusqu'à l'objectif même de la vie humaine. Si c'était la société ou le monde matériel qui constituait notre objectif, il n'y aurait nulle nécessité d'établir des différences ; dans ce cas, l'organisation européenne, cette bousculade, cette lutte pour occuper le plus d'espace possible, aurait pu nous convenir aussi.

– Je crains de ne pas bien vous comprendre, dit Sucharita, je précise ma question. Affirmez-vous que le but pour lequel, d'après vous, le système des castes fut établi a été réalisé ?

– Il n'est pas si facile de déterminer à coup sûr la réussite dans le monde matériel, répondit Binoy. L'Inde a offert au problème social une solution pleine de grandeur, le système des castes ; cette solution doit être mise à l'épreuve dans le monde entier avant de décider de sa validité. L'Europe n'a pas su créer une formule plus satisfaisante : là-bas, la vie sociale n'est que combat. Réaliser une société vraiment humaine, ce but reste en suspens tant que la solution proposée par l'Inde n'a pas atteint au succès final.

– Ne vous fâchez pas contre moi, je vous prie, dit Sucharita avec timidité ; mais dites-moi si vous faites simplement écho aux opinions de Gourmohan Babou ou si vous êtes vous-même convaincu de ce que vous expliquez.

– À vous dire le vrai, répondit Binoy en souriant, ma conviction n'est pas aussi robuste que celle de Gora. Quand je vois les vices de notre organisation, les abus du système des castes, je ne puis qu'exprimer des doutes. Mais Gora m'affirme que le doute est seulement l'effet d'une disposition à regarder ce qui est grand avec un œil mesquin : regarder les rameaux brisés ou les feuilles sèches comme l'élément essentiel de l'arbre, c'est prouver de la légèreté intellectuelle. Gora affirme qu'il ne réclame pas de l'admiration pour les branches mortes, mais il veut qu'on embrasse l'arbre dans sa totalité et qu'alors on essaye de comprendre sa signification.

– Assurément, il faut négliger les branches mortes ; pourtant nous avons du moins le droit de considérer les fruits. Quels fruits le système des castes a-t-il donnés à notre pays ?

– Ce que vous appelez le fruit de la caste n'est pas l'effet de la caste seule, mais de l'ensemble des conditions de notre pays. Si vous voulez mordre avec une dent qui branle, cela vous fait mal ; vous n'accusez pas alors les dents en général, mais le fait que cette dent-là branle. Comme, pour des causes diverses, la maladie et la faiblesse se sont emparées de nous, nous avons faussé l'idée que l'Inde représente et nous ne l'avons pas menée à bien. Voilà pourquoi Gora nous exhorte constamment : "Tâchez d'être sains, tâchez d'être forts."

– Soit ; mais regardez-vous un brahmine comme un être divin ? poursuivit Sucharita. Croyez-vous sincèrement que la poussière prise sur les pieds d'un brahmine peut purifier un autre homme ?

– Tout hommage rendu par nous à un homme n'est-il pas créateur ? En l'honorant, nous le forçons d'une certaine manière à se montrer digne de cet honneur. N'aurait-ce pas été une grande réalisation de l'Inde si nous avions pu créer de véritables brahmines ? Nous avons besoin d'hommes vraiment divins, de surhommes, et si seulement nous étions capables de les désirer de tout notre cœur et de tout notre esprit, nous les obtiendrions. Mais si nous nous contentons de les désirer avec inconstance, alors il nous faut nous satisfaire de peupler la terre de démons à qui nul crime n'est étranger et que nous laissons gagner leur vie à secouer sur nos têtes la poussière de leurs pieds.

– Et ces surhommes dont vous parlez, en existe-t-il quelque part ?

– Ils existent ici, cachés dans le besoin que l'Inde a d'eux, dans l'effort qu'elle fait vers eux, comme la plante est cachée dans la graine. Les autres pays souhaitent des généraux comme Wellington, des savants comme Newton, des millionnaires comme Rothschild, mais notre pays aspire au brahmine, à celui qui ignore la peur, qui hait la cupidité, qui triomphe de l'angoisse, que la pauvreté ne distrait pas, et dont l'esprit est en communion constante avec l'Être Suprême : l'Inde désire le brahmine à l'intelligence ferme, sereine et libre ; quand elle le possédera, alors seulement elle sera affranchie. Ce n'est pas devant des rois que nous courbons la tête et nous n'offrons pas la nuque au joug de l'oppresseur, non, c'est notre propre crainte qui nous force à nous incliner ; nous sommes pris dans le filet de nos propres convoitises, nous sommes les esclaves de notre propre folie. Puisse le brahmine véritable, par son caractère discipliné, nous délivrer de cette crainte, de cette convoitise, de cette folie. Nous n'attendons pas de lui qu'il combatte pour nous, ni qu'il trafique pour nous, ni qu'il nous procure les biens profanes. »

Jusqu'alors Paresh Babou s'était contenté d'écouter ; à cet instant, il intervint : « Je ne puis prétendre connaître l'Inde et je ne sais certainement pas ce à quoi l'Inde aspirait ni si elle a jamais réussi à l'obtenir ; mais faut-il toujours en revenir aux temps écoulés ? Notre effort doit s'attaquer à ce qui est possible aujourd'hui. Quel bien réaliserons-nous en tendant vainement les bras pour rappeler le passé ?

– J'ai souvent parlé et pensé comme vous, répondit Binoy. Mais Gora demande si nous pouvons tuer le passé simplement en le considérant comme mort et disparu. Le passé reste vivant parmi nous, car rien de ce qui fut vrai un jour ne peut disparaître.

– Le point de vue de votre ami, objecta Sucharita, n'est pas celui d'où regarde l'homme ordinaire. Comment alors être sûr que vous exprimez la tendance du pays tout entier ?

— Ne croyez pas, protesta Binoy, que mon ami Gora soit de ces gens vulgaires qui se vantent de leur stricte orthodoxie. Ce qu'il regarde comme important, c'est la signification profonde de l'hindouisme, et il y apporte tant de sérieux que jamais, pour lui, la réalité vraie de la religion hindoue n'a été cette matière fragile que flétrirait le moindre contact impur et qui disparaîtrait à un geste brutal.

— Pourtant, dit Sucharita en souriant, il prend, à ce qu'il me semble, bien des précautions pour éviter le moindre contact impur.

— Sa vigilance est très particulière. Si vous l'interrogez à ce sujet, il répliquera : "Oui, je crois en tous les détails des prescriptions rituelles, je crois que la caste peut être perdue par un simple effleurement, que la pureté peut être ternie par l'usage d'aliments défendus, tout cela est rigoureusement vrai. Mais je sais bien que c'est la simple théorie." Plus une opinion doit paraître absurde à ses auditeurs, plus il l'exprime en termes positifs ; il insiste sur l'observance scrupuleuse et rigide des préceptes, de peur qu'en cédant sur des points de détail, il ne conduise des gens dépourvus de jugement à perdre leur respect pour des principes vitaux, ou qu'il permette à ses adversaires de se proclamer victorieux. Aussi ne se risque-t-il pas à montrer de relâchement à cet égard même devant moi.

— Il y a bien des gens de ce caractère parmi les brahmos également, dit Paresh Babou. Ils veulent rompre avec l'hindouisme toute connexion quelle qu'elle soit, de peur que des profanes croient à tort qu'ils excusent des coutumes blâmables. Des gens de cette espèce ont du mal à mener une vie naturelle : ils sont contraints d'affecter ou d'exagérer leurs attitudes et ils attribuent si peu de force à la vérité qu'ils imaginent devoir la protéger par la force ou par la ruse. On peut considérer que les bigots de toute catégorie se disent : "La vérité dépend de moi, ce n'est pas moi qui dépends de la vérité." Quant à moi, je prie Dieu qu'il me permette de rester un simple et humble adorateur de la vérité, que je l'adore dans un temple brahmo ou à un autel hindou et que nul obstacle extérieur ne m'empêche de l'adorer.

Ayant ainsi parlé, Paresh Babou garda un instant le silence profondément absorbé dans sa pensée. Ces quelques mots semblaient avoir relevé le ton de toute la discussion, non par le sens des mots eux-mêmes, mais par une ferveur qui émanait de toute une expérience de la vie. Sur le visage de Lolita et de Sucharita, brilla une lueur de dévotion et Binoy n'éprouva plus l'envie d'argumenter. Il se rendit compte que Gora était trop tyrannique : la sérénité calme et assurée que respirent la pensée, la parole, la conduite de ceux qui portent en eux la vérité, n'était pas un apanage de Gora et tandis qu'il écoutait Paresh Babou, cette évidence frappa douloureusement Binoy.

Ce soir-là, quand Sucharita fut couchée, Lolita vint s'asseoir sur le bord de son lit. Sucharita vit nettement que Lolita tournait et retournait dans sa tête une réflexion et que cette réflexion se rapportait à Binoy. Elle lui fournit une entrée en matière en disant : « Vraiment, j'aime beaucoup Binoy Babou. »

– C'est parce qu'il parle tout le temps de Gourmohan Babou », fit observer Lolita.

Quoique Sucharita comprît l'insinuation, elle fit mine de l'ignorer et dit innocemment : « Mais oui, cela m'amuse beaucoup d'entendre les opinions de Gourmohan Babou quand c'est Binoy qui les exprime. Il me semble avoir l'homme sous les yeux.

– Moi, ça ne m'amuse pas du tout, dit Lolita d'un ton sec, ça m'irrite.

– Pourquoi ? demanda Sucharita étonnée.

– Il n'y a que Gora, Gora, Gora, perpétuellement. Son ami Gora est peut-être un homme remarquable, mais n'est-il pas un homme lui aussi ?

– Bien sûr, mais en quoi son affection l'empêche-t-elle d'en être un ? demanda Sucharita en riant.

– Son ami le domine à tel point qu'il n'a plus aucune chance de se montrer lui-même. Il ressemble à un cafard qui aurait avalé une mouche. Je n'ai pas d'indulgence pour la mouche qui s'est fait prendre et mon respect pour le cafard n'en est pas augmenté. »

Sucharita, qu'amusait la chaleur avec laquelle parlait Lolita, se mit à rire sans répondre et Lolita continua : « Tu peux rire si ça te fait plaisir, Didi, mais sache bien que si quelqu'un voulait me mettre ainsi dans l'ombre, je ne l'accepterais pas un instant. Toi, par exemple, quoi qu'en pensent les gens, tu n'essaies jamais de m'éclipser, ce serait contraire à ta nature et voilà pourquoi je t'aime tant. Tu as appris cette leçon par l'exemple de Père ; avec lui, chacun sa place. » Les deux jeunes filles étaient, dans la maison, les plus attachées de tous à Paresh Babou, la moindre allusion à « Père » émouvait leur cœur.

« A-t-on idée ! Comparer quelqu'un à Père ! protesta Sucharita. Mais quoi que tu en dises, chérie, Binoy Babou parle admirablement.

– Mais, ma chère amie, ne vois-tu pas que ses idées ont cette force persuasive justement parce qu'elles ne sont pas les siennes ? S'il exprimait ses idées personnelles, ses paroles seraient simples et raisonnables, elles n'auraient pas l'air de phrases toutes faites et je les préférerais beaucoup ainsi.

– Pourquoi te fâcher à ce propos, chérie ? Les opinions de Gourmohan Babou sont devenues les siennes.

– S'il en est ainsi, je trouve cela horrible. Dieu nous a-t-il doués d'intelligence pour que nous exposions les idées d'autrui, et d'une bouche pour que nous répétions les paroles d'autrui, même si nous le faisons admirablement ? Qu'il aille au diable, ce talent merveilleux !

– Ne vois-tu pas que la grande amitié que Binoy Babou porte à Gourmohan Babou les fait penser de même tous les deux ?

– Non, non, non, éclata Lolita, tu te trompes. Tout simplement Binoy s'est habitué à accepter tout de Gora, ce n'est pas de l'amitié, c'est de l'esclavage. Il veut s'illusionner, se persuader que ses opinions sont les mêmes que celles de son ami, mais à quoi bon ? Quand on aime, on peut suivre sans être d'accord, s'abandonner les yeux ouverts. Pourquoi ne reconnaît-il pas avec franchise qu'il soutient les théories de Gourmohan Babou parce que c'est son ami. N'est-il pas clair qu'il en est ainsi ? Sincèrement, Didi, ne crois-tu pas que j'ai raison ? »

Sucharita n'avait pas considéré la question sous ce jour : toute sa curiosité s'était portée vers Gora et elle n'avait pas éprouvé le besoin d'étudier Binoy comme un problème séparé ; aussi ne répondit-elle pas directement à Lolita. « Eh bien, à supposer que tu aies raison, qu'y faire ?

– Je voudrais desserrer ces liens et le libérer de son ami.

– Pourquoi ne le tentes-tu pas, chérie ?

– Que moi je le tente ne changera pas grand-chose ; mais si tu y appliques ta réflexion, nous obtiendrons sûrement un résultat. »

Sucharita n'ignorait pas au fond du cœur qu'elle avait de l'influence sur Binoy ; toutefois elle esquiva la remarque en riant et Lolita continua : « Pourtant j'aime en lui la façon dont il cherche à se dégager de l'autorité de Gourmohan Babou maintenant qu'il t'apprécie. N'importe quel autre se serait mis à écrire un article dirigé contre les jeunes filles brahmos ; mais lui, il a gardé de la largeur d'esprit, ce qui prouve son estime pour toi et son respect pour Père. Il faut que nous essayions de l'aider à se tenir debout tout seul. Je trouve inadmissible qu'il existe seulement pour prêcher les doctrines de Gourmohan Babou. »

À cet instant Satish se précipita dans la chambre appelant « Didi ! ». Binoy l'avait emmené au cirque et, quoiqu'il fût très tard, Satish avait besoin d'exprimer son enthousiasme pour le spectacle qu'il venait de voir pour la première fois. Après avoir décrit ses impressions, il dit : « Je voulais que Binoy Babou passe la nuit ici avec moi, mais il m'a raccompagné et puis il est parti en promettant de revenir demain. Didi, je lui ai demandé de vous emmener toutes au cirque.

— Et qu'a-t-il répondu ? demanda Lolita.

— Que des filles auraient peur en voyant un tigre. Pourtant moi je n'ai pas eu peur du tout. »

Et Satish se frappa la poitrine avec une fierté virile.

« Vraiment, dit Lolita, je sais bien que ton ami Binoy Babou a un courage formidable. Écoute, Didi, il faut que nous l'obligions à nous emmener au cirque.

— Il y a une matinée demain, dit Satish.

— Très bien, nous irons demain », décida Lolita.

Le lendemain, quand Binoy arriva, Lolita s'exclama : « Binoy Babou, vous arrivez à temps. Partons

— Où donc ? demanda Binoy surpris.

— Au cirque, bien sûr », déclara Lolita.

Au cirque ! Être assis avec un groupe de jeunes filles sous la tente devant tout le monde, à la pleine lumière du jour ! Binoy était atterré.

« Vous allez fâcher Gourmohan Babou, n'est-ce pas ? » poursuivit Lolita.

À cette phrase, Binoy tendit l'oreille et quand Lolita reprit : « Gourmohan Babou a ses idées là-dessus, n'est-ce pas ? Emmener des jeunes filles au cirque ! », il répondit fermement : « Certes, il en a.

– Voulez-vous nous les exposer, pria Lolita. Je vais aller chercher ma sœur pour qu'elle les entende aussi. »

Binoy sentit la flèche qu'on lui lançait. Pourtant il rit. Sur quoi Lolita poursuivit : « Pourquoi riez-vous, Binoy Babou ? Hier vous avez dit à Satish que les filles ont peur des tigres. Vous-même n'avez-vous peur de personne ? »

Après ce défi, Binoy fut bien obligé d'accompagner les jeunes filles au cirque ; en outre, tout le long du chemin, il eut le loisir de méditer avec nervosité sur la figure qu'il se donnait, non seulement devant Lolita, mais devant les autres sœurs par ses relations avec son ami.

La première fois que Lolita revit Binoy, elle demanda d'un air innocent : « Avez-vous raconté à Gourmohan Babou notre sortie de l'autre jour au cirque ? »

Cette fois, l'aiguillon de la question pénétra fort avant. Binoy tressaillit et il rougit en répondant : « Non, pas encore. »

CHAPITRE XIX

Un matin, Gora travaillait quand Binoy arriva sans être attendu et dit à brûle-pourpoint : « L'autre jour, j'ai conduit les filles de Paresh Babou au cirque. »

Gora, sans cesser d'écrire, répondit : « Oui, je l'ai entendu dire.

– Par qui ? demanda Binoy surpris.

– Par Abinash qui se trouvait au cirque ce jour-là », répliqua Gora qui continua à écrire sans faire de remarque.

Que Gora le sût déjà et l'eût appris par Abinash, qui n'avait pas dû craindre d'embellir les faits par des détails de son cru, fit revivre les vieux préjugés de Binoy et lui inspira de la honte. En même temps, surgit dans sa mémoire le mal qu'il avait eu la veille à s'endormir parce que, en pensée, il se querellait avec Lolita. « Lolita croit que j'ai peur de Gora comme un écolier de son maître. Combien les gens sont injustes dans leur jugement. Certes je respecte Gora pour ses qualités exceptionnelles, mais pas de la façon que Lolita imagine, elle nous fait tort à tous deux. Elle me prend vraiment pour un enfant dont Gora serait le tuteur. » Voilà le thème des pensées qui l'avaient troublé la veille. Gora écrivait toujours et Binoy se remémorait deux ou trois questions insidieuses que Lolita lui avait décochées. Il avait du mal à les chasser de son esprit. Soudain un sentiment de révolte se leva dans son cœur. « Et si je suis allé au cirque ? (La question flamba en lui.) Est-ce l'affaire d'Abinash de discuter ma conduite avec Gora ? Et pourquoi diable Gora permet-il à cet idiot de se mêler de cette histoire ? Gora est-il mon maître que je lui doive des explications sur l'endroit où je vais et les gens avec qui je sors ? Ce serait offenser notre amitié. »

Binoy ne se serait pas indigné de la sorte contre Gora et Abinash s'il n'avait soudain mesuré sa propre lâcheté. Il avait été obligé de cacher quelque chose à Gora pour quelques heures et, fâché, il tâchait maintenant d'en rejeter la faute sur Gora lui-même. Si seulement Gora lui avait adressé des reproches, ils se seraient retrouvés sur le même plan et Binoy aurait été tranquillisé. Mais le silence solennel gardé par Gora donnait à celui-ci l'apparence d'un juge en séance, ce qui accroissait pour Binoy le souvenir des paroles mordantes de Lolita.

À ce moment, Mohim entra dans la chambre, le *hookah* en main et, après avoir tendu sa boîte pour offrir du *pan*, il déclara : « Tout est réglé en ce qui nous concerne, Binoy, mon fils. Si maintenant ton oncle donne son consentement, nous serons tous satisfaits. Lui as-tu écrit ? »

Cette insistance au sujet de son mariage semblait à Binoy particulièrement irritante ce jour-là. Bien entendu, il savait que la faute n'en était pas à Mohim à qui Gora avait donné à entendre que Binoy consentait ; mais lui-même n'était pas très fier d'avoir consenti. Anandamoyi avait en somme essayé de le dissuader ; d'autre part, il n'avait jamais éprouvé grand penchant pour sa future fiancée. Comment une décision ferme aurait-elle pu sortir de cette confusion ? On ne pouvait positivement affirmer que Gora avait fait pression sur lui. Gora n'aurait pas insisté si lui-même avait objecté… pourtant… et dans ce pourtant, il sentait de nouveau l'aiguillon des remarques de Lolita. Car il ne s'agissait de rien qui fût survenu à cette occasion, mais de l'ascendant total acquis par Gora sur Binoy pendant toutes les années de leur amitié. Binoy ne s'était accommodé de cet ascendant que par suite de son affection excessive et de son caractère doux et complaisant. Si bien que la domination avait fini par l'emporter sur l'amitié même. Jusqu'alors Binoy ne s'en était pas aperçu clairement, maintenant il ne pouvait plus nier. Et voilà qu'il avait contracté l'obligation d'épouser Sasi. « Non, je n'ai pas encore écrit à mon oncle.

– La faute en est à moi, dit Mohim. Pourquoi serait-ce toi qui écrirais ? C'est à moi de le faire. Épelle-moi son nom complet, mon fils.

– Pourquoi êtes-vous si pressé ? demanda Binoy. On ne peut célébrer un mariage dans les deux mois qui viennent. Puis, en Agrahâzan… mais, j'oubliais, ce mois n'est pas propice non plus ; dans notre famille il porte malheur, en Agrahâzan nous ne célébrons jamais de cérémonies qui exigent des auspices favorables. »

Mohim déposa son *hookah* dans un coin contre le mur et dit : « Voyons, Binoy, si tu te mets à alléguer ces superstitions, l'éducation moderne dont tu es si fier consisterait juste en quelques phrases apprises par cœur. Dans ce misérable pays, il n'est déjà pas facile de trouver des jours fastes dans le calendrier. Si, par-dessus le marché, chaque famille consulte ses archives privées, comment faire avancer une affaire ?

– Dans ce cas, pourquoi acceptez-vous les deux mois à venir comme néfastes ?

– Moi, pas du tout, s'écria Mohim, mais qu'y puis-je ? Chez nous, vous n'avez pas besoin d'honorer Dieu, mais si vous ne respectez pas les règles relatives aux mois, aux jours, et aux phases de la lune, vous ne serez pas admis dans une maison respectable, et, je dois le reconnaître, quoique je prétende ne pas respecter ces coutumes, en pratique si je ne tiens pas compte du calendrier je ne me sens pas à l'aise ; de notre atmosphère la crainte émane comme en émane la malaria ; aussi ne puis-je chasser cette impression.

– De même dans ma famille, dit Binoy, on ne peut chasser la peur du mois d'Agrahâzan. Du moins ma tante n'y consentirait jamais. »

Ainsi se débrouilla-t-il tant bien que mal pour écarter provisoirement la question, tandis que Mohim ne voyant pas le moyen d'agir immédiatement se retirait.

Au ton de Binoy, Gora devinait que son ami commençait à hésiter. Il y avait plusieurs jours que Binoy n'était pas venu chez lui et Gora soupçonnait qu'il faisait chez Paresh Babou des visites plus fréquentes que naguère. Et maintenant qu'il tentait de repousser le mariage avec Sasi, Gora conçut de sérieuses inquiétudes ; aussi abandonnant son travail se retourna-t-il pour dire : « Binoy, puisque tu as donné ta parole à mon frère, pourquoi le plonges-tu dans ces incertitudes inutiles ? »

Binoy, soudain impatient, lança : « Ai-je donné ma parole ou m'a-t-elle été arrachée ? »

Cette révolte subite prit Gora par surprise ; son humeur se durcit et il demanda d'une voix incisive : « Qui donc te l'a arrachée ?

– Toi.

– Moi ? Voyons, je t'en ai à peine soufflé mot ; tu appelles cela t'arracher une promesse ? »

En fait, Binoy n'avait pas le moyen de prouver son accusation ; ce que disait Gora était vrai, ils n'avaient échangé sur le sujet que peu de mots et les mots de Gora n'étaient pas assez pressants pour qu'on pût parler d'insistance. Pourtant, dans un certain sens, il n'était pas faux que Gora avait enlevé le consentement de Binoy. Plus la preuve est difficile à administrer, plus le reproche est importun, et Binoy, sur un ton déraisonnablement excité, déclara : « Il n'est pas besoin de beaucoup de mots pour arracher une promesse.

- Retire cette phrase, cria Gora en se levant brusquement. Ta promesse n'a pas une valeur telle que je veuille te la soustraire ou te la voler. Dada (il appela Mohim qui entra en toute hâte), ne vous ai-je pas prévenu dès les débuts que le mariage de Binou avec Sasi ne se ferait pas ? Que je ne l'approuvais pas ?

– Si, et personne d'autre n'aurait pu le dire. N'importe quel autre oncle aurait montré plus d'empressement à marier sa nièce.

– Pourquoi avez-vous usé de mon entremise afin d'obtenir l'aveu de Binoy ?

– Pour la simple raison que j'ai vu là le meilleur moyen de le décider », dit Mohim d'un air triste.

Rougissant, Gora cria : « Je vous en prie, laissez-moi en dehors de cette affaire, je ne suis pas un marieur professionnel, j'ai d'autre besogne. » Et il sortit.

Avant que l'infortuné Mohim ait eu le loisir de poursuivre, Binoy avait aussi gagné la rue et la seule ressource de Mohim fut son *hookah* qu'il reprit du coin où il l'avait posé.

Binoy s'était déjà maintes fois querellé avec Gora, mais une explosion violente comme celle-ci ne s'était encore jamais produite et il fut d'abord épouvanté. En rentrant chez lui, il sentait les flèches du remords percer sa conscience. Quand il réfléchissait au coup porté à Gora, toute envie de manger ou de dormir l'abandonnait ; il se repentait surtout d'avoir, de façon si extravagante et si absurde, rejeté tout le blâme sur Gora. « J'ai eu tort, tort, tort », se répétait-il.

Plus tard dans l'après-midi, alors qu'Anandamoyi venait de se mettre à coudre, Binoy se montra et vint s'asseoir auprès d'elle. Par Mohim elle avait eu un vague écho de ce qui s'était passé ; surtout à l'heure du repas, le visage de Gora l'avait avertie qu'une tempête avait dû faire rage.

« Mère, dit Binoy, j'ai eu tort. Ce que j'ai dit ce matin à Gora à propos de mon mariage avec Sasi était stupide.

– Eh bien, Binoy, voilà ce qui se produit quand on essaie de refouler une arrière-pensée qui vous tourmente. Mieux vaut que cette explication ait eu lieu. Vous aurez bien vite oublié tous les deux votre querelle.

– Mais, Mère, je veux que vous sachiez que je suis prêt à épouser Sasi.

– N'empirez pas la situation, mon enfant, en tentant de rétablir trop précipitamment l'entente. Un mariage dure la vie entière tandis qu'une dispute se règle bien vite. »

Binoy, cependant, n'acceptait pas cet avis ; certes il se sentait incapable d'adresser son offre à Gora ; aussi alla-t-il trouver Mohim pour lui déclarer qu'il n'y avait pas d'obstacle au mariage, qu'on pourrait le célébrer quatre mois plus tard et qu'il s'arrangerait pour que son oncle ne fasse aucune objection.

« Allons-nous célébrer tout de suite les fiançailles ? insista Mohim.

– Soit, réglez l'affaire après entente avec Gora.

– Comment ! Encore consulter Gora, grogna Mohim, fâché.

– Oui, oui, c'est indispensable.

– Bon, s'il le faut, il le faut, mais… »

Et Mohim, pour ne rien ajouter, remplit sa bouche de *pan*.

Mohim ne parla pas à Gora ce jour-là, mais le lendemain, il entra dans la chambre de son frère avec la crainte d'avoir à livrer combat pour obtenir encore une fois l'accord nécessaire. Cependant, dès qu'il mentionna la visite faite la veille par Binoy, sa disposition à épouser Sasi et son conseil d'en référer à Gora au sujet des fiançailles, Gora approuva le projet. « Parfait, déclara-t-il. Célébrons donc les fiançailles.

– Tu es bien disposé maintenant. Au nom du ciel, ne t'en va pas un de ces jours élever à nouveau une objection.

– La difficulté n'a pas été provoquée par une objection de ma part, mais par ma demande.

– Eh bien, alors, je te prie humblement de ne plus faire ni objection ni demande. Je tâcherai de me contenter de ce que je ferai moi-même. Comment aurais-je pu me figurer que ta demande provoquerait un refus ? Tout ce que je veux savoir, c'est si tu souhaites vraiment que le mariage se fasse.

– Mais oui.

– Dans ce cas, borne-toi à le souhaiter et ne t'en occupe plus. »

CHAPITRE XX

Gora en vint à conclure qu'il lui serait difficile de garder son influence sur Binoy s'il restait loin de lui. Mieux valait être présent sur le lieu du péril. Pour tenir Binoy dans les limites voulues, le meilleur moyen consistait, il le sentit, à garder lui-même des relations suivies avec Paresh Babou. Aussi le lendemain de la querelle s'en fut-il chez Binoy. La venue si prompte de Gora dépassait les espoirs de Binoy, aussi étonné qu'heureux de cette prompte visite. Il fut plus étonné encore quand Gora aborda le thème des filles de Paresh Babou sans manifester d'hostilité. De grands efforts n'étaient pas nécessaires pour éveiller à ce propos l'intérêt de Binoy, et les deux amis en discutèrent jusque tard dans la soirée.

Pendant qu'à pied il revenait par la nuit close, Gora ne cessa de réfléchir à la question ; il ne put même pas la chasser de sa pensée avant de s'endormir. Jamais ses réflexions n'avaient subi perturbation de ce genre. En fait, jamais le sujet des femmes n'était entré dans ses cogitations. Binoy avait fini par lui prouver qu'elles constituaient un aspect du problème du monde ; ce problème, on pouvait l'envisager de façons diamétralement opposées, mais on ne pouvait l'ignorer. Aussi quand le lendemain Binoy dit à Gora : « Accompagne-moi chez Paresh Babou, il a souvent demandé de tes nouvelles », Gora accepta sans hésitation. Non seulement il consentit à venir, mais son indifférence était ébranlée. Au premier abord Sucharita et les filles de Paresh Babou n'avaient pas provoqué chez lui la moindre curiosité, puis il avait conçu pour elles une hostilité méprisante ; mais maintenant, il était impatient de les connaître davantage.

Quand ils arrivèrent, la nuit était tombée et, dans le salon du premier, Haran, à la lumière de la lampe, lisait à Paresh Babou un de ses articles anglais. Faire la lecture à Paresh Babou ne constituait toutefois pour Haran qu'un moyen, son vrai but était de faire impression sur Sucharita. Assise près de la table elle écoutait en silence, protégeant ses yeux contre l'éclat de la lampe avec un éventail de feuilles de palmier. Sa docilité naturelle la portait à écouter de son mieux, mais de temps à autre son esprit se laissait aller à la distraction. Lorsque le domestique annonça Gora et Binoy, elle tressaillit et elle s'apprêtait à quitter la pièce quand Paresh Babou l'arrêta : « Où donc pars-tu, Radha ? Ce sont seulement notre Binoy et Gourmohan Babou qui viennent nous rendre visite. »

Sucharita se rassit, un peu confuse, mais soulagée que s'interrompe la lecture de l'ennuyeux article de Haran. La perspective de revoir Gora l'excitait, mais elle se sentait contrariée et intimidée à l'idée qu'il allait rencontrer Haran. Craignait-elle une nouvelle dispute ou avait-elle un autre motif ? La simple mention de Gora avait agacé Haran, qui répondit à peine au salut de celui-ci et demeura silencieux et renfrogné. Quant à Gora, dès qu'il aperçut Haran, tous ses instincts combatifs se réveillèrent.

Mme Baroda était en visite avec ses trois filles et il était convenu que Paresh Babou viendrait les chercher dans la soirée. L'arrivée de Gora et de Binoy le retint alors qu'il aurait déjà dû partir ; quand il ne put retarder davantage, il souffla à Sucharita et à Haran qu'il reviendrait le plus vite possible et qu'il leur laissait le soin d'entretenir les hôtes. Ils ne tardèrent pas à l'être, car en une seconde une bataille en règle s'engagea.

La discussion portait sur un certain magistrat de district nommé Brownlow, en poste aux environs de Calcutta, qui avait entretenu de bonnes relations avec Paresh Babou pendant le séjour de celui-ci à Dacca. Ce magistrat et sa femme avaient témoigné beaucoup d'estime à Paresh Babou parce qu'il ne cloîtrait pas sa femme et ses filles dans le *zénana*. Tous les ans le sahib célébrait son anniversaire en organisant une exposition agricole. Mme Baroda avait récemment fait une visite à Mme Brownlow et s'était comme d'habitude étendue sur les connaissances de ses filles en littérature et en poésie anglaises. La mem-sahib enthousiasmée avait suggéré que, le lieutenant-gouverneur et sa femme devant honorer de leur présence l'exposition agricole, il serait charmant que les jeunes filles jouent devant eux une petite comédie anglaise. La suggestion avait reçu l'approbation ravie de Baroda et ce jour-là elle avait emmené ses filles chez un ami pour une répétition. La proposition d'assister à la fête provoqua de la part de Gora un refus inutilement violent ; il s'ensuivit une controverse passionnée sur les rapports des Anglais et des Bengalis et sur les difficultés qui s'opposaient dans l'Inde à l'établissement entre eux de relations sociales.

Haran dit : « C'est la faute de notre peuple, nous avons tant de coutumes fâcheuses et de superstitions que nous ne méritons pas d'être reçus.

— Même si vous aviez raison, répliqua Gora, si indignes que nous puissions être, nous devrions avoir honte de nous abaisser pour avoir accès à la société anglaise.

— Mais, reprit Haran, les Anglais accueillent avec les plus grands égards les gens qui ont vraiment de la valeur, par exemple nos amis d'ici.

— Des égards de ce genre témoignés à certaines personnes ne font qu'augmenter l'humiliation des autres et ne constituent à mes yeux qu'une insulte. »

Bientôt la colère s'empara complètement de Haran et Gora qui l'excitait l'eut à sa merci. Tandis que se poursuivait la discussion, Sucharita abritée derrière son éventail considérait Gora. Les mots qu'il disait ne parvenaient pas tous jusqu'à son esprit. Si elle avait eu conscience de la façon dont elle le fixait, elle aurait été couverte de confusion ; mais elle l'ignorait. Gora était assis en face d'elle, ses deux bras puissants appuyés sur la table. La lumière de la table tombait sur son large front blanc, tandis que tour à tour il éclatait de rire avec mépris ou fronçait les sourcils avec colère. Cependant, malgré cette mimique si diverse, ses traits gardaient une dignité qui témoignait qu'il ne s'amusait pas à un échange de paroles vaines, mais que ses opinions étaient le fruit d'années de réflexions et d'expériences. Il ne s'exprimait pas seulement par la voix ; son visage et tous les mouvements de son corps concouraient à manifester sa conviction. En le regardant, Sucharita s'étonnait ; il lui semblait avoir en face d'elle, pour la première fois de sa vie, un homme doué de réalité, impossible à confondre avec le commun des hommes. Auprès de lui, Haran paraissait si quelconque que ses traits, ses gestes et même son vêtement prenaient une sorte d'absurdité. Avec Binoy elle avait tant discuté de Gora qu'elle avait fini par l'imaginer simplement comme un chef de parti avec des opinions personnelles bien déterminées ; tout au plus avait-elle l'impression qu'il serait susceptible de rendre service au pays. Maintenant en le regardant, elle apercevait, indépendamment de toute théorie partisane ou de tout bénéfice éventuel, l'homme Gora. Elle voyait maintenant pour la première fois ce qu'est une âme d'homme et, dans la joie de cette rare expérience, elle oubliait complètement sa propre existence. L'expression absorbée de Sucharita n'échappait pas à Haran et ce spectacle l'empêchait de mettre dans ses arguments toute la force possible. À la fin, impatienté, il se leva et, l'interpellant comme si elle était sa proche parente, il lui dit : « Sucharita, voulez-vous venir à côté ? J'ai à vous parler. » Sucharita sursauta comme si on l'avait frappée ; certes Haran était assez intime avec la famille pour s'adresser ainsi à elle, et à un autre moment elle n'y aurait pas attaché d'importance ; mais ce jour-là, en présence de Gora et de Binoy, elle eut l'impression de recevoir une insulte et le regard rapide que lui décocha Gora rendit l'offense de Haran plus impardonnable. Tout d'abord elle fit mine de ne pas avoir entendu, mais quand Haran, avec une sorte d'irritation, répéta : « M'entendez-vous, Sucharita ? J'ai quelque chose à vous dire ; voulez-vous venir dans une autre chambre ? », elle répondit sans le regarder : « Attendez le retour de Père, vous me le direz alors. »

Binoy sur ces entrefaites se leva : « Je crains que nous vous dérangions, il est temps que nous partions. »

Sucharita répliqua très vite : « Non, Binoy Babou, ne partez pas encore, Père vous a priés de l'attendre, il va rentrer bientôt. » Sa voix contenait une note de supplication anxieuse, comme si ce départ devait livrer un daim au chasseur.

Haran alors sortit de la chambre en disant : « Je ne puis attendre plus longtemps, il faut que je parte. » Une fois dehors il regretta son impulsivité, mais ne put s'aviser d'une excuse pour revenir. Après son départ Sucharita se sentit brûlante de honte, elle restait assise la tête baissée, ne sachant plus que dire ni que faire. Gora eut ainsi l'occasion d'étudier ses traits. Y distinguait-on la moindre trace de cette audace immodeste qu'il avait toujours prêtée aux jeunes filles instruites ? Sans aucun doute son visage exprimait une brillante intelligence, mais combien adoucie par la timidité et la pudeur ! Son front était lisse et pur comme un pan de ciel d'automne ; ses lèvres étaient muettes, leurs courbes délicates comme celles d'un tendre bourgeon se gonflaient sur les mots qu'elle retenait. Gora n'avait jamais encore examiné le vêtement d'une femme moderne ; il l'avait condamné sans le voir ; mais maintenant le sari aux lignes nouvelles dont les plis enveloppaient la silhouette de Sucharita lui parut digne d'admiration. Une de ses mains reposait sur la table, sortant de la manche plissée de son corsage, et elle paraissait aux yeux de Gora le gracieux message d'un cœur délicat et tendre. Dans la douce lumière que la lampe du soir répandait sur Sucharita, toute la pièce avec ses ombres, avec les tableaux sur les murs et les meubles choisis, formait une image d'ensemble d'où ressortaient moins les éléments matériels qui le composaient que le foyer créé par les touches délicates et les soins attentifs d'une femme qui, subitement, venait de se révéler à Gora. Peu à peu, tandis qu'il l'observait, Sucharita prit pour lui une réalité intense et concrète, depuis les boucles de cheveux éparses sur ses tempes jusqu'à la bordure de son sari. À ce moment, c'était Sucharita tout entière et c'était chacun des détails de sa personne qui attirait le regard de Gora.

Durant un court instant, ils sentirent la gêne de leur silence puis Binoy se tourna vers Sucharita et revint à un sujet qu'il avait discuté avec elle quelques jours auparavant : « Comme je vous le disais, j'ai cru naguère qu'il n'y avait aucun espoir pour notre pays ni pour notre société, nous serions toujours regardés comme mineurs et les Anglais resteraient toujours nos tuteurs. Ceci reste l'opinion de la majorité de nos compatriotes. Dans un tel état d'esprit les gens demeurent confinés dans leurs intérêts égoïstes ou deviennent indifférents à leur sort. Il fut un temps où moi-même j'envisageais sérieusement de m'assurer un poste de fonctionnaire par l'appui du père de Gora. Gora heureusement m'a ramené au bon sens par ses protestations. »

Gora, voyant une légère surprise se peindre sur le visage de Sucharita, expliqua : « Ne croyez pas que la rancune contre le gouvernement ait dicté mes remarques. Mais les fonctionnaires en arrivent généralement à se montrer fiers de la puissance du gouvernement, comme si elle leur appartenait ; par là ils tendent à constituer une classe distincte parmi leurs compatriotes, je m'en aperçois plus clairement chaque jour. Un de mes parents était autrefois juge suppléant ; aujourd'hui il est à la retraite ; mais quand il était en service, le juge de district lui adressa cette critique : "Babou, comment se peut-il qu'il y ait tant d'acquittements à la Cour que vous présidez ?" et il répondit : "Il y a une bonne raison à cela, sahib, ceux que vous envoyez en prison vous font le même effet que des chats et des chiens, tandis que ceux que j'ai à y envoyer sont mes frères." À cette époque, quantité de nos concitoyens auraient répondu par d'aussi nobles paroles et les Anglais capables de les entendre ne manquaient pas non plus. Mais aujourd'hui les contraintes qu'impose le service de l'État deviennent une distinction et les juges assistants de notre temps en arrivent peu à peu à considérer leurs compatriotes comme à peine supérieurs à des chiens. L'expérience montre même que, plus ils s'élèvent dans la hiérarchie, plus ils dégénèrent. Si vous êtes porté sur les épaules d'un autre homme, par force vous regardez de haut vos propres concitoyens et, dès qu'ils vous paraissent plus bas que vous, il est fatal que vous deveniez injuste envers eux. Cette situation ne peut engendrer que du mal. » Et en parlant ainsi Gora donna sur la table un coup qui fit trembler la lampe.

« Gora, dit Binoy en souriant, cette table n'est pas un bien d'État et la lampe appartient à Paresh Babou. » À cette remarque, Gora éclata de rire, remplissant la maison de sa gaieté et Sucharita fut surprise et charmée de voir que Gora savait rire comme un enfant d'une plaisanterie dirigée contre lui-même. Apparemment, elle n'avait pas imaginé que ceux qui ont des idées profondes soient capables aussi de rire de bon cœur.

Gora parla beaucoup ce soir-là et, quoique Sucharita restât muette, son visage témoignait d'une approbation si visible que le cœur de Gora se combla d'enthousiasme. Enfin il s'adressa directement à Sucharita : « Je voudrais que vous vous rappeliez ceci : malgré l'idée erronée que, les Anglais étant forts, pour devenir forts nous devons nous rendre semblables à eux, cette perspective peu vraisemblable ne se réalisera jamais ; en effet en les imitant nous ne serions ni eux ni nous-mêmes. Je vous adjure, vous, de pénétrer vraiment l'intimité de l'Inde, d'en accepter le bon et le mauvais. Aux vices essayez de porter remède, mais du dedans ; voyez les choses de vos propres yeux, comprenez-les, réfléchissez-y, regardez-les en face, unissez-vous à elles. Vous ne saisirez rien si vous gardez une attitude d'opposition, si, pénétrée jusqu'aux moelles d'idées chrétiennes, vous considérez votre pays du dehors. Alors vous ne ferez que blesser et vous ne serez jamais d'aucun secours. »

Gora croyait adresser une prière mais c'était un ordre, ses paroles étaient articulées avec une telle autorité qu'elles ne cherchaient pas l'adhésion de son interlocutrice.

Sucharita l'écoutait, la tête baissée, le cœur palpitant d'entendre Gora s'adresser spécialement à elle avec tant d'ardeur. Elle chassa toute timidité et répondit avec une simplicité modeste : « Jamais jus qu'ici je n'ai pensé à mon pays avec cette grandeur et cette vérité. Mais je voudrais vous poser une ques tion : Quel rapport y a-t-il entre la patrie et la reli gion ? La religion ne transcende-t-elle pas la patrie ? »

Cette question posée d'une voix douce attendrit Gora et l'expression des yeux de Sucharita tandis qu'elle parlait l'attendrit plus encore. Il répondit : « Ce qui transcende la patrie, qui est plus grand que la patrie, ne peut se révéler à chacun qu'à travers sa patrie. Dieu a manifesté Son unité, Son éternité en des formes variées. Ceux qui prétendent que la vérité est une et qu'en conséquence, il n'y a qu'une vraie religion, ne reconnaissent que cet aspect de la vérité, son unité, mais omettent de reconnaître en même temps que la vérité n'a pas de bornes. L'unité sans bornes se manifeste dans la pluralité sans bornes. Je peux vous affirmer que dans le ciel sans limites de l'Inde vous pouvez apercevoir le soleil du monde ; aussi n'est-il pas besoin de traverser l'Océan et de s'asseoir à l'intérieur d'une église chrétienne.

— Vous voulez dire qu'il y a pour l'Inde un chemin spécial pour aller vers Dieu ? Quel est ce chemin ?

— Le voici, répondit Gora. L'Être Suprême, infini, se manifeste, c'est certain, en assurant des limites ; Il anime le cours constant de l'heure et de la durée, du mystérieux et de l'évident. Il est tout à la fois sans attribut et pourvu d'attributs innombrables. Il n'a pas de forme et Il revêt des formes innombrables. Dans les autres pays, les hommes ont essayé d'enfermer Dieu en une définition. Sans doute, dans l'Inde aussi, les hommes ont tenté de se représenter Dieu sous l'un ou l'autre de Ses aspects particuliers ; mais jamais ils n'ont considéré cet aspect comme définitif ni imaginé que l'un ou l'autre de ces aspects était le seul. Aucun Indien croyant n'a jamais manqué de reconnaître que Dieu dans Son infinité transcende l'aspect spécial qui touche plus personnellement tel ou tel adorateur.

— Vous avez peut-être raison s'il s'agit d'adorateurs intelligents, dit Sucharita ; mais les autres ?

— J'admets que toujours et en tout pays l'ignorant altère la vérité.

— Mais ne l'a-t-on pas altérée chez nous plus qu'ailleurs ? insista Sucharita.

– Peut-être. Justement parce que l'Inde a si ardemment voulu reconnaître les aspects opposés de la divinité, le subtil et le grossier, l'extérieur et le profond, l'esprit et le corps ; ceux qui ne peuvent saisir le côté subtil ont la possibilité d'embrasser le côté grossier ; leur ignorance alors, travaillant là-dessus, produit ces déviations extraordinaires. Néanmoins nous ne devons absolument pas nous couper de la grandeur, de la variété, de l'élan admirables par lesquels l'Inde a voulu atteindre, sous les espèces du corps, de l'esprit et de l'action et sous tous les points de vue, l'Unique qui est Vérité, l'atteindre dans ses incarnations et dans son abstraction, dans ses manifestations tant matérielles que spirituelles, qu'elles affectent l'essence ou la perception intime. Et ce serait commettre une folie d'accepter comme seule religion, au lieu de cette richesse, la combinaison d'athéisme et de déisme, sèche, pauvre, chimérique, qu'a élaborée l'Europe du XVIIIᵉ siècle. »

Sucharita resta un moment plongée dans ses réflexions et Gora, la voyant silencieuse, poursuivit : « Je vous en prie, ne me prenez pas pour un bigot, surtout pas pour un de ceux qui se sont tout d'un coup convertis à l'orthodoxie ; ne donnez pas à mes paroles le sens que ces gens-là y donneraient. Mon esprit est plongé dans l'extase quand je songe à l'unité profonde et magnifique dont je perçois le cours à travers la diversité des expressions qu'offre la religion de l'Inde comme des efforts qui s'y distinguent. Ce sentiment prévient chez moi toute répugnance à me mêler dans la poussière avec les plus pauvres et les plus humbles de mes compatriotes. Ce message de l'Inde, il y a des cœurs qui le comprennent et d'autres qui ne le comprennent pas ; la différence ne change rien au sentiment que j'éprouve de me confondre avec l'Inde tout entière, de ne faire qu'un avec son peuple. Je ne doute pas qu'à travers ce peuple l'esprit de l'Inde agit secrètement, mais sans trêve. »

Les paroles de Gora, prononcées d'une voix forte, semblaient ébranler les murs et les meubles de la pièce. Ces paroles, Sucharita ne pouvait du premier coup les comprendre pleinement ; mais la première vague d'une révélation imminente produit un effet puissant, et la révélation que la vie ne se confine pas dans les limites de la famille ou de la secte s'empara d'elle avec une force douloureuse. Rien de plus ne fut dit, car de l'escalier montaient un bruit de pas et des rires juvéniles. Paresh Babou revenait avec ses filles, et Sudhir était en train de leur faire une de ses plaisanteries ordinaires. Quand en entrant ils virent Gora, Lolita et Satish reprirent leur sérieux et demeurèrent, tandis que Labonya ressortait rapidement. Satish se glissa près de la chaise de Binoy, Lolita prit un siège à côté de Sucharita et s'assit, à demi cachée par elle. Paresh Babou entra le dernier, disant : « Je reviens bien tard. Haran Babou est parti, je suppose. »

Sucharita ne répondant pas, Binoy dit : « Oui, il n'a pas pu attendre. »

Gora se leva et, s'inclinant avec respect devant Paresh Babou, dit : « Nous aussi il faut nous en aller.

« — Je n'ai pas eu la chance de causer avec vous ce soir, dit Paresh Babou ; j'espère que vous viendrez de temps en temps me faire visite si vous le pouvez. »

Comme Gora et Binoy quittaient le salon, Mme Baroda y pénétrait. Ils la saluèrent et elle s'écria : « Eh quoi ! vous partez déjà !

— Oui », dit Gora d'un ton brusque.

Sur quoi Baroda se tourna vers Binoy : « Mais, Binoy Babou, il faut que vous restiez dîner avec nous ; je ne peux pas vous laisser partir ainsi. D'ailleurs, j'ai à vous parler. »

À cette invitation Satish sauta de joie et prenant la main de Binoy cria : « Oui, oui, Mère, empêchez Binoy Babou de partir, il faut qu'il reste ce soir avec moi. »

Voyant Binoy hésiter, Baroda se tourna vers Gora : « Faut-il que vous emmeniez Binoy Babou, avez-vous besoin de lui ?

— Non, non, pas du tout, répondit Gora avec précipitation. Reste, Binoy, je m'en vais. »

Et il sortit rapidement.

Au moment où Mme Baroda demandait le consentement de Gora pour que Binoy demeurât, ce dernier ne put s'empêcher de lancer un coup d'œil furtif vers Lolita qui détourna la tête avec un sourire. Binoy n'avait pas de raison d'être blessé de ces petites moqueries que se permettait Lolita et pourtant elles le piquaient comme des épines. Quand il se fut rassis, Lolita lui dit : « Binoy Babou, il aurait été plus sage de vous sauver.

— Pourquoi ? demanda Binoy.

– Mère a l'intention de vous attirer dans un piège : il nous manque un acteur pour la pièce que nous jouons à la fête du juge et Mère vous a choisi pour combler le vide.

– Ciel ! s'exclama Binoy, j'en serai incapable !

– J'en ai prévenu Mère tout de suite, dit Lolita en riant, je l'ai avertie que votre ami ne vous permettrait jamais de jouer dans cette pièce. »

Binoy réagit à cette pointe en disant : « Inutile de discuter les opinions de mon ami ; mais je n'ai jamais joué la comédie de ma vie ; pourquoi me choisir ?

– Et nous ? gémit Lolita. Croyez-vous que nous avons l'habitude de la jouer ? »

Mme Baroda rentra alors dans la pièce et Lolita lui dit : « Mère, inutile d'inviter Binou Babou à jouer, à moins que vous n'obteniez le consentement de son ami…

– Il ne s'agit pas du consentement de mon ami, interrompit Binoy très gêné ; simplement je suis incapable de jouer.

– Que cela ne vous tourmente pas ! s'écria Baroda, nous vous apprendrons. Croyez-vous que ces petites en sont capables et vous pas ? Quelle sottise ! »

Et Binoy n'eut plus aucun moyen d'échapper à son sort.

CHAPITRE XXI

En quittant la maison de Paresh Babou, Gora n'adopta pas son rythme de marche habituel et, au lieu de rentrer directement chez lui, il gagna rêveur et absorbé le bord du fleuve. À cette époque le Gange et ses rives n'étaient pas encore envahis par la laideur qu'y a depuis accumulée la cupidité mercantile. Nulle voie ferrée ne le longeait, nul pont ne l'enjambait et le ciel, les soirs d'hiver, n'était pas obscurci par le souffle chargé de suie qu'exhale la ville surpeuplée. Alors la rivière apportait son message pacifique des pics immaculés du lointain Himalaya jusqu'au centre actif et poussiéreux de Calcutta.

Jamais encore la nature ne s'était imposée à l'attention de Gora, dont l'esprit avait toujours été absorbé par des préoccupations personnelles. Il n'avait même pas remarqué dans le monde qui l'entourait ce qui ne constituait pas directement l'objet de ces préoccupations.

Ce soir-là pourtant le message du ciel, dans l'obscurité semée d'étoiles, émut son cœur et lui communiqua un ébranlement tout nouveau. Le fleuve n'avait pas une ride, les fanaux des barques amarrées aux embarcadères brillaient, tandis que toute l'ombre semblait concentrée dans le feuillage dense des arbres massés sur la rive opposée. La planète Jupiter régnait sur toute la scène comme la conscience vigilante de la nuit. Gora s'était jusqu'alors borné à son propre monde de pensée et d'action ; qu'était-il donc survenu ? Subitement il se trouvait en contact avec la nature, et maintenant l'eau profonde et sombre du fleuve, les rives boisées et sombres, le ciel infini et sombre au-dessus de sa tête lui offraient un asile. Gora sentait que ce soir il s'abandonnait aux sollicitations de la nature. Venant d'un jardin qui bordait la route, le parfum exotique d'une liane épanouie calmait son cœur inquiet, et y versait la paix ; l'eau lui faisait signe, l'attirait, loin de la terre que l'homme travaille inlassablement, vers un domaine incertain et inconnu où des arbres chargés d'admirables fleurs jetaient des ombres mystérieuses au bord des rivières ignorées, où, sous le firmament vaste et pur, les jours semblaient le regard loyal d'un œil franchement ouvert et les nuits de timides fantômes tremblant sous des cils baissés.

Un tourbillon de douceur enveloppait Gora et semblait l'entraîner en des profondeurs originelles qu'il n'avait jamais expérimentées et qu'il ne soupçonnait pas. Des ébranlements tout à la fois de joie et de souffrance assaillaient tout son être. Il avait perdu conscience, debout au bout du fleuve, sous la nuit d'automne, dans ses yeux l'indécise clarté des étoiles, dans ses oreilles le vague murmure de la ville, face au mystère voilé, insaisissable, immanent dans l'univers. La nature, parce que si longtemps il s'était refusé à reconnaître son empire, prenait maintenant sa revanche en tissant autour de lui son filet magique, en le liant étroitement à la terre, à l'eau et au ciel, l'arrachant à la vie quotidienne. Bouleversé par ce prodige, Gora tomba sur les marches du *ghat* désert ; assis là, il cherchait en vain le sens de cette expérience étonnante, la place qu'elle tiendrait dans le plan de vie qu'il s'était tracé. Fallait-il la combattre et la vaincre ? Mais comme il serrait farouchement les poings, le souvenir lui revint du regard timide de deux yeux adorables, adoucis par la modestie, éclairés d'intelligence ; il imagina le contact délicat de deux tendres mains. Il tressaillit tout entier d'une joie ineffable, tandis que ses problèmes et ses doutes s'effaçaient devant la profondeur de cette révélation apportée par l'obscurité ; il craignait d'y échapper s'il s'éloignait.

Quand il rentra dans la nuit, Anandamoyi lui demanda : « Pourquoi si tard, mon enfant ? Ton dîner est froid.

– Je ne sais pas, Mère ; je suis resté longtemps assis près de la rivière.

– Binoy n'était pas avec toi ?

– Non, j'étais seul. »

Anandamoyi fut fort étonnée, car elle n'avait jamais vu Gora méditer seul au bord du Gange jusque si tard dans la nuit ; ce n'était pas son genre de rêver dans l'immobilité et le silence. Anandamoyi l'observa tandis qu'il mangeait avec distraction et elle remarqua sur son visage une excitation et une émotion qui lui étaient étrangères. Au bout d'un moment elle demanda : « Tu es allé chez Binoy aujourd'hui ?

– Non, nous sommes tous deux allés cet après-midi chez Paresh Babou. »

Ceci fournit un élément aux réflexions d'Ananda-moyi ; un peu plus tard elle risqua : « As-tu fait la connaissance de toute la famille ?

– Oui, au complet, répondit Gora.

– Je crois que les jeunes filles n'éprouvent aucune gêne à voir les visiteurs ?

– Non, aucune. »

En d'autres circonstances, le ton de Gora aurait souligné le sens de cette réponse, et l'absence de toute critique surprit plus encore Anandamoyi.

Le lendemain matin, Gora ne se prépara pas à sa tâche journalière avec sa rapidité habituelle. Il demeura longtemps debout, l'air absent, devant la fenêtre de sa chambre qui donnait à l'est. Au bout de l'allée, de l'autre côté de la large rue où elle débouchait, se trouvait une école ; dans la cour de l'école, sur le feuillage d'un vieux *jambolan**, flottait un voile léger de brume matinale que traversaient vaguement les rayons rouges du soleil levant. Peu à peu, comme Gora regardait, le brouillard se dissipa et des traits de soleil éclatants percèrent le rideau de feuilles telles des baïonnettes étincelantes, tandis que la rue commençait à s'emplir de passants et de bruit. Soudain les regards de Gora tombèrent sur Abinash et quelques-uns de ses camarades qui remontaient l'allée, venant chez lui, et il fit un vigoureux effort

---

* *Jambolan :* jambosier, arbre qui est le symbole de l'Inde.

pour déchirer le charme qui l'enveloppait et dont son esprit n'avait pas cherché à s'échapper. « Non, il ne faut pas », se dit-il avec une force dont il sentit le choc, et il se précipita hors de la chambre. Il se reprochait amèrement de n'être pas prêt pour accueillir ses camarades, ce qui ne lui était pas encore arrivé. Il décida de ne plus retourner chez Paresh Babou et de s'arranger pour bannir toute pensée de cette famille, fût-ce en se tenant quelque temps à l'écart de Binoy.

Dans le cours de leur conversation, lui et ses amis projetèrent de faire à pied un voyage par la grande route centrale de l'Inde. Ils n'emporteraient pas d'argent et subsisteraient de l'hospitalité qui leur serait offerte le long du chemin. La décision prise, Gora manifesta un enthousiasme sans bornes ; une joie très vive s'empara de lui à l'idée de se soustraire ainsi à toutes les difficultés et de prendre la clef des champs. La simple intention de courir cette aventure lui sembla libérer son cœur du piège qui le retenait prisonnier. Comme un enfant affranchi de l'école, Gora courait presque quand il sortit de la maison pour aller préparer ce voyage ; il s'efforçait de se persuader que seul le travail compte vraiment et que tous les sentiments auxquels il venait de s'abandonner étaient pure illusion.

Comme Krishnadayal rentrait à la maison, portant à la main un vase plein de l'eau sainte du Gange et sur les épaules une écharpe où étaient inscrits les noms des dieux, Gora en courant se jeta sur lui. Confus de l'avoir bousculé, Gora se baissa pour toucher les pieds de son père afin de se faire pardonner ; mais Krishnadayal recula brusquement et tout en déclarant : « Cela n'a pas d'importance, aucune importance », se glissa pour le dépasser, convaincu que le contact de Gora avait ravi toute efficacité à son bain matinal dans le Gange. Gora ne s'était jamais avisé que le souci de pureté de Krishnadayal poussait celui-ci à l'éviter, lui en particulier ; il attribuait cette répugnance au désir excessif de fuir la moindre souillure en se gardant du contact de tous sans exception ; Krishnadayal ne tenait-il pas même à distance sa femme Anandamoyi comme si elle était une hors-caste ? Il ne rencontrait aussi qu'à peine Mohim toujours occupé. Le seul membre de la famille avec qui il eût des rapports était sa petite-fille Sasi, à qui il faisait apprendre des textes sanscrits et enseignait le rituel strict de l'adoration. Aussi lorsque Krishnadayal recula avec horreur, Gora se contenta-t-il de sourire de la conduite de son père ; en fait celui-ci l'avait graduellement éloigné de façon telle que, tout en désapprouvant le manque d'orthodoxie d'Anandamoyi, Gora concentrait tout son amour filial sur cette mère si affranchie des traditions.

Après avoir déjeuné, Gora fit un paquet de vêtements et l'attachant sur son dos à la manière des voyageurs anglais, alla trouver Anandamoyi et lui dit : « Mère, je voudrais partir quelques jours. Vous y consentez ?

– Où vas-tu, mon fils ?

– Je ne sais pas trop moi-même.

– Que vas-tu faire ?

– Je ne vais rien faire de particulier. Le voyage est son propre but. »

Voyant Anandamoyi garder le silence, Gora l'implora : « Mère, ne m'en empêchez pas. Vous me connaissez, vous n'avez pas à craindre que je me fasse ascète ou vagabond. Je ne peux pas vous quitter pour longtemps, vous le savez bien. »

Jamais encore Gora n'avait exprimé si nettement son amour pour sa mère et quand il l'eut fait il se sentit un peu gêné.

Anandamoyi, quoique ravie au fond du cœur, devina son impression et, pour le mettre à l'aise, demanda : « Binoy va avec toi ?

— Vous voilà bien, Mère. Si Binoy n'est pas là pour le garder, vous pensez qu'on va enlever votre fils. Binoy ne vient pas et je vais guérir la foi superstitieuse que vous avez en lui, car je reviendrai sain et sauf, même sans sa protection.

— Mais tu me donneras de tes nouvelles de temps en temps ?

— Il vaut mieux vous dire que vous n'en recevrez pas ; vous serez ainsi plus contente si vous en recevez. Personne ne vous volera votre Gora, vous n'avez pas besoin d'avoir peur ; il n'est pas le trésor sans prix que vous imaginez. Quant au petit bagage que j'emporte, si quelqu'un en a envie je lui en ferai présent et je rentrerai ; je ne le défendrai pas au péril de ma vie, je puis vous l'assurer. »

Gora se baissa pour prendre la poussière des pieds d'Anandamoyi, elle lui donna sa bénédiction en baisant le bout de ses doigts dont elle lui avait effleuré la tête, mais elle n'essaya pas de le détourner de partir. Elle ne s'opposait jamais à ce que l'on fît ce qui risquait de lui causer de la peine ou de l'effroi. Elle avait dans sa propre existence rencontré bien des obstacles et bien des dangers et elle n'ignorait pas le monde extérieur ; elle ne connaissait pas la peur et son anxiété présente ne venait pas de l'idée qu'un péril menaçait Gora, mais du soupçon conçu la veille au soir qu'il traversait une crise morale qui expliquait ce départ subit.

Comme Gora faisait un premier pas dans la rue, son baluchon sur le dos, Binoy apparut portant avec un grand soin deux roses rouge sombre. « Binoy, dit Gora, si tu es un oiseau de bon ou de mauvais augure, la preuve va en être faite.

— Tu pars donc en voyage ?

— Oui.

— Où ?

— L'écho répond : Où, dit Gora en riant.

— Ne peux-tu me faire une réponse plus précise ?

— Non. Va voir Mère et elle te dira ce qu'elle sait. Moi, il faut que je parte. »

Et Gora s'éloigna d'un pas rapide.

En entrant dans la chambre d'Anandamoyi, Binoy se prosterna devant elle et posa les deux roses à ses pieds. Elle les prit et demanda : « D'où viennent ces roses, Binoy ? »

Sans lui répondre directement, Binoy dit : « Quand j'ai quelque chose de beau, je désire toujours commencer par le déposer à vos pieds pour une bénédiction. Mais vous êtes préoccupée, Mère.

— Pourquoi le croyez-vous ? demanda Anandamoyi.

– Parce que vous avez oublié de m'offrir le bétel comme d'habitude. »

Quand Anandamoyi eut réparé cet oubli, tous deux entamèrent une causerie qui dura jusqu'à midi. Binoy ne parvint pas à jeter de lumière sur le but du voyage inexplicable de Gora. Pourtant lorsqu'au cours de la conversation Anandamoyi lui demanda s'il n'avait pas la veille amené Gora chez Paresh Babou, il lui raconta tout ce qui s'était passé là-bas et elle prêta une vive attention au moindre détail. Au moment de partir Binoy dit : « Mère, avez-vous accepté mon hommage et puis-je emporter les fleurs maintenant que vous les avez bénies ? »

Anandamoyi lui tendit les roses en riant. Elle voyait bien que ce n'était pas pour leur beauté qu'il tenait si fort à ces fleurs et qu'elles présentaient pour lui un intérêt plus profond que l'intérêt botanique. Après le départ de Binoy elle rêva longuement à ce qu'elle avait entendu et pria avec ferveur pour le bonheur de Gora et pour que rien ne vienne porter ombrage à son amitié avec Binoy.

CHAPITRE XXII

Les deux roses avaient une histoire. La veille au soir quand Gora avait, seul, quitté la maison de Paresh Babou, il avait laissé le pauvre Binoy bien embarrassé par la proposition de jouer un rôle dans la pièce qu'on représenterait pour la fête du magistrat. Cette pièce n'enthousiasmait pas Lolita et même toute l'histoire l'ennuyait mais, de manière très déterminée, elle voulait y entraîner Binoy. Gora l'agaçait et elle avait envie d'utiliser Binoy pour contrarier autant que possible les désirs de Gora. Elle-même ne comprenait pas pourquoi il lui paraissait insupportable d'imaginer Binoy subordonné à son ami ; mais quelle que fût la cause de sa répugnance, elle ne respirerait librement, elle le sentait bien, que si elle parvenait à soustraire Binoy à cet esclavage. Aussi, secouant la tête avec malice, lui avait-elle demandé : « Pourquoi, cher monsieur ? Que reprochez-vous à la pièce ?

— Je ne reproche peut-être rien à la pièce, mais c'est le fait de la jouer chez le magistrat qui me choque.

— Le pensez-vous personnellement ou est-ce l'opinion de quelqu'un d'autre ?

— Je ne suis pas chargé d'exprimer les idées des autres et d'ailleurs elles ne seraient pas faciles à exposer. Ce sont (peut-être avez-vous du mal à le croire) mes propres opinions que je vous donne, soit en termes qui me sont particuliers, soit peut-être quelquefois dans les mêmes termes qu'autrui. »

Lolita se contenta de sourire ; mais un instant après elle dit : « Votre ami Gourmohan Babou croit, me semble-t-il, qu'il y a du mérite à refuser l'invitation d'un juge ; il voit là une façon de combattre les Anglais.

– Que ce soit ou non l'idée de mon ami, c'est certainement la mienne, répliqua Binoy non sans chaleur. N'est-ce pas vraiment une façon de les combattre ? Comment préserver notre dignité si nous ne rejetons pas toute servilité envers ceux qui croient nous faire honneur en nous adressant un appel de leur petit doigt ? »

De nature, Lolita était fière ; il lui plut d'entendre Binoy faire allusion à ce souci de dignité. Mais, quoique sentant la faiblesse de son argument, elle continua à blesser Binoy par ses railleries.

« Écoutez, dit Binoy à la fin. Pourquoi discuter ainsi ? Pourquoi ne pas dire franchement : "Je voudrais que vous teniez un rôle dans cette pièce." Alors je pourrais tirer quelque plaisir d'avoir à votre requête sacrifié mes convictions.

– Ah bah ! s'exclama Lolita, pourquoi le dirais-je ? Si vous avez une conviction sincère, pourquoi y renonceriez-vous à ma requête ? Je parle du cas où cette conviction serait vraiment la vôtre.

– Soit, dit Binoy. Admettons que je n'aie pas de conviction propre et, puisque vous ne voulez pas que je la sacrifie à votre requête, disons que je me rends à vos raisons et que j'accepte de jouer. »

Et comme Baroda entrait à ce moment, Binoy se leva et lui dit : « Voulez-vous avoir l'obligeance de m'indiquer ce que je dois faire pour travailler mon rôle ?

– Inutile de vous en soucier, répondit triomphalement Baroda, nous nous occuperons de vous l'enseigner. Tout ce que vous avez à faire, c'est venir régulièrement aux répétitions.

– Très bien. Alors maintenant je m'en vais.

– Non, non, il faut que vous restiez dîner, insista M\ :sup:`me` Baroda.

– Excusez-moi pour ce soir, je vous prie.

– Non, Binoy Babou, vraiment, restez. »

Et Binoy resta ; mais il ne se sentait pas aussi à l'aise que d'habitude. Même Sucharita ce soir-là demeurait absorbée dans ses réflexions. Elle n'avait pas pris part à la discussion avec Binoy mais elle s'était levée et promenée de long en large dans la véranda. De toute façon le fil des propos échangés semblait se rompre.

En prenant congé de Lolita, Binoy remarqua son expression sérieuse. « Voilà bien ma chance, dit-il. Je me reconnais battu, mais même ainsi je n'arrive pas à vous satisfaire. »

Lolita ne répondit rien et se détourna. Elle n'était pas fille à pleurer pour un rien, mais elle sentait les larmes monter irrésistiblement à ses yeux. Que se passait-il donc ? Quelle puissance l'obligeait, pour blesser Binoy, à ces efforts qui n'avaient pour résultat que de la blesser elle-même ? Aussi longtemps que Binoy avait refusé de prendre part à la représentation, l'entêtement de Lolita n'avait fait que croître. Mais dès qu'il y consentit, tout le zèle qu'elle mettait à le convaincre disparut. En fait, les raisons qui s'opposaient à ce qu'il y prît part se renforçaient dans son esprit en l'agitant, et elle se tourmentait à l'idée qu'il n'aurait pas dû céder simplement pour lui complaire. Quelle importance avait pour Binoy la pensée de lui complaire ? Était-ce seulement par politesse, comme si elle tenait à ce qu'il se montrât poli ? Mais pourquoi maintenant sentait-elle une disposition toute contraire ? N'avait-elle pas fait son possible pour entraîner le pauvre Binoy à jouer ? Comment alors s'irriter contre lui parce qu'il avait cédé à son insistance même s'il n'avait cédé que par politesse ? Vraiment, si elle allait jusqu'à s'adresser des reproches, elle prenait cette affaire trop à cœur ! En général, quand elle se tourmentait, Lolita allait chercher du réconfort auprès de Sucharita, mais ce soir-là elle s'en abstint. Elle n'arrivait pas à s'expliquer que son cœur battît de la sorte et qu'elle dût lutter pour refouler ses larmes.

Le lendemain Sudhir apporta un bouquet à Labonya. Au milieu il y avait deux roses que Lolita retira de la gerbe. Comme on lui demandait pourquoi, elle répondit : « Je ne peux supporter de voir de belles fleurs écrasées à l'intérieur d'une botte ; je trouve barbare de les comprimer ainsi. » Elle défit le lien du bouquet et le répartit dans plusieurs vases à travers la chambre.

Satish arriva tandis qu'elle se livrait à cette besogne et s'écria : « Didi, d'où viennent ces belles fleurs ? »

Sans répondre Lolita lui demanda : « N'as-tu pas l'intention d'aller voir aujourd'hui ton ami ? » Jusqu'alors Satish n'avait pas pensé à Binoy, mais à cette allusion il se mit à danser sur place. « Bien sûr, je vais y aller », et il se disposa à partir.

« Que faites-vous quand vous êtes ensemble ? » demanda Lolita en le retenant.

À quoi Satish répondit lapidairement : « Nous parlons.

– Il te donne tant d'images ; pourquoi, toi, ne lui donnes-tu rien ? »

Binoy découpait toutes sortes d'images dans les magazines anglais et Satish les plaçait dans son album. En remplir les pages était devenue une passion telle que, dès qu'il voyait une image, même dans un livre de valeur, ses doigts brûlaient du désir de la découper et cette envie avait amené sur sa tête coupable tous les reproches de ses sœurs. Le fait qu'en ce monde un cadeau en appelle un autre apparut soudain aux yeux de Satish comme une révélation inconfortable. Il n'avait pas le courage d'envisager l'abandon d'un des trésors qu'il conservait tendrement dans une vieille boîte en fer et une angoisse apparut sur ses traits. Lolita lui pinça la joue et lui dit : « Ça ne fait rien, ne te tracasse pas, donne-lui tout simplement ces deux roses. » Ravi d'une solution si aisée de son problème, Satish partit avec les fleurs régler la dette contractée envers son ami. Il rencontra Binoy en route ; il l'appela : « Binoy Babou ! Binoy Babou ! » Et, cachant les roses sous son vêtement, il questionna : « Devinez ce que j'ai là pour vous. »

Quand Binoy eut, comme d'habitude, avoué sa défaite, Satish sortit les deux fleurs rouges et Binoy s'exclama : « Comme elles sont belles ! Mais, Satish Babou, sûrement elles ne sont pas à toi ; je ne voudrais pas être arrêté par la police comme détenteur de biens volés. »

Subitement Satish fut pris d'un doute : pouvait-il prétendre ou non que ces fleurs lui appartenaient ? Après un instant de réflexion il avoua : « Certainement non, voyons ! C'est ma sœur Lolita qui me les a données pour que je vous les apporte. »

Ainsi la question était réglée et Binoy prit congé de Satish sur la promesse de venir chez eux l'après-midi. Binoy n'avait pu oublier la souffrance que Lolita lui avait infligée la veille au soir. N'étant pas d'humeur querelleuse, il ne se serait attendu, de la part de personne, à des paroles aussi acerbes. Tout d'abord il avait considéré Lolita comme simplement capable de suivre le sillage de Sucharita. Mais plus récemment ses rapports avec elle ressemblaient à ceux d'un éléphant domestique avec son cornac que l'aiguillon empêche d'oublier une minute. Sa préoccupation majeure était de complaire à Lolita afin de s'assurer la paix. La veille, en rentrant chez lui, dans son esprit il repassait une à une les paroles moqueuses et caustiques de la jeune fille, si bien qu'il eut du mal à trouver le sommeil. « Je ne suis que l'ombre de Gora, je n'ai pas d'opinions personnelles. Tout cela est absolument faux, mais Lolita en est persuadée et me méprise. » Tel était le cours de ses réflexions et sa pensée battait le rappel pour tous les arguments susceptibles d'infirmer ce jugement. Toutefois ces arguments ne servaient de rien, car Lolita n'avait jamais porté contre lui une accusation définie et elle avait évité de lui fournir la chance de discuter ces imputations. Binoy ne manquait pas de ripostes à alléguer ; pourtant jamais il n'avait l'occasion de les exposer, ce qui le mortifiait. Pour couronner le tout, même quand il avait reconnu sa défaite, Lolita n'en avait pas manifesté de plaisir, ce qui achevait de le troubler. « Méritai-je donc un tel mépris ? » se demandait-il avec amertume. Dans ces conditions, apprendre de Satish que (par intermédiaire) Lolita lui envoyait ces roses le fit exulter de joie. Il vit là une offrande de réconciliation destinée à reconnaître son abdication. Il eut d'abord envie de les rapporter tout de suite chez lui, puis décida de les consacrer auparavant en les déposant aux pieds de Mère Anandamoyi.

Quand Binoy arriva ce même soir chez Paresh Babou, Lolita écoutait Satish réciter ses leçons. Les premiers mots de Binoy furent : « Le rouge est la couleur de la guerre, des fleurs de réconciliation auraient dû être blanches. » Lolita le regarda d'un air interdit, sans comprendre ce qu'il voulait dire : alors, tirant de son châle un bouquet d'oléandres blancs, il les lui tendit : « Peu importe la beauté de vos roses, il y a encore en elles une pointe de colère ; mes fleurs ne s'y peuvent comparer pour la beauté ; néanmoins elles ne sont pas indignes que vous les acceptiez dans leur robe blanche d'humilité.

– Qu'appelez-vous mes fleurs ? demanda Lolita qui rougit profondément.

– Me suis-je trompé ? bégaya Binoy tout confus. Satish Babou, de qui venaient les fleurs que tu m'as données ?

– Voyons, c'est Didi Lolita qui m'a dit de les donner, répliqua Satish visiblement vexé.

– À qui t'a-t-elle dit de les donner ?

– À vous, bien sûr. »

Lolita plus rouge que jamais repoussa Satish avec mauvaise humeur. « Je n'ai jamais vu un garçon aussi stupide. N'avais-tu pas envie de donner ces fleurs à Binoy Babou pour le remercier de ses images ?

– Certainement si, mais ne m'as-tu pas commandé de les lui donner ? » s'écria Satish tout à fait intrigué.

Lolita se rendit compte que discuter avec Satish ne faisait que la compromettre davantage, car maintenant Binoy voyait clairement que Lolita les lui avait envoyées, mais ne voulait pas qu'il le sût.

Il dit : « Cela n'a pas d'importance, je renonce à mon droit sur vos fleurs ; cependant, permettez-moi de vous l'affirmer, il n'y a pas de doute à avoir sur les miennes : elles sont offertes pour une réconciliation afin de terminer notre querelle. »

Lolita l'interrompit avec un mouvement de tête impatient : « Quand nous sommes-nous querellés et quelle est cette réconciliation dont vous parlez ?

– Tout serait donc illusion du début à la fin, s'exclama Binoy. Ni querelle, ni fleurs, ni réconciliation. Non seulement tout ce qui brille n'est pas or, mais même rien du tout n'aurait brillé. Et cette proposition de jouer la comédie, faut-il croire… ?

– C'est une réalité, mais sans querelle aucune. Pourquoi imaginez-vous que je suis entrée dans une conspiration en vue d'obtenir votre consentement ? Vous avez accepté et j'en ai été très contente, voilà tout. Mais si vous avez une objection sérieuse à jouer la comédie, pourquoi avez-vous accepté, que la requête vînt de moi ou d'un autre ? »

Et en achevant elle quitta la pièce.

Tout avait tourné contre leur volonté à tous deux. Le matin même elle avait décidé d'avouer à Binoy l'erreur qu'elle avait commise et de le prier de renoncer à jouer ; mais les événements avaient pris un autre cours.

L'attitude de Lolita poussa Binoy à croire qu'elle restait contrariée du refus qu'il lui avait d'abord opposé, et irritée par l'idée que, tout en capitulant en apparence, il demeurait au fond prévenu contre la représentation. Il regrettait vivement que Lolita ait pris la chose si à cœur et il décida que jamais plus il n'élèverait d'objections même pour plaisanter et qu'il assumerait son rôle dans la pièce avec tant d'application et tant de compétence que personne ne le soupçonnerait d'indifférence.

Cependant Sucharita était assise dans sa chambre depuis le matin, essayant de lire l'*Imitation de Jésus-Christ*. Elle ne s'était ce jour-là pas consacrée un instant aux travaux domestiques qui lui revenaient d'ordinaire. À chaque instant son esprit s'échappait, les pages du livre se brouillaient ; alors elle rassemblait toute son attention pour l'appliquer à sa lecture, se refusant à admettre sa faiblesse. Elle crut même à un moment entendre la voix de Binoy et une impulsion la poussa à déposer son livre sur la table et à se lever pour aller au salon. Pourtant, fâchée contre elle-même de ce manque d'intérêt pour ce qu'elle lisait, elle reprit le livre et se rassit, se bouchant les oreilles pour n'être pas distraite par les bruits qui la troublaient. Souvent, quand Binoy venait, Gora l'accompagnait et elle ne pouvait s'empêcher d'écouter s'il était venu. Elle redoutait sa venue et ensuite elle se tourmentait à l'idée qu'il s'était abstenu. En proie à cette confusion, elle vit entrer Lolita. « Que se passe-t-il, ma chérie ? s'exclama Sucharita en voyant le visage de sa sœur.

— Rien, répondit Lolita en secouant la tête.

— D'où viens-tu ?

— Binoy Babou est là, je crois qu'il voudrait te parler. »

Sucharita n'eut pas le courage de demander si quelqu'un d'autre accompagnait Binoy ; si quelqu'un l'accompagnait, Lolita eût certainement mentionné le fait. Pourtant Sucharita restait dans l'incertitude : à la fin elle sortit, déterminée à remplir les devoirs de l'hospitalité quoi qu'il en advînt de sa résolution de réprimer sa curiosité. Elle demanda à Lolita : « Ne viens-tu pas avec moi ?

— Va d'abord, je te suivrai », répondit Lolita avec un soupçon d'impatience.

En entrant au salon, Sucharita ne trouva que Binoy et Satish en train de causer. Elle dit : « Père est sorti, mais il va rentrer bientôt. Mère a emmené Labonya et Lila chez le professeur pour apprendre leur rôle. Elle nous a chargées de vous prier, au cas où vous viendrez, de l'attendre.

– Et vous, n'allez-vous pas jouer ? demanda Binoy.

– Si tout le monde jouait, il n'y aurait pas de spectateur. »

En général, quand Binoy et Sucharita étaient réunis, la conversation ne chômait pas, mais ce jour-là un obstacle invisible semblait les empêcher l'un et l'autre de parler librement. Sucharita avait décidé de ne pas aborder le sujet ordinaire, c'est-à-dire Gora, et Binoy aussi trouvait difficile de le nommer, à l'idée que Lolita, et peut-être le reste de la maisonnée, le regardait lui-même comme le simple satellite de son ami. Après quelques phrases sans suite échangées avec Binoy, Sucharita, ne voyant pas d'autre issue, se mit à discuter avec Satish les mérites et les démérites de l'album qu'il commençait ; elle trouva moyen de fâcher Satish en critiquant sa façon d'arranger les images ; Satish qui s'énervait discutait d'une voix aiguë.

Binoy cependant contemplait d'un œil désolé son bouquet de fleurs d'oléandre qui, dédaigné, demeurait sur la table, et dans sa fierté blessée il songeait : « Lolita aurait dû accepter les fleurs que je lui apportais, ne serait-ce que par politesse. »

Des pas soudain se firent entendre et Sucharita sursauta en voyant entrer Haran. Son expression de surprise fut si vive qu'elle en eut conscience et rougit sous le regard de Haran. En s'asseyant, Haran dit à Binoy : « Eh bien, votre Gourmohan Babou est-il venu aujourd'hui ?

– Pourquoi ? demanda Binoy qu'irritait cette question oiseuse. Avez-vous besoin de lui ?

– On vous voit rarement sans lui, répliqua Haran, voilà pourquoi j'ai posé la question. »

Binoy, agacé et craignant de le laisser paraître, dit brusquement : « Il n'est pas à Calcutta.

– Il est parti faire une tournée de prédication, je suppose », dit Haran avec sarcasme.

La colère de Binoy augmenta et il garda le silence. Sucharita quitta la pièce sans mot dire. Haran se leva et la suivit ; mais elle s'éclipsa trop vite pour qu'il pût la rattraper, si bien qu'il appela : « Sucharita, je voudrais vous parler.

– Je suis fatiguée », répondit-elle, et elle alla s'enfermer dans sa chambre.

Mme Baroda arriva sur ces entrefaites et fit venir Binoy près d'elle pour lui communiquer ses instructions au sujet de la comédie. Quand il revint un peu plus tard il s'aperçut que ses fleurs avaient disparu.

Lolita ne se montra pas ce soir-là à la répétition. Quant à Sucharita elle demeura seule dans sa chambre jusqu'à une heure tardive, l'*Imitation de Jésus-Christ* sur les genoux et le regard perdu dans l'obscurité du dehors. Il lui semblait qu'un pays inconnu et merveilleux était apparu à ses yeux, tel un mirage qui changeait complètement l'aspect de toutes les expériences de son passé, et les lumières qui brillaient dans les ténèbres, pareilles à des constellations d'étoiles dans la nuit sombre, frappaient son esprit d'anxiété ainsi qu'un mystère ineffable et lointain. « Comme ma vie a été vaine ! songea-t-elle. Mes certitudes de naguère s'enveloppent maintenant de doute, mes actes de chaque jour perdent toute valeur. Peut-être dans ce pays inconnu et terrifiant est-il possible de connaître pleinement, de poursuivre un grand idéal et de donner un sens à sa vie ? Qui m'a conduite devant la porte secrète de ce domaine ignoré, si étrange et si terrible ? Pourquoi mon cœur bat-il ainsi, pourquoi mes membres me refusent-ils le service ? »

CHAPITRE XXIII

Durant plusieurs jours, Sucharita tâchait de s'absorber dans son livre ou s'enfermait dans sa chambre. Elle priait beaucoup. Elle semblait avoir un besoin de plus en plus pressant de l'appui de Paresh Babou. Un jour que celui-ci lisait seul dans sa chambre, Sucharita entra et s'assit sans bruit près de lui. Il posa son livre et demanda : « Qu'y a-t-il, Radha chérie ?

– Rien, Père », répondit Sucharita qui se mit à ranger les livres et les papiers sur le bureau quoique tout y fût bien en ordre.

Au bout d'un instant elle demanda : « Père, pourquoi ne faites-vous plus la lecture avec moi comme autrefois ?

– Mon élève n'a plus besoin de mon enseignement, dit Paresh Babou avec un sourire affectueux. Maintenant tu peux comprendre toi-même ce que tu lis.

– Non, je ne suis capable de rien comprendre du tout, protesta Sucharita, j'aimerais que nous fassions la lecture ensemble comme nous la faisions.

– Eh bien, soit, concéda Paresh Babou, nous commencerons demain.

– Père, dit soudain Sucharita après un court silence, pourquoi ne m'avez-vous jamais expliqué ce que Binoy Babou disait l'autre jour à propos des castes ?

— Tu sais bien, ma chère enfant, que j'ai toujours désiré que mes filles apprennent à penser toutes seules et ne se contentent pas d'adopter mes opinions ou celles d'un autre sans réfléchir. Proposer une théorie quelconque, avant qu'un problème se soit posé dans un esprit, équivaut à offrir de la nourriture à quelqu'un qui n'a pas faim, c'est gâter l'appétit et mener à l'indigestion. Mais chaque fois que tu m'interroges, je suis prêt à te dire ce que je sais.

— Eh bien, alors, dit Sucharita, je vous interroge. Pourquoi condamnons-nous les distinctions de castes ?

— Il n'y a pas de mal à ce qu'un chat s'asseye et mange près de vous, mais si certains hommes entrent simplement dans la pièce, vous êtes obligé de jeter vos aliments. Comment ne pas condamner le système qui comporte ce mépris et cette injure de l'homme pour l'homme ? Si ce n'est pas l'injustice même, j'ignore ce qui le sera. Ceux qui conçoivent pour leurs frères humains un tel mépris ne peuvent s'élever à la grandeur morale. À leur tour ils encourront le mépris.

— La décadence actuelle de notre société a engendré bien des vices, dit Sucharita, répétant une idée qu'elle avait entendu exprimer par Gora, et ces vices se manifestent dans tous les détails de notre existence. Pourtant, sommes-nous par là fondés à blâmer la base profonde des institutions ?

— Je pourrais te répondre, répliqua Paresh Babou avec sa douceur habituelle, si je savais où trouver cette base profonde dont tu parles. Mais ce que je vois aujourd'hui dans notre pays, c'est l'inadmissible aversion de l'homme pour l'homme, qui divise et subdivise notre peuple. Dans ces circonstances, peut-on se consoler en cherchant un réconfort dans une imaginaire base profonde ?

– Cependant, dit Sucharita faisant écho de nouveau à des paroles de Gora, une des vérités essentielles révélées par notre pays n'a-t-elle pas consisté à considérer tous les hommes avec impartialité ?

– Cette vision impartiale, dit Paresh Babou, était une réalisation intellectuelle, indépendante du cœur. Elle ne comportait ni amour ni haine ; elle transcendait tous les sentiments. Mais la sensibilité de l'homme ne peut se satisfaire d'une notion abstraite si étrangère à tous ses besoins. Aussi, malgré cette égalité conçue par les philosophes, nous voyons interdire aux basses castes jusqu'à l'entrée dans les temples de la Divinité. Si l'égalité n'existe même pas dans la demeure de Dieu, qu'importe qu'on en puisse distinguer le concept dans notre philosophie. »

Muette, Sucharita repassait en son esprit les paroles de Paresh Babou, s'efforçant de les suivre. Enfin elle demanda : « Pourquoi alors, Père, n'avez-vous pas expliqué cela à Binoy Babou et à son ami ? »

Paresh Babou eut un léger sourire pour répondre : « Ils ne comprennent pas, mais non par manque d'intelligence ; bien plutôt, ils sont trop intelligents pour avoir envie de comprendre, ils préfèrent expliquer aux autres. Si un jour le désir leur vient vraiment de comprendre en se plaçant au point de vue de la vérité la plus haute, c'est-à-dire de la justice, ils n'auront pas besoin de l'intelligence de ton père pour une explication. À présent leur point de vue est tout à fait différent et tout ce que je pourrais dire ne leur servirait de rien. »

Quoique Sucharita eût écouté avec respect les discours de Gora, la divergence qui séparait les valeurs dont lui et son père s'inspiraient l'avait peinée et l'avait empêchée de trouver du réconfort dans les conclusions qu'il tirait. Pendant que Paresh Babou parlait, elle sentait se calmer provisoirement le conflit moral dont elle souffrait. Elle était incapable d'admettre, même une seconde, l'idée que Gora ou Binoy ou qui que ce fût pût dominer un sujet mieux que Paresh Babou. Au contraire, elle n'avait jamais réprimé une sorte de colère contre ceux dont les opinions contredisaient celles de son père. Toutefois, dernièrement, elle n'avait pas eu la force de repousser les théories de Gora avec le même dédain spontané qu'elle éprouvait auparavant. D'où le désir inquiet qu'elle ressentait de s'abriter sans cesse sous l'aile de Paresh Babou comme elle le faisait étant enfant. Elle se leva et gagna la porte, puis revint sur ses pas et, posant la main sur la chaise de Paresh Babou, dit : « Père, voudrez-vous me permettre de m'asseoir près de vous pendant votre méditation de ce soir ?

– Certainement, ma chérie. »

Finalement Sucharita se retira dans sa chambre et, fermant la porte, s'assit et s'efforça de rejeter tout ce que Gora avait dit. Mais le visage de Gora, rayonnant d'une certitude confiante, surgit devant elle, et elle songea : « Les paroles de Gora ne sont pas simplement des mots, elles sont Gora lui-même. Ses discours ont forme et mouvement, ils sont pleins de vie ; ils exhalent le pouvoir de la foi et la douleur qu'inspire l'amour de la patrie. Ses opinions ne sont pas de celles avec lesquelles on en finit par la contradiction. Elles sont l'homme tout entier qui, certes, n'est pas un homme vulgaire. »

Comment aurait-elle le courage de lever la main contre lui pour le repousser ? Sucharita sentait se livrer en elle un combat terrible, elle éclata en sanglots. Que Gora pût la mettre dans un état si affreux et pourtant n'avoir pas de remords à l'abandonner lui déchirait le cœur, et de se sentir déchirée, elle éprouvait une honte cruelle.

CHAPITRE XXIV

On avait décidé que Binoy réciterait dans un style dramatique le poème de Dryden sur le *Pouvoir de la Musique*, et que les jeunes filles, en costumes appropriés, formeraient des tableaux illustrant le sujet du poème ; en outre, elles chanteraient et déclameraient en anglais. Mme Baroda avait à plusieurs reprises assuré Binoy qu'on le préparerait parfaitement pour le fameux jour. Elle-même, il est vrai, savait fort peu d'anglais ; mais elle comptait sur l'aide de deux ou trois amis très versés dans cette langue.

Cependant, le jour de la répétition, Binoy surprit ces experts par sa diction impeccable et Baroda se trouva privée du plaisir de guider le nouveau venu. Même ceux qui jusqu'alors n'avaient pas marqué à Binoy de considération particulière furent obligés de le considérer pour sa maîtrise de l'anglais. Haran alla jusqu'à lui demander de contribuer par des articles à la rédaction de son journal et Sudhir insista pour qu'il fît des conférences en anglais à son cercle d'étudiants.

Quant à Lolita son état d'esprit était singulier : à certains égards il lui plaisait que Binoy n'ait besoin de l'aide de personne et en même temps elle en était piquée ; elle s'inquiétait à la pensée que Binoy, conscient maintenant de ses capacités, ne s'attendrait pas à apprendre d'eux quoi que ce soit. Ce que Lolita désirait vraiment de Binoy et ce qui serait susceptible de lui rendre la paix morale, elle-même n'arrivait pas à l'élucider. Par suite son mécontentement se manifestait à propos des moindres incidents et Binoy y servait chaque fois de cible. Lolita était bien capable de se rendre compte qu'elle manquait d'équité et de politesse envers Binoy ; elle en souffrait et elle s'efforçait de rester maîtresse d'elle-même ; mais le plus menu prétexte la livrait à ce ressentiment intime et son irritation éclatait d'une façon qu'elle ne parvenait pas à s'expliquer. De même qu'elle avait harcelé Binoy pour qu'il accepte de participer à leur projet, maintenant elle le tourmentait pour qu'il s'en abstînt. Toutefois, à ce point de leur entreprise, Binoy pouvait-il s'en retirer sans compromettre tous leurs plans ? D'ailleurs, avec la découverte sans doute de ses capacités insoupçonnées, lui-même ne montrait plus aucun désir de se retirer.

À la fin Lolita dit à sa mère : « Vraiment il m'est impossible de continuer à préparer ce spectacle. »

Mme Baroda ne connaissait que trop bien sa seconde fille ; aussi questionna-t-elle avec consternation : « Pourquoi ? Que se passe-t-il donc ?

– Tout simplement, je ne peux pas. »

En fait, dès lors qu'elle avait dû renoncer à considérer Binoy comme un novice, Lolita avait senti de la répugnance à réciter en sa présence le poème et à exécuter le tableau vivant dont elle était chargée. Elle étudiait et répétait toute seule, ce qui était fort incommode pour tous les autres. Mais, comme elle ne se prêtait pas à travailler avec eux, ils durent finalement céder et répéter sans elle. Toutefois lorsqu'au dernier moment Lolita déclara son intention de ne pas participer au spectacle, Baroda se sentit désemparée. Elle savait bien que rien de ce qu'elle pourrait dire ou faire n'aurait d'effet ; aussi fut-elle forcée de chercher de l'aide auprès de Paresh Babou. Quoiqu'il ne s'occupât jamais des goûts et des volontés de ses filles dans les domaines dépourvus d'importance, comme en cette matière la famille s'était engagée vis-à-vis du juge et qu'il ne restait guère de temps pour changer les plans, Paresh Babou fit venir Lolita et, lui caressant les cheveux, demanda : « Lolita, ne crois-tu pas que tu aurais tort de t'abstenir maintenant ?

– Je ne peux pas jouer, Père, dit Lolita avec des larmes dans la voix, c'est au-dessus de mes forces.

– Ce ne sera pas ta faute si tu ne le fais pas bien ; mais, si tu ne le fais pas du tout, tu seras dans ton tort. »

Lolita baissa la tête tandis que son père continuait : « Ma chérie, quand une fois tu as pris une responsabilité, il faut l'assumer jusqu'au bout ; ce n'est plus le moment d'essayer de te dégager. Même si ta fierté doit en souffrir, ne peux-tu accepter cet ennui pour faire ce que tu dois ? Tu vas essayer, n'est-ce pas, chérie ?

– J'essaierai », dit Lolita en levant les yeux vers son père.

Le même soir elle fit un grand effort et rejetant l'hésitation que lui inspirait la présence de Binoy, elle entra dans son rôle avec zèle, presque avec défi. C'était la première fois que Binoy l'entendait réciter et il fut vraiment étonné de la vigueur et de la clarté de sa diction, de la force et de la sûreté intelligentes avec lesquelles elle interprétait le sens du poème. Son ravissement dépassa son attente et la voix de la récitante résonna dans ses oreilles longtemps après qu'elle se fût tue.

La récitation parfaite d'un poème exerce sur l'auditeur un charme spécial : le poème prête son enchantement à celui qui le récite, comme font les fleurs à la branche qui les porte. Désormais, pour Binoy, Lolita fut enveloppée de poésie.

Jusqu'alors elle avait sans cesse maintenu le jeune homme dans l'inquiétude de sa langue acérée ; et, comme on porte constamment la main vers un point douloureux du corps, Binoy ne parvenait à distinguer chez Lolita que des mots piquants et des regards ironiques. Toutes ses réflexions au sujet de la jeune fille s'étaient bornées à un effort pour discerner ce qui la poussait à une parole mordante et, plus l'antipathie dont il était l'objet lui paraissait mystérieuse, plus il s'était tourmenté l'imagination pour la comprendre. Cette préoccupation avait souvent inspiré sa première pensée au réveil et, chaque fois qu'il prenait le chemin de la maison de Paresh Babou, il cherchait avec inquiétude quelle allait être l'humeur de Lolita. Quand par hasard elle se montrait aimable, un poids immense semblait levé pour Binoy et dans ce cas le problème pour lui se posait de maintenir durable cette disposition, problème dont la solution, évidemment, dépassait ses moyens. Aussi, après l'anxiété qui ne l'avait pas quitté ces derniers jours, la façon dont Lolita récita le poème émut Binoy de manière étrange et profonde, d'autant plus qu'il se sentit incapable d'exprimer le plaisir qu'il éprouvait. Il n'osait pas formuler un jugement devant Lolita, ignorant si sa louange serait agréée, si dans le cas présent, la satisfaction, cette suite ordinaire de l'éloge, se manifesterait ; il y avait toute chance pour qu'elle ne se manifestât pas, précisément parce qu'elle était normale. Binoy alors alla trouver Mme Baroda et s'épancha auprès d'elle, exprimant toute son admiration pour la réussite de Lolita, ce qui accrut encore la haute opinion qu'avait Baroda de la sagesse et de l'intelligence de Binoy.

L'effet de l'événement sur l'autre intéressée ne fut pas moins curieux : dès que Lolita se rendit compte que sa diction était bonne, qu'elle avait résisté aux vagues qui menaçaient son esquif comme un brave navire qui tient la mer, toute son irritation contre Binoy disparut et plus aucun vestige ne subsista de son désir de le blesser. Elle montra dès lors beaucoup d'ardeur aux répétitions et fut ainsi amenée à des contacts plus fréquents avec Binoy ; même elle ne témoigna aucune répugnance à lui demander conseil.

Ce changement dans l'attitude de Lolita envers lui fit à Binoy l'effet qu'une pierre était enlevée de sa poitrine. Il se sentit le cœur si léger qu'il fut tenté d'aller trouver Anandamoyi pour jouer comme de coutume auprès d'elle son rôle d'enfant espiègle. Toutes sortes d'idées lui traversaient la cervelle qu'il aurait aimé discuter avec Sucharita ; mais depuis quelque temps il ne la voyait plus guère. Quand l'occasion se présentait d'une brève conversation avec Lolita il la saisissait. Toutefois il sentait la nécessité de prendre encore de multiples précautions ; il savait quel esprit critique guidait les jugements qu'elle portait sur son ami et sur lui-même, ce qui le retenait de s'exprimer avec sa spontanéité naturelle. Lolita lui demandait parfois : « Pourquoi parlez-vous de façon si livresque ? »

À quoi Binoy répondait : « J'ai passé mon existence à lire ; sans doute mon esprit ressemble-t-il à une page imprimée. »

Et de nouveau Lolita disait : « Je vous en prie, n'essayez pas d'aussi bien parler, dites ce que vous pensez. Vous vous exprimez si bien qu'on est tenté de croire que vous exposez simplement les idées d'un autre. »

Pour cette raison, quand une idée se présentait sous une forme appropriée à l'esprit de Binoy dressé à la logique, il s'efforçait avant de la formuler devant Lolita de la condenser et de la simplifier ; si d'aventure lui échappait une comparaison, il en avait honte.

Lolita elle-même rayonnait comme après le passage d'un incompréhensible nuage. Mme Baroda s'étonnait de constater la transformation qui s'était produite chez sa fille : elle ne se montrait plus contrariante comme naguère, prête à accueillir par des objections tout ce qu'on proposait ; au contraire elle se joignait cordialement à ce que les autres entreprenaient, les accablait par la surabondance de ses idées et de ses suggestions pour la pièce qu'ils préparaient. Dans ce domaine l'exubérance de Baroda était parfois tempérée par son souci de l'économie, si bien qu'elle se voyait aussi embarrassée maintenant par l'ardeur de sa fille qu'elle l'avait d'abord été par son manque d'ardeur.

Lolita, pleine de ce zèle nouveau, se mettait souvent à la recherche de Sucharita avec une attente excitée ; mais, quoique Sucharita causât et rît avec elle, Lolita avait un peu l'impression d'être refroidie par la présence de sa sœur et il lui fallait repartir chaque fois avec un léger désappointement. Elle alla un jour trouver Paresh Babou et lui dit : « Père, il n'est pas juste que Didi reste assise bien tranquille avec ses livres pendant que nous peinons comme des esclaves pour notre représentation. Pourquoi ne vient-elle pas avec nous ? »

Paresh Babou lui-même avait remarqué que Sucharita semblait se tenir à l'écart de ses compagnons et il craignait que cette humeur solitaire lui soit nocive. La remarque de Lolita lui fit craindre qu'à moins d'être invitée à se joindre aux distractions des autres, Sucharita ne prît l'habitude de cette tendance à l'isolement. Aussi répondit-il à Lolita : « Pourquoi n'en parles-tu pas à ta mère ?

– J'en parlerai à Mère, dit Lolita, mais il faudra que vous même persuadiez Didi, autrement elle ne cédera pas. »

Quand à la fin Paresh Babou en parla à Sucharita, il fut agréablement surpris de voir qu'elle n'alléguait pas d'excuse vaine, mais qu'elle acceptait aussitôt de remplir la tâche qu'on lui attribuait. Au sortir de sa réclusion, Binoy voulut reprendre avec Sucharita le ton d'intimité qu'ils avaient eu auparavant ; mais il semblait qu'entre-temps un changement fût survenu qui l'empêchait de rétablir le contact. La réserve toujours sensible dans l'attitude de la jeune fille s'accentuait maintenant malgré leurs rencontres aux répétitions. Son regard était si évasif, son expression si détachée qu'il n'osait pas s'imposer à elle. Elle se contentait de jouer son rôle, puis quittait la salle. Ainsi échappait-elle de plus en plus à Binoy.

L'absence de Gora permettait à Binoy de nouer des relations plus intimes avec la famille de Paresh Babou et, plus il se laissait aller à son naturel, plus tous étaient attirés vers lui, plus aussi il jouissait d'expérimenter cette liberté expansive qu'il n'avait jamais connue. C'est dans ces conditions qu'il sentit le retrait de Sucharita, tendant à s'éloigner de lui. En d'autres circonstances il aurait trouvé bien cruelle la douleur de cette perte ; mais il la supporta sans trop de difficultés. On pourrait s'étonner que Lolita, percevant le changement qui s'opérait en Sucharita, ne le lui ait pas reproché comme elle l'aurait fait naguère. L'enthousiasme que lui inspiraient le spectacle et la récitation qu'elle préparait la dominait-il complètement ?

En voyant Sucharita participer aux divertissements, Haran se prit aussi d'ardeur : il offrit de réciter un passage du *Paradis Perdu* et de dire quelques phrases à propos du poème sur le *Pouvoir de la Musique* en guise de prologue à la récitation de l'œuvre de Dryden. Cette suggestion contraria Mme Baroda, et Lolita non plus n'en fut pas satisfaite. Mais Haran avait déjà écrit son intention au juge et réglé ainsi la question. Aussi, quand Lolita insinua que le juge ferait peut-être une objection à l'allongement de la séance, Haran la fit taire en sortant triomphalement de sa poche une lettre de remerciement.

Personne ne savait quand Gora reviendrait de son expédition. Quoique Sucharita eût décidé qu'elle chasserait la question de son esprit, chaque jour faisait renaître en elle l'espoir que ce jour-là était peut-être celui du retour du voyageur. Juste pendant cette période où elle sentait de façon aiguë tant l'indifférence de Gora que le dérèglement de son propre esprit, et qu'elle cherchait avec anxiété le moyen d'échapper à cette douloureuse conjoncture, Haran vint une fois encore prier Paresh Babou de célébrer au nom de la Divinité ses fiançailles avec Sucharita.

« Mais le mariage ne pourra se célébrer avant longtemps, objecta Paresh Babou. Croyez-vous sage de vous lier déjà tous les deux ?

– Je juge nécessaire pour tous deux, répondit Haran, de traverser avant le mariage une période où nous serons liés. Nos âmes auront avantage à connaître cette sorte de relation spirituelle qui fera transition entre les premières relations que nous avons eues et l'état de mariage, un lien sans devoirs.

– Vous devriez vous enquérir, suggéra Paresh Babou, de ce qu'en pense Sucharita.

– Elle a déjà donné son consentement », insista Haran.

Paresh Babou cependant restait incertain quant aux sentiments réels de Sucharita pour Haran ; il alla la trouver et lui parla de la proposition. Sucharita était prête à s'accrocher à n'importe quel appui pour triompher de son égarement ; elle accepta si vite, sans hésiter un instant, que tous les doutes de Paresh Babou furent dissipés. Il exhorta de nouveau Sucharita à considérer avec sérieux les responsabilités que comportent de longues fiançailles. Si alors elle n'élevait pas d'objection, on prendrait la décision de fixer, immédiatement après la fête de M. Brownlow, un jour pour la cérémonie des fiançailles. Cette décision donna à Sucharita l'impression que sa pensée échappait à un dragon dévorant et elle résolut de se préparer avec rigueur à servir le Brahmo Samaj en épousant Haran. Elle allait faire chaque jour avec lui une lecture dans un livre traitant de sujets religieux pour se mettre en mesure d'adapter sa vie aux idées de son futur mari ; le fait de s'imposer cette charge pénible et même désagréable lui inspira un sentiment de soulagement.

Les derniers temps elle s'était dispensée de lire le journal que dirigeait Haran. Le jour après qu'elle eut pris cette décision, elle reçut un exemplaire envoyé directement des presses sans doute par le directeur lui-même. Sucharita emporta le journal dans sa chambre et s'assit pour le lire de la première ligne à la dernière, comme elle aurait assumé un devoir religieux, se préparant comme une élève docile à prendre à cœur toutes les instructions qu'elle y trouverait. Mais au contraire, comme un navire toutes voiles au vent, elle fut jetée contre un écueil. Un article intitulé « La manie de regarder en arrière » constituait une attaque virulente contre ces gens qui, bien que vivant à l'époque moderne, tournent avec persistance les yeux vers le passé. Le raisonnement ne manquait pas de justesse, en fait Sucharita était à la recherche d'arguments de ce genre ; toutefois, dès qu'elle eut commencé sa lecture, elle s'aperçut que l'article visait Gora. Son nom certes n'était pas mentionné ni ses écrits cités ; mais il apparaissait clairement que, telle la satisfaction d'un soldat qui voit chaque balle tirée par son fusil tuer un homme, une joie mauvaise émanait de l'article, celle de sentir chaque mot blesser une personne vivante.

Toute l'inspiration du journal parut intolérable à Sucharita et elle aurait voulu mettre tous ses raisonnements en charpie. Elle songea : « Gourmohan Babou réduira en poussière toutes ces arguties. » Et le visage radieux lui apparut, la voix puissante retentit à ses oreilles. Devant cette image, auprès de la qualité de cette éloquence, l'article et son auteur lui semblèrent d'une vulgarité si méprisable qu'elle jeta le journal à terre. Pour la première fois depuis plusieurs jours Sucharita vint s'asseoir près de Binoy et lui dit : « Qu'advient-il des exemplaires du journal que vous écrivez, vous et votre ami ? Vous m'aviez promis de me les donner à lire. »

Binoy ne lui avoua pas qu'il n'avait pas eu le courage de tenir sa promesse à cause du changement qu'il avait remarqué en elle ; il se contenta de répondre : « Ils sont tout prêts et je vous les apporterai demain. » Le lendemain Binoy apporta une brassée de magazines et de journaux pour Sucharita. Mais quand elle les eut reçus, elle ne voulut pas les lire et les mit de côté dans une boîte. Elle ne voulait pas les lire uniquement parce qu'elle en brûlait d'envie. Une fois encore elle chercha la paix pour son cœur indocile en lui refusant la faculté de se détourner de son devoir et en le forçant à se soumettre à l'empire indiscuté de Haran.

CHAPITRE XXV

Un dimanche matin, Anandamoyi préparait du *pan* et Sasi, assise auprès d'elle, coupait des noix de bétel et les mettait en tas, quand Binoy entra dans la chambre. Sasi se sauva avec timidité, laissant tomber de ses genoux les noix qui roulèrent sur le sol. Ils avaient l'habitude de se taquiner tous les deux. Sasi avait adopté la farce qui consistait à cacher les souliers de Binoy et à ne les rendre que contre la promesse d'une histoire et, par représailles, Binoy inventait des histoires basées sur l'interprétation fortement déformée des événements de l'existence de Sasi. La punition se révélait effective, car la fillette essayait d'abord de réfuter l'histoire en accusant le narrateur de mensonge, ensuite en criant plus fort que lui ; enfin elle s'enfuyait, complètement battue. Elle tentait quelquefois de rendre à Binoy la monnaie de sa pièce en fabriquant des récits correspondants sur lui, mais elle n'était pas à la hauteur de l'adversaire s'il s'agissait d'inventer. Quoi qu'il en fût, dès que Binoy apparaissait à la maison, elle lâchait ce qui l'occupait et accourait pour s'amuser avec lui. Elle tourmentait parfois Binoy au point qu'Anandamoyi était obligée de la gronder, mais la faute n'en était pas à elle seulement, car Binoy la poussait si habilement à le provoquer qu'elle ne réussissait pas à se dominer.

Aussi, quand cette même Sasi quitta pudiquement la pièce à l'entrée de Binoy, Anandamoyi, il est vrai, sourit, mais son sourire était sans joie. Binoy lui-même fut stupéfait de ce geste apparemment sans importance, au point de rester assis quelque temps sans dire un mot : il concevait soudain ce qu'avaient d'artificiel ces relations nouvelles avec Sasi. En acceptant l'offre de mariage faite par Mohim, il n'avait pensé qu'à son amitié avec Gora ; mais il ne s'était jamais représenté ce que ce mariage comporterait à d'autres égards. D'ailleurs, comme Binoy l'avait souvent écrit dans leur journal, le mariage dans notre pays est surtout une affaire sociale et non une affaire privée, et Binoy n'avait, en ce qui le concernait, fait intervenir ni attirance ni répugnance personnelles. Maintenant, à voir Sasi éperdue de timidité se cacher à la vue de son futur époux, il eut un aperçu de ce que seraient leurs rapports futurs. En se rendant compte que Gora l'avait entraîné dans cette situation, il s'irrita contre son ami et se fit à lui-même des reproches ; et quand il se rappela que, dès l'origine, Anandamoyi avait découragé le projet, il fut rempli d'une admiration mêlée de surprise devant l'acuité de sa pénétration psychologique. Anandamoyi comprit ce qui se passait dans l'esprit de Binoy et, pour détourner ses pensées, lui dit : « Binoy, j'ai eu hier une lettre de Gora.

— Que dit-il ? demanda Binoy d'un air absent.

— Il ne parle guère de lui. Mais sa lettre est pleine de la douleur que lui cause la triste situation des

pauvres paysans dans la campagne. Il décrit longuement tous les abus commis par le juge dans un village
appelé Ghosepara. »

Binoy, qu'animait une vive rancune contre Gora,
répondit avec impatience : « Les yeux de Gora voient
toujours les fautes d'autrui ; mais les abus sociaux,
vraiment innombrables, dont *nous* nous rendons
coupables envers nos compatriotes, il les excuse et il
les nomme des actes de vertu. »

Anandamoyi sourit de voir Binoy se faire le champion des adversaires pour donner un coup de patte à
Gora, mais elle ne dit rien. Binoy poursuivit : « Mère,
vous souriez et vous vous étonnez que tout d'un coup
je m'indigne. Je vais vous dire ce qui me fâche.
L'autre jour Sudhir m'a emmené chez un ami à la
campagne. Comme nous quittions Calcutta, il se mit
à pleuvoir et, quand le train fit halte, je vis un Bengali
habillé à l'européenne, tenant un parapluie pour
s'abriter, qui regardait sa femme descendre du
wagon ; elle portait un enfant dans ses bras et s'efforçait avec peine de le protéger avec son châle tandis
qu'elle demeurait sur le quai grelottant de froid et de
timidité. Au spectacle du mari, tranquille et nulle-
ment gêné sous son parapluie, spectacle que la femme
trempée prenait sans se plaindre comme allant de soi
(d'ailleurs personne dans la gare ne semblait y voir
quoi que ce fût de blâmable), j'avais l'impression que
pas une seule femme, riche ou pauvre, dans tout le
Bengale, n'était vraiment protégée contre la pluie et
le soleil. Je me suis promis alors de ne plus proférer
désormais le mensonge que nous traitons nos femmes

avec révérence comme nos bons anges, nos déesses, etc. » Binoy se tut subitement quand il s'aperçut que la vivacité de ses sentiments lui avait fait élever la voix. Il conclut sur un ton plus calme : « Mère, vous croyez peut-être que je suis en train de faire une conférence comme j'en fais quelquefois ailleurs. Sans doute ai-je en effet pris l'habitude de parler ainsi ; mais je ne vous fais pas une conférence maintenant. Je n'avais jamais compris jusqu'à présent tout ce que les femmes représentent pour notre pays ; je ne leur ai même jamais accordé une pensée. Mais je ne vais pas continuer à bavarder, Mère ; je parle tant que per-sonne ne croit que mes paroles expriment mes propres pensées. Je ferai plus attention à l'avenir. » Et, aussi brusquement qu'il était venu, Binoy repartit, plein de l'émotion nouvelle qui se révélait en lui.

Anandamoyi appela Mohim et lui dit : « Le mariage de Binoy avec Sasi ne se fera pas.

– Pourquoi ? demanda Mohim. Vous y opposez-vous ?

– Oui, je suis hostile au projet, parce que je suis sûre qu'il ne se réalisera pas. Autrement, quelle objection pourrais-je y voir ?

– Gora a donné son consentement et Binoy aussi ; alors pourquoi ne se réaliserait-il pas ? Bien entendu, si vous le désapprouvez, Binoy ne se mariera pas.

– Je connais Binoy mieux que toi.

– Et mieux que Gora ?

– Oui, je le connais plus profondément que Gora ; aussi, après avoir considéré le projet sous tous ses aspects, je sens que je ne devrais pas y consentir.

– Eh bien, laissez d'abord Gora revenir.

– Mohim, écoute-moi. Si tu insistes davantage tu provoqueras des ennuis sérieux, je t'assure. Je ne désire pas que Gora entretienne de nouveau Binoy à ce sujet.

– Bon, nous verrons », dit Mohim tandis qu'enfonçant du *pan* dans sa bouche il quittait la chambre.

CHAPITRE XXVI

Quand il partit pour son expédition, Gora emmenait avec lui quatre compagnons. Mais ils eurent tous grand-peine à se maintenir au rythme de l'impitoyable enthousiasme de Gora. Dès les premiers jours Abinash et un autre jeune homme rentrèrent à Calcutta sous prétexte de maladie. Quant aux deux autres, il ne fallut rien de moins que leur dévotion à Gora pour les retenir d'abandonner leur chef. En vérité ils payèrent durement leur loyalisme, car Gora ne mettait jamais de bornes au train dont il les menait ni de lassitude dans son interminable trajet le long des routes.

Il acceptait de s'arrêter, jour après jour, chez ceux qui s'empressaient d'offrir l'hospitalité à ces brahmanes pèlerins, quel que fût l'inconfort de leurs maisons. Les villageois venaient en foule entendre Gora et ne voulaient pas le laisser partir. Pour la première fois, Gora se rendait compte de l'état réel du pays, en dehors de la société aisée et cultivée de Calcutta. Qu'elle était divisée, étroite et faible, cette Inde paysanne si étendue ! Quelle apathie, et quelle inconscience de sa force réelle, quelle ignorance et quelle indifférence à son propre bien-être ! Quels abîmes sociaux séparaient des villages distants seulement de quelques milles ! Quelle masse d'obstacles imaginaires et créés par elle-même l'empêchait de prendre sa place dans les grands courants du monde ! Les détails les plus infimes semblaient à tous ces gens si importants, la moindre de leurs traditions si inviolable ! Sans cette occasion de voir par lui-même, jamais Gora n'aurait pu se figurer les esprits de ses compatriotes si inertes, leurs vies si mesquines, leurs efforts si incertains.

Un incendie éclata un jour dans un village où Gora s'était arrêté et il fut stupéfait de constater l'incapacité des habitants à combiner leurs ressources, même quand il s'agissait de combattre un fléau si dangereux. Tout n'était que confusion ; tous couraient çà et là, pleurant et gémissant, sans le plus petit soupçon de méthode. Il n'y avait pas d'eau dans les environs, les femmes du voisinage devaient aller en quérir fort loin pour les usages domestiques. Même les gens les plus fortunés n'imaginaient pas qu'on pût creuser une citerne pour diminuer les difficultés quotidiennes du ménage. Cet incendie n'était pas le premier ; mais, chacun ayant accepté les précédents comme une manifestation de la fatalité, jamais il ne leur était passé par la tête de s'arranger pour s'assurer une provision d'eau.

Gora commença à comprendre le ridicule qu'il y avait de sa part à faire des prêches aux paysans sur la condition de leur patrie, alors que leur capacité de concevoir même les besoins les plus urgents de leurs environs immédiats était obscurcie par des habitudes aveugles. Cependant il était plus étonné encore de voir que ses compagnons ne semblaient aucunement troublés par le spectacle qui s'offrait à eux ; ils avaient plutôt l'air de considérer l'émoi de Gora comme déplacé. « Voilà comment vivent les gens du peuple, se disaient-ils ; ce qui nous paraît très pénible, ils ne le sentent pas. » Ils regardaient même comme de la sentimentalité le fait de se préoccuper si vivement d'assurer à ces pauvres paysans une vie meilleure. Mais Gora éprouvait une torture de tous les instants à se trouver face à cette somme terrible d'ignorance, d'apathie et de souffrances, qui écrasait également le riche et le pauvre, l'homme instruit et l'illettré, et qui entravait à chaque pas le moindre progrès.

Ramapati finalement resta seul avec Gora, leur dernier compagnon étant rentré chez lui, à la nouvelle qu'un de ses proches était malade. Continuant leur voyage, ils parvinrent à un village musulman au bord d'une rivière. Après avoir longuement cherché un toit où ils pourraient recevoir l'hospitalité, ils découvrirent à la fin une maison hindoue placée à l'écart, celle d'un barbier. Quand cet homme eut, comme de juste, accueilli ses visiteurs brahmanes en leur souhaitant la bienvenue, ils s'aperçurent, en franchissant le seuil de la maison, qu'un des habitants était un enfant musulman que le barbier et sa femme avaient adopté. L'orthodoxe Ramapati se montra fort dégoûté ; mais, quand Gora reprocha au barbier sa conduite comme indigne d'un hindou, celui-ci répondit : « Quelle est la différence, Seigneur ? Nous adorons Dieu sous le nom de Hari et eux sous le nom de Allah, voilà tout. »

Cependant le soleil avait monté dans le ciel et brillait cruellement ; la rivière était déjà éloignée, et une étendue assez large de sable brûlant les en séparait. Ramapati dévoré par la soif cherchait comment se procurer de l'eau à boire, assez pure pour un hindou. Il y avait près de la maison du barbier un petit puits ; mais l'eau en était polluée par le contact de l'infidèle et ne pouvait convenir à un orthodoxe.

« Ce garçon n'a-t-il plus de parents à lui ? demanda Gora.

– Son père et sa mère sont vivants, mais ce n'en est pas moins comme s'il était orphelin, répondit le barbier.

– Que voulez-vous dire ? »

Le barbier raconta alors l'histoire du gamin. Le terrain sur lequel vivait la population de la région avait été affermé à des planteurs d'indigo qui disputaient perpétuellement aux cultivateurs occupants le droit d'utiliser les alluvions fertiles qui bordaient le fleuve. Tous les paysans avaient cédé aux sahibs, sauf ceux qui habitaient le village de Ghosepara qui refusaient de se laisser évincer par les planteurs. Ils étaient musulmans et leur chef n'avait peur de personne. Pendant sa lutte contre les planteurs, il avait deux fois déjà été mis en prison pour résistance à la police ; mais il ne se laissait pas dompter. Cette année-là, les cultivateurs étaient parvenus à faire une récolte hâtive sur les alluvions fraîchement déposées au bord de la rivière ; mais le planteur lui-même venait d'arriver, il y avait un mois de cela, accompagné d'une troupe armée et par la force il s'était emparé du grain récolté. À cette occasion le chef musulman avait, en défendant les paysans de son village, frappé d'un tel coup la main du sahib qu'il fallut l'amputer. Jamais la région n'avait connu semblable témérité. Dès lors la police avait été employée, tel un incendie dévorant, à dévaster les alentours. Nul foyer qui fût à l'abri de la perquisition et du pillage, nulle femme dont l'honneur fût en sûreté. Outre le chef coupable, d'autres avaient été jetés en prison et, parmi ceux qu'on avait laissés libres, beaucoup s'étaient enfuis. Il n'y avait plus rien à manger dans la maison du courageux paysan et sa femme n'avait plus comme sari qu'un chiffon tel qu'elle n'osait sortir. Leur fils unique, Tamiz, ce petit garçon, appelait « ma tante » la femme du barbier ; quand elle vit qu'il mourait positivement de faim, la brave ménagère l'emmena chez elle.

Les bureaux de la fabrique d'indigo se trouvaient à deux milles environ du village ; l'inspecteur de police et ses troupes y étaient cantonnés. La veille justement le voisin du barbier les avait vus entrer dans sa boutique. Il avait là un jeune beau-frère qui était venu d'une autre province pour voir sa sœur. Et, l'apercevant, l'inspecteur de police, sans rime ni raison, avait remarqué : « Ah, voilà un jeune coq de combat ; il bombe bien la poitrine, ma foi », et il lui porta au visage un coup de matraque qui lui fit saigner la bouche et sauter des dents. Devant cet acte de brutalité, la sœur du jeune homme accourut vers son frère pour le soigner ; un sauvage coup de poing l'envoya rouler à terre. Jusqu'alors la police n'avait pas osé commettre de telles violences dans la région ; mais maintenant que tous les hommes robustes étaient en prison ou en fuite, elle pouvait avec impunité décharger sa colère sur les villages, et nul ne prévoyait combien de temps son ombre pèserait sur eux.

Gora ne parvenait pas à s'arracher au récit du barbier, mais Ramapati était à demi fou de soif, si bien qu'il interrompit le récit en répétant sa question : « Où est l'habitation hindoue la plus proche ?

– Le collecteur de loyers de l'usine d'indigo est un brahmane qui s'appelle Madhav Chatterji, dit le barbier, c'est l'hindou dont la demeure est la plus voisine, il habite la maison où sont les bureaux, à deux ou trois milles d'ici.

– Quel genre d'homme est-ce ? demanda Gora.

– Un vrai suppôt de Satan. Impossible de rencontrer un bandit aussi cruel, mais il a la langue dorée. Il donne l'hospitalité à l'inspecteur de police et il récupérera la dépense sur nous en faisant encore un bénéfice.

– Venez, Gora Babou, allons-y, interrompit Ramapati avec impatience, je n'y tiens plus. »

Il avait été poussé à bout par la vue de la femme du barbier en train de puiser de l'eau dans la cour et d'en jeter un plein seau sur le petit musulman pour lui donner son bain. Ses nerfs étaient crispés à tel point qu'il se sentait incapable de demeurer dans la maison une minute de plus. Au moment de partir, Gora demanda au barbier : « Comment se fait-il que vous restiez ici en dépit des outrages dont vous êtes victime ?

– J'ai vécu ici toute ma vie, expliqua le barbier, et je me suis attaché à tous mes voisins. Je suis le seul barbier hindou de la région, et, comme je n'ai pas affaire avec la terre, les employés du planteur ne me molestent pas. En outre, c'est à peine s'il se trouve encore un homme dans le village et, si je m'en allais, les femmes mourraient de peur.

– Eh bien, nous partons, dit Gora ; mais je reviendrai vous voir quand nous aurons mangé. »

L'effet de ce long récit sur Ramapati altéré et affamé fut de tourner toute son indignation contre les villageois récalcitrants qui avaient attiré ces ennuis sur leurs propres têtes. Cette audace à relever le front en présence du plus fort lui semblait le comble de la folie et de l'opiniâtreté chez ces gredins de musulmans. Il trouvait qu'ils avaient bien mérité de recevoir une leçon et de voir briser leur insolence ; c'est toujours cette classe populaire, déclarait-il, qui se prend de querelle avec la police, et, généralement la responsabilité de la querelle lui incombe. Pourquoi ne pas obéir aux maîtres et aux chefs ? À quoi bon cette parade d'indépendance ? Qu'advenait-il de ces téméraires prétentions ? En somme les sympathies intimes de Ramapati étaient du côté des sahibs.

Pendant leur marche à travers le sable brûlant, Gora n'ouvrit pas la bouche. Quand, à la fin, le toit de l'usine d'indigo se montra à travers les arbres, il s'arrêta brusquement et dit : « Ramapati, allez manger ; moi, je retourne chez le barbier.

– À quoi pensez-vous ? s'exclama Ramapati. N'allez-vous pas manger vous-même ? Pourquoi ne pas retourner là-bas quand vous aurez pris quelque nourriture chez ce brahmane ?

– Je m'arrangerai, ne vous inquiétez pas, répondit Gora. Vous, mangez et ensuite rentrez à Calcutta. Je crois que je vais devoir rester quelques jours dans ce village. Vous ne le supporteriez pas. »

Ramapati en eut une sueur froide ; il n'en croyait pas ses oreilles : comment Gora, cet hindou orthodoxe, pouvait-il seulement parler d'habiter la maison de ces gens impurs ? Était-il devenu fou ou décidait-il de jeûner jusqu'à la mort ? Toutefois pour Ramapati le moment était mal choisi pour réfléchir ; chaque minute qui s'écoulait lui semblait un siècle, et il ne fut pas besoin de beaucoup d'insistance pour lui faire saisir l'occasion de se sauver jusqu'à Calcutta. Cependant, avant de pénétrer dans le bureau, il se retourna pour jeter un coup d'œil sur la haute silhouette de Gora qui à grands pas franchissait de nouveau le sable désert. Qu'il avait l'air solitaire !

La faim et la soif terrassaient presque Gora ; mais l'idée de préserver sa caste en mangeant chez Madhav Chatterji, ce scélérat sans scrupules, lui devenait de plus en plus intolérable à mesure qu'il y songeait. Il avait le visage rouge, les yeux injectés, le cerveau en feu, l'esprit en révolte. « Quelle tragique erreur nous avons commise, se disait-il, en concevant la pureté comme matérielle ! Préserverais-je ma caste si j'acceptais de la nourriture des mains de celui qui oppresse ainsi les misérables musulmans ? La perdrais-je dans la maison de l'homme qui, non seulement a partagé leurs misères, mais a donné asile à l'un d'eux au risque de perdre lui-même sa caste ? Quelle que soit la solution dernière du problème, je ne peux maintenant admettre une telle interprétation. »

Le barbier fut surpris de voir Gora revenir seul. Le premier geste de Gora fut de prendre le seau du barbier et, après l'avoir soigneusement nettoyé, de le remplir avec l'eau du puits. Après avoir bu il dit : « Si vous avez dans la maison un peu de riz et de *dal**, voudrez-vous m'en donner pour que je le cuise ? » Son hôte s'empressa de lui préparer le nécessaire et, quand Gora eut cuit et mangé son repas, il demanda au barbier : « Puis-je rester chez vous quelques jours ? »

Le barbier fut affolé par cette perspective et, joignant les mains en signe de supplication, il dit : « L'honneur est grand pour moi que vous daigniez le vouloir ; mais la maison est surveillée par la police et, si l'on vous trouve ici, des ennuis pourront s'ensuivre.

— La police n'osera pas vous toucher pendant que je suis là ; si elle l'osait, je ferais ce qu'il faut.

— Non, non, implora le barbier ; je vous en prie, ne le croyez pas. Si vous essayez de me protéger, je suis perdu. Ces gens s'imagineront que, pour leur

_____

* *Dal :* lentille claire, élément important de la nourriture hindoue.

créer des difficultés, j'ai fait appel à quelqu'un du dehors qui serait témoin de leurs méfaits. Jusqu'ici je suis parvenu à m'en tirer ; mais, quand je serai un homme marqué, je serai forcé de partir et le village ira à sa perte. »

Gora, qui avait toujours vécu en ville, avait peine à comprendre les motifs de l'inquiétude du pauvre homme. Il s'était toujours figuré que défendre avec fermeté la bonne cause suffisait pour triompher du mal. Son sens du devoir l'empêchait d'abandonner à leur sort ces misérables paysans. Mais le barbier, tombant sur les genoux et lui saisissant les pieds, supplia : « Seigneur, vous, un brahmane, vous avez daigné accepter mon hospitalité. Vous prier de partir est un crime de ma part. Néanmoins, parce que je vois que votre pitié pour nous est sincère, je me permets de vous avertir que si, pendant votre présence chez moi, vous essayez de prévenir les excès de la police, vous me mettrez en danger. »

Gora, contrarié par ce qu'il regardait comme une couardise absurde chez le barbier, le quitta dès l'après-midi ; il éprouvait même une sorte de révolte à l'idée d'avoir absorbé de la nourriture sous le toit de ce renégat sans courage. Fatigué et dégoûté, il arriva vers le soir au bureau de l'usine. Ramapati n'avait pas perdu de temps ; sitôt son déjeuner terminé, il était reparti pour Calcutta. Madhav Chatterji témoigna à Gora le plus grand respect et l'invita à être son hôte ; mais Gora, plein de ses réflexions irritées, s'exclama : « Je ne toucherai même pas l'eau de chez vous. »

Madhav surpris demandant la raison de ce refus, Gora commença par lui reprocher amèrement ses scandaleux abus d'autorité et refusa de s'asseoir. L'inspecteur de police était étendu sur un *tukta** garni d'un immense coussin ; il aspirait la fumée de son *hookah* et, devant l'explosion de Gora, il s'assit et demanda avec rudesse : « Qui diable êtes-vous et d'où venez-vous ?

— Ah, l'inspecteur, je suppose ! remarqua Gora sans répondre à la question. Laissez-moi vous dire que j'ai noté tout ce que vous avez fait à Ghosepara. Si vous ne changez pas de méthode, du moins maintenant...

— Vous nous ferez pendre, n'est-ce pas ? » railla l'inspecteur.

Il se tourna vers son ami. « Je crois qu'il nous arrive un matamore bien outrecuidant. Je l'ai pris pour un mendiant ; mais regardez ces yeux... Sergent, venez-ici », cria-t-il à l'un de ses hommes.

Madhav, troublé, prit l'inspecteur par le bras en suppliant : « Oh, je vous en prie, inspecteur, doucement. N'insultez pas ce monsieur.

— Un joli monsieur, vraiment, invectiva l'inspecteur. Qui est-il donc pour se permettre de vous insulter de la sorte ? Car il vous a insulté.

— Ce qu'il a dit n'était pas entièrement faux, n'est-ce pas ? Alors pourquoi nous fâcher ? plaida Madhav d'un ton onctueux. Je suis, pour mes péchés, l'agent

---

* *Tukta* : sorte de couche.

des planteurs d'indigo, que peut-on dire de pire sur moi ? Et, ne le prenez pas en mauvaise part, mon vieux, mais est-ce vraiment insulter un inspecteur de police que de l'appeler suppôt de Satan ? La fonction des tigres est de tuer et de manger leur proie ; inutile de les traiter de débonnaires. Voyons, voyons, il faut bien que nous nous arrangions pour gagner notre pain. »

On n'avait jamais vu Madhav s'exciter à moins qu'il y eût quelque avantage. Comment savoir d'avance qui était susceptible de vous être utile et qui de vous porter préjudice ? Aussi pesait-il toujours le pour et le contre avant de décider s'il s'attaquerait à quelqu'un ; il ne croyait pas aux vaines dépenses d'énergie.

« Écoutez, Babou, dit alors l'inspecteur à Gora, nous sommes venus ici pour exécuter les ordres du gouvernement. Si vous tentez de vous en mêler, il vous en cuira, je vous le promets. »

Gora sortit sans répondre, mais Madhav le suivit et lui dit : « Ce que vous nous reprochez est vrai, Seigneur, nous faisons un métier de boucher, et quant à ce coquin d'inspecteur, c'est un péché même de s'asseoir auprès de lui. Je ne puis raconter toutes les brutalités que j'ai dû faire commettre par ce type-là. Mais je n'en ai plus pour longtemps. Dans quelques années j'aurai gagné assez d'argent pour payer les dépenses du mariage de ma fille ; alors ma femme et moi nous nous retirerons et nous embrasserons la vie religieuse à Bénarès. Je suis las du métier que je fais, au point que j'ai parfois envie de me pendre et d'en avoir fini.

Quoi qu'il en soit, où vous proposez-vous de passer la nuit ? Pourquoi ne pas dîner avec moi et dormir ici ? Je m'arrangerai pour que vous soyez chez vous et que vous n'ayez même pas à croiser ce sinistre individu. »

Gora était doué d'un appétit exceptionnel ; de plus il n'avait guère mangé durant cette triste journée. Mais tout son être était enflammé d'indignation et il se sentait véritablement incapable de rester là. Aussi prit-il congé en prétendant qu'il avait à faire ailleurs.

« Laissez-moi au moins vous donner une lanterne », insista Madhav. Gora pourtant se sauva sans un mot, et Madhav retournant chez lui dit à l'inspecteur : « Ce type va sûrement faire un rapport sur nous, mon vieux. Si j'étais vous, avant son arrivée, j'enverrais un messager au magistrat.

— Mais pourquoi ? demanda l'inspecteur.

— Juste pour l'avertir qu'un jeune *babou* venu on ne sait d'où est en train de rassembler des témoignages contre vous. »

CHAPITRE XXVII

Le magistrat, M. Brownlow, se promenait le long de la rivière à la fraîcheur du soir, et Haran l'accompagnait. D'un autre côté, sa femme faisait un tour en voiture avec les filles de Paresh Babou. M. Brownlow avait l'habitude d'inviter aux *garden-parties* qu'il donnait parfois quelques personnages respectables du monde bengali et de présider la distribution des prix de l'école supérieure dans son district. Si on l'invitait à honorer de sa présence une cérémonie de mariage dans une famille riche, il acceptait aimablement cette invitation sans charme. Même, prié de daigner assister à une réunion de *jatra**, il avait la bonne grâce de demeurer quelque temps assis dans un large fauteuil où il tentait d'endurer la représentation et la séance de chants. L'année précédente, lors d'une réunion de *jatra* donnée dans la maison d'un plaideur, il avait même été si charmé par l'interprétation que deux garçons donnaient de leur rôle qu'à sa prière ils avaient bissé leur dialogue devant lui. Sa

---

* *Jatra :* représentation donnée par des acteurs ambulants qui chantent ou récitent ou jouent une pièce de théâtre ; divertissement populaire..

femme était fille d'un missionnaire ; elle recevait souvent pour le thé les dames missionnaires de la station ; elle avait fondé une école de filles pour le district et s'efforçait de maintenir le nombre des élèves. Voyant le zèle que les filles de Paresh Babou déployaient pour s'instruire, elle les avait toujours encouragées et, même à présent où elles n'habitaient plus la même ville, Mme Brownlow leur écrivait et à Noël leur envoyait en cadeau des livres religieux.

La fête avait commencé et Mme Baroda était arrivée au lieu de la réunion avec les jeunes filles, Haran, Sudhir et Binoy. Tout le groupe devait s'installer dans le bungalow officiel. Paresh Babou, incapable de supporter cette agitation et ce branle-bas, avait été laissé seul à Calcutta. Sucharita avait fait de son mieux pour rester lui tenir compagnie ; mais Paresh Babou, considérant comme un devoir d'accepter l'invitation du magistrat, avait insisté pour qu'elle parte avec les autres. On avait décidé que la comédie et les poèmes seraient donnés à une soirée qui aurait lieu le surlendemain dans la maison de M. Brownlow. Le préfet, le lieutenant-gouverneur et sa femme assisteraient à la représentation ; le magistrat avait invité des amis anglais non seulement de la région, mais de Calcutta. Il avait même pris la détermination de recevoir quelques Bengalis soigneusement choisis, pour qui, la rumeur en courait, on avait dressé dans le jardin une tente spéciale, pourvue de rafraîchissements dont l'orthodoxie était assurée.

Grâce à la haute tenue de sa conversation, Haran fit rapidement la conquête du magistrat, et il l'étonna par sa connaissance exceptionnelle des Écritures des chrétiens, si bien que M. Brownlow lui demanda pourquoi, ayant fait tant de chemin dans cette voie, il n'avait pas été jusqu'à devenir chrétien lui-même. Ce soir-là, tout en arpentant la rive du fleuve, ils étaient engagés dans une grave discussion sur les méthodes du Brahmo Samaj et sur les moyens les plus aptes à réformer le système social des hindous. Au milieu de leur entretien, Gora surgit à leurs côtés et aborda le sahib par un surprenant : « Bonsoir, monsieur ! »

Il avait tenté la veille d'obtenir une audience du magistrat, mais avait bientôt découvert que pour l'obtenir il devrait verser des pots de vin aux serviteurs. Refusant de se prêter à cette choquante pratique, il avait saisi l'occasion de parler au sahib en le guettant au passage pendant sa promenade du soir. Ni Haran ni Gora ne marquèrent d'un signe qu'ils se connaissaient déjà. Le magistrat fut plutôt surpris de cette apparition soudaine. Cette silhouette haute de six pieds, fortement osseuse, robuste, ne lui rappelait personne qu'il eût préalablement rencontré dans le district. Le teint de cet individu n'était pas non plus celui d'un Bengali ordinaire ; il portait une chemise kaki, un *dhuti* d'étoffe grossière et un peu sale ; il tenait à la main une canne de bambou et son écharpe était roulée en turban autour de sa tête.

« J'arrive juste de Ghosepara », commença Gora.

Sur quoi le magistrat poussa une sorte de sifflement : il venait de recevoir l'avis qu'un étranger essayait d'intervenir dans l'enquête de police entamée là-bas. Voilà donc que se présentait l'individu en question. Il examina Gora d'un coup d'œil investigateur et demanda : « Quelle région du pays habitez-vous ?

– Je suis un brahmane bengali.

– Ah ! Représentant d'un journal, je suppose ?

– Non.

– Alors, que faisiez-vous à Ghosepara ?

– Je m'y trouvais par hasard au cours d'un voyage à pied et, spectateur des abus de la police, craignant que d'autres actes arbitraires suivent ceux-là, je viens vers vous en espérant y mettre obstacle.

– Savez-vous que ces habitants de Ghosepara sont une bande de coquins ?

– Ce ne sont pas des coquins, mais des gens courageux et indépendants qui ne peuvent endurer l'injustice sans protester. »

Cette réponse exaspéra le magistrat qui voyait en Gora un de ces jeunes gens modernes à la cervelle tournée par l'éducation. « C'est intolérable », murmura-t-il à mi-voix, ajoutant tout haut : « Vous ignorez tout des conditions locales dans cette région. » Et son ton sévère était destiné à régler la question.

Mais Gora répliqua de sa forte voix : « Vous connaissez ces conditions moins encore que moi.

– Écoutez, je vous avertis que, si vous vous mêlez de cette histoire de Ghosepara, vous ne vous en tirerez pas sans ennuis.

– Puisque vous êtes prévenu contre les villageois et déterminé à ne pas redresser les torts qu'on leur inflige, il ne me reste plus qu'à retourner à Ghosepara pour encourager les gens, dans la mesure du possible, à tenir bon contre l'oppression policière. »

Le magistrat s'arrêta brusquement et se tourna vers Gora en le foudroyant d'une exclamation : « Quelle damnée insolence ! »

Gora se retira lentement sans répliquer davantage.

« Que signifient tous ces symptômes nouveaux ? demanda dédaigneusement le magistrat à Haran.

– Cela signifie simplement que leur éducation reste superficielle, répondit Haran sur un ton de supériorité. Ils n'ont reçu aucun enseignement spirituel ou moral. Des garçons comme celui-là ont été incapables d'assimiler le meilleur de la culture anglaise. Cela tient à ce qu'ils ont appris leurs leçons par cœur et n'ont subi aucune formation morale ; alors ces ingrats ne veulent pas reconnaître que la domination anglaise a été pour l'Inde une faveur de la Providence.

– Pour qu'ils acquièrent cette culture morale, il faudrait qu'ils deviennent chrétiens, observa sentencieusement le magistrat.

– À un certain point de vue, c'est vrai », admit Haran et il continua à se plonger dans l'analyse subtile des points sur lesquels il s'accordait avec la doctrine chrétienne ou s'en séparait.

Ces propos absorbèrent l'attention du magistrat à tel point que ce fut seulement au retour de sa femme qu'il prit conscience de l'heure ; rentrant de sa promenade en voiture et ayant déposé au bungalow les filles de Paresh Babou, elle appela : « Harry, rentrez-vous à la maison ?

– Ma foi, s'exclama-t-il en regardant sa montre, il est huit heures. »

Tandis qu'il montait en voiture, il serra la main de Haran en disant : « La soirée a passé de façon très agréable dans votre si intéressante compagnie. »

Haran, de retour au bungalow, raconta en détail sa conversation avec le magistrat ; mais il omit de mentionner l'épisode de la soudaine apparition de Gora.

CHAPITRE XXVIII

Quarante-sept des malheureux villageois avaient été jetés en prison sans jugement régulier, simplement pour servir d'exemple au reste. Après avoir quitté le magistrat, Gora se mit à la recherche d'un avocat ; on lui dit que Satkori Haldar était un des meilleurs du pays. Quand Gora alla le voir chez lui, il s'aperçut que ce juriste était un de ses anciens camarades. « Ma foi, c'est Gora, s'exclama-t-il. Qu'est-ce que tu fais ici ? »

Gora lui expliqua qu'il voulait adresser à la Cour une requête pour obtenir la mise en liberté sous caution des prisonniers de Ghosepara.

« Qui fournira la caution ?

– Moi, bien sûr.

– Tu ne peux pas te porter garant pour quarante-sept personnes.

– Si l'on accepte la caution, je paierai le taux normal.

– Cela coûtera cher. »

À l'audience du lendemain la demande de mise en liberté sous caution fut déposée dans les formes. À peine le magistrat eut-il distingué la silhouette aperçue la veille, avec ses vêtements poussiéreux et son turban, qu'il refusa d'un ton sec. Ainsi les hommes, et parmi eux des garçons de dix-huit ans et des vieillards de quatre-vingts, furent maintenus en prison pour s'y ronger le cœur.

Gora pria Satkori de défendre leur cause, mais ce dernier déclara : « Où vas-tu trouver des témoins ? Tous ceux qui ont assisté à la scène sont maintenant arrêtés. En outre tout le voisinage est terrorisé par les enquêtes qui ont suivi la blessure infligée au sahib. Le magistrat commence à imaginer une conspiration due à des intellectuels venus du dehors. Si je me mets trop en avant, il en arrivera même à me suspecter, moi. Les journaux anglo-indiens déplorent constamment que la vie des Anglais dans le *moffusil** sera bientôt en danger si on laisse les indigènes devenir insolents. Dans ces conditions il devient vraiment impossible aux indigènes de vivre dans leur propre pays. Je sais que cette oppression est épouvantable, mais comment y résister ?

– Comment y résister ! cria Gora. Eh quoi, ne pouvons-nous…

– Je vois que tu n'as pas changé d'un iota depuis le temps du collège, dit Satkori en riant. Nous ne le pouvons pas simplement parce que nous avons femme et enfants ; ils mourront de faim si nous ne gagnons pas leur pain chaque jour. Combien y a-t-il de gens qui soient prêts à risquer la mort pour leur famille en assumant sur leurs épaules les périls

---

* *Moffusil :* cantonnement, quartier anglais dans les villes.

courus par d'autres ? Spécialement chez nous, où les familles sont nombreuses ! Ceux qui ont la responsabilité du bien-être d'une douzaine de personnes ne peuvent se permettre de s'occuper d'une autre douzaine en supplément.

– Alors tu ne feras rien pour ces malheureux ? insista Gora, ne peux-tu adresser une requête à la cour d'appel ?

– Tu n'as pas l'air de comprendre la situation, interrompit Satkori avec impatience. C'est un Anglais qui a été frappé. Tout Anglais est de la race du souverain ; une injure faite au moindre des Blancs équivaut à une sorte de révolte contre la domination britannique. Je ne vais pas me rendre suspect au magistrat en attaquant le système sans la moindre chance d'obtenir un résultat. »

Le lendemain Gora décida de partir pour Calcutta par le train du matin pour voir si un des avocats de la capitale pourrait l'aider ; il était en route pour la gare quand un incident imprévu l'arrêta.

Un match de cricket avait été organisé pour le dernier jour de la fête entre une équipe d'étudiants de Calcutta et l'équipe locale , tandis que l'équipe visiteuse s'exerçait, un des joueurs reçut la balle sur la jambe et fut blessé. Il y avait près du terrain de jeu un grand réservoir d'eau ; deux étudiants venaient de transporter le blessé au bord du réservoir et lui pansaient la jambe avec un linge qu'ils trempaient dans l'eau, quand tout à coup un agent de police survint et se mit à frapper de droite et de gauche sur les étudiants en les injuriant.

Les étudiants de Calcutta ignoraient qu'on n'avait pas le droit de se servir de l'eau contenue dans ce réservoir ; même s'ils l'avaient su, ils n'avaient pas l'habitude d'être attaqués sans cause par la police. C'étaient des garçons solides, aussi se mirent-ils en posture de venger l'injure comme il était normal. Entendant la bagarre, d'autres agents arrivèrent en courant ; au même instant, Gora apparut sur la scène. Il connaissait bien ces étudiants, car il les avait souvent emmenés jouer des matchs de cricket, et quand il les vit brutalisés il vint à leur secours. « Prenez garde, cria-t-il aux agents, laissez ces garçons tranquilles. »

Sur quoi les policiers se tournèrent contre lui en l'injuriant grossièrement et une bataille rangée commença. Une foule s'amassa et de nombreux étudiants furent promptement rassemblés sur le lieu. Encouragés par l'aide et les directives de Gora, ils opérèrent une attaque réussie contre les forces de police et les dispersèrent. Aux spectateurs, toute l'histoire semblait un magnifique divertissement ; mais il est inutile de dire que pour Gora il ne s'agissait pas d'une plaisanterie.

Vers trois ou quatre heures de l'après-midi, Binoy, Haran et les jeunes filles répétaient la comédie à l'intérieur du bungalow, quand deux étudiants connus de Binoy vinrent les informer que Gora et plusieurs de leurs camarades avaient été arrêtés et étaient détenus au poste pour attendre un jugement qui serait prononcé le lendemain par le magistrat. Gora arrêté ! La nouvelle les émut tous sauf Haran. Binoy se précipita chez son ancien condisciple Satkori et l'emmena au commissariat. Satkori suggéra une demande de liberté sous caution ; mais Gora refusa catégoriquement, et de désigner un avocat et d'accepter un cautionnement.

« Vraiment, cria Satkori en regardant Binoy, qui croirait que Gora a fini ses classes ? Il n'a pas plus de raison qu'il n'en avait à l'école.

– Je ne veux pas devoir ma liberté au fait que j'ai des amis ou de l'argent, dit Gora. D'après nos livres sacrés, rendre la justice est la fonction du roi. Le crime d'injustice retombe sur lui. Mais si sous le gouvernement actuel les gens sont contraints de payer pour sortir de prison, donc de dépenser ce qu'ils possèdent pour obtenir ce qui est leur droit strict, je ne donnerai, quant à moi, pas un *pice** pour semblable justice.

– Au temps des empereurs musulmans, il fallait engager sa tête pour payer les pots de vin, fit remarquer Satkori.

– C'était la faute des fonctionnaires de la justice et non du souverain ; aujourd'hui encore de mauvais juges peuvent se laisser corrompre. Mais dans le système actuel, le malheureux, qu'il soit plaignant ou défendeur, innocent ou coupable, est sûr d'être ruiné dès lors qu'il doit se présenter au tribunal. Par-dessus tout, quand la Couronne est le plaignant et des gens comme moi sont les défendeurs, tous les avoués et tous les avocats se rangent du côté du gouvernement

---

* *Pice :* division de la roupie.

et je n'ai plus pour moi que mon destin. S'il suffit pour gagner une cause qu'elle soit juste, qu'est-il besoin d'un procureur général qui plaide pour la Couronne ? D'autre part, si la plaidoirie d'un avocat est partie inhérente du système, pourquoi l'adversaire n'en serait-il pas pourvu lui aussi ? Faut-il appeler cela une politique de gouvernement ou une façon de faire la guerre aux sujets ?

– Pourquoi t'échauffer ainsi, mon vieux ? demanda Satkori en riant. La civilisation n'est pas un article bon marché. Si l'on fait appel à vous pour des jugements délicats, il faut que les lois aussi soient subtiles, et si les lois sont difficiles à interpréter, les interpréter devient un métier, et dès lors joue la loi de l'offre et de la demande. Donc les cours de justice des pays civilisés sont des marchés où l'on achète et où l'on vend la justice, et où ceux qui n'ont pas d'argent ont toute chance d'être frustrés. Quel système aurais-tu adopté si tu avais été roi, dis-moi ?

– Si j'avais fait des lois si extraordinairement subtiles que même l'intelligence de juges grassement rétribués ne suffise pas à élucider leur mystère, j'aurais du moins fourni aux deux parties des avocats experts aux frais du gouvernement. Et surtout je ne me glorifierais pas de ma supériorité sur les empereurs pathans ou sur les Grands Mogols si j'imposais à mes pauvres sujets la nécessité de payer cher pour obtenir justice.

– Ah ! voilà, dit Satkori. Quoi qu'il en soit, comme ce bienheureux jour n'est pas venu et que tu n'es pas le roi, mais seulement un prisonnier cité par un empereur civilisé, il te faut ou payer ou obtenir le secours gratuit d'un avocat ami. Toute autre solution aurait de fâcheux résultats.

– Je veux que l'issue se produise sans intervention de ma part, dit Gora avec emphase. Je veux suivre le destin de ceux qui dans cet empire sont sans ressources. »

Binoy le supplia d'être plus raisonnable, mais Gora refusa de rien entendre. Il demanda à Binoy : « Comment se fait-il que tu sois ici ? » Binoy rougit un peu. Si Gora n'avait pas été prisonnier, il lui aurait sans doute expliqué sur un ton de défi les circonstances de sa visite ; mais dans la situation présente il n'osa pas lui assener une réponse directe et se contenta de dire : « Je te parlerai de moi plus tard ; pour le moment il s'agit de toi.

– Aujourd'hui je suis l'hôte du Roi, le Roi luimême s'occupe de moi, vous n'avez pas besoin de vous en soucier. »

Binoy savait inutile toute tentative destinée à ébranler la résolution de Gora ; aussi renonça-t-il à l'idée d'engager un avocat pour le défendre ; il hasarda cependant : « Avec le régime de la prison, tu ne pourras pas te nourrir ; je vais m'arranger pour qu'on t'apporte tes repas du dehors.

– Binoy, dit Gora avec impatience, pourquoi gaspiller ton énergie ? Je ne veux pas qu'on m'apporte mes repas du dehors ; je ne veux rien d'autre que le lot commun de tous les prisonniers. »

Binoy rentra très agité au bungalow où Sucharita le guettait de la fenêtre ouverte de sa chambre. Elle s'était enfermée, incapable de supporter une compagnie ou une conversation. Quand elle aperçut Binoy qui revenait vers le bungalow le visage anxieux et harassé, son cœur battit d'appréhension ; mais par un grand effort elle prit son empire sur elle-même et, saisissant son livre, sortit de sa chambre. Lolita était dans un coin du salon occupée à coudre, ce qu'elle détestait en général, tandis que Labonya jouait aux mots avec Sudhir ; Lila formait l'assistance ; Haran discutait avec Mme Baroda un détail du divertissement projeté.

Sucharita écouta, muette, le compte rendu que fit Binoy de la rencontre matinale de Gora avec la police ; cependant le sang montait aux joues de Lolita et son ouvrage glissait de ses genoux par terre.

« Ne vous tourmentez pas, Binoy Babou, dit Mme Baroda ; ce soir je parlerai moi-même de Gourmohan Babou à la femme du magistrat.

– Ne le faites pas, je vous en prie, supplia Binoy. Si Gora l'apprenait, il ne me pardonnerait pas jusqu'à la fin de ses jours.

– Il faut pourtant entreprendre une démarche pour sa défense », observa Sudhir.

Binoy alors les mit au courant de ses efforts pour obtenir de Gora qu'il se laisse relâcher sous caution et du refus opposé par celui-ci aux services d'un avocat.

« Quelle affectation ridicule ! » railla Haran, incapable de dominer l'impatience que lui causait l'histoire.

Jusqu'alors, quels qu'aient pu être ses réels sentiments pour Haran, Lolita lui avait témoigné du respect et n'était jamais entrée en discussion avec lui ; mais cette fois elle secoua la tête avec véhémence en criant : « Ce n'est pas du tout de l'affectation ; Gour Babou a raison. Le magistrat est sans doute chargé de nous brimer puisqu'il est nécessaire de nous défendre. Devons-nous lui payer un gras salaire et ensuite payer encore des avocats pour nous tirer de ses griffes ? Plutôt que de subir ce genre de justice, il vaut mieux être en prison. »

Haran regarda Lolita avec surprise. Il l'avait connue enfant et n'avait jamais soupçonné qu'elle pût concevoir des opinions à elle. Il la réprimanda vivement pour cette explosion incorrecte et lui dit : « Que savez-vous en semblable matière ? Je vous crois la tête tournée par les divagations de certains jeunes échappés de l'Université qui ont appris quelques livres par cœur et n'ont pas idée de ce qu'est vraiment la culture. » Il se mit alors à raconter l'entrevue de la veille entre Gora et le magistrat et il rapporta aussi les commentaires de celui-ci après l'entrevue. L'affaire de Ghosepara était une nouveauté pour Binoy et elle accrut son inquiétude, car il se rendit compte alors qu'il y avait bien peu de chance pour que le magistrat remette Gora en liberté.

Le but poursuivi par Haran en racontant l'histoire ne fut pas atteint, bien au contraire. Sucharita fut profondément blessée par la mesquinerie dont Haran avait témoigné en tenant secrète la rencontre, et tous commencèrent à concevoir du mépris pour la basse rancune qu'il portait à Gora et qui se découvrait maintenant. Sucharita n'ouvrit pas la bouche , une seconde elle avait paru prête à protester ; mais elle se domina et, reprenant son livre, en tourna les pages d'une main tremblante. Lolita déclara sur un ton de défi : « Cela m'est égal que Haran Babou partage l'opinion du magistrat ; pour moi toute l'affaire prouve simplement l'authentique noblesse des sentiments de Gour Babou. »

CHAPITRE XXIX

Comme le lieutenant-gouverneur devait arriver ce jour-là, le magistrat vint au tribunal ponctuellement à dix heures et demie avec l'espoir de régler rapidement les affaires qu'il avait à juger. Satkori Babou, qui défendait les étudiants, essaya de saisir cette occasion pour aider son ami. L'allure prise par les événements l'avait amené à conclure que le meilleur parti à adopter était pour eux de plaider coupable, ce qu'il fit dans sa plaidoirie, non sans faire appel à la clémence par une allusion à la jeunesse et à l'inexpérience de ses clients. Le magistrat condamna les jeunes gens à des peines de fouet allant de cinq à vingt-cinq coups suivant l'âge et la culpabilité. Gora n'avait pas d'avocat et dans sa défense tenta de montrer le scandale de la violence déployée par la police ; mais le magistrat l'interrompit sévèrement et le condamna à un mois d'emprisonnement rigoureux pour avoir attaqué la police dans l'exercice de ses fonctions ; il accompagna même le jugement de la remarque que Gora devait considérer qu'il s'en tirait à bon compte. Dans le public il y avait Sudhir et Binoy ; mais ce dernier n'osait pas regarder Gora. Il quitta précipitamment l'audience avec l'impression d'étouffer. Sudhir voulut l'entraîner à revenir au bungalow officiel pour prendre son bain et manger. Binoy cependant ne prêta aucune attention à ses paroles ; il traversa la cour du tribunal et s'assit sous un arbre en disant : « Vous, rentrez au bungalow, je vous suivrai tout à l'heure. »

Combien de temps Binoy demeura assis là après que Sudhir l'eut quitté, il n'en eut pas conscience. Après que le soleil eut atteint le zénith, une voiture s'arrêta juste en face de lui et, levant les yeux, il aperçut Sucharita et Sudhir qui en descendaient et s'avançaient vers lui. Il se leva rapidement en les voyant approcher et il entendit Sucharita lui dire d'une voix émue : « Binoy Babou, ne voulez-vous pas venir ? » Binoy comprit brusquement qu'ils devenaient un point de mire pour la curiosité des passants ; aussi les suivit-il immédiatement vers la voiture ; mais dans le trajet de retour aucun d'eux ne dit un mot.

À leur retour au bungalow, Binoy comprit qu'une grave discussion était en cours. Lolita avait déclaré son intention de ne pas paraître le soir chez le magistrat et Mme Baroda était dans un terrible embarras, tandis que Haran se montrait furieux de cette révolte, inadmissible de la part d'un petit bout de fille comme Lolita. À plusieurs reprises il déplora la maladie de la jeunesse moderne, garçons et filles, qui leur fait refuser toute discipline ; c'était le résultat qu'on obtenait en les laissant fréquenter toute sorte de gens et dire avec ces gens toutes sortes d'absurdités. Quand Binoy arriva, Lolita l'aborda aussitôt :

« Binoy Babou, je vous demande pardon. Je vous ai fait un grand tort en me montrant incapable de comprendre la justesse des critiques que vous exprimiez. C'est parce que nous ignorons tout ce qui dépasse notre cercle étroit que nous nous trompons si totalement. Haran Babou ici présent déclare que l'administration de ce magistrat est pour l'Inde un don de la Providence. Dans ce cas j'ajouterai que le désir ardent de nos cœurs, qui est de maudire cette administration, est un autre don de la Providence. »

Haran interjeta avec colère : « Lolita, vous… »

Mais Lolita, lui tournant le dos, s'exclama : « Taisez-vous, je ne vous parle pas. Binoy Babou, ne cédez à aucune instance. Il ne faut pas que nous jouions la comédie ce soir ; pour rien au monde.

– Lolita, cria Mme Baroda en essayant de lui couper la parole, vraiment tu es une fille charmante. Vas-tu laisser Binoy Babou faire sa toilette et déjeuner ? Ne sais-tu pas qu'il est une heure et demie ? Vois comme il est fatigué et comme il a mauvaise mine.

– Il m'est impossible de manger ici, dit Binoy, nous sommes les hôtes du magistrat. »

Mme Baroda essaya d'abord d'arranger l'affaire, implorant avec humilité Binoy de rester ; ensuite, comme toutes ses filles gardaient le silence, elle s'écria avec colère : « Qu'est-ce qui vous prend à tous ? Suchi, veux-tu, je te prie, expliquer à Binoy Babou que nous sommes engagés, que les gens ont été invités, si bien qu'il nous faut nous exécuter ; autrement, que pensera-t-on de nous ? Je n'oserai plus jamais me montrer en public. » Mais Sucharita, les yeux baissés, garda le silence.

Binoy se rendit à côté du bungalow à la station des vapeurs qui faisaient le service du fleuve, et il apprit qu'un bateau partirait deux heures plus tard pour Calcutta où il arriverait le lendemain matin vers huit heures.

Haran exhala sa fureur à l'encontre de Gora et de Binoy en termes injurieux ; sur quoi Sucharita s'éloigna en hâte et s'enferma dans la chambre voisine.

Lolita la suivit bientôt et la trouva couchée sur le lit, le visage couvert de ses mains. Lolita ferma la porte à clef, puis alla doucement s'asseoir auprès de sa sœur et se mit à lui caresser les cheveux. Un peu plus tard, quand Sucharita eut repris son calme, Lolita écarta doucement de son visage ses mains détendues. Quand elle put voir sa sœur en face, Lolita lui murmura à l'oreille : « Didi, allons-nous-en et rentrons à Calcutta. Il est impossible que nous jouions ce soir chez le magistrat. »

Sucharita resta un long moment sans répondre ; mais quand Lolita eut répété sa suggestion, elle s'assit sur le lit et dit : « Non, chérie, je ne voulais pas venir ; mais puisque Père m'a envoyée, comment pourrais-je partir sans avoir fait ce qu'il désirait ?

– Mais Père ne sait rien de tout ce qui s'est passé ici. S'il le savait, il ne nous demanderait sûrement pas de rester.

– Comment en être sûres, chérie ? demanda Sucharita d'un air las.

« – Voyons, dis-moi, Didi, reprit Lolita, serais-tu vraiment capable de jouer ton rôle. Pourrais-tu seulement aller chez le magistrat ? Et ensuite monter sur l'estrade, toute parée, pour réciter de la poésie ? Je serais incapable de prononcer un seul mot, même si je me mordais la langue jusqu'au sang.

– Eh oui, chérie. Pourtant, il faut bien supporter même les tourments de l'enfer. Comment y échapper maintenant ? Crois-tu que de toute ma vie j'oublierai cette journée ? »

Lolita se fâcha contre la docilité de Sucharita ; elle retourna auprès de sa mère et demanda : « Mère, ne venez-vous pas ?

– Qu'est-ce qui lui prend à cette petite ? s'exclama Baroda intriguée. Il faut que nous soyons prêtes à neuf heures du soir.

– Je parlais de rentrer à Calcutta.

– Écoutez-moi ça, cria Baroda.

– Et vous, Sudhir Dada, questionna Lolita en se tournant vers lui, allez-vous rester ici, vous aussi ? »

Sudhir avait été ému par la condamnation de Gora, néanmoins il n'avait pas l'énergie de résister à la tentation de montrer ses talents devant un public si distingué de sahibs. Il murmura quelques mots qui exprimaient de l'hésitation, mais affirma qu'il lui faudrait néanmoins aller à la représentation. « Nous perdons notre temps avec toutes ces histoires, dit Baroda. Allons nous reposer, autrement nous aurons si mauvaise mine ce soir que nous ne pourrons pas nous laisser voir ; chacun doit rester sur son lit jusqu'à cinq heures. » Et elle les renvoya chacun dans sa chambre.

Tous s'endormirent excepté Sucharita, à qui le sommeil se refusa et Lolita, qui demeura assise toute droite sur son lit. La sirène du bateau pour Calcutta se fit entendre à plusieurs reprises, appelant les passagers. Le moment arriva où le vapeur devait partir et, comme les marins allaient retirer la passerelle, Binoy debout sur le pont supérieur vit une dame bengalie qui se hâtait pour monter à bord. Sa robe et sa silhouette rappelaient celles de Lolita ; mais au premier moment Binoy n'en crut pas ses yeux. Toutefois quand elle approcha, le doute ne fut plus possible. Un instant, il imagina qu'elle venait le chercher, puis il se souvint qu'elle aussi refusait d'aller chez le magistrat ce soir-là. Lolita parvint juste à attraper le bateau et, tandis que les matelots procédaient à la manœuvre, Binoy, très ému, se précipita en bas à sa rencontre. « Montons sur le pont supérieur, dit-elle.

– Mais le bateau s'en va, s'écria Binoy effaré.

– Je le sais », répliqua-t-elle, et, sans plus attendre, elle s'engagea sur l'escalier.

Le vapeur se mit en marche, la sirène mugit ; Binoy ayant trouvé sur le pont un fauteuil pour Lolita la regardait, les yeux pleins de questions muettes. « Je vais à Calcutta, expliqua Lolita ; j'ai trouvé impossible de rester.

– Et qu'en disent les autres ?

– Jusqu'à présent personne ne le sait, j'ai laissé un mot, ils sauront quand ils le liront. »

Binoy fut suffoqué par cette manifestation d'indépendance ; il commença d'un ton hésitant : « Pourtant... »

Lolita l'arrêta : « Maintenant que le bateau est parti, à quoi sert-il de dire pourtant ? Je ne vois pas pourquoi, sous prétexte que je suis une fille, il me faudrait tout accepter sans protester. Pour nous aussi ont leur valeur des mots comme possible et impossible, comme bien et mal. J'aurais trouvé plus facile de me suicider que de prendre part à cette comédie qu'ils vont jouer. »

Binoy comprit que ce qui était fait était fait et qu'il ne servirait à rien de se tourmenter pour savoir si c'était ou non satisfaisant.

Après un moment de silence, Lolita reprit : « J'ai été très injuste envers votre ami Gourmohan Babou. Je ne sais pourquoi, mais dès que je l'ai vu et entendu parler, il m'a, dans une certaine mesure, prévenue contre lui. Il s'exprimait toujours avec tant de véhémence, et vous sembliez tous prêts à toujours approuver ses propos, cela m'irritait. Je n'admettais pas d'être contrainte, que ce fût par la parole ou par le fait. Toutefois je me rends compte maintenant que Gour Babou s'impose à lui-même des règles aussi strictes qu'aux autres ; voilà une autorité respectable ; je n'ai jamais vu un homme semblable à lui. » Et Lolita continua à parler, non seulement parce qu'elle se repentait de la façon dont elle avait jugé Gora, mais parce que l'inquiétude que lui inspirait la conduite qu'elle venait d'avoir persistait à tourmenter sa conscience. Elle n'avait pas non plus prévu la gêne que lui causerait la présence de Binoy comme seul compagnon de son équipée à bord. Toutefois, sachant bien que plus on témoigne de timidité, plus la situation paraît scabreuse, elle se mit à bavarder à tort et à travers.

Binoy cependant ne trouvait pas un mot à dire. Son esprit était absorbé par deux idées : celle des ennuis et de l'injure infligés à Gora par le magistrat, celle du déshonneur qu'il courait lui-même pour être ainsi venu jouer la comédie chez ce même magistrat. Maintenant la situation embarrassante où il se trouvait placé envers Lolita s'ajoutait à ses autres soucis. Toutes ces circonstances se combinaient pour lui ôter la parole. Naguère l'audace montrée par Lolita aurait provoqué chez lui une vive réprobation ; à présent un sentiment de ce genre lui était étrange ; en fait, à la surprise qu'il éprouvait de cette escapade, se mêlait une certaine admiration pour le courage dont Lolita faisait preuve. Il se sentait heureux, en outre, que Lolita et lui fussent seuls de tout le groupe à témoigner une réelle sympathie vis-à-vis de l'insulte dont Gora était la victime. Pour le défi qu'ils lançaient à la société, Binoy seul des deux échapperait à toute suite fâcheuse, mais Lolita en goûterait les fruits amers pendant bien des jours. Par quelle étrange erreur avait-il toujours regardé cette même Lolita comme hostile à Gora ? Plus il y réfléchissait, plus croissait son estime pour l'intolérance qu'elle montrait à l'égard de l'injustice, pour la bravoure qu'elle manifestait dans ses convictions sans tenir compte des conseils d'une prudence vulgaire. Et ces impressions étaient d'autant plus fortes en lui qu'il s'efforçait, non sans peine, de garder secrets ses sentiments. Il sentait justifiée l'opinion peu avantageuse que Lolita avait d'abord eue de lui, quand elle le considérait comme manquant de force et d'énergie dans ses opinions. Jamais il n'aurait été capable, pour suivre ce qui lui aurait paru la voie droite, de rejeter délibérément toutes les considérations de blâme ou d'éloge de la part des siens. Que de fois il avait manqué d'être vraiment lui-même par peur de déplaire à Gora ou par peur d'être accusé de faiblesse ; et il se persuadait ensuite par des arguments fallacieux que les idées de Gora étaient les siennes propres. La supériorité morale de Lolita, son indépendance d'esprit lui apparaissaient clairement, et son respect pour elle croissait à proportion. Il éprouvait le vif désir de solliciter son pardon pour l'injustice avec laquelle il l'avait souvent jugée et silencieusement critiquée dans le passé ; mais ne s'avisait d'aucun moyen de formuler ce désir. La vision qu'il se faisait désormais des femmes, à la lumière qui rayonnait pour lui de la conduite noble et brave de Lolita, lui donnait l'impression que même sa destinée personnelle en serait enrichie.

CHAPITRE XXX

Dès leur arrivée à Calcutta, Binoy conduisit Lolita à la maison de Paresh Babou. Avant leur voyage ensemble à bord du vapeur, Binoy ignorait la nature exacte de ses sentiments envers Lolita. Son esprit était absorbé par ses conflits avec elle ; son objectif essentiel avait été, pour chaque fois qu'il la rencontrait, de réussir à se ménager une trêve avec l'indomptable fille. Naguère, Sucharita s'était levée sur l'horizon de Binoy comme l'étoile du soir ; en elle brillait toute la pure douceur de la féminité, et la joie qu'apportait cette révélation miraculeuse avait donné à l'âme du jeune homme un véritable épanouissement. Mais d'autres étoiles s'étaient levées à leur tour et il ne se rappelait pas nettement comment la première, après lui avoir annoncé cette fête de lumière qu'offre le monde, s'était effacée derrière l'horizon. Aussitôt que la rebelle Lolita avait mis les pieds sur le bateau, Binoy s'était dit : « Désormais Lolita et moi, seuls côte à côte, tenons tête à la société tout entière. » Et il ne pouvait éloigner de son esprit l'idée que Lolita, dans son souci, avait quitté tous les autres et l'avait rejoint. Quelle qu'eût été la raison de Lolita ou son but, évidemment Binoy n'était plus pour elle un être parmi les autres, il n'y avait plus que lui auprès d'elle, en somme que lui pour elle. Toute sa famille était loin d'elle tandis qu'il était tout proche, et le sens de cette intimité agitait son cœur comme le tressaillement de l'éclair imminent ébranle les nuages chargés d'orage.

Quand Lolita se fut retirée dans sa cabine pour la nuit, Binoy se sentit incapable de dormir. Il ôta ses souliers et se mit à arpenter le pont sans faire de bruit. Il n'y avait pas de raison spéciale de monter la garde auprès de Lolita pendant le voyage ; mais Binoy ne se résolvait pas à abandonner le moindre des délices que comportait la responsabilité nouvelle et inattendue qui avait fondu sur lui ; aussi s'impo-sait-il cette veillée superflue.

L'obscurité nocturne était d'une profondeur inef-fable, le ciel pur était plein d'étoiles ; les arbres qui bordaient les rives se massaient comme pour former une base solide et noire à la voûte céleste. Au-dessous coulait le flot rapide et silencieux de la large rivière. Et au centre de ce cadre immense reposait Lolita endormie. Rien d'autre n'était survenu ; simplement Lolita avait sans crainte remis entre les mains de Binoy la charge de son repos tout empreint d'une grâce paisible, et il avait reçu ce dépôt comme le don le plus précieux ; donc il veillait sur elle. Près d'eux ni père, ni mère, ni parents d'aucune sorte. Pourtant, grâce à cette veille, Lolita n'hésitait pas à abandonner son beau corps sur un lit de rencontre et elle s'était assoupie sans inquiétude et sans souci, le souffle régulier de sa poitrine accordé au rythme du poème de son sommeil. Pas une boucle détachée ne se dérangeait de ses nattes soigneusement tressées ; ses mains, dont la douceur exprimait toute la tendresse de la femme, reposaient sur la couverture dans l'abandon de la parfaite confiance ; ses pieds agiles toujours en mouvement demeuraient immobiles enfin comme la dernière cadence de la musique dans une fête à peine terminée, voilà le tableau qui remplissait l'imagination de Binoy. Telle une perle dans la coquille qui la contient, Lolita dormait, enveloppée par l'obscurité silencieuse, par le firmament chargé d'astres ; et pour Binoy ce sommeil, dans sa perfection accomplie, semblait cette nuit-là ce qui importait le plus au monde. « Je veille, je veille. » Ces deux mots, tels un triomphant appel de trompette, montaient à ses lèvres du fond de sa poitrine et se fondaient avec le message muet de Celui qui toujours veille dans les cieux.

Mais une pensée bien différente revenait de temps en temps à son esprit dans la sombre nuit sans lune : « Ce soir, Gora est en prison. »

Jusqu'à ce jour Binoy avait partagé toutes les joies et toutes les peines de son ami ; c'était la première fois qu'il en allait différemment. Binoy savait bien que pour un homme tel que Gora, la prison ne représentait pas une épreuve réelle ; mais, depuis le début de cet épisode important de l'existence de Gora, Binoy avait été séparé de son ami et n'avait en rien participé à l'affaire. Quand les courants divisés de leurs vies se réuniraient de nouveau, le vide créé par ce détachement d'un moment pourrait-il s'effacer ?

Ne présageait-il pas la fin de leur amitié si rare et jamais ébranlée ? Aussi, à mesure que la nuit s'écoulait, Binoy sentait tout à la fois la plénitude et l'absence et, succombant à l'émotion, proie en même temps de l'élan créateur et de la force destructrice, il regardait fixement les ténèbres.

Quand, au matin, la voiture se fut arrêtée devant la maison de Paresh Babou, et que Lolita fut descendue, Binoy s'aperçut qu'elle tremblait et qu'elle devait faire un grand effort pour se ressaisir. En somme, elle n'avait pas jusqu'alors estimé l'énormité de l'offense qu'elle commettait contre les lois sociales en se risquant dans cette scabreuse aventure. Elle savait bien que son père ne formulerait aucun reproche, mais pour cela même elle redoutait son silence.

Binoy hésitait à déterminer la meilleure attitude à adopter dans ces circonstances. Afin d'élucider si Lolita serait plus anxieuse au cas où il resterait près d'elle, il hasarda sur un ton interrogateur : « Je pense qu'il vaut mieux que je m'en aille ?

– Non, non, venez avec moi voir Père », dit hâtivement Lolita.

Au fond du cœur, Binoy fut enchanté de l'ardeur qu'elle avait mise dans sa réponse. Il sentait que son devoir ne s'arrêtait certes pas au retour de Lolita chez son père. L'événement survenu liait sa vie à celle de Lolita par un lien tout particulier ; il comprenait qu'il devait maintenant l'aider plus fermement encore. La pensée que Lolita savait pouvoir compter sur lui le touchait profondément et il avait l'impression qu'elle s'accrochait à sa main pour qu'il la soutienne. Si Paresh Babou blâmait Lolita pour sa conduite étourdie et incivile, alors, Binoy le voyait, il devrait prendre sur lui toute la responsabilité, accepter la réprimande et, telle une cuirasse, la protéger contre les reproches. Pourtant il ne comprenait pas exactement ce qui se passait dans l'esprit de Lolita. Elle ne voulait pas que Binoy lui serve de protection ; la raison pour laquelle elle désirait le garder auprès d'elle était son horreur de la dissimulation et son désir que Paresh Babou connût exactement et dans le moindre détail ce qu'elle avait fait. Elle était prête à supporter tout le choc du jugement que formulerait son père, quel que fût ce jugement.

Depuis le matin elle éprouvait contre Binoy de l'irritation ; elle savait cette irritation déraisonnable ; mais, de façon curieuse, son mécontentement s'en accroissait au lieu de diminuer. À bord du bateau, son état d'esprit avait été différent. Depuis son enfance elle était sujette à des caprices qui l'amenaient à faire des sottises. Mais l'escapade actuelle était une affaire sérieuse. Que Binoy se trouvât mêlé à l'affaire ne la rendait que plus sérieuse ; pourtant, de nouveau, à l'inquiétude de Lolita s'associait une sorte d'exultation secrète, comme d'un plaisir défendu. S'être ainsi appuyée sur quelqu'un de relativement étranger, avoir vécu cet épisode tout près de lui sans que s'interpose la famille ou la société créaient sans aucun doute une situation critique dont on pouvait se tourmenter gravement. Néanmoins la conduite naturellement délicate de Binoy avait enveloppé l'épisode d'un tel voile de pureté que Lolita restait libre d'apprécier dans ces circonstances la modestie spontanée qu'il avait manifestée. Ce Binoy ne semblait guère le même Binoy qui avait participé à leurs jeux et à leurs distractions, qui avait si librement bavardé et plaisanté avec eux et s'était montré familier même avec les domestiques. Il aurait si bien pu s'imposer à elle maintenant sous prétexte de la protéger ; qu'il ait gardé ses distances avec tant de soin le rendait d'autant plus cher au cœur de la jeune fille.

Dans sa cabine cette nuit-là toutes ses pensées l'avaient tenue éveillée et, après s'être de longues heures retournée avec agitation sur sa couchette, elle crut à la fin que la nuit avait passé et que l'aube pointait. Elle entrouvrit sans bruit la porte de sa cabine et jeta un coup d'œil au-dehors. La nuit s'achevait, mais son obscurité chargée de rosée s'attardait sur les berges de la rivière et sur les lignes d'arbres qui la bordaient. Une brise fraîche s'était levée et ridait la surface de l'eau, tandis que de la chaufferie montaient les bruits de la reprise du travail quotidien. Arrivée sur le pont, Lolita aperçut, comme elle avançait vers la proue, Binoy endormi sur un fauteuil de pont, enveloppé de son châle. Elle eut le cœur battant quand elle comprit qu'il devait avoir veillé sur elle toute la nuit, si près et si loin… Elle se glissa aussitôt d'une démarche tremblante dans la direction de sa cabine et, debout sur la porte, contempla Binoy endormi entre ces rives sombres et étrangères ; pour elle il devenait le centre de la galaxie d'étoiles qui veillait sur le monde.

Tandis qu'elle le regardait son cœur se gonflait d'une douceur inexprimable et ses yeux se remplissaient de larmes. Il lui semblait que le Dieu, que son père lui avait appris à prier, était descendu pour la bénir de Ses mains étendues. Et, à l'instant solennel où, sur la berge encore endormie de la rivière, dans l'épaisseur du feuillage dense des bois qui la couvraient, s'accomplit la première union mystérieuse de la nuit ténébreuse et du jour nouveau, la musique poignante de quelque *vina** céleste parut résonner à travers le vaste espace encore semé d'astres qui formait le monde. Dans son sommeil Binoy fit un geste du bras et Lolita se glissa en hâte dans sa cabine et, fermant la porte, s'étendit de nouveau sur son lit. Elle avait les pieds et les mains glacés et pendant longtemps ne parvint pas à calmer les battements de son cœur.

L'obscurité se dissipa et le vapeur se remit en marche. Lolita fit sa toilette, sortit sur le pont et alla s'appuyer à la rambarde. Binoy s'était réveillé au coup de sirène donné par le bateau et, les yeux tournés vers l'est, il attendait la première lueur de l'aube. En voyant Lolita près de lui, il se leva et il s'apprêtait à regagner sa cabine quand elle le salua de ces mots : « Je crains que vous n'ayez pas beaucoup dormi.

– Oh, je n'ai pas passé une mauvaise nuit », répondit Binoy.

---

* *Vina :* instrument de musique traditionnel qui ressemble à une grosse mandoline ; c'est l'instrument dont joue Lakshmi, femme de Vishnu.

Puis ils ne trouvèrent plus rien à se dire.

La rosée qui couvrait les bouquets de bambous qui bordaient les rives brilla d'une lumière dorée aux premiers rayons du soleil. Jamais encore les deux jeunes gens n'avaient vu semblable aurore, jamais l'éclat du jour ne les avait émus à ce point. Pour la première fois ils comprirent que le ciel n'est pas vide, mais qu'il assiste, dans une joie et un émerveillement silencieux, à chaque épanouissement de la création. Leur sensibilité à tous deux était si vibrante qu'elle percevait le lien profond qui l'unissait à la conscience sublime qui pénètre l'univers. Aussi les paroles leur manquaient-elles à tous deux.

Le vapeur atteignit Calcutta. Binoy prit une voiture, y fit monter Lolita et s'assit à côté du cocher. Qui expliquera comment, tandis qu'ils roulaient à travers les rues de la ville, l'humeur de Lolita changea et s'aigrit ? Que, dans cette situation risquée, Binoy se soit trouvé auprès d'elle sur le bateau et ait été si intimement mêlé à ses affaires, qu'il la ramenât maintenant chez elle comme s'il était son défenseur pesaient lourdement sur son esprit. Elle trouvait intolérable que, par la force des circonstances, Binoy eût l'air d'avoir acquis de l'autorité sur elle. Pourquoi ses dispositions avaient-elles changé ainsi ? Pourquoi la musique de la nuit s'achevait-elle sur une note discordante maintenant que Lolita se retrouvait en face de son existence quotidienne ? Aussi, quand, parvenue à la porte de chez elle, Binoy eut dit : « Maintenant je vais m'en aller », elle sentit croître son irritation. Croyait-il qu'elle avait peur de se présenter devant son père avec son compagnon ? Elle voulait au contraire démontrer de la façon la plus évidente qu'elle n'avait pas honte de ses actes et qu'elle était prête à en raconter tous les détails à son père. Elle ne pouvait donc admettre que Binoy disparaisse furtivement comme si elle était une coupable. Elle voulait ramener ses rapports avec lui à la simplicité qu'ils présentaient naguère et elle refusait de se diminuer aux yeux du jeune homme en laissant subsister, dans la grande lumière du jour, les illusions et les incertitudes de la nuit écoulée.

CHAPITRE XXXI

Dès que Satish aperçut Binoy et Lolita, il se jeta sur eux et, leur prenant une main à chacun, demanda : « Où est Sucharita ? N'est-elle pas revenue ? »

Binoy chercha dans sa poche et regarda tout autour de lui : « Sucharita ! s'exclama-t-il, mais c'est vrai ! Où peut-elle bien être ? Ma foi, nous l'avons perdue.

— Ne dites pas de bêtises, dit Satish en repoussant Binoy. Dis-moi, Lolita Didi, où est-elle ?

— Sucharita reviendra demain », répondit Lolita et elle se dirigea vers la chambre de Paresh Babou.

Satish essaya de les entraîner en disant : « Venez voir qui est arrivé. »

Mais Lolita écarta sa main. « Ne nous ennuie pas, je veux voir Père.

— Père est sorti, l'informa Satish, et il ne sera pas de retour avant longtemps. »

Cette phrase donna, tant à Binoy qu'à Lolita, l'impression qu'ils respiraient plus librement.

« Qui est arrivé, dis-tu ?

— Je ne le dirai pas, répondit Satish. Vous, Binoy Babou, voyons si vous pouvez deviner qui est venu. Vous n'y arriverez pas, j'en suis sûr. Jamais. »

Binoy suggéra toute sorte d'impossibilités, un génie, un nabab historique. À chaque suggestion Satish, d'une voix aiguë, répondait non, en prouvant par A plus B que des hôtes pareils ne viendraient pas chez eux. Binoy reconnut humblement sa défaite : « Ah oui, j'oubliais que le nabab ne se trouverait pas à l'aise dans cette maison. De toute façon, laisse ta sœur élucider le mystère et ensuite tu m'appelleras si c'est utile.

– Non, il faut que vous veniez tous les deux, insista Satish.

– Où devons-nous aller ? demanda Lolita.

– En haut », dit Satish.

Tout en haut de la maison, dans un coin de la terrasse se trouvait une petite chambre qu'une véranda carrelée protégeait du soleil et de la pluie. Obéissants, ils suivirent Satish là-haut et aperçurent, assise sur une natte à même les carreaux de la véranda, une femme d'âge moyen, portant des lunettes, occupée à lire le *Ramayana**. Une des branches de ses lunettes était cassée et la ficelle qui la remplaçait lui pendait sur l'oreille. Elle paraissait avoir quarante-cinq ans, ses cheveux étaient clair-semés au-dessus du front, mais elle avait le teint frais et le visage rond comme un fruit mûr. Elle

---

* *Ramayana :* voir Mahabharata. Le sujet du Ramayana est le bannissement du prince Rama par son père, son départ pour la forêt où sa femme Sita l'accompagne, l'enlèvement de Sita par le roi des démons et sa délivrance par Rama aidé du peuple des singes.

portait entre les sourcils une marque de caste nettement tatouée, mais elle n'avait pas de bijoux et son costume était celui d'une veuve. Quand son regard tomba sur Lolita, elle retira précipitamment ses lunettes, déposa son livre et considéra la jeune fille avec grand intérêt ; puis, apercevant Binoy par-derrière, elle se leva en hâte et, tirant son sari sur la tête, esquissa le geste de rentrer dans la chambre voisine. Mais Satish la saisit par la main et dit : « Tantine, pourquoi vous sauvez-vous ? Voilà ma sœur Lolita et voilà Binoy Babou. Ma sœur aînée arrivera demain. »

Cette brève présentation sembla lui suffire : évidemment il avait au préalable donné des détails complets sur son ami, car Satish, quand il avait l'occasion de parler des sujets qui l'intéressaient, n'omettait rien. Lolita demeurait muette, incapable de trouver qui pouvait bien être cette tante de Satish, mais, voyant que Binoy s'empressait de saluer l'étrangère et s'inclinait pour prendre la poussière de ses pieds, elle l'imita. La tante apporta alors une grande natte qu'elle alla chercher dans la chambre, l'étendit par terre et dit : « Asseyez-vous, mon fils, asseyez-vous, ma petite mère. » Et quand Lolita et Binoy se furent assis, elle se rassit elle-même ; sur quoi Satish se blottit contre elle. Le bras passé autour du petit garçon, elle dit : « Vous ne me connaissez sans doute pas. Je suis la tante de Satish, sa mère était ma sœur. »

Les mots par lesquels elle se présentait, mais surtout l'expression de son visage et le ton de sa voix semblaient parler d'une vie de souffrances purifiée par les larmes. Quand elle dit : « Je suis la tante de Satish », en pressant l'enfant contre sa poitrine, Binoy, avant de rien savoir de son histoire, éprouva pour elle une profonde compassion.

« Il ne faut pas, dit-il, que vous soyez seulement la tante de Satish. Je me fâcherai avec lui s'il vous monopolise ainsi. C'est déjà assez mal qu'il persiste à m'appeler Binoy Babou et non Dada. Je ne vais pas admettre que par-dessus le marché il me frustre d'une tante. » Binoy n'avait jamais besoin de bien longtemps pour se gagner les sympathies, et ce jeune homme au langage aimable, à l'allure gaie, devint en moins de rien co-propriétaire du cœur de Tantine.

« Et où est ma sœur, votre mère, mon fils ? » questionna-t-elle.

« J'ai perdu ma mère quand j'étais enfant, dit Binoy, mais je ne pourrais me décider à dire que je n'ai pas de mère », et ses yeux devinrent humides à la pensée de tout ce qu'Anandamoyi représentait pour lui.

La conversation prit bientôt un tour si animé que personne ne se serait douté que les interlocuteurs venaient tout juste de faire connaissance. Satish s'y mêlait de temps en temps avec son bavardage inconséquent, mais Lolita restait silencieuse. Elle avait toujours été réservée et il lui fallait du temps pour surmonter envers un étranger la barrière créée par le manque de familiarité. D'autre part elle n'avait pas l'esprit tranquille. Aussi l'empressement manifesté par Binoy envers cette inconnue ne lui plut qu'à demi. Elle le blâma en son for intérieur de prendre trop légèrement la position très délicate où elle se trouvait placée. Non que Binoy eût eu chance d'aller plus avant dans ses bonnes grâces en restant muet et en gardant un visage lugubre. S'il s'était hasardé à montrer semblable physionomie, Lolita aurait certes été blessée de le voir assumer une part de responsabilité dans une difficulté qui pesait exclusivement sur son père et sur elle. Le fait est que ce qui lui avait paru pure musique durant la nuit lui ébranlait maintenant les nerfs ; par suite, rien de ce que ferait Binoy ne lui plairait ou ne lui semblerait de nature à améliorer la situation. Dieu seul savait ce qui aurait pu servir à éliminer la source de ses ennuis.

Comment reprocher un manque de logique à ces femmes, dont les émotions sont la vie même, pour les étranges démarches où les entraîne leur cœur ? Si ce cœur est fondamentalement bien réglé, il fonctionne alors si naturellement et si harmonieusement que toute logique et tout argument deviennent inutiles. Mais s'il y a là au fond du cœur quelque dérèglement, la raison est impuissante à rétablir l'ordre ; rien de plus futile alors que de chercher une explication, qu'il s'agisse d'attraction ou de répulsion, de rire ou de larmes.

Le temps passait et Paresh Babou ne rentrait pas. L'impulsion qui poussait Binoy à partir prenait plus de force et il tâchait de la dominer en ne laissant pas languir une seconde sa conversation avec la tante de Satish. À la fin Lolita fut incapable de réprimer plus longtemps sa contrariété et elle interrompit brusquement Binoy : « Qui donc attendezvous ? Personne ne peut dire quand Père rentrera. Ne feriez-vous pas mieux d'aller voir la mère de Gourmohan Babou ? »

Binoy tressaillit ; ce ton irrité de Lolita ne lui était que trop connu. Il jeta un coup d'œil sur le visage de la jeune fille et bondit sur ses pieds comme se redresse un arc dont la corde s'est brisée. Qui en effet attendait-il là ? Il ne s'était jamais flatté que sa présence fût indispensable dans ces conjonctures ; il avait, en arrivant, été sur le point de prendre congé dès la porte et il n'était resté que sur le désir exprès de Lolita. Et voilà ce qu'elle lui disait maintenant !

Lolita fut suffoquée de la promptitude avec laquelle Binoy se leva de son siège ; elle vit le sourire habituel de son visage disparaître comme la lumière d'une lampe qu'on a soufflée. Jamais encore il ne lui était apparu aussi déconcerté, aussi blessé, et en le regardant, elle sentit le remords la frapper comme d'un coup de fouet. Satish bondit aussi et, prenant le bras de Binoy, il supplia : « Binoy Babou, rasseyezvous, ne partez pas encore. Tantine, je vous en prie, invitez Binoy Babou à déjeuner. Lolita, pourquoi le fais-tu partir ?

– Non, Satish, mon petit, pas aujourd'hui, dit Binoy. Si ta tante a la bonté de se souvenir de moi, je viendrai déjeuner avec vous un autre jour. Aujourd'hui il est trop tard. »

Même la tante de Satish remarqua la souffrance

que révélait la voix de Binoy, et son cœur s'émut de pitié pour lui. Ses regards allaient et venaient de Binoy à Lolita et elle devina un drame secret. Lolita allégua un prétexte pour rentrer dans sa chambre où elle pleura comme elle avait si souvent pleuré par sa faute.

CHAPITRE XXXII

Torturé par des sentiments mêlés d'humiliation et de remords, Binoy se rendit directement chez Anandamoyï. Pourquoi n'y était-il pas venu directement ? Quelle folie d'avoir imaginé que Lolita avait besoin de sa présence ! Dieu l'avait justement puni de n'avoir pas tout quitté, en arrivant à Calcutta, pour courir vers Anandamoyï, de sorte que Lolita avait pu lui demander : « Ne devriez-vous pas aller trouver la mère de Gora ? » Concevait-on que la pensée de la mère de Gora ait pu un simple instant importer plus à Lolita qu'à Binoy ? Pour Lolita, Anandamoyï n'était que la mère de Gora, tandis que pour Binoy elle était l'image de toutes les mères.

Anandamoyï venait de prendre son bain ; elle était assise seule dans sa chambre, visiblement absorbée par sa méditation quand Binoy entra et se prosterna à ses pieds en appelant : « Mère !

– Binoy », répondit-elle en lui caressant la tête de sa main.

Quelle voix donc ressemblait à celle d'une mère ? Entendre Anandamoyï prononcer son nom répandait le calme sur tout son être. Dominant non sans mal son émotion, il dit doucement : « Mère, j'ai mis trop longtemps à venir.

– Je sais tout, Binoy, dit tendrement Anandamoyi.

– Vous connaissez la nouvelle ! » s'exclama Binoy stupéfait.

Il apprit que, du poste de police, Gora avait écrit une lettre à sa mère et l'avait envoyée par l'entremise de l'avocat ; il informait Anandamoyi de la possibilité qu'il soit condamné à la prison. À la fin de la lettre, il écrivait : « La prison ne peut faire de mal à votre Gora, mais il ne sera pas capable de l'endurer si vous devez en avoir du chagrin. Seule votre peine serait un châtiment pour lui, le juge ne peut lui en infliger un autre. Mère, ne pensez pas uniquement à votre fils. Bien d'autres mères ont leurs enfants en prison sans que ceux-ci soient coupables ; je serai traité comme eux et je partagerai leurs épreuves. Si le désir que j'en éprouve doit se réaliser cette fois, je vous prie de ne pas vous en affliger.

« Vous l'avez sans doute oublié, Mère, mais dans l'année de la famine je laissai un jour mon argent sur la table dans la pièce qui donne sur la rue. Quand je revins quelques minutes plus tard je m'aperçus qu'il avait été volé. C'étaient les cinquante roupies de ma bourse d'université que je mettais de côté afin d'acheter une cuvette d'argent pour baigner vos pieds. Comme m'agitait une absurde colère, Dieu soudain me rappela au bon sens et je me dis : Mais cet argent est mon offrande à l'affamé qui l'a pris. À peine cette pensée me fut-elle venue que mon vain regret s'évanouit, me rendant la paix du cœur.

« Eh bien, aujourd'hui je me dis : Je vais en prison volontairement, sans regret, sans colère, comme dans un abri. Le séjour comporte quelques inconvénients en ce qui concerne la nourriture et d'autres détails ; mais durant mon récent vagabondage, j'ai accepté l'hospitalité de gens de toute sorte et de toute condition et, dans leur maison, je ne trouvais pas toujours mes commodités ni même mes nécessités. Ce que nous acceptons librement cesse d'être une épreuve ; aussi soyez sûre qu'il ne s'agit pas pour moi d'être par la force conduit en prison, mais d'y aller consentant et content.

« Le confort dont nous jouissons à la maison nous empêche d'apprécier le privilège immense de goûter sans obstacle l'air et la lumière ; nous oublions toujours les multitudes qui, par leur faute ou sans faute, sont vouées à la réclusion, à l'insulte, et sont privées de ce privilège qui est un don de Dieu. Nous ne pensons pas à ces multitudes et ne nous sentons rien de commun avec elles. Maintenant j'éprouve le désir d'être marqué des mêmes stigmates qu'elles et non plus de sauver ma pureté en me tenant étroitement attaché à tous les gens qui affectent la vertu et que leur apparence rend respectables.

« J'ai appris beaucoup de la vie, Mère, par l'expérience que je viens de faire du monde. Ceux qui prennent plaisir à se poser en juges sont pour la plupart dignes de pitié. Ceux qui vont en prison sont punis pour les péchés de ceux qui jugent les autres sans se juger eux-mêmes. À quel moment, en quel lieu et de quelle façon, ceux qui vivent confortablement et res-

pectablement en dehors de la prison subiront le châtiment de leurs péchés, nous n'en savons rien. En ce
qui me concerne, je méprise cette respectabilité
pleine de suffisance et je préfère porter visiblement la
marque qui est pour l'homme signe d'infamie.

« Donnez-moi votre bénédiction, Mère, et ne
pleurez pas sur moi. Le seigneur *Krishna** a toute sa
vie porté sur sa poitrine la marque d'un coup de pied
que lui avait donné Bhrigu ; les assauts de l'orgueil et
de l'injustice dans le monde enfoncent de plus en plus
profondément cette marque sur le sein de Dieu. S'Il a
Lui-même accepté cette flétrissure comme un orne-
ment, alors pourquoi vous inquiéteriez-vous pour
moi, quel souci éprouveriez-vous à mon sujet ? »

Au reçu de cette lettre, Anandamoyi avait voulu
envoyer Mohim à Gora, mais Mohim dit : « J'ai mon
bureau, le sahib ne me donnera sûrement pas de
congé », et il se mit à vitupérer contre Gora pour son
étourderie et sa sottise. « Un de ces jours, je perdrai
ma place, simplement parce qu'il est mon frère »,
conclut-il.

Anandamoyi ne jugea pas utile de consulter son
mari, car elle éprouvait à l'égard de celui-ci une sus-

---

* *Krishna :* le dieu hindou le plus aimé ; une des incarnations
de Vishnu, beau jeune homme au teint foncé qu'évoquent en
particulier le lyrisme épique de la célèbre *Gita Govinda* et les
poèmes de Chandidasa ; sujet favori de l'imagerie populaire.
On le présente surtout dans les prairies de Brindaban, envi-
ronné des laitières amoureuses, qu'il fait danser au son de sa
flûte ; parmi elles Radharani.

ceptibilité particulière pour tout ce qui concernait Gora ; elle savait très bien qu'en son cœur jamais il n'avait donné à Gora la place d'un fils ; il ressentait plutôt une sorte d'hostilité à l'égard du jeune homme. Gora les avait toujours séparés comme l'auraient fait les montagnes Vindhya, coupant en deux leur vie conjugale. D'un côté il y avait Krishnadayal avec tout son appareil d'orthodoxie, de l'autre Anandamoyi seule avec son intouchable Gora. Il semblait que toute intimité morale fût devenue impossible entre ces deux êtres qui seuls au monde connaissaient l'histoire de Gora. Ainsi l'amour d'Anandamoyi pour Gora était devenu son trésor personnel. Par tous les moyens elle s'efforçait de faciliter la vie de son fils dans cette famille où on ne le supportait qu'à regret. Son anxiété perpétuelle était d'éviter que l'un des autres eût lieu de dire : cet ennui nous est arrivé à cause de votre Gora, ou nous avons été calomniés à propos de votre Gora, nous avons subi ce préjudice à cause de votre Gora. Tout le fardeau que représentait Gora pesait, elle ne l'oubliait pas, sur ses seules épaules. Et la chance voulait que son Gora fût d'une indocilité exceptionnelle. La tâche n'était pas aisée d'empêcher sa présence d'être provocante et importune. Jusqu'alors Anandamoyi était parvenue, grâce à une vigilance qui ne se relâchait ni nuit ni jour, à élever ce fou de garçon qu'elle aimait parmi les antagonismes qui l'entouraient. Dans ce milieu hostile elle avait reçu maint affront et enduré maint souci, sans pouvoir compter sur quelqu'un pour les partager.

Après le départ de Mohim, Anandamoyi demeura assise en silence devant la fenêtre ; elle vit Krishna-dayal revenir de son bain matinal portant sur son front, sa poitrine et ses bras les signes tracés avec l'argile sacrée du Gange et murmurant des mantras rituels. Dans cet état de pureté, il ne permettait à personne de l'approcher, pas même à Anandamoyi. Prohibition, prohibition, toujours prohibition. Avec un soupir elle quitta la fenêtre et entra chez Mohim ; elle le trouva assis par terre en train de lire le journal tandis que son domestique lui oignait la poitrine d'huile pour le préparer à son bain matinal. Anandamoyi dit : « Mohim, il faut que tu trouves quelqu'un pour m'accompagner, je veux aller voir Gora. Il a l'air d'accepter d'être condamné à la prison, mais je suppose qu'on me permettra de le voir avant le jugement. »

Malgré son affectation de brusquerie, Mohim avait une réelle affection pour Gora. « Maudit individu, cria-t-il. Laissez ce brigand aller en prison ; c'est miracle qu'on ne l'y ait pas encore mis. » Néanmoins il ne perdit pas une minute pour appeler son homme de confiance et pour l'envoyer immédiatement, muni d'argent, entreprendre une procédure juridique. Il décida même de le suivre pourvu toutefois que son chef de bureau lui donne congé et que la maîtresse de son foyer l'y autorise. Anandamoyi savait que Mohim serait incapable de rester inactif en sachant Gora dans une situation difficile. Quand elle le vit disposé à faire les quelques démarches qui étaient possibles, elle n'eut plus rien à solliciter. Car elle ne s'illusionna pas sur son désir d'obtenir qu'un membre quelconque de cette famille orthodoxe la conduise, elle, la dame de la maison, au poste de police où Gora était enfermé et où elle s'exposerait aux regards curieux et aux remarques indiscrètes de la populace ; aussi renonça-t-elle à insister pour qu'on l'y escortât.

Elle rentra dans sa chambre, les lèvres serrées et dans les yeux l'ombre du chagrin qu'elle dominait. Quand Lachmi entama de bruyantes lamentations, elle la réprimanda et la fit sortir de la chambre. Son habitude constante était de renfermer silencieusement ses angoisses en elle-même ; la joie comme le souci la trouvaient impassible. Dieu seul était le témoin des souffrances de son cœur.

Offrir un réconfort à Anandamoyi, Binoy n'en concevait pas le moyen ; aussi après lui avoir dit quelques mots, demeura-t-il près d'elle sans parler. Le caractère d'Anandamoyi ne la rendait pas sensible à des paroles d'encouragement, elle se refusait bien plutôt à la discussion vaine des maux auxquels il n'était pas de remède. Elle ne fit plus d'allusion à leur commune inquiétude et se contenta de dire : « Binoy, je vois que vous n'avez pas encore pris votre bain ; allez-y vite, il est déjà tard pour déjeuner. »

Quand il eut pris son bain, et qu'il vint s'asseoir à table, la place vide auprès de lui évoqua Gora et serra le cœur de la mère et, en imaginant son enfant sans autre nourriture que le grossier régime de la prison, dépourvu même de l'adoucissement qu'y aurait apporté la tendresse maternelle, mais au contraire rendu plus amer par les procédés dégradants qu'on appliquait aux détenus, Anandamoyi fut incapable de se contenir davantage et sous un prétexte futile elle dut quitter la pièce.

CHAPITRE XXXIII

Quand Paresh Babou rentra chez lui, il y trouva Lolita qu'il ne s'attendait pas à voir ; il devina aussitôt que sa cadette, si volontaire, si indépendante, avait dû s'embarquer dans une aventure peu ordinaire. En réponse au regard interrogateur qu'il lui lança, elle dit : « Père, je suis rentrée de là-bas ; j'ai trouvé impossible d'y rester. » Quand il lui demanda alors ce qui s'était passé, elle ajouta : « Le juge a mis Gourmohan Babou en prison. »

Comment Gora était mêlé à cette histoire, Paresh Babou fut d'abord en peine de le deviner. Mais, après que Lolita lui eut raconté en détail ce qui était survenu, il resta d'abord perdu dans une réflexion muette. Sa première inquiétude fut pour la mère de Gora. Le juge n'hésiterait pas plus, calcula-t-il, à condamner Gora qu'à condamner un voleur vulgaire, cette rigueur résultant tout naturellement du mépris pour la justice dont il avait dû prendre l'habitude. Combien la tyrannie de l'homme sur l'homme était plus terrible que tous les maux du monde, et combien l'avait rendue vaste et intolérable le pouvoir combiné de la société et du gouvernement qui la soutenait ! Toute la situation se représenta vivement à l'esprit de Paresh Babou tandis qu'il écoutait le récit de l'arrestation de Gora. Voyant son père plongé dans une réflexion silencieuse, Lolita lui demanda : « N'est-ce pas là, Père, une terrible injustice ? »

Il répondit avec son calme ordinaire : « Nous ignorons jusqu'à quel point Gora est allé ; mais en tout cas, même s'il a été entraîné par ses convictions au-delà de ses droits légaux, on ne peut mettre en doute qu'il est incapable de commettre ce que les Anglais appellent un crime. Mais que faire, mon enfant ? La conception de la justice est à notre époque dépourvue de sagesse et d'équité ; le même châtiment s'applique à la faute vénielle et au crime ; les deux coupables doivent tourner le même manège dans la même prison. Personne ne peut être considéré comme responsable, il faut incriminer la faute collective des hommes. »

Puis, changeant soudain de sujet, Paresh Babou demanda : « Avec qui es-tu rentrée ? »

Lolita rassembla ses forces pour répondre avec emphase : « Avec Binoy Babou. » Pourtant, malgré l'énergie déployée, on sentait en elle une angoisse. Elle ne put relater le fait avec une entière simplicité ; une rougeur lui monta au visage ajoutant à sa confusion.

Paresh Babou éprouvait pour cette fille capricieuse et indisciplinée plus d'affection encore que pour ses autres enfants, et son estime pour la courageuse loyauté de Lolita était d'autant plus grande que cette attitude valait souvent à la jeune fille des conflits avec le reste de la famille. Les défauts de Lolita étaient bien apparents, et il comprenait combien ces défauts empêchaient qu'on rendît justice à son exceptionnelle valeur ; il veillait d'autant plus soigneusement à éviter qu'en essayant de dompter son caractère difficile on détruise sa noblesse naturelle.

La beauté de ses autres filles était admirée de tous ceux qui les voyaient, pour la régularité des traits et la fraîcheur de la carnation. Lolita au contraire avait le teint sombre et sa physionomie plus tourmentée provoquait des jugements très divers. Aussi Mme Baroda avait-elle toujours exprimé à son mari sa crainte de ne pas trouver pour Lolita un mari satisfaisant. La beauté que Paresh Babou découvrait sur le visage de sa préférée n'était pas celle des traits et du teint, mais celle de l'âme qui s'y reflétait, pas le simple agrément d'un contour sans défauts mais la marque de la fermeté, le rayonnement du courage. Ces caractères attirent quelques êtres choisis et repoussent les autres. Sentant que Lolita aurait peu de succès dans le monde, mais serait toujours droite et sincère, Paresh Babou lui témoignait une sollicitude un peu douloureuse et la gardait tout près de lui ; il montrait d'autant plus d'indulgence pour ses erreurs qu'il savait que les autres ne lui pardonneraient pas. Dès qu'il apprit par Lolita qu'elle était partie seule avec Binoy, il comprit, ce matin-là, ce qu'elle aurait à subir au cours des jours suivants. Il savait qu'à l'imprudence vénielle dont elle s'était rendue coupable la société réservait la punition que comporterait une inconduite bien plus grave.

Tandis qu'en son esprit il retournait le problème, Lolita poursuivit : « Père, je sais que j'ai eu tort ; mais j'en suis venue à comprendre clairement que les rapports entre le juge et nos concitoyens sont tels que son hospitalité condescendante ne nous fait pas honneur. Pouvais-je après l'avoir compris rester là-bas et accepter cette attitude protectrice ? »

Il était malaisé pour Paresh Babou de répondre à semblable question ; aussi sans le tenter donna-t-il tout simplement à sa petite écervelée de fille une caresse amicale sur la tête.

Ce même après-midi, Paresh Babou marchait de long en large devant sa maison, plongé dans sa rêverie, quand Binoy arriva et le salua respectueusement. Paresh Babou causa longuement avec lui de la détention de Gora et de la portée de cette détention, mais sans faire la moindre allusion au voyage en bateau de Binoy avec Lolita. Vers le soir il dit : « Venez, Binoy, allons chez moi. »

Mais Binoy refusa : « Il faut que maintenant je rentre à la maison. »

Paresh Babou n'insista pas et Binoy, jetant un rapide coup d'œil sur la véranda du second étage, partit lentement. De la véranda Lolita avait aperçu Binoy et, quand son père rentra, elle descendit au bureau pensant que Binoy suivrait. Mais comme il ne venait pas, Lolita, après avoir un moment fourragé, sous prétexte de les ranger, dans les livres et les papiers posés sur la table, se disposait à s'en aller, quand Paresh Babou la rappela et, jetant un regard affectueux sur sa figure découragée, demanda : « Lolita, chante-moi un cantique, veux-tu ? » Tout en parlant il déplaça la lampe pour écarter la lumière du visage de sa fille.

CHAPITRE XXXIV

Le lendemain Mme Baroda revint avec le reste du groupe. Haran était si scandalisé de la conduite de Lolita qu'incapable de se dominer il vint aussitôt voir Paresh Babou avant même de retourner chez lui. Baroda passa devant Lolita sans un mot, trop indignée même pour la regarder, et gagna directement sa chambre. Labonya et Lila étaient elles aussi fâchées contre Lolita, parce que la nécessité de supprimer leur rôle, à elle et à Binoy, avait réduit le programme de telle sorte qu'elles s'en étaient senties humiliées. Quant à Sucharita, elle ne s'associa ni aux vitupérations de Haran, ni aux regrets larmoyants de Baroda, ni à la vexation de Labonya et de Lila, mais elle resta silencieuse et vaqua sans mot dire et comme une machine à ses tâches habituelles. Sudhir était si honteux du rôle qu'il avait joué dans l'affaire qu'il n'eut pas le courage d'accompagner les autres chez Paresh Babou ; sur quoi Labonya, irritée du manque d'empressement avec lequel il accueillit ses instances, jura qu'elle n'aurait plus jamais rien à faire avec lui.

« C'est trop fort ! » s'exclama Haran quand il entra dans le bureau de Paresh Babou. Lolita, qui l'avait entendu de la pièce voisine, apparut aussitôt et, debout derrière son père, les deux mains appuyées au dossier de la chaise qu'il occupait, regarda Haran en face.

« Je sais par Lolita elle-même tout ce qui s'est passé, dit Paresh Babou, et je ne vois pas l'intérêt d'en discuter. »

Haran considérait le calme habituel à Paresh Babou comme un signe de faiblesse de caractère ; aussi répliqua-t-il avec une nuance de dédain : « Assurément, ce qui est passé est passé ; mais le défaut qui a causé l'incident subsiste et la discussion demeure indispensable. Jamais Lolita n'aurait agi comme elle l'a fait si vous ne lui aviez toujours montré tant d'indulgence. Les fâcheux résultats de cette indulgence, vous les mesurerez quand vous entendrez cette honteuse histoire dans tous ses détails. »

Paresh Babou, sentant qu'une tempête se préparait derrière le dossier de sa chaise, attira Lolita à côté de lui et, lui prenant la main, dit à Haran avec un tranquille sourire : « Haran Babou, quand votre tour viendra d'avoir des enfants, vous verrez que l'affection aussi est nécessaire pour les élever. »

Lolita, se penchant sur son père, lui passa le bras autour du cou et lui murmura à l'oreille : « Père, l'eau refroidit, allez prendre votre bain.

– J'irai tout à l'heure, répondit Paresh Babou faisant allusion à la présence de Haran, il n'est pas bien tard.

– Ne vous inquiétez pas, Père, nous tiendrons compagnie à Haran Babou pendant votre absence. »

Quand Paresh Babou eut quitté la pièce, Lolita s'installa sur sa chaise, et, une fois fermement établie, fixant son regard sur le visage de Haran, elle lui déclara : « Vous semblez croire que vous avez le droit de formuler librement votre jugement sur tout le monde chez nous. »

Sucharita connaissait bien Lolita et elle se fût naguère effrayée de l'expression qu'elle lisait sur les traits de sa sœur ; mais cette fois elle prit tranquillement un siège auprès de la fenêtre et parut s'absorber dans un livre. La nature et l'habitude avaient toujours porté Sucharita à dominer ses sentiments et les blessures répétées que lui avaient infligées les dernières journées l'avaient rendue plus silencieuse encore que de coutume. Mais la tension par ce silence en était parvenue au point de rupture ; aussi accueillit-elle avec joie le défi adressé par Lolita à Haran ; il offrait la soupape nécessaire à ses émotions refoulées.

« Je suppose, continua Lolita, que vous vous imaginez comprendre mieux qu'il ne fait lui-même les devoirs de Père envers nous. Vous vous considérez comme un maître d'école et tout le Brahmo Samaj comme un tas d'enfants à semoncer ! »

Haran fut frappé de stupeur par l'audace que Lolita montrait en lui parlant ainsi et il se disposait à lui infliger une sévère rebuffade quand Lolita le prévint : « Nous avons supporté vos grands airs assez longtemps, mais laissez-moi vous dire que, si vous prétendez faire la leçon à Père, pas une âme dans cette maison ne le tolérera, même pas les domestiques.

– Lolita, balbutia Haran, vraiment… »

Mais Lolita ne lui laissa pas le loisir de parler : « Écoutez-moi, je vous prie, nous vous avons entendu assez souvent ; pour une fois vous m'entendrez. Si vous ne voulez pas me croire, questionnez ma sœur Suchi. Notre père est de beaucoup supérieur même à ce que vous vous figurez être ; voilà ce que nous voulons que vous sachiez. Maintenant, si vous avez un avis à exprimer, ne vous gênez pas. »

Haran était pourpre de rage. « Sucharita ! » criat-il en se dressant sur sa chaise. Sucharita leva les yeux de son livre. « Allez-vous tolérer que Lolita m'insulte devant vous ?

– Elle n'a pas voulu vous insulter, dit Sucharita avec lenteur ; ce qu'elle veut, c'est que vous témoigniez à Père le respect qui lui est dû. Je vous assure que nous ne concevons même pas que quelqu'un mérite autant de respect que lui. »

Il sembla un instant que Haran allait partir ; toutefois, il ne le fit pas. Il retomba sur sa chaise en prenant un air solennel. Plus il se sentait perdre la déférence de chacun dans cette maison, plus désespérément il luttait pour y maintenir sa position, oubliant que si l'on se cramponne à un appui défaillant, il cède plus vite encore. Voyant Haran réduit à un silence morne et boudeur, Lolita alla s'asseoir auprès de Sucharita et se mit à causer avec elle comme si rien de spécial ne se passait. Satish alors entra en courant dans la pièce et, prenant Sucharita par la main, la força à se lever : « Viens, disait-il, viens avec moi, Didi.

« – Où faut-il aller ? demanda Sucharita.

– Oh, viens, insista Satish, j'ai quelque chose à te montrer. Lolita, tu ne lui as parlé de rien, n'est-ce pas ?

– Non », dit Lolita.

Elle avait promis à Satish de ne pas révéler à Sucharita le secret de la tante inconnue et elle avait tenu parole.

Mais Sucharita, ne pouvant abandonner leur hôte, répondit : « Entendu, Monsieur le Babillard, je vais venir tout de suite. Laisse à Père le temps de sortir du bain. »

Satish s'agita ; quand Haran était là, Satish mettait tout en jeu pour lui échapper ; mais, comme il le redoutait fort, il n'osa pas insister en sa présence. Haran, quant à lui, n'avait jamais témoigné beaucoup d'intérêt pour Satish si ce n'est à l'occasion lorsqu'il essayait de le corriger. Pourtant Satish resta là pour attendre et dès le retour de Paresh Babou il entraîna ses deux sœurs avec lui.

Haran dit : « Après vous avoir demandé d'autoriser mes fiançailles officielles avec Sucharita, je voudrais n'en plus reculer la date. Pourrions-nous choisir dimanche prochain ?

– Personnellement, dit Paresh Babou, je n'y ai pas d'objection, c'est à Sucharita de décider.

– Mais, puisqu'elle vous a déjà exprimé son consentement...

– Eh bien, soit », dit Paresh Babou.

CHAPITRE XXXV

Binoy n'était pas tenté de retourner chez Paresh Babou et la solitude de son propre appartement lui semblait si accablante que, dès le lendemain matin, il alla trouver Anandamoyi et lui dit : « Mère, je voudrais demeurer près de vous quelques jours. »

Binoy pensait aussi que sa présence serait un réconfort pour Anandamoyi dans la peine que lui causait l'absence forcée de Gora. Elle le comprit et en fut touchée. Elle mit affectueusement la main sur l'épaule du jeune homme, mais ne dit rien. Sitôt installé, Binoy, pour essayer de les distraire tous deux de leurs réflexions mélancoliques, commença à bavarder et à faire du bruit ; il taquinait Anandamoyi en se plaignant d'un air sérieux qu'elle ne s'occupait pas assez de lui. Et quand, dans la tristesse du soir, il lui devint plus difficile de dominer ses sentiments, Binoy tourmenta Anandamoyi jusqu'à lui faire quitter ses occupations domestiques, pour l'entraîner sous la véranda devant la chambre qu'il occupait. Il la força à s'asseoir sur la natte et à lui raconter des histoires sur la vie qu'elle menait étant enfant et sur la maison de son père, des histoires de l'époque qui précédait son mariage, où, petite-fille d'un grand professeur, elle était gâtée par tous les étudiants et où elle avait causé à sa mère veuve de constantes inquiétudes, parce que chacun montrait à la fillette sans père une indulgence inépuisable.

« Mère, s'écria Binoy à la fin de ce récit, je ne peux même pas imaginer un temps où vous n'étiez pas notre mère. Il me semble que les élèves de votre grand-père devaient vous considérer comme leur minuscule petite mère et qu'en réalité c'est vous qui avez élevé votre grand-père. » Le lendemain soir, Binoy était assis sur une natte, la tête sur les genoux d'Anandamoyi. Il lui dit : « Mère, je souhaiterais parfois que Dieu me retire mes connaissances livresques, que je ne trouve comme refuge que vos genoux et qu'il n'y ait plus au monde avec moi que vous, vous et personne d'autre. »

Le ton de Binoy était si découragé et paraissait révéler un cœur si accablé qu'Anandamoyi s'étonna et s'inquiéta vivement. Elle se rapprocha de Binoy et se mit à lui caresser doucement la tête ; après un long silence elle demanda : « Binoy, tout va-t-il bien dans la maison de Paresh Babou ? »

À cette question, Binoy surpris tressaillit. « On ne peut rien cacher à Mère, songea-t-il. Elle lit en vous. » Et tout haut il répondit avec hésitation : « Oui, ils vont bien tous.

– J'aimerais beaucoup connaître ses filles, continua Anandamoyi. Gora, pour commencer, n'avait pas bonne opinion d'elles ; mais, pour avoir pu le conquérir comme elles l'ont fait ensuite, il faut qu'elles soient bien remarquables.

– Moi aussi, j'ai désiré, dit Binoy avec ardeur, qu'il me fût possible de vous les présenter. Mais je redoutais une objection de la part de Gora ; aussi ne l'ai-je jamais proposé.

– Comment s'appelle l'aînée ? » poursuivit Anandamoyi.

Et plusieurs questions de ce genre suivies de réponses ; mais, quand on en vint au nom de Lolita, Binoy tenta d'esquiver le sujet par des phrases évasives. Anandamoyi, cependant, avec un sourire devant cette tactique, refusa de s'en satisfaire. « Je sais que Lolita est une fille très intelligente.

– Qui vous l'a dit ? demanda Binoy.

– Vous naturellement. »

Il avait été un temps où Binoy n'éprouvait nulle timidité particulière à parler de Lolita ; maintenant il avait oublié qu'à cette époque où il avait l'esprit libre il avait fait à Anandamoyi un éloge enthousiaste de l'intelligence de Lolita. Anandamoyi, doublant tous les écueils comme un habile capitaine, gouverna adroitement sa barque et bientôt pas un détail notable de l'amitié de Lolita et de Binoy ne lui resta caché. Binoy lui confia même comment la révolte aiguë de Lolita à la nouvelle de l'arrestation brutale de Gora l'avait poussée à s'enfuir par le vapeur qui les avait ramenés tous les deux. Dans l'ardeur qu'il mettait à parler, toute trace de la lassitude qu'il avait montrée jusqu'alors s'évanouit. Il trouvait un tel bonheur dans cette liberté de décrire sans réserve une personne si étonnante !

Quand finalement le dîner fut annoncé et que la

conversation dut s'arrêter, Binoy, comme s'il s'éveillait d'un rêve, s'aperçut qu'il avait avoué à Anandamoyi tout, absolument tout ce qui oppressait son esprit. Elle avait écouté et commenté chaque fait avec tant de naturel que jamais le récit n'avait entraîné pour Binoy d'hésitation ni de honte. Jusqu'alors Binoy n'avait jamais traversé dans la vie une aventure qui l'eût obligé à s'en taire à sa mère d'adoption et il avait pris l'habitude de recourir à elle, même pour ses préoccupations les plus triviales. Mais, depuis qu'il avait fait la connaissance de la famille de Paresh Babou, une sorte de gêne avait troublé son esprit, et ses réticences lui pesaient. Maintenant qu'une fois de plus il avait confié ses soucis aux oreilles affectueuses et compréhensives d'Anandamoyi, il éprouvait un grand soulagement. L'expérience qu'il venait de faire aurait, il en était sûr, souffert dans sa pureté s'il n'avait pas osé la déposer aux pieds de mère Anandamoyi ; dans ce cas une ombre de souillure en serait demeurée qui aurait terni son amour.

Dans la nuit Anandamoyi tourna et retourna le sujet dans sa pensée : elle sentait que la vie si compliquée qui se préparait pour Gora se compliquait tous les jours davantage, mais qu'une solution s'offrirait peut-être pour lui dans la maison de Paresh Babou. À la fin, elle décida, quelque résultat que la fatalité pût entraîner, de faire la connaissance de ces jeunes filles.

CHAPITRE XXXVI

Mohim et tous les membres de sa famille personnelle commençaient à considérer le mariage de Sasi
avec Binoy comme décidé. Sasi, avec la pudeur nouvelle qui la gouvernait, avait cessé de le rencontrer.
Quant à la mère de Sasi, Lakshmi, il arrivait rarement
que Binoy l'aperçoive. Non que Mme Lakshmi fût
timide, mais son caractère était exceptionnellement
secret et la porte de sa chambre était presque toujours close. Toutes ses possessions étaient gardées
sous clef, excepté son mari seul. Et encore n'avait-il
pas, avec les règlements très stricts édictés par
Lakshmi, toute la liberté qu'il désirait ; le cercle de
ses relations et l'orbite de ses mouvements étaient
également restreints.

Lakshmi tenait sous un contrôle sévère tout son
petit univers et il était aussi difficile pour un étranger
d'y pénétrer que pour un de ses sujets d'en sortir ;
Gora lui-même n'était pas le bienvenu dans la partie
de la maison qui était le domaine de Lakshmi.

Son royaume n'était jamais déchiré par un conflit
interne entre le législatif, l'exécutif et le judiciaire, car
elle-même exécutait les lois qu'elle avait faites et
combinait en sa personne le tribunal de première ins-

tance et la cour d'appel. Hors de sa maison, Mohim passait auprès de ses relations pour un homme de volonté ; mais sa volonté ne trouvait pas moyen de s'exercer dans le territoire juridictionnel de Lakshmi, même pour les questions les plus insignifiantes.

De derrière son *purdah*, Lakshmi avait établi son jugement propre sur Binoy et lui avait conféré le sceau de son approbation. Mohim, qui connaissait Binoy depuis l'enfance, avait pris l'habitude de ne le considérer que comme l'ami de Gora. Sa femme la première avait attiré son attention sur les possibilités de Binoy en tant que mari pour Sasi ; parmi les mérites du candidat éventuel, le dernier n'était pas, elle y insista auprès de son mari, qu'il n'exigerait pas de dot. À présent que Binoy était venu s'installer dans la maison, Mohim était au supplice de ne pouvoir échanger un mot avec lui au sujet du mariage, à cause du trouble apporté par la mésaventure de Gora. Cependant, lorsque revint le dimanche, la patronne exaspérée prit la chose en main, interrompit la sieste que son mari faisait en ce jour de repos et l'expédia, avec sa boîte de *pan* et tout son attirail, rejoindre Binoy, occupé à lire à Anandamoyi un passage du dernier numéro d'une revue récemment lancée par un ami.

Mohim, après avoir offert du *pan* à Binoy, débuta par un sermon sur l'irrépressible folie de Gora ; puis, comme il comptait le nombre de jours à courir jusqu'à l'expiration de la peine, il fut naturellement, et par pur hasard, amené à rappeler que la moitié du mois d'*aghrahazan* était déjà écoulée ; sur quoi il

considéra qu'il pouvait en venir à son objet.
« Écoute, Binoy, ton idée qu'il ne faut pas célébrer de
mariage pendant le mois d'*aghrahazan* est absurde.
Comme je le disais, si, à toutes nos autres règles et
prohibitions, on ajoute encore un almanach d'interdictions familiales, il n'y aura, dans notre pays, plus
moyen de se marier. »

Anandamoyi, voyant Binoy interdit, vint à son
secours et s'interposa : « Binoy a connu Sasi toute
petite et il ne peut s'habituer à l'idée de devenir son
mari. Voilà pourquoi il s'est avisé de ce prétexte du
mois d'*aghrahazan*.

– Il aurait dû le dire clairement dès le début, fit
observer Mohim.

– Il faut parfois du temps pour démêler ce qu'on
a dans l'esprit. Mais, Mohim, pourquoi es-tu si
inquiet ? Assurément, il ne manque pas de fiancés
possibles. Laisse Gora revenir, il connaît beaucoup
de jeunes gens en âge de se marier, il pourra facilement arranger un mariage convenable avec l'un
d'eux.

– Hum, grogna Mohim dont la figure s'allongea.
Si vous n'aviez pas mis des bâtons dans les roues,
Mère, Binoy n'aurait pas élevé d'objections. »

Binoy, tout ému, allait protester ; mais Anandamoyi le prévint : « Tu n'as pas entièrement tort,
Mohim. Je n'ai pas encouragé Binoy dans ce projet.
Il est encore jeune et il aurait peut-être cédé à une
impulsion passagère, mais la chose n'aurait pas bien
tourné. » Ainsi, Anandamoyi protégea Binoy de l'attaque de Mohim en attirant la foudre sur elle-même,

ce qui éveilla chez Binoy de la honte pour la faiblesse qu'il montrait.

Toutefois, Mohim n'attendit pas que Binoy eût le temps d'arranger les choses en exprimant lui-même ses répugnances. « Une belle-mère ne sent jamais comme une vraie mère », se dit-il à lui-même tandis que, vexé, il quittait la pièce.

Anandamoyi n'ignorait pas que Mohim lui adresserait ce reproche muet. Elle savait que tous les ennuis de la famille avaient une chance, d'après le code de la société, d'être imputés à la belle-mère ; mais elle n'avait pas l'habitude de laisser l'opinion d'autrui influencer sa conduite. Du jour où elle avait pris Gora dans ses bras, elle avait totalement rompu avec la tradition et la coutume et avait en fait adopté une route qui lui avait constamment valu la critique. Mais le remords perpétuel que lui causait le mensonge qu'elle avait dû soutenir la rendait imperméable aux remarques caustiques des autres. Quand les gens l'accusaient d'être chrétienne, elle songeait en serrant Gora sur sa poitrine : « Dieu sait qu'il n'y a pas de calomnie à me traiter de chrétienne. » Ainsi elle avait peu à peu pris l'habitude d'ignorer les règles prescrites par son milieu et d'obéir simplement à sa conscience. Aucun reproche donc fait par Mohim, qu'il fût tacite ou exprès, ne pouvait la pousser à une conduite qu'elle ne considérerait pas comme juste. « Binou, dit-elle soudain, il y a longtemps, n'est-ce pas, que vous n'êtes pas allé chez Paresh Babou ?

– On ne peut guère dire longtemps, Mère.

– Ma foi, vous n'y êtes certainement pas allé depuis le lendemain de votre retour en bateau. »

En effet, le délai n'était pas long ; mais Binoy savait que ses visites chez Paresh Babou étaient, avant cet incident, devenues si fréquentes qu'Anandamoyi l'entrevoyait à peine. On pouvait donc supposer que son absence de cette maison avait dû lui paraître longue. Il se mit à effilocher le bord de son *dhuti*, mais garda le silence. À cet instant le domestique entra pour annoncer la visite de deux dames ; sur quoi Binoy se leva en hâte pour ne pas gêner les visiteuses. Mais pendant qu'il discutait avec Anandamoyi, cherchant qui ces dames pouvaient être, Sucharita et Lolita entrèrent et il devint impossible pour Binoy de disparaître. Il demeura donc, gauche et muet.

Les jeunes filles enlevèrent la poussière des pieds d'Anandamoyi. Lolita ne parut pas voir Binoy, mais Sucharita s'inclina et le salua d'un : « Comment allez-vous ? » puis, s'adressant à Anandamoyi, se présenta comme venant de chez Paresh Babou.

Anandamoyi leur souhaita chaudement la bien-venue en protestant : « Vous n'avez pas besoin de vous présenter, mes petites amies. Je ne vous ai jamais vues, mais j'ai l'impression que vous êtes de ma famille. » Et elle les mit immédiatement à leur aise. Sucharita, pour essayer d'entraîner dans la conversation Binoy assis dans un coin, lui adressa une remarque : « Il y a long-temps qu'on ne vous a vu chez nous. »

Binoy jeta un regard vers Lolita en répondant : « Je craignais de perdre votre amitié à tous en vous ennuyant trop souvent. »

Sucharita sourit et dit :

« Vous ne savez donc pas qu'on aime être ennuyé par ses amis aussi souvent que possible ?

– S'il ne le sait pas ! plaisanta Anandamoyi. Eh bien, si je vous racontais comment il passe sa journée à me donner des ordres ! Avec ses caprices il ne me laisse pas un instant de repos. »

Et elle regarda Binoy avec tendresse.

« Dieu se sert de moi pour mettre à l'épreuve la patience dont Il vous a douée », rétorqua Binoy.

À cette phrase, Sucharita donna à Lolita un coup de coude : « Entends-tu, Lolita ? N'avons-nous pas, nous, été mises à l'épreuve et trouvées trop légères ? Je le crains. »

Voyant que Lolita ne prêtait pas attention à cette question, Anandamoyi dit en riant : « Cette fois, c'est la patience de Binoy qui est mise à l'épreuve. Vous, les jeunes filles, ignorez ce que vous représentez pour lui. Ma foi, le soir, il ne me parle que de vous tous et le nom de Paresh Babou suffit pour le mettre en extase. » Et en parlant, Anandamoyi jeta un coup d'œil à Lolita qui, malgré ses efforts pour paraître naturelle, ne pouvait s'empêcher de rougir. « Vous n'imaginez pas, continua Anandamoyi, avec combien de gens il a rompu des lances pour soutenir Paresh Babou. Tous ses amis orthodoxes le taquinent en le traitant de brahmo et quelques-uns ont voulu lui faire perdre sa caste. Vous n'avez pas besoin de prendre l'air malheureux, mon cher Binoy, il n'y a pas de quoi avoir honte. Que dites-vous, ma petite mère ? »

Cette fois, Lolita avait levé les yeux ; mais elle les baissa quand Anandamoyi se tourna de son côté et ce fut Sucharita qui répondit pour elle : « Binoy Babou a eu la gentillesse de nous accorder son amitié ; ce n'est pas notre mérite qui nous l'a value, mais la sympathie qui le remplit.

– Là, je ne suis pas d'accord, dit en souriant Anandamoyi, j'ai connu Binoy enfant et jamais il n'a eu d'ami que mon Gora. Il ne se lie même pas avec les hommes de son milieu. Pourtant depuis qu'il vous connaît, il nous a échappé. J'étais prête à vous faire une scène à ce sujet ; mais maintenant j'ai, je le vois, subi le même charme que lui ; vous êtes irrésistibles, mes chéries. »

Et Anandamoyi caressa les deux jeunes filles en leur effleurant le menton de ses doigts qu'elle baisa ensuite.

Binoy avait l'air si gêné que Sucharita le prit en pitié et lui dit : « Binoy Babou, Père est venu avec nous, il est en bas et cause avec Krishnadayal Babou. » Ceci permit à Binoy de se sauver, laissant les dames entre elles.

Anandamoyi entretint alors les jeunes filles de l'extraordinaire amitié qui unissait Binoy et Gora, et elle ne mit pas longtemps à découvrir le vif intérêt qu'elle provoquait chez ses auditrices. Personne au monde n'était aussi cher à Anandamoyi que ses deux garçons à qui elle prodiguait depuis leur enfance tout son amour maternel. Elle avait en fait modelé leur image de ses propres mains comme font les jeunes femmes des images de Siva qu'elles modèlent pour les adorer et leur avait consacré toute sa dévotion. Pour qui l'entendait de sa bouche, l'histoire de ses deux idoles prenait tant de douceur et de relief que Sucharita et Lolita se sentaient toutes deux incapables de s'en lasser. Certes elles éprouvaient déjà une vive sympathie pour Binoy et pour Gora ; cependant il leur semblait apercevoir les deux amis sous un nouveau jour quand les éclairait la lumière magique de cet amour maternel.

Maintenant qu'elle connaissait Anandamoyi, la colère de Lolita contre le magistrat se ralluma ; mais ses remarques caustiques firent sourire Anandamoyi qui dit : « Ma chérie, Dieu seul sait ce que l'envoi de Gora en prison a représenté pour moi ; mais je ne puis me fâcher contre le sahib. Je connais Gora : il est incapable de supporter que des lois d'origine humaine s'opposent à ce qu'il considère comme juste. Gora a fait son devoir, les autorités font le leur ; si souffrance il y a, ceux-là souffriront dont c'est le sort de souffrir. Si seulement vous lisiez la lettre de mon Gora, ma petite mère, vous comprendriez qu'il n'a pas fui la souffrance et qu'il ne conçoit contre personne une colère puérile. Il a pesé toutes les conséquences de sa conduite. » Elle sortit la lettre de Gora d'une boîte où elle l'avait rangée avec soin et la tendit à Sucharita : « Voulez-vous la lire tout haut, ma petite ? Je serais heureuse de la réentendre. »

Après la lecture de la lettre, toutes trois se turent un moment ; Anandamoyi essuya quelques pleurs que faisaient couler non seulement la douleur, mais aussi la joie et la fierté maternelles. Quel homme que son Gora ! Il n'avait rien du lâche qui aurait imploré la pitié ou le pardon du magistrat. N'avait-il pas accepté la pleine responsabilité de ses actes en connaissance de cause, sans ignorer les rigueurs de la vie de prisonnier ? Il n'avait à s'en prendre à personne et, s'il pouvait se soumettre sans broncher, elle, sa mère, pouvait bien aussi endurer l'épreuve.

Lolita regardait Anandamoyi avec admiration. Tous les préjugés d'un milieu brahmo étaient fermement enracinés en elle ; elle n'avait jamais éprouvé grand respect pour les femmes qu'elle considérait comme pétries des superstitions de l'orthodoxie ; durant toute son enfance elle avait entendu Mme Baroda, quand celle-ci voulait stigmatiser une faute de Lolita, la dénoncer comme digne seulement d'une fille hindoue, et chaque fois Lolita s'était sentie dûment humiliée. Les paroles d'Anandamoyi ce jour-là lui inspiraient un émerveillement durable ; tant de force calme, tant de sagesse, tant de discernement ! Lolita se sentit bien petite devant cette femme en prenant conscience du peu de contrôle qu'elle-même exerçait sur ses émotions. Comme son manque de sang-froid l'avait empêchée de parler à Binoy et même de jeter un coup d'œil dans sa direction ! À présent, la compassion calme qu'on lisait sur le visage d'Anandamoyi apaisait son esprit turbulent et donnait à ses rapports avec ceux qui l'entouraient simplicité et naturel. « Maintenant que je vous ai vue, s'exclama-t-elle, je comprends de qui Gourmohan Babou tient sa force d'âme.

— Je crains, dit en souriant Anandamoyi, que

votre compréhension à cet égard ne soit pas exacte. Si Gora n'avait été pour moi qu'un enfant comme tous les autres, où aurais-je moi-même puisé cette force ? Aurais-je supporté ainsi le malheur qui l'a frappé ? »

CHAPITRE XXXVII

Pour expliquer l'agitation spéciale de Lolita à l'occasion de sa visite à Anandamoyi, il faut remonter un peu dans le passé. Depuis quelques jours la première pensée de Lolita chaque matin était : « Binoy Babou ne viendra pas aujourd'hui. » Et pourtant elle ne pouvait, le reste de la journée, renoncer à l'espoir qu'il viendrait probablement tout de même. De temps en temps elle se persuadait qu'il était peut-être déjà là, mais qu'au lieu de monter au salon, il restait en bas avec Paresh Babou. Et quand cette idée s'emparait d'elle, elle errait de pièce en pièce, incapable de demeurer en place. Puis à la fin du jour, quand enfin elle était couchée, Lolita ne savait comment se débarrasser des idées qui l'assiégeaient. À un moment elle avait peine à retenir ses larmes ; une minute après, elle se sentait irritée contre elle ne savait qui, elle-même sans doute. Elle s'exclamait dans son for intérieur : « Que se passe-t-il ? Que m'arrive-t-il ? Je ne vois pas d'issue. Combien de temps me faudra-t-il demeurer dans cette impasse ? »

Lolita savait que Binoy appartenait à la société orthodoxe et qu'un mariage avec lui était hors de question ; pourtant elle était incapable de dominer son cœur. Elle était honteuse de sa faiblesse, effrayée d'elle-même ! Elle voyait bien que Binoy n'avait pas d'aversion pour elle, ce qui lui rendait d'autant plus difficile de résister à ses sentiments ; aussi, tout en attendant avec ardeur la venue de Binoy, était-elle consumée par la peur qu'effectivement il soit venu. Après avoir subi ce combat pendant plusieurs jours, elle s'était, ce matin-là, sentie sans force ; elle décida que voir Binoy allégerait peut-être son tourment, puisque c'était l'absence de Binoy qui la tourmentait à ce point. Attirant Satish dans sa chambre elle lui avait dit : « Je vois que tu t'es disputé avec Binoy Babou. »

Satish indigné repoussa l'accusation, quoique, depuis l'arrivée de la nouvelle tante, il eût un peu oublié son amitié pour Binoy.

« Alors, il est vraiment un drôle d'ami, continua Lolita ; tu es toujours en train de parler de lui, Binoy Babou par-ci, Binoy Babou par-là, et lui ne se dérange même pas pour te voir.

– Allons donc ! cria Satish. Qu'en sais-tu ? Bien sûr que si. »

Satish en général comptait essentiellement sur l'affirmation emphatique pour assurer la gloire qu'il jugeait due à ce membre cadet de la famille ; en l'occurrence pourtant il comprit qu'une preuve tangible était nécessaire ; aussi alla-t-il aussitôt jusqu'à l'appartement de Binoy. Il revint rapidement avec la nouvelle : « Il n'habite plus chez lui, voilà pourquoi il n'est pas venu.

– Mais pourquoi n'est-il pas venu avant ? persista Lolita.

– Parce qu'il y a longtemps qu'il n'est plus là. »

C'est alors que Lolita alla trouver Sucharita : « Didi chérie, ne crois-tu pas que nous devrions aller faire une visite à la mère de Gourmohan Babou ?

– Mais nous ne la connaissons pas, objecta Sucharita.

– Voyons, s'exclama Lolita, le père de Gour Babou n'est-il pas un ancien ami de Père ? »

Sucharita se rappelait le fait. « Oui, c'est vrai », reconnut-elle ; puis s'enthousiasmant pour le projet : « Va demander à Père, ma chérie. » Mais Lolita refusa de le faire et Sucharita dut y aller elle-même.

« Certainement, dit aussitôt Paresh Babou, nous aurions dû y penser tout de suite. » Il fut entendu qu'ils iraient à la fin de la matinée, mais, sitôt la décision prise, Lolita changea d'avis. Une hésitation, une fierté blessée se révélèrent pour la retenir. « Tu accompagneras Père, dit-elle à Sucharita, je n'irai pas.

– Impossible, s'écria Sucharita. Je ne peux pas y aller seule avec Père. Viens, je t'en prie, tu seras gentille. Ne sois pas entêtée et ne détruis pas notre projet. »

Finalement Lolita se laissa persuader. Pourtant n'était-ce pas se reconnaître battue par Binoy ? Il avait trouvé si facile de ne plus venir et voilà qu'elle allait courir après lui. L'ignominie de cette faiblesse la rendit furieuse contre Binoy ; elle voulut se convaincre qu'elle n'avait jamais eu l'idée d'aller rendre visite à Anandamoyi pour la chance d'apercevoir Binoy et c'était pour soutenir cette attitude qu'elle s'était abstenue de lui dire bonjour et même de le regarder.

Binoy, de son côté, avait conclu que l'attitude de Lolita était imputable à la découverte qu'elle avait faite de ses secrets sentiments, et qu'elle manifestait ainsi le refus de les accepter. Que Lolita l'aimât était une hypothèse que sa modestie l'empêchait de concevoir.

À un moment Binoy se montra timidement à la porte de la chambre d'Anandamoyi et dit que Paresh Babou faisait prévenir les jeunes filles qu'il était prêt à rentrer. Binoy se cachait derrière le battant de la porte si bien que Lolita ne pouvait l'apercevoir.

« Comment ! s'exclama Anandamoyi. Croit-il que je vais le laisser partir sans lui avoir rien offert ? Ce sera vite fait. Binoy, entrez ici et asseyez-vous pendant que je vais tout préparer. Pourquoi restez-vous ainsi près de la porte ? »

Binoy entra et s'assit aussi loin que possible de Lolita. Mais Lolita avait recouvré son calme et, sans une trace de la gêne qu'elle avait montrée, elle dit : « Savez-vous, Binoy Babou, que votre ami Satish est allé ce matin chez vous pour savoir si vous l'aviez complètement abandonné ? »

Binoy tressaillit de surprise comme s'il entendait une voix céleste ; puis il eut honte d'avoir si mal caché son émoi. Son don de prompte répartie lui fit totalement défaut. « Ah, Satish est venu chez moi, répéta-t-il, rougissant jusqu'aux oreilles. Je n'étais pas à la maison ces temps-ci. » Ces quelques mots de Lolita pourtant lui causèrent une immense joie et en une seconde les doutes qui pour lui pesaient sur le monde entier comme un affreux cauchemar s'évanouirent. Il sentit que dans tout l'univers il n'avait plus de désir à formuler. « Je suis sauvé, criait son cœur, Lolita n'est pas fâchée contre moi, Lolita ne m'en veut pas. »

Très vite, toutes les barrières qui les séparaient tombèrent et Sucharita dit en riant : « Binoy Babou a l'air de nous avoir prises tout d'abord pour deux dragons pourvus de griffes, de défenses ou de cornes. Ou peut-être a-t-il cru que nous montions tout armées à l'assaut sur le sentier de la guerre.

– Les silencieux ont toujours tort, dit Binoy. En ce monde ceux qui se portent plaignants les premiers gagnent leur procès. Pourtant je n'aurais pas cru, Didi, que vous jugeriez de cette façon. Vous vous tenez à l'écart et ensuite vous accusez les autres d'être distants. »

C'était la première fois que Binoy s'adressait à Sucharita en l'appelant Didi, marquant ainsi la relation fraternelle, et le mot sonna doucement aux oreilles de la jeune fille, car elle sentit que l'intimité qui les avait rapprochés, presque dès leur première rencontre, s'affirmait de façon charmante. Sur ces entrefaites, Anandamoyi revint et elle s'occupa de ses visiteuses, envoyant Binoy en bas pour veiller à la collation de Paresh Babou.

Il était bien tard quand Paresh Babou partit enfin avec ses filles, et Binoy dit à Anandamoyi : « Mère, je ne vous laisserai pas travailler davantage aujourd'hui. Venez, montons sur la terrasse. » Il se contenait à peine ; tous deux montèrent et, sitôt arrivé, Binoy étendit de ses mains une natte sur laquelle il la fit asseoir.

« Eh bien, Binoy, qu'y a-t-il donc ? demanda Anandamoyi. Que voulez-vous me dire ?

– Rien du tout, répondit Binoy. Je veux que ce soit vous qui parliez. »

Le fait est que Binoy grillait d'envie de savoir ce qu'Anandamoyi pensait des filles de Paresh Babou.

« Par exemple, s'écria Anandamoyi. Et c'est pour cela que vous m'enlevez à mes occupations ? J'ai cru que vous aviez quelque chose d'important à me confier.

– Si je ne vous avais pas amenée, vous n'auriez pas vu ce beau coucher de soleil. »

Le soleil de novembre se couchait en effet sur les toits de Calcutta, mais dans une atmosphère morne ; la couleur du ciel n'avait rien de remarquable, sa magnificence dorée était interceptée par l'écran de fumée qui couvrait l'horizon. Mais ce soir, même ce couchant lugubre et sombre resplendissait de lumière aux yeux de Binoy. Il lui semblait que le monde entier l'enveloppait de son étreinte, que le ciel descendait vers lui pour le caresser.

« Ces jeunes filles sont vraiment charmantes », fit observer Anandamoyi. Ce n'en était pas assez au gré de Binoy et il s'arrangea pour garder le sujet sur le tapis, y ajoutant de menues touches, racontant les détails de ses relations avec la famille de Paresh Babou. Ces détails n'avaient pas tous grande importance, mais l'intérêt ardent qu'y portait Binoy, la sympathie toujours prête d'Anandamoyi, la solitude où ils se trouvaient sur la terrasse et l'ombre qui tombait du soir de novembre s'unissaient pour revêtir la circonstance la plus minime d'un sens riche et profond.

Anandamoyi soudain soupira : « Comme j'aimerais que Gora épouse Sucharita. »

Binoy se dressa pour répondre : « Exactement ce que j'ai souvent pensé, Mère. Sucharita conviendrait admirablement à Gora.

— Mais est-ce réalisable ? rêva Anandamoyi.

— Pourquoi pas ? s'exclama Binoy. J'ai la vague impression que Gora est séduit par Sucharita. »

Anandamoyi n'avait pas manqué d'observer que Gora subissait alors une influence qui l'attirait et elle avait deviné, d'après quelques remarques occasionnelles de Binoy, que l'attraction émanait justement de Sucharita. Après une minute de silence elle dit : « Ce dont je doute, c'est que Sucharita consente à entrer par mariage dans une famille orthodoxe.

— La question me semble plutôt, dit Binoy, de savoir si on laissera Gora entrer par mariage dans une famille brahmo. N'y avez-vous pas d'objection ?

— Aucune, je vous assure, dit Anandamoyi.

— Vraiment aucune ? s'écria Binoy.

— Certainement, Binoy, répéta Anandamoyi. Pourquoi en aurais-je ? Le mariage doit être fondé sur l'union des cœurs. Si cette union existe, qu'importe la récitation des mantras ? Il suffit que la cérémonie soit célébrée au nom de Dieu. »

Binoy sentit qu'un grand poids cessait d'oppresser son esprit et il dit avec enthousiasme :

« Mère, je suis stupéfait et émerveillé de vous entendre parler ainsi. Comment avez-vous pu de la sorte libérer votre pensée ?

– Comment ? Mais par Gora, dit Anandamoyi en riant.

– Pourtant Gora affirme juste le contraire.

– Peu importe ce qu'il affirme. Ce que je sais n'en vient pas moins de lui : la vérité qui est dans l'homme et l'absurdité des sujets sur lesquels les hommes discutent et se querellent. Quelle est au fond, mon enfant, la différence réelle entre le brahmo et l'hindou orthodoxe ? Les divisions de la caste n'atteignent pas le cœur des hommes ; là, Dieu ne divise pas, Il rapproche les hommes entre eux ; là, Il s'unit Lui-même avec eux. Serait-il admissible de Le tenir à distance et de compter pour unir les hommes sur des rites et des opinions ?

– Vos paroles sont un miel pour moi, Mère, dit Binoy, tandis qu'il s'inclinait pour ôter la poussière des pieds d'Anandamoyi. En vérité, cette journée auprès de vous a été féconde. »

CHAPITRE XXXVIII

L'arrivée de la tante de Sucharita, Harimohini, avait troublé considérablement l'atmosphère de la maison de Paresh Babou. Avant de décrire ce bouleversement, il serait utile de faire connaître Harimohini dans les termes mêmes où elle renseigna Sucharita.

« J'avais deux ans de plus que ta mère et les tendres soins que nos parents prenaient de nous étaient sans fin. En effet, il n'y avait pas d'autres enfants dans la maison, et nos oncles aussi nous aimaient tant qu'à peine nous laissait-on poser le pied par terre. Quand j'eus huit ans, je fus mariée dans la famille bien connue des Roy Chowdhuries, aussi riches que bien nés. Mais mon destin n'était pas d'être heureuse : un désaccord éclata au sujet de ma dot entre mon père et mon beau-père, et la famille de mon mari ne pardonna pas à mon père ce qu'elle considéra comme de l'avarice. On prit l'habitude de me harceler de sombres menaces.

« "Et si notre garçon prenait une autre femme ? Nous verrions alors quelle serait la situation de leur fille." Quand mon père vit l'état misérable où j'étais réduite, il jura qu'il ne marierait jamais son autre fille dans une famille riche, et voilà pourquoi on a fait faire à ta mère un mariage modeste.

« Dans la maison de mon mari, la famille était nombreuse et dès que j'eus neuf ans, je dus aider à faire la cuisine pour cinquante ou soixante personnes. Je n'avais pas le droit de manger tant qu'il restait quelqu'un à servir, et même alors on ne me donnait que les restes, parfois rien que du riz, ou du riz et du *dal*. En général, j'étais à jeun jusque vers deux heures ou plus tard encore ; dès que j'avais fini, il fallait me remettre à préparer pour les autres le repas du soir, et ce n'était guère avant onze heures ou minuit que j'avais une chance de dîner. On ne m'avait pas attribué un lit à moi et je me couchais simplement près de qui avait de la place, quelquefois même sans matelas. La négligence à laquelle j'étais délibérément soumise ne put manquer d'avoir son effet sur mon mari, qui me tint à distance pendant longtemps.

« Quand j'eus dix-sept ans, ma fille Manorama naquit ; ma position empira encore parce que je n'avais eu qu'une fille. Pourtant mon bébé fut pour moi une grande joie et un grand réconfort au milieu de tant d'humiliation. Privée de toute affection en dehors de la mienne, même celle de son père ou de quelqu'un d'autre dans la maison, elle devint l'objet de mes soins ardents et me fut aussi chère que la vie. Trois ans après, j'eus un fils ; alors ma situation s'améliora et j'obtins à la fin la place qui me revenait comme maîtresse de la maison. Je n'avais pas connu ma belle-mère et mon beau-père mourut trois ans après la naissance de Manorama.

« Après sa mort, mon mari et ses frères cadets firent opérer en justice le partage du patrimoine et, avec de grosses pertes d'argent dues à la procédure, les frères se séparèrent. Quand Manorama fut d'âge à être mariée, j'eus si peur de la perdre que je la donnai en mariage dans un village situé à dix mille du nôtre. Le fiancé était un jeune homme extrêmement beau, un véritable *Kartik** ; ses traits étaient aussi réguliers que son teint était clair, et la famille jouissait d'une large aisance. Avant que le sort s'appesantît sur moi, la Providence m'accorda une courte période de bonheur qui, tant qu'elle dura, semblait compenser toutes les années de négligence et de misère que j'avais endurées auparavant. J'avais enfin gagné l'amour de mon mari et aussi son respect ; il n'entreprenait rien de sérieux sans me consulter.

« C'était trop beau pour durer. Une épidémie de choléra éclata dans les environs ; mon mari et mon fils moururent à quatre jours l'un de l'autre. Dieu m'a sans doute laissé la vie pour prouver qu'une douleur impossible à imaginer peut être supportée par l'homme.

« Peu à peu j'en vins à connaître mon gendre. Qui aurait pensé qu'un serpent venimeux pût se cacher sous cette apparence enchanteresse ? Ma fille ne m'avertit pas que son mari avait pris l'habitude de boire avec la vilaine société qui l'entourait et, quand il venait me trouver pour m'extorquer de l'argent

---

* *Kartik :* le dieu de la guerre, fils de Shiva ; d'où, beau garçon.

sous divers prétextes, je me sentais plutôt satisfaite, car je n'avais personne d'autre au monde pour qui j'aurais désiré épargner. Bientôt cependant, ma fille me défendit de lui accorder ce qu'il demandait et me mit en garde : "Vous ne faites que le gâter en lui cédant ainsi. On ne sait où il dépense ce qu'il a reçu." Je crus que Manorama craignait simplement que la famille de son mari le méprise d'accepter tant de cadeaux de ma part. Et ma folie me poussa à lui remettre en secret les sommes qui l'acheminaient vers la ruine. Quand ma fille l'apprit, elle vint chez moi tout en larmes et me raconta tout. Tu comprends quel remords et quel désespoir m'envahirent. Et penser que c'était le plus jeune frère de mon mari dont l'exemple et les encouragements entraînaient mon gendre dans l'inconduite.

« Quand je cessai d'accéder à ses demandes et qu'il soupçonna l'intervention de ma fille, il renonça à sauver les apparences. Il se mit à maltraiter Manorama, allant jusqu'à l'insulter devant des étrangers, si bien que je fus contrainte de reprendre mes subsides en secret, sans ignorer que je l'aidais à avancer sur la route de l'enfer. Mais comment agir autrement ? Je ne pouvais me résigner à le laisser torturer Manorama.

« Un jour vint… comme je me le rappelle ! C'était vers la fin de février. La chaleur avait commencé exceptionnellement tôt, nous étions en train d'observer que les manguiers du fond du jardin étaient déjà en fleur. À midi un palanquin s'arrêta à la porte, Manorama en descendit et, souriante, s'approcha et prit la poussière de mes pieds. "Toi, Monu ! m'écriai-je, que se passe-t-il ?"

« Elle répondit, souriant toujours : "Ne puis-je venir voir ma mère sans avoir des nouvelles à annoncer ?"

« La belle-mère de ma fille n'était pas méchante et elle m'envoyait ce message : "Manorama attend un enfant et je crois préférable pour elle de rester chez sa mère jusqu'à l'accouchement." J'ajoutai foi à ce message ; comment aurais-je deviné que le mari de ma fille s'était remis à la battre malgré son état et que sa belle-mère me l'envoyait par crainte des conséquences ? Manorama conspirait avec sa belle-mère pour me tenir dans l'ignorance. Quand je voulais oindre son corps d'huile ou l'aider dans son bain, elle trouvait toujours une excuse pour refuser, elle ne voulait pas que je visse les traces des coups de son mari.

« Plusieurs fois j'eus la visite de mon gendre. Il faisait des scènes, voulant forcer sa femme à rentrer avec lui, car il savait que, tant qu'elle serait chez moi, il aurait du mal à m'extorquer de l'argent. Bientôt cependant la présence même de sa femme cessa de lui être un obstacle, il n'avait pas honte de me harceler devant elle. Manorama restait ferme et m'interdisait d'écouter les requêtes de son mari ; mais la peur que sa colère contre elle en vînt à dépasser les bornes me rendait faible. À la fin, Manorama me dit : "Mère, laissez-moi garder votre cassette." Elle la prit ainsi que mes clefs.

« Quand mon gendre comprit qu'il n'y avait plus moyen de rien obtenir de moi et que la détermination de Manorama était invincible, il insista plus encore pour qu'elle retournât chez lui. J'essayai de persuader Manorama : "Laisse-le prendre ce qu'il veut, ma chérie, ne fût-ce que pour être débarrassée de lui. Autrement, qui sait ce qu'il sera capable de faire ?"

« Mais ma Manorama était aussi ferme dans certains domaines qu'elle était conciliante dans d'autres. "Jamais, Mère, c'est impossible."

« Un jour son mari arriva, les yeux injectés de sang et dit : "Demain après-midi j'enverrai un palanquin chercher ma femme ; si vous ne la laissez pas partir, vous me le paierez cher, je vous le promets."

« Le lendemain soir, à l'arrivée du palanquin, je dis à Manorama : "Le renvoyer maintenant est dangereux, ma chérie ; va, et la semaine prochaine je te ferai chercher."

« Mais Manorama pria : "Laissez-moi rester encore un peu, Mère, je n'ai pas le courage de rentrer ce soir. Dites-leur de revenir dans quelques jours."

« "Ma chérie, répondis-je, si je renvoie le palanquin, ne risquons-nous pas une folie de la part de cet agité qu'est ton mari ? Vraiment, Monu, je crois qu'il vaut mieux rentrer maintenant."

« "Non, Mère, pas aujourd'hui, redit-elle, mon beau-père revient au milieu du mois prochain ; alors je rentrerai."

« Néanmoins j'insistai, craignant qu'il n'y eût du danger à refuser ; finalement Manorama fit ses préparatifs pendant que j'allais préparer quelque nourriture pour les porteurs du palanquin ; je m'occupai si bien à cuisiner que je ne mis même pas la dernière touche à la toilette de Manorama, que je ne lui donnai à emporter aucune de ses friandises favorites, et que j'échangeai à peine quelques mots avec elle avant son départ. Juste avant de monter dans le palanquin, Manorama se baissa pour ôter la poussière de mes pieds et dit : "Adieu Mère."

« Je ne devinai pas alors que c'était un adieu définitif. Aujourd'hui encore, j'ai le cœur brisé en pensant qu'elle ne voulait pas partir et que c'est moi qui l'y ai forcée. Jamais en ce monde ma blessure ne guérira. Cette nuit-là, Manorama mourut d'une fausse couche ; avant que la nouvelle ne m'atteignît, son corps avait été secrètement et précipitamment incinéré. Comment comprendrais-tu, ma chérie, la torture d'une douleur que rien ne peut alléger, que rien ne peut effacer, même pas une vie de larmes ?

« Et mes malheurs ne finirent pas avec la mort de tous ceux que j'aimais. Après la disparition de mon mari et de mon fils, les frères cadets de mon mari convoitèrent mes propriétés. Ils savaient qu'à ma mort tout leur reviendrait, mais ils n'avaient pas la patience d'attendre. Les en blâmerai-je ? N'était-ce pas un crime pour une misérable comme moi de continuer à vivre ? Comment des gens pleins de désirs ardents toléreraient-ils quelqu'un qui n'en a plus et qui pourtant les empêche de réaliser les leurs ? Tant qu'avait vécu Manorama, j'avais tenu ferme, déterminée à défendre mes droits et à ne céder à aucune pression, car je voulais lui léguer mes économies. Mes beaux-frères ne supportaient pas l'idée que je puisse épargner pour ma fille, il leur semblait que je les volais dans leurs poches.

« Un vieux et fidèle serviteur de mon mari, nommé Nilkanta, était mon appui. Il n'admettait pas que, pour avoir la paix, je puisse proposer un compromis. "Nous verrons, disait-il, qui pourra nous priver de nos justes droits."

« C'est au milieu de ce débat que Manorama mourut. Au lendemain même de sa mort un des mes beaux-frères vint me voir pour me conseiller de renoncer à mes possessions et d'embrasser la vie d'ascète. "Sœur, me dit-il, Dieu ne vous a évidemment pas destinée à la vie du monde. Pourquoi, pour les jours qui vous restent à vivre, ne pas vous établir dans un lieu sacré en vouant vos heures à des œuvres de dévotion ? Nous assurerons votre entretien."

« J'envoyai chercher mon directeur de conscience et lui demandai : "Maître, comment me soustraire à la douleur intolérable qui a fondu sur moi ? Je suis consumée par un feu dévorant et ne vois, dans quelque sens que je me tourne, aucun moyen d'échapper à cette torture."

« Mon *guru** m'emmena au temple et, me montrant l'image de Krishna, me dit : "Voilà votre mari, votre fils, votre fille, votre tout. Consacrez-vous à le servir et à l'adorer, vos aspirations seront satisfaites et le vide de votre cœur sera rempli." Je commençai donc à passer toutes mes journées au temple et j'es-

---

* *Guru :* directeur de vie spirituelle, entouré de vénération.

sayai de tourner mon esprit vers Dieu ; mais comment me donner à Lui à moins qu'Il ne me prît ? Hélas, Il ne m'a pas prise encore.

« J'appelai Nilkanta et lui dis : "Nil-Dada, j'ai décidé de renoncer à l'usufruit des propriétés de mes beaux-frères et de me contenter d'une petite pension mensuelle."

« "Non, répondit-il, c'est impossible. Vous êtes une femme, ne vous occupez pas de ces questions d'affaires."

« "Mais ai-je besoin désormais de propriétés ?"

« "Quelle idée ! s'exclama-t-il. Renoncer à ses droits légaux ! N'envisagez même pas pareille folie."

« Nilkanta ne mettait rien au-dessus des droits légaux. Mais je me trouvais dans une heure cruelle, j'en étais arrivée à détester les soucis profanes. Pourtant comment décevoir Nilkanta, le seul ami fidèle que j'eusse au monde ? Un jour enfin, sans l'avertir, je signai un papier dont je ne comprenais pas exactement le sens ; mais, n'ayant pas l'intention de rien conserver, je ne craignais pas d'être trompée ; les propriétés de mon beau-père, je croyais normal qu'elles revinssent à ses enfants. Une fois le document enregistré, j'appelai Nilkanta : "Nil-Dada, ne vous fâchez pas, je vous prie, j'ai renoncé à la propriété par acte officiel ; je n'en ai plus aucun besoin."

« "Quoi ! s'écria Nilkanta ; qu'êtes-vous allée faire ?"

Quand il lut le contenu du document et constata que j'avais réellement abandonné tous mes droits, son indignation ne connut plus de bornes ; car depuis la mort de son maître, son unique objectif avait été de sauvegarder ces biens que je tenais de mon mari. Ce serviteur dévoué avait consacré à cette tâche toutes ses pensées et tous ses efforts ; sa seule récréation avait consisté à faire antichambre chez les hommes de loi pour chercher des évidences et des dispositions légales, à tel point qu'il ne trouvait plus le temps de gérer ses propres intérêts. En voyant que par un trait de plume d'une femme insensée, les droits pour la défense desquels il avait combattu s'étaient évanouis, il ne fut pas capable de l'endurer. "Très bien, dit-il, j'en ai fini avec les affaires de ce domaine, je m'en vais."

« Je me réfugiai dans le temple familial. Mes beaux-frères venaient m'y tourmenter : "Allez vivre dans un sanctuaire." Mais je répondis : "Mon sanctuaire, c'est le foyer ancestral de mon mari. L'autel du culte de notre divinité familiale sera mon refuge." Cependant il semblait leur être intolérable que j'encombre de ma présence un coin quelconque du domaine. Ils avaient déjà apporté leurs meubles et s'étaient partagé les appartements. À la fin, ils dirent : "Vous pouvez emporter la statue consacrée que vous adorez si vous voulez, nous ne nous y opposerons pas." Comme j'hésitais, ils demandèrent : "Et comment avez-vous l'intention de subvenir à vos dépenses ?"

« Je répondis : "La pension que vous avez fixée pour m'entretenir me suffira."

« Ils firent mine de ne pas comprendre. "De quoi parlez-vous ? Il n'a pas été question de pension."

« Ainsi trente-quatre ans après mon mariage je quittai le foyer de mon mari, emportant avec moi l'image de son dieu. Je me joignis à un groupe de pèlerins partant de notre ville pour Bénarès ; mais, pour mes péchés, même là je ne pus obtenir la paix. Chaque jour je priais mon dieu, disant : "Ô Seigneur, prends pour moi la réalité qu'avaient mon mari et mes enfants." Cependant il n'entendait pas mes prières. Mon cœur ne trouvait pas le réconfort, mes yeux et ma pensée restaient pleins de douleur. Qu'elle est cruelle, la vie de l'homme !

« Depuis le jour où j'en avais été emmenée à l'âge de huit ans pour vivre chez mon mari, je n'étais pas revenue une seule fois dans la maison de mon père. J'avais fait tous les efforts possibles pour qu'on me permette d'assister au mariage de ta mère, Radharani. En vain. Plus tard j'appris ta naissance et puis la mort de ma sœur. Jusqu'à présent Dieu ne m'avait pas permis de vous embrasser, mes enfants, vous qui avez perdu votre propre mère. Quand j'eus compris que malgré tant de pèlerinages mon cœur restait plein d'attachement à ce monde et avait soif d'un objet d'affection, je commençai à me renseigner sur votre compte ; j'appris que votre père avait abandonné la religion et la société orthodoxes. Peu m'importait : votre mère n'était-elle pas ma sœur ? À la fin je découvris le lieu où vous viviez et, de Bénarès, je vins ici avec un ami. Je sais que Paresh Babou n'honore pas nos dieux ; mais il suffit de regarder son visage pour comprendre que les dieux l'honorent. Il faut plus que des offrandes pour plaire à la Divinité ; je ne l'ignore pas et je voudrais savoir comment Paresh Babou a pu conquérir ainsi toutes Ses faveurs. Quoi qu'il en soit, ma chère fille, l'heure de me retirer du monde n'a pas sonné ; je ne suis pas capable d'endurer la solitude. J'y parviendrai quand ce sera Sa gracieuse volonté. Cependant je ne peux pas supporter l'idée de vous quitter, mes enfants récemment trouvés. »

CHAPITRE XXXIX

Paresh Babou avait pris Harimohini chez lui pendant l'absence de Mme Baroda et il lui avait attribué dans le haut de la maison une chambre vacante où elle pourrait vivre à sa guise et observer sans obstacles ses règles de caste. Mais quand Baroda rentra et trouva son organisation domestique compliquée par cette arrivée inattendue, elle s'en irrita et avertit Paresh Babou en termes très clairs qu'il ne fallait pas attendre d'elle une telle concession.

« Vous portez tout le fardeau de notre maisonnée, dit Paresh Babou ; certainement vous pouvez accepter encore cette malheureuse veuve. »

Mme Baroda considérait Paresh Babou comme dénué de tout sens pratique et de toute connaissance du monde. Comme il n'avait aucune idée de la tenue d'une maison, elle était sûre que toute décision prise par lui serait défectueuse ; mais elle savait aussi que, s'il avait pris une décision, la discussion, la colère, ou même les larmes le trouveraient inébranlable comme une statue. Que faire avec un tel homme ? Quelle femme s'accommoderait d'un mari avec qui la querelle, même nécessaire, était impossible ? Elle sentit qu'il lui faudrait accepter la défaite.

Sucharita avait à peu près le même âge que Manorama ; Harimohini trouvait qu'elle lui ressemblait ; leur caractère aussi offrait des analogies – calme, mais énergique. Parfois, quand elle apercevait Sucharita par derrière, le cœur de la vieille femme bondissait. Un soir que Harimohini était assise seule dans l'obscurité, pleurant sans bruit, Sucharita s'approcha d'elle ; la tante serra sa nièce sur sa poitrine en murmurant les yeux fermés : « Elle est revenue, revenue dans mes bras. Elle ne voulait pas partir, mais je l'ai renvoyée. Pouvais-je être assez punie de cette faute ? Peut-être ai-je suffisamment souffert et elle me revient. La voilà avec le même sourire sur son visage. Ô ma petite mère, mon trésor, mon bijou. » Et elle caressa la figure de Sucharita, l'embrassant dans un déluge de larmes.

Sucharita se mit à sangloter elle-même et dit d'une voix entrecoupée : « Tante, moi non plus je n'ai pas depuis longtemps goûté l'amour de ma mère ; mais maintenant cette mère que j'ai perdue, elle aussi est revenue. Que de fois, quand dans mon chagrin je n'avais pas la force de me tourner vers Dieu, quand mon âme se desséchait sans tendresse, j'ai appelé ma mère. Maintenant ma mère a entendu mon appel et la voilà.

– Ne parle pas ainsi, mon enfant, ne parle pas ainsi. Quand je t'entends je suis si heureuse que j'ai peur. Ô Dieu, ne me prive pas encore de ce bonheur. J'ai tenté de me délivrer de tout attachement, de me faire un cœur de pierre, mais je n'ai pas réussi, je suis si faible. Aie pitié de moi, mon Dieu, ne me frappe pas de nouveau. Ô Radharani, ma chérie, éloigne-toi et laisse-moi. Ne t'attache pas à moi.

– Tante, dit Sucharita, quoi que vous disiez, vous ne pourrez pas m'éloigner de vous, je ne vous quitterai jamais, je resterai toujours auprès de vous », et elle se blottit contre Harimohini et s'étendit sur ses genoux comme un enfant.

En quelques jours était né entre Sucharita et sa tante un sentiment si profond que le temps n'en pouvait être la mesure, ce qui ajoutait encore à la contrariété de Mme Baroda. « Regardez cette petite ! s'exclamait-elle. Comme si elle n'avait reçu de nous ni soins ni affection. Où était sa tante durant tant d'années ? Je voudrais bien le savoir. Nous avons pris la peine de l'élever depuis son enfance, et maintenant il n'y a plus que Tantine, Tantine. N'ai-je pas toujours dit à mon mari que cette Sucharita, dont l'on ne se fatigue jamais de faire un éloge dithyrambique et qui prend des airs de petite sainte, n'a pas le cœur tendre et reconnaissant. De tout ce que nous avons fait pour elle, autant en emporte le vent. »

Baroda savait bien qu'elle n'obtiendrait pas pour ses griefs la sympathie de Paresh Babou, et même qu'elle perdrait de son respect si elle montrait l'ennui que lui causait Harimohini. Elle en était d'autant plus fâchée et, quoi qu'en pût penser son époux, d'autant plus déterminée à prouver que tous les gens intelligents soutenaient son point de vue. Elle se mit donc à discuter l'affaire de Harimohini avec tous les membres du Brahmo Samaj, importants ou non, pour les convertir à son opinion. Elle ne cessait de gémir sur le danger pour les enfants d'avoir au foyer l'exemple de cette femme superstitieuse et idolâtre. La mauvaise humeur de Mme Baroda ne s'exprimait pas seulement au dehors ; dans la maison même elle rendait la vie de Harimohini très pénible. Le domestique de haute caste qu'on avait chargé de puiser l'eau pour la cuisine de Harimohini était toujours employé ailleurs quand ses services étaient nécessaires. Si on mentionnait le fait devant elle, Baroda disait : « C'est sans importance ; Ramdin était là », sachant très bien que Harimohini ne pouvait boire l'eau puisée par le serviteur de basse caste qu'était Ramdin. Quand on le lui faisait remarquer, Baroda disait : « Si elle est de si haute caste, pourquoi est-elle venue dans une maison brahmo ? Ici nous ne pouvons nous occuper de ces sottises, et moi, pour commencer, je ne l'autoriserai pas. »

Dans des occasions de ce genre, son sens du devoir allait jusqu'à la violence : « Le Brahmo Samaj est en train de se relâcher dans le domaine social, voilà pourquoi il contribue beaucoup moins au progrès qu'autrefois. » Et elle continuait en manifestant clairement qu'elle, pour sa part, ne s'associerait pas à ce relâchement, non, en aucune mesure, tant qu'elle garderait un peu de force. Si on ne la comprenait pas, tant pis ; si sa famille se déclarait contre elle, elle était prête à l'endurer ; et pour conclure elle ne manquait pas de rappeler à ses auditeurs que les plus grands saints, les hommes les plus remarquables avaient dû supporter l'opposition et l'insulte.

Pourtant aucune incommodité ne semblait porter sur Harimohini, elle paraissait plutôt se complaire à s'élever au plus haut degré de pénitence. Les austérités et l'ascétisme qu'elle s'imposait seuls s'accordaient avec la douleur qui la déchirait. On avait l'impression qu'elle cultivait et accueillait la souffrance et qu'elle assurait davantage sa victoire sur les épreuves en les acceptant. Quand elle s'aperçut qu'il y avait des difficultés domestiques à lui fournir l'eau pure pour sa cuisine, elle renonça à la nourriture cuisinée et vécut uniquement de fruits et de lait qu'elle déposait d'abord en offrande devant son dieu. Sucharita s'en tourmenta beaucoup. Alors sa tante, pour la calmer, lui affirma : « Mais c'est excellent pour moi, ma chérie ; cette bonne discipline me donne de la joie et non de la peine.

– Ma tante, répliqua Sucharita, si je cesse d'accepter de l'eau ou de la nourriture des mains de gens de basse caste, me permettrez-vous de vous servir ?

– Toi, ma chérie, tu dois agir comme on t'a appris à le faire et non pas adopter un chemin nouveau à cause de moi. Je t'ai auprès de moi, dans mes bras même ; ce bonheur me suffit. Paresh Babou a été pour toi comme un père, comme un guru ; tu dois respecter son enseignement ; Dieu te bénira pour cette piété. »

Harimohini prenait aussi les menus ennuis que lui infligeait Baroda avec tant de simplicité qu'elle avait l'air de ne jamais les remarquer et, quand Paresh Babou venait la voir tous les matins et qu'il lui demandait : « Eh bien, comment cela va-t-il ? J'espère que tout marche à votre convenance », elle répondait : « Mais oui, merci, tout va très bien. »

Pourtant ces menus affronts obsédaient Sucharita ; elle n'était pas fille à formuler une plainte ; surtout elle prenait bien garde de ne jamais laisser échapper un reproche contre Baroda en la présence de Paresh Babou. Mais, quoiqu'elle supportât tout en silence sans la moindre marque de ressentiment, ces vexations avaient pour effet de la rapprocher de plus en plus de sa tante et peu à peu, malgré les protestations de Harimohini, elle prit sur elle de subvenir à toutes les nécessités de celle-ci. Quand Harimohini vit le mal qu'elle donnait à sa nièce, elle décida de se remettre à faire elle-même sa cuisine. Sucharita lui dit alors : « Tante, je veux modeler ma conduite sur ce que vous désirez de moi ; en tout cas il faut absolument que vous me permettiez de puiser l'eau dont vous avez besoin ; je n'accepte pas de refus.

— Ma chérie, ne t'offense pas, je t'en prie ; mais cette eau doit être présentée à mon dieu.

— Ma tante, protesta Sucharita, votre dieu fait-il partie de la société orthodoxe qu'il lui faille observer la caste ? L'impureté peut-elle l'atteindre ? »

À la fin, Harimohini dut se reconnaître vaincue par le dévouement de Sucharita et elle accepta sans réserves les services de sa nièce. Satish lui aussi, pour imiter sa sœur, fut pris du désir de partager la nourriture de sa tante et on en arriva au résultat que tous les trois formaient une petite famille particulière dans un coin de la maison de Paresh Babou. Lolita était le seul lien entre les deux groupes, car Mme Baroda veillait à ce qu'aucune de ses autres filles n'approchât le coin occupé par Harimohini ; elle en aurait bien empêché Lolita aussi, si elle l'avait osé

CHAPITRE XL

Mme Baroda invitait souvent ses amies brahmos et elles se réunissaient quelquefois sur la terrasse devant la chambre de Harimohini. En ces occasions, celle-ci, dans la simplicité de son cœur, s'ingéniait à leur offrir la bienvenue ; mais ces dames, de leur côté, déguisaient à peine leur mépris. Il leur arrivait même de la désigner du doigt tandis que Baroda faisait des remarques caustiques sur les manières et les coutumes orthodoxes, critiques auxquelles se joignaient quelques-unes des visiteuses.

Sucharita, qui passait son temps avec sa tante, devait supporter ces attaques en silence ; tout ce qu'elle pouvait faire était de montrer par ses actes que les remarques la touchaient aussi puisqu'elle avait adopté les mœurs de sa tante. Quand on servait des rafraîchissements, Sucharita déclinait d'en prendre en disant : « Non merci, je n'en prends pas », ce qui faisait éclater Mme Baroda. « Eh quoi, veux-tu dire que tu ne peux pas manger avec nous ? » Et quand Sucharita répondait qu'elle préférait ne pas le faire, Baroda se montrait sarcastique, disant aux autres : « Savez-vous que notre jeune amie est devenue une hindoue très orthodoxe ? Notre contact la contamine.

– Comment ! Sucharita convertie à l'orthodoxie !
On aura tout vu », faisaient observer les visiteuses.

Harimohini se tourmentait et elle disait : « Non,
Radharani, ce n'est pas possible, va manger avec
elles. » Que sa nièce dût endurer ces railleries était
trop dur pour Harimohini, mais Sucharita demeurait
impassible.

Un jour une des jeunes filles brahmos, mue par la
curiosité, se disposait à entrer dans la chambre de
Harimohini avec ses souliers, quand Sucharita s'interposa, disant : « N'entrez pas dans cette chambre,
je vous prie.

– Mais pourquoi ?

– Le dieu de ma tante s'y trouve.

– Ah ! une idole ! Elle adore les idoles ?

– Eh oui, ma petite mère, dit Harimohini, naturellement.

– Et vous avez vraiment de la dévotion pour une
idole ?

– Dévotion ! Je suis une pauvre malheureuse ! Si
j'avais une vraie dévotion, je ne serais pas si misérable ! »

Dans cette circonstance Lolita se trouvait présente ;
elle était écarlate quand elle se tourna vers la visiteuse
et demanda : « Et toi-même, en as-tu de la dévotion
envers Celui qui est l'objet de tes méditations ?

– Quelle étrange question ! Comment en serait-il
autrement ? »

Lolita secoua la tête avec mépris pour dire :
« Non seulement tu n'as pas de dévotion mais tu
ignores que tu n'en as pas ? »

Sucharita vivait donc totalement à l'écart de la famille, malgré les efforts de Harimohini pour l'empêcher de faire les gestes qui paraîtraient à Baroda particulièrement provocants.

Baroda et Haran ne s'étaient jamais bien entendus dans le passé ; mais ils avaient maintenant partie liée contre les autres. Aussi Mme Baroda se plaisait-elle à remarquer que s'il y avait, quoi qu'on pût dire, un homme qui tentait de maintenir dans sa pureté l'idéal du Brahmo Samaj, c'était Haran Babou ; et Haran déclarait à tout venant que Mme Baroda représentait un exemple éclatant de ce que devait être une maîtresse de maison brahmo ; elle s'efforçait avec conscience et dévotion de préserver de toute souillure la renommée de la société brahmo. Dans l'éloge qu'il faisait se glissait évidemment une insinuation voilée contre Paresh Babou. Un jour, en présence de Paresh Babou, Haran dit à Sucharita : « Il paraît que maintenant vous ne mangez plus que des aliments consacrés par l'offrande aux idoles. Est-ce vrai ? »

Sucharita rougit, mais elle essaya de se comporter comme si elle n'avait rien entendu et se mit à arranger les plumes et l'encrier sur le bureau, tandis que Paresh Babou lui lançait un regard affectueux en répondant : « Haran Babou, les aliments que nous mangeons sont toujours consacrés par la grâce de Dieu.

— Mais Sucharita a l'air toute prête à abandonner notre Dieu.

— Même si c'était vrai, la tourmenter à ce sujet serait-il un moyen de l'y ramener ?

– Quand nous voyons une personne entraînée par le courant d'un fleuve, ne devons-nous pas tenter de lui faire regagner la rive ?

– Lui jeter des cailloux n'est pas le moyen de lui faire regagner la rive. Mais, Haran Babou, vous n'avez pas lieu de vous inquiéter. Je connais Sucharita depuis qu'elle est petit enfant ; si elle était tombée à l'eau, je l'aurais su avant aucun de vous et je ne serais pas non plus resté indifférent.

– Sucharita est ici pour répondre elle-même, reprit Haran. On prétend qu'elle s'est mise à refuser de prendre ses repas avec tout le monde ; demandez-lui si c'est vrai. »

Sucharita, cessant de manifester à l'encrier une attention inutilement soutenue, dit : « Père sait que j'ai cessé de manger les aliments touchés par toutes sortes de gens ; s'il veut bien le tolérer, cela me suffit. Si ma façon d'agir déplaît à l'un de vous, il est libre de m'appeler de tous les noms qu'il voudra ; mais pourquoi tourmenter Père à ce sujet ? Ne connaissez-vous pas l'immense indulgence qu'il a pour chacun de nous ? Est-ce là votre façon de l'en récompenser ? »

Haran fut suffoqué par la simplicité de cet aveu. « Sucharita aussi a appris à parler pour elle-même », songea-t-il étonné.

Paresh Babou aimait la paix et ne goûtait pas la discussion, qu'elle le concernât ou concernât les autres. Il avait vécu dans le calme, ne recherchant pas une position d'importance dans le Brahmo Samaj.

Haran avait interprété ce désintéressement comme un manque d'enthousiasme pour la cause et l'avait même reproché à Paresh Babou ; pour s'expliquer, celui-ci s'était contenté de dire : « Dieu a créé deux classes d'êtres, les uns mobiles, les autres statiques. Je suis de ces derniers. Dieu use d'hommes tels que moi pour accomplir la tâche qui nous convient. On ne gagne rien à s'agiter pour réaliser une tâche à laquelle on n'est pas apte. Je deviens vieux, mes capacités comme mes incapacités sont fixées depuis longtemps. Vous n'obtiendrez rien de bon en voulant me mener tambour battant. »

Haran se piquait de pouvoir insuffler l'ardeur même à un cœur froid ; il croyait disposer d'une force irrésistible pour pousser les inertes à l'action, amener les coupables au repentir ; il était persuadé que rien ne résistait à sa capacité de concentration. Il arrivait à la conclusion que tous les résultats favorables acquis parmi les membres du Brahmo Samaj lui étaient généralement attribuables, et il ne doutait pas que ce fût son influence qui se manifestait sans cesse dans les coulisses. Si quelqu'un se livrait devant lui à l'éloge de Sucharita, il rayonnait de contentement de soi : son exemple et sa société, il s'en piquait, modelaient le caractère de Sucharita et il commençait à se flatter de l'espoir que la vie même de Sucharita serait une des réalisations les plus glorieuses à mettre à son crédit. Même maintenant sa vanité n'était pas ébranlée par cette déplorable rechute dans l'erreur, car il en faisait retomber tout le blâme sur les épaules de Paresh Babou.

Jamais Haran ne s'était joint, du fond de l'âme, au chœur qui de toute part chantait les louanges de Paresh Babou, et maintenant il se targuait de la certitude que tous comprendraient bientôt combien son silence intelligent était plus justifié que leurs éloges. Haran pouvait pardonner beaucoup à ceux qu'il voulait guider vers le bien, mais non de les voir poursuivre un chemin indépendant, dicté par leur jugement personnel ; il était à peu près incapable de laisser ses victimes échapper, sans combattre pour les garder ; et moins son influence se révélait efficace, plus il insistait. Comme un mécanisme remonté et non arrivé à fin de course, il ne pouvait s'arrêter et continuait à moudre le même air pour des oreilles rétives, sans comprendre sa défaite. Ce trait de caractère gênait toujours beaucoup Sucharita, non pour elle-même, mais pour Paresh Babou. Paresh Babou était devenu un sujet de discussion dans tout le Brahmo Samaj ; comment l'eût-on empêché ?

D'autre part, Harimohini commençait à se rendre compte, comme le temps passait, que, plus elle désirait se tenir dans l'ombre, plus elle provoquait des conflits dans le cercle familial ; chaque jour les humiliations auxquelles elle était soumise accroissaient la détresse de Sucharita, qui ne voyait aucune issue à ces difficultés.

Par-dessus tout Mme Baroda s'était mise à insister auprès de Paresh Babou pour hâter le mariage de Sucharita. « Nous ne pouvons rester davantage responsables de Sucharita, insistait-elle, maintenant qu'elle ne suit plus que son caprice. Si son mariage tarde encore, il faudra que j'emmène nos autres filles ailleurs, car l'exemple ridicule qu'elle donne leur est pernicieux. Vous vous repentirez de votre indulgence à son égard, je vous en avertis. Regardez Lolita, elle n'a jamais été rebelle à ce point. Qui croyez-vous qui soit à l'origine de sa conduite intolérable, quand elle n'écoute personne et qu'elle incommode tout le monde ? Cette histoire de l'autre jour qui a failli me faire mourir de honte, croyez-vous que Sucharita n'y soit pour rien ? Je ne me suis jamais plainte jusqu'à présent, parce que vous aimez Sucharita plus que vos propres filles, mais je tiens à vous dire clairement, maintenant, que la situation ne peut plus durer. »

Paresh Babou fut profondément troublé, non de la conduite de Sucharita, mais du bouleversement apporté à la vie familiale. Il ne doutait pas que Mme Baroda ayant pris une décision, elle remuerait ciel et terre pour arriver à son but et que, si ses efforts paraissaient vains, elle les redoublerait. Il sentait que le mariage de Sucharita, s'il était possible, contribuerait dans ces circonstances à assurer à sa fille chérie la paix de l'esprit ; aussi répondit-il à Baroda : « Si Haran Babou obtient de Sucharita qu'elle fixe le jour du mariage, je ne ferai pas d'objection.

– Combien de fois son consentement a-t-il été demandé ? Je voudrais bien le savoir, cria Mme Baroda. Vous me stupéfiez. Pourquoi attendre ainsi son bon plaisir ? Voulez-vous me dire où elle pourrait trouver un mari pareil ? Fâchez-vous ou non, comme il vous plaira, mais, à dire le vrai, Sucharita ne vaut pas Haran Babou.

– Je ne suis pas encore parvenu, dit Paresh Babou, à distinguer clairement les sentiments que Sucharita éprouve pour Haran Babou. Aussi, tant qu'ils n'auront rien réglé entre eux, je ne veux pas intervenir.

– Ah, vous n'y êtes pas parvenu ! s'exclama Baroda, enfin vous l'admettez. Il n'est pas facile de savoir ce qu'elle pense, je vous assure. Elle est, apprenez-le de moi, bien différente au fond de ce qu'elle fait semblant d'être. »

CHAPITRE XLI

Un article avait paru dans le journal sur l'affaiblissement du zèle au sein du Brahmo Samaj. Il contenait des références si précises à la famille de Paresh Babou que sans qu'aucun nom fût mentionné, on apercevait aisément qui était visé et le style permettait de deviner le nom de l'auteur. Toutefois Sucharita était arrivée à lire l'article jusqu'au bout et elle s'occupait à réduire le papier en miettes ; à la voir, il semblait que rien ne l'apaiserait que de ramener le journal à ses atomes primitifs.

À ce moment Haran entra dans la pièce et il attira une chaise auprès d'elle. Mais Sucharita ne leva même pas les yeux sur lui tant elle s'absorbait dans sa tâche : « Sucharita, dit Haran, j'ai besoin d'avoir avec vous une conversation très sérieuse ; il faut que vous me prêtiez votre attention. »

Sucharita continua à déchirer le journal et, quand il ne fut plus possible de le déchirer avec les doigts, elle prit ses ciseaux et se mit à couper les fragments en fragments plus petits.

Avant qu'elle n'eût achevé, Lolita apparut. « Lolita, dit Haran, j'ai à causer avec Sucharita. » Mais, quand Lolita voulut sortir, Sucharita la retint par son vêtement ; Lolita protesta : « Haran Babou veut te parler. » Sucharita cependant ne tint pas compte de cette remarque et força Lolita à s'asseoir à côté d'elle. Quant à Haran, absolument incapable de comprendre quoi que ce soit à demi-mots, il aborda son sujet sans plus de façons.

« Je ne crois pas qu'il faille reculer encore notre mariage. J'en ai parlé avec Paresh Babou et il accepte qu'avec votre accord la date soit fixée. Aussi ai-je décidé que dimanche en huit… »

Sucharita, sans lui laisser le temps de terminer sa phrase, dit simplement : « Non. »

Haran fut interloqué par cette négation concise et déterminée. Il avait toujours vu en Sucharita un parangon d'obéissance et n'avait jamais imaginé qu'elle pût d'un simple mot rejeter sa proposition sans lui laisser le temps de l'exprimer. « Non ? répéta-t-il avec colère ; que signifie votre non ? Vous voulez reculer la date ?

– Non, répéta simplement Sucharita.

– Qu'est-ce donc que votre non signifie ? bégaya Haran déconcerté.

– Je ne consens pas au mariage, répliqua Sucharita la tête baissée.

– Vous ne consentez pas ! répéta Haran comme hébété.

– Il semble, Haran Babou, intervint Lolita railleuse, que vous ne comprenez plus votre langue maternelle. »

Haran jeta sur Lolita un regard écrasant. « Il est facile de confesser que je ne comprends plus ma langue maternelle ; il l'est moins d'admettre que j'ai toujours mal interprété les paroles souvent prononcées de quelqu'un pour qui je n'ai jamais professé que du respect.

– Il faut du temps pour bien pénétrer les gens, dit Lolita, et peut-être ceci s'applique à vous aussi.

– Du début à la fin il n'y a jamais eu discordance entre mes paroles et mes actes. Je peux déclarer positivement n'avoir pas donné un seul motif d'hésitation sur mon compte. Que Sucharita elle-même dise si ce que j'affirme est vrai. »

Lolita était sur le point de répliquer quand Sucharita l'arrêta : « Ce que vous dites, Haran Babou, est exact ; pas un instant je ne rejette le blâme sur vous.

– Si vous ne me blâmez pas, s'exclama Haran, pourquoi me traiter de cette façon scandaleuse ?

– Vous avez le droit de la trouver scandaleuse, répondit fermement Sucharita. Mais il faut que j'accepte ce scandale, car il m'est impossible… »

Une voix se fit entendre à la porte : « Didi, puis-je entrer ? »

Avec l'expression d'un intense soulagement, Sucharita appela : « Binoy Babou, c'est vous, n'est-ce pas ? Entrez donc.

– Vous vous trompez, Didi, ce n'est pas Binoy Babou ; c'est seulement Binoy. Ne m'accablez pas avec tant de cérémonie », dit Binoy en entrant.

Puis, apercevant Haran et voyant l'expression de son visage, il ajouta en guise de plaisanterie : « Ah, vous êtes fâché contre moi, je vois, parce que je suis resté plusieurs jours sans venir. »

Haran fit un effort pour entrer dans le jeu : « En effet, c'est une bonne raison pour être fâché », commença-t-il, et il conclut aussitôt : « Toutefois je crains que vous ne soyez juste venu à un mauvais moment, je discute un sujet important avec Sucharita.

– Voilà bien ma chance, dit Binoy en se levant rapidement, on ne sait pas quel est le bon moment pour venir ; c'est pourquoi l'on s'y risque à peine. »

Il allait quitter la pièce quand Sucharita s'interposa : « Ne partez pas, Binoy Babou ; nous avons fini notre conversation. Asseyez-vous. »

Binoy devina que son arrivée sauvait Sucharita d'une situation critique ; aussi prit-il gaiement un siège : « Je ne refuse jamais une offre aimable. Si l'on me propose une chaise, j'accepte tout de suite ; c'est mon tempérament. Donc, Didi, faites attention ; ne me dites jamais ce que vous ne pensez pas ; vous le regretteriez. »

Haran fut réduit à se taire, mais son apparence de plus en plus résolue indiquait à tous qu'il n'était pas homme à quitter la chambre sans avoir exprimé tout ce qu'il avait sur le cœur.

Dès que Lolita avait entendu la voix de Binoy derrière la porte, son sang avait couru plus vif à travers ses veines, quoiqu'elle fît de vains efforts pour paraître naturelle. Aussi, quand Binoy entra, fut-elle incapable de lui parler comme on parle d'ordinaire à un ami ; elle consacrait toute son attention à décider quelle attitude prendre et quel usage faire de ses mains. Elle serait sortie, mais Sucharita tenait encore un pan de son sari. Binoy, de son côté, adressant ses discours à Sucharita, n'osait pas, malgré sa présence d'esprit, interpeller directement Lolita ; il tentait de cacher son embarras sous une volubilité affectée.

Néanmoins cette timidité nouvelle entre Lolita et Binoy ne put échapper à Haran. Il s'irrita de voir Lolita, qui avait récemment adopté à son égard une indépendance si provocante, se montrer ainsi modeste devant Binoy. Sa colère contre Paresh Babou s'accrut devant l'évidence des maux qu'il avait introduits à son foyer en tolérant les relations de ses filles avec des gens étrangers au Brahmo Samaj. Et le sentiment que Paresh Babou devrait expier sa folie s'imposa à Haran avec la force d'une malédiction.

Quand il devint évident que Haran n'avait pas l'intention de s'en aller, Sucharita dit à Binoy : « Vous n'avez pas vu ma tante depuis longtemps, elle demande souvent de vos nouvelles. Ne voulez-vous pas monter la voir ?

— Croyez bien, dit Binoy en se levant pour suivre Sucharita, que je me rappelais votre tante ; je pensais à elle avant que vous m'invitiez à la voir. »

Sucharita sortie avec Binoy, Lolita se leva à son tour : « Je ne crois pas, Haran Babou, dit-elle, que vous ayez quelque chose de spécial à me communiquer.

— Non, répondit Haran ; comme je suppose que vous avez à faire ailleurs, je ne vous retiens pas. »

Lolita comprit l'insinuation et, se redressant pour montrer qu'elle ne redoutait pas l'allusion, observa : « Il y a si longtemps que Binoy Babou n'est venu ici qu'il me faut vraiment aller bavarder un peu avec lui. Pendant ce temps, si vous désirez lire votre propre prose… Mais j'oubliais, ma sœur vient justement de déchirer le journal en morceaux. Toutefois, si vous supportez la prose d'un autre, vous pouvez feuilleter ces articles. » Et elle prit sur la table placée dans un coin quelques articles de Gora qui y étaient soigneusement rangés, puis, les déposant devant Haran, elle monta l'escalier.

Harimohini fut enchantée de la visite de Binoy, non seulement parce qu'elle avait conçu de la sympathie pour lui, mais parce qu'il différait beaucoup des autres visiteurs, qui ne se cachaient pas de la considérer comme une curiosité. C'étaient tous des gens de Calcutta, d'une culture anglaise et bengalie supérieure à la sienne, et dont la morgue l'amenait peu à peu à se replier sur elle-même. En Binoy, Harimohini sentait un appui ; lui aussi était de Calcutta et elle avait appris que son savoir n'était pas à dédaigner ; pourtant il n'avait jamais témoigné le moindre mépris à son égard, mais plutôt un respect affectueux ; aussi Binoy s'était-il en peu de jours fait une place dans le cœur de la vieille femme comme s'il eût été un proche parent.

Lolita n'aurait pas été capable de suivre si vite Binoy dans la chambre de Harimohini sans le coup que Haran avait porté à sa fierté en la raillant. Non seulement cette raillerie l'obligea à monter, mais elle la poussa sitôt arrivée à s'adresser à Binoy avec beaucoup de liberté. En fait, les éclats de leurs rires parvinrent jusqu'en bas, agaçant les nerfs de Haran abandonné à sa solitude. Haran se lassa bientôt de sa propre compagnie et pensa qu'une conversation avec Mme Baroda adoucirait la brûlure des blessures qu'il avait reçues.

Quand, l'ayant trouvée, il lui apprit le refus de Sucharita, l'indignation de Baroda ne connut plus de bornes. « Haran Babou, l'exhorta-t-elle, vous n'avez pas le droit de vous laisser faire. Elle a donné son consentement, elle l'a donné à plusieurs reprises et le Brahmo Samaj tout entier considère le mariage comme décidé depuis longtemps. Vous n'admettrez pas que le projet soit bouleversé simplement parce qu'aujourd'hui elle fait signe que non. Ne renoncez pas si aisément ; soyez ferme et nous verrons bien ce qu'elle fera. »

Inciter Haran à la fermeté était vraiment superflu. Il n'avait cessé de se répéter obstinément : « Pour le principe il faut que je tienne bon. Peut-être ne m'importe-t-il guère de renoncer à Sucharita, mais la dignité du Brahmo Samaj est en jeu. »

Binoy, pour mettre une vraie familiarité dans ses rapports avec Harimohini, l'avait priée de lui donner à goûter, et Harimohini, touchée de cette prière, s'affaira, plaçant sur un plateau de cuivre des fruits, des bonbons et des graines rôties et déposant le plat devant Binoy avec un verre de lait. Binoy se mit à rire : « Je croyais embarrasser notre tante en déclarant que j'avais faim à une heure aussi incongrue, mais je vois que je me suis trompé. » Et il se disposait à attaquer les friandises* avec un grand déploiement d'appétit quand tout à coup Mme Baroda fit son apparition.

---

* *Friandises :* À chaque visite intime, les femmes hindoues offrent des friandises dont les plus communes sont les *sandeshs* (voir ce mot), les graines de pavot, d'anis ou de cannelle et des beignets « blancs et vaporeux comme les nuages, mais portant le feu et les éclairs, car ils sont remplis d'un mélange d'épices savoureuses et brûlantes ».

À son entrée, Binoy s'inclina aussi bas que possible par-dessus son assiette et dit : « Je ne vous ai pas vue en bas, il y a déjà un moment que je suis ici. »

Mais Baroda ne fit pas mine d'apercevoir son salut ni d'entendre ses excuses et regardant Sucharita s'écria : « Ah, notre jeune personne est ici ; je l'avais deviné. Elle s'amuse, tandis que le pauvre Haran Babou passe sa matinée à l'attendre comme un solliciteur. J'ai élevé toutes ces filles depuis l'enfance, mais je n'ai jamais rien vu de pareil. Qui donc la pousse à agir de la sorte, je n'en sais rien. Songer qu'on se comporte ainsi dans notre famille ! Comment oserons-nous nous montrer au Brahmo Samaj ? »

Harimohini fut très affectée par cette sortie et dit à Sucharita : « Je ne savais pas que quelqu'un t'attendait en bas. Comme c'est mal à moi de te retenir ici. Va, ma chérie, va vite, j'aurais dû m'en douter. » Lolita allait protester que la faute n'en était pas à Harimohini, mais Sucharita lui serra fortement la main pour la faire taire et, sans un mot, redescendit.

Nous avons raconté comment Binoy avait gagné dès les débuts les bonnes grâces de Baroda ; elle était convaincue que l'influence de leur famille l'amènerait rapidement à devenir membre du Brahmo Samaj et elle se sentait toute fière de jouer par là un rôle déterminant dans l'existence de ce jeune homme. En fait, à plusieurs occasions, elle s'était déjà vantée de cet exploit devant des amis du Brahmo Samaj ; elle en fut d'autant plus fâchée de voir Binoy établi dans le camp de l'ennemi avec sa propre fille Lolita comme complice de la rébellion. « Lolita, as-tu quelque chose de spécial à faire ici ? demanda-t-elle d'un ton coupant.

– Oui, Binoy Babou est monté, alors…

– Laisse Binoy Babou faire visite à ceux qu'il est venu voir. Toi, descends. »

Lolita eut l'intuition immédiate que Haran avait rapproché son nom de celui de Binoy comme il n'avait pas le droit de le faire. Son attitude se raidit et, ce qu'elle avait commencé avec hésitation, elle l'acheva avec une inutile emphase. « Binoy Babou est venu chez nous après une longue absence. Je veux d'abord bavarder un moment avec lui ; je descendrai ensuite. »

Au ton de Lolita, Baroda comprit qu'elle refusait de se laisser intimider et, ne voulant pas se déclarer battue devant Harimohini, elle n'ajouta rien et quitta la pièce sans avoir fait mine de voir Binoy. Du désir exprimé par Lolita de bavarder avec Binoy, rien ne subsista d'ailleurs après le départ de Baroda. Un instant ils demeurèrent tous les trois assis dans un silence gêné, puis Lolita se leva, alla dans sa chambre et s'y enferma.

Binoy avait nettement compris quelle devenait la position de Harimohini dans cette maison ; il dirigea la conversation dans le sens voulu et Harimohini lui raconta bientôt toute son histoire. En finissant son récit elle ajouta : « Mon enfant, le monde ne convient pas à une femme infortunée comme moi. J'aurais mieux fait de me retirer dans un lieu consacré et de m'efforcer d'y servir Dieu. Il me restait un peu d'argent, j'aurais pu en vivre un certain temps et, même si j'avais vécu davantage, je me serais arrangée pour subsister en faisant la cuisine dans une famille. Il y a dans Bénarès quantité de gens qui mènent cette existence. Néanmoins mon âme est si pleine de péchés que je n'ai pu me décider à le faire. Dès que je suis seule, il semble que mes chagrins m'oppressent et m'empêchent même de penser à Dieu. Parfois j'ai peur de devenir folle. Radharani et Satish sont pour moi ce qu'est un radeau pour l'homme qui se noie : la simple idée d'avoir à les quitter me suffoque. Aussi suis-je jour et nuit hantée par la terreur de devoir renoncer à eux. Comment, ayant perdu tout au monde, me serais-je en si peu de temps attachée à eux avec tant de force ? Je n'ai pas honte à vous ouvrir mon cœur, mon fils ; ainsi, je vous l'avoue, depuis que j'ai trouvé ces deux enfants, je puis de nouveau adorer Dieu de toute mon âme ; mais, s'il me fallait les perdre, mon Dieu ne serait plus pour moi qu'une pierre pesante. » Et tout en parlant elle essuyait les larmes qui coulaient de ses yeux.

CHAPITRE XLII

Sucharita était descendue et, debout devant Haran, lui demanda : « Que voulez-vous donc me communiquer ?

– Asseyez-vous », dit-il.

Mais Sucharita demeura debout.

« Sucharita, vous m'avez fait injure, continua Haran.

– Et vous aussi, vous m'avez fait injure.

– La parole que je vous ai engagée reste valable… »

Haran allait poursuivre quand Sucharita l'interrompit : « Ne se fait-on injure qu'avec des mots ? À cause d'un mot avez-vous l'intention de me contraindre à agir contre mon inclination ? La vérité n'a-t-elle pas une valeur plus grande que des phrases fallacieuses ? Faut-il, parce que j'ai répété plusieurs fois mon erreur, que cette erreur devienne une réalité ? Maintenant que j'ai compris l'erreur que j'ai commise, je ne peux pas m'en tenir à mon consentement de naguère. Là serait l'erreur véritable. »

Haran était incapable de saisir comment Sucharita avait pu changer à ce point. Il manquait de l'intuition et de la modestie nécessaires pour deviner que son insistance inconsidérée avait forcé la jeune fille à sortir de sa discrétion et de son calme naturels. Aussi rejetait-il tout le blâme sur les nouveaux amis qu'elle avait trouvés et il demanda : « Quelle erreur prétendez-vous avoir découverte ?

– Pourquoi le demander ? Ne suffit-il pas que je répète que je retire mon consentement ?

– Il faut pourtant bien que nous fournissions une explication au Brahmo Samaj, insista Haran. Que direz-vous et que dirai-je aux membres du Brahmo ?

– Quant à moi, je me tairai. S'il faut que vous donniez une explication, dites que Sucharita est trop jeune, ou trop folle, ou trop volage, comme vous voudrez. Mais entre nous il n'y a plus d'explication à donner.

– Les choses ne peuvent finir ainsi, s'écria Haran. Si Paresh Babou.. ! »

À cet instant Paresh Babou entrait : « Eh bien, Haran Babou, vous désiriez me parler ? »

Sucharita s'apprêtait à sortir, mais Haran la rappela : « Non, Sucharita, il faut que vous restiez. Nous allons discuter en présence de Paresh Babou. » Sucharita se retourna et demeura immobile tandis que Haran continuait : « Paresh Babou, après un long délai, Sucharita prétend refuser son consentement à notre mariage. Est-il admissible qu'elle ait traité si légèrement un sujet si important ? N'êtes-vous pas en partie responsable de cette vilaine histoire ? »

Paresh Babou caressa les cheveux de Sucharita et lui dit doucement : « Ma chérie, tu n'as pas besoin de rester ici, tu peux partir. »

À ces simples mots qui témoignaient de tant de compréhension et de sympathie, les larmes montèrent aux yeux de Sucharita et elle s'enfuit. Paresh Babou poursuivit : « C'est parce que je craignais que Sucharita ait accordé son consentement sans connaître vraiment le fond de sa pensée que j'hésitais à céder à vos instances pour des fiançailles officielles.

– Ne croyez-vous pas qu'elle connaissait bien le fond de sa pensée lorsqu'elle m'a accordé son consentement, et que son refus, au contraire, est dû à ce qu'elle ne se comprend pas bien elle-même ?

– Les deux hypothèses sont possibles ; mais devant un doute si grave il est plus sage de renoncer au mariage.

– Ne donnerez-vous pas un conseil à Sucharita, dans son propre intérêt ?

– Vous devez savoir que c'est seulement dans son propre intérêt que je puis la conseiller.

– S'il en avait été ainsi, éclata Haran, Sucharita n'en serait pas arrivée à cette impasse. Tout ce qui se produit maintenant dans votre famille est votre faute, je vous le dis en face, à cause du manque de jugement dont vous avez fait preuve. »

Paresh Babou eut un léger sourire pour répondre : « Là, vous avez tout à fait raison. Si ce n'est pas moi qui prends la responsabilité de ce qui arrive dans ma famille, qui donc la prendra ?

– Eh bien, je peux vous assurer qu'un jour vous vous en repentirez, conclut Haran.

– Le repentir est un don de la grâce divine. Je crains de mal agir, Haran Babou, mais non de me repentir. »

Sur ces entrefaites Sucharita rentra et, prenant Paresh Babou par la main, lui dit : « Père, c'est l'heure de votre adoration du soir. »

Paresh Babou dit :

« Haran Babou, voulez-vous m'attendre un moment ? »

Avec un non brusque, Haran finalement s'en alla.

CHAPITRE XLIII

Sucharita était atterrée à l'idée de la lutte dans laquelle elle s'engageait, aussi bien contre elle-même que contre son entourage. Sans qu'elle le sût, ses sentiments pour Gora n'avaient cessé de s'affermir et quand, après l'arrestation de celui-ci, ils lui apparurent si clairs et presque irrésistibles, elle n'imagina aucune issue. Elle n'avait guère le moyen de trouver la solitude qui lui aurait permis de résoudre par un compromis le conflit qui l'agitait ; Haran en effet s'était arrangé pour ameuter les membres irrités du Brahmo Samaj, qui l'entouraient de leurs bourdonnements ; on pouvait même deviner qu'ils s'apprêtaient à sonner le tocsin dans les journaux. Par-dessus tout elle devait régler le problème de sa tante, parvenu à une acuité telle qu'à moins d'une solution très prompte il conduirait inévitablement à un désastre.

Sucharita concevait bien que le cours de sa vie avait atteint une crise ; elle sentait que les jours étaient passés où elle suivait paisiblement le sentier habituel et pensait selon les voies frayées.

Son seul et unique soutien en cette période difficile était Paresh Babou ; non qu'elle sollicitât de lui un avis ou un conseil, car beaucoup de ses pensées lui inspiraient à l'égard de son père adoptif des scrupules et même une sorte de honte qui l'empêchaient d'en faire mention devant lui. Mais la simple présence et la compagnie de Paresh Babou, sans qu'il parlât, lui semblaient un refuge où elle trouvait l'appui protecteur d'un père et la tendre dévotion d'une mère. En ces soirées d'automne, Paresh Babou à ses heures d'adoration ne descendait pas au jardin, il s'asseyait pour prier dans une petite pièce donnant sur la façade de la maison. Par la fenêtre ouverte, les derniers rayons du soleil tombaient sur ses cheveux blancs et son visage serein. À ces moments-là Sucharita venait sans bruit s'asseoir auprès de lui. Elle avait l'impression que son cœur inquiet et torturé trouvait la paix dans le silence chargé d'âme où méditait Paresh Babou. Quand il rouvrait les yeux, Paresh Babou voyait cette fille si chère blottie auprès de lui, disciple immobile et muette, et, dans la douceur ineffable où il la sentait plongée, une bénédiction sans paroles s'épanchait sur elle du plus profond de son cœur.

L'union constante avec l'Être suprême à laquelle tendait l'existence entière de Paresh Babou guidait toujours son esprit vers le bien et la vérité ; les préoccupations matérielles n'avaient jamais compté beaucoup pour lui. La liberté de jugement qu'il avait ainsi atteinte l'empêchait de chercher jamais à contraindre autrui dans la conduite ou dans la foi. Il avait tant de confiance naturelle en la bonté de l'homme et tant de patience pour ses faiblesses qu'il s'était souvent attiré la critique des zélateurs fanatiques. Mais si ces critiques pouvaient le blesser, elles ne troublaient jamais son égalité de caractère.

C'était pour recevoir un reflet de cette sérénité intime qu'à cette époque Sucharita s'ingéniait à venir sous tous les prétextes retrouver Paresh Babou. Quand le conflit qui agitait son cœur et celui qui s'étendait autour d'elle bouleversaient par trop la jeune fille anxieuse, elle sentait que pour recouvrer la sérénité, il lui fallait reposer sa tête aux pieds de son père. Elle avait d'abord espéré que, si elle trouvait l'énergie d'attendre patiemment, les forces qui s'affrontaient en elle s'épuiseraient et reconnaîtraient leur défaite. Pourtant il était écrit que cet espoir ne se réaliserait pas, et elle avait été contrainte de s'aventurer sur des chemins inconnus.

Quand Mme Baroda s'aperçut que des reproches ne réussiraient pas à détourner Sucharita de la voie où elle s'engageait et qu'il n'y avait aucune chance de s'assurer l'appui de Paresh Babou, sa rage se déversa sur Harimohini. La seule idée que cette femme habitait sa maison la faisait sortir de ses gonds. Pour l'anniversaire de la mort de son père, Baroda avait invité Binoy. La famille et les amis devaient se réunir le soir pour assister au service religieux, et Baroda s'activait à décorer la salle pour la cérémonie avec l'aide de Sucharita et de ses filles.

Tandis qu'elle y travaillait, elle aperçut Binoy qui montait faire visite à Harimohini. Et, comme le moindre détail prend de l'importance quand on est mal disposé, cette vue insupportable l'empêcha de continuer ce qu'elle faisait et l'obligea à suivre Binoy jusqu'à la chambre d'en haut ; elle l'y trouva déjà installé sur la natte et plongé avec Harimohini dans une causerie familière. « Écoutez, dit-elle à Harimohini, j'accepte que vous restiez dans cette maison tant que vous voudrez et nous vous entretiendrons volontiers ; mais laissez-moi vous dire, une fois pour toutes, que nous ne pouvons admettre la présence chez nous de votre idole. »

Harimohini avait passé toute sa vie à la campagne et elle se faisait des brahmos l'idée qu'ils étaient simplement une secte de chrétiens. Dans quelle mesure on pouvait sans risque vivre à leurs côtés avait constitué le seul problème dont elle se fût avisée touchant ses rapports avec eux. Qu'eux aussi pussent avoir quelque répugnance à voisiner avec elle, cette évidence s'était peu à peu imposée à elle et l'avait récemment amenée à réfléchir sur la conduite à tenir. Le discours sans ambages de Mme Baroda montrait clairement qu'il ne convenait pas de s'attarder à des réflexions, mais qu'il fallait prendre immédiatement un parti. D'abord elle avait envisagé de s'installer à Calcutta dans un autre appartement de façon à pouvoir rencontrer de temps en temps sa Sucharita et son Satish ; mais elle se doutait maintenant que ses maigres ressources ne lui permettraient pas de vivre à la ville.

Après que, tel un ouragan, Mme Baroda fut arrivée, puis repartie, Binoy demeura un instant immobile et la tête baissée. Harimohini rompit le silence : « Je vais partir en pèlerinage. Un de vous ne pourrait-il m'accompagner dans le voyage, mon fils ?

– Je serais heureux de vous conduire, dit Binoy ; mais il faudrait quelques jours pour faire nos préparatifs ; ne voulez-vous pas venir passer ce temps-là chez ma mère ?

– Vous ne comprenez pas, mon enfant, que je suis un fardeau ? Dieu a mis sur mes épaules une charge si lourde que personne ne peut supporter ma présence. Quand j'ai vu que j'étais un poids intolérable même dans la maison de mon mari, j'aurais bien dû m'en persuader. Mais cette intelligence me vient difficilement. Depuis, j'ai voyagé en essayant de remplir le vide de mon cœur et, partout où j'allais, j'emportais mon malheur avec moi. C'en est assez, mon fils, abandonnez-moi. Pourquoi m'imposerais-je à nouveau dans une maison étrangère ? Laissez-moi prendre enfin refuge aux pieds de Celui qui soutient le fardeau du monde entier. Je ne peux plus lutter. »

Et Harimohini, tout en parlant, essuyait ses larmes qui ne cessaient de couler.

« Non, non, ma tante, dit Binoy, je ne puis vous permettre de parler ainsi. Vous ne devez comparer ma mère avec personne d'autre. Quelqu'un qui a su offrir à Dieu toutes les souffrances du monde ne trouve jamais trop lourd d'aider un autre dans la souffrance. Telle est ma mère, tel est aussi Paresh Babou. Non, je ne vous écoute pas. Laissez-moi vous conduire au but de mon pèlerinage à moi ; ensuite je vous conduirai au vôtre.

– Pourtant, dit Harimohini, il faut au moins l'informer...

– Notre arrivée suffira pour l'informer, dit Binoy.

– Alors, demain matin… »

Mais Binoy l'interrompit de nouveau : « Pourquoi demain ? Mieux vaut aujourd'hui, ce soir. »

À cet instant Sucharita arriva : « Mère m'envoie vous dire qu'il est l'heure du service.

– Je regrette de ne pouvoir y assister. J'ai une affaire à régler avec votre tante. »

En réalité, après ce qui s'était passé, Binoy n'était plus disposé à se rendre à l'invitation de Baroda ; il y voyait une sorte de dérision.

Harimohini cependant s'inquiéta et le pressa de descendre : « Vous viendrez me parler après. Assistez d'abord à la cérémonie et vous remonterez me voir.

– Vous feriez mieux de venir, je crois », dit Sucharita.

Binoy comprit qu'en s'abstenant d'assister au service, il ne ferait que précipiter la révolution déjà commencée dans cette maison. Aussi se rendit-il dans la salle préparée pour la cérémonie. Néanmoins, sa bonne volonté n'eut pas le résultat attendu. Comme, après le service, on offrait des rafraîchissements, Binoy s'excusa : « Je vous remercie, je n'ai pas faim.

– Comment auriez-vous de l'appétit, railla Baroda, quand vous venez juste de manger des friandises là-haut ? »

Binoy prit le reproche en riant : « Voilà ce qui arrive aux gourmands ; ils gâchent l'avenir en cédant à la tentation immédiate. » Et il se préparait à sortir quand Baroda demanda : « Vous remontez, je suppose ? »

Binoy répondit par un bref acquiescement et quitta la pièce non sans murmurer à Sucharita en la croisant : « Didi, venez voir votre tante, elle a besoin de vous. »

Lolita était occupée à servir les autres et, comme elle passait devant Haran, celui-ci observa à brûle-pourpoint : « Binoy Babou n'est pas là ; il est monté. »

Lolita s'arrêta devant lui et, le regardant en face, dit d'un ton coupant : « Je le sais ; mais il ne partira pas sans me dire au revoir. D'ailleurs, je vais monter aussi dès que j'aurai fini ce que je fais ici. »

Il n'avait pas échappé à Haran que Binoy avait glissé quelques mots à Sucharita et qu'elle l'avait presque immédiatement suivi hors de la salle. Lui-même avait justement fait quelques tentatives malheureuses pour entraîner Sucharita dans un entretien devant les brahmos assemblés et elle avait évité ces ouvertures de façon si visible qu'il se sentait formellement insulté. Les sentiments qui le dominaient devinrent plus amers encore quand il échoua même dans son effort pour suggérer à Lolita le sens voulu de culpabilité.

En arrivant en haut, Sucharita trouva Harimohini assise au milieu de ses bagages tout préparés, s'apprêtant sans aucun doute à partir ; elle demanda ce qui se passait. Harimohini fut incapable de lui répondre et se mit à pleurer : « Où est Satish ? demanda-t-elle. Prie-le de venir me voir, veux-tu, ma petite mère ? »

Sucharita regarda Binoy d'un air perplexe, et il expliqua : « Si votre tante ne part pas d'ici, sa présence provoquera des ennuis, aussi je l'emmène chez ma mère.

– J'ai l'intention d'aller en pèlerinage, ajouta Harimohini. Une créature comme moi ne doit pas demeurer dans la maison d'un autre. Pourquoi faudrait-il que toujours quelqu'un ait la charge de ma personne ? »

Sucharita avait justement réfléchi à la question et elle était parvenue à la conclusion que rester chez Baroda ne comporterait pour sa tante que des insultes ; aussi fut-elle incapable de répliquer et sans parler elle s'assit auprès de Harimohini. Le crépuscule était venu, mais les lampes n'étaient pas encore allumées ; les étoiles brillaient faiblement dans le ciel embrumé d'automne, et dans l'obscurité on ne pouvait voir qui pleurait.

Soudain on entendit dans l'escalier le fausset de Satish qui criait : « Ma tante, ma tante ! »

Harimohini se leva précipitamment. « Ma tante, dit Sucharita, vous ne pouvez partir ce soir, demain matin nous déciderons. Comment vous sauveriez-vous ainsi sans prendre comme il faut congé ? Il en aurait tant de peine. »

Binoy, dans l'excitation que lui avait causée l'insulte infligée à Harimohini par Mme Baroda, avait oublié Paresh Babou. Il avait eu l'impression aiguë que le séjour de Harimohini sous ce toit était devenu impossible, même pour une nuit, et il voulait montrer à Baroda qu'elle se trompait en croyant Harimohini réduite à subir des affronts, faute d'un asile possible ailleurs. Aussi sa préoccupation unique avait-elle été de l'emmener aussi vite que possible. Les paroles de Sucharita lui rappelèrent que les rapports de Hari-

mohini avec la maîtresse de maison n'étaient pas
seuls à compter ici et qu'il ne convenait pas d'atta-
cher plus de poids aux outrages reçus qu'à l'hospitalité si généreusement et si affectueusement offerte ;
aussi reconnut-il : « C'est très vrai. Vous ne pouvez
partir sans dire adieu à Paresh Babou. »

Satish alors entrait en criant : « Tante, savez-vous
que les Russes vont envahir l'Inde ? Ce sera bien
amusant, n'est-ce pas ?

— Et pour qui seras-tu ? demanda Binoy.

— Pour les Russes, bien sûr.

— Ah ! dans ce cas, ils n'ont pas lieu d'être
inquiets », dit Binoy en souriant.

Dès qu'elle vit la crise passée et Binoy redevenu
lui-même, Sucharita les quitta et descendit sans bruit.

CHAPITRE XLIV

Paresh Babou était seul dans sa petite chambre avant d'aller se reposer ; il lisait un volume d'Emerson, assis auprès de la lampe allumée, quand Sucharita entra, sans bruit, avança une chaise près de lui ; il posa son livre et tourna les yeux vers elle. Sucharita manquait de courage pour aborder le sujet qui l'amenait ; elle jugeait impossible de montrer ses préoccupations profanes. Elle dit simplement : « Père, voulez-vous me faire un peu la lecture ? »

Paresh Babou lui fit la lecture en l'expliquant, jusqu'à dix heures. Ensuite, Sucharita ne se sentit pas plus disposée à mentionner une matière délicate qui risquerait de troubler le repos de son père, et elle se préparait à rentrer dans sa chambre quand Paresh Babou la rappela : « Tu voulais me parler de ta tante, n'est-ce pas ? »

Sucharita fut surprise qu'il eût deviné ce qu'elle avait dans l'esprit. « Oui, Père, dit-elle, mais ne vous inquiétez pas de cela ce soir ; nous en reparlerons demain. »

Paresh Babou, cependant, l'obligea à se rasseoir. « Il ne m'a pas échappé que ta tante ne doit pas se trouver très bien ici. Tout d'abord, je n'ai pas com-

pris combien ses croyances et ses coutumes heurte-
raient les habitudes et les idées de ta mère. Maintenant je vois combien ta mère en est choquée, et je suis
sûr que ta tante aussi se sent mal à l'aise.

– Ma tante vient de faire ses préparatifs pour
partir.

– Je me doutais qu'elle voudrait le faire ; mais je
crois aussi qu'étant ses uniques relations, nous ne
pouvons la laisser sans toit. Aussi, depuis quelques
jours ai-je réfléchi à la question. »

Sucharita ne s'était pas aperçue que Paresh
Babou avait découvert la position pénible où se trouvait sa tante, et qu'il se préoccupait d'y chercher
remède. Elle avait toujours agi avec beaucoup de circonspection pour éviter que l'évidence du malaise
général ne le tourmente et, quand elle l'entendit
parler de la sorte, la reconnaissance fit monter des
larmes à ses yeux.

« Je me suis justement avisé de l'existence d'une
maison qui lui conviendrait, dit Paresh Babou.

– Mais je crains que…, balbutia Sucharita.

– Tu veux dire qu'elle ne peut pas payer de loyer.
Mais pourquoi en paierait-elle un ? Tu ne vas pas lui
en demander un. »

Sucharita le regarda avec une stupeur muette et il
ajouta en riant : « Si elle vit dans une maison à toi,
elle n'aura pas de loyer à payer. »

Cette phrase ne fit que mystifier encore davantage
Sucharita, mais Paresh Babou expliqua : « Ne sais-tu
pas que vous possédez deux maisons à Calcutta ?
L'une t'appartient, l'autre est à Satish. Quand ton

père est mort, il a laissé un peu d'argent que j'ai géré pour vous ; je l'ai fait fructifier et, quand la somme l'a permis, pour la placer, j'ai acheté deux maisons en ville. Ces dernières années, je les ai louées et j'ai mis de côté le montant des loyers. Le locataire d'une des maisons vient de partir ; comme elle est vide rien n'y gênera ta tante.

– Mais pourra-t-elle vivre seule ?

– Puisque tu es sa proche parente, pourquoi serait-elle seule ?

– C'est précisément ce dont je venais vous parler ce soir, expliqua Sucharita. Ma tante a décidé de partir d'ici et je me demandais s'il était possible que je la laisse partir seule. Je voulais votre avis et je le suivrai à la lettre.

– Tu vois l'allée qui longe le côté de la maison ? Eh bien, ta maison est située vers le bas de cette allée, à trois portes de distance de chez nous ; on peut même l'apercevoir de notre véranda. Si tu y habites, tu ne te sentiras pas isolée de nous car nous pourrons nous voir aussi souvent que si nous habitions ensemble. »

Sucharita sentit son esprit déchargé d'un poids très lourd, car l'idée de quitter Paresh Babou lui était insoutenable ; elle avait compris cependant que son devoir l'y obligerait bientôt. Le cœur trop plein pour les paroles, Sucharita demeura assise auprès de Paresh Babou, qui restait lui aussi plongé dans ses réflexions.

Sucharita était sa pupille, sa fille, son amie ; elle faisait partie de sa vie même. Sans elle, il lui semblait que même son adoration de la Divinité serait imparfaite. Les jours où Sucharita venait le rejoindre pour méditer avec lui, ses dévotions lui paraissaient plus fécondes. Quand, avec toute sa tendresse, il s'efforçait d'élever vers Dieu les pensées de la jeune fille, il accédait lui-même à des sphères plus hautes.

Aucune de ses autres filles n'était jamais venue vers lui avec le respect et l'humilité spontanée de Sucharita. Comme une fleur se tourne vers le soleil, tout l'être de Sucharita se tournait vers lui et s'épanouissait. Une attente si fervente ne pouvait qu'appeler en réponse un soin aussi fervent ; elle invitait l'affection qui se penche pour répandre ses présents comme un nuage chargé d'une pluie bienfaisante. Quelle occasion merveilleuse s'offrait de donner chaque jour le meilleur et le plus profond de soi-même à une âme grande ouverte pour le recevoir ! C'est cet accord de leurs sentiments qui rendait leur intimité si étroite.

Maintenant, l'heure était venue de couper le lien apparent. De sa sève la plus pure l'arbre avait mûri son fruit et maintenant il devait le laisser tomber sur le sol. La douleur secrète de son cœur, Paresh Babou la consacrait à Celui qui remplissait ce cœur. Depuis quelque temps il voyait que Sucharita était appelée à vivre sa propre vie ; il savait qu'elle emporterait dans le pèlerinage de l'existence un riche trésor ; elle y puiserait en s'engageant sur la grande route du monde, où elle acquerrait des connaissances nouvelles dans la joie et la douleur, dans les épreuves à subir et les efforts à réaliser. « Va, mon enfant, disait-il dans sa pensée. Tu dois sortir de l'ombre où te tiennent mes conseils et même mes soins inquiets. Dieu te libérera de moi et te conduira à travers les expériences et les détours vers ta destinée finale. Puisse ta vie trouver en Lui son accomplissement. » Ainsi consacrait-il à Dieu comme une pieuse offrande cette Sucharita sur laquelle veillait depuis l'enfance toute son affection.

Paresh Babou n'avait pas toléré en lui-même la moindre velléité de critique à l'égard de Mme Baroda, ni la moindre irritation devant les conflits familiaux. Il n'ignorait pas qu'au moment où la crue envahit l'ancien et étroit lit du fleuve, des tourbillons se produisent, et que le seul remède est de laisser l'eau se répandre librement dans la vaste campagne. Il voyait les ornières de la tradition et de l'habitude s'effriter dans sa famille sous le choc des événements imprévus dont Sucharita était le centre ; le calme reviendrait seulement quand on l'aurait libérée de toute entrave et qu'on l'aurait laissée trouver elle-même sa place dans le monde. Aussi s'était-il préparé avec sérénité à l'affranchir, pour lui permettre de se créer dans l'indépendance une vie harmonieuse.

Tous deux restèrent immobiles et silencieux jusqu'à ce que la pendule sonnât onze heures. Paresh Babou alors se leva et, prenant dans sa main celle de Sucharita, l'entraîna sur la véranda. Les étoiles resplendissaient dans un ciel maintenant dégagé. Sucharita auprès de lui, Paresh Babou pria dans la paix de la nuit :

« Délivrez-nous de tout mensonge et permettez à la vérité de répandre sur nous la lumière. »

CHAPITRE XLV

Le lendemain matin quand Harimohini, prenant congé de Paresh Babou, lui fit la salutation due à un aîné, il retira précipitamment ses pieds qu'elle touchait avec respect.

« Non, je vous en prie », s'exclama-t-il, très gêné.

Harimohini dit, les larmes aux yeux : « Jamais ni dans cette vie, ni dans une autre, je ne serai quitte de la reconnaissance que je vous dois. Vous m'avez offert un asile, à moi, créature infortunée ; un autre n'aurait pu le faire, même si quelqu'un l'avait voulu. Mais Dieu vous aime, c'est pourquoi Il vous permet de secourir une misérable. »

Paresh Babou était très embarrassé : « Je n'ai rien fait que de naturel, murmura-t-il. C'est Sucharita... »

Mais Harimohini ne le laissa pas achever.

« Je sais, je sais, mais Radharani elle-même est à vous ; tout ce qu'elle fait est votre œuvre. Lorsque sa mère est morte et qu'elle a aussi perdu son père, je l'ai crue vouée au malheur ; comment aurais-je su que Dieu la bénirait dans cette extrémité ? Quand, après avoir erré à travers le monde, je suis enfin arrivée ici et que je vous ai connu, j'ai compris que Dieu pouvait avoir pitié, même de moi. »

À cet instant Binoy entra et annonça : « Ma tante, Mère est venue vous chercher.

— Où est-elle ? s'exclama Sucharita en se levant tout émue.

— En bas avec votre mère », répondit Binoy.

Sucharita se hâta de descendre.

Paresh Babou dit à Harimohini : « Laissez-moi vous précéder et voir si tout est prêt dans votre nouvelle maison. »

Quand Paresh Babou fut parti, Binoy dit tout étonné : « Ma tante, je ne savais pas que vous aviez une maison.

— Je n'en avais pas non plus entendu parler, mon enfant, jusqu'à aujourd'hui. Seul Paresh Babou le savait. Je crois qu'elle appartient à Radharani. »

Quand Binoy eut entendu son récit, il dit : « J'ai imaginé que Binoy allait enfin être utile à quelqu'un ; mais je vois que ce plaisir ne lui sera pas accordé. Jusqu'à présent je n'ai jamais rien fait pour personne, même pas pour Mère ; c'est elle qui toujours a tout fait pour moi. Pour ma tante non plus je ne puis rien, semble-t-il ; je dois me contenter de recevoir son affection. Mon destin, je m'en rends compte, est de recevoir, non de donner. »

Bientôt Anandamoyi arriva, escortée par Lolita et Sucharita. Harimohini s'avança pour la saluer : « Quand Dieu octroie ses faveurs, il le fait sans avarice ; Didi, aujourd'hui, vous aussi vous êtes mienne. » Avec ces mots, elle prit la main d'Anandamoyi et la fit asseoir auprès d'elle. « Didi, continua-t-elle, Binoy ne sait parler que de vous.

– Depuis son enfance, dit Anandamoyi avec un sourire, il a l'habitude, quand un sujet l'intéresse, d'en parler sans cesse. Bientôt je vous assure, ce sera le tour de sa tante d'être le thème de sa conversation.

– Parfaitement vrai, s'exclama Binoy, donc vous êtes prévenue ; je n'ai eu ma tante que très tard et c'est moi qui me la suis donnée. Donc comme j'ai été privé d'elle bien des années, il faut que je profite de sa présence le plus possible. »

Anandamoyi regardait Lolita avec un sourire d'intelligence : « Non seulement notre Binoy sait obtenir ce qu'il désire, mais il possède aussi l'art de prendre grand soin de ce qu'il acquiert. Ne sais-je pas le prix qu'il attache à vous connaître comme à un bonheur qui dépasse toute attente ? Je ne puis vous dire quelle joie j'éprouve de ce qu'il vous ait rencontrées. Il en a été transformé… et il le sait. »

Lolita voulut répondre, mais elle ne put trouver ses mots et sa confusion était telle que Sucharita dut venir à son secours : « Binoy sait distinguer en chacun ce qu'il y a de meilleur ; il a donc le droit de profiter du meilleur côté de ses amis mais ce mérite est essentiellement le sien.

– Mère, s'interposa Binoy, le monde n'a pas les yeux fixés sur votre Binoy comme sur une intéressante créature qui mériterait que vous chantiez toujours ses louanges. J'ai souvent voulu vous expliquer ceci, mais la vanité m'en empêchait. Enfin je sens que je ne puis reculer devant cette révélation peu flatteuse. Alors, Mère, parlons d'autre chose. »

Sur ces entrefaites Satish arriva portant dans ses bras un petit chien, sa dernière acquisition. En voyant ce qu'il tenait, Harimohini recula d'horreur et le supplia : « Satish, mon chéri, je t'en prie, enlève ce chien. Sois gentil, fais-le.

– Mais, ma tante, il ne vous mordra pas, fit observer Satish, il ne se promènera même pas dans votre chambre ; il restera très sage dès que vous l'aurez un peu caressé. »

Harimohini s'écartait de plus en plus de l'impur animal tout en implorant : « Mon chéri, au nom du ciel, emporte-le. »

Alors Anandamoyi attira vers elle Satish avec son chien et, prenant la petite bête sur ses genoux, dit : « Alors, vous êtes Satish, l'ami de notre Binoy ? »

Satish ne voyait rien d'extraordinaire dans le fait d'être appelé l'ami de Binoy. Il répondit oui sans la moindre hésitation. Puis il considéra Anandamoyi qui lui expliquait qu'elle était la mère de Binoy. Sucharita rappela à Satish qu'il devait faire son *pronam** à Anandamoyi. Sur quoi Satish exécuta d'un air gêné une tentative de prosternation.

Cependant Mme Baroda arrivait sur la scène et, sans prendre aucunement garde à Harimohini, offrit à Anandamoyi de se rafraîchir.

« Je n'aurais aucun scrupule à accepter, répondit Anandamoyi, pourtant je ne prendrai rien, je vous

---

* *Pronam :* salutation la plus profonde et la plus respectueuse, consiste à prendre la poussière des pieds.

remercie. Que Gora revienne, et alors nous ferons honneur à votre hospitalité… si possible. »

Car Anandamoyi se refusait à faire pendant l'absence de Gora un acte qui pourrait lui déplaire.

Baroda alors regarda Binoy et lui dit : « Oh, Binoy Babou, vous êtes ici aussi, je ne savais pas que vous étiez venu.

— J'allais justement vous faire prévenir que je suis là, répondit Binoy.

— Ma foi, vous nous avez lâchés hier, quoique invité. Que diriez-vous maintenant de venir déjeuner avec nous quoique non invité ?

— Cela rend l'invitation plus tentante qu'elle soit impromptue. Un don gratuit fait plus de plaisir qu'un salaire dû. »

Harimohini fut stupéfaite de cette conversation : il était évident que Binoy prenait de façon usuelle des repas dans cette maison et par-dessus tout Anandamoyi semblait n'avoir aucun scrupule concernant les choses de la caste. Harimohini était loin de se réjouir de ce spectacle. Quand Baroda eut quitté la pièce, elle se hasarda à demander d'une voix hésitante : « Didi, votre mari n'est-il pas…

— Mon mari est un hindou très strict, répondit Anandamoyi. »

Harimohini fut très embarrassée et le montra si clairement qu'Anandamoyi dut lui expliquer : « Sœur, tant que les règles sociales m'ont paru ce qu'il y a de plus important au monde, je les respectais ; mais un jour Dieu s'est révélé à moi de façon telle qu'Il ne m'a plus permis de les considérer vrai ment. Puisqu'Il m'a Lui-même ôté ma caste, j'ai cessé de redouter ce que les autres peuvent penser de moi.

– Et votre mari ? demanda Harimohini sans comprendre.

– Cela ne plaît pas à mon mari.

– Et vos enfants ?

– Cela ne leur plaît pas non plus. Mais ne suis-je mise au monde que pour plaire à mon mari et à mes enfants ? Sœur, ce n'est pas une matière qu'on puisse expliquer aux autres. Lui seul comprend qui sait tout au monde. »

Et Anandamoyi joignit les mains pour une prière muette.

Harimohini pensa que sans doute une dame missionnaire avait attiré Anandamoyi vers les rites chrétiens et se sentit au cœur de l'éloignement pour elle.

CHAPITRE XLVI

Labonya, Lolita et Lila ne quittaient pas un instant Sucharita et, quoiqu'elles l'aidassent avec un grand déploiement d'enthousiasme à l'installer dans son nouveau foyer, cet enthousiasme ne servait qu'à cacher leurs larmes.

Les dernières années, Sucharita avait tous les jours, sous des prétextes variés, rendu quelques petits services à Paresh Babou ; elle arrangeait les fleurs de son bureau, elle mettait en ordre ses livres et ses papiers, elle aérait elle-même ses vêtements et, quand son bain était prêt, elle venait l'en avertir. Ni l'un ni l'autre n'avaient jamais paru remarquer semblables détails. Mais comme l'heure approchait où ces habitudes prendraient fin, quoique les mêmes petits services pussent être rendus par quelqu'un d'autre et même ne fussent pas nécessaires, la perspective d'y renoncer les faisait souffrir tous les deux. Maintenant, quand Sucharita venait dans le bureau de Paresh Babou, son moindre geste prenait pour eux une grande portée. Le serrement de cœur de Paresh Babou lui arrachait un soupir, la douleur qui étreignait Sucharita faisait monter des larmes à ses yeux.

Le jour où Sucharita devait, après le déjeuner, s'établir dans sa nouvelle maison, Paresh Babou, en entrant dans son bureau pour sa méditation matinale, trouva les fleurs déjà arrangées sur sa table et Sucharita qui l'attendait. Labonya et Lila avaient pensé qu'ils pourraient tous faire leurs prières ensemble, ce matin-là ; mais Lolita les en avait dissuadées, sentant combien Sucharita aimait à partager les dévotions de leur père et combien elle souhaiterait, en ce jour, recevoir ses bénédictions. Lolita ne voulait pas qu'une présence quelconque pût troubler l'intimité de la communion entre le père et la fille.

Comme, à la fin de leur prière, les larmes de Sucharita débordaient, Paresh Babou lui dit : « Ne regarde pas en arrière, mon enfant ; ne crains rien et fais bravement face à ce que le sort te réserve. Marche avec courage, rassemble tes forces pour distinguer le Bien dans tout ce que le destin t'apportera. Abandonne-toi complètement à Dieu, vois en Lui ton seul appui et alors, même au milieu de l'infortune et de l'erreur, tu suivras la voie droite. Puisse Son aide rendre inutile pour toi l'aide infime que tu trouves auprès de nous. »

Quand ils sortirent de la pièce après la prière, ils virent Haran qui les attendait, et Sucharita, qui désirait écarter en ce jour tout sentiment de rancune, lui fit un accueil cordial. Tout de suite Haran prit une position de combat et déclara d'une voix solennelle : « Sucharita, ce jour où vous retombez dans l'erreur après avoir si longtemps professé la vérité est un jour de deuil. »

Sucharita ne répondit pas, mais cette note discordante ébranla l'harmonie qui avait rempli son esprit. « Seule la conscience individuelle peut indiquer si l'on avance ou si l'on retombe, fit remarquer Paresh Babou. Souvent nous nous tourmentons pour des faits imaginaires, jugeant à tort sur les apparences.

– Est-ce un fait imaginaire que votre fille Lolita est revenue seule sur le bateau avec Binoy Babou ? » persista Haran.

Sucharita rougit violemment et Paresh Babou répondit · « Je crois, Haran Babou, que vous souffrez d'une crise d'excitation et il ne serait pas équitable de discuter avec vous pendant que vous êtes dans cet état d'esprit. »

Haran releva la tête d'un air supérieur : « Je ne discute jamais dans l'excitation ; j'ai toujours le sens voulu de ma responsabilité. Ce que je dis, je ne le dis pas pour mon compte personnel ; je parle au nom du Brahmo Samaj et parce que j'aurais tort de garder le silence. À moins d'être aveugle, on a pu voir, du seul fait que Lolita a voyagé ainsi avec Binoy Babou, que votre famille est en train de dériver loin du port d'attache sûr où elle s'était fixée naguère. Non seulement vous vous en repentirez, mais ce qui est plus grave, il en résultera un discrédit pour le Brahmo Samaj.

– Je crains, Haran Babou, que notre point de vue ne soit pas le même. »

Il y avait une sorte d'impatience dans le ton de Paresh Babou.

« Vous pouvez refuser de voir, mais je prie Sucharita de porter témoignage. Qu'elle nous dise si les rapports de Lolita avec Binoy sont fortuits. Non, Sucharita, il ne faut pas sortir. Répondez-moi d'abord. La question est sérieuse.

– Si sérieuse qu'elle soit, cela ne vous regarde pas, répondit sèchement Sucharita.

– S'il en était ainsi, je n'y aurais pas accordé une pensée ; moins encore aurais-je insisté pour en parler. Le Samaj peut vous être indifférent, mais tant que vous en faites partie, il ne peut se dispenser de vous juger. »

Lolita entra soudain en trombe, venant on ne savait d'où et s'écria : « Si c'est vous que le Brahmo Samaj a désigné comme juge, il vaut mieux que nous le quittions.

– Lolita, je suis content que vous soyez ici, dit Haran en se levant de sa chaise. Il n'est que juste que vous soyez présente quand on discute la charge portée contre vous. »

Cette fois Sucharita fut vraiment exaspérée et ses yeux lançaient des éclairs quand elle cria : « Rendez la justice dans votre propre maison, Haran Babou, si vous voulez. Mais nous ne nous soumettrons pas à votre prétention de venir comme vous le faites insulter les gens chez eux. Viens, Lolita, allons nous-en. »

Lolita était inébranlable.

« Non, Didi, je ne vais pas me sauver. Je suis prête à entendre tout ce que Haran Babou veut dire. Allez-y, monsieur, parlez. »

Tandis que Haran cherchait comment débuter, Paresh Babou intervint : « Lolita chérie, Sucharita nous quitte aujourd'hui. Ne gâchons pas cette matinée en disputes. Haran Babou, malgré nos fautes, aujourd'hui vous nous excuserez. »

Haran fut réduit à un silence éloquent.

Sucharita cependant était allée rejoindre sa tante et la prévenait : « Aujourd'hui, ma tante, je prendrai mes repas avec toute la famille, n'en soyez pas ennuyée. »

Harimohini accueillit cet avertissement sans un mot. Elle avait cru Sucharita entièrement convertie à l'orthodoxie, et maintenant qu'elle serait indépendante et qu'elle vivrait dans une maison qui lui appartenait, Harimohini avait espéré que désormais sa nièce suivrait en tout les habitudes hindoues. Ce revirement soudain lui déplaisait fort ; aussi ne répondit-elle pas.

Sucharita comprit ce qui se passait dans l'esprit d'Harimohini.

« Je vous assure, ma tante, que votre Dieu sera satisfait que j'agisse ainsi. Le Seigneur qui règne dans mon cœur m'a commandé de manger avec eux aujourd'hui. Si je n'obéis pas à Son ordre, Il s'irritera contre moi et je crains Sa colère plus que la vôtre. »

Harimohini n'y comprenait rien : tant qu'elle avait dû subir les affronts de Baroda, Sucharita s'était associée à son orthodoxie et avait partagé ses humiliations. Maintenant qu'avait lui le jour de leur délivrance, comment Sucharita ne bondissait-elle pas pour saisir cette chance ? Certainement Harimohini n'avait pas sondé le fond de l'esprit de sa nièce ; peut-être en était-elle incapable. Sans formuler une interdiction positive, elle se sentait mécontente.

« D'où cette petite tient-elle un goût révoltant pour une nourriture impure ? murmurait-elle pour elle seule, elle qui est née dans un foyer brahmine ! »

Après un court silence, elle dit tout haut : « Un mot pourtant, ma chérie. Mange avec eux si tu veux, mais du moins ne bois pas l'eau puisée par ce domestique.

— Voyons, ma tante, n'est-ce pas ce même Ramdin qui trait sa vache pour vous et vous apporte chaque matin votre lait ? »

Les yeux d'Harimohini se dilatèrent de surprise pendant qu'elle rétorquait : « Tu me suffoques, ma chérie. Comparer l'eau avec le lait ! Comme si les règles étaient les mêmes pour l'un et pour l'autre.

— Très bien, ma tante, dit Sucharita en riant. Je ne boirai pas aujourd'hui de l'eau apportée par Ramdin. Pourtant, permettez-moi de vous conseiller de ne pas faire cette défense à Satish parce qu'il n'en tiendrait aucun compte.

— Oh, pour Satish, c'est autre chose », observa Harimohini.

Le sexe fort n'avait-il pas le privilège d'enfreindre les règles et de se soustraire à la discipline, même quand les imposait l'orthodoxie ?

CHAPITRE XLVII

Haran s'était engagé sur le sentier de la guerre. Deux semaines avaient passé depuis le jour où Lolita était revenue sur le bateau avec Binoy. Quelques personnes avaient déjà entendu parler de ce voyage et d'autres à Calcutta devaient l'apprendre dans le cours ordinaire du temps. Mais brusquement en deux jours la nouvelle gagna comme le feu dans une paille sèche. Haran avait expliqué à beaucoup de gens combien il importait de faire échec à ce genre d'inconduite individuelle dans l'intérêt même du niveau élevé que devait garder la vie de famille chez les brahmos. La tâche ne se révéla pas difficile ; car il est toujours aisé d'obéir aux injonctions du devoir et de la vérité quand elles nous incitent à condamner et à punir les transgressions d'autrui. Et la majorité des membres importants du Brahmo Samaj n'étaient pas retenus par une fausse modestie qui les eût empêchés de se joindre à Haran avec l'enthousiasme voulu pour accomplir ce devoir pénible. Ces piliers de la secte ne regrettaient même pas la dépense que représentaient les voitures avec lesquelles ils allaient de maison en maison proclamer le danger qui menacerait le Brahmo Samaj si de telles mœurs étaient tolérées. En outre la nouvelle se répandait que Sucharita s'était, non seulement convertie à l'orthodoxie, mais réfugiée dans la maison d'une tante hindoue où elle passait son temps à adorer les idoles, à faire des sacrifices en se livrant à l'austérité et à la superstition.

Cependant, après le départ de Sucharita, une lutte sévère s'engagea dans l'esprit de Lolita. Tous les soirs en se couchant elle se jurait de ne jamais se reconnaître vaincue et tous les matins elle renouvelait son vœu. Car la pensée de Binoy avait fini par s'emparer complètement d'elle. Si elle entendait la voix du jeune homme dans le salon en bas, son cœur se mettait à battre plus vite ; si, pendant deux ou trois jours, il s'abstenait de venir, elle était torturée par l'orgueil humilié. Elle s'arrangeait alors, sous les prétextes les plus divers, pour envoyer Satish à l'appartement de son ami et au retour de Satish elle s'ingéniait à extraire de lui tous les détails de ce que Binoy avait fait ou dit. Plus cette obsession devenait irrésistible, plus Lolita se sentait étreinte par la peur de succomber, à tel point qu'elle s'irritait parfois contre son père pour ne s'être pas opposé à leur intimité avec Binoy et Gora. De toute façon elle était maintenant déterminée à lutter jusqu'au bout, préférant mourir qu'admettre sa défaite. Elle se mit à inventer les différentes manières dont elle pourrait passer son existence ; elle songea même à rivaliser en mérite avec des dames européennes qui, elle le savait pour en avoir lu l'histoire, avaient voué leurs jours à la philanthropie.

Elle alla un matin trouver Paresh Babou et lui dit :
« Père, ne me serait-il pas possible d'enseigner dans
une école de filles ? »

Paresh Babou considéra Lolita et lut dans ses
yeux la prière de la sauver du désir de son cœur ; il
répondit doucement : « Pourquoi pas, ma chérie ?
Mais existe-t-il une bonne école de filles ? »

À cette époque il n'y avait guère d'écoles de filles
convenables malgré l'existence d'un ou deux établis-
sements spéciaux pour elles, car les femmes de la
haute société ne s'étaient pas encore mises à enseigner.

« N'y en a-t-il vraiment pas ? demanda Lolita
d'un air navré.

– Je n'en connais pas, dut admettre Paresh
Babou.

– Alors, Père, ne pourrions-nous en fonder une ?

– Il faudrait, j'en ai peur, beaucoup d'argent, et
aussi beaucoup de gens pour t'aider. »

Lolita s'était toujours imaginée que la difficulté
consistait à susciter le désir de faire le bien, elle
n'avait jamais pensé aux obstacles matériels que pouvait rencontrer la réalisation de ce désir. Au bout
d'un instant de silence elle se leva et quitta la
chambre, laissant Paresh Babou chercher la cause du
chagrin qui pesait sur sa fille préférée. Il se rappela
tout à coup l'insinuation faite l'autre jour contre
Binoy et, poussant un soupir, il s'interrogea : « Ai-je
vraiment eu tort ? »

Dans le cas d'une de ses autres filles, la question
n'aurait pas eu tant d'importance ; mais Lolita se

donnait de tout son cœur et en toute sincérité ; elle ne faisait rien à demi, ses joies et ses soucis n'étaient pas à moitié réels, à moitié imaginaires.

Cet après-midi là, Lolita alla chez Sucharita. La maison était sommairement meublée : un *durry** rustique couvrait le sol de la pièce principale ; à l'un des murs s'appuyait la couche de Sucharita et en face celle de Harimohini.

Comme sa tante n'usait pas d'un vrai lit, Sucharita, suivant son exemple, avait installé son matelas par terre dans la même chambre. Au mur pendait un portrait de Paresh Babou. Dans la pièce voisine, Satish avait son lit et, jetés en désordre sur une table, ses livres, ses cahiers, ses plumes et un encrier.

Satish lui-même était à l'école. Dans la maison régnait le silence. Harimohini se préparait à sa sieste d'après déjeuner et Sucharita, les cheveux épars sur les épaules, assise sur son lit, un oreiller sur les genoux, tenait sur cet oreiller un livre dans la lecture duquel elle s'absorbait ; autour d'elle gisaient d'autres livres. En apercevant Lolita qui entrait brusquement dans la chambre, Sucharita ferma d'abord son livre avec gêne ; mais aussitôt, honteuse de sa honte, elle le rouvrit à la page qu'elle lisait. C'était un ouvrage écrit par Gora.

Harimohini s'assit et s'écria : « Entrez, entrez, ma petite mère. Je sais bien que le cœur de Sucharita aspire à vous voir. Elle lit toujours quand elle est

---

* *Durry :* tapis rustique, rayé, en coton.

triste. Je songeais justement, couchée là, comme ce serait gentil qu'une de vous vienne ici et vous voilà. Vous êtes née coiffée, ma chérie. »

Lolita aborda immédiatement le sujet qui occupait son esprit. Sitôt assise, elle proposa : « Suchi Didi, qu'en penses-tu, si nous ouvrions une école pour les filles du voisinage ?

– Écoutez-moi cela, s'écria Harimohini consternée. À quoi bon une école ?

– Comment pourrions-nous en ouvrir une, chérie ? demanda Sucharita. Qui nous aidera ? En as-tu parlé à Père ?

– Nous sommes toutes les deux bien capables d'enseigner, expliqua Lolita, et peut-être Labonya nous aidera-t-elle.

– Il ne s'agit pas seulement d'enseigner ; il y a des règles et des ordonnances pour administrer une école ; il faudrait avoir une salle qui convienne, trouver des élèves et rassembler de l'argent. Crois-tu que des jeunes filles comme nous peuvent faire tout cela ?

– Didi, ne parle pas ainsi, remontra Lolita. Parce que nous sommes nées filles, faut-il que nous nous consumions entre les quatre murs d'une maison ? Ne pourrons-nous jamais rendre quelques services dans le monde ? »

La souffrance qui s'exprimait dans ces paroles trouva un écho dans le cœur de Sucharita. Elle se mit à réfléchir sérieusement.

« Il y a beaucoup de fillettes dans les environs, continua Lolita. Les parents ne seront que trop

contents si nous proposons de les instruire gratuitement. Quant à une salle, il nous sera facile de trouver
ici la place nécessaire pour les quelques élèves que
nous aurons en commençant. Donc la question d'argent ne se pose pas. »

Harimohini se sentit sérieusement alarmée à
l'idée que les fillettes étrangères du voisinage envahi-
raient la maison pour venir en classe. Tous ses efforts
visaient à respecter les règles de l'hindouisme dans sa
conduite et à accomplir les cérémonies religieuses
suivant les prescriptions des Écritures en éliminant
soigneusement tout danger d'impureté. L'inquiétude
la poussa à protester véhémentement devant le
danger de voir violer sa retraite.

« Ne vous tourmentez pas, ma tante, dit Sucharita. Si nous avons un jour des élèves, nous nous
arrangerons pour faire la classe au rez-de-chaussée.
Nous ne laisserons pas les enfants monter et vous
incommoder. Donc, Lolita, si seulement nous trouvons des élèves, je suis prête à travailler avec toi.

— De toutes façons, il n'y a pas de mal à essayer. »

Harimohini continuait à grommeler entre ses
dents :

« Pourquoi donc agissez-vous toujours comme les
chrétiens, mes petites mères ? Je n'ai jamais entendu
parler de dames hindoues qui veuillent ouvrir une
école, jamais dans ma vie. »

Sur la terrasse qui couvrait la maison de Paresh
Babou, des relations régulières s'étaient établies avec
les jeunes filles des terrasses voisines. Pourtant un
obstacle empêchait une complète intimité : l'étonne-

ment que les autres n'hésitaient pas à exprimer et les questions qui accompagnaient cet étonnement, touchant le fait que les filles de Paresh Babou, quoique déjà grandes, n'étaient pas encore mariées. Pour cette raison, Lolita évitait en général les conversations de terrasse à terrasse. Labonya par contre, dont la curiosité sans limite visait l'histoire familiale des environs, était le membre le plus enthousiaste de ces réunions.

Son après-midi de réception à ciel ouvert et peigne en main pour se coiffer sur la terrasse avait beaucoup de succès et toutes sortes de nouvelles circulaient ainsi par service aérien. Aussi Lolita confiat-elle à Labonya la tâche de recruter des élèves pour sa future école et, quand le projet fut proclamé sur les toits, il provoqua un grand empressement chez beaucoup de jeunes filles.

Cependant Lolita préparait la salle du rez-de-chaussée dans la maison de Sucharita, balayait, nettoyait, et décorait avec beaucoup de zèle. Toutefois, la salle d'école demeura vide. Les chefs des familles voisines se montrèrent furieux de cette tentative pour attirer leurs enfants dans un foyer brahmo sous prétexte de les instruire. Ils considérèrent même comme de leur devoir d'interdire toute communication avec les filles de Paresh Babou à leurs filles qui, non seulement furent privées de leurs soirées en plein air sur les terrasses, mais qui encore durent entendre sur leurs amies brahmos quantité de commentaires fort peu louangeurs. La pauvre Labonya, quand désormais, elle montait, le peigne à la main, sur la terrasse, trouvait les terrasses environnantes peuplées par la vieille génération, sans aucune trace de la plus jeune, et elle dut renoncer à l'accueil cordial dont elle avait l'habitude.

Pourtant Lolita ne se laissa pas décourager.

« Il y a beaucoup de jeunes filles brahmos trop pauvres pour payer les cours de l'école Béthune. Ce serait un service à leur rendre de nous charger de les instruire. » Elle se mit à la recherche de telles élèves et demanda à Sudhir son appui pour en trouver d'autres. La renommée des talents et des connaissances possédés par les filles de Paresh Babou était très étendue, et ce qu'on propageait dépassait même la réalité. Aussi, bien des parents furent-ils enchantés d'apprendre que ces jeunes filles avaient l'intention d'enseigner gratuitement. En peu de jours l'école de Lolita fit un brillant début avec une demi-douzaine d'élèves, et Lolita était si absorbée par la discussion avec Paresh Babou des règles et arrangement pour son école qu'elle n'avait plus une minute à donner à ses angoisses personnelles.

Elle eut même un véritable conflit avec Labonya sur le genre de prix qu'il faudrait distribuer après les examens de fin d'année et aussi sur la personne de l'examinateur. Quoiqu'il n'y eût pas d'affection perdue entre Labonya et Haran, Labonya restait sous l'impression de la grande réputation de savoir qui s'attachait à Haran et elle ne doutait pas que, s'il participait au travail scolaire en qualité de professeur ou d'examinateur, sa présence ajouterait au prestige de l'école. Mais Lolita ne voulait pas en entendre parler ;

elle ne supportait pas l'idée que Haran pût se mêler en quelque façon à l'œuvre qu'elles avaient entreprise.

Toutefois, peu après le début encourageant, le nombre des élèves se mit à diminuer, si bien qu'un jour l'école fut vide. Assise dans la salle de classe, Lolita sursautait à chaque bruit de pas, espérant contre toute espérance qu'à la fin c'était une élève qui revenait. Pourtant il n'en vint aucune. À deux heures, Lolita, certaine qu'un accident était survenu, se rendit chez une fillette du voisinage ; elle la trouva au bord des larmes : « Mère ne m'a pas laissé aller, cria-t-elle.

– Cela met la maison en révolution », expliqua la mère, sans préciser ce qui pouvait être si révolutionnaire.

Lolita était très sensible et incapable de faire pression sur qui montrait de la mauvaise volonté, incapable même d'en demander le motif ; elle se contenta de dire : « Si c'est gênant pour vous, n'y pensons plus. »

Dans une autre maison où elle se rendit, elle entendit un autre son de cloche : « Sucharita est devenue orthodoxe, avoua-t-on ; elle observe la caste, elle adore des idoles gardées dans le silence.

– Si cela vous choque, nous pouvons faire la classe dans notre maison à nous. »

Mais cette offre ne sembla pas dissiper l'objection ; Lolita fut certaine qu'il y avait une autre raison. Aussi, sans continuer sa tournée, elle rentra et fit appeler Sudhir : « Dites-moi, Sudhir, qu'arrive-t-il donc ?

« – Haran Babou a pris les armes contre votre école.

– Pourquoi, demanda Lolita, parce qu'on adore des idoles dans la maison de Didi ?

– Pas seulement pour cela, dit Sudhir qui se tut brusquement.

– Il s'agirait de mes manques à moi ? »

Comme Sudhir restait muet, Lolita rougit de colère en s'exclamant : « On me punit, je vois, pour l'incident du bateau. Décidément il n'y a pas moyen de racheter une imprudence aux yeux de notre Samaj, n'est-ce pas ? Donc, désormais, il me sera interdit de me rendre utile dans notre communauté ; voilà la méthode qu'on adopte pour mon progrès moral, et pour celui du Samaj. »

Sudhir voulut adoucir l'accusation : « Pas exactement. Ce que redoute le Samaj, c'est que Binoy Babou et son ami finissent par se mêler à cette affaire d'école.

– Il le redoute ? Voyons, ce serait une vraie chance pour nous. Le Samaj croit-il qu'il pourrait nous procurer des collaborateurs aussi compétents ?

– Oui, c'est vrai, balbutia Sudhir, gêné par l'excitation de Lolita ; seulement, voilà, Binoy Babou n'est…

– N'est pas brahmo, je sais, interrompit Lolita. Alors il est tabou aux yeux du Samaj. Je ne vois pas qu'il y ait lieu de s'enorgueillir d'appartenir à un pareil Samaj. »

Sucharita avait cependant deviné tout de suite la cause réelle de l'abandon de l'école par leurs élèves.

Sans un mot elle avait quitté la salle de classe et était montée dans la chambre de Satish pour l'aider à préparer son futur examen. Lolita la trouva là après sa conversation avec Sudhir.

« As-tu entendu ce qui s'est passé ?

– Je n'ai rien entendu, mais j'ai compris tout de même.

– Et il nous faut tout accepter sans mot dire ? »

Sucharita prit Lolita par la main : « Acceptons sans mot dire ce qui nous atteint. Ne sais-tu pas avec quelle sérénité Père accepte tout ?

– Et pourtant, Suchi Didi, remontra Lolita, il me semble souvent que c'est encourager le mal que de le subir sans protester. Le seul remède contre le mal, c'est de le combattre.

– Chérie, comment te proposes-tu de le combattre ?

– Je n'y ai pas encore réfléchi, répondit Lolita. Je ne sais même pas ce que je suis en état de faire ; mais il faut certainement faire quelque chose. Ceux qui n'ont pas honte d'attaquer de simples filles comme nous par ces moyens indirects sont des lâches, si bonne opinion qu'ils aient d'eux-mêmes. Mais je ne me laisserai pas accabler par eux, je te l'affirme, jamais, quelque ennui qu'ils puissent nous causer si nous résistons. »

Et elle tapa du pied.

Sucharita, sans lui répondre d'abord, lui caressa doucement la main, puis elle dit : « Lolita chérie, voyons d'abord ce que Père pense de tout cela.

– J'y allais justement », dit Lolita en se levant.

Quand elle approcha de la porte de la maison paternelle, Lolita vit Binoy qui en sortait, l'air déconfit. En l'apercevant, il s'arrêta une seconde comme s'il hésitait à lui parler ou à passer sans lui parler ; puis, se dominant, il la salua légèrement et partit sans lever les yeux vers son visage.

Lolita se sentit le cœur transpercé par des flèches de feu et, entrant en hâte dans la maison, gagna immédiatement la chambre de sa mère. Elle trouva Mme Baroda assise à son bureau et très absorbée en apparence par le carnet de comptes ouvert devant elle. Baroda s'inquiéta aussitôt de l'expression qu'elle lut sur le visage de Lolita, mais se remit à ses comptes dont elle poursuivit l'étude avec tant d'application que le crédit de la famille semblait dépendre essentiellement de leur exactitude. Lolita poussa une chaise près de la table et s'assit.

Pourtant sa mère ne leva pas les yeux pour si peu. Finalement, Lolita appela : « Mère.

— Attends un peu mon enfant, gémit Baroda, ne vois-tu pas que je… »

Et elle se pencha de nouveau sur ses comptes.

« Je ne vais pas vous déranger longtemps, dit Lolita ; je voudrais seulement savoir si Binoy Babou est venu ici. »

Sans détacher son regard du carnet de comptes, Baroda répondit : « Oui.

— Que lui avez-vous dit ?

— Oh, c'est trop long à raconter.

— Je voudrais seulement savoir, persista Lolita, si vous avez parlé de moi. »

N'apercevant aucune échappatoire, Baroda jeta sa plume et regarda sa fille.

« Oui, mon enfant, nous avons parlé de toi. N'ai-je pas vu que les choses sont allées trop loin ? Tout le monde, dans le Samaj, s'en entretient ; aussi ai-je prévenu Binoy du danger. »

De honte, le visage de Lolita se couvrit de rougeur.

« Père a-t-il interdit à Binoy Babou de venir ici ?

— Penses-tu qu'il s'occupe de cela ? s'exclama Baroda. S'il s'en était occupé, rien ne serait arrivé.

— Et Haran Babou continuera à venir ici, comme avant ?

— Quelle question ! s'écria Baroda. Pourquoi ne viendrait-il plus ?

— Alors pourquoi pas Binoy Babou ? »

Mme Baroda reprit son carnet de comptes : « Lolita, je ne vais pas discuter avec toi. Ne m'ennuie pas, j'ai beaucoup à faire. »

Baroda avait profité de l'absence de Lolita, partie à l'école pour la journée, pour faire venir Binoy et lui parler carrément ; Lolita, pensait-elle, n'en apprendrait rien ; aussi fut-elle très troublée de voir son stratagème découvert. Elle comprit que la solution pacifique qu'elle avait voulu atteindre était impossible et qu'il fallait, au contraire, s'attendre à de nouveaux ennuis. Toute sa colère retomba sur son incapable mari ; quelle charge pour une femme d'administrer une famille avec un être pareil !

Dans le cœur de Lolita la tempête faisait rage. En bas, elle trouva Paresh Babou en train d'écrire dans son bureau et sans préliminaires lui demanda à brûle-pourpoint : « Père, Binoy Babou n'est-il pas digne de frayer avec nous ? »

Du premier coup d'œil Paresh Babou comprit la situation. Il n'ignorait pas l'agitation hostile qui se développait contre lui, au sein de leur Samaj, et il y avait sérieusement réfléchi. S'il n'avait pas soupçonné la profondeur des sentiments de Lolita pour Binoy, il n'aurait pas pris le moindre souci des racontars étrangers. Mais, si l'amour pour Binoy était né dans le cœur de Lolita, alors, se demandait-il sans cesse, quel était son devoir envers eux ? Pour la première fois une crise se produisait dans sa famille depuis qu'il avait officiellement abandonné l'orthodoxie pour embrasser le brahmoïsme. Aussi, tandis que l'assaillaient des inquiétudes et des appréhensions diverses, sa conscience en état d'alerte lui inspirait une certitude : puisque, en quittant la religion de sa naissance, il n'avait obéi qu'à la pensée de Dieu seul, en cette heure d'épreuve il devait de nouveau placer la vérité au-dessus de toutes les considérations de prudence sociale ; agissant de la sorte il ne se tromperait pas. Aussi, en réponse à l'interrogation de Lolita, déclara-t-il : « Je regarde Binoy Babou comme un homme remarquable ; il a un beau caractère et il est cultivé autant qu'intelligent.

– La mère de Gourmohan Babou est venue nous voir deux fois ces derniers jours, reprit Lolita après un bref silence. Alors j'avais l'idée d'emmener Suchi Didi lui rendre sa visite. »

Paresh Babou ne put donner un acquiescement immédiat à cette suggestion car il savait qu'en un tel moment, quand chacun de leurs gestes était surveillé et discuté, cette visite ajouterait encore au scandale qui les environnait. Pourtant comme il ne voyait aucun mal dans cette démarche, il sentit l'impossibilité de l'interdire. Il répondit donc : « Très bien, allez-y toutes les deux. Si je n'avais beaucoup à faire, je viendrais avec vous. »

CHAPITRE XLVIII

Jamais Binoy n'avait rêvé que ses visites faites sans arrière-pensée à la maison de Paresh Babou pourraient causer dans la société brahmo une éruption volcanique. Les premières fois, en entrant, il avait éprouvé une certaine timidité et, comme il ignorait la liberté qu'on accordait dans ce milieu, il agissait avec circonspection. Mais, graduellement, à mesure que sa timidité diminuait, l'idée s'évanouit qu'il pût y avoir là un danger quelconque ; et maintenant, en apprenant que sa conduite provoquait dans le Brahmo Samaj un scandale qui touchait Lolita, il était comme frappé de la foudre. Surtout, ce qui l'affectait profondément, c'était la conscience que son sentiment pour Lolita dépassait de beaucoup la simple amitié ; il considérait comme un crime d'entretenir un tel sentiment quand il voyait l'abîme de coutumes sociales qui les séparait. Il avait souvent envisagé la difficulté de définir sa position exacte en tant qu'hôte de cette famille traité avec tant de confiance ; parfois il avait l'impression d'être un imposteur, et l'idée qu'il se couvrirait de honte s'il avouait l'état de son cœur.

Dans cette disposition, il reçut un jour un billet de Baroda le priant de venir la voir à midi précis. Quand il arriva, elle demanda : « Binoy Babou, vous êtes un hindou, n'est-ce pas ? »

Et quand il eut admis le fait elle lui posa une autre question : « Et vous n'êtes pas prêt à abandonner la société hindoue ? »

Il répliqua qu'en effet il ne l'était pas.

Alors Baroda dit : « Dans ce cas, pourquoi… ? »

À cette question incomplète, Binoy fut incapable de fournir une réponse définie et il demeura le visage détourné comme si à la fin son imposture était découverte. Un secret qu'il aurait voulu cacher au soleil même, à la lune, à l'air, était donc connu de tout le monde ici. Il pouvait seulement s'interroger : « Qu'en pense Paresh Babou ? Qu'en pense Lolita ? Qu'en pense Sucharita ? »

Par l'erreur d'un ange, il avait un court moment trouvé place dans ce paradis et maintenant, si vite après l'y avoir admis, on l'en bannissait. Il s'éloigna la tête courbée sous la honte. Quand il aperçut Lolita, tandis qu'il quittait la maison de Paresh Babou, il songea une seconde à lui confesser sa faute et à détruire au moment de cette suprême séparation tout vestige de leur amitié ; mais il fut incapable d'imaginer les termes de sa confession. Il se contenta donc d'incliner légèrement la tête dans la direction de Lolita sans même la regarder, et il partit.

Naguère, Binoy n'était qu'un étranger pour la famille de Paresh Babou, et il était redevenu un étranger. Mais quelle différence pour lui ! Pourquoi aujourd'hui sentait-il un si grand vide ? Autrefois il n'avait pas conscience que rien manquât dans sa vie : il avait son Gora et son Anandamoyi. À présent, il se sentait comme un poisson hors de l'eau et, de quelque côté qu'il se tournât, il n'apercevait aucun remède à la situation. Au milieu de cette rue encombrée de l'active cité, il voyait autour de lui l'image pâle et lugubre de la ruine qui menaçait son existence. Il s'étonnait lui-même du néant total qui l'enveloppait et il interrogeait le ciel insensible et muet pour connaître la cause de son malheur.

Soudain, il s'entendit appeler : « Binoy Babou ! Binoy Babou ! »

Et, jetant un coup d'œil aux alentours, il vit Satish qui courait derrière lui. Le prenant dans ses bras, Binoy s'exclama : « Eh bien, mon petit frère ? Que se passe-t-il, mon petit ami ? »

Sa voix était pleine de larmes ; jamais il n'avait réalisé comme à cet instant la douceur qu'il trouvait dans ses rapports avec cet enfant de chez Paresh Babou.

« Pourquoi ne venez-vous pas chez nous ? demanda Satish. Demain, Labonya et Lolita Didi viennent dîner, et ma tante m'a envoyé vous inviter aussi. »

Binoy comprit que Harimohini ne connaissait pas les nouvelles : « Satish Babou, fais à ta tante mon salut respectueux, mais dis-lui que je ne pourrai pas venir. »

Satish prit la main de Binoy et le supplia : « Pourquoi ne pourrez-vous pas ? Il faut venir. Nous vous forcerons même si vous êtes pris ailleurs. »

Satish avait une raison spéciale pour insister. On lui avait donné comme sujet de rédaction, à l'école, la bonté envers les animaux, et sa copie avait été notée 42 sur 50 ; aussi avait-il grand désir de la montrer à Binoy. Il savait que son ami était un personnage très instruit et très sage et il avait décrété qu'un homme d'un goût aussi sûr que Binoy serait vraiment capable d'apprécier son œuvre. Et si Satish faisait proclamer par Binoy l'excellence de sa composition, alors il pourrait manifester son dédain à l'indifférente Lila si celle-ci s'aventurait à témoigner un manque de respect pour son génie. En fait, c'était lui qui avait obtenu de sa tante qu'elle invitât Binoy, car il désirait la présence de ses sœurs pour le moment où Binoy donnerait son avis sur la rédaction. À son refus d'accepter l'invitation, Satish fut très abattu.

Binoy alors lui mit le bras autour du cou et dit : « Viens, Satish, rentre avec moi. »

Satish, ayant son devoir dans sa poche, n'eut pas la force de refuser ; aussi ce jeune homme en quête de renom littéraire alla-t-il chez son ami, malgré la perte d'un temps que l'imminence de son examen rendait précieux.

Binoy ne pouvait se résoudre à laisser repartir l'enfant et il montra pour admirer la rédaction un manque d'esprit critique incompatible avec un jugement sain. En outre, il envoya au bazar acheter des friandises dont il combla Satish. Il raccompagna le petit garçon presque jusqu'à la maison de Sucharita et quand il le quitta, il dit avec une émotion surprenante : « Eh bien, Satish, maintenant je m'en vais. »

Mais Satish lui prit la main et essaya de l'entraîner. « Non, non, il faut que vous entriez. »

Cette fois cependant son insistance fut vaine.

Comme en rêve, Binoy marcha jusque chez Anandamoyi ; elle était occupée, et il gagna la chambre solitaire donnant sur la terrasse où Gora avait l'habitude de dormir. Que de nuits et de jours heureux ils avaient passés ensemble dans cette chambre durant les années de leur amitié d'enfants ! Que de joyeux bavardages, que de résolutions, que de discussions sérieuses ! Que de querelles amicales et quelle conclusion affectueuse à ces querelles ! Binoy voulut se plonger dans ce domaine des jours anciens et oublier le présent ; mais les amitiés récemment nouées formaient obstacle sur sa route et s'opposaient à ce qu'il y pénétrât.

Jusqu'alors Binoy n'avait pas saisi à quel moment le centre de sa vie s'était déplacé et quand la direction en avait changé. Maintenant qu'il le comprenait sans doute possible, il en était effrayé.

Anandamoyi avait mis son linge à sécher sur le toit ; à midi elle vint le chercher et fut surprise de voir Binoy dans la chambre de Gora. Elle alla rapidement vers lui et lui mit la main sur l'épaule en demandant : « Qu'y-a-t-il Binoy ? Pourquoi êtes-vous si pâle ? »

Binoy s'assit : « Mère, quand j'ai commencé à aller chez Paresh Babou, Gora s'en fâchait. Je trouvais alors qu'il avait tort de se fâcher ; maintenant je vois qu'il n'avait pas tort, mais que j'avais tort, moi, et que je me conduisais comme un imbécile. »

Anandamoyi eut un rire léger pour répondre : « Je ne prétends pas que vous soyez un garçon particulièrement intelligent, mais je voudrais savoir en quoi vous avez manqué d'intelligence à cette occasion spéciale.

— Mère, je n'ai pas un instant réfléchi à l'opposition absolue de nos coutumes spéciales. J'ai simplement été sensible au plaisir et à l'avantage que me donnaient leur exemple et leur amitié ; c'est ce qui m'a entraîné chez eux. Il ne m'est jamais venu à l'esprit qu'il pût y avoir là une cause d'anxiété.

— D'après ce que vous m'en disiez, observa Anandamoyi, je ne m'en serais pas avisée non plus.

— Mère, vous ne savez pas que j'ai provoqué dans leur milieu une véritable tempête contre eux. Les gens ont fait un tel scandale à ce sujet que jamais plus je ne...

— Gora exprime souvent, interrompit Anandamoyi, une idée qui m'a toujours paru très vraie. Il affirme que rien n'est pire que la paix apparente quand le désordre règne au fond. Si une tempête souffle dans leur Samaj, je ne vois pas la nécessité de le regretter. Vous verrez qu'il en sortira du bien ; l'essentiel est que votre conduite ait été loyale. »

Voilà justement où Binoy sentait la difficulté ; il ne pouvait déterminer si sa conduite avait été irréprochable ou non. Puisque Lolita appartenait à un milieu tout différent du sien et qu'un mariage avec elle était par conséquent impossible, Binoy en son amour pour elle voyait un péché secret et l'idée le torturait que le temps était venu de l'inévitable pénitence.

« Mère, s'exclama-t-il impulsivement, il aurait mieux valu que ce projet de mariage avec Sochimukhi ait pris corps. J'ai besoin d'être maintenu par un lien solide à la place à laquelle j'appartiens ; j'ai besoin d'être attaché de telle sorte que je ne puisse m'échapper.

– En d'autres termes, railla Anandamoyi, au lieu de faire de Sochi votre femme, vous voulez faire d'elle votre chaîne. Quelle destinée pour Sochi ! »

À cet instant le domestique annonça la visite des filles de Paresh Babou. En l'entendant, le cœur de Binoy se mit à battre très fort ; car il eut la certitude qu'elles venaient se plaindre de lui auprès d'Anandamoyi et la prier de lui conseiller la prudence. Il se leva en hâte et dit : « Mère, je m'en vais. »

Mais Anandamoyi le retint : « Ne partez pas, Binoy. Attendez un peu, en bas. »

En descendant Binoy se répétait : « Leur démarche est bien inutile. Ce qui s'est passé ne peut plus être effacé ; mais désormais, j'aimerais mieux mourir que de retourner chez elles. Quand le châtiment d'un péché vous consume comme un feu brûlant, ce feu ne s'éteint pas, même après que le pécheur est presque réduit en cendre. »

Il se disposait à entrer dans la salle du rez-de-chaussée, où Gora se tenait d'habitude, quand Mohim revint de son bureau, les boutons de son *chapkan*** ouverts pour donner plus d'aise à son ventre.

« Ah, ah, voilà Binoy, s'exclama Mohim en saisissant Binoy par la main. Ma foi, je voulais te voir. »

---

* *Chapkan* : vêtement d'homme, sorte de caftan.

Il l'emmena dans sa chambre et lui offrit une feuille de bétel prise dans sa boîte de *pan*.

« Apporte du tabac », cria-t-il au domestique, et il plongea dans le vif du sujet qui le préoccupait.

« Cette affaire était pratiquement réglée, n'est-ce pas ? Alors… »

Mohim vit tout de suite que Binoy n'était pas si rétif que naguère. Non qu'il manifestât de l'enthousiasme, mais il ne montrait pas l'intention d'écarter la question, et quand Mohim marqua son désir de fixer la date du mariage, Binoy dit : « Quand Gora sera rentré, nous en déciderons.

– Cela ne durera plus que quelques jours », observa Mohim, d'un air satisfait et il ajouta : « Accepterais-tu un rafraîchissement, Binoy ? Tu as bien mauvaise mine ; j'espère que tu ne couves pas une maladie. »

Quand Binoy fut parvenu à éluder l'offre d'un rafraîchissement, Mohim rentra dans l'intérieur de la maison pour apaiser les tiraillements de sa propre faim, tandis que Binoy se mettait à tourner les pages du premier livre qu'il avait saisi sur la table de Gora. Ensuite il rejeta le livre et commença à arpenter la pièce jusqu'à l'apparition d'un domestique ; celui-ci venait le prévenir qu'on l'attendait en haut.

« Qui est-ce que l'on attend ? demanda Binoy.

– Vous.

– Il y a du monde là-haut ?

– Oui. »

Binoy suivit le serviteur comme un étudiant suit l'appariteur qui le conduit à la salle d'examen. À la porte il s'arrêta hésitant ; mais Sucharita l'appela de sa voix ordinaire, franche et amicale : « Entrez, Binoy Babou. »

Et en l'entendant lui parler ainsi, Binoy eut l'impression de recevoir soudain un cadeau d'un prix infini.

À son entrée, Lolita comme Sucharita furent étonnées de sa pâleur, car il portait les traces du choc que lui avait infligé le coup dur et imprévu subi la veille ; son visage habituellement gai et brillant était ravagé. Lolita se sentit peinée et touchée à cette vue. Pourtant elle ne put dissimuler quelque joie. Un autre jour, elle aurait trouvé difficile de commencer la conversation avec Binoy ; mais ce jour-là, dès qu'elle le vit, elle s'exclama : « Oh, Binoy Babou, nous avons besoin d'un conseil de votre part. »

Ces mots inondèrent Binoy de joie ; il tressaillit de plaisir et en une seconde sa figure pâle et triste s'illumina.

« Nous, les trois sœurs, continua Lolita, voudrions mettre sur pied une petite école de filles.

– Vraiment, s'écria Binoy avec enthousiasme, depuis longtemps je caresse le rêve d'ouvrir une école de filles.

– Il faut que vous nous y aidiez, dit Lolita.

– Vous pouvez compter que je ne négligerai rien de ce dont je suis capable ; mais dites ce que vous désirez de moi.

– Les chefs de famille hindous, expliqua Lolita, n'ont pas confiance en nous parce que nous sommes brahmos. Il nous faudra votre appui dans ce domaine.

– Oh, ne vous inquiétez pas, dit Binoy d'un ton excité, je m'arrangerai très bien pour les convaincre.

– Il le fera, ajouta Anandamoyi. Binoy est sans égal pour conquérir les gens par le charme et la force persuasive de ses paroles. »

Lolita poursuivit : « Vous nous aiderez à rédiger les statuts de l'école, à établir l'emploi du temps, à choisir les matières, à enseigner, à décider du nombre des classes, etc. »

Quoique Binoy pût facilement résoudre ces problèmes, il était néanmoins très embarrassé. Lolita ignorait-elle tout à fait que Baroda lui avait interdit toute relation avec la famille ? Ignorait-elle qu'une agitation méthodique était organisée contre eux dans leur Samaj ? Il ne se résolvait pas à décider s'il aurait tort ou s'il ferait tort à Lolita en acceptant sa proposition ; d'autre part aurait-il la force de caractère de lui refuser son aide, une aide demandée dans un but charitable ?

De son côté Sucharita n'était pas moins étonnée. Elle n'aurait jamais imaginé que Lolita adresserait pareille requête à Binoy. Déjà leurs rapports avec lui étaient assez compliqués ; voilà que Lolita les compliquait encore. Qu'avertie comme elle l'était, Lolita fît d'elle-même une proposition de ce genre effrayait Sucharita. Elle se rendait compte que Lolita était en révolte ouverte ; mais fallait-il qu'elle entraînât dans sa révolte le malheureux Binoy ? Aussi, un peu anxieusement, Sucharita suggéra : « Il nous faut d'abord discuter de cette affaire avec Père. Donc, Binoy Babou, ne vous glorifiez pas encore d'être nommé inspecteur des écoles de filles. »

Cette remarque fit comprendre à Binoy que Sucharita essayait sans esclandre de faire échec à l'offre de Lolita, et il s'en tint d'autant plus sur la réserve. Il voyait clairement que Sucharita connaissait les difficultés auxquelles la famille devait faire face, il jugeait donc inconcevable que Lolita les ignorât. Alors pourquoi ?... Tout cela était une énigme.

« Bien sûr, reconnut Lolita, il nous faut demander l'avis de Père. Puisque Binoy Babou accepte, nous l'en informerons. Je suis sûre qu'il ne fera pas d'objection. Nous le prierons de nous aider aussi à diriger l'école, et vous-même, dit-elle en regardant Anandamoyi, ne serez pas oubliée.

– Certainement, je pourrai toujours balayer la classe, dit Anandamoyi en riant. Je ne vois pas autre chose dont je sois capable.

– Ce sera bien suffisant, Mère, affirma Binoy ; au moins notre école sera absolument propre. »

Quand Sucharita et Lolita furent parties, Binoy prit à pied la direction des jardins d'Eden. Mohim alors vint trouver Anandamoyi et lui dit : « Je vois que Binoy est devenu beaucoup plus conciliant, il faut donc en profiter pour régler tout de suite cette affaire, il serait bien capable de changer de nouveau d'idée.

– Comment ! s'exclama Anandamoyi toute surprise. Depuis quand Binoy a-t-il encore une fois accepté ce mariage ? Il ne m'en a pas parlé du tout.

« – Eh bien, il m'en a parlé aujourd'hui même, répliqua Mohim. Il a dit que la date pourrait être fixée au retour de Gora. »

Anandamoyi secoua la tête : « Non, Mohim, tu as dû mal comprendre, je t'assure.

– Si stupide que je sois, remonta Mohim, j'ai l'âge de comprendre ce qu'on me dit en termes clairs. J'en suis sûr.

– Mon enfant, dit Anandamoyi, je sais que tu vas m'en vouloir, mais je suis certaine qu'en persistant tu provoqueras de gros ennuis.

– Si vous voulez créer vous-même des ennuis, dit Mohim d'un air maussade, naturellement nous serons ennuyés.

– Mohim, je peux supporter tous tes reproches, mais je ne peux pas accepter ce qui risque de troubler la vie de la famille ; c'est pour le bien de tous que je t'avertis.

– Si seulement, dit Mohim d'un ton hargneux, vous vouliez nous permettre de décider nous-mêmes de ce qui est notre bien, on ne vous adresserait pas de reproches et peut-être à la longue tout irait-il mieux pour tout le monde. Si vous laissiez en suspens jusqu'après le mariage de Sochi la question de savoir ce qui vaut le mieux pour nous ? »

Anandamoyi ne répondit pas à ce conseil, elle soupira seulement, tandis que Mohim, sortant de sa poche sa boîte de *pan*, partait en mâchant son inévitable feuille de bétel.

CHAPITRE XLIX

Lolita alla trouver Paresh Babou et lui dit : « Parce que nous sommes brahmos, les fillettes hindoues ne veulent pas venir travailler dans notre école. Alors j'ai pensé qu'il serait bon pour notre entreprise d'avoir un hindou pour nous aider. Qu'en pensez-vous, Père ?

– Où trouveras-tu un collaborateur parmi les hindous ? »

En venant chez son Père, Lolita s'était préparée à la tâche difficile de mentionner le nom de Binoy, mais quand il s'agit de le faire effectivement, elle éprouva une grande timidité. Cependant, avec un gros effort elle articula : « Pourquoi serait-ce difficile ? Beaucoup de gens sont capables de le faire. Par exemple Binoy Babou, ou... »

L'usage du mot *ou* était bien inutile, il était même superflu et la phrase demeura en suspens.

« Binoy ! s'exclama Paresh Babou, mais pourquoi Binoy accepterait-il ? »

Cette remarque porta un coup à la fierté de Lolita. Binoy refuserait ? Son Père ne savait-il pas qu'elle, au moins, avait le pouvoir de le faire céder ? Elle se contenta d'affirmer : « Il n'y a pas de raison pour qu'il refuse. »

Après un court silence, Paresh Babou observa : « Quand il aura considéré la chose sous tous ses aspects, il n'acceptera pas ! »

Lolita rougit profondément et se mit à agiter le trousseau de clefs suspendu à son sari. Paresh Babou se sentit attristé en voyant le visage tourmenté de sa fille ; mais il ne s'avisa d'aucune parole de consolation. Au bout d'un moment, Lolita leva lentement les yeux et demanda : « Alors, Père, notre projet d'école ne se réalisera pas ?

– Actuellement, j'y vois toutes sortes d'obstacles, dit Paresh Babou. Si tu t'obstines, tu ne feras que provoquer des critiques variées et toutes pénibles. »

Rien n'était plus désagréable à Lolita que d'accepter finalement cet échec sans protester et de voir Haran triompher ; elle ne se serait jamais résignée à admettre que quelqu'un d'autre que son Père donnât l'ordre de renoncer. Elle-même ne redoutait aucun ennui, et comment se soumettre à l'injustice ? Sans mot dire, elle se leva et sortit.

En arrivant dans sa chambre elle trouva une lettre qui l'attendait ; à l'écriture, elle reconnut que la lettre venait d'une ancienne amie de classe, maintenant mariée et installée en province. Elle lut cette phrase :

« Mon esprit est troublé par des rumeurs qui me parviennent et qui vous concernent ; il y a longtemps que je voulais t'écrire à ce sujet, mais je n'en ai pas eu le loisir. Toutefois, avant-hier j'ai reçu une lettre de quelqu'un que je ne nommerai pas qui m'apporte des nouvelles surprenantes. En fait je n'y croirais pas si le caractère de mon correspondant n'inspirait une entière confiance. Se peut-il que tu envisages un mariage avec un jeune hindou ? Si c'était vrai… » etc.

Lolita, bouillant d'indignation, sans attendre une minute, s'assit pour écrire la lettre suivante :

« Je suis étonnée que tu m'écrives pour me demander si oui ou non la nouvelle est exacte. As-tu une foi si chancelante que tu mettes en doute la vérité d'une affirmation faite par un membre du Brahmo Samaj ? En outre, tu m'exprimes de l'effroi à l'idée que je serais disposée à épouser un jeune hindou. Je t'assure qu'il y a des jeunes gens pieux et notables du Brahmo Samaj que la perspective d'épouser me remplirait d'appréhension ; je connais au contraire un ou deux jeunes hindous tels qu'un mariage avec eux devrait remplir de fierté n'importe quelle jeune fille brahmo. Il n'est rien d'autre que je désire spécialement écrire. »

Quant à Paresh Babou, il abandonna son travail de ce jour-là et resta longtemps plongé dans ses réflexions. À la fin il sortit pour se rendre chez Sucharita qui s'effraya de voir l'expression soucieuse de son visage ; elle n'ignorait pas la cause de son anxiété, car elle-même recherchait depuis quelques jours une solution au même problème. Paresh Babou entra avec Sucharita dans la chambre où elle était seule et s'assit ; il commença : « Petite mère, il est temps que nous pensions sérieusement à Lolita.

— Je le sais, Père, répondit Sucharita avec un regard de tendresse.

— Je ne me préoccupe pas du scandale causé dans notre milieu. Je cherche si Lolita… »

Voyant l'hésitation de Paresh Babou, Sucharita tenta de formuler clairement sa propre pensée.

« Lolita m'a toujours confié très librement tout ce qu'elle avait dans l'esprit ; mais récemment j'ai remarqué qu'elle ne s'ouvrait plus à moi de la même manière. Je comprends bien que…

– Lolita a sur le cœur un fardeau d'une nature telle, interrompit Paresh Babou, qu'elle n'ose pas le regarder en face, même quand elle est seule. Je suis embarrassé pour choisir le meilleur parti. Que crois-tu ? Lui ai-je porté préjudice en permettant à Binoy de venir librement chez nous ?

– Père, vous savez que le caractère de Binoy Babou est noble ; en fait, j'ai rarement rencontré, parmi les jeunes gens instruits de notre propre milieu, une nature aussi généreuse.

– Tu as raison, Radha, tu as raison, s'exclama Paresh Babou avec ardeur, comme s'il venait de découvrir une vérité nouvelle. C'est à son caractère généreux que nous devons songer ; voilà ce qui seul compte aux yeux de Dieu. Ce Binoy est un homme bon, et de n'avoir pas fait erreur sur ce point, nous devons remercier Dieu. »

Paresh Babou respirait de nouveau sans contrainte, il se sentait comme délivré d'un piège. Jamais il n'était injuste envers son Dieu ; pour lui, la balance où Dieu pesait les hommes était la balance de l'éternelle vérité ; comme il n'avait pas usé de faux poids fabriqués par son milieu, il n'éprouvait pas de remords ; il était seulement surpris d'avoir souffert au lieu de reconnaître un fait aussi évident. Il posa la main sur la tête de Sucharita : « Aujourd'hui, Mère, c'est toi qui m'as fait distinguer la vérité. »

Sucharita se baissa en hâte pour toucher les pieds de son Père.

« Non, non, Père, que dites-vous là.

– Les gens sectaires oublient complètement la simple évidence que l'homme est avant tout un homme. Le sectarisme crée une sorte de perversion du jugement où la différence établie par la société entre brahmoïsme et hindouisme prend une importance supérieure à celle de l'éternelle vérité. Tous ces temps-ci mon jugement était perverti et j'errais en vain dans ce labyrinthe de fausseté. »

Après une pause, Paresh Babou reprit : « Lolita ne veut pas renoncer à son projet d'ouvrir une école de filles ; elle désire prier Binoy Babou de l'aider dans cette tâche et demande que je l'y autorise.

– Non, non, Père, s'écria Sucharita, il faut d'abord réfléchir. »

Devant les yeux de Paresh Babou se leva l'image de Lolita quand elle l'avait quitté et son expression de détresse quand il lui avait déconseillé de solliciter Binoy ; cette image lui serra le cœur. Il comprenait bien la souffrance de sa fille : ardente et impétueuse, elle souffrait moins du blâme que lui infligeait la société que de l'interdiction de combattre ce blâme et elle en souffrait plus encore parce que c'était son père qui lui interdisait le combat. Aussi souhaitait-il profondément changer d'attitude à ce sujet et il demanda : « Pourquoi, Radha, pourquoi attendrions-nous ?

– Parce que nous offenserions Mère. »

Paresh Babou vit qu'elle avait raison ; mais, avant qu'il eût parlé, Satish entra et murmura quelques mots à l'oreille de Sucharita, elle déclara : « Non, pas maintenant, demain.

– Mais demain, je vais en classe, grogna Satish, penaud.

– Qu'est-ce qu'il y a, Satish ? Que veux-tu ? demanda Paresh Babou avec un sourire affectueux.

– Oh, c'est seulement que Satish… », commençait Sucharita.

Mais Satish l'arrêta en lui mettant la main sur la bouche et supplia : « Ne le dis pas, ne le dis pas.

– Si c'est un secret, tu sais bien que Sucharita ne le dira pas.

– Pourtant, Père, il a vraiment très grande envie que vous connaissiez ce secret.

– Jamais », cria Satish en se sauvant.

En fait, Binoy lui avait fait de son devoir de tels compliments qu'il avait promis de montrer la rédaction à Sucharita ; inutile d'ajouter que Sucharita comprit la raison pour laquelle il le lui annonçait en présence de Paresh Babou. Le pauvre Satish ne savait pas qu'en ce monde le motif des plus secrètes pensées peut souvent se déchiffrer aisément.

CHAPITRE L

Quatre jours plus tard, Haran vint, une lettre à la main, rendre visite à Baroda ; il avait renoncé à l'espoir de convaincre Paresh Babou. Tendant la lettre à Baroda, Haran observa : « Dès l'abord j'ai voulu vous avertir de prendre garde. En le faisant, j'ai même encouru votre mécontentement. Maintenant cette lettre va vous montrer à quel point dans la coulisse les choses en sont arrivées. »

La lettre était la réponse de Lolita à son amie de province. Quand Baroda eut achevé de la lire, elle s'exclama : « Comment aurais-je pu prévoir cela ? Je n'aurais pas même imaginé semblable folie. Toutefois permettez-moi de vous faire remarquer que ce n'est pas moi qui suis à blâmer. Vous avez tous conspiré à tourner la tête de Sucharita par votre concert d'éloges sur ses vertus ; il n'y avait pas une jeune fille qui lui fût comparable dans tout le Brahmo Samaj. Maintenant il vous faut enrayer l'influence de modèle de jeune fille brahmo. C'est mon mari qui a conduit Binoy et Gour Babou chez nous, j'ai fait de mon mieux pour amener Binoy à notre façon de penser, mais alors a commencé l'histoire de cette "tante" qui nous est venue Dieu sait d'où, on s'est mis à adorer des idoles dans notre maison, et maintenant Binoy a été si bien corrompu qu'il fuit à mon approche. À la racine de tous ces ennuis il y a Sucharita. J'ai toujours su quel genre de fille c'était au fond, mais je n'en parlais pas. Je l'ai élevée avec tant de soins que personne ne pouvait deviner qu'elle n'était pas ma propre enfant. Et maintenant voilà la récompense que j'en reçois. Il ne sert de rien que vous m'ayez montré cette lettre ; il faut que vous fassiez ce que vous estimez le meilleur. »

Avec générosité Haran exprima ses regrets et il avoua candidement qu'à certains moments il avait tout à fait méconnu Mme Baroda. À la fin ils appelèrent Paresh Babou.

« Lisez cela », s'exclama Baroda en jetant la lettre sur la table devant lui.

Après avoir lu et relu la lettre avec soin, Paresh Babou leva les yeux : « Eh bien ? demanda-t-il.

— Eh bien, vraiment, répéta Baroda avec colère. Que vous faut-il de plus ? Toutes les preuves sont là. Vous avez autorisé l'adoration des idoles, l'observance de la caste, tout en somme. Il ne manque plus que de marier une de vos filles dans une famille hindoue. Après quoi je suppose que vous ferez pénitence et que vous entrerez vous-même parmi les hindous ; mais laissez-moi vous prévenir…

— Vous n'avez pas besoin de me prévenir de rien ; le moment de m'avertir n'est pas encore venu. La seule question, c'est de savoir ce qui vous a fait imaginer que Lolita a l'intention d'épouser un hindou. Rien dans cette lettre ne vous permet de le croire. Rien du moins que je puisse apercevoir.

– Je n'ai jamais, jusqu'à présent, pu découvrir ce qui vous ouvrira les yeux, dit Baroda avec impatience. Si vous n'aviez pas été aveugle depuis les débuts, rien de tout ceci ne se serait produit. Allons donc, rien ne peut être plus limpide que cette lettre.

– Peut-être, s'interposa Haran, devrions-nous prier Lolita elle-même d'en expliquer le sens. Je puis l'interroger si vous m'y autorisez. »

Avant qu'un mot de plus eût été ajouté, Lolita entra dans la chambre comme un ouragan et jeta : « Père, regardez. De notre Brahmo Samaj arrivent des lettres anonymes. »

Paresh Babou lut l'épître que sa fille lui tendait et y trouva une série d'injures et d'avis variés que l'auteur, considérant son mariage avec Binoy comme assuré, jugeait bon d'infliger à Lolita. En outre, l'auteur imputait à Binoy des motifs bas et annonçait qu'il ne tarderait pas à se lasser de sa femme brahmo et l'abandonnerait pour épouser une hindoue.

Haran prit la lettre des mains de Paresh Babou et, après l'avoir lue, apostropha Lolita.

« Lolita, cette lettre vous irrite ; pourtant n'est-ce pas de votre faute si on a pu vous l'adresser ? Comment vous-même avez-vous pu écrire une lettre comme celle-ci qui est bien de votre écriture ? »

Et il montra la réponse que Lolita avait envoyée à son amie.

« Ah, c'est avec vous que Shaila correspond à mon sujet», fit remarquer Lolita après une minute de surprise.

Haran évita de répondre directement, mais dit :
« Se rappelant son devoir envers le Brahmo Samaj, elle était obligée de m'envoyer votre lettre.

– Dites-moi une fois pour toutes ce que le Samaj veut que je dise, répliqua courageusement Lolita debout devant lui.

– La rumeur qui court dans le Samaj concernant vos relations avec Binoy Babou, à laquelle pour ma part je n'ajoute aucun crédit, je voudrais vous l'entendre démentir de votre bouche. »

Lolita, les yeux étincelants, serrant de ses mains tremblantes le dossier d'une chaise, répondit : « Et pourquoi, je vous prie, n'ajoutez-vous aucun crédit à ce bruit ?

– Lolita, dit Paresh Babou, en la touchant à l'épaule, tu es trop énervée maintenant pour discuter de ce sujet ; tu m'en parleras plus tard. Pour le moment, laissons-le tomber.

– N'essayez pas, Paresh Babou, d'étouffer l'affaire maintenant que nous l'avons abordée, remonta Haran. »

Cette phrase eut le don d'accroître encore la fureur de Lolita : « Père, étouffer une affaire ! Père n'est pas comme vous autres, il n'a pas peur de la vérité, il sait, je vous l'assure, que la vérité est plus grande que même votre Brahmo Samaj. Je ne vois vraiment rien de scandaleux, ni d'impossible à ce que j'épouse Binoy.

– A-t-il donc décidé son initiation à la religion brahmo ? s'enquit Haran.

– Il n'a rien décidé, dit Lolita ; et de quelle nécessité serait son initiation au brahmoïsme ? »

Jusque là Baroda avait gardé le silence ; elle souhaitait le triomphe, en ce jour, de Haran Babou, et l'obligation pour Paresh Babou de confesser son erreur et de témoigner du repentir. Toutefois, à ces paroles, elle fut incapable de se contenir et entra dans la discussion : « Lolita, es-tu folle ? Qu'as-tu dit ?

– Non, Mère, je ne suis pas folle. Ce que je dis, je le dis après mûre réflexion. Je me refuse à être ainsi ligotée de toutes parts ; je suis déterminée à me libérer de ce groupe que forment Haran Babou et sa bande.

– Vous exigez, je suppose, dit sarcastiquement Haran, une licence sans frein.

– Non, répondit Lolita, être libre signifie pour moi être affranchie de cet esclavage de la fausseté et de ces attaques de la bassesse. Là où je n'aperçois rien qui soit mal, ou contraire à ma religion, pourquoi le Brahmo Samaj se croit-il permis d'intervenir et de mettre des obstacles sur ma route ? »

Avec arrogance, Haran se tourna vers Paresh Babou : « Eh bien, vous voyez, Paresh Babou, j'ai toujours su qu'à la fin vous aboutiriez à une situation de ce genre ; j'ai fait de mon mieux pour vous avertir, mais sans effet.

– Écoutez, Haran Babou, dit Lolita, moi aussi je vous avertis : cessez d'offrir avec tant d'audace vos conseils à ceux qui vous sont infiniment supérieurs dans tous les domaines. »

Et sur ce dernier trait, elle sortit.

« Voyez l'insolente, cria Baroda. Maintenant cherchons ce qu'il faut faire.

– Nous ferons notre devoir, déclara Paresh Babou, mais nous ne distinguerons pas notre devoir dans une atmosphère si troublée. Vous m'excuserez, mais je ne puis discuter à présent ; j'ai besoin d'être seul un moment. »

CHAPITRE LI

En apprenant ce qui s'était passé, Sucharita se rendit compte du beau gâchis qu'avait fait Lolita. Après quelques minutes de silence elle dit, en passant le bras autour du cou de sa sœur : « Ma chérie, j'ai peur.

– Peur de quoi ?

– Le Brahmo Samaj fait un tel scandale ! Si ensuite Binoy Babou ne consent pas ?

– Il consentira », dit Lolita avec assurance.

Mais elle baissa le front.

« Tu sais, poursuivit Sucharita, que Haran Babou a encouragé Mère à espérer que Binoy n'acceptera pas de se marier si le mariage comporte la rupture avec son propre milieu. Lolita, pourquoi n'as-tu pas réfléchi à toutes ces difficultés avant de traiter Haran Babou comme tu l'as fait ?

– N'imagine pas que je sois fâchée d'avoir parlé, s'écria Lolita. Si Haran Babou et son parti croient qu'en m'acculant au bord de l'eau comme un animal pourchassé ils me captureront, ils verront bientôt qu'ils se sont trompés. Il ignore que je n'ai pas peur de sauter dans la mer, et que j'aime mieux sauter que de tomber dans les griffes de sa meute de chiens hurlants.

– Consultons Père, suggéra Sucharita.

– Je t'affirme bien que Père ne se joindra pas aux poursuivants. Il n'a jamais cherché à nous tenir entravés ; s'est-il jamais fâché contre nous quand nous soutenions une opinion différente de la sienne ou a-t-il essayé de restreindre notre liberté en invoquant le Brahmo Samaj ? Que de fois Mère s'est irritée contre lui à cause de cette attitude ! Père redoutait seulement que nous perdions la faculté de penser par nous-mêmes. Après nous avoir élevées de la sorte, il ne va pas, tu te le figures bien, nous livrer à un geôlier du Brahmo Samaj comme Haran Babou.

– Soit, remarqua Sucharita. Admettons que Père ne fasse pas d'objections ; que te proposes-tu maintenant ?

– Si aucun de vous ne veut bouger, alors moi-même je… »

Mais Sucharita l'interrompit anxieusement : « Non, non, chérie, ne prends pas d'initiatives. J'ai une idée. »

Ce soir-là, au moment où Sucharita s'apprêtait à aller trouver Paresh Babou, il vint lui-même chez elle. À cette époque il avait l'habitude, le soir, d'arpenter le jardin, tout seul et la tête inclinée sous ses pensées. Il lui semblait que, dans la pure obscurité, il effaçait de son esprit tous les faux plis dus aux froissements du travail journalier et qu'il se préparait au repos nocturne en emplissant sa poitrine par de profondes inspirations puisées dans l'atmosphère paisible. Quand, le visage tourmenté, il entra dans la chambre de Sucharita, sacrifiant sa méditation solitaire, Sucharita éprouva, dans sa tendresse pour lui, la même peine qu'éprouve une mère au spectacle de son enfant malade, muet dans son lit et qui souffre au lieu de jouer gaiement.

« Tu es au courant, je suppose, Radha ?

– Oui, Père, je sais. Mais pourquoi êtes-vous si angoissé ?

– Une chose seulement m'inquiète : Lolita sera-t-elle de force à supporter la violence de l'attaque qu'elle a déchaînée ? Sous l'empire de l'excitation une fierté aveugle obscurcit l'esprit ; mais quand les fruits de nos actes mûrissent un à un, la force de soutenir les suites logiques de ces actes s'évanouit parfois. Lolita a-t-elle, avant de décider ce qui était le mieux pour elle, songé aux conséquences de sa conduite ? Sait-elle comment elle doit agir maintenant ?

– En tout cas, je vous assure que Lolita ne sera pas accablée par le châtiment que la société jugera bon de lui infliger.

– Je voudrais être certain qu'elle ne montre pas cet esprit de révolte dans une heure de colère.

– Non, Père, dit Sucharita les yeux baissés. Je ne l'aurais pas écoutée. Au contraire, sa pensée profonde et déjà ancienne s'est fait jour quand elle a reçu ce coup imprévu. Une fille comme Lolita ne se laissera pas intimider. Et puis, Père, Binoy Babou est un si brave garçon.

– Mais est-il prêt à devenir membre du Brahmo Samaj ?

– Je ne puis l'affirmer, répliqua Sucharita. Que penseriez-vous d'une visite à la mère de Gour Babou ?

– Je songeais justement qu'il serait bon que tu y ailles. »

CHAPITRE LII

De la maison d'Anandamoyi où il couchait maintenant, Binoy avait l'habitude de passer chaque matin chez lui ; un jour il trouva dans sa chambre une lettre qui l'attendait. Elle était anonyme et contenait toute sorte d'arguments contre le mariage de Binoy avec Lolita. On le prévenait que ce mariage, non seulement le rendrait malheureux, mais entraînerait un désastre pour Lolita. Si toutefois, malgré ces avertissements, Binoy persistait dans son projet, on lui conseillait de réfléchir au fait que Lolita avait les poumons délicats et que les médecins redoutaient même la tuberculose.

Binoy fut confondu à cette lecture : jamais il n'aurait imaginé qu'on pût inventer tant de mensonges patents. L'impossibilité de son mariage avec Lolita était évidente à tous les yeux, vu l'opposition des coutumes sociales. Cette raison expliquait son impression déjà ancienne que son amour était coupable. Cependant, pour lui écrire une lettre de ce genre, on devait sans doute, dans les milieux du Brahmo Samaj, envisager le mariage comme certain ? Et il souffrait cruellement en se figurant de quel blâme les membres du Brahmo Samaj devaient, avec semblable motif, accabler Lolita. Il lui semblait non seulement gênant, mais même honteux, que le nom de Lolita fût si imprudemment associé avec le sien et pris pour cible d'attaques publiques. Par suite, il était naturellement conduit à supposer que Lolita se reprochait maintenant de lui avoir montré de l'amitié et qu'elle regrettait le jour où ils s'étaient rencontrés ; peut-être désormais ne supporterait-elle même plus sa vue.

Ô faiblesse du cœur humain : parmi ces reproches excessifs que s'adressait Binoy, se glissait une joie vive et profonde qui l'enflammait ; cette joie niait l'existence de l'insulte et de la honte. Pour ne pas s'y complaire, Binoy se mit à arpenter la véranda d'un pas rapide. Cependant une sorte d'ivresse émanait pour lui de la lumière du matin, si bien que même le cri des marchands ambulants, dans la rue, éveillait en lui une fièvre intérieure. Ce flot d'injures qui attei-gnait Lolita ne l'entraînerait-il pas vers le sûr refuge que lui offrait sa tendresse ? Il ne pouvait écarter de son esprit l'image de Lolita arrachée par ce flot à son entourage et apportée vers lui. De toute son âme il s'écriait : « Lolita mienne, uniquement mienne ! »

Jamais encore, il n'avait osé prononcer avec confiance des mots pareils, mais aujourd'hui qu'il entendait au-dehors l'écho de son aspiration pro-fonde, il ne se dominait plus.

Tandis que d'un pas excité il allait et venait dans la véranda, il aperçut soudain Haran qui se dirigeait vers sa maison. Il comprit du coup l'origine de la lettre anonyme. Quand il eut offert une chaise à

Haran, Binoy attendit sans manifester son aisance habituelle.

Enfin Haran commença : « Binoy Babou, vous êtes un hindou, n'est-ce pas ?

– Certainement.

– Ne vous fâchez pas de ma question, pria Haran ; nous nous aveuglons souvent en ne regardant un problème que d'un seul point de vue lorsque notre conduite risque de porter le trouble dans une société. Aussi devons-nous accueillir comme un ami quiconque demande franchement ce que nous sommes, quelles sont nos limitations et quel fruit notre conduite peut produire.

– Ce préambule est inutile, dit Binoy en essayant de rire. Je ne suis pas homme à m'affoler devant des questions désagréables ou à faire violence à qui m'interroge. Demandez-moi sans crainte ce que vous voulez savoir, de quoi qu'il s'agisse.

– Je n'ai pas l'intention de vous accuser d'une faute volontaire, s'excusa Haran. Je n'ai pas besoin de vous dire que les fruits de l'indiscrétion sont souvent empoisonnés.

– Ce que vous n'avez pas besoin de me dire, s'exclama Binoy avec une ombre d'impatience, n'en parlez pas. Parlez de ce que vous voulez réellement dire.

– Est-il loyal, pour vous qui êtes hindou et resterez forcément attaché à la société hindoue, de faire dans la maison de Paresh Babou des visites si fréquentes qu'elles provoquent des remarques sur ses filles ?

– Écoutez, Haran Babou, protesta Binoy, je ne peux me sentir responsable de ce que les gens d'un groupe quelconque imaginent à propos d'une circonstance quelconque ; les remarques dépendent dans une large mesure du caractère des gens. Si les membres de votre Brahmo Samaj sont capables de commérer au sujet des filles de Paresh Babou et de créer du scandale, ce sont ces gens-là qui ont motif d'être honteux.

– Enfin, s'exclama Haran, si une jeune fille quitte la protection de sa mère et va se promener seule sur un bateau avec un étranger, cette circonstance ne tombe-t-elle pas sous la censure de la société ?

– Si vous mettez sur le même plan un événement purement fortuit et une faute d'ordre moral, pourquoi avez-vous jugé nécessaire de vous séparer de la société hindoue et de devenir brahmo ? En tout cas, Haran Babou, je ne vois pas l'utilité de discuter. Je dois décider moi-même où est mon devoir et vous ne m'y aiderez en aucune façon.

– Je ne veux pas vous retenir davantage, dit Haran ; pourtant j'ai un dernier mot à vous dire : désormais vous devez vous tenir à l'écart ; si vous ne le faites pas, vous serez gravement coupable. En fréquentant la maison de Paresh Babou vous avez fait beaucoup de mal ; nul ne sait encore quel tort vous leur avez causé à tous. »

Après le départ de Haran, Binoy se sentit torturé de doutes. Paresh Babou, si noble et si candide, leur avait, à Gora et à lui, souhaité la bienvenue chez lui avec tant de sympathie ! Peut-être Binoy avait-il outrepassé les bornes de la correction ; jamais cependant il n'avait manqué de respect et d'affection. Dans ce foyer brahmo, il avait trouvé un asile dont il n'avait pas rencontré l'analogue ailleurs ; et l'atmosphère de cette maison convenait si bien à sa nature que ses rapports avec tous ceux qui l'habitaient avaient enrichi toute son existence. Et dans cette famille, qui lui avait offert un tel accueil, où il avait trouvé tant d'amitié et de bonheur, il laisserait un souvenir amer ! Par sa faute une tache, un reproche, avait atteint les filles de Paresh Babou ! Il avait provoqué un incident humiliant qui pèserait sur tout l'avenir de Lolita. Comment porter remède au mal qu'il avait causé ? Hélas ! Quel horrible obstacle sur le chemin de la vérité élève ce qu'on nomme la société ! Aucune raison valable n'aurait dû empêcher le mariage de Lolita et de Binoy. Le Seigneur véritable de leurs deux cœurs savait Binoy prêt à sacrifier toute sa vie pour le bonheur de Lolita. N'était-ce pas Lui qui avait si invinciblement attiré Binoy vers elle ? Ses décrets éternels ne s'opposaient pas à leur union. Le Dieu qu'adoraient dans le Brahmo Samaj des êtres comme Paresh Babou différait-il du Dieu de Binoy ? Une affreuse prohibition, toutes griffes dehors, se dresse pour séparer les cœurs. Pourtant, obéir aux ordres de la société et non aux prescriptions du Maître des âmes, n'est-ce pas un péché ? Malheureusement, ce seraient juste ces ordres qui contraindraient Lolita. Et peut-être d'ailleurs Lolita n'éprouverait-elle pour lui… Il n'y avait pas de limites aux doutes qui l'assaillaient.

CHAPITRE LIII

Pendant que Haran Babou rendait visite à Binoy, Abinash venait voir Anandamoyi pour lui annoncer que le mariage de Binoy avec Lolita était décidé.

« Ce n'est pas vrai, déclara Anandamoyi.

– Pourquoi pas vrai ? protesta Abinash. Croyez-vous impossible que Binoy fasse un tel mariage ?

– Je n'en sais rien, mais je suis certaine qu'il ne m'aurait pas caché une décision aussi importante. Jamais. »

Abinash insistait, déclarant tenir la nouvelle de personnalités importantes du Brahmo Samaj et en garantissait l'exactitude. Il ajouta que depuis long-temps il prévoyait pour Binoy une fin aussi lamen-table ; il en avait même discuté avec Gora. Après avoir transmis la nouvelle à Anandamoyi, il des-cendit et la détailla à Mohim en la savourant.

Quand, ce matin-là, Binoy revint chez elle, Anandamoyi lut sur son visage la trace d'un trouble profond. Après l'avoir fait déjeuner, elle l'appela dans sa chambre et demanda : « Eh bien, Binoy, que s'est-il passé ?

– Mère, lisez cette lettre, je vous prie. »

Ensuite, Binoy continua : « Ce matin Haran Babou est venu me trouver et m'a dûment chapitré.

– À quel sujet ?

– Il dit que ma conduite a soulevé dans le Brahmo Samaj un scandale qui atteint les filles de Paresh Babou.

– Les gens racontent que votre mariage avec Lolita est décidé ; je ne vois pas là de cause de scandale.

– Si le mariage était possible, il n'y aurait pas de cause de scandale. Mais quelle bassesse de répandre pareille rumeur quand le mariage est impossible ! La lâcheté est plus grande encore quand il s'agit de Lolita.

– Avec de l'énergie, vous pourriez aisément la sauver de semblables attaques.

– Dites-moi comment, s'exclama Binoy.

– Comment ? Mais en l'épousant.

– Ô Mère, que dites-vous ? demanda Binoy confondu. Je ne comprends pas ce que vous imaginez quand votre Binoy est en jeu. Croyez-vous qu'il me suffise de dire : je veux l'épouser ? et que le monde s'inclinera ? Que le monde attend simplement un geste de ma part ?

– Je ne vois pas de motif à tous ces bavardages, dit Anandamoyi. Tout s'arrangera si vous faites simplement ce que vous avez le pouvoir de faire. En tout cas vous pouvez vous déclarer prêt à l'épouser.

– Une offre si déraisonnable ne sera-t-elle pas une insulte à l'égard de Lolita ?

– Pourquoi la qualifier de déraisonnable ? remontra Anandamoyi. Si le bruit s'est répandu que vous allez vous marier, ce mariage ne doit pas être inconcevable. Vous n'avez pas lieu, je vous l'affirme, d'hésiter une minute.

– Mais, Mère, il nous faut penser à Gora.

– Non, mon enfant, répondit Anandamoyi avec décision. Sur ce sujet il ne faut pas consulter Gora. Je sais qu'il se fâchera, et je n'aime pas qu'il se fâche contre vous ; mais qu'y faire ? Si vous éprouvez du respect pour Lolita, vous ne devez pas permettre qu'elle soit toute sa vie un objet de scandale pour son Samaj. »

C'était plus facile à dire qu'à faire. Depuis la détention de Gora, l'amitié de Binoy pour lui avait redoublé ; allait-il préparer à son ami un coup si dur ? En outre, il fallait songer aux interdictions sociales. Les violer était aisé en théorie mais quand l'heure est venue d'agir, alors on sent que partout le bât vous blesse. L'horreur de l'inconnu, la crainte de l'insolite font hésiter sans cause profonde.

« Plus je vous connais, Mère, plus vous me surprenez. Comment donc avez-vous un esprit si libre ? On croirait que vous n'avez jamais à marcher sur nos sentiers. Dieu vous a-t-il douée d'ailes ? Rien ne paraît vous faire obstacle.

– Sans doute Dieu n'a-t-il pas mis d'obstacles dans ma vie, dit Anandamoyi en riant ; Il y a rendu tout très simple.

– Mère, reprit Binoy, quoi que mes lèvres puissent dire, mon esprit ne les suit pas. Avec mon éducation, mon intelligence, et nos discussions je vois que je suis purement et simplement stupide. »

Sur ces entrefaites Mohim entra dans la chambre et entama un interrogatoire si brutal, touchant les rapports de Binoy avec Lolita, que le jeune homme, humilié au-delà de toute expression, mais se dominant dans la mesure du possible, demeura les yeux baissés et sans répondre jusqu'à ce que Mohim fût sorti après avoir proféré les injures les plus outrageantes contre Binoy et la famille de Paresh Babou : il fit entendre qu'un honteux complot avait été ourdi en vue de capturer Binoy et de le conduire à sa perte, et que Binoy avait été assez sot pour se laisser prendre au piège.

« Nous allons voir s'ils pourront abuser Gora de la même façon. Ils auront affaire à plus forte partie », s'exclama-t-il.

Ainsi, assailli de reproches de tous côtés, Binoy resta assis, plongé dans un muet découragement. La voix d'Anandamoyi le fit tressaillir : « Savez-vous, Binoy, ce que vous devriez faire ? Allez voir Paresh Babou. Quand vous aurez causé avec lui, la situation s'éclaircira. »

CHAPITRE LIV

En apercevant soudain Anandamoyi, Sucharita poussa un cri de surprise : « Oh, je partais justement chez vous.

– Je ne savais pas que vous alliez venir, dit Anandamoyi en riant, mais je sais ce qui vous aurait conduite chez moi. Le même motif m'amène ici, car, dès que j'ai entendu les nouvelles, elles m'ont bouleversée et j'ai senti qu'il me fallait vous voir. »

Sucharita fut étonnée que la rumeur fût parvenue à l'oreille d'Anandamoyi. Elle l'écouta parler avec attention.

« Ma petite mère, dit Anandamoyi, j'ai toujours regardé Binoy comme mon propre enfant. Quand j'ai appris combien il s'était attaché à vous tous, vous ne vous figurez pas comme je vous ai bénis en mon cœur. Alors, serais-je restée indifférente en vous sachant dans l'ennui ? J'ignore si je puis faire quelque chose pour vous aider. De toute façon j'étais si émue qu'il m'a fallu venir vers vous. Ma chère petite, Binoy est-il vraiment à l'origine de toute cette histoire ?

– Pas du tout, s'exclama Sucharita. La responsable de toute l'agitation, c'est Lolita. Binoy ne pouvait imaginer que Lolita monterait sur le bateau sans avoir prévenu personne ; cependant les gens ont l'air de croire qu'il y a eu là un plan discuté d'avance par tous les deux. Et Lolita est si obstinée qu'elle refuse de démentir les commérages et d'expliquer ce qui s'est réellement passé.

– Il faut pourtant intervenir. Depuis que Binoy sait ce qu'on raconte, il a perdu le repos de l'esprit et il assume tout le blâme.

Sucharita rougit légèrement et, baissant la tête, interrogea : « Croyez-vous vraiment que Binoy Babou...

– Écoutez, mon enfant, interrompit Anandamoyi en voyant l'hésitation douloureuse de Sucharita, je puis vous assurer que tout ce que Binoy est capable de faire pour Lolita, il est disposé à le faire. Je le connais depuis son enfance et je sais que, s'il se donne, c'est sans réserve. Ainsi ai-je toujours vécu dans la peur que son cœur l'entraîne vers un attachement auquel on essaierait en vain de l'arracher.

– Vous n'avez pas à craindre que Lolita refuse son consentement, dit Sucharita qui respirait plus librement. Je connais ses sentiments. Mais Binoy Babou serait-il prêt à rompre avec la société dont il fait partie ?

– Certainement ; mais pourquoi dans les circonstances actuelles parler de la quitter ? Est-ce bien nécessaire ?

– Voyons, Mère, à quoi pensez-vous ? Croyez-vous que Binoy puisse épouser une fille brahmo en restant lui-même hindou ?

– Si tel est son désir, qu'y objectez-vous ?

– Je ne comprends pas comment ce serait possible, dit Sucharita très confuse.

– Cela me semble la chose la plus simple du monde, expliqua Anandamoyi. Voyez, dans ma propre maison je n'observe pas les rites qu'observe le reste de la famille ; bon nombre de gens d'ailleurs me traitent de chrétienne. Au moment des grandes fêtes religieuses je m'isole volontairement. Vous pouvez en sourire, ma chérie, mais savez-vous que Gora même ne boirait pas de l'eau dans ma chambre ? Est-ce une raison cependant pour que je ne considère pas mon foyer comme mon foyer et la société hindoue comme ma société ? Personnellement je serais incapable de le prétendre. Je demeure dans cette société et à ce foyer, j'accepte les reproches qu'on m'adresse et je n'y trouve pas très grande difficulté. Si la difficulté devenait insurmontable, je prendrais alors le parti que Dieu m'inspirerait. Toutefois, jusqu'au bout, je dirai ce que je pense et il dépendra d'eux de m'accepter ou non.

– Pourtant, dit Sucharita perplexe, voyons, vous connaissez les opinions du Brahmo Samaj… Supposons que Binoy Babou…

– Ses opinions sont assez voisines de celles du Brahmo Samaj, interrompit Anandamoyi. Le Brahmo Samaj n'a pas une doctrine qui le mette à part du reste de la création. Les articles qui paraissent dans vos périodiques, Binoy me les a lus souvent et je n'y vois rien d'extraordinaire. »

Anandamoyi fut arrêtée par l'entrée dans la chambre de Lolita qui venait voir Sucharita. En apercevant Anandamoyi, Lolita rougit de timidité car, à l'expression de Sucharita, elle comprit qu'elle était l'objet de la conversation. Elle eut envie de se sauver ; mais tout prétexte lui manquait pour repartir immédiatement.

« Venez, Lolita, venez, ma petite mère », s'exclama Anandamoyi en la prenant par la main et en la faisant asseoir tout près d'elle comme si Lolita était sa propriété personnelle.

Puis elle continua de s'adresser à Sucharita : « Voyez-vous, rien n'est plus difficile que d'établir une harmonie entre le bien et le mal ; cependant, en ce monde, nous les trouvons souvent réunis ; ainsi le souci et le bonheur existent-ils ensemble. Puisqu'une telle union est possible, je ne comprends pas pourquoi il serait difficile, pour deux êtres qui ont des idées différentes, de conclure une alliance heureuse. Une intimité profonde entre deux êtres humains n'est-elle qu'une matière d'opinion ? »

Sucharita demeurait la tête baissée, et Anandamoyi reprit : « Ce Brahmo Samaj, auquel vous appartenez, défendrait-il à deux êtres de se marier s'ils le souhaitent ? Votre société maintiendrait-elle éloignées par des décrets deux créatures que Dieu fait une dans Sa pensée ? Ma petite mère, n'existe-t-il au monde nulle société qui ferme les yeux sur de menues divergences de doctrine, en permettant l'union pour ce qui importe réellement ? »

La conviction enthousiaste qu'Anandamoyi déployait dans la discussion était-elle due simplement à son désir de lever les obstacles qui s'opposaient au mariage de Binoy avec Lolita ? N'avait-elle pas la conviction de parvenir, par son plaidoyer, à détruire l'hésitation légère qui subsistait en cette matière dans l'esprit de Sucharita ? Car il fallait la convaincre, effacer l'inquiétude qu'elle semblait nourrir à cet égard. Si, à ses yeux, Binoy ne pouvait épouser Lolita qu'en se faisant brahmo, l'espérance qui animait Anandamoyi, en ces journées d'anxiété, s'évanouirait en poussière.

Ce même jour, Binoy lui avait demandé : « Mère, faudra-t-il que je m'inscrive au Brahmo Samaj ? Devrai-je accepter aussi cette obligation ? »

Et elle avait répondu : « Non, non, je n'en vois pas la nécessité.

– Et s'ils insistent ?

– Non, avait-elle déclaré après un silence ; en cette matière l'insistance est inadmissible. »

Pourtant Sucharita n'agréait pas la théorie d'Anandamoyi et, comme elle se taisait, Anandamoyi se rendit compte qu'elle n'avait pas encore donné son assentiment. Anandamoyi commença à songer : « Seul mon amour pour Gora m'a donné la force de rompre avec les traditions de mon milieu. Le cœur de Sucharita ne serait-il pas attiré vers Gora ? À coup sûr s'il l'était, elle attacherait moins d'importance à ce qui n'est en somme qu'un détail. » Et Anandamoyi se sentit un peu découragée.

Deux ou trois jours seulement s'écouleraient avant que Gora sortît de prison ; elle avait espéré qu'il trouverait alors un lieu où l'attendrait le bonheur. Elle sentait que l'heure était venue de fixer Gora s'il devait jamais l'être ; autrement les complications qui le menaçaient étaient imprévisibles. Or, conquérir Gora et le garder ne seraient pas le fait d'une fille quelconque. D'autre part, Anandamoyi n'avait pas le droit de le marier dans une famille hindoue ; aussi avait-elle refusé les propositions de bien des pères de filles à marier. Gora affirmait toujours qu'il ne se marierait pas. Les gens s'étonnaient qu'elle, sa mère, ne protestât pas contre cette décision ; aussi s'était-elle vivement réjouie quand elle avait eu finalement l'impression qu'il faiblissait dans sa détermination. L'opposition silencieuse de Sucharita était un coup bien dur pour elle ; mais Anandamoyi n'était pas femme à renoncer aisément ; elle se dit : « Eh bien, attendons et nous verrons. »

CHAPITRE LV

Paresh Babou concluait : « Binoy, je ne voudrais pas que vous fassiez une folie juste parce que vous désirez vivement sauver Lolita de ses difficultés. L'agitation qui s'est élevée dans notre société est superficielle. Ce qui excite tant les gens pour le moment, ils l'auront oublié dans quelques jours. »

Binoy était venu, fortifié par la volonté d'accomplir son devoir vis-à-vis de Lolita. Il n'ignorait pas qu'un mariage de ce genre lui créerait des difficultés avec la société ; surtout il n'oubliait pas la colère qu'en éprouverait Gora. Mais, à l'appel du devoir, il avait voulu bannir de son esprit toutes ces considérations pénibles. Maintenant que, de façon inattendue, Paresh Babou prétendait écarter cette idée de devoir, Binoy se sentait moins disposé à rebrousser chemin.

« Jamais, dit-il, je ne serai en mesure de vous témoigner la reconnaissance que m'inspire l'amitié que vous m'avez montrée et il m'est intolérable de songer que j'ai été la cause d'un ennui, même d'un ennui d'un jour, pour votre famille.

– Binoy, vous ne suivez pas ma pensée, expliqua Paresh Babou ; je suis personnellement ravi de l'estime que vous avez pour nous. Cependant, offrir d'épouser ma fille pour prouver votre respect n'est pas montrer beaucoup d'égards pour les sentiments qu'elle peut éprouver. Aussi je voulais vous faire entendre que les ennuis d'aujourd'hui ne sont pas d'une nature si sérieuse que vous ayez à proposer ce qui constituerait pour vous un sacrifice. »

Du coup, Binoy se sentait délivré du sentiment de sa responsabilité ; pourtant son esprit ne s'élançait pas sur le sentier de la liberté, maintenant sans obstacles, avec l'ardeur que met l'oiseau à s'envoler quand on lui ouvre la cage. La contrainte que pendant si longtemps il s'était imposée, son sens du devoir envers Lolita la lui avait fait rejeter : la digue était brisée. Le domaine où il n'avait jusqu'à ce jour hasardé de marcher que dans la crainte et le tremblement, Binoy l'occupait maintenant en maître, et il trouvait pénible de battre en retraite. Sur le lieu même où le devoir l'avait traîné par la main, son tyran lui disait à présent : « Frère, tu peux te retirer, tu n'as pas besoin d'insister. »

Mais le cœur de Binoy répondait : « Tu peux disparaître ; moi, maintenant, je reste. »

Comme Paresh Babou ne lui avait pas prêté d'autre mobile, Binoy dit : « Ne croyez pas que l'obligation morale m'imposait une tâche qui me paraissait pénible. Si seulement vous donnez votre consentement, rien ne me causera une joie plus grande... Ma seule crainte...

– Vous n'avez aucun motif de crainte », interrompit Paresh Babou sans une seconde d'hésitation.

Son amour pour la vérité était si grand qu'il confessa même : « Sucharita m'a confié que vous n'êtes pas indifférent à Lolita. »

Une vague de joie remplit l'âme de Binoy quand il apprit que ce secret intime avait été révélé par Lolita à Sucharita ; il se demanda quand et comment elles en avaient parlé. Une allégresse intense et mystérieuse vibra en lui à la pensée des confidences dont il avait été l'objet entre ses deux amies. Il répondit aussitôt : « Si vous me croyez digne d'elle, rien au monde ne pourrait me combler d'un tel bonheur.

— Attendez un peu, dit Paresh Babou. Laissez-moi le temps de monter pour consulter ma femme. »

Comme il demandait à Baroda son opinion, elle déclara : « Il faut que Binoy soit initié au Brahmo Samaj.

— Cela va sans dire, répondit Paresh Babou.

— Nous devons d'abord régler cette question, faites chercher Binoy. »

Quand Binoy fut entré, elle dit sans plus ample préambule : « Alors, il nous faut choisir un jour pour la cérémonie d'initiation.

— Est-il absolument nécessaire que je sois initié ? demanda Binoy.

— Absolument essentiel ! s'exclama-t-elle. À quoi pensez-vous ? Comment pourriez-vous, sans cela, vous marier dans une famille brahmo ? »

Binoy pencha la tête sans parler. Donc il semblait que Paresh Babou, en apprenant qu'il désirait épouser sa fille, avait considéré comme évident qu'il entrerait dans le Brahmo Samaj.

« J'ai le plus grand respect pour le Brahmo Samaj, balbutia-t-il, et jamais rien dans ma conduite n'a été contraire à ses enseignements ; mais est-il indispensable que j'en devienne membre ?

– Si vos opinions sont en harmonie avec les nôtres, quel inconvénient, demanda Baroda, voyez-vous à être initié ?

– Je ne peux affirmer que la société hindoue ne compte plus pour moi, expliqua Binoy.

– Alors vous avez eu tort d'évoquer la question, regretta Baroda. Vous êtes-vous montré disposé à épouser notre fille par pitié pour nous ou pour nous rendre un service ? »

Binoy subit un véritable choc en s'apercevant que son offre pouvait paraître insultante. Juste un an auparavant, la loi instituant le mariage civil avait été votée ; à ce moment-là lui et Gora avaient tous deux écrit contre cette loi des articles virulents dans les journaux ; il était donc malaisé pour lui de ne pas affirmer son hindouisme et de se marier civilement. Il s'aperçut alors qu'on ne pouvait attendre de Paresh Babou qu'il acceptât l'idée de voir Binoy épouser Lolita tout en demeurant un hindou. Avec un soupir il se leva et, les saluant tous les deux d'une inclination profonde, il s'excusa : « Pardonnez-moi, je vous en prie. Je n'en dirai pas plus pour ne pas aggraver ma faute. »

Et il sortit.

En descendant, il vit Lolita assise seule dans un coin de la véranda en train d'écrire. Au bruit de ses pas, elle leva les yeux et le regarda une minute d'un air ému. Binoy maintenant connaissait bien Lolita ; que de fois elle l'avait regardé ; mais il semblait ce jour-là qu'un secret mystérieux se lisait dans son regard. Ce secret de Lolita, qu'elle avait confié à Sucharita, apparut en cet instant à Binoy sous l'ombre de ses cils noirs, et la tendresse de ses yeux ressemblait à un nuage où tremble la fraîcheur de la pluie prête à tomber. Dans le coup d'œil que Binoy lui jeta en retour, elle aperçut un éclair de douleur. Sans dire un mot, il s'inclina et acheva de descendre l'escalier.

CHAPITRE LVI

À sa sortie de prison, Gora trouva Paresh Babou et Binoy qui l'attendaient à la porte. Un mois n'est pas un grand délai. Pendant son voyage à pied, Gora avait été séparé plus longuement de sa famille et de ses amis. Néanmoins quand, après ce mois passé en prison, Paresh Babou et Binoy lui apparurent à l'instant de sa libération, il lui sembla renaître dans le monde familier où se trouvaient ses vieux amis. En distinguant dans la lumière matinale l'expression affectueuse du visage paisible de Paresh Babou, en se baissant pour prendre la poussière de ses pieds, il éprouva une joie et un respect qu'il n'avait jamais connus. Paresh Babou l'embrassa, puis Gora saisit la main de Binoy et l'embrassa en riant : « Binoy, depuis l'époque où nous étions en classe ensemble, nous avons poursuivi du même pas toute notre éducation ; mais je t'ai devancé d'une étape en m'instruisant dans cette école pleine d'enseignements. »

Comme Binoy ne se sentait pas disposé à s'associer à cette gaieté, il garda le silence. Il comprenait que son ami venant de prison, après avoir traversé les épreuves ignorées de la captivité, restait son ami plus que jamais. Il garda ce silence presque respectueux et solennel jusqu'à ce que Gora eut demandé : « Comment va Mère ?

– Mère va bien.

– Venez, mon ami, appela Paresh Babou, une voiture vous attend. »

Juste à l'instant où ils allaient monter dans la voiture, Abinash arriva en courant, tout essoufflé, suivi d'un groupe d'étudiants. En l'apercevant, Gora se hâta pour monter s'asseoir, mais Abinash fut plus prompt et lui barra le chemin en le priant d'attendre un peu. Comme Abinash présentait sa requête les étudiants se mirent à chanter à voix haute :

« Aujourd'hui,
Après la nuit sombre et douloureuse
L'aube a lui
Tes chaînes d'esclave sont brisées. »

« Taisez-vous », cria Gora.

Son visage devenait cramoisi.

Les étudiants se turent instantanément et le regardèrent avec surprise, tandis qu'il poursuivait : « Abinash, quelle comédie est-ce là ? »

Abinash, sans répondre, sortit de son manteau une épaisse guirlande de fleurs enveloppée soigneusement dans une feuille de bananier, tandis que d'une voix aiguë un jeune homme se mettait à lire un compliment à l'allure d'une mécanique fraîchement remontée. Le compliment, écrit en lettres d'or, avait pour sujet la libération de Gora.

Repoussant la guirlande que lui tendait Abinash, Gora l'interpella d'une voix irritée : « À propos de quoi cette scène ridicule ? Avez-vous passé le mois à préparer mon enrôlement dans votre troupe de comédiens sur ce bord de la route ? »

En fait il y avait longtemps qu'Abinash organisait cette réception. Il s'était flatté de faire une grande impression et il n'avait pas associé Binoy à ses desseins, voulant se réserver à lui-même tout le mérite qu'une si remarquable performance vaudrait à son auteur. Car, à l'époque dont nous parlons, ces pantomimes agaçantes n'étaient pas encore entrées dans les mœurs. Abinash avait d'avance écrit un compte rendu pour les journaux, ne laissant en suspens qu'un détail ou deux qu'il compléterait à son retour à Calcutta, avant d'envoyer l'article à la presse.

« Vous avez tort de parler ainsi, dit Abinash. En effet nous avons partagé vos épreuves pendant votre détention. Notre poitrine a brûlé du feu de la souffrance en chaque heure du mois qui s'achève.

– Vous vous trompez, Abinash. Si seulement vous regardez d'assez près, vous ne verrez pas trace d'un feu quelconque sur vos poitrines en bon état. »

Cependant Abinash ne se laissait pas clore le bec et persistait : « Le gouvernement a voulu vous humilier ; mais aujourd'hui nous, qui représentons notre chère Mère l'Inde, plaçons cette guirlande d'honneur…

– La plaisanterie dépasse les bornes », protesta Gora et, écartant Abinash et ses acolytes, il se retourna vers Paresh Babou et le pria de monter en voiture.

Paresh Babou poussa un soupir de soulagement en s'asseyant et Gora et Binoy le suivirent aussitôt.

Gora arriva chez lui le lendemain matin, ayant fait en bateau le voyage jusqu'à Calcutta. Devant sa maison, il trouva une foule venue l'accueillir ; il parvint à se dégager, entra immédiatement et se mit à la recherche d'Anandamoyi. Elle s'était baignée de bonne heure ; elle était prête et l'attendait. Il prit la poussière de ses pieds et alors elle laissa couler les larmes qu'elle avait retenues jusque-là.

Quand Krishnadayal revint du Gange où il avait pris son bain rituel, Gora alla vers lui, mais il fit ses *pronams* de loin et ne lui toucha pas les pieds. Krishnadayal s'étant assis à distance suffisante, Gora dit : « Père, je voudrais faire pénitence.

– Je n'en vois pas la nécessité, répondit Krishnadayal.

– Je n'ai souffert en prison, reprit Gora, que de l'impossibilité d'éviter les contacts impurs. Je m'en sens souillé maintenant encore, c'est pourquoi je dois me purifier.

– Non, non, cria Krishnadayal avec une sorte de répugnance. Inutile d'exagérer ainsi. Je ne puis approuver cette idée.

– Écoutez, dit Gora, je vais demander l'avis des pandits.

– Il n'est pas nécessaire de consulter les pandits, objecta Krishnadayal. Je peux t'assurer que dans ton cas aucune pénitence n'est indispensable. »

Gora n'avait jamais pu comprendre pourquoi un homme si scrupuleux en ce qui concernait la pureté rituelle déconseillait toujours, quand il s'agissait de son fils, l'application des règles ou des prohibitions et, non seulement ne se montrait pas disposé à approuver les efforts de Gora pour la stricte observance des prescriptions de l'orthodoxie, mais même les contrariait.

Ce jour-là Anandamoyi avait assis Binoy auprès de Gora pour déjeuner ; mais Gora réclama : « Mère, je voudrais éloigner un peu de moi le siège de Binoy.

– Pourquoi ? Qu'a-t-il fait de mal ? s'écria Anandamoyi surprise.

– Lui n'a rien fait de mal ; c'est moi qui suis impur.

– Cela n'a pas d'importance, répondit Anandamoyi. Binoy n'est pas de ceux qui se soucient beaucoup de ces choses-là.

– Binoy peut ne pas s'en soucier, moi je m'en soucie. »

Après le déjeuner, les deux amis montèrent à la chambre d'en haut abandonnée depuis un mois. Ils ne surent d'abord que se dire. Binoy ne s'avisait d'aucun moyen pour aborder avec Gora le sujet qui avait dominé son esprit le mois écoulé. Quant à Gora, bien des questions sur Paresh Babou et sa famille lui venaient à l'esprit, mais il ne les formulait pas, attendant que Binoy commençât. La veille, il avait, c'est vrai, interrogé Paresh Babou sur la santé de ses filles, mais c'était pure formule de politesse ; il avait hâte d'avoir à leur sujet des détails autres que l'assurance qu'elles se portaient bien.

Mohim entra dans la chambre et s'assit, essoufflé de la peine prise pour monter l'escalier. Dès qu'il eut repris sa respiration, il dit : « Binoy, depuis un mois nous attendons le retour de Gora. Maintenant qu'il est rentré, ne tardons plus, fixons tout de suite le jour. Que dis-tu, Gora ? Tu sais bien de quoi je parle. »

Gora se mit à rire et Mohim continua : « Tu ris ? Tu penses que ton frère aîné n'a pas oublié son idée. Eh bien, dis-toi qu'une fille n'est pas un rêve, je commence à m'en apercevoir, et qu'il n'est pas facile d'en oublier l'existence. Ne ris pas, Gora, cette fois il faut tout régler.

– Il est là, celui dont tout dépend pour un règlement définitif.

– Ô malheur, crois-tu qu'il réglera tout, l'homme qui est incapable de prendre une décision ? À présent que te voilà rentré, je remets toute l'affaire entre tes mains. »

Binoy gardait un silence grave ; il ne prit même pas la parole sous le prétexte d'une plaisanterie sur son propre compte et Gora, comprenant qu'il y avait quelque accroc, observa : « Je peux me charger d'envoyer les invitations et même de commander les gâteaux et les friandises. Je suis aussi prêt à offrir mes services pour la cérémonie ; mais il m'est impossible de prendre la responsabilité d'un mariage entre votre fille et Binoy. Mes rapports sont trop peu intimes avec le dieu qui arrange toutes ces histoires d'amour ; je me tiens à distance et je me prosterne de loin.

– N'imagine pas une minute qu'en te tenant à distance tu seras épargné, dit Mohim. Personne ne peut prévoir quand par surprise tu recevras sa visite.

J'ignore ses plans en ce qui te concerne ; néanmoins je peux dire qu'en ce qui concerne Binoy, il fait un joli gâchis. Je te préviens que tu auras lieu de te repentir, si au lieu de prendre l'affaire en main, tu l'abandonnes au dieu de l'amour.

– Je veux bien me repentir de ne pas accepter une responsabilité qui n'est pas la mienne, dit Gora en riant, mais je me repentirais bien plus amèrement si je l'acceptais. Je ne m'y risquerais pas.

– Supporteras-tu sans protester de voir un garçon de naissance brahmine jeter aux quatre vents son honneur, sa caste et sa respectabilité ? Ton souci de maintenir les gens dans leur devoir d'hindous te fait perdre le boire et le manger, et voilà ton meilleur ami en train de sacrifier sa caste et d'entrer par mariage dans une famille brahmo ; tu n'oseras plus te montrer devant les gens. Binoy, je suppose que tu vas te fâcher contre moi ; mais il y a bien d'autres gens prêts à raconter tout ceci à Gora derrière ton dos ; vraiment, ils se pressent en foule pour le faire. Moi du moins je le dis devant toi, c'est mieux pour tout le monde. Si la rumeur est fausse, démens-la et ce sera fini ; si elle est vraie, annonce-le une fois pour toutes. »

Quand Mohim fut parti, Binoy n'ouvrit pas la bouche. Gora alors se tourna vers lui et demanda : « Binoy, qu'est-ce que c'est que cette histoire ?

– Il est difficile, commença Binoy, d'expliquer convenablement ce qui se passe si l'on mentionne seulement quelques faits isolés ; aussi avais-je l'intention de te mettre au courant graduellement. Toutefois, rien ici-bas ne se passe jamais comme on le désirerait. Les événements ont d'abord l'air d'évoluer avec lenteur et sans bruit ; ils rôdent comme des tigres en chasse ; et puis, tout d'un coup, sans avertissement, ils vous sautent sur le dos. Les nouvelles couvent d'abord sous la cendre et brusquement s'enflamment sans qu'on puisse les éteindre. Aussi je me dis souvent que, pour un homme, la seule façon d'être libre est de rester dans une immobilité absolue.

– Où est la liberté si toi seul demeures immobile ? S'il convient au reste du monde de se mouvoir, crois-tu qu'il te permette de ne pas bouger ? L'effet produit sera juste l'inverse de ce que tu recherches si le monde agit et que toi seul demeures inerte ; tu seras finalement dupe ; donc il te faut au contraire être toujours en garde sans laisser ton attention se relâcher pour éviter que l'action des autres ne te surprenne.

– Tu as raison, dit Binoy ; je suis toujours surpris. Cette fois non plus je n'étais pas préparé. Je ne prévois pas d'où l'orage va fondre ; pourtant il a fondu, il faut bien accepter la situation. Il ne sert à rien de repousser des circonstances déplaisantes parce qu'il aurait mieux valu qu'elles ne se produisent pas.

« Il m'est difficile d'avoir un avis, fit observer Gora, sans savoir de quoi il s'agit. »

Binoy rassembla ses forces pour se confesser et commença : « Par suite d'événements inévitables je me suis trouvé vis-à-vis de Lolita dans une position telle que si je ne l'épouse pas, elle sera toute sa vie en butte, de la part de sa société, à des reproches immérités.

– Raconte-moi avec plus de précision ce qui t'a mis dans cette position, interrompit Gora.

– C'est une longue histoire, répondit Binoy, je te la raconterai peu à peu ; pour le moment il faut te contenter de ce que je t'ai dit.

– Soit, dit Gora, je m'en contente. J'ajoute cependant que si les événements étaient inévitables, tout regret pour les conséquences est inutile. Donc, si Lolita est en butte à des reproches de la part de sa société, nous n'y pouvons rien.

– Mais, expliqua Binoy, le remède est entre mes mains.

– Alors tant mieux, remarqua Gora. Néanmoins il ne suffit pas d'affirmer que le remède est entre tes mains ! Quand les hommes sont dans le besoin, ils sont capables de voler et de tuer ; mais leur besoin rend-il le vol et le meurtre légitimes ? Tu te déclares prêt à faire ton devoir envers Lolita en l'épousant ; mais es-tu bien sûr que c'est ton premier devoir ? N'as-tu pas des devoirs envers la société ? »

Binoy ne répondit pas que, pour obéir à ce devoir envers la société, il avait d'abord pris la résolution de ne pas épouser une jeune fille brahmo. Au lieu de l'avouer, il déclara : « Sur ce point, je crois que nous sommes en désaccord. Si je prends position contre la société, ce n'est pas à cause d'une attraction personnelle. Je discute la valeur même de la société et de l'individu ; au-dessus d'eux, il y a la religion que nous devons considérer avant tout. De même que mon premier devoir n'est pas de me sacrifier à une personne, il n'est pas de me sacrifier à la société. Mon plus haut devoir est de préserver la religion et la morale.

– Je ne pourrais respecter, remontra Gora, une religion qui nierait les droits de l'individu et de la société et qui prétendrait régner seule.

– Moi, je le peux, s'exclama Binoy piqué d'honneur. La religion n'est pas établie sur les fondations de la société et de l'individu ; la société et l'individu dépendent d'elle. Si tu te mets à définir la religion par les buts poursuivis par la société, celle-ci, du même coup, sera ruinée ; si elle élève des obstacles sur la route d'une véritable liberté religieuse, en combattant ces obstacles choquants, nous accomplissons notre devoir réel envers la société. Du moment que je n'accomplis pas une mauvaise action en épousant Lolita, que j'ai, au contraire, le devoir de le faire, alors je pécherais contre la religion en m'en laissant détourner simplement parce que j'offense la société.

– Es-tu seul juge du bien et du mal ? Ne dois-tu pas considérer dans quelle situation tu placerais tes enfants par un tel mariage ?

– En raisonnant ainsi, tu assureras la permanence de toutes les injustices sociales. Pourquoi alors blâmes-tu le pauvre employé qui accepte de son maître européen des insultes et des coups de pied ? Lui aussi pense à ses enfants, n'est-il pas vrai ? »

Binoy en était venu dans sa discussion avec Gora à un point qu'il n'avait jamais atteint. Peu de semaines encore auparavant il aurait éprouvé un recul de tout son être à la pensée d'une rupture avec la société hindoue. Il n'en avait même pas discuté avec lui-même et si cette controverse ne s'était pas ouverte avec Gora, ses idées auraient continué de suivre un cours tout différent, conforme à ses anciennes habitudes d'esprit. Or, à mesure que le conflit se poursuivait, son inclination, soutenue par son sens du devoir, s'accentuait.

La bataille qui les opposait faisait rage ; dans ces circonstances, Gora n'en appelait pas au raisonnement, il se contentait d'exprimer ses vues avec une violence peu commune. Comme de coutume il s'efforçait de réduire en poussière les arguments avancés par Binoy. Pourtant, en cette occasion, il sentait vaguement des obstacles s'élever sur son chemin. Tant qu'il ne s'était agi entre eux que de querelles d'opinion, Gora l'avait invariablement emporté ; mais ici luttaient deux hommes en chair et en os, et Gora, malgré son stock d'armes oratoires, ne parvenait plus à détourner les flèches verbales qui lui étaient lancées, car les flèches qui l'atteignaient touchaient un cœur humain sensible et douloureux.

Finalement, il s'écria : « Notre duel de paroles est tout à fait inutile, car cette matière n'est pas faite pour les arguments de l'esprit ; il s'agit d'une question de sentiment. Cependant, le fait que tu envisages de te séparer du peuple de ton pays en épousant une fille brahmo me fait personnellement un grand chagrin. Il t'est possible de le faire et c'est là que nous différons : une telle conduite est inconcevable à mon intelligence et à ma raison. Ce sont tes attachements qui sont opposés aux miens ; on peut à peine croire que tu tiens à la société hindoue quand tu t'apprêtes à lui porter un coup si rude, et juste sur le point où je sens le battement le plus vital. Mon but et mon désir, c'est l'Inde, quelque reproche que tu puisses lui adresser. Je ne mets rien ni personne au-dessus d'elle, ni toi, ni moi, ni un autre ; je me refuse à faire un geste qui puisse m'écarter d'elle ; fût-ce de l'épaisseur d'un cheveu. »

Et avant que Binoy ait pu répondre, Gora s'écria : « Non, Binoy, inutile de discuter avec moi ce sujet. Alors que le monde entier abandonne l'Inde et la couvre d'injures, je n'ai d'autre désir que de partager le déshonneur de cette Inde chérie, cette Inde affligée par les castes, superstitieuse, idolâtre. Si tu cherches à me séparer d'elle, il faudra d'abord que tu me sépares de moi-même. »

Gora se leva et, sortant dans la véranda, se mit à l'arpenter, tandis que Binoy demeurait silencieux. Le domestique vint annoncer qu'un groupe de gens attendait dehors pour voir Gora et Gora, content de cette occasion de s'échapper, descendit. Devant le portail il aperçut Abinash parmi un grand concours de foule. Gora croyait qu'Abinash lui gardait rancune ; mais celui-ci n'en montrait pas trace. Au contraire il commença un discours louant en termes emphatiques le refus opposé la veille par Gora à l'offre de la guirlande. Il déclara : « Mon respect pour Gourmohan Babou s'est encore accru. Depuis longtemps je voyais en lui un homme exceptionnel ; hier j'ai découvert qu'il est un grand homme. Nous étions allés le trouver pour lui faire honneur ; mais il a repoussé cet honneur comme peu de gens de nos jours seraient capables de le faire. Ce geste s'impose à ceux qui voudraient railler. »

Ces propos couvrirent Gora de confusion et l'agacement que provoquait chez lui Abinash le rendit violent ; il s'exclama impatiemment : « Voyons, Abinash, l'honneur tel que vous le concevez est une injure. Me prêtez-vous l'impudence d'accepter l'invitation à me joindre à cette comédie organisée au bord de la route ? Et vous voyez dans ce refus la marque d'un grand homme. Comptez-vous préparer un *jatra* et vagabonder en sollicitant des offrandes à cet effet ? Aucun de vous n'est-il donc capable d'un travail utile ? Si vous voulez travailler avec moi, je vous approuve et, si vous voulez combattre contre moi, je vous approuve aussi. Mais je vous supplie de ne pas continuer à vous promener en criant : "Bravo, bravo." »

La réprimande toutefois ne fit qu'accroître l'admiration d'Abinash et, le visage rayonnant, il se tourna vers les assistants comme pour rassembler leur attention.

« Grâce à vous, cria-t-il, nous avons le bonheur de voir se manifester une si noble inspiration : ces paroles magnifiques de désintéressement sont à la gloire éternelle de la mère patrie. Vraiment nous pouvons consacrer nos vies à un homme pareil », et il se baissa pour prendre la poussière des pieds de Gora.

Gora recula avec impatience.

« Gour Babou, dit Abinash, vous refusez les honneurs que nous voulons vous rendre ; mais vous n'allez pas nous refuser le plaisir de votre présence à une fête que nous projetons. Nous en avons discuté les détails et il faut que vous y veniez.

– Tant que je ne suis pas purifié, dit Gora, je ne puis m'asseoir près de vous pour un repas. »

Purification ! Les yeux d'Abinash brillèrent quand il s'écria : « Une telle idée ne serait venue à aucun de nous ; mais Gour Babou ne peut pas négliger les règles prescrites par la religion hindoue. »

Tous convinrent que ce serait un plan excellent de faire coïncider leur réunion pour la fête et la cérémonie de la purification. On inviterait quelques-uns des pandits les plus célèbres du pays et on leur démontrerait ainsi, par la fidélité de Gora à accomplir les rites de la purification, que même à leur époque la religion hindoue demeurait vivante. On voulut fixer aussi l'heure et le lieu de la cérémonie ; quand Gora déclara qu'il était difficile d'y procéder chez lui, un de ses adeptes fervents, qui possédait une villa avec jardin sur les bords du Gange, proposa qu'on la choisît pour faire les préparatifs nécessaires. On décida aussi que les dépenses de la journée seraient réglées par la contribution de tous les membres du groupe.

Juste au moment de partir, Abinash se lança encore dans un discours éloquent et passionné en agitant les mains à l'adresse de son auditoire : « Gourmohan Babou peut se fâcher contre moi. Pourtant quand le cœur est plein, on ne peut dominer ses sentiments. Pour assurer le salut des

Védas, des *avatars** sont nés sur cette terre sacrée de l'Inde, et aujourd'hui nous avons obtenu un avatar destiné à préserver notre religion. Dans le monde entier, notre pays est le seul à avoir six saisons, et dans ce même pays des avatars surgissent de temps en temps, et il en est maître encore. Nous avons le bonheur de constater cette vérité. Frères, crions : "Victoire à Gourmohan Babou !" »

Excitée par l'éloquence d'Abinash, la foule se mit à crier bruyamment et Gora, au comble de la confusion, s'enfuit.

Ce jour-là, son premier jour de liberté après son expérience de prisonnier, il se sentait accablé par un immense découragement. Dans la réclusion de la vie en captivité, il avait souvent rêvé du travail qu'il entreprendrait pour son pays avec un enthousiasme nouveau. Mais ce jour-là, il s'adressait à lui-même une question, toujours la même : « Hélas, où est ma patrie ? N'a-t-elle de réalité que pour moi ? Voilà mon plus vieil ami, avec qui j'ai partagé tous les plans et toutes les espérances de ma vie, et il est prêt à trancher en un instant et sans déchirement les liens qui après tant d'années l'unissent au passé et à l'avenir, pour épouser une jeune fille dont il s'est épris. Et voilà ceux qui appartiennent à ce que tout le monde appelle mon parti, à qui j'ai tant de fois expliqué mes idées, et qui décrètent que je suis un avatar né pour préserver la religion hindoue. D'après eux je serais

---

* *Avatars :* incarnations ou théophanies successives d'un dieu ou d'une déesse.

une incarnation des Écritures ! Et l'Inde, quelle place lui fait-on ? Six saisons, en vérité ! Si l'effet de ces six saisons est la maturation de fruits comme Abinash, quelle perte y aurait-il à avoir quelques saisons de moins ? »

Sur ces entrefaites un serviteur vint lui dire que sa mère le demandait. À ce message, Gora tressaillit et répéta : « Mère m'appelle. »

Et ces mots semblaient prendre pour lui un sens nouveau. Il se dit : « Quoi qu'il arrive, j'ai ma mère et elle m'appelle. Elle sera le lien qui m'unira à tous. Elle ne permettra pas que je me sépare des autres. Je verrai, assis auprès d'elle dans sa chambre, ceux qui me sont le plus proche. En prison aussi j'entendais Mère m'appeler. De là-bas, je la voyais et, maintenant que je suis hors du cachot, elle me fait signe et je vais la retrouver. »

Et, comme il regardait le ciel froid de cet après-midi d'hiver, ces différends avec Abinash et Binoy lui semblèrent tout à coup mesquins.

Sous le brillant soleil, l'Inde paraissait lui tendre les bras ; il voyait s'étendre devant lui ses fleuves et ses forêts, ses montagnes et ses villes jusqu'aux rives de l'océan, et de l'infini tombait une lumière claire et immaculée qui faisait rayonner l'Inde tout entière. Le cœur de Gora se gonfla de joie et les larmes montèrent à ses yeux, sa lassitude s'évanouit. Tout son être se prépara joyeusement pour l'œuvre si longue qu'il devait réaliser pour l'Inde et dont les fruits paraissaient si éloignés. Quoiqu'il ne pût embrasser du regard cette immensité de l'Inde qu'il concevait dans ses méditations, il ne sentait pas l'ombre d'un regret ? Il se redisait : « Mère m'appelle. Je vais près d'elle en qui réside, si lointain et pourtant présent à chaque minute, Celui qui nourrit l'univers ; qui le maintient, qui se tient au-delà de la mort et au milieu de la vie, Celui qui enveloppe des gloires de l'avenir l'imparfait et misérable présent. J'y vais. Mère m'appelle vers ce qui est infiniment distant et tout à la fois infiniment proche. » Au sein de cette joie, Gora percevait la présence de Binoy et d'Abinash comme si eux non plus n'étaient pas distincts de lui ; comme si toutes les vaines distinctions du jour se fondaient dans l'harmonie.

Quand Gora pénétra dans la chambre d'Anandamoyi, son visage était transfiguré par le rayonnement de l'extase. Derrière tout ce qu'il apercevait, se dissimulait comme une présence miraculeuse. Il entra si rapidement qu'il ne reconnut pas d'abord qui était assis auprès de sa mère. Ce fut Sucharita qui se leva et qui le salua.

« Vous êtes donc venue, dit Gora. Asseyez-vous, je vous en prie. » En disant : « Vous êtes donc venue », il parlait comme s'il s'agissait non d'un événement normal, mais d'une apparition extraordinaire.

À une certaine époque, Gora évitait Sucharita. Pendant son voyage de pèlerin et pendant les épreuves diverses qu'il avait subies au moment du procès, il était parvenu à écarter à peu près de son esprit l'image de la jeune fille. Mais durant sa captivité le souvenir de Sucharita l'avait hanté. Pendant longtemps, le fait que dans l'Inde il y avait des femmes avait à peine effleuré sa pensée ; mais cette vérité, Sucharita lui en avait fait faire la découverte, et la révélation soudaine et complète d'une évidence si ancienne et si grande ébranlait sa nature vigoureuse comme l'aurait fait un choc violent.

Quand la clarté du soleil et l'air frais du dehors pénétraient dans la cellule de sa prison et l'attristaient, le monde n'était plus seulement pour lui le champ ouvert à son œuvre et le domaine d'une société composée uniquement d'hommes ; dans ses rêveries surgissaient deux divinités qui présidaient à cet autre monde si beau, et que la lumière des astres faisait rayonner d'un éclat incomparable, tandis que le doux ciel bleu qui les entourait formait derrière elles un fond délicat ; l'une était éclairée par un amour maternel qu'il connaissait depuis sa naissance, l'autre avait le visage intelligent, modeste et beau qui venait d'apparaître dans sa vie.

Durant sa captivité étroite et triste, Gora ne pouvait résister à son inclination quand le souvenir de ce visage se levait dans sa mémoire. La méditation, qui était sa seule douceur, apportait dans l'existence de la prison le sentiment d'une liberté profonde qui transformait les épreuves du cachot en une sorte de songe sans réalité et sans substance. Les pulsations de son cœur étaient comme des vagues immatérielles qui, dépassant les murs de sa prison, allaient se mêler au ciel bleu ; elles jouaient parmi les fleurs et les feuillages chatoyants et venaient se briser sur la rive du monde familier. Gora se persuadait qu'il n'y avait aucune raison de redouter ces images de sa fantaisie ; aussi, pendant tout le mois, avait-il donné libre cours à ses rêves, s'excusant à ses propres yeux par l'argument que seule la réalité est à craindre.

Quand, au sortir de la prison, Gora avait vu Paresh Babou, son cœur s'était rempli de joie. Que la cause de cette joie n'était pas simplement la vue de Paresh Babou, mais que s'y mêlait l'idée qui avait hanté son esprit les dernières semaines, Gora tout d'abord ne le comprit pas. Cependant peu à peu s'éclaircit pour lui, tandis que le bateau voguait vers Calcutta, la conscience que l'attrait si vif qu'il ressentait pour Paresh Babou n'était pas dû à sa seule personne.

Et Gora se préparait de nouveau à la bataille, se promettant de n'être pas vaincu. Assis sur le pont du bateau, il décida de se tenir loin du péril et d'interdire à son esprit de se laisser enchaîner par le lien le plus subtil. Il était dans cette disposition lors de sa controverse avec Binoy. À sa première rencontre avec son ami après leur séparation, leur conflit n'aurait pas atteint une telle âpreté si, tout au fond, Gora n'avait pas été surtout en conflit avec lui-même. Il lui apparut avec une clarté toujours accrue que les réalités en jeu dans leur discussion affectaient son honneur personnel. La gravité du problème débattu expliquait la véhémence de ses paroles ; pour se convaincre lui-même il avait besoin de cette véhémence. Quand la violence de Gora avait provoqué chez Binoy une violence correspondante, et que Binoy s'était évertué à pulvériser le raisonnement de son adversaire où il ne voyait qu'une bigoterie stupide, quand tout son esprit se rebellait contre le fanatisme de son ami, Binoy n'avait pas une minute songé que Gora ne lui aurait pas assené des coups si rudes s'il n'avait en même temps dirigé ces coups contre lui-même. Après leur dispute, Gora décida de ne pas laisser à Binoy la possession du champ de bataille.

« Si pour m'épargner moi-même, pensait-il, j'épargne Binoy, alors Binoy est perdu. »

CHAPITRE LVII

Devant Sucharita, Gora se plongea dans ses pensées les plus profondes. Il la regarda, non comme une créature individuelle, mais comme une idée. En Sucharita la féminité de l'Inde se révélait à lui ; il la considéra comme la personnification de tout ce qui était douceur et pureté, tendresse et vertu dans les foyers de sa patrie. Son cœur débordait de bonheur en apercevant, assise auprès de sa mère, cette incarnation de la grâce qui rayonne sur tous les enfants de l'Inde, qui sert les malades, console les affligés et par son amour consacre même les êtres les plus humbles. Il voyait se manifester en sa personne la force qui n'abandonne pas les moindres d'entre nous dans la peine et l'infortune, qui ignore le mépris et qui, bien que digne d'être adorée sur les autels, voue sa dévotion attentive aux plus indignes. Sucharita fut pour lui celle dont les mains belles et adroites impriment le sceau du sacrifice sur tous nos travaux, le présent éternel de l'amour patient et fort dont Dieu comble les hommes, et il se dit : « Nous avons admis que ce don de la grâce divine passe inaperçu, nous avons admis qu'il demeure caché, dissimulé par ce qui ne devait pas compter. Y a-t-il signe plus clair de notre misère ? »

Gora songea que la femme est le vrai nom de la patrie ; elle se tient, assise sur le lotus aux cent pétales, au centre le plus intime du cœur de l'Inde ; nous ne sommes que ses serviteurs. Les malheurs du pays sont des insultes qui la frappent et l'indifférence que nous montrons à ces insultes devrait nous rendre honteux d'être des hommes.

Gora était stupéfait des pensées qui lui venaient. Il n'avait jamais clairement compris à quel point l'idée qu'il se faisait de l'Inde était sommaire tant qu'il ne reconnaissait pas la place qui revenait à la femme. Quelle lacune dans sa conception du devoir envers le pays aussi longtemps que pour lui les femmes restaient une notion vague et sans substance ! Son idée du devoir avait donc de la force, mais pas de substance réelle, des muscles, mais pas de nerfs. Gora eut la vision subite que, plus nous éloignons de nous nos femmes, et moins nous leur faisons de place dans nos vies, plus s'affaiblit la puissance de notre position d'homme. Ainsi, quand il dit à Sucharita : « Vous êtes donc venue », il y avait dans ses paroles autre chose qu'une politesse conventionnelle. Sa salutation contenait sa joie et son émerveillement nouveaux.

Gora portait les traces de l'épreuve subie en prison. Il n'avait plus cet air de santé qu'il avait naguère, car la nourriture de la prison lui répugnait à tel point qu'il avait pratiquement jeûné durant tout le mois de sa détention. Son teint avait perdu l'éclat si frappant d'autrefois et il était pâle ; comme ses cheveux étaient coupés court, la maigreur de son visage était plus apparente.

En voyant l'amaigrissement de Gora, Sucharita sentit s'éveiller en elle une déférence nouvelle, une déférence mêlée de souffrance. Elle eut envie de s'incliner devant lui et de prendre la poussière de ses pieds. Gora lui apparut comme une flamme pure, si brillante qu'on ne distingue ni la matière qu'elle consume ni la fumée qui s'en échappe ; et un respect uni à une tendre compassion étreignit sa poitrine, l'empêchant de prononcer un seul mot.

Anandamoyi fut la première à parler : « Maintenant je sais quel aurait été mon bonheur si j'avais eu une fille. Comment te dire, Gora, quel soutien Sucharita a été pour moi pendant toute ton absence ? Avant de la connaître je ne me rendais pas compte que la peine comporte une belle compensation parce qu'elle nous révèle des joies et des réconforts insoupçonnés. Nous nous abandonnons au chagrin, parce que nous ignorons les secours que Dieu nous envoie dans nos souffrances. Je blesse peut-être votre modestie, ma petite mère, mais je suis forcée de dire devant vous quelle douceur vous m'avez apportée pendant ces tristes journées. »

Gora lança au visage pudiquement penché de Sucharita un regard de solennelle gratitude, puis il s'adressa à Anandamoyi : « Mère, comme elle est venue partager vos soucis en vos heures de tristesse, elle vient accroître votre satisfaction en ce jour heureux ; ceux qui ont un grand cœur sont des amis généreux.

– Didi, s'écria Binoy en voyant l'expression timide de Sucharita, quand un voleur est pris, toutes ses victimes l'entourent ; maintenant que nous vous avons saisie, il vous faut endurer votre rétribution. Où pourriez-vous vous enfuir ? Quoique je vous connaisse depuis un certain temps, je ne vous avais jamais trahie ; je me suis tu et pourtant je savais que ce que vous êtes réellement ne pourrait longtemps demeurer caché.

– Vous vous êtes tu, railla Anandamoyi. Certes, vous êtes, par nature, un garçon très renfermé. Comment donc ! Du premier jour où il vous a vue, ma petite mère, il a chanté vos louanges et jamais il n'y a eu moyen de le faire taire.

– Écoutez-la, Didi, s'écria Binoy. Voilà à la fois le témoin et la preuve que je sais reconnaître le mérite et pratiquer la reconnaissance.

– C'est votre propre mérite que vous révélez en ce faisant, déclara Sucharita.

– Pourtant, ce n'est pas par ma bouche qu'il faut connaître mes vertus, protesta Binoy. Si vous voulez en entendre l'énumération, venez trouver Mère. Vous serez confondue ; moi-même, quand je l'entends, je suis dans l'admiration. Si Mère s'engage à écrire ma biographie, j'accepte de mourir jeune.

– Écoutez ce garçon qui radote », s'exclama Anandamoyi.

Ainsi la glace fut brisée.

Au moment de partir, Sucharita dit à Binoy : « Ne voulez-vous pas venir nous voir un de ces jours ? »

Sucharita invitait Binoy à venir, mais elle n'osait inviter Gora. Il ne comprit pas la cause véritable de cette abstention et se sentit un peu blessé. L'aisance avec laquelle Binoy se mêlait aux gens, et trouvait sa place dans n'importe quel milieu, cette aisance dont lui-même était dépourvu, Gora n'en avait jamais regretté l'absence ; mais ce jour-là il s'avoua que cette faille dans son caractère était une grave lacune.

CHAPITRE LVIII

Binoy comprit que Sucharita l'avait invité à venir discuter avec elle le projet de mariage avec Lolita. Il semblait qu'il n'en finirait jamais avec la question, même maintenant qu'il avait déclaré sa résolution définitive. Tant qu'il vivrait, il n'arriverait pas à rompre avec un des deux groupes rivaux.

Jusqu'alors, le principal souci de Binoy avait été le moyen d'annoncer la nouvelle à Gora. En Gora, il ne voyait pas seulement la personne ; Gora représentait pour lui les idées et la foi de sa jeunesse, son soutien dans la vie. Leur intimité constante constituait pour Binoy un élément de l'existence autant qu'une joie. Un désaccord avec Gora était pour lui comme un désaccord avec lui-même. Pourtant, le premier coup étant porté, la première hésitation devant une tâche difficile avait disparu. Binoy se sentait plus fort du fait d'avoir abordé devant Gora la question de ses rapports avec Lolita. Avant une opération, les inquiétudes du patient sont sans bornes, mais après que le bistouri a tranché dans les chairs, un soulagement se mêle à la souffrance ; ce qui a paru si redoutable à l'imagination est moins pénible dans la réalité.

Binoy n'avait pas encore trouvé le courage de regarder le problème en face, même quand il était seul ; cette fois, la porte était ouverte à l'examen, et son esprit, à la recherche d'arguments qu'il opposerait à ceux de Gora. Il avait la certitude de pulvériser les objections que Gora serait susceptible de lui opposer. Si seulement Gora lui fournissait l'occasion d'un débat en règle, même s'il s'échauffait un peu trop, il atteindrait à une solution définitive. Malheureusement, Binoy le voyait, Gora se refusait à un débat sérieux. Cette attitude irritait Binoy, il se disait : « Gora ne veut pas comprendre et il ne veut pas non plus s'expliquer ; il se contente de critiquer avec violence. La violence ! Comment baisserais-je pavillon devant la violence ? Quoi qu'il arrive, je suis du parti de la vérité. »

Et comme il se parlait ainsi, le mot de vérité parut emplir son cœur comme l'aurait fait une créature vivante. Pour être en état de tenir tête à Gora, il fallait avoir pour soi l'appui le plus solide ; faisant de la vérité son puissant allié, Binoy s'en répétait le nom et se le répétait encore. En somme la conviction d'avoir pour soutien la vérité lui inspira pour lui-même un grand respect ; en partant pour aller voir Sucharita, il marchait le front fièrement dressé.

Adoptait-il une allure si fière parce qu'il se sentait l'allié de la vérité ou parce qu'il sentait la force d'un autre lien, Binoy n'était pas à même d'en décider.

Quand il arriva, Harimohini était en train de préparer le déjeuner. Binoy, debout à la porte de la cuisine, avança la prétention d'être convié à un déjeuner qui pût convenir au fils d'un brahmane ; puis il monta au premier. Sucharita cousait ; sans lever les yeux, elle entama le sujet qui l'intéressait : « Écoutez, Binoy Babou, devrions-nous, quand il n'existe aucun obstacle profond, céder à une opposition qui ne s'appuie que sur des motifs extérieurs ? »

Lors de sa discussion avec Gora, Binoy avait soutenu cette thèse ; maintenant qu'il discutait avec Sucharita, il soutint la thèse inverse. Aurait-on pu deviner en l'entendant qu'il avait combattu Gora ? « N'attachez-vous pas vous-mêmes beaucoup d'importance à des oppositions purement extérieures ? interrogea-t-il.

– Cela s'explique, répondit Sucharita. Ces oppositions ne sont pas purement extérieures : notre société, à nous, brahmos, est fondée sur des principes religieux, alors que la société à laquelle vous appartenez est régie par des interdictions et des prescriptions d'ordre purement social. Donc, pour Lolita, quitter la société dont elle fait partie, c'est renoncer à la base même de sa vie morale, alors que vous ne feriez pas un sacrifice aussi grave. »

Binoy alors argua que la religion était une affaire purement personnelle et que l'on ne devrait pas mêler religion et appartenance à une organisation quelconque.

Sur ces entrefaites, Satish entra dans la chambre, apportant à Sucharita une lettre et un journal. La vue de Binoy excita beaucoup Satish et lui fit regretter l'impossibilité de transformer le vendredi en dimanche. En une minute, Binoy et Satish furent plongés dans une conversation joyeuse, tandis que Sucharita commençait la lecture du journal et du mot qui l'accompagnait, envoyé par Lolita. Ce journal brahmo contenait l'information que, dans une famille brahmo connue, on avait craint de voir se conclure un mariage avec un hindou : le danger était évité grâce au refus du jeune homme. Sur cette information comme thème, l'article mettait en parallèle la déplorable faiblesse de la famille brahmo avec la foi solide du jeune hindou, comparaison qui ne tournait pas à la louange de la famille brahmo. Malgré ces commentaires, Sucharita considéra qu'il fallait obtenir le mariage de Lolita avec Binoy ; mais elle comprit qu'elle n'atteindrait pas ce résultat par une simple discussion ; aussi envoya-t-elle à Lolita un mot qui l'appelait, sans toutefois l'avertir que Binoy était là. En l'absence de calendrier assez accommodant pour changer le vendredi en dimanche, Satish fut obligé de se préparer pour l'école ; Sucharita se leva aussi et s'excusa auprès de Binoy : elle allait faire sa toilette.

Quand Binoy se trouva seul dans la pièce, l'ardeur du débat refroidie, le jeune homme en lui s'éveilla, ému, troublé. Il était environ neuf heures et dans l'allée les passants se faisaient rares. Le tic-tac du petit réveil de Sucharita, posé sur son bureau, troublait seul le silence. L'atmosphère de la chambre s'insinua peu à peu dans l'esprit de Binoy. Tous les menus détails de l'ameublement revêtirent pour lui une tendre familiarité. La table minutieusement rangée, la fine broderie qui recouvrait les sièges, la peau de daim étendue sous le fauteuil, les deux ou trois tableaux pendus au mur et les piles de livres reliés de rouge disposés sur une petite étagère, tout ce cadre exerçait sur lui une sorte de fascination. Un mystère émouvant semblait palpiter à l'intérieur de la chambre, et Binoy évoqua les conversations qui avaient dû, les jours précédents, se dérouler entre les deux amies dans le silence et l'isolement qui semblaient flotter encore dans l'air comme une présence timide et gracieuse. Binoy tenta de se représenter la place et l'attitude de Sucharita et de Lolita, et il se plut à imaginer sous diverses formes les confidences auxquelles Paresh Babou avait fait allusion quand il avait dit : « Je sais par Sucharita que vous n'êtes pas indifférent à Lolita. »

Pareille à une mélodie très douce et très calme, une émotion ineffable monta dans le cœur de Binoy, et au plus secret de son être surgit un émoi muet et indicible. N'étant ni un poète ni un artiste pour y donner forme, il fut profondément troublé. Il avait l'impression qu'il atteindrait son but, si seulement il agissait, mais le but restait obscur, les moyens d'agir se refusaient ; un simple voile le séparait de ce qu'il souhaitait, mais aussi éloignait indéfiniment cet objectif, et Binoy se sentait incapable de déchirer le voile.

Harimohini apparut à la porte pour offrir à Binoy de se rafraîchir. Sur un refus, elle entra dans la chambre et s'assit. Tant qu'elle avait vécu chez Paresh Babou, elle avait éprouvé pour Binoy une vive sympathie ; mais du jour où, à la suite de Sucharita, elle s'était installée dans une maison qu'elle pouvait appeler sienne, toute visite venue de l'extérieur lui avait été importune : elle avait décidé que seule l'influence de ses amis expliquait les retours à une conduite socialement déplorable auxquels Sucharita se laissait récemment retomber. Elle savait que Binoy n'appartenait pas à la secte brahmo, mais elle ne sentait que trop clairement combien il se montrait peu strict dans l'observance des coutumes hindoues. Aussi n'avait-elle guère envie maintenant d'inviter ce fils de brahmane à prendre sa part de la nourriture qu'elle offrait à ses dieux. Ce jour-là, au cours de la conversation, elle questionna Binoy : « Eh bien, mon enfant, vous qui êtes fils de brahmane, accomplissez-vous tous les soirs la cérémonie d'adoration ?

— Ma tante, dit Binoy, croyant s'excuser, à force d'apprendre jour et nuit tant de textes par cœur, j'ai oublié les formules exactes de l'adoration du soir.

— Paresh Babou aussi a beaucoup étudié, fit remarquer Harimohini ; pourtant, il n'en observe pas moins matin et soir les rites de sa propre religion.

— Mais, ma tante, plaida Binoy, il ne suffit pas pour prier comme Paresh Babou d'avoir oublié certains termes ; si j'avais atteint à sa hauteur, je prierais comme lui.

— Aussi longtemps que vous n'avez pas atteint à sa hauteur, dit Harimohini d'un ton sévère, pourquoi ne vous contentez-vous pas de suivre les rites de vos ancêtres ? Croyez-vous bon de n'être ni chair ni poisson ? Après tout l'homme est une créature religieuse. Qu'il adore Râma ou qu'il adore le

Gange, s'il préfère ! Mais rien du tout, c'est une position impossible ! »

Sur ce point, elle fut interrompue par l'entrée de Lolita qui sursauta en apercevant Binoy et demanda à Harimohini où était Sucharita.

« Radha est allée prendre son bain », dit Harimohini.

Et Lolita, comme si elle croyait devoir expliquer sa venue, ajouta : « C'est Sucharita qui m'a fait appeler.

– Eh bien, assieds-toi jusqu'à ce qu'elle revienne, dit Harimohini, elle ne va pas tarder. »

Harimohini n'était pas non plus bien disposée pour Lolita, car elle désirait couper tout à fait Sucharita de son ancien milieu et la tenir étroitement sous sa coupe. Les autres filles de Paresh Babou étaient moins intimes dans la maison, mais Harimohini voyait sans aucun plaisir les fréquentes apparitions de Lolita et ses interminables causeries avec Sucharita. Elle essayait toujours d'interrompre leur bavardage en alléguant l'urgence d'une besogne ménagère, ou bien elle déplorait de voir Sucharita distraite dans la poursuite de ses études, empêchée d'y apporter toute l'attention et d'en retirer tout le fruit qu'on espérait. Cependant, quand Sucharita s'absorbait dans la lecture, elle ne manquait pas d'affirmer que l'instruction n'est pas seulement inutile aux filles, mais nuisible pour elles. La vérité, c'est que ne réussissant pas à circonvenir totalement Sucharita comme elle le voulait, Harimohini en faisait porter le blâme tantôt sur les études de sa nièce, tantôt sur ses amies.

Demeurer assise avec Binoy et Lolita lui était désagréable ; toutefois, comme elle leur en voulait, elle s'astreignit à rester là. Elle flairait l'existence d'un lien mystérieux entre les deux jeunes gens et songeait : « Même si les règles de votre société vous y autorisent, je ne tolérerai pas sous mon toit une intimité si scandaleuse et ces manières de chrétien. »

Lolita aussi éprouvait une impression pénible. La veille elle avait décidé d'accompagner Sucharita chez Anandamoyi. Mais quand il s'était agi d'y partir, elle n'avait pu en trouver le courage. Elle éprouvait pour Gora un respect certain ; pourtant son hostilité à l'encontre de celui-ci n'en était pas moins vive, persuadée, à tous les points de vue, qu'il la desservait. Cette conviction était si forte que depuis la libération de Gora, les sentiments de Lolita pour Binoy avaient changé. Jusque-là elle s'était flattée d'exercer de l'influence sur Binoy ; mais la certitude qu'il n'arrivait pas à s'affranchir de l'emprise de son ami inspirait à Lolita de l'agacement pour ce qui lui paraissait de la faiblesse. Binoy de son côté, dès qu'il avait vu entrer Lolita, s'était senti inquiet. Il ne parvenait pas à se faire sur la jeune fille une opinion fixe ; depuis le moment où leurs deux noms avaient été accouplés dans les commérages de la société, son esprit s'agitait, dès qu'il l'apercevait, comme une aiguille aimantée s'affole dans une tempête magnétique. Lolita, elle, depuis qu'elle avait vu Binoy installé chez sa sœur, en voulait à celle-ci, qui, elle le comprit, l'avait fait venir pour dénouer la crise et décider en sa faveur le jeune homme encore hésitant. Elle regarda Harimohini et déclara : « Prévenez Didi que je suis obligée de repartir tout de suite et que je reviendrai une autre fois. »

Et sans même jeter les yeux sur Binoy, elle quitta la chambre.

Harimohini, jugeant sa présence désormais inutile, se leva aussi pour aller vaquer aux soins du ménage.

Le regard lancé par Lolita, plein de l'irritation qu'elle dominait, n'était pas inconnu de Binoy, mais depuis longtemps il ne l'avait plus rencontré. Son anxiété s'était évanouie depuis la disparition, qu'il avait crue définitive, de ces mauvais jours où Lolita se montrait toujours prête à lui lancer des flèches aiguisées. Mais il venait de s'aviser qu'elle avait décroché de sa panoplie ces armes coutumières que la rouille n'avait pas émoussées. Supporter d'être l'objet de la colère est déjà assez pénible, mais pour un garçon comme Binoy, endurer le mépris est plus difficile encore. Il se rappelait l'antipathie dédaigneuse que lui témoignait Lolita quand elle se le figurait comme un simple satellite de la planète Gora, et il était troublé par l'idée que pour elle son hésitation présente était signe de lâcheté. Il trouvait intolérable qu'elle considérât comme une preuve de couardise un scrupule véritable né du sens du devoir, et qu'elle lui refusât la moindre occasion d'effleurer même le sujet devant elle. Se voir frustré de la chance d'en discuter était pour Binoy le châtiment le plus grand, car il se savait expert dans la controverse, habile dans l'usage de la parole et exceptionnellement capable de faire triompher la thèse qu'il soutenait. Toutefois, quand ils n'étaient pas d'accord, Lolita ne lui offrait jamais l'opportunité de plaider sa cause et aujourd'hui, de nouveau, elle le privait de le faire.

Apercevant un journal qui traînait sur la table, dans son énervement, il s'en empara et tomba bientôt sur un entrefilet souligné au crayon. Il le lut : ils étaient, Lolita et lui, l'objet de l'argument et des commentaires. Il comprit que Lolita serait toujours en butte à ces appréciations injurieuses de la part de la communauté à laquelle elle appartenait, et il n'eut pas de peine à s'expliquer qu'une créature aussi fière le méprisât de se perdre en analyses subtiles de principes sociaux au lieu de se mettre en mesure de la sauver de l'humiliation. La honte le prit quand il se compara à cette fille courageuse et se rappela l'indifférence et la bravoure avec lesquelles elle affrontait le qu'en-dira-t-on.

Après avoir pris son bain et fait déjeuner Satish avant qu'il parte pour l'école, Sucharita revint pour trouver Binoy plongé dans la mélancolie, si bien qu'elle renonça à reprendre leur conversation antérieure. En s'asseyant pour déjeuner, Binoy omit de pratiquer la purification rituelle et Harimohini l'apostropha : « Binoy, puisque vous n'observez plus nos préceptes hindous, vous pourriez aussi bien devenir brahmo. »

Binoy, un peu blessé, répondit : « Le jour où je considérerai l'hindouisme comme consistant simplement en prohibitions relatives aux contacts ou à la nourriture et en d'autres règles aussi dépourvues de sens religieux, je me ferai chrétien ou musulman. Mais je n'en suis pas au point d'avoir perdu toute foi en l'hindouisme. »

Quand Binoy repartit de chez Sucharita, son esprit était ébranlé par les chocs si divers qu'il avait reçus et il se sentait exposé, sans refuge et solitaire. Cherchant la cause de cette situation anormale, il cheminait à pas lents, la tête baissée ; il arriva dans un square où il prit une chaise, sous un arbre. Naguère, quand un problème ardu se posait à lui, il l'avait toujours, que l'issue fût grave ou non, soumis à l'examen de son ami ; à eux deux ils y trouvaient toujours une solution ; mais aujourd'hui cette voie lui était interdite, il lui fallait se débrouiller tout seul.

Comme les rayons du soleil commençaient à pénétrer l'ombre où il était assis, il reprit son chemin ; à peine se remettait-il à marcher qu'il s'entendit appeler : « Binoy Babou. »

Et une seconde après son petit ami s'emparait de sa main. C'était vendredi et Satish rentrait, l'école ayant fermé pour le week-end.

« Venez, Binoy Babou, plaida Satish, rentrez avec moi.

– Impossible, répondit Binoy.

– Pourquoi ?

– Je vais excéder ta famille si je viens si souvent. »

Satish regarda cet argument comme indigne d'attention et répéta : « Je vous en prie, venez. »

Satish ne soupçonnait pas le désastre qui frappait les relations de Binoy avec les siens et Binoy fut ému par l'affection si vive et si désintéressée du petit garçon. En ce seul membre du groupe, il retrouva intacte toute la joie qui l'avait accueilli dans ce havre qu'avait été pour lui la maison de Paresh Babou. En ce seul esprit aucune ombre de doute ne s'était levée en ce jour de catastrophe, aucun coup de la société ne menaçait cette amitié. Passant le bras autour des épaules de Satish, Binoy lui dit : « Allons, petit frère, je vais te conduire jusqu'à la porte de chez toi. »

Et il lui sembla que dans son étreinte à Satish l'effleurait un peu de la douceur dont l'amour et la tendresse de Sucharita et de Lolita avaient depuis l'enfance entouré le petit garçon.

Satish bavardait avec insouciance et, dans le flot ininterrompu de ce bavardage si doux à ses oreilles, dans ce contact avec une sincérité sans détours, Binoy oublia un instant les difficultés et les problèmes de sa propre vie. La route qui conduisait chez Sucharita passait devant la maison de Paresh Babou. De la rue le regard plongeait dans le bureau. Binoy ne put se retenir de lever les yeux et il aperçut Paresh Babou assis à sa table. Parlait-il ou non ? On ne pouvait s'en rendre compte ; mais Lolita, tournant le dos à la rue, se tenait sur un tabouret tout près de Paresh Babou, telle une disciple attentive.

L'énervement éprouvé par Lolita, lors de son passage chez Sucharita, l'avait bouleversée à tel point que, ne s'avisant d'aucun autre moyen de calmer sa détresse, elle était entrée sans bruit dans le bureau de son père ; de lui émanait une paix si communicative que souvent l'impatiente Lolita venait le rejoindre et restait près de lui sans parler pour dominer son agitation.

Aujourd'hui Paresh Babou avait demandé : « Qu'y a-t-il, Lolita ? » et elle avait répondu : « Rien, Père, mais il fait si bon et si frais dans votre bureau. »

Paresh Babou comprit bien qu'elle venait se réfugier auprès de lui parce qu'elle souffrait ; son cœur, à lui aussi, cachait un chagrin. Aussi se mit-il à l'entretenir d'idées susceptibles d'alléger le fardeau des joies et des peines triviales de l'existence individuelle.

Au spectacle de cet entretien intime entre le père et la fille, Binoy s'arrêta et il cessa de prêter la moindre attention au babil de Satish. Celui-ci lui proposait un problème abstrus de tactique militaire : ne serait-il pas possible de dresser une troupe de tigres et de les placer sur un front de bataille entre l'armée de l'adversaire et la sienne propre, ce qui rendrait la victoire certaine ? Jusqu'alors l'échange des questions et des réponses s'était poursuivi régulièrement et, ne recevant pas l'accord escompté, Satish se tourna vers Binoy pour connaître la cause de sa distraction. Suivant la direction du regard de Binoy, il aperçut Lolita et appela : « Lolita, Didi, Lolita, Didi, tu vois j'ai rencontré Binoy Babou en rentrant de l'école et je l'amène à la maison. »

Quand Lolita bondit de sa chaise et que Paresh Babou se pencha pour jeter un coup d'œil dans la rue, Binoy se sentit brûler de timidité, responsable qu'il était de tout ce remue-ménage. Pourtant il parvint à expédier Satish et à entrer chez Paresh Babou. Il s'aperçut alors que Lolita avait disparu et, songeant qu'il venait comme un brigand de détruire leur intimité paisible, il s'assit hésitant et gêné.

Après les préliminaires habituels, les questions sur les santés respectives, Binoy commença : « Comme je n'observe pas avec beaucoup de fidélité les règles et les coutumes du monde hindou, et qu'en fait je les transgresse à peu près tous les jours, je me suis demandé si je n'avais pas le devoir de chercher un asile dans le Brahmo Samaj ; j'aimerais que vous m'y initiez. »

Encore un quart d'heure auparavant cette idée et ce désir ne se formulaient que très vaguement dans l'esprit de Binoy. Paresh Babou fut si étonné qu'il resta un instant sans parler ; puis il demanda : « Avez-vous examiné sérieusement la question sous tous les points de vue ?

– En semblable matière, il n'y a, me semble-t-il, pas besoin d'ample examen ; il s'agit simplement de l'idée qu'on se fait du bien et du mal ; c'est une question de loyauté. L'enseignement que j'ai reçu m'empêche d'admettre comme constituant une religion la soumission pure et simple à des règles extérieures. Si l'on s'y soumet, l'on bute à chaque instant contre des inconséquences. Tant que je serai en contact avec les dévots de l'hindouisme, je ne ferai que les scandaliser, et je suis persuadé que j'ai tort de le faire. Sans m'inquiéter à présent d'autre chose, je dois m'arranger pour éviter cette constante erreur, autrement je risque de perdre ma propre estime. »

Paresh Babou n'avait pas besoin d'une si longue explication, mais c'est à Binoy lui-même qu'elle était nécessaire pour affirmer sa détermination. Sa poitrine se dilatait de fierté à la pensée du combat entre le bien et le mal dont il était le théâtre et dans lequel, comme champion du bien, il lui fallait remporter la victoire. Son honneur d'homme était en jeu.

« Vos opinions coïncident-elles avec celles du Brahmo Samaj en matière de religion ? demanda Paresh Babou.

– À vous dire vrai, commença Binoy après un moment de silence, il fut un temps où je m'attribuais une foi, et je me lançais même dans des querelles à ce sujet ; mais je me rends compte maintenant qu'au point de vue religieux, je suis à peine développé. Je l'ai compris en vous connaissant. Je n'ai jamais éprouvé un besoin religieux vraiment profond, et parce que la foi n'est en moi qu'un sentiment superficiel, je me contentais de suivre la religion courante dans ma société et je ne l'appuyais que d'arguments spécieux reposant sur des pointes d'aiguilles. Jamais je n'ai cherché sérieusement quelle religion était vraie, il me suffisait de prouver la vérité de la religion dont le triomphe serait le mien. Plus la démonstration était difficile, plus j'en tirais vanité. Même maintenant je ne puis garantir que j'atteindrai un jour à des convictions religieuses qui soient naturelles et sincères. Pourtant il est certain qu'en pénétrant dans un milieu favorable et en fréquentant ceux qui peuvent me servir d'exemple, je progresserai dans cette voie. En tout cas je m'affranchirai de l'humiliation de proclamer, en brandissant un étendard de victoire, des principes qui font violence à mon intelligence. »

Tandis qu'il exposait sa position à Paresh Babou, les raisons susceptibles d'étayer son nouvel état d'esprit affluaient à sa pensée et Binoy se mit à parler avec un enthousiasme qui aurait pu faire prendre sa décision présente pour l'issue d'un long débat intérieur où il aurait soigneusement pesé le pour et le contre. Néanmoins Paresh Babou insista pour qu'il observât un délai avant de se déterminer, ce qui poussa Binoy à soupçonner que Paresh Babou concevait des doutes quant à la fermeté de son dessein. Cette opposition ne le rendit que plus obstiné et il se proclamait si sûr de lui que rien ne le détournerait de son désir. Aucune mention ne fut faite par les deux interlocuteurs d'un projet de mariage avec Lolita.

Pendant leur conversation, Baroda entra dans le bureau sous le prétexte d'une nécessité domestique et elle se disposait ensuite à quitter la pièce sans avoir fait mine d'apercevoir Binoy. Celui-ci crut que Paresh Babou la rappellerait pour la mettre au courant des intentions qu'il venait d'exprimer ; mais Paresh Babou n'en souffla pas mot ; considérant que le moment d'en parler n'était pas venu, il préférait garder provisoirement le secret. Cependant, Binoy, devant le dédain irrité que lui témoignait Baroda, fut incapable de se contenir. Il la suivit et, s'inclinant devant elle, il déclara : « Je suis venu vous dire aujourd'hui que je souhaite d'être initié à la religion brahmo et d'entrer dans le Brahmo Samaj. Malgré mon indignité présente qui m'est connue, j'espère que vous m'en rendrez digne. »

Baroda l'entendit avec surprise et, revenant sur ses pas, rentra dans le bureau en lançant à Paresh

Babou un regard interrogateur : « Binoy m'a prié de préparer son initiation », expliqua Paresh Babou.

Baroda éprouva alors la joie du triomphe ; mais pourquoi cette joie n'était-elle pas sans mélange ? Elle avait la plus grande envie de faire la leçon à son mari. Mille fois elle avait déclaré, avec la certitude d'un prophète, qu'il aurait à regretter amèrement sa conduite ; aussi le spectacle de l'impassibilité qu'il montrait au milieu de l'agitation de tout leur groupe impatientait et irritait sa femme, si bien qu'au moment où toutes leurs difficultés semblaient sur le point de se résoudre, elle était incapable de se réjouir pleinement. Elle proclama donc d'un air solennel : « Si vous aviez demandé cette initiation il y a quelques jours, vous nous auriez épargné bien des soucis et des mortifications.

– Il ne s'agit pas de nos soucis et de nos mortifications, interrompit Paresh Babou. Binoy désire être initié, voilà tout.

– Simplement être initié ? demanda Baroda.

– Ma conscience me dit que je suis à la source de vos soucis et de vos mortifications, s'exclama Binoy.

– Écoutez, Binoy, dit Paresh Babou, accepter cette nouvelle religion ne doit pas être pour vous une affaire d'importance secondaire ; je vous ai déjà mis en garde contre une démarche grave que vous entreprendriez seulement mû par le désir de nous aider dans nos difficultés actuelles.

– Certes, dit Baroda. Cependant je prétends qu'il n'a pas le droit de rester assis bien tranquille quand il nous a entraînés dans cette ennuyeuse affaire.

– Si au lieu de conserver son calme on s'excite, l'affaire n'en deviendra que plus compliquée. À quoi bon affirmer toujours qu'on doit agir ? Le mieux est souvent de s'abstenir.

– Naturellement, gémit Baroda, je suis stupide et je ne comprends rien à rien. Pourtant, je voudrais savoir ce qui est décidé. J'aurai beaucoup de travail.

– J'aimerais être initié dimanche, après-demain, dit Binoy. Donc, si Paresh Babou…

– Non, interrompit celui-ci, je ne puis me charger d'une initiation dont ma famille retirera un bénéfice. Il faut vous adresser directement au Brahmo Samaj. »

Du coup, Binoy se sentit découragé, car il n'en était pas encore au point où il serait disposé à solliciter officiellement son affiliation des autorités du Brahmo Samaj, d'autant moins que c'était cette communauté qui avait rapproché son nom de celui de Lolita. Comment oserait-il composer une lettre de requête et quel ton adopterait-il ? Comment oserait-il se montrer quand les journaux du Brahmo Samaj auraient publié sa lettre ? Cette lettre serait lue par Gora et aussi par Anandamoyi. En outre on ne la citerait pas *in extenso* et les lecteurs hindous seraient frappés surtout de l'ardeur inattendue manifestée par Binoy d'entrer dans le Brahmo Samaj, ce qui ne correspondrait pas à la réalité. Binoy aurait lieu d'être honteux si les autres circonstances n'étaient pas mentionnées.

Frappée du silence de Binoy, Baroda s'inquiéta ; elle fit remarquer : « C'est vrai, j'oubliais. Naturellement Binoy Babou ne connaît que nous dans le

Brahmo Samaj. Peu importe. Nous nous arrangerons ; je vais faire chercher tout de suite Haran Babou. Ne perdons pas de temps, dimanche sera vite là. »

Comme elle parlait devant la porte, passa Sudhir qui montait l'escalier. Baroda l'appela : « Sudhir, Binoy va être initié dimanche dans notre Brahmo Samaj. »

Sudhir fut ravi, il avait toujours beaucoup admiré Binoy et l'idée de le voir se joindre au Brahmo Samaj le réjouissait ; il trouvait déraisonnable qu'un homme de cette intelligence et de cette éducation, qui excellait en anglais, ne fasse pas partie du Brahmo Samaj ; son cœur se gonfla d'orgueil à cette preuve que les gens de valeur comme Binoy ne trouvaient pas de satisfaction en dehors de sa communauté. Pourtant il objecta : « Comment l'initiation aurait-elle lieu dimanche ? Vous n'avez pas le temps de répandre la nouvelle. »

Car Sudhir souhaitait que ce ralliement de Binoy fût proclamé à la ronde à titre d'exemple.

« Si, si, protesta Baroda, nous nous arrangerons pour dimanche. Vite, Sudhir, allez chercher Haran Babou. »

Le malheureux individu que, dans son enthousiasme, Sudhir voyait déjà manifester l'invincible puissance du Brahmo Samaj, ne se sentait pas fier. Le geste, qui lui avait paru presque insignifiant alors qu'il argumentait, lui inspirait, maintenant qu'on y conférait de la publicité, une gêne insurmontable. En entendant que Baroda convoquait Haran, Binoy se leva pour partir, mais Baroda ne voulait pas qu'il s'éloignât ; elle affirmait qu'il n'aurait pas à attendre longtemps et que Haran arriverait tout de suite.

Pourtant Binoy s'excusa : « Pardonnez-moi, il faut absolument que je m'en aille. »

Il avait l'impression que, s'il pouvait seulement échapper au piège qui se refermait sur lui et respirer librement, afin de réfléchir, tout irait pour le mieux. Comme il allait sortir, Paresh Babou, lui plaçant une main sur l'épaule, lui dit : « Ne prenez pas de décision hâtive, Binoy. Retrouvez le calme et la paix. Ne faites pas une démarche qui affectera si sérieusement toute votre existence sans être bien sûr de ce que vous pensez au fond. »

Exaspérée par son mari, Baroda déclara : « Ceux qui n'envisagent pas d'avance les conséquences de leur conduite, qui restent inertes tandis qu'ils précipitent les autres et eux-mêmes dans les difficultés, ceux-là, quand ils ne trouvent pas d'échappatoire, conseillent : "Restez calme et méditez." Vous pouvez vous installer dans la méditation. Nous, pendant ce temps-là, nous sommes en danger. »

Sudhir accompagna Binoy à la sortie ; il éprouvait l'excitation des gens qui voudraient goûter les plats avant de prendre place au festin, il était impatient d'amener Binoy à ses amis brahmos et de commencer les réjouissances en annonçant la bonne nouvelle. Toutefois le spectacle de l'ardeur expansive de Sudhir accrut encore la dépression de Binoy. À l'offre d'aller ensemble trouver Haran, Binoy, sans tenir compte de la suggestion, arracha sa main à Sudhir et s'enfuit.

Quand il se fut un peu éloigné, il croisa Abinash avec deux membres de son parti, qui marchaient à toute allure ; ils s'arrêtèrent à la vue de Binoy.

« Bon, s'exclama Abinash, voilà Binoy Babou. Venez avec nous, Binoy Babou.

– Où allez-vous ?

– Nous allons au jardin de Kashipore préparer la pénitence solennelle de Gourmohan Babou.

– Non, refusa Binoy, je n'ai pas le temps.

– Comment ! s'exclama Abinash. Ne comprenez-vous pas quel grand événement sera cette pénitence ? Si rien d'important n'était en jeu, Gourmohan Babou n'aurait pas proposé de le faire. À notre époque les hindous doivent proclamer ouvertement leur force. Cette cérémonie créera une grande sensation dans tout notre peuple. Nous y invitons les pandits les plus illustres de toutes les régions ; ainsi la communauté hindoue tout entière en recevra les échos. Les gens comprendront que nous sommes encore en vie ; ils se rendront compte que l'hindouisme n'est pas mort. »

Binoy fit en sorte de se soustraire aux instances d'Abinash et continua son chemin.

CHAPITRE LIX

Lorsque, mandé par Baroda, Haran arriva chez elle, il prit un air grave pour déclarer : « Notre devoir est de convoquer Lolita et de discuter cette affaire avec elle. »

À l'entrée de Lolita, Haran s'adressa à elle avec une solennité de mauvais augure.

« Voyez-vous, Lolita, une heure est arrivée dans votre vie qui vous apporte de grandes responsabilités. Votre religion d'une part, votre inclination de l'autre s'opposent, et il vous faut choisir à laquelle vous serez fidèle. »

Ayant dit, Haran fit une pause pour observer l'effet produit ; il considérait que, devant sa passion pour la justice, toute lâcheté devait trembler et toute hypocrisie s'effondrer ; un exemple si éclatant d'ardeur spirituelle constituait vraiment pour le Brahmo Samaj un capital de haute valeur. Pourtant Lolita n'ouvrit pas la bouche. Son silence incita Haran à poursuivre : « Sans aucun doute, vous savez que Binoy Babou, devant la situation où vous vous trouvez ou pour une autre raison, sollicite son entrée dans le Brahmo Samaj. »

C'était là une nouvelle pour Lolita et, quoiqu'elle n'exprimât aucune opinion, ses yeux brillèrent ; toutefois elle demeura assise, immobile comme une statue.

« Paresh Babou, continua Haran, est naturellement enchanté de cette disposition. Cependant c'est à vous de décider si nous devons nous en réjouir. Aussi, au nom du Brahmo Samaj, je vous adjure d'écarter cette passion insensée et d'examiner votre cœur du point de vue exclusif de la religion, en vous demandant s'il y a vraiment lieu d'être satisfait. »

Lolita conservait la même immobilité et le même silence. Néanmoins, elle crispait de plus en plus sa main sur le dossier de sa chaise.

« J'ai souvent remarqué, reprit Haran, avec quelle force irrésistible le sentiment personnel affaiblit le caractère ; je sais aussi qu'il faut pardonner à l'homme ses faiblesses. Néanmoins, quand cette faiblesse affecte non seulement la destinée individuelle, mais l'existence d'un grand nombre d'autres hommes et qu'elle met en danger les fondements mêmes de l'institution qui les soutient, jugez-vous, Lolita, qu'une telle faiblesse soit pardonnable ? Dieu nous permet-il d'accorder semblable pardon ?

— Non, non, Haran Babou, s'écria Lolita en se levant et en se dressant devant lui, inutile de nous pardonner. Nous sommes habitués à vos reproches et le pardon que vous offririez serait absolument intolérable. »

Et, sur ces mots, elle s'enfuit.

Baroda fut très troublée par les paroles de Haran, car elle ne voulait à aucun prix perdre Binoy ; mais toute son insistance ne servit à rien près de Haran et finalement elle le quitta pleine de colère. Personne n'aurait pu prévoir une situation aussi bizarre ; ni Paresh Babou ni Haran Babou ne la soutenaient et elle en revint sur Haran au jugement défavorable qu'elle portait naguère.

De son côté, Binoy, qui avait exprimé sa décision avec un grand zèle tant que l'idée d'adhérer au Brahmo Samaj était encore vague dans son esprit, lorsqu'il vit la nécessité d'adresser une demande en règle au Samaj et qu'il connut la consultation qu'on sollicitait de Haran, recula avec horreur à la perspective de cette publicité. Il sentait le besoin d'un asile et d'un conseil ; mais il trouvait impossible d'aborder même le sujet avec Anandamoyi. Il n'était pas tenté d'aller faire de la marche, si bien qu'il rentra chez lui et, montant au premier dans sa chambre, se jeta sur son lit.

Le soir vint. Quand le domestique arriva avec la lampe, Binoy fut sur le point de le renvoyer. Cependant il entendit Satish qui l'appelait d'en bas. Cet appel rendit la vie à Binoy, comme si au milieu d'un désert il avait subitement bu une gorgée d'eau. Dans les heures qu'il traversait, Satish était la seule personne susceptible de le consoler ; sa lassitude disparut au son de cette voix.

« Qu'y a-t-il, petit frère ? » s'écria-t-il en sautant du lit ; sans enfiler ses souliers il se précipita en bas pour trouver au pied de l'escalier, près de la petite cour intérieure, non seulement Satish, mais Baroda.

Donc, ce problème insoluble, il lui fallait de nouveau l'affronter, il fallait reprendre la lutte. Binoy les fit monter tous deux et Baroda envoya Satish s'asseoir sous la véranda ; mais Binoy, pour diminuer la tristesse de ce bannissement, lui donna un livre d'images et l'installa dans la pièce voisine, pourvue d'une lampe.

Sans tarder, Baroda passa à l'attaque.

« Binoy, comme vous n'avez aucune relation dans le Brahmo Samaj, écrivez une lettre que je transmettrai au ministre de notre paroisse. Dès demain matin, je ferai les démarches nécessaires pour que vous soyez initié dimanche. Inutile de vous tourmenter davantage. »

Binoy, suffoqué, ne put répondre un mot. Avec docilité, il écrivit une lettre qu'il tendit à Baroda. Il sentait indispensable, quelles que fussent les conditions, d'adopter une issue qui lui interdirait tout retour en arrière et ne comporterait plus d'hésitations. Baroda fit aussi une allusion fugitive au mariage de Lolita avec Binoy.

Quand elle l'eut quitté, Binoy eut un accès de dégoût tel que, dans son esprit, la pensée même de Lolita en fut affectée ; il se demanda si Baroda n'avait pas été poussée par Lolita à montrer cet empressement choquant. En même temps que son respect de lui-même, s'évanouissait son respect pour les autres.

Baroda, de son côté, se réjouissait de l'effet qu'une nouvelle si sensationnelle aurait sur Lolita, car elle avait découvert l'amour de Lolita pour Binoy. Quand le Brahmo Samaj avait commencé à s'émouvoir au sujet de ce mariage, elle avait rejeté le blâme sur tous, sauf sur elle-même. Depuis plusieurs jours, elle n'adressait pratiquement plus la parole à Lolita. Toutefois, maintenant qu'une solution apparaissait, et grâce au mal qu'elle avait pris, elle avait hâte de se réconcilier avec sa capricieuse fille, en lui communiquant la joyeuse nouvelle. Le père de Lolita avait tout compromis ; Lolita n'avait pas réussi à amener Binoy au mariage ; Haran n'avait apporté aucun secours ; bref, c'était elle seule, Baroda, qui avait dû résoudre toutes les difficultés. Oui, oui, une femme réussissait parfois là où une demi-douzaine d'hommes échouaient.

De retour chez elle, Baroda apprit que Lolita, un peu souffrante, s'était couchée de bonne heure. Elle sourit en pensée tandis qu'elle songeait : « Je vais lui rendre des forces ! »

Et, prenant une lampe, elle gagna la chambre de sa fille. Lolita n'était pas couchée, elle lisait, étendue sur un divan. Elle bondit en voyant sa mère et interrogea : « Mère, où êtes-vous allée ? »

La question était posée rudement, Lolita ayant appris qu'en compagnie de Satish, sa mère s'était rendue chez Binoy.

« Je suis allée voir Binoy.

– Pourquoi ? »

« Pourquoi ? En vérité, se dit Baroda, non sans colère, Lolita ne voit en moi qu'une ennemie. Petite ingrate. »

« Voilà pourquoi », s'exclama-t-elle en tendant la lettre de Binoy.

Lolita, à la lecture de cette lettre, devint écarlate. Elle rougit encore davantage quand Baroda, soucieuse de se faire valoir, révéla qu'elle avait dû faire pression sur Binoy pour obtenir qu'il fît la démarche ; elle pouvait se vanter que personne d'autre n'aurait eu l'adresse voulue pour atteindre ce résultat. Lolita, couvrant son visage de ses mains, se recoucha sur son divan. Sa mère supposa que la pudeur l'empêchait de montrer sa joie, et sortit de la chambre.

Le lendemain, quand elle revint pour reprendre la lettre afin de l'apporter au Brahmo Samaj, elle la trouva déchirée.

CHAPITRE LX

Le lendemain après-midi, comme Sucharita s'apprêtait à aller voir Paresh Babou, le domestique annonça qu'un monsieur venait lui rendre visite.

« Quel monsieur ? demanda-t-elle. Binoy Babou ? »

Le serviteur répondit que ce n'était pas Binoy Babou, mais un monsieur très grand au teint clair. Cette indication fit tressaillir Sucharita qui dit au domestique de faire monter le visiteur.

Sucharita n'avait pas, ce jour-là, donné une pensée à sa toilette et, quand elle se regarda dans la glace, elle en fut mécontente. Néanmoins, comme elle n'avait pas le temps d'en changer, elle se contenta de rajuster rapidement sa coiffure et sa robe, puis elle entra dans son bureau. Elle avait oublié que sur la table se trouvaient des livres de Gora, et Gora était précisément assis devant cette table. Les livres s'étalaient sans pudeur sous ses yeux, Sucharita ne pouvait ni les cacher ni les faire disparaître.

« Ma tante a depuis longtemps envie de vous voir, dit-elle. Je vais aller la prévenir que vous êtes là. »

Et elle sortit, car elle n'avait pas le courage de rester en tête à tête avec Gora. Quelques minutes plus tard, elle revint avec Harimohini.

Harimohini avait récemment entendu Binoy lui parler de la vie de Gora, de ses convictions, de sa piété et à l'occasion elle demandait à Sucharita de lui lire après le déjeuner un passage de ses essais. Non qu'elle fût capable de comprendre clairement tout ce que Sucharita lui lisait, mais du moins elle distinguait que Gora était un fidèle disciple des Écritures et que ses articles constituaient une protestation contre le relâchement de la société de son époque ; en tout cas, elle se trouvait bercée dans sa sieste. Elle éprouvait pour Gora une vive admiration ; rien ne lui paraissait plus vertueux et plus exceptionnel qu'un jeune homme éduqué à l'anglaise et qui demeurait un pilier de l'orthodoxie. Quand elle avait rencontré Binoy dans ce foyer brahmo où elle vivait, il lui avait paru très sympathique ; mais peu à peu, à mesure qu'elle le connaissait davantage, en particulier depuis qu'elle avait une maison à elle, les faiblesses de sa conduite avaient commencé à la choquer. Avoir fait trop de crédit à Binoy la rendait exagérément sévère pour lui ; aussi attendait-elle avec impatience de faire la connaissance de Gora. Dès qu'elle eut jeté les yeux sur lui, elle fut stupéfaite. Celui-là au moins avait l'air d'un brahmane. Le feu dans ses yeux était comme la flamme d'un sacrifice. Son teint clair et sa taille imposante le faisaient ressembler à Shiva lui-même. Elle éprouva pour lui un tel respect qu'elle recula gênée, quand il se baissa pour lui faire son *pronam.*

« J'ai entendu parler de vous, s'exclama-t-elle. Et en vous voyant, je m'étonne qu'on ait osé vous mettre en prison.

– Si les magistrats étaient des gens comme vous, dit Gora en riant, il n'y aurait en prison que des chauves-souris et des rats.

– Non, mon enfant, il ne manque pas dans le monde de voleurs et d'escrocs. Mais ce juge devait être aveugle ; il suffit de vous regarder pour voir que vous n'êtes pas le premier venu, que vous êtes un homme de Dieu. Faut-il mettre des gens dans les prisons à seule fin de remplir ces prisons ? Seigneur ! Quelle étrange justice !

– De peur de voir sur la face humaine le reflet de Dieu, expliqua Gora, les juges gardent les yeux fixés sur leurs recueils de lois. Autrement, croyez-vous qu'il leur serait possible de manger et de dormir, alors qu'ils condamnent tant de gens au fouet, à la prison, à la déportation et même à la potence ?

– Quand j'ai le temps, dit Harimohini, je demande à Radharani de me lire un passage de vos écrits et depuis ces lectures j'attends le plaisir de vous entendre exprimer les mêmes idées oralement. Je suis une pauvre créature tout à fait stupide, malheureuse par surcroît ; je ne comprends pas grand-chose et ne peux prêter une attention soutenue ; pourtant je crois fermement que vous me communiquerez un peu de votre sagesse. »

Gora, sans la contredire, garda un silence modeste.

« Je voudrais que vous acceptiez un rafraîchissement. Il y a longtemps que je n'ai eu l'occasion de recevoir un jeune brahmane comme vous. Pour

aujourd'hui je ne peux vous offrir que des *sandeshs** ;
mais un de ces jours je vous inviterai à un déjeuner en
règle. »

Sucharita, laissée seule avec Gora pendant que
Harimohini allait chercher les *sandeshs*, se sentit tout
anxieuse.

« Binoy est-il venu vous voir aujourd'hui ?
demanda brusquement Gora.

– Oui.

– Je ne l'ai pas revu depuis, mais je sais le sujet qui
l'amenait. »

Il se tut et Sucharita aussi resta muette.

« Vous essayez, reprit Gora, de décider Binoy à se
marier selon vos rites brahmos. Trouvez-vous cela
honnête ? »

Sucharita fut piquée de cette remarque ; sa timidité et ses hésitations s'évanouirent et elle regarda
Gora en face tandis qu'elle répondait : « Vous
attendez-vous à m'entendre dire que je ne considère
pas comme bon un mariage célébré selon nos rites
brahmos ?

---

* *Sandesh :* friandise à base de lait caillé, de jus de citron et de
sucre, cuits ensemble et parfumés, puis refroidis dans des
moules en terre noire que les ménagères font elles-mêmes et
qui sont leurs trésors familiaux. Le peintre et folkloriste Aba-
nindranath Tagore a écrit dans *L'Inde et son âme* un article
savoureux sur les moules à sandesh. On décore la surface nei-
geuse avec des pétales de roses roses et des pistaches vertes.
Pour les fêtes familiales et religieuses, les Bengalies envoient
aux leurs des plateaux de cuivre chargés de sandeshs et recou-
verts d'un mouchoir de soie de couleur.

– Soyez sûre, affirma Gora, que de vous, je n'attends aucune allégation futile. Je vous sais incapable de parler comme les adeptes vulgaires d'une secte. Je n'ignore pas combien vous êtes loin de cette espèce d'agents recruteurs qui se démènent uniquement pour accroître le nombre des membres de leur coterie. Je désire vous entendre exprimer votre jugement personnel et non vous voir vous abaisser sous l'influence de jugements étrangers. Vous ne devez pas vous imaginer que vous êtes simplement disciple d'un parti. »

Sucharita rassembla pour le débat toute sa force de caractère et répliqua : « Et vous-même, n'êtes-vous pas simplement disciple d'un parti ?

– Non, s'écria Gora. Je suis un hindou. Être hindou ne signifie pas appartenir à un parti. Les hindous forment une nation, et une nation si vaste que leur nationalité ne peut être définie par des limites précises. De même que l'océan est distinct des vagues qui le forment, ainsi l'hindouisme est distinct des sectes.

– Alors, répliqua Sucharita, si vous n'appartenez à aucun parti, pourquoi l'esprit de parti est-il si vif parmi les hindous ?

– Eh ! répondit Gora, quand un homme est frappé, pourquoi se défend-il ? Parce qu'il vit. Une pierre supporte tous les coups sans les rendre.

– Si les hindous considèrent comme une menace ce que je considère comme l'essence même de la religion, qu'y puis-je donc ?

– Permettez-moi de vous faire observer qu'en pratiquant ce qui vous apparaît comme un devoir, vous blessez cruellement cet être immense qu'est la nation hindoue. Par conséquent vous devriez réfléchir et chercher si vous n'êtes pas la proie d'un aveuglement ou d'une erreur, et si vous avez examiné le sujet sous tous ses aspects. Vous n'avez pas le droit de recourir à la violence sous prétexte que vos habitudes de pensée et une certaine inertie intellectuelle vous ont persuadée que les idées et les conventions de votre groupe sont seules valables. Quand, en rongeant la quille d'un bateau, un rat finit par la percer, il n'obéit qu'à ses instincts, sans s'aviser que sa dérisoire satisfaction entraîne pour la collectivité le désastre de voir détruit son asile. Vous devriez vous soucier de la répercussion de votre conduite non seulement sur votre secte, mais sur l'humanité entière.

« Vous représentez-vous l'humanité tout entière ? La variété de ses besoins, les différences de nature, les innombrables inclinations ? Tous les hommes ne vivent pas dans la même région du monde : les uns sont au pied des montagnes, d'autres au bord de la mer ; quelques-uns à la lisière des plaines. Et aucun d'eux ne demeure immobile, tous doivent évoluer sans cesse. Avez-vous la prétention d'imposer à tous l'autorité de votre secte ? Allez-vous fermer les yeux et vous figurer que tous les hommes sont semblables, et qu'ils ont été mis au monde en vue de devenir membres du Brahmo Samaj ? Si c'est là votre idée, en quoi vous distinguez-vous de ces nations de proie qui, fières de leur force matérielle, refusent de reconnaître la valeur inestimable que présentent pour l'humanité dans son ensemble les particularités de chaque nation ? Pour elles, le bonheur de l'humanité se trouverait dans la conquête qu'elles feraient des autres peuples du monde qu'elles placeraient sous leur joug, réduisant ainsi la terre entière à l'esclavage. »

Pendant quelques minutes Sucharita oublia que Gora soutenait une thèse tant l'émouvait le timbre majestueux et solennel de sa voix puissante. Elle ne se rendait pas compte qu'il plaidait pour une théorie et les idées qu'il exposait éveillaient dans l'esprit de son auditrice un écho profond.

« Votre société, poursuivit Gora, n'a pas créé les multitudes qui habitent l'Inde. Prendrez-vous sur vous d'indiquer expressément la voie que doivent suivre ces millions d'hommes, la foi qui doit satisfaire leur faim d'absolu, les actes qui leur donneront la puissance ? Comment pouvez-vous former le vœu de réduire à un seul et même niveau une Inde si vaste ? Quand vous vous heurtez à des obstacles dans la réalisation de cette tâche impossible, vous concevez de l'aigreur contre le pays lui-même et plus les difficultés s'accroissent, plus s'accroissent votre animosité et votre mépris pour ceux à qui vous souhaitez du bien. Et vous vous imaginez adorer le Dieu qui a fait les hommes différents et qui les veut tels ! Si vous adorez sincèrement, pourquoi restez-vous sourde à Ses lois et pourquoi, dans l'orgueil de votre intelligence et de votre parti, ne vous inclinez-vous pas devant Ses volontés ? »

Quand Gora s'aperçut que Sucharita l'écoutait sans tenter même de lui répondre, sa rigueur s'attendrit, et lorsqu'il reprit la parole après une pause, son ton était plus calme.

« Peut-être mon langage sonne-t-il durement à vos oreilles ; mais ne me résistez pas comme on résiste à un adversaire. Si je vous croyais seulement la disciple d'une secte hostile à l'Inde, je ne vous dirais pas un mot. Mais je souffre de voir la largeur d'esprit qui vous est naturelle comprimée dans les limites étroites d'une secte.

– Non, non, s'écria Sucharita rougissante, ne vous souciez pas de moi. Parlez seulement, j'essaierai de comprendre.

– Je n'ai pas grand-chose à ajouter, dit Gora. Contemplez l'Inde de toute la clarté de votre intelligence, aimez-la de toute la sincérité de votre cœur. Si au contraire vous vous bornez à considérer le peuple de l'Inde simplement comme non-brahmo, votre point de vue sera faussé. Vous jugerez ce peuple avec dédain et ne le verrez pas dans toute sa complexité. Dieu a créé les hommes divers dans leurs idées et leur conduite, dans leurs convictions et leurs mœurs ; mais fondamentalement unis dans leur condition d'hommes. En tous existe un élément que je possède aussi, qui appartient à l'Inde dans son ensemble, et qui, si nous l'appréhendons dans son essence véritable, efface toutes les petitesses et les imperfections, et laisse apercevoir une réalité vaste et magnifique où se révèle le secret de siècles d'adoration. Alors nous ne pouvons voir, toujours brillante parmi les cendres, la flamme des sacrifices des époques écoulées. Sans nul doute, un jour viendra où cette flamme, transcendant les limites du temps et de l'espace, allumera un feu qui éclairera le monde entier. Imaginer seulement que le grand passé de l'Inde est sans valeur, c'est déshonorer la vérité, ce n'est pas autre chose que de l'athéisme. »

Sucharita avait écouté la tête baissée, mais elle leva les yeux et demanda : « Que me conseillez-vous de faire ?

– Je n'ai plus rien à dire, un mot seulement. Comprenez que la religion hindoue rassemble en son sein, telle une mère, des gens d'idées et d'opinions variées. En d'autres termes elle ne considère en l'homme que l'homme et non le disciple d'une secte particulière. Elle ne respecte pas seulement le sage, mais l'ignorant, et ne montre pas une déférence spéciale à une forme de sagesse, mais à la sagesse sous toutes ses formes. Les chrétiens ne veulent pas admettre la diversité des croyances : pour eux, il y a d'un côté l'orthodoxie chrétienne et de l'autre la damnation éternelle, pas d'issue entre les deux. Parce que notre éducation s'est faite sous une influence chrétienne, nous avons honte de la diversité que présente l'hindouisme. Nous ne saisissons pas que, par cette diversité, l'hindouisme réalisera l'unité totale. À moins que nous nous libérions des jugements auxquels nous entraîne le christianisme, nous resterons incapables de comprendre les glorieuses vérités de notre religion hindoue. »

Sucharita ne se bornait pas à entendre les paroles de Gora ; les idées qu'il formulait prenaient corps à ses yeux, et cet avenir lointain que Gora évoquait, dans l'intensité de sa contemplation, ses mots le rendaient visible. Oubliant sa timidité coutumière, s'oubliant elle-même, Sucharita s'absorbait dans le spectacle du visage de Gora illuminé d'enthousiasme. Sur ce visage, elle distinguait l'expression d'une force qui, en vertu d'un pouvoir secret et surnaturel, semblait avoir pénétré les suprêmes desseins qui menaient le monde. Sucharita avait entendu des membres intelligents et instruits du Brahmo Samaj discuter des fondements de la vérité ; mais les phrases de Gora n'étaient pas de simples arguments : elles donnaient la vie à une réalité ; elles avaient pour les sens une évidence qui leur permettait de s'emparer de l'auditeur, qui leur conférait la maîtrise à la fois du cœur et de l'esprit. Sucharita voyait flamboyer Indra, maître de la foudre ; la sonorité profonde des mots qui frappaient ses oreilles la faisait palpiter, des éclairs la traversaient. Elle avait perdu la faculté de penser et ne savait plus distinguer sur quels points ses opinions s'harmonisaient avec celles de Gora, sur quels points elles s'y opposaient.

Satish, sur ces entrefaites, entra dans la chambre et, toujours effrayé par Gora, s'écartant de lui autant que possible, il s'approcha de sa sœur et lui murmura : « Haran Babou est ici. »

Sucharita tressaillit comme si on l'avait frappée ; dans les dispositions où elle se trouvait, elle aurait donné gros pour n'être pas importunée par ce visiteur si mal venu. Espérant que Gora n'avait pas compris le nom murmuré par Satish, elle se leva et sortit en hâte de la chambre. Elle descendit rapidement et déclara à Haran : « Il faut que vous m'excusiez, je ne puis vous recevoir.

– Pourquoi pas ? s'enquit Haran.

– Si vous voulez venir demain matin chez mon père, continua Sucharita, sans répondre à la question, nous pourrons nous y rencontrer.

– Aujourd'hui, vous avez je crois une visite ?

– Je n'ai pas le temps, reprit Sucharita, éludant encore une réponse précise. Pardonnez-moi, je vous prie.

– Pourtant, persista Haran, j'ai entendu de la rue le son de la voix de Gourmohan Babou. Il est ici, je suppose ? »

Contrainte, cette fois, par une interrogation directe, Sucharita rougissant un peu, dit : « Oui, il est ici.

– Parfait, s'exclama Haran. J'ai aussi à lui parler. Si vous êtes occupée, vous n'avez qu'à me laisser avec lui. »

Et, sans attendre l'acquiescement de Sucharita, il s'engagea dans l'escalier. Elle le suivit et, entrant, s'adressa à Gora sans un regard pour Haran : « Ma tante vous prépare des rafraîchissements, je vais l'aider. »

Elle sortit précipitamment, tandis que Haran, l'air important, s'emparait d'une chaise.

« Vous avez bien mauvaise mine, dit Haran.

– Oui, accorda Gora. Il se trouve que je viens de subir pendant un mois un traitement peu favorable à la santé.

– C'est vrai, reconnut Haran sur un ton plus doux, vous avez dû souffrir pas mal.

– Rien de plus que ce qu'on pouvait espérer, dit sarcastiquement Gora.

– Je voudrais causer avec vous de Binoy Babou, dit Haran, abordant un autre sujet. Je suppose que vous connaissez son intention de se faire admettre dans le Brahmo Samaj.

– Non, je l'ignorais.

– Approuvez-vous cette démarche ?

– Binoy ne m'a pas demandé mon avis.

– Croyez-vous les convictions de Binoy Babou assez solides pour qu'il soit en état d'être initié ?

– S'il a exprimé le désir de l'être, votre question est tout à fait superflue.

– Lorsque nous désirons vivement quelque chose, nous ne prenons pas le loisir d'examiner le détail de nos croyances. Vous connaissez la nature humaine. »

Gora brisa là : « Une conversation sur la nature humaine me paraît inutile.

– Quoique mes opinions, continua Haran, ne s'accordent pas avec les vôtres, j'éprouve pour vous un grand respect et je sais que, valables ou non, vos convictions peuvent résister à toutes les tentations. Pourtant...

– Ce tout petit peu de respect que vous avez encore pour moi, interrompit Gora, est-ce vraiment chose si précieuse que d'en être privé serait une grande perte pour Binoy ? Il y a certainement beaucoup de bien et beaucoup de mal dans le monde, mais, si vous désirez tout juger d'après vos impressions personnelles, faites à votre guise, mais ne demandez pas à tout le monde d'accepter vos jugements.

– Ma foi, que cette question reste en suspens n'a pas une grande importance. Cependant, permettez-moi de vous demander si vous ferez une objection à ce désir de Binoy de se marier dans la famille de Paresh Babou.

– Haran Babou, s'exclama Gora en devenant écarlate, comment discuterais-je avec vous de ce qui concerne Binoy ? Puisque vous avez toujours la nature humaine à la bouche, vous devez savoir que Binoy est mon ami et non le vôtre.

– J'ai soulevé la question, recommença Haran, parce qu'elle intéresse le Brahmo Samaj ; autrement…

– Mais le Brahmo Samaj ne m'est de rien, protesta Gora avec impatience ; alors peu m'importe votre souci. »

Sucharita rentra à cette minute ; Haran se tourna vers elle : « Sucharita, j'ai à vous parler sérieusement. »

Haran faisait délibérément cette déclaration inutile, juste pour montrer à Gora en quels termes d'intimité il était avec Sucharita. Toutefois elle ne lui répondit pas et Gora impassible demeura assis sans manifester par le moindre signe qu'il allait laisser Haran entretenir Sucharita sans témoins.

« Sucharita, répéta Haran, venez à côté, je voudrais vous parler. »

Sans marquer aucune attention, Sucharita s'adressa à Gora : « Comment va votre Mère ?

– Je n'ai jamais connu Mère autre que bien portante », dit Gora en riant.

Il se rappela brusquement la visite de Sucharita à Anandamoyi pendant qu'il était prisonnier.

Haran cependant avait pris un livre sur la table et, après avoir lu sur la couverture le nom de l'auteur, il en lut un ou deux passages. Sucharita gênée, rougit tandis que Gora, sachant que le livre était de lui, s'amusait à part soi.

« Gourmohan Babou, questionna Haran, ce livre est, je suppose, un écrit de jeunesse ?

– Je suis encore jeune, répondit Gora, riant toujours. Pour certaines espèces animales, la jeunesse est un état passager, pour d'autres, elle dure longtemps. »

Sucharita se leva et avertit Gora : « Gourmohan Babou, votre déjeuner doit être prêt ; voulez-vous venir à côté. Ma tante ne peut se présenter devant Haran Babou, elle vous attend sans doute. »

Sucharita comptait ainsi avertir Haran d'avoir à se retirer. Elle avait enduré tant de secousses ce jour-là qu'elle ne put s'empêcher de rendre coup pour coup. Gora se leva et l'inébranlable Haran déclara : « Je vais attendre ici.

– Inutile d'attendre, objecta Sucharita ; il est déjà tard. »

Haran ne fit pas mine de bouger. Gora et Sucharita sortirent.

La vue de Gora dans cette maison et son attitude envers Sucharita avaient éveillé chez Haran des dispositions combatives. Se pouvait-il que Sucharita échappât aussi aisément au Brahmo Samaj ? Personne ne serait donc capable de la retenir ? Par un moyen quelconque il fallait arrêter cette désertion.

Prenant une feuille de papier, Haran écrivit à Sucharita. Il était un homme à idées fixes ; selon l'une d'elles, ses paroles chaleureuses ne pouvaient demeurer sans effet quand, parlant au nom de la vérité, il administrait un blâme ; il ne s'avisait jamais que les paroles ne sont pas tout et qu'il existe une autre réalité, le cœur humain.

Quand, après un long bavardage avec Harimohini, Gora revint dans le bureau de Sucharita pour reprendre son bâton, la nuit tombait. Une lampe brûlait sur la table. Haran était parti ; mais, posée sur le buvard, d'où elle sauterait aux yeux de qui entrerait dans la pièce, une lettre était adressée à Sucharita. À cette vue, le cœur de Gora se serra ; il ne pouvait douter de l'origine de la lettre ; il savait que Haran prétendait avoir des droits sur Sucharita et il ignorait si ces droits étaient contestés. Lorsque, dans l'après-midi, Satish avait annoncé Haran et que Sucharita, visiblement frappée, s'était hâtée de descendre pour remonter bientôt en compagnie de Haran, Gora avait eu l'impression d'entendre résonner une note discordante. Puis Sucharita l'avait emmené goûter en abandonnant Haran, et, quoique cette conduite lui parût brutale, Gora s'était persuadé qu'un tel sans-gêne était le signe de l'intimité qui régnait entre Sucharita et son visiteur. Maintenant, à la vue de la lettre qui attendait, il éprouva un choc. Une lettre est chose si mystérieuse : parce que le nom seul est visible à l'extérieur, que toute la substance vitale est cachée au-dedans, une lettre a une force particulière pour torturer ceux qui la voient sans pouvoir la toucher.

« Je reviendrai demain, annonça Gora en regardant Sucharita.

– Très bien », répondit-elle en détournant les yeux.

Juste au moment de sortir, Gora s'arrêta soudain pour s'écrier : « Votre place est dans le ciel de l'Inde. Vous appartenez à mon pays. Il est impossible que vous vous laissiez entraîner loin de nos cieux par quelque comète errante ! Quand vous serez fermement établie à la place qui vous revient, alors je vous laisserai tranquille. Ces gens vous ont fait croire que dans cette position vous devriez abandonner votre religion. Mais votre religion et les vérités auxquelles vous croyez ne consistent pas dans les doctrines de quelques personnes, elles sont liées par d'innombrables fils à tous ceux qui vous entourent, elles ne se laissent pas déraciner et planter dans un pot si vous voulez leur garder pleine vie et pleine force. Pour leur donner toute leur valeur, vous devez occuper le rang qui, longtemps avant votre naissance, vous a été assigné au milieu de votre peuple, de votre pays. Vous n'avez pas le droit de dire : "Je ne leur suis rien et ils ne me sont rien." Si vos opinions vous arrachent à la place où Dieu vous a appelée, la vérité de votre religion et la force qu'elle vous donne s'évanouiront comme une ombre. Je reviendrai demain. »

Comme, sur cet adieu, il quittait la chambre, il y laissa l'atmosphère encore toute vibrante et Sucharita absorbée, immobile comme une statue.

CHAPITRE LXI

« Écoutez, Mère, disait Binoy à Anandamoyi, pour vous avouer la vérité, chaque fois que je m'incline devant une idole, j'ai un peu honte. Jusqu'à présent je suis parvenu à dissimuler ce sentiment, j'ai même écrit quelques articles excellents en faveur du culte des idoles. Pourtant, je dois le confesser, quand je me prosterne devant une idole, mon esprit ne s'associe pas à mon geste.

– Votre esprit est-il si simple ? s'exclama Anandamoyi. N'êtes-vous pas capable d'envisager les choses dans leur complexité ? Vous faut-il toujours vous hypnotiser sur un détail ? Voilà pourquoi vous êtes si délicat.

– Peut-être avez-vous raison, reconnut Binoy. Ma raison raisonneuse me permet de prouver par des arguments subtils même ce à quoi je ne crois pas, et tous ces principes religieux que je défends depuis des années, je les ai soutenus non du point de vue de la religion, mais du point de vue d'un parti.

– C'est ce qui arrive quand on n'a pas un besoin intime de religion, fit remarquer Anandamoyi. Car alors, la religion devient un objet de vanité, comme la richesse, ou les honneurs, ou la race.

– Oui, accorda Binoy. Ce n'est plus la religion qui nous intéresse mais notre religion parce qu'elle est nôtre. Ainsi ai-je toujours fait, sans pourtant être complètement dupe. Avoir simulé la foi alors que je n'étais pas inspiré par une conviction forte m'a toujours rendu un peu honteux.

– Croyez-vous que je ne m'en sois pas aperçue ? s'écria Anandamoyi. Tous les deux vous exagériez toujours plus que les autres, et cette exagération révélait que vous sentiez en vous un vide et qu'il vous fallait employer beaucoup de mortier pour le remplir. Il ne vous en aurait pas fallu tant si votre foi avait été spontanée.

– Aussi, continua Binoy, je suis venu vous demander si vous me donnez raison de simuler la foi en une religion en laquelle je ne crois pas.

– Croyez-vous donc, s'exclama Anandamoyi, qu'il faut poser pareille question ?

– Mère, dit soudain Binoy, demain je serai initié dans le Brahmo Samaj.

– Que dites-vous là, Binoy ! s'écria Anandamoyi stupéfaite. Et pourquoi donc ?

– Je viens juste de vous expliquer la nécessité de cette démarche.

– Gardez votre foi, mais ne voulez-vous demeurer dans notre société ?

– Dans ce cas, je serais coupable d'hypocrisie.

– N'avez-vous pas le courage de rester dans la communauté à laquelle vous appartenez sans vous montrer hypocrite ? Les gens de cette communauté ne manqueront pas de vous persécuter mais serez-vous incapable de le supporter ?

– Mère, commença Binoy, si je ne puis vivre selon les rites hindous...

– Si, interrompit Anandamoyi, trois cent millions de gens peuvent vivre dans la communauté hindoue, pourquoi pas vous ?

– Cependant, Mère, quand les membres de la société hindoue prétendront que je ne suis plus un hindou, le resterai-je parce que je déclarerai violemment que je le suis ?

– Les gens de notre communauté me prétendent chrétienne, dit Anandamoyi. Je ne me mêle jamais à eux dans leurs fonctions sociales, mais je ne vois pas pourquoi j'accepterais la définition qu'ils donnent de moi. Je croirais pécher en me soustrayant à une position que je considère comme celle qui me revient. »

Binoy allait répondre quand Anandamoyi reprit : « Binoy, je n'ai pas l'intention de vous laisser discuter. Ceci n'est pas matière à discussion. Vous figurez-vous que vous avez un secret pour moi ? Je comprends bien que, sous prétexte de plaider une cause auprès de moi, vous cherchiez à vous convaincre vous-même. Mais n'essayez pas de vous jeter de la poudre aux yeux à propos d'un problème si vital.

– Pourtant, Mère, dit Binoy, en détournant le visage, j'ai déjà expédié une lettre qui m'engage et donné ma parole de recevoir l'initiation dimanche.

– Impossible, déclara Anandamoyi en fronçant les sourcils. Si vous expliquez la situation à Paresh Babou, il ne vous en fera pas une obligation.

– Paresh Babou n'a pas montré d'enthousiasme à cette perspective, reconnut Binoy. Il n'assistera pas à la cérémonie.

– Alors, pourquoi vous inquiéter ? demanda Anandamoyi soulagée.

– Mère, je ne puis revenir en arrière maintenant que j'ai donné ma parole.

– En avez-vous parlé à Gora ?

– Je ne l'ai pas vu depuis que j'ai pris la décision.

– Gora n'est-il pas à la maison en ce moment ?

– Non, on m'a dit qu'il était parti chez Sucharita.

– Comment ! Il était chez elle hier, dit Anandamoyi étonnée.

– Il y est retourné aujourd'hui », affirma Binoy.

Comme il parlait, de la cour monta le bruit que font les porteurs de palanquin et Binoy, pensant que ce bruit signalait l'arrivée d'une relation féminine d'Anandamoyi, sortit de la chambre. En fait, c'était Lolita qui venait voir Anandamoyi. Elle lui fit ses *pronams*. Sa visite était tout à fait inattendue. Anandamoyi la regarda avec surprise, puis elle comprit que Lolita venait la consulter sur la difficulté que représentaient l'initiation de Binoy et les conséquences qui en résulteraient. Anandamoyi introduisit la question avec tact.

« Je suis ravie de votre visite, ma petite mère. Binoy était ici il y a quelques minutes et il parlait de se faire initier dans votre communauté dès demain.

– Pourquoi veut-il se faire initier ? demanda Lolita d'un air impatient. Y voit-il une nécessité ?

– N'y a-t-il donc pas de nécessité ? demanda Anandamoyi stupéfaite.

– Pas que je sache. »

Ne comprenant pas l'intention de Lolita, Anandamoyi garda le silence tout en la regardant d'un air interrogateur.

« Se faire initier tout d'un coup comme il le projette est un geste humiliant pour lui, reprit Lolita en détournant les yeux. Quel but poursuit-il en acceptant cette humiliation ? »

Quel but ? Lolita ne le savait donc pas ? Cette perspective n'avait-elle donc rien qui la réjouisse ? Anandamoyi s'interrogeait Elle hasarda : « Comme demain est le jour choisi et qu'il a donné sa parole, il ne peut plus reculer ; du moins, il l'affirme. »

Les yeux brillants, Lolita se tourna vers Anandamoyi.

« En semblable matière, s'être engagé ne crée pas une obligation. Si l'on se sent poussé à changer sa décision, il faut le faire.

– Ma chérie, chassez toute gêne devant moi, et je vais vous parler avec une entière sincérité. Dans la mesure où je comprends l'état d'esprit de Binoy, quelles que soient les convictions religieuses, je ne vois pas pourquoi il abandonnerait la communauté qui est la sienne ; à mon avis il ne devrait pas le faire. Malgré ce qu'il dit, ou je me trompe fort, ou il s'en rend compte lui-même. Mais, ma chérie, vous n'ignorez pas ce qui lui inspire sa décision. Il est persuadé qu'à moins de quitter la société où il est né, il ne peut pas vous épouser. Parlez franchement, ma petite mère, dites-moi en toute simplicité si ce n'est pas vrai.

— Mère, dit Lolita, en levant les yeux vers Anandamoyi, je ne vais garder aucune réserve avec vous. Je vous assure qu'en ce qui me concerne, je n'accepte pas cette idée. Après mainte réflexion, j'en suis venue à conclure qu'il n'est jamais indispensable qu'un être humain rompe tout lien avec sa religion, ses croyances et sa société pour réaliser son union avec un être humain. Dans le cas contraire aucune amitié ne pourrait exister entre un hindou et un chrétien par exemple ; il nous faudrait élever des murailles autour de chaque secte et maintenir chacun à l'intérieur de sa clôture.

— Ah ! s'écria Anandamoyi, le visage brillant de joie, je suis si heureuse de vous entendre parler ainsi ; c'est juste ce que je pensais. Que les hommes soient différents en vertu, en nature, en beauté, cela n'empêche pas l'amitié ; alors pourquoi les opinions ou les croyances créeraient-elles davantage des obstacles ? Petite mère, vous me rendez la vie. J'avais tant de soucis pour Binoy. Je sais qu'il vous a donné tout son cœur. Si un coup frappait un membre de votre famille, il ne le supporterait pas. Dieu sait combien dans ces conditions il m'a été dur de le contrarier. Quelle chance vraiment est la sienne ! N'est-ce pas un grand bonheur de sortir ainsi d'une difficulté si grave ? Laissez-moi vous demander si le sujet a été discuté avec Paresh Babou.

– Non, répondit Lolita timidement, mais je suis certaine qu'il comprendra la situation.

– S'il n'était pas homme à la comprendre, on chercherait de qui vous tenez cette force d'esprit et de caractère. Je vais appeler Binoy car il faut qu'en tête à tête vous preniez une décision. Et permettez-moi, dans ces circonstances, de vous dire que je connais Binoy depuis son enfance et que ce garçon, je puis l'affirmer de toute mon énergie, est digne des épreuves que vous endurez pour lui. Combien de fois j'ai songé que la femme qu'il obtiendrait serait exceptionnellement fortunée ! Une ou deux fois, il a reçu des offres de mariage, mais elles ne me satisfaisaient pas. Aujourd'hui, je vois que sa chance, puisqu'il vous épouse, est, elle aussi, exceptionnelle. »

En terminant, Anandamoyi donna un baiser à Lolita, puis elle alla chercher Binoy. Elle s'arrangea pour laisser une servante dans la pièce et elle sortit sous prétexte de préparer à goûter pour Lolita.

En un jour pareil, il n'y avait pas de place pour la timidité de la part de Lolita ni de celle de Binoy. Le problème redoutable qui se posait à eux et dont l'issue influencerait toute leur existence leur imposait de regarder en face leurs sentiments réciproques et de les considérer avec gravité. Aucune émotion superficielle ne pouvait leur masquer la réalité essentielle. Sans grandes phrases et sans vaine fierté, sans débat et sans hésitation, ils reconnurent le fait solennel que leurs deux cœurs battaient à l'unisson et que les courants de leurs deux vies se rapprochaient comme font le Gange et la Jumna pour se fondre en un, près d'un lieu saint et vénéré. Ce n'était pas la société qui les poussait l'un vers l'autre ni une opinion commune qui les unissait : le lien qui se nouait entre eux n'était pas artificiel, et quand ils envisageaient cette vérité, ils sentaient que leur harmonie se basait sur la religion, une religion si profonde et si sincère que nulle considération vulgaire ne pouvait la mettre en échec, que nul théologien patenté ne pouvait la contester.

« L'ignominie m'était intolérable, dit Lolita dont les yeux et le visage resplendissaient, de sentir qu'en m'acceptant vous deviez vous abaisser à un acte qui vous diminuait à vos propres yeux. Je désire que, sans balancer davantage, vous demeuriez dans votre position actuelle.

– Vous non plus, confirma Binoy, vous ne devez pas abandonner la place que vous occupez. Si l'amour ne peut s'accommoder de distinctions de ce genre, leur simple existence est révoltante. »

Leur conversation dura une demi-heure. Le trait dominant en fut qu'ils décidèrent d'oublier leur qualité d'hindou ou de brahmo pour n'être que deux âmes humaines. Cette seule idée brûla, telle une flamme inextinguible, dans leurs deux cœurs.

CHAPITRE LXII

Paresh Babou était assis dans la véranda devant son bureau ; sa méditation du soir s'achevait. Il était encore plongé dans l'immobilité et le soleil se couchait quand Binoy et Lolita se présentèrent devant lui et se baissèrent pour prendre la poussière de ses pieds. Paresh Babou fut un peu surpris de les voir arriver tous les deux ensemble. Comme il n'y avait pas de chaise disponible dans la véranda, il leur dit : « Venez, rentrons dans mon bureau.

– Non, répondit Binoy, ne vous levez pas », et il s'assit par terre. Lolita s'assit aussi, à quelque distance, aux pieds de son père.

« Nous venons, expliqua Binoy, vous demander votre bénédiction. C'est elle qui, pour notre vie entière, sera notre vraie initiation. »

Comme Paresh Babou, étonné, le regardait d'un air interrogateur, il ajouta : « Je ne vais pas contracter envers la société un engagement qui me lie. Votre bénédiction est la seule cérémonie qui puisse unir nos vies à tous deux par des liens vraiment profonds. En toute dévotion, nous plaçons nos cœurs à vos pieds. Par vous, Dieu nous accordera tout ce qui peut nous être bon.

« – Alors, Binoy, vous n'allez pas devenir brahmo ? demanda Paresh Babou, après une minute de réflexion.

– Non, répondit Binoy.

– Vous désirez rester membre de la communauté hindoue ?

– Oui », répondit Binoy.

Paresh Babou regarda Lolita qui, devinant ce qu'il avait dans l'esprit, prit la parole : « Père, ma religion reste au fond de mon être et demeurera toujours mon bien propre. Malgré les inconvénients et même les graves ennuis que j'en puis éprouver, je ne veux pas croire qu'il soit de l'essence de ma religion de creuser un abîme entre moi et ceux dont les croyances et les coutumes diffèrent des miennes. »

Voyant que son père gardait le silence, elle poursuivit : « Autrefois, j'imaginais que le Brahmo Samaj était unique au monde ; je considérais comme ombre vaine tout ce qui restait en dehors de lui. Je me figurais que s'en séparer équivalait à se séparer de la vérité même. Maintenant cette idée a disparu de mon esprit. »

Paresh Babou eut un sourire douloureux et Lolita continua : « Comment vous faire comprendre quelle transformation s'est produite en moi ? J'ai vu dans le Brahmo Samaj bien des gens avec qui je ne me sens rien de commun et dont cependant je partage les conceptions religieuses. Aussi me paraît-il absurde de prétendre que ceux qui s'abritent avec moi dans une communauté appelée Brahmo Samaj me sont plus particulièrement proches et que je dois tenir les autres gens à distance. »

Tout en faisant une légère caresse à son impétueuse enfant, Paresh Babou dit : « Est-il possible de porter un jugement sain quand on est ému par des motifs personnels ? Dans l'humanité, une continuité lie les générations passées et futures et, pour préserver cette continuité, la société est nécessaire. Il n'y a rien d'artificiel dans cette nécessité. N'as-tu pas réfléchi au fait que c'est sur ta société que repose la charge de l'avenir lointain des générations qui te succéderont ?

– Il y a la société hindoue, objecta Binoy.

– Et si la société hindoue n'accepte pas de responsabilité en ce qui vous concerne ?

– Nous devrons entreprendre la tâche de lui faire assumer cette responsabilité, répondit Binoy qui se rappelait les paroles d'Anandamoyi. La société hindoue a toujours servi d'asile à des sectes nouvelles et elle se prête à embrasser toutes sortes de communautés religieuses.

– Une idée qui paraît valable quand on l'exprime est souvent inefficace quand on en vient à l'action, objecta Paresh Babou. Sans quoi, comment se résoudrait-on à abandonner la société qui vous servait de cadre ? Si vous honorez une société qui ligote le sentiment religieux par les chaînes de coutumes purement matérielles, vous devenez, pour la fin de vos jours, une simple marionnette.

– Si la société hindoue, répondit Binoy, tend à demeurer dans cet état de stagnation, nous essaierons de la faire évoluer. Personne ne désire abattre un noble monument pour y faire entrer plus d'air et de lumière quand il suffit d'en élargir les portes et les fenêtres.

– Père, intervint Lolita, cette discussion me paraît vaine. Je n'ai personnellement jamais songé à assumer la tâche de faire évoluer une société. Mais de tout côté je me sens en butte à une injustice telle qu'elle m'empêche de respirer, et je ne vois aucun motif de m'y soumettre sans protester. Je ne distingue pas clairement ce que je dois ou ne dois pas faire. Pourtant, Père, je ne peux supporter d'être traitée ainsi.

– Le mieux ne serait-il pas d'attendre ? suggéra doucement Paresh Babou. Tu es très nerveuse en ce moment.

– Je ne vois pas d'inconvénient à attendre. Toutefois, je suis persuadée que le mensonge et l'injustice ne feront que croître. Alors je crains que le désespoir ne me pousse à une action précipitée qui risquerait de vous peiner. Père, ne croyez pas que je n'aie pas réfléchi. Je ne me fais pas d'illusions : les leçons et les impressions que j'ai reçues dans le Brahmo Samaj me vaudront, si j'en sors, beaucoup d'épreuves et d'humiliations. Pourtant je n'ai pas peur ; j'éprouverais plutôt une sorte de force joyeuse. Mon seul souci, Père, c'est l'appréhension de vous blesser, dit Lolita, en joignant doucement les mains sur les pieds de Paresh Babou.

– Ma petite mère, dit Paresh Babou avec un léger rire, si j'avais une confiance absolue dans mon jugement, je souffrirais lorsqu'une action contredirait mes désirs ou mes opinions. Je ne redoute pas trop les effets néfastes du choc que tu as reçu. Moi aussi, j'ai un jour, dans la révolte, quitté ma famille, sans chercher une seconde si mon geste me causerait des ennuis ou pas. Tous ces coups qui, de nos jours, atteignent la société révèlent l'action de la Divinité. Comment soupçonnerais-je ce que Sa volonté fera sortir de cette destruction purificatrice. Que Lui importe le Brahmo Samaj ? Et la société hindoue ? Pour Lui, ne compte que l'homme. »

Et Paresh Babou se tut, absorbé dans la solitude de son cœur, les yeux clos sur sa méditation.

« Écoutez, Binoy, reprit-il, après quelques minutes de silence ; dans notre pays le système social est intimement lié aux convictions religieuses. Alors comment introduiriez-vous dans votre cercle quelqu'un qui ne partagerait pas vos croyances ? »

Lolita ne suivait pas trop ce raisonnement, car elle n'avait jamais vu à quel point leur milieu se distinguait des autres groupes sociaux. À son idée il ne devait pas y avoir grande différence entre les mœurs de l'un et des autres. De même que la différence entre les membres de sa famille et Binoy était négligeable, l'écart qui séparait leurs sociétés à tous deux devait l'être aussi. En fait elle n'imaginait pas pour elle d'obstacle sérieux à un mariage selon les rites hindous.

« Faites-vous allusion, demanda Binoy, au fait que dans la cérémonie du mariage hindou on vénère la pierre sacrée, emblème de Vichnou ?

– Oui, répondit Paresh Babou, avec un regard vers sa fille, Lolita pourra-t-elle l'accepter ? »

Binoy aussi la regarda et vit que toute son âme se rétractait à cette pensée. Ses sentiments l'avaient conduite à une situation dont elle n'avait aucune connaissance, pleine de pièges, qu'elle ne soupçonnait pas. Binoy s'en rendait compte et en fut ému de pitié ; il sentit qu'il devait la sauver et attirer sur lui-même tous les coups. Il lui serait intolérable de voir ce bel enthousiasme frappé des flèches de la mort, ce fier courage abattu. Il la sauverait et lui assurerait la victoire.

Lolita demeura un instant la tête baissée ; puis, levant avec douceur les yeux sur Binoy, elle lui demanda : « Attachez-vous vraiment une valeur religieuse à cette pierre sacrée, et cela de tout votre cœur ?

– Non, aucune, répondit Binoy sans une seconde d'hésitation. Pour moi cette pierre sacrée n'est pas un dieu, c'est un symbole social.

– Est-il indispensable que vous honoriez comme un dieu ce qui, dans votre esprit, n'est qu'un symbole ?

– Je n'accepterai pas d'idole à notre mariage, dit Binoy, en regardant Paresh Babou.

– Binoy, s'exclama Paresh Babou en se levant de sa chaise, vous n'avez pas examiné la question en face. Il ne s'agit pas de votre opinion ou de celle de quelqu'un d'autre. Le mariage n'est pas une affaire uniquement personnelle, c'est une affaire sociale. Pourquoi l'oubliez-vous ? Réfléchissez quelques jours dans le calme et ne décidez pas ainsi avec précipitation. »

Après avoir donné ce conseil, Paresh Babou sortit dans le jardin et se mit à marcher de long en large. Lolita allait sortir elle aussi, mais auparavant elle se tourna vers Binoy : « S'il n'entre pas de mal dans ce que nous désirons, je ne comprends pas pourquoi nous devrions baisser la tête sous le poids de la honte, tout simplement parce que notre mariage ne s'accorde pas avec les injonctions d'une société. Faut-il croire que les sociétés s'accommodent d'une conduite déloyale et non d'une conduite honnête ? »

Binoy s'avança vers Lolita et, debout en face d'elle, déclara : « Je ne crains pas la société, quelle qu'elle soit. Si nous nous marions en prenant appui sur notre bonne conscience, quelle société serait plus digne que la nôtre ? »

À cet instant Baroda pénétra dans la véranda comme un ouragan et, se dressant devant eux, s'exclama : « Binoy, je viens d'apprendre que, finalement, vous ne vous ferez pas initier à notre Samaj, est-ce vrai ?

– Je me ferai initier par un guru respectable et non par un groupe.

– Alors à quoi rime toute cette hypocrisie ? s'écria Baroda furieuse. Quelle intention aviez-vous, en jouant la comédie pour me tromper et tromper les membres de notre Samaj en parlant d'initiation ? N'avez-vous pas considéré le désastre qui en résultera pour Lolita ?

« – Tous les membres de notre Samaj ne sont pas d'accord pour l'initiation de Binoy, interrompit Lolita ; n'avez-vous pas lu les journaux ? Une initiation si controversée est-elle utile ?

– S'il n'est pas initié, vous ne pourrez vous marier.

– Pourquoi pas ? demanda Lolita.

– Vous marierez-vous selon les rites hindous ?

– Ce n'est pas impossible, dit Binoy, je ne m'arrêterai pas aux difficultés. »

Baroda resta muette une seconde, puis elle dit brutalement : « Binoy, allez-vous-en ; sortez de cette maison et n'y revenez jamais. »

CHAPITRE LXIII

Sucharita était sûre que Gora viendrait chez elle ce jour-là, et dès le matin, elle se sentait agitée. À la joie que lui donnait la perspective de cette visite se mêlait une certaine crainte, car le conflit, qui se développait à chaque étape de leurs relations, entre les habitudes enracinées en elle depuis l'enfance et l'existence toute nouvelle à laquelle Gora l'entraînait, lui causait de l'angoisse. Ainsi la veille, quand Gora s'était prosterné devant l'idole placée dans la chambre de sa tante, elle avait eu l'impression de recevoir un coup de poignard. Elle ne trouvait aucune consolation à se dire : « Qu'importe que Gora adore les idoles ? Qu'importe si c'est là sa religion ? » Chaque fois qu'elle distinguait dans la conduite de Gora une attitude qui contredisait la foi si profonde en elle, une sorte de terreur la secouait. Dieu ne lui accorderait-il pas la paix de l'âme ?

Ce jour-là Harimohini emmena Gora dans la pièce où était placée l'idole, afin de montrer le bon exemple à Sucharita, si fière de ses idées modernes, et ce jour-là encore Gora fit acte d'adoration. Dès que Sucharita eut ramené Gora en bas dans le salon, elle demanda : « Avez-vous foi en cette idole ?

– Certainement », répondit Gora avec une violence assez artificielle, et Sucharita, l'entendant, baissa la tête sans un mot.

Son humble et patient chagrin frappa Gora au cœur ; très vite, il reprit : « Écoutez, je vais vous dire toute la vérité. Si j'ai foi ou non dans les idoles, je ne puis le démêler exactement ; mais je respecte la religion de ma patrie. Le culte qui s'est élaboré dans le pays par le travail de tant de siècles me paraît digne de ma piété. Je ne puis, comme font les missionnaires chrétiens, le considérer avec aversion. »

Sucharita regarda pensivement Gora tandis qu'il continuait : « Je sais qu'il vous est très difficile de comprendre pleinement ma pensée. Parce que vous avez longtemps appartenu à une secte, vous avez perdu le pouvoir d'analyser ces sentiments complexes. Quand vous voyez une idole dans la chambre de votre tante, vous n'apercevez qu'une statue de pierre tandis que j'évoque l'âme tendre de votre tante, toute pleine de dévotion. Comment à ce spectacle éprouver de la colère ou du mépris ? Croyez-vous qu'une divinité qui inspire cet amour soit seulement une statue de pierre ?

– Mais la piété en elle-même suffit-elle ? Ne faut-il pas tenir compte de son objet ?

– En d'autres termes, s'exclama Gora avec excitation, vous considérez comme une erreur d'adorer un objet fini comme s'il était un dieu ? Pourtant, est-ce que cette finitude est à déterminer seulement en termes de temps et d'espace ? Voyons, quand vous vous remémorez un texte des Écritures, vous sentez en vous une profonde révérence. Allez-vous, sous prétexte que ces paroles sont inscrites sur une page, en apprécier la grandeur par les dimensions de la page ou le nombre de lettres qu'elle comporte ? Une idée est infinie, sans rapports avec ce qui la représente dans l'espace. Cette petite idole, pour votre tante, est sans bornes comme le ciel avec le soleil, la lune et les étoiles. Pour vous est infini cela seulement qui n'offre pas des dimensions limitées et que vous imaginez en fermant les yeux. Je ne sais si cette façon de penser est bonne ou mauvaise pour vous ; mais vous pouvez, même les yeux ouverts, pressentir dans une petite idole l'infini que le cœur réclame. Autrement, pourquoi votre tante y tiendrait-elle si fort, alors que tout son bonheur dans la vie est détruit ? Un tel vide dans son cœur serait-il rempli par une petite pierre si elle ne cachait une idée profonde ? Pour combler le vide du cœur humain, il faut un sentiment sans limites. »

Sucharita était incapable de répondre à des arguments aussi spécieux ; pourtant il lui était impossible de les accepter comme vrais. Elle se contentait de souffrir en silence sans apercevoir de remède à son mal. En général, Gora, quand il parvenait à ce point de son argumentation, restait sans pitié pour ses adversaires ; il aurait plutôt senti à leur égard une malignité cruelle comme celle d'une bête de proie. Aujourd'hui, cependant, une détresse le prit à voir Sucharita qui semblait accepter sa défaite sans un mot ; il montra plus de douceur en ajoutant : « Je ne veux rien dire qui aille contre vos convictions religieuses, mais ce que vous appelez péjorativement une idole a, je veux vous le faire comprendre, un sens bien plus étendu qu'il ne vous apparaît. Ceux qui la considèrent avec une foi sereine, dont les cœurs trouvent en elle une pleine satisfaction et le refuge dont ils ont besoin, savent, eux, si cette idole est mortelle ou immortelle, limitée ou infinie. Je vous assure que, dans notre pays, nul adorateur ne consacre sa piété à un simple objet. Le bonheur et l'extase dont les comble l'adoration, c'est l'oubli des limites matérielles, c'est le sentiment de l'infini dans le fini.

– Une telle foi n'est pas l'apanage de tous, fit observer Sucharita.

– Qu'importe à quoi s'adresse la dévotion de ceux qui n'adorent pas de toute leur âme ! Et ceux qui dans le Brahmo Samaj ne sont pas non plus des croyants ardents ? Toute leur piété tombe dans un vide sans fond. Non ; pire que cela, plus terrible que le vide, leur dieu est l'esprit de secte, leur prêtre, l'orgueil. N'avez-vous jamais vu dâns votre Samaj adorer cette divinité sanguinaire ?

– En parlant ainsi de la foi, dit Sucharita sans répondre à la question, parlez-vous d'après votre propre expérience ?

– En d'autres termes, dit Gora en souriant, vous voulez savoir si oui ou non j'éprouve le besoin de Dieu. Non, je crains que mes inclinations naturelles ne me dirigent ailleurs. »

La confession n'était pas destinée à apaiser Sucharita ; toutefois, elle ne s'interdit pas un espoir de soulagement ; elle puisait une sorte de réconfort dans le fait qu'en semblable matière, Gora ne parlât pas avec l'autorité que confère l'expérience personnelle.

« Je ne suis à même de donner à personne des leçons en matière de religion, mais je n'admets pas qu'on tourne en dérision la piété du peuple de mon pays. Vous considérez vos compatriotes comme des imbéciles et des idolâtres. Et moi je voudrais m'adresser à eux et leur affirmer : "Non, vous n'êtes pas des imbéciles ni des idolâtres, vous êtes des sages, vous êtes de vrais croyants." En témoignant ainsi de mon respect, je voudrais que ma patrie prenne conscience de la grandeur cachée dans nos principes religieux, de la valeur profonde de nos rites, je voudrais éveiller dans son âme la fierté que légitime la possession de cette richesse. Je ne veux pas la voir humiliée, aveugle à la vérité qui réside en elle, prête à se mépriser elle-même. Voilà mon intention. Et c'est ce but qui, aujourd'hui, me conduit vers vous. Depuis le premier jour où je vous ai vue, une pensée a surgi dans mon esprit, une pensée qui ne m'était pas venue auparavant. J'ai acquis la certitude que l'Inde ne peut pas se relever complètement si l'on ne considère que les hommes. Elle ne se révélera tout entière que si les femmes aussi prennent conscience de son existence. Mon ardent désir est de vous trouver un jour à mes côtés afin de compléter notre pays et d'en partager la même vision. Pour notre Inde, étant un homme, je ne peux que travailler et au besoin mourir. Qui donc, si ce n'est vous, allumera pour elle la lampe de bienvenue. Si vous vous en désintéressez, le service de l'Inde sera privé de beauté. »

Hélas ! Où donc se cachait l'Inde ? À quelle immense distance en était Sucharita ? D'où venait-il, ce dévot de la patrie, cet ascète oublieux de lui-même ? Pourquoi avait-il écarté tout le monde et pris cette place auprès d'elle ? Pourquoi avait-il abandonné les autres et l'avait-il appelée, elle ? Il n'hésitait pas ; il n'admettait pas d'obstacle, il disait : « Sans vous tout effort sera vain ; c'est pour vous chercher que je suis venu. »

Les yeux de Sucharita se remplirent d'inexprimables larmes et pour Gora son visage parut une fleur couverte de rosée.

Malgré ses pleurs qui débordaient, elle soutint le regard de Gora avec fermeté, sans un retour sur elle-même. Et Gora, devant ce regard courageux, sentit son être trembler tout entier, ébranlé comme un palais de marbre que secoue un tremblement de terre. Avec un grand effort, Gora reprit sa maîtrise de lui-même et contempla fixement le spectacle qu'encadrait la fenêtre. Il faisait déjà nuit et par-delà l'étroite perspective du sentier qui croisait l'avenue, les étoiles scintillaient dans un pan de ciel semblable à un bloc de jais. Ce pan de ciel et ces étoiles, comme ils entraînaient Gora loin du monde où s'écoulait sa vie quotidienne, loin du train-train familier de ses occupations journalières ! Durant des millénaires ils avaient assisté à la naissance et à la chute d'innombrables dynasties, aux prières et aux efforts d'innombrables générations ; et cependant, à l'appel d'un cœur humain vers un autre, à cet appel issu des insondables profondeurs de la vie, ces étoiles et ce ciel semblaient depuis les extrémités de l'univers vibrer d'une aspiration muette. En cette heure, le flot des passants et le trafic tapageur des rues affairées de Calcutta étaient pour Gora aussi dépourvus de réalité que des ombres chinoises ; les bruits trépidants de la ville n'atteignaient pas ses oreilles ; il s'absorbait dans la vision de son propre cœur ; là comme dans le ciel régnaient l'immobilité, le silence et l'obscurité. Seuls, venant de l'éternel passé vers un avenir sans fin, brillaient deux yeux, pleins de larmes, mais simples et tendres.

Harimohini appela Gora pour l'inviter à goûter ; au son de sa voix, Gora se retourna, saisi : « Non, merci, pas aujourd'hui, dit-il précipitamment ; il faut que je parte, excusez-moi. »

Et sans plus attendre, il s'échappa.

Harimohini, montrant sa surprise, regarda Sucharita ; mais celle-ci sortit à son tour, laissant sa tante qui, hochant la tête, s'exclamait : « Que se passe-t-il maintenant ? »

Un peu plus tard, Paresh Babou vint voir Sucharita et, ne la trouvant pas dans sa chambre, questionna Harimohini.

« Qu'en sais-je ? dit Harimohini d'un air vexé. Elle a eu une longue conversation avec Gourmohan Babou au salon ; je crois qu'à présent elle se promène sur la terrasse.

– Sur la terrasse, par cette nuit froide ! s'exclama Paresh Babou étonné.

– Qu'elle ait donc un peu froid ! dit Harimohini. Les jeunes filles, aujourd'hui, ne craignent pas le froid. »

Fâchée, elle n'avait pas appelé Sucharita pour le dîner et la jeune fille avait perdu conscience de l'heure.

En voyant Paresh Babou qui était monté sur la terrasse pour la chercher, elle fut très ennuyée.

« Rentrez, Père, descendons, vous allez vous enrhumer. »

Dans la chambre éclairée, l'air harassé de Paresh Babou donna à Sucharita un véritable choc. Il avait tant d'années servi de père et de guru à la fillette orpheline, et voilà qu'elle se laissait attirer loin de lui, distendant les liens qui les unissaient depuis son enfance. Elle eut l'impression qu'elle ne pourrait jamais se pardonner. Paresh Babou se laissa tomber sur une chaise avec lassitude. Sucharita, pour cacher les larmes qu'elle ne parvenait pas à retenir, resta debout derrière lui, passant doucement les doigts sur ses cheveux gris.

« Finalement, Binoy ne se fera pas initier », commença Paresh Babou.

Et comme Sucharita se taisait, il continua : « J'ai toujours eu des doutes sur cette initiation qu'il demandait ; aussi ne suis-je pas bouleversé par le tour que prennent les événements. Mais les propos de Lolita montrent qu'elle ne voit pas d'obstacle à leur mariage, même si Binoy n'est pas initié.

– Non, s'exclama Sucharita presque avec violence, non, Père, il ne faut pas, absolument pas. »

En général, Sucharita ne montrait pas dans ses paroles d'ardeur inutile, et Paresh Babou fut surpris de l'excitation que révélait sa voix.

« Quoi donc, absolument pas ?

– Si Binoy ne se fait pas brahmo, quelle cérémonie consacrera le mariage ?

– La cérémonie hindoue.

– Non, non, et Sucharita secouait la tête avec énergie. Comment suggérez-vous pareille idée ? C'est inconcevable. Au mariage de Lolita on adorerait une idole ! Comment l'admettre ? Comment l'admettre ? »

Était-ce pour réagir contre l'influence subie ce jour-là que Sucharita se révoltait ainsi devant l'idée d'un mariage célébré selon les rites hindous ? Non, le sens réel de cet éclat était son désir de rester fermement attachée à Paresh Babou et de lui affirmer solennellement : « Je ne vous quitterai jamais. Je reste membre de votre Samaj et je garde vos opinions. Rien ne m'induira à rompre avec votre enseignement.

– Binoy est décidé à refuser la présence d'une idole à la cérémonie », expliqua Paresh Babou.

Et comme Sucharita, abandonnant le dossier de sa chaise, venait s'asseoir auprès de lui, il questionna : « Qu'en penses-tu ?

– Alors Lolita se séparera de notre communauté, observa Sucharita après avoir réfléchi.

– J'y ai beaucoup songé. En cas de conflit entre un individu et la société, il faut se placer à deux points de vue : d'abord chercher lequel des deux partis a raison, ensuite lequel est le plus fort. On ne peut douter un instant que la société soit la plus forte, donc celui qui se révolte doit s'attendre à souffrir. Lolita m'a répété qu'elle est non seulement prête à accepter cette épreuve, mais à s'en réjouir. Alors comme je n'aperçois rien de mal dans son dessein, comment pourrais-je m'y opposer ?

– Pourtant, Père, ce mariage peut-il vraiment avoir lieu ?

– Je sais bien qu'il nous entraînera dans de grandes difficultés. Néanmoins, puisque Lolita n'outrage pas la morale en épousant Binoy, puisqu'en fait elle doit l'épouser, je ne peux considérer comme mon devoir de respecter l'obstacle que la société y oppose. Il n'est pas bon que la destinée de l'homme soit rétrécie et appauvrie par les règles sociales ; c'est à la société de se montrer plus libérale par égard pour l'individu. Je ne blâme donc pas ceux qui sont prêts à affronter l'épreuve que leur vaudra leur conduite.

– Père, s'exclama Sucharita, l'épreuve sera surtout pour vous.

– Cela n'a pas d'importance.

– Père, avez-vous donné votre consentement ?

– Non, pas encore. Pourtant il faut que je le donne. Sur le sentier que va suivre Lolita, qui d'autre que moi la bénira ? Qui d'autre que Dieu la secourra ? »

Après le départ de Paresh Babou, Sucharita resta immobile, plongée dans ses réflexions. Elle savait l'amour profond qu'il portait à Lolita et n'avait pas de mal à imaginer l'anxiété qu'il devait ressentir à laisser cette fille chérie quitter les chemins familiers pour se hasarder dans ce vaste inconnu. Et cependant, à son âge, il l'aidait à se révolter et il manifestait si peu son inquiétude. Jamais il ne montrait sa force morale ; cependant quelle force exceptionnelle il cachait sans effort apparent dans son âme si profonde ! À tout autre moment, dans ce coup d'œil jeté au plus intime de la nature de Paresh Babou, Sucharita n'aurait rien vu qui la surprenne, car elle le connaissait bien depuis son enfance. Mais ce jour-là, où elle venait de subir jusqu'au fond de son être les coups de Gora, elle ne pouvait manquer de ressentir la différence foncière qui séparait ces deux types d'hommes. Avec quelle violence Gora cédait à ses tendances instinctives ! Et comme il repoussait impitoyablement la personnalité des autres, comme il les dominait quand il y appliquait pleinement sa volonté ! Celui qui voulait s'entendre avec Gora sur un sujet quelconque devait s'humilier complètement devant cette volonté. Aujourd'hui Sucharita s'était humiliée, elle y avait même trouvé de la joie, car elle avait l'impression qu'en se sacrifiant elle s'était élevée. Mais, tandis que son père quittait la chambre éclairée pour s'enfoncer dans la nuit, la tête penchée sous le poids de ses pensées, Sucharita ne pouvait se défendre de lui comparer Gora dans tout l'orgueil de l'enthousiasme juvénile ; et elle sentait le besoin de se prosterner devant lui et de déposer à ses pieds, comme une offrande de fleurs, le cœur qu'il avait formé. Elle demeura longtemps les mains dans son giron, rigide comme une statue.

CHAPITRE LXIV

Dès le premier matin, la chambre de Gora fut le théâtre de discussions animées. D'abord entra Mohim, tirant sur son *hookah*, pour demander : « Donc, à la fin, après tant d'atermoiements, Binoy a coupé ses chaînes, n'est-ce pas ? »

Gora ne saisit pas l'allusion et regarda son frère d'un air interrogateur ; celui-ci expliqua : « À quoi bon jouer la comédie ? Les affaires de ton ami ne sont plus un secret, on les trompette partout. Tiens, lis. »

Et il tendit à Gora un journal bengali.

Le journal contenait un article mordant sur l'intention prêtée à Binoy de se faire initier ce jour même dans le Brahmo Samaj. L'auteur usait de termes blessants pour apprécier la conduite d'un certain membre du Brahmo Samaj, chargé de filles à marier, qui, pendant la captivité de Gora, avait secrètement persuadé un jeune homme sans énergie d'abandonner sa place traditionnelle dans la société hindoue pour entrer par mariage dans une famille brahmo. Quand Gora fit observer : « J'ignorais cette nouvelle. »

Mohim commença par ne pas le croire, puis exprima sa surprise de voir Binoy déployer tant de dissimulation.

« Lorsqu'il s'est mis à tergiverser après s'être engagé à épouser Sochi, nous aurions dû comprendre que c'était le début de son reniement. »

Ensuite, ce fut le tour d'Abinash qui se montra suffocant presque d'excitation : « Gourmohan Babou, quelle affaire ! Aurait-on jamais pu le rêver ? Qu'après tout ce Binoy Babou... »

Abinash ne termina même pas la phrase ; la satisfaction qu'il trouvait à vitupérer contre Binoy était telle qu'il ne pouvait même simuler le regret. En peu d'instants tous les membres importants du parti de Gora arrivèrent successivement et, une fois rassemblés, ils se lancèrent dans un vif débat sur la conduite de Binoy. La majorité d'entre eux s'accordaient dans leurs commentaires : l'événement actuel n'avait pas lieu de surprendre, tous avaient maintes et maintes fois noté des signes de faiblesse dans le caractère de Binoy ; ils déclarèrent qu'en fait Binoy n'avait jamais pleinement adhéré au parti. D'autres mentionnèrent le déplaisir qu'ils avaient ressenti quand, de façon intolérable, Binoy avait tout de suite essayé de se placer sur un pied d'égalité avec Gora ; alors que chacun d'eux se tenait respectueusement à distance, Binoy s'imposait à Gora et affectait d'être avec lui dans des termes d'intimité qui le distinguaient de tous. Parce que Gora lui témoignait de l'amitié, ils avaient fait de leur mieux pour tolérer cette arrogance inadmissible. Maintenant les conséquences de cette vanité sans frein apparaissaient.

Gora ne répondait pas à tous ces discours, il ne bougeait pas et assistait à la discussion sans y prendre part. Quand l'heure s'avança et qu'un à un les visiteurs furent partis, Gora aperçut Binoy qui montait l'escalier sans entrer chez lui. Il sortit de la chambre et appela : « Binoy ! »

Et lorsque Binoy, se retournant, entra dans la chambre, Gora lui dit : « Binoy, je ne sais pas si je t'ai fait tort, mais tu as l'air de vouloir me délaisser. »

Binoy, qui s'était persuadé d'avance du caractère inévitable d'une querelle avec Gora, avait endurci son cœur ; quand il vit l'air mélancolique de son ami et qu'il entendit dans sa voix la note de l'affection blessée, la résolution qu'il avait fortifiée en lui s'évanouit aussitôt : « Gora, mon frère, ne me méconnais pas. Bien des changements surviennent dans nos vies et il nous faut consentir à bien des renoncements ; mais est-ce une raison pour sacrifier l'amitié ?

– Binoy, demanda Gora après quelques secondes de silence, es-tu entré dans le Brahmo Samaj ?

– Non, Gora, je n'y suis pas entré et je n'y entrerai pas. Cependant, je n'ai pas envie d'insister sur ce fait.

– Que veux-tu dire ?

– Je veux dire qu'il ne me paraît plus d'importance capitale que j'entre ou non dans le Brahmo Samaj.

– J'aimerais savoir quelle était ton idée naguère et quelle est ton idée aujourd'hui. »

Le ton de Gora, tandis qu'il posait cette question, amena Binoy à se raidir de nouveau pour le combat.

« Autrefois, quand j'apprenais que quelqu'un se faisait brahmo, je m'irritais et je souhaitais dévotement qu'il en soit puni. À présent je ne pense plus ainsi. Je sens qu'une opinion peut être contredite par une autre, un argument par un autre, mais que dans les sujets où l'intelligence et la réflexion sont en jeu, c'est une réaction de barbare que vouloir punir sous l'empire de la colère…

– Aujourd'hui, quand tu vois un hindou se faire brahmo tu ne te fâches plus ; mais si tu voyais un brahmo faire pénitence pour devenir hindou, tu brûlerais d'indignation : voilà la différence entre ta position d'autrefois et celle de maintenant.

– Tu parles ainsi parce que tu es irrité, et sans réfléchir, observa Binoy.

– Si notre peau sécrétait un produit qui nous permette de changer nos principes religieux comme le caméléon change sa couleur, ces changements n'importeraient pas ; mais je ne puis faire bon marché de ce qui tient au cœur même. Sans la résistance qu'y oppose la société et l'épreuve pénible dont il faut payer son entrée, qu'est-ce qui pousserait les hommes dans une matière aussi sérieuse que de fixer ou de modifier leurs opinions religieuses à appliquer au problème toutes les forces de leur réflexion ? Cette épreuve permet de savoir si nous acceptons la vérité de toute notre sincérité. Ses effets et les châtiments qu'elle comporte doivent être acceptés. Dans le commerce de la vérité on ne peut saisir le bijou et ne pas payer le prix. »

Dès lors la bataille était entamée et les étincelles volaient tandis que les mots heurtaient les mots comme le glaive heurte le glaive. Quand enfin cette guerre verbale eut assez duré, Binoy se leva et dit :

« Gora, entre ta nature et la mienne, il y a une opposition fondamentale. Jusqu'à aujourd'hui, je m'efforçais de la masquer, je la refoulais quand elle risquait de se manifester parce que je te savais incapable de compromis avec une réaction personnelle, et prêt à la poursuivre, l'épée à la main. Pour préserver notre amitié, j'ai constamment fait violence à mon caractère. Maintenant, enfin, j'ai compris que nul avantage n'a résulté de cet effort et que nul avantage n'en sortira.

– Soit, dis-moi franchement tes intentions.

– Aujourd'hui, je me tiens debout tout seul, s'exclama Binoy. Je n'admets plus le droit de la société à se faire apaiser comme une divinité méchante par des sacrifices humains. Que je vive ou que je meure, je ne cheminerai plus écrasé par le joug de ses prescriptions.

– Et tu vas tuer ce démon avec une paille, comme l'enfant brahmane dans le Mahabharata ? railla Gora.

– Si je réussirai ou non à le tuer avec ma paille, je ne prétends pas le savoir ; en tout cas je refuse de reconnaître son droit à me saisir et à me dévorer. Je lui dénie ce droit même s'il a déjà commencé à me mâcher.

– J'ai du mal à te suivre quand tu t'exprimes par allégories.

– Non, tu n'y as pas de mal même s'il t'est difficile d'admettre ce que je dis. Tu sais autant que moi combien sont dépourvues de sens les règles par lesquelles la société nous ligote en matière de nourriture, de contacts, de rapports avec les autres, alors que la religion confère à l'homme une liberté naturelle. Mais tu essaies de justifier cette tyrannie en te montrant toi-même tyrannique. Permets-moi de t'avertir que dans ce domaine je ne me soumettrai plus à l'arbitraire de personne. Je ne reconnaîtrai les droits de la société sur moi que dans la mesure où elle reconnaîtra les miens sur elle. Si elle refuse de me considérer comme un homme et qu'elle me traite en marionnette, je refuserai de lui apporter mon offrande de fleurs et de santal ; je la regarderai comme une machine faite d'un métal insensible.

– Bref, tu te feras brahmo ?

– Non.

– Tu épouseras Lolita ?

– Oui.

– Un mariage selon les rites hindous ?

– Oui.

– Paresh Babou a-t-il donné son consentement ?

– Voici sa lettre », dit Binoy en tendant à Gora une lettre que celui-ci lut deux fois avec attention.

Paresh Babou écrivait :

« Je ne discuterai pas mes sentiments personnels au sujet de votre décision, je ne veux même pas soulever la question des inconvénients auxquels vous devez vous attendre. Tous deux, vous connaissez ma foi, mes opinions et la communauté à laquelle j'appartiens ; vous n'ignorez pas l'enseignement que Lolita a reçu depuis l'enfance et les coutumes sociales au milieu desquelles elle a été élevée. Vous avez pris votre parti après considération de tous ces faits et je n'ai rien à ajouter. Mais n'imaginez pas que je cède le gouvernail à la légère ou faute de parvenir à une conclusion ferme. J'ai réfléchi de toutes mes forces et, parce que j'ai pour vous, Binoy, une profonde estime, je me suis convaincu que la religion n'oppose aucun obstacle à votre union. Par conséquent vous n'avez pas le devoir de vous incliner devant les obstacles que formule la société.

« Pourtant, il faut que je vous en avertisse, si vous voulez transgresser les limites qu'elle trace, il vous faut vous élever plus haut qu'elle-même. Votre amour, l'union de vos existences ne doivent pas manifester seulement un élément négatif, mais aussi un principe de création et de stabilité. Il ne suffit pas que vous montriez de la passion, il vous faudra ensuite affronter avec un héroïsme journalier toutes les tâches de vos vies ainsi jointes. Autrement vous ne ferez que vous abaisser. La société ne remplira plus pour vous son office de support extérieur dans toutes les circonstances quotidiennes. Si donc vous ne montez pas par vos propres forces plus haut que le niveau ordinaire, vous tomberez plus bas. Pour votre destinée, pour votre bonheur, j'ai bien des appréhensions, mais je n'ai pas le droit de vous entraver par mes craintes, car en ce monde la valeur d'un groupe est due à ceux qui ont le courage de s'attaquer à des problèmes de conduite non résolus et d'y proposer une solution. Malgré les difficultés, agissez selon ce que vous croyez le bien et que Dieu vous aide. Jamais il ne ligote Sa créature par des chaînes sans fin. Il l'éveille par des changements et des conceptions nouvelles. Comme les messagers de cet éveil, vous vous engagez sur ce sentier pénible, vos vies l'illumineront comme des torches.

« Un jour que j'avais votre âge, j'ai moi aussi détaché ma barque du *ghat* paisible et j'ai gouverné à la rencontre de la tempête, sans écouter aucun conseil. Jusqu'à présent je n'ai rien regretté, et d'ailleurs si j'avais des regrets… C'est par de semblables sacrifices que les eaux sacrées de la rivière sociale demeurent pures, balayées qu'elles sont par un courant perpétuel. Parfois, pour un temps très bref, les rives du fleuve sont attaquées et subissent un dommage. Cependant si, pour éviter ce dommage, on barrait constamment le cours de la rivière, on provoquerait la stagnation et l'épidémie. Je vous remets tous deux aux mains de ce pouvoir qui vous entraîne avec une force irrésistible hors des règles communes, loin de l'aise et de la facilité. M'inclinant en toute dévotion devant ce pouvoir, je Le prie de compenser pour vous les calomnies et les injures dont vous serez l'objet et la séparation d'avec vos proches. Il vous a poussés à prendre cette route pénible. Il vous y guidera. »

« Tout comme Paresh Babou a donné son consentement, dit Binoy, quand Gora eut lu la lettre et y eut réfléchi sans parler, toi aussi, Gora, tu dois consentir en exprimant ton point de vue.

– Paresh Babou peut donner son consentement, il se meut dans ce courant qui attaque les rives du fleuve ; je ne puis donner le mien parce que ce courant qui vous emporte menace la berge d'une destruction dont je veux la préserver. Cette berge que nous sauvegardons, on ne saurait énumérer les reliques du passé qui s'y dressent. Vous pouvez nous dénigrer et nous combattre parce que nous fortifions la rive avec des digues. Mais nous ne permettrons pas que ces lieux anciens et sacrés où, année par année, se sont accumulées de précieuses alluvions, soient éventrés par la charrue du laboureur. Peut-être est-ce là une perte, mais tant pis. Ces lieux sont notre demeure ancestrale, non un terrain de labour. Et si votre ministère de l'Agriculture nous reproche les pierres solides que nous y amassons, nous n'en ressentirons pas la moindre honte.

– En d'autres termes tu n'acceptes pas ce mariage que je vais conclure.

– Certes non.

– Et… », commença Binoy.

Mais Gora l'interrompit.

« Et je ne veux plus rien avoir de commun avec toi.

– Pourtant si j'étais un de tes amis musulmans…

– Ce serait tout autre chose. Si une branche d'un arbre se brise et tombe, l'arbre ne peut plus se la réincorporer, tandis qu'il peut servir de support à une liane qui enlace son tronc ; si une tempête détache la liane de l'arbre rien n'empêche qu'elle y grimpe à nouveau. Au contraire si tu romps avec nous, il n'y a pas d'autre solution que la séparation totale. Voilà pourquoi la société impose des règles si strictes.

– Pour cette raison justement les motifs de rupture et les règles qui y contraignent ne devraient pas être futiles. Comme il faut longtemps pour guérir une fracture, les os du bras sont solides, les fractures sont donc rares. Ne comprends-tu pas la difficulté de vivre et de travailler dans une société où un léger écart suffit à briser les liens de façon définitive ?

– Cela ne me regarde pas. La société assume si complètement la tâche de penser pour nous que je ne suis pas conscient qu'elle pense. Mon inquiétude vient de ce que, non seulement elle a mis des siècles à élaborer ses principes, mais qu'elle préserve toujours son intégrité. De même que je ne me préoccupe jamais de savoir si la trajectoire de la terre autour du soleil est une circonférence ou une ellipse, si elle est régulière ou non (et jusqu'à présent ma légèreté à cet égard ne m'a pas mis en difficulté), de même mon attitude envers la société ne comporte pas de problème.

– Gora, mon frère, dit Binoy, en riant, j'ai parlé ainsi pendant longtemps. Qui aurait imaginé qu'aujourd'hui j'entendrais ce raisonnement sur tes lèvres ? Ce doit être ma punition pour avoir fabriqué tant de discours. Mais tout débat à ce sujet est vain, parce qu'aujourd'hui j'ai profondément compris ce que je n'avais pas pénétré clairement jusqu'ici. J'ai compris que la destinée humaine ressemble au cours d'un grand fleuve ; la force de ses eaux l'entraîne parfois dans des rapides imprévus alors qu'il paraissait n'avoir pas de courant. Ces changements de pente et de vitesse sont l'effet de la volonté de Dieu agissant sur nous. La vie n'est pas un canal construit par l'homme qui nous conduit selon des courbes dessinées à l'avance. Quand nous avons bien discerné cette vérité, nous ne risquons plus de nous laisser diriger par des principes artificiels.

– Quand un papillon va se jeter dans la flamme, observa Gora, il doit se servir des mêmes arguments que toi. Toutefois je ne suis pas disposé aujourd'hui à perdre mon temps pour essayer de te convaincre.

– Tant mieux ! s'exclama Binoy. Alors je vais voir Mère. »

Binoy parti, Mohim entra lentement dans la chambre de Gora, chiquant son éternel *pan*, et demanda : « Eh bien, je suppose que tu ne réussiras pas. Ce n'est pas commode. Il y a longtemps que je te mets en garde. On voyait ces ennuis arriver, tu n'as pas voulu m'écouter. Si seulement nous avions eu alors l'énergie de lui imposer ce mariage avec Sochi, toutes ces complications auraient été évitées. Mais qui s'en soucie ? Sur qui puis-je compter ? Ce que tu ne découvres pas tout seul personne ne peut t'obliger à le comprendre, même en te faisant un trou dans le crâne. N'est-ce pas dommage qu'un garçon comme Binoy rompe ainsi avec ton parti ?

« Donc il n'y a pas d'espoir de le retenir, continua Mohim en voyant le silence de Gora. Quoi qu'il en soit, il nous a causé assez de tracas pour le mariage de Sochi. À ce sujet, je n'attendrai plus. Tu connais la rigueur de notre société ; si l'on tombe dans ses griffes il n'y a pas de salut. Il me faut un fiancé. Non, rassure-toi, je ne vais pas te demander de t'entre-mettre. J'ai tout réglé seul.

– Qui est le fiancé ?

– Ton Abinash.

– Il a accepté ?

– Abinash ! Ne pas accepter ! s'écria Mohim. Il
ne ressemble pas à Binoy. Vraiment, dis ce que tu
voudras, on se rend compte facilement que, parmi
tous les membres de ton parti, Abinash est celui qui
t'est le plus dévoué. Ma foi, à l'offre d'entrer par
mariage dans ta famille il a presque dansé de joie.
"Quelle bonne fortune pour moi, quel bonheur !"
répétait-il. Quand j'ai soulevé la question de la dot, il
s'est bouché les oreilles et s'est écrié : "Je vous en
prie, ne parlez pas d'affaires." J'ai répondu : "Très
bien, je réglerai cela avec votre père." Et je suis allé
trouver celui-ci.

« Toutefois j'ai vu une grande différence entre le
père et le fils. Le dernier n'a pas fait mine de se boucher les oreilles quand j'ai abordé la question d'argent.
Bien plutôt, dès qu'il s'est mis à en parler, il l'a fait
d'un tel train que, pour boucher les miennes, mes
mains paralysées ne m'ont servi de rien. Je me suis
aperçu que, dans ce domaine, le fils a pour son père le
plus grand respect, comme si le père était le dispensa-
teur des grâces ; l'inutilité d'user du fils comme intercesseur est évidente. Impossible donc de conclure
cette affaire satisfaisante sans vendre des valeurs
d'État pour faire de l'argent liquide. Tout de même, tu
devrais encourager Abinash. Un mot de toi…

– … N'a pas de chance de réduire d'une roupie le
montant de la dot.

– J'en suis sûr. Quand le respect filial se combine
à l'amour du profit, il est inébranlable.

– La chose est-elle définitivement réglée ?

– Oui.

– Le jour du mariage est-il fixé ?

– Eh bien oui, le jour de la pleine lune du mois de *magh*, c'est bientôt. Le père du fiancé juge inutile que nous donnions des diamants et des pierreries, mais il veut des bracelets très lourds. Aussi faut-il que je consulte l'orfèvre sur le moyen d'augmenter le poids de l'or sans en accroître le prix.

– Quel besoin aviez-vous de précipiter ainsi la cérémonie ? Il n'y a aucune chance qu'Abinash se fasse brahmo, vous ne risquez rien.

– C'est vrai ; mais tu n'as pas remarqué que la santé de Père décline depuis quelques mois ? Plus le médecin lui déconseille les austérités, plus il accentue la sévérité de ses pratiques. À présent le *sannyasi* auquel il obéit lui fait prendre trois bains par jour dans le Gange ; en outre, il lui prescrit des exercices de *yoga** qui épuisent l'organisme. Ce serait très avantageux que le mariage de Sochi ait lieu du vivant de Père ; je n'aurai pas à me tourmenter si j'arrive à en finir avant que toutes les économies de Père tombent aux griffes de ce *swami*. J'ai abordé le sujet avec lui hier et j'ai vu que j'aurai du mal. J'envisage de droguer pour quelques jours ce maudit *sannyasi* afin qu'il rende un oracle favorable.

---

* *Yoga :* philosophie et méthode pratique de contrôle des sens et de concentration de la volonté, en vue de laisser le champ libre aux facultés spirituelles et à l'extase, pour opérer l'union de l'être avec le divin.

« Sois bien persuadé que les gens de la famille qui ont besoin d'argent ne profiteront guère de la fortune de Père. Le problème pour moi, c'est que le père d'un autre exige impitoyablement une forte somme et que mon propre père, dès que j'y fais allusion, se plonge dans la méditation et retient son souffle comme un yogi. Faut-il donc que j'aille me noyer avec cette fille de onze ans attachée à mon cou ? »

CHAPITRE LXV

« Pourquoi n'as-tu rien mangé hier soir, Radha ? demanda Harimohini.

– Comment ! Mais j'ai dîné, s'exclama Sucharita surprise.

– Qu'as-tu donc mangé ? Voilà tes assiettes intactes. »

Et Harimohini montrait les plats de la veille encore surmontés de leurs couvercles. Sucharita comprit qu'elle avait tout à fait oublié son repas.

« C'est très mauvais, reprit Harimohini avec aigreur. Autant que je connaisse Paresh Babou, je suis sûre que cette extravagance lui déplairait. Son aspect respire le calme et la mesure. Que crois-tu qu'il penserait s'il connaissait tes tendances actuelles ? »

Sucharita n'avait pas de peine à saisir l'allusion et elle prit peur immédiatement : elle n'avait jamais songé que ses rapports avec Gora pussent être effleurés par un souffle de scandale comme s'il ne s'agissait entre eux que de la relation ordinaire entre les sexes. L'insinuation de Harimohini l'effraya d'abord ; mais presque aussitôt, elle déposa son ouvrage, s'assit avec détermination et regarda sa tante : elle venait de décider brusquement qu'elle ne se laisserait pas pousser à concevoir devant quiconque le moindre sentiment de honte à propos de Gora.

« Vous savez, ma tante, que Gourmohan Babou est venu ici hier au soir, commença-t-elle. Le sujet de notre conversation s'est emparé de mon esprit avec tant de force que j'ai tout à fait oublié de dîner. Si vous aviez été ici hier soir, vous auriez entendu toutes sortes de choses intéressantes. »

Mais la conversation de Gora n'était pas du tout ce que Harimohini désirait entendre. Elle aimait les phrases d'une piété onctueuse ; or, quand Gora discourait sur les matières de foi, ses paroles ne semblaient pas à Harimohini assez touchantes pour l'émouvoir ; il avait toujours l'air de combattre un adversaire. Ceux qui n'étaient pas d'accord avec lui, il voulait les contraindre à céder ; qu'avait-il à dire à ceux qui étaient d'avance convaincus ?

L'ardeur déployée par Gora dans la controverse laissait Harimohini indifférente. Si les membres du Brahmo Samaj voulaient rester fidèles à leurs opinions et ne se ralliaient pas à la communauté hindoue, elle ne ressentait aucune détresse ; pourvu que rien ne vînt la séparer de ceux qu'elle aimait, elle ne s'en souciait pas. Aussi causer avec Gora ne lui valait-il pas le moindre plaisir. Et, quand elle s'aperçut qu'il prenait de l'influence sur Sucharita, ses discours lui inspirèrent même de la répulsion.

En matière financière, Sucharita était complètement indépendante et s'il s'agissait de religion, d'opinion ou de conduite, elle était parfaitement libre. Harimohini n'avait donc aucune prise sur sa nièce ; pourtant, n'ayant d'autre appui possible pour sa vieillesse, elle s'inquiétait toujours si quelqu'un, en dehors de Paresh Babou, semblait acquérir de l'ascendant sur Sucharita. Harimohini était persuadée du manque de sincérité de Gora et de son intention de s'assurer sous un prétexte quelconque les bonnes grâces de Sucharita. Elle soupçonnait même que son premier objectif était de mettre la main sur la fortune de la jeune fille. Aussi, le considérant comme son ennemi, rassembla-t-elle toutes ses forces pour déjouer les menées de l'adversaire.

Il n'avait pas été question la veille d'une nouvelle visite de Gora pour ce jour-là et aucune raison particulière n'en provoquait une. Cependant la nature de Gora ne comportait pas d'hésitation ; il n'envisageait jamais les conséquences de ce qu'il avait décidé, mais partait droit devant lui comme une flèche. Quand, de beau matin, il arriva de bonne heure chez Sucharita et que, Harimohini étant absorbée dans la prière, Satish l'annonça à sa sœur, occupée à ranger des livres, elle ne montra pas grande surprise, car elle avait escompté cette venue.

« Alors Binoy nous abandonne, commença Gora, quand il se fut assis.

– Comment ? fit Sucharita ; pourquoi parler d'abandon ? Il n'est pas entré dans le Brahmo Samaj.

– S'il y était entré, il serait beaucoup moins loin de nous. Qu'il se cramponne à la société hindoue, voilà ce qui est grave. Il aurait bien mieux fait de sortir franchement de notre communauté.

– Pourquoi attachez-vous cette importance excessive à la société ? demanda Sucharita tout attristée. Est-ce spontanément que vous avez en elle une pareille foi ? Ou vous forcez-vous à l'avoir ?

– Dans les circonstances actuelles, il est naturel que je me force à cette confiance. Quand la terre bouge sous vos pieds, il vous faut affermir chaque pas pour assurer votre marche. Maintenant qu'une opposition se manifeste de côtés si divers, nous montrons sans doute quelque exagération dans nos propos et notre conduite : ce n'est pas extraordinaire.

– Pourquoi donc jugez-vous l'opposition que vous rencontrez mauvaise et inutile sous tous ses aspects ? Si la société entrave le progrès il est normal qu'on la combatte.

– Le progrès ressemble aux vagues ; il ronge les berges de la rivière, et je ne regarde pas du tout comme le devoir des berges de se laisser ronger. Ne croyez pas que je ne songe jamais à ce qui est bon ou mauvais pour la société ; un garçon de seize ans en est capable aujourd'hui, c'est si facile. Il est plus difficile d'avoir une vue d'ensemble dans la perspective de la foi.

– Une foi aveugle nous conduit-elle forcément à la vérité ? Parfois aussi elle nous fait commettre des erreurs de jugement, elle nous donne des idées fausses. Laissez-moi vous demander s'il peut exister une foi sincère en les idoles. Considérez-vous l'idolâtrie comme fondée en vérité ?

– Je vais faire de mon mieux pour vous expliquer franchement mon attitude, dit Gora après un instant de silence. D'abord j'ai tout accepté comme vrai ; je ne me hâte pas de m'opposer à ces coutumes tout simplement parce qu'elles sont contraires aux habitudes européennes ou parce qu'il est aisé de les discuter. Dans le domaine religieux, je n'ai guère d'expérience personnelle des choses spirituelles ; mais je ne suis pas non plus prêt à fermer les yeux et à répéter comme une leçon apprise par cœur que toute adoration qui se sert de symboles finis équivaut à l'idolâtrie et que ce culte, par l'intermédiaire d'images, n'est pas l'aboutissement suprême de la foi dévote. Dans l'art, dans la littérature, même dans la science et dans l'histoire, l'imagination a sa place ; je n'admets pas que dans la religion seule elle n'en doive pas avoir. La religion porte à leur degré suprême toutes les puissances qui sont en l'homme. Prétendriez-vous que la tentative de notre pays pour harmoniser, dans le culte des idoles, l'imagination avec la sagesse et la piété, ne révèle pas à l'humanité une vérité supérieure à celle que proclame tout autre pays ?

– En Grèce et à Rome aussi existait le culte des idoles.

– Dans les idoles de ces peuples s'exprimait moins le sens religieux que le sens de la beauté, alors que chez nous l'imagination est intimement liée à notre philosophie et à notre foi. Notre Krishna et notre Radha, notre Shiva et notre Dourga ne sont pas seulement les objets d'un culte historique ; ils sont des formes élaborées par l'antique philosophie de notre race. Aussi la piété de grands esprits s'est manifestée en s'appuyant sur ces images. Où donc voyez-vous dans l'histoire de Rome et de la Grèce une foi si profonde ?

– Refusez-vous de reconnaître que dans la suite des siècles une évolution modifie la religion et la société ?

– Pourquoi refuserais-je de le reconnaître ? Cependant cette évolution ne doit pas être illogique : un enfant grandit peu à peu et devient un homme, il ne se transforme pas tout d'un coup en chien ou en chat. Je désire que les transformations qui se produiront dans l'Inde suivent la voie du développement naturel de l'Inde, car si brusquement elles se modèlent sur le développement naturel de l'Angleterre, elles n'amèneront du début à la fin qu'un échec total. Je consacre ma vie à montrer à tous que les éléments qui ont fait la puissance et la grandeur de notre pays subsistent dans notre pays même. Ne le comprenez-vous pas ?

– Si, je le comprends. Cependant toutes ces idées sont si neuves pour moi, je n'y ai jamais donné une pensée avant de les entendre exprimées par vous. Comme il faut du temps pour s'habituer à un nouveau milieu quand on vient d'être transplanté, j'ai maintenant besoin de temps pour me les représenter. Sans doute est-ce parce que je suis une femme que j'y ai tant de mal.

– Pas du tout, s'exclama Gora. Bien des hommes avec qui j'ai discuté sont persuadés qu'ils les ont parfaitement comprises ; néanmoins, je puis vous affirmer que pas un d'entre eux n'a saisi tout ce que vous avez saisi vous-même. Dès que je vous ai connue, j'ai senti que vous étiez douée d'une intuition exceptionnelle ; voilà pourquoi je viens souvent et je vous parle sans réserve. Je n'éprouve pas d'hésitation à exprimer devant vous toutes mes espérances.

– Vos paroles m'embarrassent beaucoup, expliqua Sucharita, parce que je ne vois pas ce que vous attendez de moi, ce que je puis donner, quelle tâche vous me confierez et si je saurai formuler les sentiments qui naissent en moi si subitement. Ce que je crains, c'est qu'un jour vous découvriez la méprise que vous commettez en m'accordant un tel crédit.

– Il ne peut y avoir de méprise, cria Gora d'une voix tonnante. Je vous montrerai la force exceptionnelle qui est en vous. Ne vous inquiétez pas. La tâche de prouver combien vous êtes digne de cette estime m'incombe, reposez-vous sur moi. »

Sucharita ne répliqua plus, mais qu'elle fût prête à se reposer sur Gora était manifeste même dans son silence. Gora lui aussi se tut et durant un long moment pas un son ne s'entendit dans la pièce. On percevait, venant de l'allée qui longeait la maison, le cri du colporteur et, tandis qu'il s'éloignait, le tintement des vases de cuivre qu'il vendait s'éteignit graduellement.

Harimohini revenait vers la cuisine après avoir dit ses prières matinales et elle ne se doutait pas qu'il y eût quelqu'un dans la chambre de Sucharita. Mais, comme elle y jetait un coup d'œil en passant, elle aperçut Sucharita et Gora assis tous deux sans échanger, apparemment, un seul mot. Elle fut soudain comme foudroyée tant la colère s'empara d'elle. Cependant elle parvint à reprendre son sang-froid et, debout à la porte, appela : « Radha. »

Quand Sucharita se leva et s'avança vers elle, Harimohini lui dit avec douceur : « Aujourd'hui j'observe le jeûne lunaire et je suis fatiguée. Tu seras gentille d'aller à la cuisine préparer le feu ; je tiendrai compagnie à Gourmohan Babou. »

Sucharita devina l'intention de sa tante et, tout en gagnant la cuisine, se sentit un peu inquiète. Cependant Gora s'inclinait devant Harimohini qui s'assit les lèvres serrées, sans ouvrir la bouche. Après quelques minutes, elle commença brusquement : « Vous n'êtes pas brahmo, n'est-ce pas ?

— Non, répondit Gora.

— Respectez-vous notre société hindoue ?

— Bien sûr.

— Alors que signifie votre conduite ? » demanda-t-elle d'un ton sec.

Incapable d'imaginer quel reproche elle lui adressait, Gora ne répondit pas et la regarda d'un air interrogateur.

« Radha est une fille adulte et vous n'êtes pas son parent. Qu'avez-vous à faire ainsi la conversation avec elle ? Une femme doit s'occuper de sa maison et non perdre son temps en bavardages. Cela ne peut que lui troubler la tête. Vous êtes un homme intelligent, tout le monde fait votre éloge. Eh bien, depuis quand, dans notre pays, peut-on agir ainsi et dans quel passage des Écritures vous trouvez-vous une excuse ? »

Cette apostrophe suffoqua Gora, car il ne lui était jamais venu à l'esprit que l'on pût commenter de la sorte ses relations avec Sucharita. Il se tut d'abord, puis expliqua : « Elle fait partie du Brahmo Samaj et comme je l'ai vue causer librement avec n'importe qui, je n'y attachais pas d'importance.

– Voyons, même si elle fait partie du Brahmo Samaj, vous ne pouvez pas juger convenables vos rapports avec elle, s'exclama Harimohini. Beaucoup de gens ont été ces derniers temps appelés par vos paroles à réfléchir sur la religion. Comment vous respecteront-ils s'ils vous voient vous conduire de la sorte ? Hier soir vous avez causé avec elle jusqu'à une heure avancée : et encore vous n'aviez pas fini de lui parler, puisqu'il vous faut revenir ce matin. De toute la matinée elle n'est allée ni à la cuisine, ni à l'office, et l'aide minime qu'elle peut me donner ce neuvième jour de la lune, elle n'a pas pensé à me la donner. Voilà un singulier enseignement. Il y a des jeunes filles à votre foyer. Leur faites-vous quitter toutes leurs besognes domestiques pour leur offrir une instruction de ce genre ? Non, évidemment vous ne le faites pas. Mais si quelqu'un d'autre le faisait, le trouveriez-vous bon ? »

Gora n'avait rien à alléguer pour sa défense ; il se borna à faire observer : « À cause de la manière dont elle a été élevée, je n'y ai pas songé.

– Ne parlons pas de l'éducation qu'elle a reçue ; en tout cas, tant qu'elle demeurera auprès de moi, tant que je serai en vie, je ne tolérerai pas de tels procédés. Je suis parvenue à la ramener un peu au bien ; quand elle habitait encore la maison de Paresh Babou, le bruit a couru qu'elle s'était faite hindoue à mon contact. Toutefois, quand nous nous sommes installées ici, les interminables conversations avec votre Binoy ont de nouveau tout compromis. Il a l'air de devoir se marier dans une famille brahmo, mais ça le regarde. J'arrivais à me débarrasser de Binoy après ces ennuis. Il y avait aussi chez Paresh Babou un certain Haran ; mais, lors de ses visites, j'emmenais Radha en haut dans ma chambre pour qu'il ne puisse pas l'influencer. Aussi, en me donnant beaucoup de mal, je la conquérais à des idées raisonnables. Quand nous sommes arrivées dans cette maison elle avait encore l'habitude de prendre ses repas avec la famille de Paresh Babou, mais je vois qu'elle a renoncé à cette sottise, car hier en y allant elle a emporté son riz et n'a pas accepté l'eau servie par le domestique. Alors, je vous supplie les mains jointes de ne pas gâter mon ouvrage. Tous ceux qui en ce monde m'appartenaient sont morts ; je n'ai plus qu'elle, elle seule encore est mienne. Laissez-la tranquille. Il y a bien d'autres jeunes filles dans leur maison, il y a Labonya et Lila ; elles sont intelligentes et ins- truites. Si vous avez besoin de parler, allez leur parler à elles, nul ne vous en empêchera. »

Gora était confondu. Après une courte pause, Harimohini reprit : « Voyez-vous, il faut que je la marie, elle a plus que l'âge voulu. Imaginez-vous qu'elle va rester célibataire ? Une femme doit remplir son rôle à son foyer. »

Sur ce point, les opinions de Gora étaient catégoriques mais il ne les avait jamais appliquées au cas de Sucharita. Son imagination ne l'avait jamais évoquée comme épouse, absorbée par la tenue du ménage dans le *zenana* d'un mari. Il se la figurait toujours telle qu'il la voyait présentement.

« Avez-vous fait le projet de marier votre nièce ? demanda-t-il.

– Naturellement je m'en suis préoccupée. Qui donc y penserait si ce n'est moi ?

– Croyez-vous pouvoir la marier dans la communauté hindoue ?

– J'essaie, dit Harimohini. Si l'on ne vient plus déranger mon œuvre et que tout se passe bien, je compte y parvenir. En fait j'avais un projet ; tant que Sucharita hésitait je n'ai pas osé faire des démarches formelles. Maintenant, ce que j'ai remarqué depuis deux jours dans ses dispositions m'encourage beaucoup. »

Gora sentait bien qu'il devait s'abstenir d'interroger davantage ; pourtant il fut incapable de se contenir et il demanda : « Avez-vous déjà un fiancé en vue ?

– Oui, un garçon parfait, Kailash, le cadet de mes beaux-frères. Sa femme est morte il y a quelques mois et il cherche une jeune fille dont l'âge et l'éducation lui conviennent. Croyez-vous qu'autrement un garçon comme lui serait encore à marier ? Il est ce qu'il faut pour Radha. »

Plus Gora sentait les flèches le pénétrer, plus il pressait Harimohini de questions : d'après elle, Kailash était de tous ses beaux-frères le plus instruit. Il s'était formé par son propre effort, mais jusqu'où il en était parvenu, elle ne le savait pas. En tout cas il était renommé dans sa famille pour l'étendue de ses connaissances. Quand son village avait adressé à la Direction des Postes une plainte contre le receveur local, c'est lui qui avait rédigé la pétition, et dans un anglais si remarquable qu'un des directeurs est venu faire l'enquête lui-même. Tous les habitants du village ont été émerveillés. Néanmoins malgré tant de science, sa pieuse fidélité aux coutumes sociales et à la religion est toujours aussi vive.

Quand la biographie de Kailash lui eut été racontée Gora se leva, s'inclina profondément devant Harimohini et quitta la pièce sans un mot. En bas de l'escalier il aperçut Sucharita occupée dans la cuisine de l'autre côté de la cour. Au bruit des pas de Gora, elle sortit sur le seuil, mais, comme il partait sans jeter un regard autour de lui, elle poussa un soupir et reprit sa besogne devant le fourneau.

Au coin de l'allée et de la rue, Gora se trouva en face de Haran qui eut un rire léger en observant : « Déjà. »

Gora ne relevant pas la remarque, Haran interrogea : « Vous êtes venu voir Sucharita, sans doute. Est-elle là ?

– Oui », répondit Gora, et il s'enfuit.

À son entrée, Haran vit Sucharita par la porte de

la cuisine ; elle n'avait aucun moyen de s'échapper et sa tante n'était pas là.

« Je viens de rencontrer Gourmohan Babou, dit Haran. Je suppose qu'il sortait d'ici. »

Sans répondre Sucharita s'absorba dans sa vaisselle ; elle avait l'air trop occupée pour prendre même le temps de respirer. Cependant, se débarrasser de Haran était chose impossible. Debout dans la cour, devant la cuisine, il entama la conversation, malgré un ou deux accès de toux significatifs que Harimohini fit entendre de l'escalier. Rien n'empêchait Harimohini de paraître devant Haran ; mais elle n'ignorait pas que, si elle lui permettait de l'apercevoir, ni elle ni Sucharita ne pourraient plus se soustraire au zèle irrépressible de ce jeune homme obstiné. Aussi, dès qu'elle apercevait l'ombre de Haran, tirait-elle son voile devant son visage avec un soin plus grand que celui qu'y aurait apporté une jeune mariée.

« Sucharita, dit Haran, vous rendez-vous compte de ce que vous faites ? Où allez-vous en arriver ? Vous avez appris, je pense, que Lolita va épouser Binoy Babou selon les rites hindous. Savez-vous sur qui en retombe la responsabilité ? »

Ne recevant toujours aucune réplique, Haran baissa la voix et dit avec solennité : « C'est vous qui êtes responsable. »

Haran Babou supposait que Sucharita n'aurait pas la force de supporter le choc d'une imputation aussi écrasante. La voyant continuer sa besogne sans même lever les yeux, il donna à sa voix une gravité plus grande encore et, la menaçant du doigt, répéta :

« Sucharita, je vous le dis, la responsable, c'est vous. Affirmeriez-vous, la main sur le cœur, que vous n'avez pas mérité d'être blâmée devant tout le Brahmo Samaj ?

Pour toute réponse, Sucharita posa la poêle sur le feu et l'huile se mit à crépiter bruyamment.

Haran reprit : « C'est vous qui avez introduit Binoy Babou et Gourmohan Babou dans la maison et vous les avez encouragés de telle sorte qu'ils semblent maintenant plus importants à vos yeux que les plus honorés de vos amis du Brahmo Samaj. Voyez-vous le résultat ? Ne vous ai-je pas mise en garde dès le début ? Et aujourd'hui qui peut retenir Lolita ? Vous imaginez que je crois le danger à son terme ? Pas du tout. Et je viens vous avertir : c'est votre tour à présent. Sans doute vous vous repentez du malheur qui frappe Lolita. Pourtant le jour n'est pas loin où vous n'aurez même pas la grâce de vous repentir de votre propre chute. Sucharita, il est temps encore de revenir en arrière. Rappelez-vous quels magnifiques espoirs nous ont unis un jour, avec quel éclat le devoir brillait à nos regards et comment tout l'avenir du Brahmo Samaj se déroulait devant nous ; quelles résolutions nous prenions ensemble et comme chaque jour nous faisions provision de courage pour le voyage de la vie. Croyez-vous tout ce passé détruit ? Non. Le champ de nos espoirs s'ouvre encore à nous. Il suffit que vous vous retourniez pour le retrouver. Revenez. »

À ce moment, les légumes commençaient à frire dans la poêle faisant jaillir l'huile bouillante. Sucharita les remua soigneusement avec la spatule. Quand Haran se tut pour observer l'effet de ses invites au repentir, Sucharita retira la poêle du feu, la déposa sur la table, fit face à Haran et déclara d'un ton ferme : « Je suis une hindoue.

– Vous êtes une hindoue ? s'exclama Haran, suffoqué.

– Oui, je suis une hindoue », répéta Sucharita et, reprenant la poêle elle la replaça sur le feu et se remit à remuer vigoureusement les légumes.

« Alors je pense que c'est pour vous initier que Gourmohan Babou est venu matin et soir, dit Haran d'une voix discordante quand il se remit du premier choc.

– Oui, dit Sucharita sans se retourner, c'est lui qui m'a INITIÉE. Il est mon guru. »

Haran s'était jusqu'alors considéré comme le guru de Sucharita et, si elle lui avait annoncé qu'elle aimait Gora, la nouvelle lui aurait été moins amère ; mais entendre de la bouche même de Sucharita que Gora lui avait arraché son privilège de guru le frappa comme d'un coup de fouet.

« Si important que puisse être votre guru, railla-t-il, imaginez-vous que la société hindoue va vous accepter ?

– Je l'ignore, répondit Sucharita. Je ne comprends rien à ce que vous appelez société ; tout ce que je sais, c'est que je suis hindoue.

– Vous représentez-vous que le seul fait de n'être pas mariée, à votre âge, suffirait à vous faire perdre votre caste ?

– Ne vous tourmentez pas inutilement ; je ne peux vous dire qu'une chose : je suis une hindoue.

– Donc, vous avez abandonné aux pieds de votre nouveau guru tous les enseignements religieux que vous avez reçus de Paresh Babou ?

– Le Seigneur de mon cœur connaît ma religion et je ne suis pas disposée à en discuter avec qui que ce soit.

– Eh bien, permettez-moi de vous le dire, quelque haute opinion que vous vous fassiez de vous-même en tant qu'hindoue, vous n'en tirerez aucun avantage. Votre Gourmohan Babou n'est pas un autre Binoy. Aussi, inutile d'espérer que vous le gagnerez, même si vous vous égosillez à vous proclamer hindoue. Il ne lui est pas difficile de jouer le rôle de guru et de vous prendre comme disciple ; mais ne vous hasardez pas, même en rêve, à croire qu'il vous amènera à son foyer et vous y installera comme maîtresse de maison. »

Oubliant un instant ses fonctions de cuisinière, Sucharita se redressa avec la promptitude de l'éclair et jeta : « Qu'est-ce que vous racontez ?

– Je raconte que jamais Gourmohan Babou ne vous épousera.

– M'épouser ! s'exclama Sucharita avec une lueur dangereuse dans les yeux ; ne vous ai-je pas dit qu'il est mon guru ?

– Oui, vous l'avez dit, mais on peut comprendre aussi ce que vous n'avez pas dit.

– Quittez cette maison, cria Sucharita, je ne vous permets pas de m'insulter. Et je vous préviens que désormais je ne reparaîtrai jamais en votre présence.

– Paraître en ma présence, vraiment, railla Haran. Vous voilà une dame de *zenana*. Une vraie ménagère hindoue, "invisible au soleil même*". Paresh Babou récolte maintenant ce qu'il a semé. Qu'en son âge avancé il jouisse du fruit de ses travaux ! Moi, je vous dis adieu à tous. »

Sucharita claqua la porte de la cuisine pour la fermer et, se jetant par terre, s'efforça d'étouffer le bruit de ses sanglots tandis que Haran quittait la maison, le visage pourpre de colère.

Harimohini avait écouté jusqu'au moindre mot la conversation qui venait de s'achever. Les paroles de Sucharita dépassaient ses espoirs les plus audacieux. Son cœur éclatait de joie, comme elle s'écriait : « Pourquoi serait-ce impossible ? Toutes les prières qu'avec la piété la plus passionnée j'ai adressées à mon dieu, pourquoi seraient-elles vaines ? »

Elle gagna son oratoire et, prosternée de tout son long devant son idole, fit vœu d'augmenter désormais la quantité de ses offrandes. Son adoration, que la tristesse des derniers jours avait rendue mélancolique et calme, fut ce matin-là, devant la réalisation de son désir, véhémente et pleine d'ardeur.

---

* « *Invisible au soleil même* » *:* Expression traduite du sanscrit, s'applique aux femmes hindoues de grande famille, cloîtrées dans le *zenana* et obéissant aux lois du *purdah*.

CHAPITRE LXVI

Gora n'avait jamais parlé devant personne comme il l'avait fait devant Sucharita. Jusqu'alors il n'avait exposé à ses auditeurs que des opinions, des instructions, des ordres ; aujourd'hui il avait exprimé le fond de son être. La joie de cette révélation de lui-même ne lui communiquait pas seulement un sentiment de puissance ; toutes ses résolutions se teignaient d'une nuance d'émotion. Sa vie baignait dans la beauté ; il semblait tout à coup que les dieux versaient leur nectar sur le culte qu'il leur rendait. Sous l'impulsion de cette joie, Gora avait plusieurs jours consécutifs fait visite à Sucharita sans songer aux conséquences. Mais ce jour-là, en entendant soudain les paroles de Harimohini, il se rappela avoir sans pitié ri de Binoy et s'être moqué d'une illusion analogue. Il fut stupéfait de voir que la même naïveté le conduisait à la même impasse que son ami. Comme un dormeur réveillé dans un lieu inconnu et qui sursaute d'effroi, Gora tâcha de rassembler toutes ses forces. Il avait maintes et maintes fois professé que bien des nations puissantes se sont effondrées dans le monde et que l'Inde seule, grâce aux contraintes qu'elle s'imposait et à la fermeté qu'elle montrait dans sa fidélité à ses lois traditionnelles, a été capable de surmonter les forces ennemies des siècles. Sur aucun point Gora ne consentait à admettre le moindre relâchement dans l'application de ces lois ; il déclarait que, si l'Inde s'est vu arracher toutes ses possessions matérielles, son âme restait protégée par sa sévérité dans l'observance des règles inflexibles et que nul tyran n'arriverait à la détruire. Tant que nous sommes sous la domination d'une puissance étrangère, nous devons maintenir rigoureusement nos coutumes et laisser en suspens la question de leur valeur intrinsèque. Un homme qui se noie s'accroche à une planche et ne délibère pas pour en apprécier les qualités. Gora s'était souvent proclamé convaincu de cette évidence ; son avis n'avait pas changé et, sous la réprimande de Harimohini, il ruait comme un éléphant piqué par l'aiguillon.

En rentrant chez lui, il trouva Mohim installé sur le banc devant la maison, torse nu et fumant, car c'était jour de congé. Mohim suivit Gora à l'intérieur.

« Gora, écoute-moi, j'ai à te parler. Ne te fâche pas, frère, continua-t-il quand ils furent tous deux assis dans la chambre de Gora ; mais permets-moi de te demander si tu as attrapé la même maladie que Binoy. Il me semble que tu vas bien souvent du côté de ces gens-là et que tu es bien intime avec eux.

– Ne vous inquiétez pas, dit Gora en rougissant.

– On n'est sûr de rien, au train dont vont les choses. Tu as l'air de croire que c'est une bouchée que tu peux avaler sans danger, pour revenir ensuite au foyer. Pourtant, par l'exemple de ton ami, tu peux te rendre compte qu'il y a un hameçon caché dans l'appât. Non, ne te sauve pas, je ne t'ai pas encore dit ce que je voulais. J'ai appris que le mariage de Binoy avec une jeune brahmo est tout à fait décidé, et je tiens à te prévenir que dorénavant nous n'aurons plus aucun rapport avec lui.

– Cela va sans dire, accorda Gora.

– Toutefois, si Mère proteste, ce sera ennuyeux. Nous sommes gens de famille et il s'agit pour nous de mener à bien le mariage de nos filles et de nos garçons. Si maintenant une branche du Brahmo Samaj s'établit chez nous, je n'aurai plus qu'à m'en aller vivre ailleurs.

– Il n'en est pas question, assura Gora.

– Les conversations pour le mariage de Sochi ont plus ou moins abouti. Pourtant le futur beau-père ne se déclarera satisfait qu'après être entré en possession non seulement de la fille, mais de plus que son poids en or. Il sait qu'on peut classer un être humain dans la catégorie des biens périssables tandis que l'or ne disparaît pas. Il lui faut beaucoup de sucre pour faire passer la pilule. L'appeler un beau-père, ce serait l'abaisser, il est tellement cynique dans ses prétentions ! Cette affaire va, certes, me coûter cher. Du moins il m'aura enseigné une bonne leçon qui me sera précieuse quand viendra le mariage de mon fils. Je voudrais pouvoir renaître et, avec mon père comme intermédiaire, arranger mon propre mariage. Sois sûr que je me débrouillerais pour tirer tous les avantages du fait que je suis né homme. Voilà ce qu'on peut considérer comme de la virilité : réduire à la ruine le père d'une fille. Tu crois que ce n'est rien ? Malgré tes discours, frère, je ne peux me joindre à tous pour chanter les louanges de l'organisation sociale des hindous ; ma voix s'éteint à cette perspective. Mon Tincowry n'a pas quatorze mois, il a fallu longtemps à ma femme pour rectifier son erreur d'avoir conçu d'abord des filles. En tout cas, Gora, il faut que tu parviennes et que tes amis t'aident à maintenir florissante la société hindoue jusqu'à ce que mon fils ait l'âge de convoler. Ensuite, le pays pourra devenir musulman, chrétien ou n'importe quoi, du moins pour ce qui me concerne. Donc, conclut Mohim en voyant que Gora se levait pour partir, il ne faut absolument pas inviter Binoy à la noce ; il serait stupide de risquer une occasion d'ennuis supplémentaires. Tu devrais mettre tout de suite Mère en garde. »

Gora, quand il entra chez Anandamoyi, la trouva assise à sa table, en train de vérifier son livre de comptes. Elle ferma le registre en voyant Gora et enleva ses lunettes, tout en l'invitant à s'asseoir.

« Je voudrais te demander un avis, dit-elle aussitôt. Naturellement, tu es au courant du prochain mariage de Binoy. Son oncle en est mécontent, poursuivit-elle devant le silence de Gora, et personne de sa famille n'assistera à la cérémonie. Elle n'aura sans doute pas lieu chez Paresh Babou, si bien que Binoy devra prendre lui-même toutes les dispositions. Alors j'ai pensé qu'il serait commode d'utiliser le second étage de notre maison, l'appartement du nord. Le premier est loué, mais le second est disponible pour le moment.

– En quoi ce serait-il commode ? demanda Gora.

– Qui s'occupera d'organiser la cérémonie si ce n'est moi ? Binoy serait en peine de le faire. Tandis que si la cérémonie se fait dans cet appartement, je pourrai d'ici même m'occuper de tout sans difficulté.

– C'est impossible, Mère, dit Gora, d'un ton catégorique.

– Et pourquoi ? demanda Anandamoyi. J'ai l'autorisation du propriétaire.

– Non, Mère, le mariage ne peut être célébré ici, je vous l'assure. Écoutez-moi.

– Mais pourquoi ? insista Anandamoyi. Le mariage ne sera pas célébré suivant les rites brahmos.

– Ce n'est pas la peine de discuter, affirma Gora. On ne peut plaider sa cause près de la société hindoue. Que Binoy fasse comme il voudra ; nous ne pouvons approuver une telle union. Il ne manque pas de maisons à Calcutta ; d'ailleurs, il a la sienne. »

Anandamoyi n'ignorait pas qu'il y avait beaucoup de maisons à Calcutta, mais elle ne supportait pas la pensée de Binoy abandonné par tous ses amis et tous ses parents, et obligé de se marier comme un pauvre solitaire qui se débrouille tant bien que mal dans un appartement loué. Voilà pourquoi elle avait décidé d'utiliser la partie de leur maison qui était inoccupée ; elle aurait bien aimé célébrer la cérémonie à son propre foyer si elle n'avait encouru ainsi la réprobation des siens.

« Puisque tu es si hostile à mon idée, il faudra que je loue une maison quelconque, mais ce sera pour moi une grande fatigue. Enfin, tant pis. Si mon projet est irréalisable, rien ne sert d'y songer encore.

– Mère, vous ne devriez pas assister à ce mariage.

– Que dis-tu, Gora ! Si moi je n'assiste pas au mariage de notre Binoy, je voudrais savoir qui y assistera.

– Non, Mère, vous ne devriez pas.

– Gora, tu peux être en désaccord avec Binoy sur des opinions, serait-ce une raison pour devenir son ennemi ?

– Mère, s'exclama Gora avec ardeur, vous n'avez pas le droit de parler ainsi. C'est bien triste pour moi de ne pouvoir me réjouir du mariage de Binoy. Vous savez mieux que personne quelle affection j'ai pour lui. Cependant, Mère, il ne s'agit pas ici d'affection : l'amitié ou l'inimitié ne sont pas en question. Binoy agit en pleine connaissance de cause. Ce n'est pas moi qui le repousse, c'est lui qui nous abandonne ; donc il ne reçoit pas un coup plus cruel qu'il ne l'attend.

– Binoy n'ignore pas, c'est vrai, dit Anandamoyi, que tu veux te tenir complètement à l'écart de ce mariage. Mais il sait bien que je ne le délaisserai pas à une heure aussi solennelle de sa vie. Je peux t'affirmer que si Binoy croyait que je ne donnerais pas ma bénédiction à sa fiancée, il ne se marierait pas. Imagines-tu que je ne sais pas ce que Binoy pense ? »

Et en parlant, elle essuyait une larme.

Le chagrin que Gora ressentait au sujet de Binoy l'éprouvait cruellement ; cependant il insista :

« Mère, vous ne pouvez pas oublier que vous appartenez à une société et que vous lui devez des comptes.

— Gora, s'exclama Anandamoyi, ne t'ai-je pas souvent répété que j'ai depuis longtemps rompu les liens où me tient la société ? Cette rupture explique l'antipathie qu'on me porte et le soin que je mets à me tenir à l'écart.

— Mère, vous entendre parler ainsi me peine profondément.

— Mon enfant (et le regard mouillé d'Anandamoyi sembla embrasser toute la personne de Gora), Dieu sait qu'il n'est pas en mon pouvoir de t'épargner cette peine.

— Très bien, dit Gora en se levant. Je vais donc aller dire à Binoy qu'il doit s'arranger pour éviter que son mariage vous sépare encore davantage de notre société. Autrement il se montrerait très égoïste.

— Soit, dit Anandamoyi en souriant, fais ce que tu peux. Va le trouver. On verra ce qu'il en adviendra. »

Après le départ de Gora, Anandamoyi resta un long moment dans ses pensées. Puis elle se leva et se rendit à l'appartement de son mari. Comme ce jour-là était le onzième jour de la lune, Krishnadayal n'avait encore rien préparé pour son repas. Il venait de se procurer une nouvelle traduction bengalie d'un livre religieux écrit en sanscrit et il s'absorbait dans sa lecture, assis sur une peau de daim. La vue d'Anandamoyi le troubla désagréablement, mais elle se tint à distance respectueuse et, s'asseyant dans l'embrasure de la porte, déclara : « Écoutez, nous avons grand tort. »

Krishnadayal se considérait comme entièrement dégagé du bien et du mal vulgaires ; aussi l'indifférence se montra dans le ton sur lequel il demanda : « Quel tort ?

– Nous ne devrions pas continuer à tenir Gora dans l'erreur. La situation se complique sans cesse. »

Quand Gora avait évoqué la question de sa pénitence solennelle, le problème s'était posé pour Krishnadayal ; toutefois, il s'était ensuite concentré de telle sorte dans l'application de sa méthode d'ascétisme qu'il n'avait plus trouvé le loisir d'y réfléchir.

« Le mariage de Sochi est à peu près décidé et aura lieu sans doute dans le courant du mois de *phalgun*. Jusqu'à présent, quand il devait y avoir une cérémonie dans notre maison, j'emmenais Gora avec moi ailleurs sous un prétexte quelconque ; mais il n'y a jamais eu de cérémonie importante. Que ferons-nous pour le mariage de Sochi ? Le danger s'accroît tous les jours. Chaque jour aussi j'implore le pardon de Dieu et Le prie de rejeter sur moi le châtiment s'il en faut un. Cependant, je crains toujours que la dissimulation devienne impossible, et ce serait alors la catastrophe pour Gora. Je voudrais que vous me permettiez de l'informer sans rien cacher, et que vous me laissiez supporter ce que le destin me réserve. »

Quel sens pouvait avoir cette distraction qu'Indra envoyait ainsi à Krishnadayal au milieu de ses pratiques d'austérité ? Son ascétisme était devenu très rigoureux ; il avait atteint des résultats exceptionnels dans ses exercices respiratoires et réduit son alimentation de telle façon que son estomac ne tarderait pas à toucher son épine dorsale. Et c'est à ce point de réussite qu'une telle calamité l'assaillait.

« Êtes-vous folle ? s'exclama-t-il. Si vous révélez ces faits j'aurai à donner des explications sans fin. Ma pension me sera probablement retirée et nous aurons sans doute maille à partir avec la police. Ce qui est fait, est fait. Arrangez-vous pour empêcher les complications et, s'il n'y a pas moyen, tant pis. »

Krishnadayal avait décidé de se désintéresser de ce qui se passerait après sa mort ; jusque là il voulait être tranquille. D'ailleurs il y avait toujours moyen d'ignorer, en fermant les yeux, ce qui advenait aux autres ; pour lui, cela suffisait !

Ne sachant que décider, Anandamoyi avait l'air triste et embarrassée. En se levant elle ajouta : « Vous ne savez pas combien vous avez mauvaise mine. Votre corps…

– Mon corps ! » interrompit Krishnadayal avec un petit rire, et il éleva la voix avec impatience devant cette manifestation de stupidité féminine.

N'ayant pas trouvé de solution satisfaisante, il se rassit sur sa peau de daim et se replongea dans ses recherches.

Cependant, Mohim était installé dans la grande salle avec le *sannyasi*, engagé dans une discussion ardue sur les fins les plus hautes de l'homme et sur d'autres principes profonds de la vie religieuse. Savoir si le salut est ou non accessible à un homme chargé de famille, tel était le problème qu'il soumettait à son directeur avec une attention si humble et si anxieuse que son existence entière semblait dépendre de la réponse. Le *sannyasi* faisait de son mieux pour réconforter Mohim en alléguant que si le salut restait inaccessible à un père de famille, quelque paradis au moins pouvait lui être ouvert. Toutefois une assurance de ce genre ne suffisait pas à Mohim. C'est au salut qu'il aspirait. Atteindre simplement un paradis était insuffisant. Si seulement il parvenait à marier convenablement sa fille, il se consacrerait ensuite au service du *sannyasi* et à la poursuite du salut. Rien ne le détournerait de cet objet.

Mais marier sa fille n'était pas besogne aisée. Si seulement son père voulait l'aider…

CHAPITRE LXVII

Se rappelant que, dans ses relations avec Sucharita, il s'était fait illusion à lui-même, Gora prit la décision d'être plus prudent à l'avenir. Le relâchement qu'il avait montré dans l'observation des règles coutumières était dû, il le sentait, à une fascination puissante qui lui avait fait oublier ses devoirs. Comme, ayant terminé l'adoration rituelle du matin, il rentrait dans sa chambre, il trouva Paresh Babou qui l'attendait. À cette vue, il fut pris d'une vive émotion, car il ne pouvait se dissimuler le caractère d'intimité que revêtaient ses relations avec Paresh Babou.

Gora l'ayant salué d'une inclination profonde, Paresh dit : « Naturellement vous êtes au courant du prochain mariage de Binoy ?

– Oui, reconnut Gora.

– Il n'est pas disposé à se marier selon les rites brahmos.

– Dans ce cas, observa Gora, le mariage ne devrait pas avoir lieu.

– Ne discutons pas cette question, dit Paresh Babou avec un petit rire. Aucun membre de notre communauté n'assistera à la cérémonie et je sais qu'aucun membre de la famille de Binoy ne viendra.

Du côté de ma fille, il n'y aura que moi et je suppose que du côté de Binoy, il n'y aura que vous ; voilà pourquoi je suis venu tenir conseil avec vous.

– Pourquoi me consulter ? s'exclama Gora en secouant la tête. Je ne veux pas me mêler de cette affaire.

– Vraiment ! » dit Paresh Babou en le regardant avec étonnement.

Un instant Gora se sentit honteux en voyant la surprise de Paresh Babou ; mais sa honte même le poussa à s'écrier avec une fermeté accrue : « Comment pourrais-je m'y mêler ?

– Je sais que vous êtes son ami, fit observer Paresh Babou, et c'est dans un pareil moment que le besoin d'un ami est le plus grand, n'est-ce pas ?

– Je suis son ami, certes ; mais cette amitié n'est pas le seul lien que j'aie au monde, ni le plus important.

– Gora, questionna Paresh Babou, croyez-vous qu'on puisse trouver dans la conduite de Binoy quoi que ce soit d'offensant pour la morale ou la religion ?

– La religion a deux aspects, répondit Gora, l'un est l'aspect éternel, l'autre l'aspect social. Quand les lois de la société sont l'expression de la religion, vous ne pouvez les négliger sans la ruiner.

– Croyez-vous que ces lois, qui sont innombrables, expriment vraiment la religion ? »

Paresh Babou touchait là un point qui précisément tourmentait l'esprit de Gora. Et ce tourment avait poussé Gora à des conclusions précises, et il n'hésita pas à formuler ce dont il s'était convaincu.

Le fond de ses explications, c'était qu'en refusant de nous plier aux règles souvent contraignantes qui régissent la société, nous faisons obstacle au but essentiel qui en est le fondement ; or ce but demeure mystérieux : il n'est accessible qu'à un petit nombre d'hommes ; donc il est nécessaire qu'une force distincte du jugement individuel nous dicte notre conduite.

Paresh Babou écouta Gora avec attention jusqu'au bout et quand, un peu gêné de sa hardiesse, celui-ci s'arrêta, Paresh Babou parla à son tour : « En gros, je suis d'accord avec vous quand vous dites que Dieu attribue un but spécial à chaque société et que ce but n'apparaît pas à chacun avec évidence. Pourtant l'homme a le devoir de chercher à comprendre ce but et non pas de considérer comme sa fin primordiale dans l'existence d'obéir à des règles dont il ne comprend pas le sens, comme s'il était aussi inconscient qu'une branche d'arbre. Quoi qu'il en soit, je respecte la liberté individuelle, car les souffrances qu'elle comporte permettent de faire la distinction entre ce qui est la vérité éternelle et ce qui n'est qu'imagination passagère. »

Sur ces mots, Paresh Babou et Gora se levèrent tous deux et le premier reprit : « J'avais eu l'intention, par égard pour le Brahmo Samaj, de me tenir un peu à l'écart de la cérémonie du mariage tandis que vous, l'ami de Binoy, la conduiriez jusqu'à son terme. Dans de telles circonstances, un ami est moins exposé qu'un parent, il n'encourt pas l'animosité du groupe. Cependant, si vous considérez comme un devoir d'abandonner Binoy, il faut naturellement que j'assume toute la responsabilité et que j'organise la chose tout seul. »

Gora ne savait pas, quand il entendit ce dernier mot, à quel point Paresh Babou était vraiment seul. Baroda s'était déclarée contre lui, ses filles ne le soutenaient pas, et, pour éviter à Sucharita un conflit avec Harimohini, il n'était même pas allé la consulter. Tous les membres du Brahmo Samaj étaient à couteaux tirés avec lui et l'oncle de Binoy lui avait écrit deux lettres offensantes, l'accusant de captation de jeunes gens et le traitant d'avocat du mal.

En sortant, Paresh Babou croisa Abinash et deux autres partisans de Gora qui, à sa vue, se mirent à échanger des plaisanteries sur son compte ; mais Gora les apostropha avec indignation : « Si vous êtes incapables de respecter un homme qui mérite qu'on l'honore, ayez au moins la pudeur de vous taire. »

De nouveau Gora devait se plonger dans les affaires de son parti ; avec quel déplaisir il retrouvait les chemins accoutumés ! Tous ces détails étaient si insignifiants, si dépourvus d'intérêt ! Comment appeler travail ce dont la vie était ainsi absente ? Faire des discours, écrire et organiser un parti étaient gestes sans valeur ; au contraire, ils rendaient plus difficile d'accomplir vraiment œuvre utile. Jamais Gora n'avait senti à ce point la vanité de son existence habituelle. Il n'y découvrait plus aucun attrait : il aurait voulu à son activité une direction entièrement neuve où les forces inconnues qui vibraient en lui pourraient se déployer sans entraves.

Cependant les préparatifs avançaient pour la pénitence solennelle et, dans ce domaine, Gora retrouvait une certaine ardeur. La purification ne devait pas seulement effacer les souillures qu'il avait contractées pendant sa captivité, mais elle le purifierait à tous les égards. Il aborderait avec un corps tout frais le champ d'activité qui s'ouvrirait à lui après cette seconde naissance. L'autorisation de procéder à la pénitence avait été obtenue, la date était fixée, on se préparait à envoyer des invitations à plusieurs pandits renommés des différentes régions de l'Inde. Les partisans les plus riches avaient fourni l'argent nécessaire pour couvrir les dépenses et tous avaient l'impression que l'événement imminent avait une grande importance pour le pays. Abinash et ses amis s'étaient secrètement consultés sur la possibilité d'obtenir des pandits qu'au moment où l'on ferait les libations ordinaires de fleurs, de santal, de riz et d'herbes sacrées, ils confèrent à Gora le titre de « Lumière de la religion hindoue ». Plusieurs *slokas** sanscrits, imprimés en lettres d'or sur parchemin et signés par tous les brahmanes pandits, seraient offerts à Gora dans un coffret de bois de santal. Enfin, le plus vieux et le plus respecté des savants présents lui remettrait une belle édition du livre de Max Muller sur le Rig-Véda, relié en magnifique maroquin, comme un symbole de la bénédiction de l'Inde elle-même. Ainsi serait dignement exprimée

---

* *Sloka :* strophe des textes sacrés ou des poèmes épiques.

l'admiration qu'ils ressentaient pour Gora qui, dans la présente décadence de l'hindouisme, faisait tant pour sauver les formes traditionnelles de la religion védique.

Chaque jour, sans que Gora en fût averti, les membres de son parti se réunissaient pour chercher le moyen d'accroître l'éclat et l'efficacité de la cérémonie projetée.

CHAPITRE LXVIII

Harimohini avait reçu une lettre de son beau-frère Kailash :

« Par la grâce de vos pieds bénis, écrivait-il, nous nous portons tous bien et j'espère que vous nous rassurerez en nous envoyant de vos bonnes nouvelles. »

Il écrivait ainsi en dépit du fait que, depuis que Harimohini avait quitté leur maison, aucun d'eux n'avait fait la moindre tentative pour savoir ce qu'elle était devenue. Ayant donné des détails sur tous ses frères, Kailash concluait :

« Je voudrais que vous m'envoyiez de plus amples renseignements sur la fiancée que vous me proposez dans votre lettre. Vous dites qu'elle doit avoir douze ou treize ans, mais qu'elle est exceptionnellement développée pour une jeune fille de cet âge, et qu'elle a l'air déjà adulte. Cela ne me paraît pas du tout regrettable. Mais je désire que vous vous informiez soigneusement du montant des biens dont vous parlez ; sachez si elle en a l'usufruit ou la pleine propriété. Alors je consulterai mes frères aînés, et je suppose qu'ils n'élèveront pas d'objections. Je suis heureux de savoir qu'elle a une piété solide dans la religion hindoue ; mais tâchons d'éviter que l'on apprenne qu'elle a vécu si longtemps dans une famille brahmo ; donc n'en parlez à personne. Lors de la prochaine éclipse de lune, il y aura grand bain rituel dans le Gange ; si je puis m'arranger pour faire le voyage de Calcutta, je viendrai chez vous et je verrai la jeune fille. »

Jusqu'alors, Harimohini était parvenue à s'accommoder de vivre à Calcutta ; toutefois, dès qu'un léger espoir naquit dans son esprit de retourner un jour vivre dans la maison qui avait été celle de son mari, elle devint impatiente de quitter la ville ; son exil lui parut de jour en jour plus insupportable. Si elle l'avait osé, elle aurait immédiatement soumis son projet à Sucharita pour essayer de fixer le jour du mariage. Pourtant elle eut la prudence et le courage d'attendre, car, plus elle vivait dans l'intimité de Sucharita, plus elle se rendait compte de son impuissance à comprendre le caractère de sa nièce. Néanmoins, elle guettait une occasion et surveillait Sucharita avec beaucoup plus d'attention qu'auparavant. Elle en vint à abréger le temps qu'elle consacrait à ses exercices de piété pour ne pas quitter du regard sa compagne.

Sucharita, de son côté, s'était aperçue que Gora avait cessé ses visites ; malgré la conviction que Harimohini avait dû intervenir, elle se réconfortait en songeant : « Eh bien, même s'il ne vient pas, il est mon guru, mon guru. »

L'influence d'un guru absent est parfois plus forte que si sa présence était constante car, lorsqu'on souffre de son absence, l'esprit se nourrit des pensées qu'il y a semées. Les matières dont, s'il était venu, Sucharita eût discuté avec lui, elle les étudiait en lisant ses essais et elle acceptait ses opinions sans les discuter ; elle se sentait certaine que, s'il eût été là pour expliquer, elle aurait compris. Néanmoins sa faim de cette face ardente et de cette voix retentissante ne lui laissait pas de répit ; il lui semblait que son corps même se flétrissait dans la séparation ; de temps en temps, elle évoquait douloureusement les gens si nombreux à qui il était permis de voir Gora à toute heure et sans obstacle ; ils n'appréciaient même pas ce privilège à sa pleine valeur.

Un après-midi, Lolita vint chez Sucharita. Passant le bras autour de la taille de sa sœur, Lolita lui dit : « Eh bien, Suchi Didi ?

— Quoi donc, petite sœur ?

— Tout est réglé.

— C'est pour quel jour ?

— Lundi.

— Où ?

— Je n'en sais rien. Père le sait, dit Lolita en secouant la tête.

— Tu es heureuse ? demanda Sucharita en serrant sa sœur contre elle.

— Pourquoi ne le serais-je pas ? s'exclama Lolita.

— Maintenant que tu vas obtenir ce que tu désirais et que tu n'auras plus personne à combattre, j'avais peur que tu montres moins d'ardeur.

— Pourquoi ne trouverais-je plus personne pour discuter ? questionna Lolita en riant. Je n'aurai plus besoin d'aller chercher hors de chez moi.

– Ah, vraiment ! s'exclama Sucharita en lui caressant affectueusement la joue, tu as déjà cette intention. Il faut que je prévienne Binoy ; il est temps encore ; le pauvre garçon doit être averti.

– Il est trop tard pour prévenir ton pauvre garçon ; il ne peut plus se sauver. La crise prévue par son horoscope a commencé ; il ne lui reste plus qu'à pleurer et à battre sa coulpe.

– Vraiment, Lolita, je ne puis te dire à quel point je me réjouis, dit Sucharita en redevenant sérieuse. Je fais seulement des vœux pour que tu sois digne d'un mari comme Binoy.

– Par exemple ! Et ne faut-il pas aussi qu'il soit digne d'une femme comme moi ? Parle-lui-en et tu verras. Écoute l'opinion qu'il a de moi et tu te repentiras de n'avoir pas apprécié à sa juste valeur l'affection que te porte une personne si extraordinaire et si merveilleuse ; tu regretteras d'avoir été aveugle.

– Allons, tant mieux. Voilà qu'un joaillier nous arrive qui est prêt à payer cher ce précieux joyau ; tout est donc pour le mieux ! Tu n'as plus besoin maintenant de mettre à l'épreuve l'attachement de gens sans discernement comme nous.

– Ah, je n'en ai plus besoin ? Certes, j'en ai besoin. »

Et Lolita pinça la joue de Sucharita en continuant avec malice : « Ton affection m'est précieuse ; je n'accepterai pas d'en être privée parce que tu la donneras ailleurs.

– Je ne la donnerai à personne d'autre, dit Sucharita avec assurance, en mettant sa joue contre celle de Lolita.

– À personne d'autre ? En es-tu bien sûre ? »

Sucharita se contenta de secouer la tête. Lolita alors s'assit non loin d'elle et dit : « Écoute, Suchi Didi ; tu sais très bien que j'aurais eu de la peine de te voir donner ton affection à quelqu'un d'autre. Je n'ai rien dit depuis longtemps ; mais aujourd'hui je vais exprimer toute ma pensée. Quand Gourmohan Babou a commencé à venir à la maison... non, Didi, n'aie pas honte... ce que j'ai à dire, je le dirai... Je ne t'avais jamais rien caché, pourtant je n'avais pas le courage d'aborder ce sujet et j'en ai souffert. Toutefois, à présent que je vais te quitter, je ne puis me taire davantage. Les premières visites de Gourmohan Babou m'ont irritée. Pourquoi m'irritais-je ? Tu croyais, n'est-ce pas, que je ne comprenais rien ? Je remarquais que tu ne prononçais jamais son nom devant moi, et je n'en étais que plus fâchée. La pensée m'était insoutenable qu'un jour viendrait où tu me le préférerais... Non, Didi, tu me laisseras finir. Et je ne peux te dire quel supplice cette idée était pour moi. Maintenant encore, je le sens bien, tu ne me parleras pas de lui ; mais j'ai cessé de m'en fâcher. Je ne puis te dire, chérie, quelle joie j'aurais si lui et toi... »

Mais Sucharita la fit taire en lui mettant la main devant la bouche : « Lolita, je t'en supplie, ne parle pas ainsi ; je voudrais m'enfoncer sous la terre.

– Pourquoi donc, sœur, a-t-il... »

Sucharita l'interrompit de nouveau d'un air

angoissé : « Non, non, non, tu dis des folies. Il ne faut pas parler de ce qui est impensable. »

Mais Lolita, irritée par cette timidité excessive de Sucharita, répondit : « Oh ! vraiment, tu exagères, ma chère ! J'ai moi-même observé avec soin et je t'affirme... »

Sucharita ne la laissa pas achever. Elle arracha ses mains à Lolita et se sauva hors de la chambre. Lolita courut derrière elle et promit : « Soit, je n'en parlerai plus.

– Jamais plus ?

– Je ne vais pas m'engager à ce point. Si un jour il me faut parler, je parlerai. Autrement non, je te le promets. »

Durant les jours qui venaient de s'écouler, Harimohini avait surveillé Sucharita avec constance, la suivant des yeux au point que Sucharita n'avait pu manquer de s'en apercevoir ; cette vigilance et ce soupçon lui pesaient fort. Elle s'en impatientait et ne pouvait pourtant s'en plaindre ouvertement. Ce jour-là, après le départ de Lolita, elle s'assit devant sa table avec lassitude et, la tête dans les mains, se mit à pleurer. Quand la servante apporta la lampe, elle la renvoya. Harimohini était occupée à ses prières du soir ; mais, après avoir vu Lolita quitter la maison, elle descendit brusquement de sa chambre et appela : « Radharani ! »

Sucharita essuya ses larmes en hâte et se leva, tandis que Harimohini l'apostrophait : « Que se passe-t-il donc ?... Je ne comprends pas le motif de toutes ces histoires, ajouta-t-elle d'une voix dure, n'ayant pas eu de réponse à sa question.

– Tante, sanglota Sucharita, pourquoi montez-vous jour et nuit la garde autour de moi ?

– Ne sais-tu pas pourquoi ? Cette façon de ne pas manger, et ces pleurs, qu'est-ce que cela signifie ? Je ne suis pas une enfant ; penses-tu que je ne comprenne pas ?

– Ma tante, dit Sucharita avec fermeté, je vous assure que vous ne comprenez pas le moins du monde. Vous êtes en train de commettre une grosse erreur qui, à chaque minute, me paraît plus intolérable.

– Très bien, dit Harimohini ; si je commets une erreur, veux-tu avoir l'obligeance de me l'expliquer ?

– Bon, je vais vous expliquer, fit Sucharita avec un grand effort pour dominer sa timidité. Les idées que m'a fait connaître mon guru sont pour moi entièrement nouvelles ; pour les pénétrer, il me faut beaucoup d'application intellectuelle ; je n'ai pas de grands moyens, et je trouve pénible d'être toujours en conflit avec moi-même. Mais, Tante, vous vous êtes fait une idée tout à fait fausse de mes rapports avec lui et vous l'avez chassé après l'avoir insulté. Ce que vous lui avez reproché est imagination pure et ce que vous pensez de moi n'est pas moins faux. Vous avez tort. Il n'est pas en votre pouvoir d'abaisser un homme comme lui ; et moi, qu'ai-je fait pour que vous me tyrannisiez ainsi ? »

Ces derniers mots furent entrecoupés de sanglots et Sucharita dut quitter la chambre.

Harimohini fut stupéfaite : « Seigneur, songeait-elle, qui a jamais entendu pareil propos ? »

Néanmoins, elle laissa à Sucharita le temps de se remettre avant de l'appeler pour le dîner.

« Écoute, Radha, commença-t-elle, sitôt Sucharita assise, je ne suis pas un bébé. J'ai été élevée dès l'enfance dans ce qu'on appelle la religion hindoue et j'ai entendu énoncer bien des avis relatifs à ces préceptes. Comme tu n'y connais rien, Gourmohan peut te tromper en se prétendant ton guru. Je l'ai de temps en temps entendu discourir. Rien de ce qu'il dit n'est conforme à la tradition ; il invente des Écritures à lui. Découvrir ses erreurs ne m'est pas difficile, car j'ai moi aussi un guru. Je te conseille, Radha (permets-le-moi) de n'avoir pas affaire avec un tel enseignement. Le moment venu, mon guru pourra te prendre en mains, il te donnera les vrais mantras ; avec lui, pas de supercherie à craindre.

« N'aie pas peur, je m'arrangerai pour te faire entrer dans la communauté hindoue quoique tu aies vécu dans un foyer brahmo. Qui le saura seulement ? Certes tu es déjà un peu âgée, mais beaucoup de jeunes filles paraissent plus que leur âge ; qui s'avisera d'aller chercher ton acte de naissance ? Oh ! avec de l'argent, on arrive à ce que l'on veut ; il n'y aura pas d'obstacles. N'ai-je pas vu de mes yeux un garçon de basse caste acquérir une haute caste grâce à son argent ? Je t'établirai dans une famille brahmine si respectable que personne ne soufflera mot ; elle compte même parmi ses membres les chefs de la communauté. Tu n'auras donc plus à verser des larmes et à te donner de la peine comme t'y oblige ton guru. »

Ce préambule soigneusement étudié coupa tout à fait l'appétit à Sucharita et elle eut le sentiment de ne pouvoir avaler une bouchée. Néanmoins, elle fit un gros effort pour se calmer et manger un peu, car elle savait qu'autrement elle aurait à endurer des admonestations qui achèveraient de la dégoûter.

Son silence embarrassa Harimohini : « Vraiment, songea celle-ci, les gens d'ici me dépassent. D'un côté elle s'égosille à se proclamer hindoue, et quand je lui offre une magnifique occasion de le devenir, elle n'écoute même pas. Elle n'aura pas besoin de faire pénitence et personne ne demandera d'explications ; il suffira de distribuer habilement quelques roupies et la société se laissera concilier. Cependant, si cette perspective même séduit si peu Radha, comment peut-elle se déclarer hindoue ? »

Harimohini avait promptement dépisté l'hypocrisie de Gora et elle avait conclu, quand elle chercha le mobile d'une telle fourberie, que ce mobile était la beauté et la fortune de Sucharita. Plus tôt elle parviendrait à mettre la jeune fille en sûreté, elle et ses valeurs d'État, et à les transférer dans le refuge qu'offrait la maison de son beau-père, mieux cela vaudrait pour tous. Il fallait, toutefois, attendre que Sucharita fût devenue un peu plus maniable ; afin d'améliorer les dispositions de sa nièce, Harimohini se mit à vanter jour et nuit le foyer de ses beaux-parents. Elle donna des exemples variés de l'influence exercée par la famille et cita les exploits remarquables que ses membres réalisaient dans la communauté hindoue : que de gens qui avaient osé s'opposer à eux avaient encouru la froideur de la société ! Par contre, d'autres gens, qui avaient pourtant mangé des volailles cuites par des musulmans, étaient demeurés au sein de la communauté hindoue sans le moindre inconvénient. Pour rendre les faits plus plausibles, Harimohini citait les détails, les noms, les lieux.

Mme Baroda, qui n'avait pas caché à Sucharita son désir que la jeune fille ne revienne pas trop souvent dans sa maison, vantait toujours ce qu'elle nommait sa franchise ; aussi, chaque fois qu'elle avait l'occasion de déverser sur autrui un torrent de réprimandes, ne manquait-elle pas de faire allusion à cette vertu si notoire : elle avait donc annoncé en un langage sans équivoque que Sucharita ne devait pas s'attendre chez elle à un accueil aimable et la jeune fille n'ignorait pas que, si elle se rendait fréquemment auprès de lui, Paresh Babou verrait sa paix et sa tranquillité menacées. Par suite, à moins d'un besoin urgent, Sucharita n'allait pas là-bas et Paresh Babou venait la voir dans sa nouvelle demeure. Depuis quelque temps les occupations et les soucis avaient retenu Paresh Babou et, chaque matin, malgré une certaine gêne et une certaine hésitation, Sucharita avait espéré sa visite. Elle était sûre que le lien profond qui les unissait, et dont dépendait sa paix intime, ne pourrait jamais se briser. Pourtant un attachement d'un autre genre, qui la tirait dans une autre direction, la faisait souffrir et lui enlevait tout repos. En outre, Harimohini lui rendait la vie insupportable. Aussi, bravant le déplaisir de Baroda, se dirigea-t-elle ce jour-là vers la maison de Paresh

Babou. La haute construction de trois étages jetait une ombre vers l'est, car le soleil se couchait ; dans cette ombre, Paresh Babou se promenait lentement, seul et la tête baissée, absorbé dans ses réflexions.

« Comment allez-vous, Père ? » demanda Sucharita en se joignant à sa promenade.

Paresh Babou tressaillit légèrement, il s'arrêta, regarda Sucharita, et répondit : « Bien, merci, Radha. »

Ils se mirent alors à marcher de long en large tous les deux et Paresh Babou remarqua : « Lolita se marie lundi. »

Sucharita avait eu l'intention de lui demander pourquoi il n'était pas venu la consulter ou réclamer son aide pour préparer ce mariage, mais elle décida soudain de n'en rien faire, sous l'impression qu'en elle-même quelque chose s'opposait à ce qu'elle abordât le sujet. En d'autres circonstances, elle n'aurait pas hésité à prendre l'initiative. Mais Paresh Babou introduisit lui-même la question qui la préoccupait : « Je n'ai pas pu en parler avec toi, Radha.

– Pourquoi, Père ? »

Sans répondre, Paresh Babou contempla le visage de Sucharita jusqu'à ce que celle-ci, incapable de se contenir davantage, hasardât, en détournant un peu les yeux : « Vous avez cru que j'avais changé d'avis ?

– Oui, reconnut Paresh Babou. Aussi, pour ne pas te placer dans une position trop délicate, je ne t'ai pas consultée.

– Père, commença Sucharita, je voulais tout vous raconter, mais depuis plusieurs jours, je ne vous ai pas vu. Voilà pourquoi je viens vous trouver aujourd'hui. Je ne saurai pas vous expliquer avec clarté ce qui se passe ; aussi ai-je un peu peur que vous ne compreniez pas tout à fait.

— Je sais qu'il n'est pas facile d'exprimer ces choses-là clairement, dit Paresh Babou. Tu dois avoir senti profondément quelque chose mais cette impression que tu éprouves, tu n'en as pas encore clairement compris la nature.

— Oui, il en est exactement ainsi, dit Sucharita soulagée. Mais comment vous exprimer la force de ce sentiment ? Il me semble absolument subir une nouvelle naissance et atteindre une conscience nouvelle. Jusqu'ici, je ne me suis jamais considérée sous le même point de vue qu'à présent. Je ne me voyais pas incorporée au passé ni à l'avenir de notre pays. Pourtant, j'ai maintenant conçu de ce lien une idée si merveilleuse de grandeur et de vérité que je ne l'oublierai jamais. Voyez-vous, Père, je dis vrai quand je déclare que je suis réellement une hindoue, quoiqu'auparavant je n'aie pas voulu le reconnaître. Aujourd'hui, sans hésiter, je le proclame et cette confession m'inspire une grande joie.

— As-tu examiné la question sous tous ses aspects et avec toutes ses conséquences ?

— En suis-je capable ? Je peux seulement dire que j'ai beaucoup lu et longuement discuté là-dessus. Quand je n'apercevais pas les vraies proportions de l'hindouisme et que j'en exagérais les détails mesquins, j'éprouvais pour lui une sorte de haine. »

Entendre Sucharita parler ainsi plongeait Paresh Babou dans la stupeur. Il distinguait bien que l'esprit de son enfant chérie subissait une évolution rapide et qu'elle était convaincue d'avoir découvert une vérité importante. Ce n'était pas une infatuation sentimentale qu'elle aurait suivie aveuglément, passivement.

« Père, continua Sucharita, pourquoi dois-je me considérer comme un être isolé, une créature séparée de son pays et de sa race ? Pourquoi ne pourrais-je pas me proclamer hindoue ?

– En d'autres termes, commenta Paresh Babou, tu veux me demander pourquoi moi-même je ne me déclare pas hindou ? À y réfléchir, il n'y a pas de raison bien profonde qui me l'interdise, si ce n'est que la société hindoue elle-même refuse de me reconnaître pour tel. Une autre raison, c'est que ceux dont les opinions religieuses concordent avec les miennes ne s'appellent pas eux-mêmes des hindous. Je t'ai expliqué, poursuivit Paresh Babou voyant que Sucharita se taisait, qu'aucune de ces raisons n'est vraiment importante, qu'elles sont extérieures et qu'on pourrait fort bien ne pas faire état des obstacles. Toutefois, il existe une raison interne et profonde, c'est qu'on ne peut pas du dehors pénétrer dans la religion hindoue. Du moins il n'y a pas de route royale, on n'y entre que par la petite porte. Ce n'est pas une société ouverte à l'humanité entière, elle est ouverte seulement à ceux que la destinée a fait naître hindous.

– Toutes les sociétés ne sont-elles pas ainsi ?

– Non, aucune société importante. Le portail qui introduit dans l'islam est grand ouvert. Le christianisme aussi souhaite la bienvenue à tous ceux qui veulent y adhérer, les diverses branches de la chrétienté professent le même principe. Même à devenir un Anglais, je ne trouverais pas d'impossibilité absolue ; si je vivais longtemps en Angleterre et que j'observe leurs coutumes, je pourrais être admis parmi les Anglais, il ne serait même pas indispensable que je me fasse chrétien. Pénétrer dans un labyrinthe n'est pas compliqué, le difficile, c'est d'en sortir. En ce qui concerne l'hindouisme, c'est le contraire ; le chemin pour y pénétrer est rigoureusement fermé, mais il y a mille chemins pour en sortir.

— Cependant, Père, discuta Sucharita, les hindous n'ont pas diminué en nombre depuis des siècles ; la société hindoue reste inchangée.

— Il faut du temps pour se rendre compte du déclin d'une société. Jadis les accès à la société hindoue n'étaient pas tous clos ; l'on considérait comme une gloire pour notre pays que les non-Aryens eussent le moyen de se faire hindous. Encore à l'époque des empereurs musulmans, l'influence des rajahs se faisait fortement sentir : aussi, bien des obstacles et des châtiments s'opposaient à ceux qui voulaient échapper à l'hindouisme. Maintenant que les lois anglaises assurent la protection de l'individu, les cadres hindous ne disposent plus des moyens artificiels nécessaires pour fermer toute issue, ce qui explique qu'on remarque actuellement une diminution relative du nombre des hindous et un accroissement du nombre des musulmans. Si ce mouvement se poursuivait, peu à peu les musulmans finiraient par l'emporter et l'on ne pourrait plus appeler ce pays l'Hindoustan.

– Père, s'exclama Sucharita pleine de détresse, n'est-ce pas notre devoir à tous d'empêcher ce mouvement de continuer ? En abandonnant l'hindouisme, ne contribuons-nous pas à ce déclin ? Le moment est venu de nous en tenir de toutes nos forces à l'hindouisme.

– Crois-tu que, même si nous nous y tenons fermement, il suffira de nos vœux pour le garder vivant ? demanda Paresh Babou en caressant avec tendresse l'épaule de Sucharita. Il existe dans la nature des lois qui protègent les groupes humains ; mais celui qui renonce à la nature n'est plus protégé par elle. La société hindoue méprise et insulte l'être humain ; pour cette raison, il nous devient de plus en plus difficile de conserver le respect de nous-mêmes. Il ne faut plus songer aujourd'hui à se cacher derrière un écran protecteur, les routes du monde sont ouvertes dans tous les sens, les gens investissent de tous côtés nos groupements traditionnels. Nous ne réussirons pas à nous couper de tout rapport avec les autres, même en élevant des murs et en construisant des digues sous forme de codes de lois. Si la société hindoue ne rassemble pas ce qui lui reste de forces, si elle se laisse envahir par cette maladie des prescriptions stériles, alors les rapports inévitables avec le monde extérieur lui porteront un coup mortel.

– Tout ceci me dépasse, dit Sucharita avec tristesse. Si vous avez raison, si l'hindouisme est peu à peu abandonné, dans des circonstances si pénibles, moi, du moins, je ne l'abandonnerai pas. Puisque nous sommes les enfants d'une époque douloureuse, nous devons d'autant plus nous montrer fidèles.

– Mère, je ne discuterai pas les idées qui se sont éveillées dans ton esprit. Calme-toi par la prière et essaie de juger en t'inspirant de la vérité que te dicte ta conscience et de l'idée du bien que tu as conçue. Peu à peu tout s'éclaircira pour toi. N'abaisse, ni devant ton pays ni devant un être humain, Celui qui est plus grand que tout au monde, car ce serait un mal pour toi et pour le pays. Guidé par cette pensée, je veux Lui consacrer tout mon esprit et tout mon cœur ; alors je ne risquerai pas d'errer dans les rapports avec ma patrie et avec les autres hommes. »

À cet instant, Paresh Babou fut interrompu par un domestique qui lui remit une lettre.

« Je n'ai pas mes lunettes, dit-il, et il ne fait plus bien clair ; veux-tu me la lire, je te prie ? »

Sucharita prit la lettre et la lut. Elle émanait du Brahmo Samaj dont les principaux membres l'avaient signée, elle avertissait Paresh Babou que le Brahmo Samaj cessait de le considérer comme un de ses membres, puisqu'il autorisait une de ses filles à se marier suivant des rites non-brahmos et qu'il se proposait d'assister à la cérémonie. S'il avait des arguments à faire valoir pour sa défense, il pouvait envoyer au comité une lettre d'explication qui devrait être remise avant le dimanche suivant, jour où une décision définitive serait prise par vote à la majorité. Paresh Babou mit la lettre dans sa poche ; Sucharita lui saisit doucement la main et ils marchèrent ainsi un moment tous les deux. L'obscurité s'épaississait ; dans l'allée, un réverbère s'alluma.

« Père, murmura Sucharita, c'est l'heure de votre méditation. Ce soir, je voudrais prier avec vous. »

Et elle l'entraîna vers son oratoire solitaire où déjà le tapis était étendu par terre et où brûlait un flambeau. La méditation de Paresh Babou fut plus longue encore que de coutume ; ensuite il prononça une brève prière et se leva.

En quittant son oratoire, il trouva Binoy et Lolita assis sans parler derrière la porte. À son apparition, ils s'inclinèrent jusqu'à ses pieds pour faire leur *pronam*. Il les bénit, la main posée sur leur tête, puis il dit à Sucharita : « Mère, demain soir je viendrai chez toi ; ce soir j'ai à faire. »

Et il partit.

Sucharita pleurait sans bruit ; elle resta un instant dans l'obscurité, appuyée au mur de la véranda. Lolita et Binoy aussi gardèrent le silence. Quand Sucharita se disposa à partir, Binoy s'avança et lui dit doucement : « Didi, ne nous bénirez-vous pas vous aussi ? »

Et il se baissa pour lui faire son *pronam*. Ce que Sucharita répondit, elle le balbutia d'une voix si étranglée que seul son Dieu l'entendit.

Paresh Babou était allé dans son bureau rédiger sa réponse au Brahmo Samaj :

« Le mariage de Lolita, écrivait-il, doit être célébré sous mes auspices. Si vous voyez là un motif de m'exclure, je ne vous blâmerai pas. En pareille matière, tout ce que je peux implorer de Dieu, c'est, si je suis chassé de tout groupe humain, de me donner asile à Ses pieds. »

CHAPITRE LXIX

Sucharita désirait vivement rapporter à Gora ce qu'elle avait entendu de la bouche de Paresh Babou. Gora croyait-il que l'Inde, vers qui il voulait orienter la pensée de Sucharita et concentrer tout l'amour qu'elle était susceptible d'éprouver, fût menacée de destruction ou du moins d'affaiblissement ? Jusqu'alors l'Inde s'était maintenue vivante par sa force interne et ses habitants n'avaient pas eu besoin de se préoccuper de sa survie. Mais l'heure n'était-elle pas venue de s'en préoccuper ? Pouvait-on se contenter de garder paresseusement foi dans les lois anciennes sans autre inquiétude ?

Sucharita songeait : « J'ai là une tâche à accomplir, mais laquelle ? Je dois travailler à cette œuvre, mais comment ? »

Elle sentait que, dans ces circonstances, Gora aurait dû venir lui donner des ordres et lui montrer la route. Elle se disait que, s'il la libérait de tous les obstacles et la plaçait au poste qu'elle devrait occuper, la valeur du travail qu'elle ferait aurait vite effacé le scandale mineur et le blâme public. Elle prenait confiance en elle-même et sa fierté cherchait pourquoi Gora ne la mettait pas à l'épreuve, pourquoi il ne lui attribuait pas une tâche très difficile. Y avait-il dans tout le parti qu'il dirigeait une seule personne prête comme elle à tous les sacrifices ? Ne sentait-il pas la nécessité pour l'Inde de ce zèle et de cette capacité de sacrifice ? N'infligeait-il pas un dommage au pays en la laissant inactive, en proie aux critiques de l'opinion ? Elle rejeta l'idée d'un manque d'estime à son endroit et se rassura, songeant : « Il ne peut pas m'abandonner ainsi ; il sera contraint de revenir me chercher, en s'affranchissant de toute hésitation et de toute timidité. Malgré sa grandeur et sa force, il a besoin de moi, il l'a dit même une fois en propres termes. Comment l'oublierait-il à cause des vaines paroles d'une femme jalouse ? »

Satish arriva en courant près de sa sœur et appela : « Didi !

— Quoi donc, mon petit babillard ? demanda-t-elle en lui passant le bras autour du cou.

— Lolita se marie lundi et je suis invité à aller d'ici là demeurer chez Binoy Babou.

— En as-tu parlé à Tante ?

— Oui, elle s'est fâchée et m'a dit qu'elle ne comprenait rien à cette histoire ; je dois te demander ton avis et faire ce que tu voudras. Didi, ne me défends pas d'y aller. Mes leçons n'en souffriront pas : je travaillerai tous les jours et Binoy Babou m'aidera.

— Tu vas les déranger beaucoup, dans une maison où l'on a tant de préparatifs à faire, objecta Sucharita.

— Non, non, Didi, cria Satish, je promets de ne pas déranger du tout.

— Emmèneras-tu ton chien ?

– Oui, je vais l'emmener, Binoy Babou me l'a spécialement recommandé. Il a reçu une invitation particulière adressée à son nom, imprimée sur papier rouge : il y a écrit dessus qu'il doit assister avec sa famille au déjeuner de noces.

– Qui est donc sa famille ?

– Eh bien, Binoy Babou dit naturellement que c'est moi, proféra Satish avec impatience. Et, Didi, il m'a proposé d'apporter ma boîte à musique ; alors, s'il te plaît, donne-la-moi, je promets de ne pas la casser.

– Si tu la cassais, j'en remercierais le ciel. Maintenant enfin, je vois pourquoi Binoy t'a si longtemps appelé son ami. Il comptait se servir de ta boîte à musique et faire ainsi l'économie d'un orchestre pour son mariage. C'est bien son idée, n'est-ce pas ?

– Non, sûrement non, cria Satish avec excitation. Binoy Babou dit qu'il va me prendre comme garçon d'honneur. Que doit faire un garçon d'honneur, Didi ?

– Il doit jeûner toute la journée. »

Satish ne le crut pas une seconde. Sucharita, le serrant contre elle, lui demanda : « Dis-moi, mon petit babillard, que veux-tu faire quand tu seras grand ? »

Satish avait une réponse toute prête, car, ayant remarqué quel pilier de science exceptionnelle et de pouvoir illimité était son instituteur, il avait déjà pris la détermination de devenir un jour maître d'école.

« Il faudra que tu travailles beaucoup, dit Sucharita quand il lui exposa cette ambition. Si je t'aidais et

que nous travaillions ensemble, qu'en penserais-tu ?
Nous ferions tous nos efforts pour la grandeur de
notre patrie. Pourtant la grandeur ne lui manque
pas ; quel pays est plus noble que le nôtre ? Ce sont
nos vies qu'il faudra élever jusqu'à un plan plus
noble. Le sais-tu ? Le comprends-tu ? »

Satish n'était pas homme à confesser une incapacité à comprendre quoi que ce fût ; aussi répondit-il
avec emphase : « Oh oui !

— Sais-tu toute la grandeur de notre patrie ? De
notre race ? continua sa sœur. Comment te l'expli-
querais-je ? C'est un pays prodigieux. Pendant des
milliers et des milliers d'années, les desseins de Dieu
ont visé à lui faire surpasser tous les autres pays du
monde. Que de gens venus du dehors pour contribuer à cette grandeur ! Et aussi que de grands
hommes nés chez nous ! Que de vérités sublimes ont
trouvé ici leur expression ! Quelles austérités mira-
culeuses on y a pratiquées ! Sous combien d'aspects
on a étudié les idées religieuses, et que de solutions
au mystère de la vie on y a conçues ! Voilà notre Inde.
Il faut que tu sois convaincu, petit frère, de son
incomparable richesse, que tu ne l'oublies jamais,
que jamais tu ne la méconnaisses. Ce que je te dis
aujourd'hui, tu devras un jour en embrasser pleinement le sens. D'ailleurs, je crois que tu en entrevois
déjà quelque chose. Ce qu'il faut te rappeler, c'est
que tu es né dans un pays admirable et que, de toute
ton âme, tu devras travailler pour lui.

— Et toi, Didi, qu'est-ce que tu feras ? demanda
Satish après un silence.

– Moi aussi je me consacrerai à ce but. Tu m'aideras, n'est-ce pas ?

– Oui », dit Satish plein de fierté en bombant la poitrine.

Il n'y avait personne dans la maison à qui Sucharita pût exprimer les émotions accumulées en son cœur ; aussi toute la fougue du flot qui y bouillonnait se déversa-t-elle sur son petit frère. Les termes qu'elle employait n'étaient guère adaptés à l'esprit d'un enfant de cet âge, mais Sucharita ne se laissait pas arrêter par cette considération. Les conceptions qu'elle venait d'acquérir lui inspiraient un enthousiasme tel qu'il lui semblait n'avoir qu'à formuler les idées qui l'avaient illuminée pour que jeunes et vieux les adoptent chacun suivant ses capacités. En retenir une partie pour les rendre plus intelligibles eût été trahir la vérité.

L'imagination de Satish fut excitée par les paroles de sa sœur ; il s'écria : « Quand je serai grand, et que j'aurai gagné beaucoup d'argent…

– Non, non, non, s'exclama Sucharita, ne parle pas d'argent. Nous n'avons pas besoin d'en avoir. Le travail que nous avons à faire demande notre piété, notre vie. »

Sur ces entrefaites, Anandamoyi entra dans la chambre. À cette vue, le sang de Sucharita bondit dans ses veines. Elle s'inclina profondément et Satish tenta d'en faire autant, mais il s'acquitta de la salutation avec gaucherie ; faire la révérence avec grâce n'était pas dans ses cordes.

Anandamoyi l'attira à elle, le baisa au front, puis se tournant vers Sucharita, déclara : « Je suis venue vous consulter, ma petite mère, car je ne vois que vous à qui m'adresser. Binoy voudrait que son mariage se passe dans ma maison ; mais je ne puis l'accepter ; d'ailleurs il n'est pas un nabab pour trouver naturel que ce soit de chez lui que sa fiancée parte pour la cérémonie ; ce serait inadmissible. Elle partira de chez moi. Bref, j'ai retenu une maison dans vos environs ; j'en viens justement, voulez-vous prévenir Paresh Babou et voir s'il est d'accord ?

– Il le sera certainement, dit Sucharita.

– Ensuite, poursuivit Anandamoyi, il faut que vous y veniez vous-même. Le mariage aura lieu lundi, et en ce peu de jours, nous aurons à tout arranger là-bas ; le délai est court. Je pourrais faire les préparatifs toute seule, mais je crois que Binou serait peiné que vous n'y participiez pas. Il n'a pas osé vous adresser sa requête, en fait il ne m'a même pas mentionné votre nom ; d'où je déduis que votre abstention lui serait très sensible. Et elle ferait un grand chagrin à Lolita. Vous ne pouvez vous dispenser de venir.

– Mère, vous allez donc assister à ce mariage ? s'exclama Sucharita stupéfaite.

– Que voulez-vous dire ? Comment employez-vous le mot assister en ce qui me concerne ? Suis-je une étrangère que vous usiez de ce mot à mon sujet ? Voyons ! Il s'agit du mariage de Binou. Dans ces circonstances, je dois m'occuper de tout. Pourtant j'ai prévenu Binoy qu'à cette cérémonie je n'apparais pas comme représentant ses amis à lui, je serai du côté de la fiancée ; pour épouser Lolita, il viendra la chercher dans ma maison. »

Anandamoyi était pleine de pitié pour Lolita qui, ayant une mère, se voyait rejetée par elle en une heure si solennelle de sa vie. Aussi Anandamoyi voulait-elle de tout son cœur épargner à la jeune fille le sentiment de l'abandon ou du manque de tendresse. Elle prendrait la place de la mère ; elle parerait Lolita de ses mains ; elle se chargerait de souhaiter la bienvenue au fiancé et elle assurerait aux quelques amis qui viendraient une réception cordiale. Et elle avait décidé de rendre la nouvelle maison si accueillante que Lolita s'y sentirait chez elle dès qu'elle y entrerait.

« Ne risquez-vous pas des ennuis en agissant ainsi ? demanda Sucharita.

– Peut-être, mais qu'importe ? s'exclama Anandamoyi qui se rappelait les admonestations de Mohim. Même si l'on m'en fait le reproche, je n'aurai qu'à rester tranquille un certain temps et l'émoi finira par s'apaiser. »

Sucharita savait que Gora n'assisterait pas au mariage et elle aurait beaucoup désiré savoir s'il n'avait pas essayé de détourner sa mère d'y prendre part. Pourtant elle n'osa pas soulever la question et Anandamoyi ne nomma même pas Gora.

Harimohini avait entendu Anandamoyi arriver, mais avant de venir la recevoir, elle acheva ce qui l'occupait.

« Eh bien, Didi, comment allez-vous ? demanda-t-elle. Il y a longtemps que je ne vous ai vue.

« – Je suis venue chercher votre nièce », dit Anandamoyi sans tenir compte du reproche, et elle exposa ses intentions.

Après être restée une minute sans répondre, le visage fermé, Harimohini dit enfin : « Je ne puis me mêler à une telle affaire.

– Non, ma sœur, je ne vous le demande pas. Je désire simplement vous enlever tout souci pour Sucharita ; je ne la quitterai pas.

– Il me faut tout de même exprimer ma surprise, s'écria Harimohini. Radha proclame sans cesse qu'elle est une hindoue, et il est certain qu'actuellement elle évolue dans ce sens. Toutefois, si elle veut entrer dans la communauté hindoue, elle a besoin de prendre un peu plus de précautions. Au point où en sont les choses, on ne manque pas de motifs de jaser à son sujet, quoique je compte prendre des mesures pour arrêter les commérages. Pourtant, elle ne doit désormais prêter le flanc à aucune critique. Les gens s'informeront d'abord de la raison qui fait qu'elle n'est pas mariée à son âge. D'une manière ou d'une autre, nous fournirons des explications évasives. Nous arriverons, si nous le voulons, à lui faire un mariage convenable ; cependant, si elle recommence à se conduire comme naguère, par quel moyen la retenir ? Vous faites partie d'une famille hindoue ; donc vous comprenez la gravité de la situation ; alors comment avez-vous le front de l'engager ainsi ? Feriez-vous participer à un tel mariage votre fille si vous en aviez une ? Ne penseriez-vous pas d'abord aux conséquences pour son propre mariage ? »

Anandamoyi était si étonnée de cette explosion qu'elle fut juste capable de regarder Sucharita qui rougissait violemment : « Je n'ai pas l'intention de l'influencer, observa Anandamoyi ; si elle a des objections, je…

– Vraiment, je ne vois ni queue ni tête dans toutes vos idées. Votre fils est venu farcir la tête de Radha avec ses notions sur l'hindouisme, et voilà ce que vous proposez. On dirait que vous tombez des nues. »

Où était cette Harimohini qui, dans la maison de Paresh Babou, se montrait aussi timide que si elle avait commis des crimes et qui, si elle obtenait de quelqu'un le moindre signe d'approbation, s'accrochait à lui de toutes ses forces ? Aujourd'hui, elle défendait en vraie tigresse ce qu'elle considérait comme ses droits ; elle vivait dans des transes, soupçonnant toujours autour d'elle des desseins ennemis visant à lui arracher Sucharita. Elle était incapable de distinguer qui la soutenait et qui l'attaquait, d'où le malaise constant de son esprit. Son âme ne trouvait plus de réconfort dans le dieu de qui elle en puisait lorsque le monde avait perdu tout intérêt à ses yeux. Elle avait jadis été fort sensible aux avantages matériels et, quand les coups d'un destin impitoyable l'en avaient privée, elle s'était persuadée que jamais l'attachement le plus infime à l'argent, aux propriétés ou même à la famille ne renaîtrait en son cœur. Or, maintenant que ses blessures commençaient à guérir, les biens de tout genre exerçaient à nouveau sur elle leur fascination, et les appétits longtemps refoulés communiquaient de la force aux espérances et aux désirs qui se réveillaient en elle. Elle éprouvait pour ce à quoi elle avait un jour renoncé plus d'avidité même qu'au temps où elle vivait naguère dans le monde. Devant ces signes du changement profond qui s'était opéré en quelques jours, signes qui s'observaient aisément dans les yeux et surtout le visage d'Harimohini, dans ses gestes, dans ses propos et sa conduite, Anandamoyi fut étonnée au-delà de toute mesure et son tendre cœur se remplit pour Sucharita d'une pitié inquiète. Si elle avait soupçonné ce danger caché, jamais elle n'aurait invité Sucharita au mariage ; maintenant le problème était de trouver un moyen de la soustraire aux coups qui la menaçaient. Quand Harimohini avait dirigé contre Gora son attaque voilée, Sucharita s'était levée sans mot dire et, la tête baissée, avait quitté la pièce.

« Vous n'avez rien à craindre, ma sœur, dit Anandamoyi, je n'avais pas compris de moi-même ce dont vous parlez. Mais je n'inciterai plus Sucharita à venir. N'y faites pas allusion non plus. Elle a reçu une éducation très spéciale et, si vous la brusquez, elle ne le supportera pas.

– Croyez-vous que je l'ignore ? Et à mon âge encore, gémit Harimohini. Elle peut témoigner devant vous que je ne l'ai jamais contrariée. Elle a toujours fait ce qu'elle a voulu sans que je lui adresse un reproche. J'ai constamment proclamé que si Dieu lui conserve la vie, je n'ai rien de plus à souhaiter. Oh, que mon sort est malheureux ! Bien souvent, je ne dors pas en songeant aux risques que je cours. »

Comme Anandamoyi allait partir, Sucharita sortit de sa chambre et vint lui faire ses *pronams*. Tendrement, Anandamoyi lui mit la main sur la tête en disant : « Je reviendrai, ma chérie, et je vous raconterai tout en détail. Ne soyez pas triste. Avec l'aide de Dieu, tout finira bien. »

Sucharita ne répondit pas.

Le lendemain matin, de bonne heure, Anandamoyi emmena sa servante Lachmiya pour nettoyer à grande eau la maison louée de toute la poussière accumulée. Et, juste au moment où elles venaient d'inonder littéralement le sol, Sucharita apparut. En l'apercevant, Anandamoyi jeta son balai et elle la serra sur sa poitrine ; puis elle se remit consciencieusement à la besogne de laver, frotter et faire reluire tout ce qui était dans la maison.

Paresh Babou avait donné à Sucharita l'argent nécessaire pour acheter tout ce qui lui paraîtrait utile ; prenant cette somme comme trésor de guerre, Anandamoyi et elle se mirent à faire la liste de tous les articles indispensables.

Un peu plus tard, Paresh Babou lui-même arriva avec Lolita. Le séjour dans la maison maternelle était devenu insoutenable pour Lolita. Personne n'osait lui adresser la parole et ce silence était une blessure perpétuelle. Quand, pour comble d'agrément, les amis de Baroda vinrent en foule lui exprimer leur sympathie, Paresh Babou pensa que le mieux à faire était d'emmener Lolita. Au moment de partir la jeune fille alla prendre la poussière des pieds de sa mère ; quand elle sortit, Baroda resta assise, le visage détourné et des pleurs dans les yeux. Labonya et Lila étaient, au fond du cœur, très émues du mariage de Lolita ; si elles avaient pu s'aviser de la moindre excuse, trouver le moindre prétexte, elles seraient accourues pour y assister. Pourtant, quand Lolita leur dit au revoir, elles se rappelèrent leur devoir rigoureux envers le Brahmo Samaj et elles prirent un air sévère. À la porte, Lolita croisa le regard de Sudhir ; mais il y avait derrière lui un groupe de gens importants, si bien qu'il ne prononça pas un mot. Une fois montée en voiture, Lolita remarqua un paquet posé sur la banquette dans un coin ; elle l'ouvrit ; il contenait un vase en argent, portant l'inscription : « Dieu bénisse l'heureux couple », et une carte y était épinglée, avec les initiales de Sudhir. Lolita avait pris la décision ferme de ne pas pleurer de la journée ; mais en recevant à son départ du foyer maternel cet unique témoignage d'affection, venu de son ami d'enfance, elle ne put retenir ses larmes et leur laissa libre cours. Dans le coin où il était assis, Paresh Babou essuyait furtivement ses yeux.

« Entrez, ma chérie, entrez », cria Anandamoyi ; elle prit Lolita par les deux mains et l'entraîna dans la chambre ; elle semblait l'avoir guettée.

« Lolita a quitté notre maison pour toujours, expliqua Paresh Babou après avoir demandé Sucharita, et sa voix tremblait.

– Elle ne manquera pas d'amour et d'affection ici, Père », dit Sucharita en lui prenant la main.

Lorsque Paresh Babou fut sur le point de repartir, Anandamoyi, tirant son sari sur sa tête, vint auprès de lui et lui fit une inclinaison profonde. Paresh Babou, un peu confus, rendit le salut.

« Ne vous tourmentez pas pour Lolita, dit Anandamoyi avec conviction. Jamais elle ne connaîtra de souffrance par celui à qui vous la confiez. Et à moi Dieu accorde enfin ce que j'ai tant désiré : je n'avais pas de fille, j'en ai une maintenant. J'ai toujours espéré qu'en la femme de Binoy je trouverais une compensation à cette souffrance. Et voilà que Dieu me comble de façon miraculeuse. Il m'envoie une fille telle que je n'aurais pu rêver d'un bonheur si grand. »

C'était la première fois, depuis le jour où avait débuté cette crise du mariage de Lolita, que Paresh Babou trouvait une consolation et recevait un appui. En ce lieu du monde se relâchait son angoisse.

CHAPITRE LXX

Depuis sa libération, Gora recevait tous les jours de nombreuses visites ; les discussions et les adulations l'assiégeaient jusqu'à lui laisser à peine le loisir de respirer et le séjour chez lui devenait intolérable. Aussi recommença-t-il à circuler à travers la campagne comme auparavant. Il partait le matin après un léger repas et ne rentrait que le soir. Il prenait le train à Calcutta, descendait à une station pas trop distante et se mettait à marcher de village en village. Il était l'hôte de potiers, de vendeurs d'huile, de gens de basse caste. Ceux-ci ne comprenaient pas pourquoi ce jeune brahmane au teint clair leur faisait visite, s'enquérait de leurs joies et de leurs soucis ; parfois même, ils suspectaient les motifs qui l'animaient. Mais Gora, écartant leurs doutes et leurs hésitations, passait au milieu d'eux à son gré, sans se laisser détourner par les remarques déplaisantes qu'il entendait parfois. Plus il avait l'occasion d'observer leurs existences, plus une pensée s'imposait à lui : il était frappé de voir que chez ces villageois, les contraintes sociales étaient beaucoup plus impératives que dans des milieux plus instruits. Jour et nuit, sans relâche, qu'il s'agît de manger, de boire, de célébrer une cérémonie, qu'il s'agît surtout de risquer un contact, dans chaque maison, tous les gestes étaient contrôlés par l'œil vigilant d'autrui. Chacun professait une foi simple et entière dans les règles établies ; il ne leur venait pas à l'esprit de les mettre en question.

Pourtant cette foi tacite en la tradition et en la contrainte sociale ne communiquait aux hommes aucune force pour l'accomplissement des tâches journalières. On pouvait même douter qu'il existât dans le monde des êtres aussi incapables de distinguer ce qui leur apportait un avantage, aussi impuissants, aussi craintifs. En dehors de la stricte observance des coutumes, ils n'avaient pas conscience de ce qui serait bon pour eux, et, quand on le leur expliquait, ils ne comprenaient pas. À cause des menaces de châtiments et par le sectarisme le plus étroit, ils considéraient les prohibitions comme l'essentiel de la religion. On avait le sentiment que toutes leurs tendances naturelles étaient empêtrées dans un réseau de sanctions faites pour punir la moindre transgression des règles qui, à chaque étape de la journée, leur interdisaient presque toute action. Cet esclavage, ce filet où ils se trouvaient pris, était tissé par des obligations rigoureuses. Ils semblaient les débiteurs d'un usurier et non les sujets d'un roi. On ne discernait pas dans ce servage général les éléments d'une unité qui les aurait fortifiés et les aurait soutenus les uns par les autres aux heures d'épreuves ou de prospérité.

Gora ne pouvait se dissimuler que la tradition servait à l'homme d'instrument pour sucer le sang de son frère et pour réduire chacun à une détresse sans merci. Que de fois il observa que jamais le poids excessif d'une obligation sociale ne provoquait la pitié chez autrui. Un de ces malheureux avait un père atteint depuis longtemps d'une maladie grave ; toutes les ressources du pauvre homme passaient aux médicaments, aux traitements, et au régime ; jamais il n'avait reçu de personne l'aide la plus minime. Au contraire, les paysans prétendaient que la maladie de son père devait être le châtiment d'un péché commis dans une existence antérieure et qu'il serait encore obligé de payer pour faire célébrer une pénitence solennelle. Tout comme une enquête de police dans un cas de brigandage est une catastrophe plus grande pour un village que le brigandage lui-même, les funérailles rituelles qui doivent être célébrées à la mort d'un père ou d'une mère sont pour ces infortunés un malheur plus cruel que leur deuil. Chez eux, personne n'accepte l'excuse de la pauvreté ou d'une autre incapacité ; quoi qu'il en coûte, l'exigence impitoyable de la société sera satisfaite jusqu'au dernier *pice*.

À l'occasion d'un mariage, la famille du fiancé a recours aux procédés les plus variés pour rendre intolérable le fardeau du père de la fiancée et ne s'émeut pas de la misère où ces prétentions le réduisent. Gora s'aperçut que la société n'offre aucune aide à l'homme accablé par la peine, aucun encouragement même : elle se borne à l'accabler et à l'humilier.

Gora avait oublié ce fait, le milieu où il vivait étant, pour le bien commun, poussé à l'unité par des forces externes ; dans ce groupe on observait des efforts vers la solidarité, et le péril venait plutôt de ce que l'imitation d'autres groupes mettait en danger ces efforts. Au contraire, toute la faiblesse de son pays apparut à Gora, avec sa nudité et son inertie, dans cette léthargie de l'existence villageoise où n'atteignent pas les impulsions bienfaisantes du dehors. Il n'apercevait nulle trace de cette religion qui, par la compassion, l'amour, l'entraide, l'esprit de sacrifice et le respect pour l'humanité entière, insuffle de la force, de la vitalité et du bonheur à tous. La tradition dont le seul effet était de diviser les hommes en classes et de séparer ces classes, proscrivant entre elles l'amour même, ne cherchait pas à intégrer dans la réalité les résultats de la réflexion personnelle et se contentait de multiplier les obstacles à la liberté de chacun. Dans ces villages, les conséquences mauvaises et cruelles de l'esclavage aveugle sautaient aux yeux de Gora et elles lui apparaissaient sous tous les aspects, aussi néfastes au travail, à la santé, à la sagesse qu'à la religion. Il ne pouvait donc plus s'illusionner, malgré le voile trompeur qu'avait naguère tissé son esprit.

Gora eut l'occasion de remarquer dans certaines régions que, parmi les basses castes, les jeunes filles étaient sans doute peu nombreuses et la prohibition du remariage des veuves était rigoureusement observée. Les hommes alors ne pouvaient s'y marier qu'en offrant une forte dot ; beaucoup d'entre eux restaient célibataires, d'autres ne se mariaient que très tard. Le résultat était un état malsain qui affectait la vie de ces communautés villageoises. Chacun supportait sa part des maux engendrés par un tel état de choses et personne ne s'avisait d'un moyen d'y remédier. Ce Gora qui, dans son milieu cultivé, s'opposait avec énergie à tout relâchement de la tradition, cherchait ici, dans les villages, à ébranler la coutume. Il s'efforçait de convaincre les prêtres, mais il ne pouvait entraîner le peuple à accepter son point de vue. On s'irritait contre lui et l'on s'exclamait : « Tout cela est très joli, mais nous voudrions vous voir d'abord, vous, brahmanes, adopter le remariage des veuves ; ensuite nous l'adopterons aussi. »

Le motif essentiel de leur colère était leur idée que Gora les méprisait parce qu'ils appartenaient à de basses castes et qu'il les exhortait à adopter des normes de conduite inférieures en rapport avec leur basse naissance.

Pendant qu'il circulait à travers le pays, Gora avait remarqué qu'il existait entre musulmans un lien qui leur permettait de s'unir ; il voyait que, devant une calamité frappant un village, les musulmans se soutenaient mutuellement alors que les hindous n'y songeaient même pas et il s'interrogeait souvent sur les causes d'une si grande différence entre des communautés si voisines. La réponse qui s'imposait à lui et qu'il repoussait parce qu'elle lui infligeait une vive souffrance, c'était que les musulmans étaient unis par la religion plus encore que par la coutume. D'une part la tradition ne leur imposait pas de charges inutiles ; de l'autre, le lien de la religion créait entre eux une étroite solidarité. Ainsi unis, le principe sur lequel ils prenaient appui n'était pas seulement négatif, mais positif, et, au lieu de faire d'eux des débiteurs, leur donnait une force et une richesse, leur fournissait une raison de consentir au besoin le sacrifice de la vie, côte à côte avec des camarades.

Quand, dans son milieu, Gora avait écrit, discuté et fait des conférences, son but était d'influencer autrui ; tout naturellement son imagination le poussait à colorer de rose les perspectives destinées à orienter les gens vers son propre sentier. Ce qui était simple, il l'enveloppait d'explications subtiles et le clair de lune des émotions qu'il éprouvait revêtait d'un charme prenant ce qui n'était que ruine vaine. Parce qu'un groupe d'hommes s'opposait au pays tel qu'il était et n'épargnait rien dans sa critique, Gora, jour et nuit, poussé par l'amour de sa patrie, s'efforçait de dissimuler les faiblesses sous le brillant écran de ses sentiments afin de sauver l'Inde de ces regards insultants. Cette leçon, Gora l'avait apprise par cœur. Non qu'il tentât, comme un avocat, de prouver que tout était bien, de plaider le caractère satisfaisant qu'offraient à certains égards des traits qui, par ailleurs, donnaient prise au blâme ; tout cela il y croyait d'une foi sincère. Dans des endroits impossibles, il s'était dressé pour proclamer fièrement sa conviction ; il la brandissait avec fermeté en face des adversaires comme un étendard de victoire. Son refrain était que le premier objectif était de ramener le peuple à la dévotion envers la patrie ; ensuite, on entreprendrait une autre tâche.

Cependant, quand il se trouva dans ces villages où il n'avait pas de public, pas de thèse à défendre, où il ne désirait pas susciter l'opposition pour mieux accabler les contempteurs de l'Inde, il ne lui fut plus possible de masquer sous un voile la vérité qui lui déplaisait. La force même de son amour pour sa patrie rendait plus aiguë sa perception de cette vérité.

CHAPITRE LXXI

Un châle roulé autour de la taille, vêtu de tussor et chargé d'un sac de grosse toile, Kailash se présenta devant Harimohini et lui fit ses *pronams*. Il paraissait avoir trente-cinq ans ; il était de taille moyenne, avait la face lourde et la peau tendue ; sa barbe de plusieurs jours rappelait un champ de chaumes. Harimohini fut enchantée de voir après si longtemps un membre de la famille de son mari et s'exclama avec joie : « Oh, oh, voilà mon *Thakurpo*. Asseyez-vous, je vous en prie. »

Et elle étendit une natte pour qu'il s'y assît, lui proposant un peu d'eau.

« Non, merci, je n'en ai pas besoin. »

Et il observa : « Vous avez bonne mine.

– Bonne mine ! » s'exclama Harimohini vexée.

Qu'on la trouvât bien portante lui semblait une injure.

« Comment pouvez-vous croire cela ? »

Et elle se mit à énumérer tous ses ennuis de santé : « Si je mourais, je serais enfin débarrassée de mon misérable corps. »

Kailash blâma ce mépris de la vie, et, malgré la disparition de son frère, pour manifester le vif désir de

toute la famille que Harimohini vive longtemps, il dit :
« Ne parlez pas ainsi. D'ailleurs si vous n'étiez plus,
je ne serais pas à Calcutta. Du moins je trouve sous
votre toit un asile pour ma tête. »

Quand il eut donné avec détails les nouvelles des
parents et des voisins du village, Kailash se mit à
regarder autour de lui, il interrogea : « Alors, la
maison, c'est celle-ci ?

– Oui.

– C'est de la bonne construction, à ce que je vois.

– De la bonne construction, je vous crois ! Tout
est de première qualité », s'exclama Harimohini pour
stimuler l'enthousiasme du visiteur.

Kailash prit note de ce que les poutres étaient
de solide bois de *shal** et que les portes et les
fenêtres n'étaient pas de vulgaire manguier. Il
vérifia aussi l'épaisseur des murs, deux briques et
non simplement une brique et demie. Il s'inquiéta
du nombre de pièces que comportaient l'étage et le
rez-de-chaussée. Dans l'ensemble, il se montra
satisfait du résultat de ses observations. Il n'était
pas à même de faire l'estimation du prix de revient
d'une telle maison, parce qu'il ne connaissait pas
bien les prix des briques et du ciment. Néanmoins
tandis qu'assis par terre il allongeait et repliait ses
orteils, il calcula qu'elle avait dû coûter entre 15 et
20 000 roupies. Toutefois, il n'énonça pas cette
somme, mais remarqua : « Qu'en pensez-vous,

---

* *Shal :* bois solide servant à la menuiserie : les forêts de shal
couvrent une partie du territoire indien.

belle-sœur, elle doit être revenue au moins à 7 ou 8 000 roupies, n'est-ce pas ?

— Que dites-vous là ? s'écria Harimohini, montrant la surprise que lui causait cette ignorance de paysan. 7 ou 8 vraiment ! Elle ne peut avoir coûté un *pice* de moins que 20 000. »

Kailash se mit à examiner avec la plus grande attention tout ce qui était dans le champ de sa vision. Il éprouvait une vive satisfaction à l'idée que, sur un signe de tête, il pouvait devenir seul propriétaire de cet immeuble soigneusement bâti, avec ses poutres de *shal*, ses portes et ses fenêtres de *teck**. Il déclara : « Tout cela va très bien ; mais la jeune fille ?

— Elle a subitement reçu une invitation chez une de ses tantes et y est allée pour deux ou trois jours, répondit en hâte Harimohini.

— Alors, comment la verrai-je ? gémit Kailash. J'ai un procès qui sera jugé dans deux jours ; il faut que je reparte demain.

— Ne vous occupez pas de votre procès pour le moment. Vous ne pouvez repartir d'ici avant d'avoir réglé cette affaire. »

Kailash réfléchit une minute : « Voyons, admettons que j'abandonne le procès, je risque seulement la prise d'une ordonnance contre moi ; c'est sans importance. Il vaut mieux que je me renseigne complètement ici et que je voie les avantages que comporte la proposition. »

---

* *Teck :* arbre gigantesque des forêts de l'Himalaya, dont le bois, très dur, est imputrescible.

Soudain son regard se fixa sur un coin de la chambre où Harimohini faisait ses dévotions. Cette pièce ne possédait pas d'écoulement, et chaque matin Harimohini la lavait à grande eau ; une petite flaque s'était formée dans un angle.

« Non, belle-sœur, s'exclama Kailash tout excité, il ne faut pas.

– Quoi donc ?

– Là par terre, de l'eau, il ne faut pas.

– Qu'y puis-je faire ?

– Non, non, protesta Kailash ; vous allez pourrir le plancher. Non, sœur, permettez-moi de vous le dire, vous ne devez jamais jeter d'eau dans cette chambre. »

Harimohini garda le silence jusqu'à ce que Kailash se mît à la questionner sur l'apparence de Sucharita : « Vous saurez tout quand vous la verrez. Ce que je peux dire, c'est qu'on n'a jamais vu une fiancée pareille dans votre famille.

– Comment ? s'écria Kailash. Et la femme de notre second frère ?

– Fi. Vraiment, elle ne peut supporter la comparaison avec notre Sucharita. D'ailleurs, quoi que vous prétendiez, la femme de votre dernier frère est plus belle que celle du second. »

Il faut mentionner qu'une sympathie excessive n'unissait pas Harimohini et la femme du second frère.

Ces comparaisons avec la beauté des femmes de son second frère et de son cadet n'éveillait pas d'enthousiasme en Kailash ; mais il se perdit dans la contemplation d'une créature issue de son imagination, créature aux longs yeux en amande, au nez droit, aux sourcils arqués et à la chevelure descendant jusqu'à la taille.

Harimohini vit que l'affaire se présentait bien, d'autant mieux qu'après tout les tares sociales de sa nièce ne semblaient pas compter beaucoup.

CHAPITRE LXXII

Binoy savait que Gora avait pris l'habitude de sortir de bonne heure le matin. Aussi ce lundi-là se rendit-il chez son ami avant l'aurore. Il monta directement jusqu'à la chambre à coucher. N'y voyant personne, il se renseigna auprès d'un domestique qui lui apprit que Gora était dans son oratoire. Binoy, un peu surpris, y descendit et y trouva Gora absorbé dans une cérémonie d'adoration. Il portait un *dhuti* de soie et s'enveloppait d'une écharpe de soie ; pourtant une partie de son grand corps était nue, montrant sa peau si blanche. Binoy fut extrêmement surpris de le voir pratiquer ce *puja* solennel.

Au bruit des pas, Gora se retourna ; apercevant Binoy, il cria avec consternation : « N'entre pas ici.

– Tu n'as pas besoin d'avoir peur, je n'entre pas. Mais je viens te voir. »

Gora sortit alors, changea de vêtements, puis ramena Binoy en haut où ils s'assirent.

Binoy dit : « Frère Gora, sais-tu que nous sommes aujourd'hui lundi ?

– Évidemment, dit Gora en riant, le calendrier est immuable et quant à toi, tu ne risques pas de te tromper aujourd'hui.

« – Je sais que tu ne viendras sans doute pas, dit Binoy d'une voix tremblante, mais si je n'échangeais pas au moins un mot avec toi ce matin, j'aurais du mal à franchir ce pas. Voilà pourquoi je suis arrivé de si bonne heure. »

Gora ne disant mot, Binoy continua : « Alors tu as décidé de ne pas assister à mon mariage.

– Oui, Binoy, y assister m'est impossible. »

Binoy garda le silence et Gora, dissimulant le chagrin qui remplissait son cœur, dit en riant : « Qu'est-ce que cela fait, en somme, que je ne vienne pas ? Tu l'emportes, puisque tu y entraînes Mère. J'ai essayé de toutes mes forces de l'en détourner, mais je n'ai pu la retenir. Donc, je dois me reconnaître battu par toi, même en ce qui concerne Mère. Binoy, une par une, toutes les contrées de la terre prennent la couleur rouge sur la carte. Bientôt, je serai le seul à n'être pas teint.

– Non, frère, ne m'en veux pas, pria Binoy. J'ai dit et répété à Mère qu'elle n'était pas obligée d'assister à mon mariage ; mais elle me répondait : "Voyez-vous, Binoy, ceux qui ne veulent pas venir à votre mariage n'y viendront pas, même s'ils sont invités et ceux qui veulent y venir y viendront, même si vous le leur défendez. Alors, vous ferez mieux de vous taire." Eh bien, Gora, tu te prétends battu par moi ; pourtant c'est des mains de ta mère que la défaite t'est administrée. Et ceci ne s'est pas produit une fois, mais cent fois. Où trouverait-on une mère qui lui soit comparable ? »

Quoique Gora eût fait tout ce qui dépendait de lui pour dissuader Anandamoyi de prendre part à la cérémonie, au fond du cœur, il ne regrettait pas que, sans tenir compte de sa colère ou de son mécontentement, elle ait refusé de l'écouter ; en fait, il était enchanté. La certitude que, malgré le fossé qui se creusait entre Binoy et lui, Binoy ne serait pas privé de cet amour d'Anandamoyi dont elle le comblait comme d'une bénédiction, soulageait Gora et le rassérénait. Même séparé de Binoy à tous les autres points de vue, par ce lien de l'amour indestructible de sa mère, les deux anciens amis resteraient étroitement unis.

« Maintenant, frère, je m'en vais, dit Binoy. S'il t'est impossible de venir, je ne t'attendrai pas. Toutefois, ne garde pas de rancune à mon égard. Si tu comprenais à quel accomplissement magnifique ma vie va accéder par cette union, tu ne voudrais pas qu'elle provoque la rupture de notre amitié. Je peux te l'affirmer. »

Et, parlant ainsi, Binoy se leva pour partir : « Binoy, assieds-toi, je t'en prie, insista Gora. L'heure solennelle n'est que ce soir ; pourquoi es-tu si pressé ? »

Binoy se rassit, ému par cette requête affectueuse et inattendue.

Alors les deux amis, après un si long intervalle, entamèrent une causerie intime comme celles qu'ils avaient naguère. En Gora résonnait la même note enchanteresse qui vibrait dans le cœur de Binoy, et Binoy s'épanchait librement. Que de menus détails, qui auraient paru futiles et même ridicules s'il les avait couchés par écrit, furent rapportés par Binoy comme si les baignait la rythmique douceur d'un poème épique mis en musique ! Le drame merveilleux qui se jouait en lui, Binoy le décrivit avec un bonheur d'expression qui le rendait profondément émouvant et y communiquait une beauté insurpassée. À quoi comparer cette expérience unique de la vie ? Ce sentiment indicible qui lui remplissait l'âme serait-il connu d'un autre ? Était-il accessible à tous ? Binoy affirmait sa conviction que cette note sublime n'était pas perceptible dans le mariage vulgaire que pratique la société normale. On devait même douter que le destin de Binoy ait pu auparavant être le lòt d'un autre. Si des impressions semblables n'étaient pas exceptionnelles, toute l'espèce humaine serait animée par l'éclosion d'une vie nouvelle comme, au souffle du printemps, toute la forêt répand sa joie en feuillages brillants et en fleurs fraîches écloses. Les gens alors ne passeraient pas de mornes journées occupés à manger et à dormir ; tout ce qui se cache en eux de fort et de beau s'épanouirait en formes harmonieuses et en couleurs éclatantes. C'était la baguette d'or, la baguette magique, et nul de ceux qu'elle effleurait ne pouvait demeurer insensible ou indifférent. Un coup de cette baguette transformait les gens les plus vulgaires et celui à qui était donnée cette révélation prodigieuse entrevoyait la Vérité.

« Gora, disait Binoy avec extase, cet amour, je te l'affirme, est l'unique moyen d'éveiller en un instant toutes les forces dissimulées dans l'homme. Quelle que soit la raison de cette rareté, un tel amour se manifeste rarement, ce qui explique que la majorité des êtres ne parviennent jamais à l'entière réalisation d'eux-mêmes. Nous ignorons ce qui est en nous, nos capacités restent voilées, nous ne savons pas dépenser les trésors amassés dans nos cœurs. Voilà pourquoi il y a si peu de joie sur la terre, si peu de gaieté. Voilà pourquoi, à part un ou deux hommes comme toi, personne ne se doute qu'il y a en chacun de nous une âme sublime. La conscience commune reste aveugle à ce fait. »

À cet instant, le flot enthousiaste du discours de Binoy fut interrompu par les sonores bâillements de Mohim qui, dans une chambre voisine, sortait de son lit et allait faire sa toilette. Binoy se leva et dit adieu à Gora.

Seul sur la terrasse en face du ciel rosi par l'approche du soleil, Gora poussa un profond soupir. Pendant un long moment, il arpenta lentement le toit, et ce jour-là il n'alla pas dans les villages faire sa tournée habituelle. Son cœur était oppressé d'une nostalgie qu'aucun travail n'aurait la vertu de dissiper. Ce n'était pas seulement sa personne, mais, semblait-il, toute l'œuvre de sa vie qui implorait du ciel la lumière, une lumière éclatante et noble. Tous les éléments paraissaient rassemblés pour un usage sublime, les diamants et les joyaux ne manquaient pas, le métal pour la monture était prêt. Mais où était la lumière, la tendre et ravissante lumière de l'aube, toute pénétrée d'espérance et de réconfort ? Pour faire croître ce qui, déjà, est là, rien d'autre n'est requis que l'attente, l'attente de ce qui lui donnera charme et éclat.

Tandis que Binoy évoquait l'expérience ineffable qui illumine nos vies, dans les moments solennels où nous soutient l'amour de l'homme et de la femme, Gora n'avait pu, comme naguère, repousser cette idée avec une raillerie ; en lui-même, il reconnaissait que l'union des âmes qui se révélait à Binoy n'était pas chose banale, mais l'accomplissement suprême de la vie ; cette relation conférait à tout une valeur plus haute, incarnant ce qui avait paru pure imagination et insufflant à l'être une puissance inconnue. Non seulement le corps et l'esprit en recevaient un supplément de force, mais la saveur même de l'existence s'en trouvait changée. En ce jour où Binoy s'exilait de la société, la musique qui remplissait son cœur avait éveillé en Gora une harmonie correspondante. Binoy l'avait quitté ; en lui pourtant, tout le long du jour, la mélodie continua de résonner. Comme lorsque deux rivières se sont jointes dans leur trajet vers l'océan, le courant de l'amour de Binoy, mêlé à l'amour de Gora, faisait résonner celui-ci comme la vague qui retombe sur la vague. Ce que Gora s'était obstiné à se cacher à lui-même, tâchant d'en minimiser l'importance, le combattant, le masquant à sa vue, avait balayé les obstacles et apparaissait en pleine clarté. Ce sentiment, Gora n'était plus capable de le déclarer condamnable ou méprisable.

La journée entière s'écoula pour lui dans des pensées de ce genre et quand, enfin, la lumière du soir commença à s'évanouir dans le crépuscule, Gora, jetant un châle sur ses épaules, sortit avec un dessein très ferme : « Celle qui est mienne déjà, je vais l'aller chercher. Autrement, ma vie s'écoulerait en vain. »

Gora ne doutait pas une seconde que, dans le vaste monde, Sucharita attendait son appel et il décida que ce soir même cet appel prendrait un caractère définitif. En traversant les rues populeuses de Calcutta, il avait l'impression que rien ni personne ne pouvaient l'effleurer, son esprit concentré s'était détaché de son corps et s'était enfui. Quand il arriva devant la maison de Sucharita, il reprit soudain conscience. Jamais il n'en avait vu la porte fermée et aujourd'hui, non seulement elle était fermée, mais, Gora s'en aperçut en essayant de la pousser, les verrous étaient mis. Il demeura un instant interdit, puis il frappa avec bruit jusqu'à la venue d'un domestique qui, l'apercevant dans le crépuscule incertain, déclara sans être interrogé : « La demoiselle est sortie.

– Où est-elle ? »

Il lui fut répondu qu'elle était partie depuis deux jours pour aider à préparer le mariage de Lolita.

Durant une minute, Gora prit la détermination d'aller assister au mariage. Tandis qu'il hésitait, un babou inconnu sortit de la maison et demanda : « Qu'est-ce donc, monsieur ? Que désirez-vous ?

– Rien du tout, merci, dit Gora après l'avoir examiné de la tête aux pieds.

– Entrez, je vous prie, venez vous asseoir et fumer un peu », insista Kailash.

Kailash s'ennuyait dans la solitude, et trouver un compagnon qui bavarderait avec lui serait une distraction. Dans la journée, il parvenait à faire passer les heures en arpentant l'allée, *hookah* en main, d'une extrémité jusqu'à l'autre, et en observant les passants qui circulaient dans la rue principale mais le soir, quand il lui fallait rentrer, il mourait d'ennui. Il avait épuisé avec Harimohini tous les sujets d'entretien dont il s'était avisé ; celle-ci n'avait en effet qu'un nombre limité de sujets de conversation. Aussi avait-il fait placer un lit dans la petite pièce voisine de la porte d'entrée et, emportant son *hookah*, il s'y rendait de temps en temps pour causer avec le domestique.

« Non, merci, répondit Gora, il m'est impossible de m'arrêter », et, sans laisser à Kailash le loisir d'insister, il avait traversé l'allée.

Gora avait la ferme conviction que les événements de son existence n'étaient pas l'effet du hasard ni le résultat de ses désirs personnels. Il se croyait né pour obéir à un dessein spécial du Souverain des destinées de sa patrie. Aussi les détails les plus infimes de son existence revêtaient-ils pour lui une signification et ce jour-là, quand, animé d'un espoir si ardent, il trouva fermée la porte de Sucharita et apprit qu'elle était absente, il fut convaincu que cet obstacle à ses vœux recelait un sens caché. Celui qui guidait ses pas lui manifestait ainsi de la désapprobation. Très nettement la porte était close à ses désirs et Sucharita ne lui était pas destinée. Il n'avait pas le droit de se laisser abuser par ses aspirations, il devait être indifférent à la souffrance et à la joie… Il était un brahmane de l'Inde, son rôle était d'adorer, au nom de l'Inde, la Divinité, son œuvre devait être toute d'austérité religieuse. Désir et attachement n'étaient pas son lot.

« Dieu, se disait Gora, m'a révélé clairement ce que sont les liens humains ; Il m'a montré que l'attachement est chose impure et qu'en lui ne réside pas la paix.

« Il est brillant et fort comme le vin, il ébranle le calme et la clairvoyance de l'esprit, il donne l'illusion. Je suis un *sannyasi* ; il n'a de place ni dans ma vie, ni dans mon culte. »

CHAPITRE LXXIII

Après avoir enduré la tyrannie de Harimohini, Sucharita éprouva durant les quelques jours qu'elle passa avec Anandamoyi une détente dont elle n'avait jamais connu l'analogue. Elle ressentait pour Anandamoyi une inclination telle qu'avoir vécu sans la connaître ou loin d'elle semblait incroyable à Sucharita. Anandamoyi avait l'air de comprendre comme par une sorte de miracle tout ce qu'elle avait dans l'esprit et, sans parler, inspirait la sérénité. Jamais encore Sucharita n'avait prononcé avec cette plénitude de sens le nom de mère, et elle saisissait toutes les occasions pour l'appeler « Mère », même quand il n'y avait pas de motif. Lorsque, tous les préparatifs achevés pour le mariage de Lolita, Sucharita se coucha épuisée de fatigue, une seule idée la hantait : comment allait-elle pouvoir quitter Anandamoyi ? Elle se mit à répéter : « Mère, Mère. »

Son cœur se gonflait et les larmes jaillirent. Une minute après, Anandamoyi était debout au pied de son lit.

« Vous m'avez appelée ? » demanda-t-elle en caressant la tête de Sucharita.

Quand celle-ci comprit qu'elle avait crié ce nom, elle fut incapable de répondre et cachant son visage sur l'épaule d'Anandamoyi, elle se mit à sangloter, tandis que, sans parler, Anandamoyi tentait de la consoler. Cette nuit-là Anandamoyi resta coucher avec Sucharita.

Anandamoyi n'avait pas l'intention de quitter la maison tout de suite après le mariage de Binoy.

« Ces deux-là sont des novices. Puis-je vraiment les abandonner avant d'être sûre que leur ménage marche convenablement ?

— Alors, Mère, ces quelques jours, je resterai avec vous.

— Oh oui, Mère, gardez Sucharita avec nous pour quelques jours », insista Lolita.

Satish, entendant cette proposition, s'approcha de sa sœur en sautant de joie et, lui jetant les bras autour du cou, implora : « Didi, moi aussi je resterai ?

— Mais tes leçons, monsieur le babillard ?

— Binoy Babou m'aidera à les apprendre.

— Binoy ne peut pas se mettre à te faire travailler en ce moment, objecta Sucharita.

— Bien sûr que si, je peux, cria Binoy de la chambre voisine. Aurais-je subitement oublié ce que j'ai appris en tant de jours et de soirs d'attention ?

— Votre tante consentira-t-elle ? » demanda Anandamoyi.

Elle se rendait compte que, si Sucharita exprimait elle-même le désir de rester, Harimohini s'offenserait, tandis que si c'était elle qui formulait la requête, la colère de Harimohini tomberait sur elle et épargnerait Sucharita. Dans sa lettre, Anandamoyi expliquait qu'il lui était nécessaire, pour achever d'installer le nouveau foyer, d'y rester encore quelques jours ; si Harimohini autorisait Sucharita à l'aider, cette aide serait d'un grand secours.

Au reçu de cette lettre, Harimohini éprouva non seulement de la colère, mais des soupçons. Maintenant, pensa-t-elle, qu'elle avait mis un terme aux visites de Gora, la mère tendait habilement ses filets pour capturer Sucharita. Harimohini discerna clairement le complot du fils et de la mère. Elle se souvint tout à coup que, dès l'abord, elle avait conçu de l'antipathie pour Anandamoyi, se rendant compte de ses tendances. Si seulement elle parvenait à marier Sucharita dans la noble famille Roy, elle serait soulagée d'un grand poids. Comment pouvait-on faire attendre ainsi un homme comme Kailash, ou, d'ailleurs, un autre ? Le pauvre garçon noircissait les murs de la maison avec sa fumée, car il fumait sans arrêt.

Le lendemain du jour où elle avait reçu la lettre d'Anandamoyi, Harimohini prit un palanquin, emmena une servante et partit pour la maison de Binoy. Elle y trouva Anandamoyi, Sucharita et Lolita en train de préparer le déjeuner dans une cuisine du rez-de-chaussée. De l'étage supérieur parvenait la voix aiguë de Satish qui répétait des mots anglais avec leur orthographe et leur équivalent bengali ; il assourdissait tout le voisinage. Quand il était chez lui, son ton était plus discret ; mais ici, pour bien montrer qu'il ne négligeait pas ses leçons, il prenait grand soin de donner à sa voix cette inutile sonorité.

Anandamoyi accueillit Harimohini avec chaleur ; mais, celle-ci ne prit pas garde à cette amabilité et, sans préambule, débuta ainsi : « Je viens chercher Radharani.

— Très bien, mais asseyez-vous une minute, je vous prie, invita Anandamoyi.

— Non, merci, j'ai encore toutes mes prières du matin à faire ; il faut que je rentre tout de suite. »

Sucharita était occupée à couper une courge ; elle n'ouvrit pas la bouche jusqu'à ce que Harimohini l'interpellât : « Ne m'entends-tu pas ? Il est tard ? »

Lolita et Anandamoyi restèrent muettes, Sucharita abandonna ce qu'elle faisait, se leva et dit : « Allons, Tante. »

Cependant, tandis qu'elle se dirigeait vers le palanquin, elle prit la main de sa tante, l'entraîna dans une autre chambre et dit d'une voix ferme : « Puisque vous êtes venue me chercher, je ne vais pas devant tout le monde refuser de venir ; je rentre avec vous, mais je reviendrai à midi.

— Entendez-la ! s'exclama Harimohini vexée. Pourquoi alors ne pas dire que tu vas rester définitivement ici ?

— Je ne le puis pas. Voilà pourquoi je refuse de quitter ma mère, tant que j'ai l'occasion d'être avec elle. »

Cette remarque mit le comble à la fureur de Harimohini. Toutefois, sentant l'heure peu favorable à la réplique, elle se tut.

« Mère, dit Sucharita à Anandamoyi en souriant, je rentre juste pour une heure ou deux, je serai bientôt de retour.

– Très bien, ma chérie, répondit Anandamoyi sans poser de question.

– Je serai là pour midi », souffla Sucharita à Lolita.

Devant le palanquin : « Et Satish ? demanda Sucharita à sa tante.

– Que Satish reste où il est », dit Harimohini qui le considérait comme un élément perturbateur et préférait le tenir à distance.

Quand elles furent toutes deux installées dans le palanquin, Harimohini voulut introduire le sujet qui l'intéressait : « Bon, voilà Lolita mariée. C'est très bien. De cette fille-là Paresh Babou n'a plus à se soucier. »

Après cette entrée en matière, elle s'étendit sur l'énorme fardeau que représente dans un foyer une fille à marier et l'anxiété pénible des gens qui en ont la charge.

« Que te dirai-je ? Je n'ai pas d'autre inquiétude. Mais, jusque dans les instants où j'invoque le nom de Dieu ce souci ne cesse de me hanter. En vérité, je ne puis plus comme naguère m'absorber dans la pensée de Dieu. Je prie : Seigneur, Vous m'avez tout enlevé ; pourquoi m'imposer à présent ce joug qui m'oppresse ? »

L'obligation de marier Sucharita semblait donc n'être pas seulement pour Harimohini une préoccupation d'ordre social, mais un obstacle sur le chemin de son salut. Et pourtant l'énoncé de cette grave difficulté ne faisait pas sortir Sucharita de son indifférence.

Incapable de pénétrer exactement la pensée de sa nièce, mais se fiant au proverbe : « Qui ne dit mot consent », Harimohini interpréta cette attitude comme favorable à son point de vue et supposa que sa victime se laissait convaincre. Elle poursuivit donc en indiquant par quel moyen elle avait réussi la tâche difficile d'ouvrir à une fille comme Sucharita les portes de la société hindoue et avec quelle habileté elle avait travaillé pour que, même invitée chez les brahmanes du plus haut rang, Sucharita puisse s'asseoir aux côtés de tous les hôtes priés à leurs fêtes sans qu'une objection risquât seulement d'être murmurée. À ce point du discours, le palanquin avait atteint leur maison. Au moment de monter l'escalier, Sucharita remarqua que, dans la petite chambre voisine de l'entrée, le domestique était en train d'oindre d'huile le corps d'un inconnu qui, évidemment, se préparait pour le bain. Cet hôte ne témoigna pas la moindre gêne en apercevant Sucharita ; en fait, il la regarda avec une visible curiosité. Tout en montant, Harimohini expliqua que son beau-frère était venu en visite. À la lumière de l'incident, Sucharita devina immédiatement ce qui se tramait. Harimohini voulut lui expliquer que la présence d'un visiteur dans la maison rendrait extrêmement impoli son départ à midi. Mais Sucharita secoua la tête avec violence et s'exclama : « Non, Tante, il faut que je reparte.

– Soit. Alors reste aujourd'hui et repars demain.

– Sitôt que j'aurai pris mon bain, j'irai déjeuner avec Père et de là-bas je retournerai chez Lolita, persista Sucharita.

– C'est toi qu'il est venu voir, laissa échapper Harimohini.

– Pourquoi me verrait-il ? demanda Sucharita en rougissant.

– Écoutez-la, s'écria Harimohini. Aujourd'hui ces affaires ne se concluent pas sans qu'on se voie. Dans ma jeunesse, c'était différent. Ton oncle ne m'avait jamais vue avant le coup d'œil rituel dans la cérémonie du mariage. »

Et après cette indication, Harimohini se hâta de fournir d'autres détails sur les préliminaires de son propre mariage. Elle raconta comment, après la première proposition, un vieil employé de la famille Roy et une servante âgée, accompagnés par deux domestiques aux larges turbans qui portaient de gros bâtons, étaient venus à la maison de son père pour examiner la jeune fille. Elle décrivit l'agitation qui les avait accueillis à son foyer, et les préparatifs faits pour recevoir dignement ces représentants du futur époux et pour leur offrir un festin. Avec un long soupir, elle acheva : « Tout, alors, était différent.

– Tu n'as pas à te tourmenter, reprit-elle ensuite, vois-le cinq minutes, cela suffira.

– Non », dit Sucharita sur un ton catégorique.

Harimohini fut suffoquée par la netteté de ce refus, mais elle déclara : « Bon, eh bien, on s'arrangera même si tu ne veux pas te montrer. Ce n'est pas indispensable. Pourtant Kailash est un jeune homme moderne ; il est comme toi, il n'a de respect pour aucune tradition et il a dit qu'il désirait voir la fiancée de ses propres yeux. Comme tu te laisses voir par n'importe qui, je lui avais dit qu'il n'y aurait pas de difficulté à ce que je vous fasse vous rencontrer. Pourtant, si cela t'intimide, tant pis. »

Et elle entama un nouveau discours vantant la remarquable éducation de Kailash ; elle raconta comment d'un trait de plume il avait créé des ennuis au receveur des postes de son village et que, dans les villages d'alentour, tous ceux qui entamaient un procès ou qui voulaient envoyer une pétition ne manquaient pas de le consulter avant d'entreprendre la moindre démarche. De son caractère et de son tempérament, il était inutile de faire l'éloge. Il n'avait pas voulu se remarier après la mort de sa femme, et, malgré les supplications de ses parents et de ses amis, il avait préféré suivre les ordres de ses gurus. Harimohini avait dû se donner un mal considérable pour l'amener à écouter sa proposition : il ne voulait même pas l'entendre. Et quelle famille distinguée ! Et entourée de tant de respect !

Sucharita cependant refusa d'être l'occasion qui mettrait en danger ce respect, elle n'avait pas l'égoïsme de songer à son intérêt personnel. En somme, elle montra clairement que si la communauté hindoue n'avait pas de place pour elle, elle n'en serait aucunement émue. Cette fille stupide ne se rendait pas compte qu'avoir obtenu le consentement de Kailash à ce mariage, consentement si difficile à emporter, lui était un grand honneur ; au contraire, elle semblait y voir une insulte.

Harimohini était révoltée de cet esprit de contradiction qui sévit à l'époque moderne. Alors, dans sa colère, elle se mit à proférer toute sorte d'insinuations contre Gora. Elle mit en cause la position qu'il occupait dans la société, malgré ses vantardises et sa prétention d'être un si bon hindou. Elle aimerait savoir à qui il inspirait de la déférence et qui aurait assez d'influence pour le protéger des représailles que lui infligerait la communauté dont il faisait partie si, par cupidité, il épousait une jeune fille riche du Brahmo Samaj. En vérité, tout leur argent devrait passer à acheter ses relations pour qu'elles se taisent.

« Pourquoi parlez-vous ainsi, Tante ? Vous savez bien que ce que vous dites n'a pas le moindre fondement.

– Quand on est arrivé à mon âge, ricana Harimohini, personne n'a plus la faculté de vous raconter des histoires. Mes yeux et mes oreilles sont ouverts. Je vois, j'entends et je comprends tout. Si je me tais, c'est de stupéfaction. »

Et elle exposa sa ferme certitude que Gora complotait avec sa mère pour épouser Sucharita et que le but essentiel de ce mariage n'était guère honorable. Elle ajouta que, si elle n'avait pas été à même, grâce à l'offre de la famille Roy, de sauver Sucharita, l'intrigue de Gora risquait de réussir, un jour.

C'en était trop, même pour la patience de Sucharita et elle explosa : « Ceux dont vous parlez sont des gens que je respecte ; puisqu'il vous est impossible de comprendre, si peu que ce soit, la nature de mes rapports avec eux, je ne peux adopter qu'une seule conduite, m'en aller d'ici. Quand vous serez devenue raisonnable et que je pourrai revenir vivre seule avec vous, je reviendrai.

– Si tu n'éprouves pas d'inclination pour Gourmohan Babou, insista Harimohini, et que tu n'aies pas l'intention de l'épouser, que peux-tu reprocher au mari que je te propose ? Tu ne vas pourtant pas rester célibataire.

– Et pourquoi pas ? cria Sucharita. Je ne me marierai jamais. »

Harimohini ouvrit les yeux tout grands de stupeur : « Et jusqu'à tes vieux jours, tu ne te...

– Jusqu'à la mort. »

CHAPITRE LXXIV

Que Sucharita ait été absente de chez elle quand il avait si ardemment désiré la voir transforma le cours des idées de Gora. Il sentit que l'influence exercée sur lui par Sucharita était due aux rapports trop intimes qu'il avait entretenus avec toute la famille ; sans qu'il en prît conscience, des liens étroits s'étaient noués. Son orgueil lui avait fait outrepasser les limites prescrites et sa négligence des prohibitions lui avait fait transgresser les coutumes de son pays. Non seulement par une telle négligence on se fait, consciemment ou non, tort à soi-même, mais on perd la faculté d'être utile aux autres. Un commerce trop étroit avec certaines gens donne aux sentiments une force qui obscurcit notre foi et notre sagesse.

Cette vérité n'était pas apparue à Gora uniquement parce qu'il avait fréquenté avec trop de familiarité des jeunes filles brahmos ; même dans ses rapports avec les autres, il commençait à avoir l'impression d'être emporté par un tourbillon. Car en lui naissait peu à peu une compassion qui le poussait à juger sévèrement, à critiquer et à condamner des pratiques qu'il était tenté de modifier. Un tel sentiment de pitié n'altérait-il pas sa capacité de distinguer entre le bien et le mal ? Plus nous sommes portés à éprouver la pitié, plus nous perdons le pouvoir de considérer la vérité comme absolue et immuable ; la sympathie nous masque la lumière, comme la fumée masque le feu : « Aussi, songeait Gora, dans notre pays, la règle a toujours été, pour ceux qui ont la charge de guider les autres, de demeurer solitaires. L'idée qu'un roi peut protéger ses sujets en se mêlant étroitement à eux est sans base ; c'est pourquoi d'eux-mêmes les sujets entourent le souverain d'un halo de réserve : ils se rendent compte que, s'il fraie familièrement avec eux, il perd sa raison d'être. Le brahmane aussi doit préserver cette réserve, ce détachement. Le brahmane qui accepte d'être pris dans l'engrenage du commun peuple, de se vautrer dans la boue du négoce, qui, par amour de l'argent, pose sur sa nuque ce joug qui charge le *sudra** et qui, écrasé sous le poids, meurt ignoblement, Gora le méprisait à tel point qu'il le regardait à peine comme doué du souffle vital ; il le considérait comme inférieur au *sudra*, car celui-ci au moins reste fidèle à sa caste, tandis qu'un tel brahmane perd le sens de sa dignité et par là même sa pureté. C'était par la faute de semblables brahmanes que l'Inde traversait une période si cruelle d'abaissement moral.

---

* *Sudras :* forment la dernière des quatre grandes castes traditionnelles ; bas peuple à peine associé à la vie religieuse et voué aux tâches les plus humbles de la vie sociale.

Gora était désormais prêt à se vouer à la réalisation du *mantra* des brahmanes, ce *mantra* générateur de vie. Il se promit de fuir tout contact impur : « Le plan sur lequel je vivrai, se dit-il, est différent de celui des autres. Pour moi, l'amitié n'est pas indispensable ; je n'appartiens pas à cette classe commune pour qui la présence d'une femme est une joie et une douceur. Une intimité trop grande avec la foule, je dois la fuir de façon absolue. Comme la terre regarde le ciel dans l'attente de la pluie, la foule regarde le brahmane. Si je m'approche trop d'elle, qui lui communiquera la vie de l'âme ? »

Jusqu'à cette époque, Gora ne s'était jamais beaucoup préoccupé d'adorer la Divinité. Mais dans sa détresse présente, il ne trouvait plus de point d'appui en lui-même ; ses occupations ordinaires lui semblaient vides, et son existence vouée aux larmes. Il voulut chercher si l'adoration lui apporterait un secours. Il demeurait de longues heures immobile devant son idole, s'efforçant de concentrer sa pensée ; pourtant il ne parvenait pas à éveiller en lui-même le moindre sentiment de piété. Il raisonnait et discutait mentalement le sens de cette idole mais, alors, l'idole devenait pur symbole. Devant un pur symbole le cœur reste insensible, et l'adoration ne s'adresse pas à une conception métaphysique. Gora se rendit compte qu'en somme la joie du croyant le remplissait et qu'une dévotion sincère l'émouvait, en discutant de religion et en échangeant des arguments plutôt qu'en s'efforçant d'accomplir un *puja* dans le temple.

Toutefois, il ne renonçait pas ; chaque jour, il s'acquittait du *puja* rituel et des cérémonies prescrites par les Écritures. Il se justifiait à ses propres yeux en alléguant pour lui-même que la faculté de s'unir à tous par l'émotion religieuse lui faisant défaut, il pouvait du moins s'unir aux autres par l'observance des règles et des coutumes. Dans tous les villages où il entrait, il se rendait au temple et, assis dans la posture de la méditation, songeait que cette place était bien celle qui lui revenait : d'un côté le dieu, de l'autre le fidèle et, entre les deux, comme un intercesseur, le brahmane qui servait de pont. Peu à peu l'idée se développa chez Gora que la piété intérieure n'est pas nécessaire à un brahmane. La piété est une vertu propre au vulgaire, l'arche qui va du fidèle à la foi est une arche de savoir, et ce savoir les unit et en même temps, les sépare. S'il n'existait pas entre la Divinité et le fidèle un abîme de pure sagesse, tous les rapports seraient faussés. Donc l'émotion que comporte la piété n'est pas souhaitable chez le brahmane. Son rôle est de demeurer à l'écart sur un trône de sagesse, et, par ses austérités, de préserver pour le bonheur des foules le mystère d'une foi pure et sans tâche. Comme, dans le monde matériel, le brahmane ne peut trouver le repos, ainsi l'adoration des dieux ne lui réserve pas la joie qu'apporte la prière ; cette douceur n'est pas son lot. En cela réside la noblesse du brahmane ; dans le monde, les contraintes et l'obéissance aux rites, dans la pratique de la religion, la science théologique, toujours la voie du renoncement. Pour punir son cœur d'avoir emporté sur lui une victoire, Gora prescrivait à ce cœur rebelle la peine du bannissement. Pourtant, qui se chargerait de conduire le coupable vers l'exil ? Quel policier se trouverait pour exécuter la sentence ?

CHAPITRE LXXV

Les préparatifs pour la cérémonie de purification de Gora se poursuivaient rapidement dans le jardin au bord du Gange. Abinash se désolait que le lieu choisi fût situé si loin du centre de Calcutta qu'il n'attirerait pas grand public. Il savait que Gora n'avait pas personnellement besoin de cette purification : c'était le pays qui en avait besoin, à cause de l'effet moral qu'elle produirait sur le peuple. Aussi jugeait-il nécessaire que la cérémonie s'accomplît au milieu d'un grand concours de peuple. Toutefois, Gora n'y consentait pas : le centre d'une ville active et encombrée comme Calcutta ne convenait pas à l'érection du grand bûcher de sacrifice ni à la psalmodie des *mantras védiques** à laquelle il tenait. Un ermitage de la forêt y aurait beaucoup mieux convenu. Sur la rive solitaire du Gange, éclairé par les flammes du bûcher sacrificiel et accompagné par les chants védiques, Gora invoquerait l'Inde antique, cette maîtresse à penser du monde entier et, par le bain rituel et la pénitence, il

---

* *Védique :* se rapporte à la religion des Védas.

recevrait d'elle l'initiation à une vie nouvelle. Il ne se souciait point comme Abinash de l'effet moral.

Abinash, ne voyant pas d'autre moyen pour satisfaire son désir d'assurer la publicité de la cérémonie, chercha le concours de la presse, et, sans prévenir Gora, il avertit tous les journaux de la cérémonie projetée. Bien plus, il écrivit plusieurs articles pour exposer l'idée qu'un brahmane aussi ardent et pur que Gora ne pouvait être contaminé par aucun péché, mais qu'il avait pris sur ses épaules les fautes de l'Inde déchue de son temps et qu'il accomplirait sa pénitence au bénéfice du pays tout entier.

« Comme notre pays souffre du joug d'une race étrangère, en châtiment de sa corruption, Gourmohan Babou a subi personnellement la souffrance de porter les fers du prisonnier. Donc, de même qu'il a assumé la souffrance de son pays et se prépare à faire pénitence pour les fautes de la patrie, vous maintenant, frère bengalis, misérables enfants de l'Inde, vous devriez... »

Quand Gora lut ces élucubrations, il en conçut une véritable fureur ; cependant Abinash fut inflexible. Même injurié par Gora, il ne se laissa pas ébranler, en fait il fut plutôt satisfait. Il avait le sentiment que son guru se mouvait dans un royaume de la pensée inaccessible aux autres et ne pouvait s'entendre à des considérations matérielles. Il était le céleste *Nârada** qui charme Vichnou des sons de sa

---

* *Nârada* · fils de Vishvamitra qui savait par cœur le Ramayana.

vina et lui fait créer le Gange sacré ; mais faire couler le fleuve dans le monde des mortels est la tâche du roi profane Bhagiratha ; cette besogne ne convenait pas à un habitant du ciel. Aussi, quand Gora s'irritait des initiatives scandaleuses d'Abinash, celui-ci se contentait de sourire et sa révérence pour Gora s'accroissait encore ; il se disait : « Comme la face de notre guru ressemble à celle de Shiva, dans ses pensées ! Il est pareil à Bholanath ; il ne comprend rien, il n'a pas le sens commun, il se fâche pour une bagatelle d'ailleurs en un instant, il reprend son calme. »

À la suite des efforts d'Abinash, les projets conçus pour la purification de Gora commençaient à faire sensation alentour et un nombre énorme de gens affluaient chez Gora pour le voir ou pour lui être présentés. Tous les jours, parvenaient à son adresse tant de lettres qu'il finit par renoncer à les lire. À son avis, toute cette agitation au sujet de sa pénitence la dépouillait de sa solennité religieuse pour la transformer en une sorte de réunion mondaine.

À cette époque, Krishnadayal ne lisait plus les journaux ; mais le bruit des préparatifs faits par Abinash pénétra jusque dans sa retraite et ses disciples s'étendaient fièrement sur l'espoir que ce fils digne de leur ami révéré occupe un jour une place égale à celle de son vénérable père ; déjà il suivait les traces de ce saint, et tous insistaient avec plaisir sur les détails de la cérémonie projetée, rapportant avec quel éclat elle serait célébrée. Depuis bien longtemps, Krishnadayal n'avait plus mis les pieds dans la chambre de Gora. Pourtant ce jour-là, après s'être dépouillé de ses vêtements de soie, il mit un costume ordinaire et se décida à entrer. Mais Gora était invisible et le serviteur informa Krishnadayal qu'il se trouvait dans l'oratoire familial.

« Grands dieux ! Qu'a-t-il à faire dans notre temple ? » s'exclama Krishnadayal. Apprenant que Gora s'y était rendu pour prier, Krishnadayal s'inquiéta davantage encore et il courut d'un trait jusqu'à la porte de l'oratoire. Il vit Gora absorbé dans son *puja* ; il l'appela du dehors.

Gora se releva, surpris d'apercevoir son père. Krishnadayal avait organisé, dans la partie de la maison qu'il habitait, le culte de son dieu particulier. La famille était sectatrice de Vichnou, mais lui était devenu *shakta* et depuis longtemps ne se joignait plus au culte domestique. Il appela : « Gora, sors, viens ici... Qu'est-ce que signifie ta conduite ? s'exclama Krishnadayal quand Gora fut sorti. Nous avons des brahmanes ici chargés d'accomplir les rites ; chaque jour, ils célèbrent le culte comme il est prescrit ; tu n'as pas besoin de t'en occuper.

— Pourtant, il n'y a rien de mal à le faire.

— Rien de mal, s'écria Krishnadayal. Vraiment ! Si, c'est mal. Pourquoi ceux qui n'ont pas le droit d'accomplir ces rites s'en mêlent-ils ? C'est un véritable crime, et un crime qui ne t'atteint pas seul, mais qui rejaillit sur nous tous.

— Si vous considérez les actes du point de vue de la piété intime, je crois que peu de gens ont vraiment le droit de prier, dit Gora. Croyez-vous cependant que notre chapelain ait ce droit que je n'ai pas ? »

Krishnadayal se trouva soudain tout interdit et il lui fallut un bon moment pour pouvoir répondre : « Vois-tu, faire *puja* pour les autres est la profession de la caste brahmane de notre chapelain ; les dieux ne regardent pas comme un crime pour les gens de sa profession d'assurer les cérémonies, quel que soit leur état d'esprit. Si l'on se montrait trop exigeant à cet égard, ils risqueraient de ne pouvoir remplir leur fonction et l'activité de la société serait suspendue. Mais toi, tu n'as pas d'excuse ; pourquoi es-tu dans l'oratoire ? »

Il ne paraissait pas absurde, de la part d'un homme comme Krishnadayal, de prétendre qu'un brahmane strict comme Gora n'avait pas le droit d'entrer dans l'oratoire ; aussi Gora accepta-t-il la remontrance sans protester.

Krishnadayal continua : « Et une nouvelle m'est revenue aux oreilles. Est-il vrai, Gora, que tu as lancé des invitations aux pandits pour une cérémonie de purification ?

— Oui, confessa Gora.

— Tant que je vivrai, je ne le permettrai pas, s'emporta Krishanadayal.

— Pourquoi ? fit Gora, en révolte.

— Voyons, ne t'ai-je pas dit l'autre jour que tu n'as pas le droit de participer à une cérémonie de ce genre ?

— Si, vous me l'avez dit, mais vous ne m'avez pas donné de raison.

— Je ne vois pas pourquoi je devrais te donner une raison. Nous sommes vos aînés et vos maîtres ; nos conseils doivent être obéis et c'est une loi religieuse que, sans notre accord, vous ne pouvez participer à une cérémonie. Tu connais, je suppose, celles qu'on célèbre en mémoire des ancêtres ?

– Eh bien, y a-t-il un obstacle à ce que j'y assiste ?

– C'est absolument impossible, dit Krishnadayal avec irritation.

– Écoutez, expliqua Gora profondément blessé, il s'agit là de moi uniquement. Je m'impose cette pénitence pour me délivrer de la pollution de la prison ; il n'est pas besoin de vous tourmenter et de discuter à ce sujet.

– Gora, ne provoque pas un conflit à tout propos. Ces choses-là ne se démontrent pas et tu n'es pas en état de les comprendre. Tu te trompes, je te le répète, en croyant que tu as vraiment pénétré au cœur de la religion hindoue. Tu n'en as pas le droit, car chaque goutte de sang dans tes veines, tout ton corps des pieds à la tête, s'y oppose. Tu ne peux pas soudain devenir un hindou. Quelque désir que tu en aies, il est irréalisable. Il faut avoir mérité cela au cours de nombreuses existences antérieures à sa naissance.

– J'ignore tout de mes vies antérieures, dit Gora en rougissant, mais ne puis-je revendiquer le droit que m'assure le sang de votre race ?

– Tu discutes encore, cria Krishnadayal. N'as-tu pas honte de me contredire ? Tu te prétends hindou, quand te débarrasseras-tu de ce tempérament étranger qui est le tien ? Écoute mes ordres et mets un terme à cette histoire.

« – Si je ne pratique pas de pénitence, dit Gora après être demeuré une minute silencieux la tête baissée, je ne pourrai pas, au mariage de Sochi, m'asseoir avec le reste de la famille.

– Ce sera très bien, dit Krishnadayal avec empressement ; quel mal y vois-tu ? On te préparera un siège dans un coin, séparé.

– Et il faudra aussi que je me tienne à l'écart de notre communauté ?

– Ce sera très bien aussi ! »

Et voyant la surprise de Gora devant cette approbation, il ajouta : « Regarde-moi ; je ne prends jamais mes repas avec personne, même si je suis invité. Quels rapports me vois-tu entretenir avec la communauté ? Ton désir de mener une vie aussi pure que possible devrait te conduire à agir comme moi. Autant que j'en sache, ce serait pour ton bien. »

À midi, Krishnadayal fit chercher Abinash et lui dit : « Vous conspirez tous pour amener Gora à cette comédie ?

– Comment, fit Abinash. C'est plutôt votre Gora qui nous entraîne. Mais il ne prend guère part à la pièce.

– Pourtant, remonta Krishnadayal, il faut que je vous en avertisse, tous ces embarras à propos de sa pénitence ne riment à rien. Je ne donnerai pas mon autorisation. Vous feriez mieux de vous abstenir. »

Abinash trouva que le vieillard y mettait de l'entêtement. Les exemples ne manquaient pas dans l'histoire de pères de grands hommes qui manifestaient une complète incompréhension de la valeur de leur fils ; il pensa que Krishnadayal appartenait à cette classe de pères. Si seulement, au lieu de passer ses jours et ses nuits en compagnie de tous ces charlatans de *sannyasis*, Krishnadayal apprenait un peu de son propre fils, il en tirerait plus de bénéfice.

Pourtant Abinash avait du tact. Voyant que la discussion était vaine et qu'il ne pouvait compter dans ce cas sur l'effet moral qu'il recherchait ailleurs, il ne perdit pas son temps à plaider inutilement. Il approuva : « Très bien, Maître, vous la désapprouvez, la pénitence n'aura pas lieu pour Gora. Cependant, comme toutes les dispositions sont prises et les invitations lancées, nous écarterons Gora et nous célébrerons une pénitence générale, car les péchés ne manquent pas dans notre pays. »

Et ce projet eut le don de pacifier Krishnadayal.

Gora n'avait jamais témoigné un grand respect pour les paroles de Krishnadayal ; ce jour-là non plus son esprit ne se soumettait pas. Dans ce domaine qui est supérieur à la vie de société, il ne se considérait pas comme assujetti aux interdictions de son père ou de sa mère. Néanmoins, il sentait dans la scène qui venait de se dérouler un élément qui lui inspira du malaise toute la journée. Dans sa tête s'élabora vaguement l'idée que les paroles de Krishnadayal cachaient peut-être une vérité qui lui restait inconnue. Il se sentait oppressé par une sorte de cauchemar qu'il ne parvenait pas à dissiper. Il avait l'impression d'être repoussé à la fois de toutes les directions. Il se voyait absolument isolé, et cet isolement total l'écrasait. Devant lui s'étendait un si vaste champ de travail, l'œuvre à réaliser était si grande, et personne n'était à ses côtés pour le seconder.

CHAPITRE LXXVI

La pénitence solennelle devait avoir lieu le lendemain. Il avait été décidé que Gora passerait la nuit à la maison de campagne près du fleuve. Mais, juste à l'instant où il se disposait à partir, Harimohini se présenta chez lui, à l'improviste. Sa vue fut désagréable à Gora et il balbutia : « Vous arrivez, et il me faut partir sans tarder… Et Mère est sortie ; si vous voulez la voir…

– Non, merci, répondit Harimohini, c'est vous que je viens voir. Asseyez-vous une minute, je n'en ai pas pour longtemps. »

Gora s'assit et Harimohini introduisit aussitôt le sujet qui l'amenait. Sucharita, expliqua-t-elle, avait retiré grand avantage de l'excellent enseignement que lui avait donné Gora ; ainsi elle n'acceptait plus maintenant de boire de l'eau touchée par n'importe qui, et elle était pleine de bonnes dispositions.

« Seigneur, gémit Harimohini, vous ne savez pas quel souci elle a été pour moi. Si vous pouvez la diriger vers le droit chemin, je vous en serai reconnaissante toute ma vie. Que Dieu vous fasse souverain d'un royaume. Puissiez-vous épouser une jeune fille de pure extraction digne de vos ancêtres.

Puisse votre foyer être prospère ; puissiez-vous avoir la richesse et une nombreuse descendance. »

Elle continua en disant que Sucharita était trop âgée pour qu'on perdît un seul jour sans essayer de la marier. Si elle avait été élevée chez des hindous, elle serait déjà mère de plusieurs enfants. Harimohini était certaine que Gora partageait son opinion sur l'inconvenance qu'il y aurait à reculer un mariage si nécessaire. Elle était enfin parvenue, après s'être longtemps tourmentée en essayant de résoudre le problème de ce mariage, à obtenir, au prix de grands efforts et d'humbles démarches, que son beau-frère Kailash vienne à Calcutta. Grâce à Dieu, tous les obstacles qui avaient causé à Harimohini tant d'anxiété étaient éliminés. Tout était réglé. On n'exigerait pas de dot en argent et on ne s'appesantirait pas sur la vie que Sucharita avait menée dans le passé. Par son habileté, Harimohini avait atteint ce résultat. Et, à un tel moment, si surprenant que cela pût paraître, Sucharita refusait ce mariage et s'obstinait à le refuser. Dieu seul savait si elle avait subi une influence contrariante ou si elle éprouvait un attrait pour quelqu'un d'autre.

« Et, continua Harimohini, il faut que je vous avoue qu'elle n'est pas digne de vous. Si elle se marie, et s'établit dans un village, personne ne saura qui elle était, et, en somme, nous éviterons les ennuis. Au contraire, vous habitez la ville ; si vous l'épousiez, vous ne pourriez plus paraître en public.

– Que voulez-vous dire ? questionna Gora

furieux. Et qui a jamais dit que je voulais l'épouser ?

— Je n'en sais rien, dit Harimohini en s'excusant. Quand j'ai appris qu'il en était question dans les journaux j'ai cru mourir de honte. »

Gora devina que Haran Babou ou un autre membre du Brahmo Samaj devait avoir émis cette idée dans la presse, et il serra les poings en criant : « C'est un mensonge.

— Je le sais, dit Harimohini terrifiée par la voix tonnante de Gora. Maintenant j'ai une requête à vous adresser, il faut que vous me l'accordiez. Venez tout de suite à la maison voir Radharani.

— Pourquoi ?

— Pour lui expliquer la situation. »

Le cœur de Gora bondit à cette perspective et il se sentit prêt à se rendre immédiatement auprès de Sucharita. Son esprit lui suggérait un prétexte : « Va la voir aujourd'hui pour la dernière fois. Demain, tu accomplis ta pénitence ; ensuite, tu seras un ascète. Il ne reste plus que cette brève soirée, tu ne passeras qu'un moment près d'elle. Sûrement, il n'y a pas là de crime ; même s'il y en avait un, demain tout sera consumé et réduit en cendres. »

« Dites-moi ce que je dois lui expliquer, proposa Gora après un silence.

— Tout simplement ceci : suivant la loi hindoue, une fille de l'âge de Sucharita doit être mariée sans perdre de temps. Et pour une fille dans sa situation, obtenir dans la société hindoue un mari comme Kailash est une chance exceptionnelle. »

Gora se sentit percé de mille flèches, et, évoquant l'homme qu'il avait croisé à la porte de Sucharita, il était comme piqué par un scorpion. L'idée même lui était insoutenable qu'un tel homme pût épouser Sucharita. Son esprit se révoltait : la chose était impossible. Sucharita ne s'unirait pas à un autre. Cette sensibilité vibrante et silencieuse, pleine de pudiques émotions, cette pensée profonde, jamais elles ne s'étaient dévoilées, jamais dans l'avenir elles ne se dévoileraient à un autre comme à lui-même. Quelle communion merveilleuse, quel prodige les avaient rapprochés ! Quelle indicible présence s'était révélée dans le mystère le plus secret de leur être ! Rares sont ceux à qui est donnée semblable expérience, rares sont les témoins de semblable miracle. Celui à qui la destinée a découvert la nature intime de Sucharita, qui de toute son âme en a recueilli l'essence, il l'a obtenue tout entière et pour toujours. Comment un autre alors la posséderait-il ?

« Radharani restera-t-elle sans mari toute sa vie ? Un sort pareil lui est-il réservé ? » s'exclama Harimohini.

Elle avait raison. Demain Gora accomplirait sa pénitence ; ensuite il serait le brahmane dans toute sa pureté. Sucharita donc serait condamnée à demeurer sans époux. Avait-on le droit de lui infliger un tel destin ? Une femme aurait-elle la force de soutenir une si lourde charge ? Harimohini continuait à parler, mais Gora ne l'écoutait plus : il réfléchissait : « Mon père m'a si souvent défendu d'accomplir cette pénitence. Son interdiction est-elle sans valeur ? Peut-être le sens que j'attribue à ma vie naît-il d'une illusion ; peut-être est-il en désaccord avec ma nature ? Si j'assume un rôle artificiel, un rôle trop lourd pour moi, je serai paralysé pour toujours et ce poids constant risque de m'empêcher d'accomplir ma tâche véritable. Je me rends compte maintenant que mon cœur ne sait se délivrer du désir. Comment écarterais-je ce faix qui m'écrase ? Sans doute, mon père a-t-il découvert que tout au fond de moi-même, je ne suis pas un vrai brahmane, pas un ascète, ce qui expliquerait sa défense. »

Gora décida d'aller immédiatement trouver Krishnadayal ; il demanderait fermement pour quel motif lui, le père, jugeait la route de la pénitence fermée pour son fils. Si seulement il parvenait à obtenir une réponse, elle lui fournirait un indice, l'indice d'une direction où se cachait peut-être une issue

« Attendez un instant, je vous prie, je reviens tout de suite », dit Gora à Harimohini, et il se précipita vers l'appartement de son père. Il sentait que Krishnadayal connaissait un fait le concernant dont la communication le délivrerait aussitôt de ses anxiétés.

Mais la porte du refuge de son père était close, et elle ne s'ouvrit même pas quand Gora y eut frappé deux ou trois fois. Nul ne répondit. De l'intérieur arrivait le parfum de l'encens et du santal Krishnadayal avec un de ses *sannyasis* était absorbé dans une profonde expérience de yoga et dans ces circonstances, il se gardait soigneusement contre toute intrusion. De toute la nuit, personne ne serait autorisé à pénétrer chez lui

CHAPITRE LXXVII

« Non, s'écria Gora en lui-même, ma pénitence n'est pas pour demain, elle a commencé aujourd'hui. Le feu qui me dévore brûle plus fort que celui qui s'allumera demain. Pour marquer le début de cette vie nouvelle, je dois offrir un sacrifice exceptionnel. Voilà pourquoi Dieu m'a inspiré une passion si forte. Sans quoi, comment expliquer ce hasard étonnant ? Il était bien improbable que je contracte de l'intimité avec cette famille, et un lien si fort entre des natures opposées ne se noue pas dans le cours normal des choses. En outre, qui aurait pu rêver qu'une aspiration si puissante s'éveillerait dans le cœur d'un être indifférent comme moi ? Jusqu'ici ce que je donnais à mon pays ne me coûtait pas d'effort, jamais je n'avais été appelé à lui offrir un sacrifice qui me coûtât vraiment. Je ne comprenais pas qu'on puisse hésiter à consacrer tout à sa patrie. Pourtant, une consécration aussi solennelle exige le renoncement total. Il faut que le sacrifice soit douloureux et je ne renaîtrai pas sans que tout mon être soit déchiré. Demain, ma pénitence sera célébrée en présence de toute ma communauté ; aujourd'hui, en cette veille si grave, le Maître de ma vie vient frapper à la porte de mon cœur. Comment, sans me châtier moi-même jusqu'au plus profond de mon âme, accepterai-je demain la purification ? Si je m'impose cet holocauste si pénible, si je le consens sincèrement et totalement, alors je serai vraiment dépouillé, alors je serai un brahmane. »

Quand Gora revint vers Harimohini, elle lui dit : « Accompagnez-moi juste cette fois ; si vous parlez à Sucharita, tout ira bien.

– Pourquoi vous suivrais-je, protesta Gora. Que suis-je pour elle ? Absolument rien.

– Voyons, elle vous révère comme un dieu et vous respecte comme son guru. »

Ces mots émurent vivement Gora, mais il continua à protester : « Je ne vois pas la nécessité de vous suivre. Il n'y a aucune chance pour que je la revoie jamais.

– Vous avez raison, dit Harimohini avec un sourire de satisfaction, il n'est pas bien que vous voyiez ainsi une fille en âge d'être mariée. Pourtant, je ne puis renoncer à ce que vous m'aidiez aujourd'hui. Si je fais encore appel à vous, vous refuserez. »

Gora cependant secoua la tête. Non, jamais, c'était fini. Il avait fait le sacrifice à son dieu ; désormais souiller de la moindre tache la pureté recouvrée était impossible. Il n'irait pas.

Quand Harimohini comprit qu'elle ne parviendrait pas à le persuader, elle lui adressa une autre requête : « Eh bien, s'il vous est impossible de m'accompagner, faites un geste, je vous en prie, écrivez-lui. »

De nouveau, Gora fit un signe de dénégation.

« Alors, dit Harimohini, écrivez au moins deux lignes pour moi. Vous êtes versé dans les Écritures, je vous demande un texte scripturaire approprié.

– Un texte scripturaire ?

– Un texte disant qu'une fille adulte dans un foyer hindou a le devoir de se marier et d'assumer la vie domestique.

– Écoutez, fit Gora après un instant de silence, ne me mêlez pas à cette affaire. Je ne suis pas un pandit pour donner des interprétations des Écritures.

– Pourquoi n'avouez-vous pas franchement ce qu'au fond vous désirez ? demanda Harimohini avec aigreur. Vous avez commencé par façonner une chaîne, et maintenant, que le jour vient de la briser, vous ne voulez pas être mêlé à cette affaire. Que signifie cette attitude ? La vérité est que vous n'avez pas la moindre envie qu'elle se décide. »

Dans toute autre circonstance, Gora se serait violemment indigné devant une imputation de ce genre. Il n'aurait même pas enduré l'accusation si elle avait été fondée. Mais ce jour-là, sa pénitence était en cours, la colère lui était interdite. En outre, tout au fond de lui-même, il se rendait compte que Harimohini ne se trompait pas. Il avait la cruelle force de couper les liens puissants qui l'attachaient à Sucharita, mais il souhaitait inconsciemment laisser subsister, sous un prétexte ou sous un autre, le fil très fin, si fin qu'il passerait inaperçu. Même à cette heure, il n'était pas prêt à détruire totalement et définitivement tout ce qui les attachait. Pourtant, le renoncement sans réserve était indispensable ; il serait hypocrite de sacrifier de la main droite ce qu'il retiendrait de la main gauche. Aussi Gora prit-il une feuille de papier et il écrivit d'une écriture ferme et claire :

« Le mariage est pour la femme la voie selon laquelle elle réalisera la perfection. Son devoir premier est au foyer. Le mariage n'est point recherche de satisfactions personnelles mais vie de service et de dévouement. Que cette vie lui apporte joie ou souffrance, elle l'accepte et, pure, fidèle et vertueuse, la femme vraiment religieuse sera au foyer l'incarnation concrète de la Religion. »

« Il serait excellent que vous ajoutiez un mot ou deux en faveur de notre Kailash, suggéra Harimohini en lisant ces conseils.

– Non, objecta Gora, je ne le connais pas, et ne puis rien écrire à son sujet. »

Harimohini plia la feuille avec le plus grand soin, la noua dans un coin de son sari et repartit. Elle rentra chez elle, car Sucharita n'ayant pas quitté la maison de Lolita où elle était avec Anandamoyi, Harimohini jugeait maladroit de discuter là-bas l'affaire qui l'intéressait, redoutant des objections de Lolita ou d'Anandamoyi qui feraient hésiter Sucharita. Aussi envoya-t-elle un billet à la jeune fille, la priant de rentrer déjeuner le lendemain, car elle avait à lui parler d'un sujet important ; elle promettait de la laisser retourner l'après-midi même chez Lolita.

Le lendemain matin, Sucharita arriva, décidée à résister énergiquement, car elle se doutait que sa tante allait soulever de nouveau la question de son mariage. Elle était déterminée à mettre un terme aux discussions, en opposant à la proposition le refus le plus catégorique. Après le repas, Harimohini commença : « Hier soir, je suis allée voir ton guru. »

Sucharita prit peur ; sa tante la faisait-elle venir pour recommencer à proférer des insultes contre Gora ?

« Ne t'effraie pas, dit Harimohini d'un ton rassurant. Je n'ai pas été lui chercher querelle. En réfléchissant pendant que j'étais seule, j'ai eu l'idée d'aller le trouver pour écouter ses sages avis. Dans le courant de la conversation, nous t'avons nommée et j'ai vu que son opinion coïncidait avec la mienne. Il considère comme mauvais pour une jeune fille de tarder trop à se marier ; en fait, il remarque que cette condition est en contradiction avec les Écritures. Les Européennes peuvent attendre pour se marier, mais non les hindoues. Je lui ai parlé très franchement de notre Kailash et j'ai trouvé très juste son jugement. »

Sucharita croyait mourir de honte pendant ce discours. Harimohini continua : « Tu le respectes comme ton guru ; tu dois donc suivre ses conseils. »

Comme Sucharita se taisait, Harimohini reprit : « Je lui ai dit : "Venez, je vous prie, lui parler vous-même, car elle ne m'écoute pas." Il m'a objecté : "Non, je ne dois plus la revoir, c'est défendu par nos lois." Alors j'ai dit : "Que faire dans ce cas ?" Et cette fois, il a de sa propre main écrit quelques mots pour que je te les donne. Les voilà. »

Et elle prit lentement le papier noué dans son sari, le déplia et le tendit à Sucharita.

En le lisant, Sucharita eut l'impression de suffoquer et elle s'assit, rigide comme si elle eût été de bois. Rien dans la lettre ne lui paraissait nouveau ou déraisonnable, elle n'était pas hostile au point de vue soutenu par Gora. Mais que l'avis lui soit envoyé personnellement et lui soit transmis par Harimohini suggérait un sens qui la blessait de plusieurs façons. Pourquoi cet ordre de Gora lui parvenait-il justement ce jour-là ? De toute évidence, le temps viendrait où elle serait obligée de se marier ; pourquoi Gora avait-il hâte d'avancer cette date ? L'ouvrage qu'il avait entrepris en ce qui la concernait était-il achevé ? Portait-elle ombrage à Gora dans l'exercice de ses devoirs ou constituait-elle un obstacle à l'accomplissement de sa tâche ? N'avait-il plus rien à lui donner ni plus rien à espérer d'elle ? Elle du moins n'en jugeait pas ainsi, elle attendait encore quelque chose de lui.

Sucharita cherchait à dominer la douleur affreuse qui l'étreignait ; mais elle ne s'avisait d'aucune consolation. Harimohini lui laissa le loisir de méditer ; elle alla faire sa sieste habituelle ; à son réveil, elle retrouva Sucharita dans l'attitude même où elle l'avait laissée.

« Radha, dit-elle, pourquoi es-tu ainsi songeuse, ma chérie ? Qu'est-ce qui provoque tant de réflexion ? Gourmohan Babou a-t-il écrit quelque chose qui te choque ?

– Non, dit Sucharita, ce qu'il écrit est très vrai.

– Alors, mon enfant, s'écria Harimohini soulagée, pourquoi de nouveaux délais ?

« – Non, je ne veux rien retarder, je vais aller faire une petite visite à Père.

– Écoute, Radha, objecta Harimohini, ton père ne désire pas que tu te maries dans la société hindoue, mais ton guru…

– Tante, interrompit Sucharita avec impatience, pourquoi insistez-vous toujours ? Je ne vais pas du tout consulter Père sur mon mariage. J'ai simplement envie de le voir. »

Le seul secours que Sucharita pût envisager, elle le trouverait auprès de Paresh Babou. En arrivant chez lui, elle le surprit en train de remplir une malle : « Que faites-vous, Père ? demanda-t-elle.

– Petite mère, je vais, pour changer un peu, m'en aller à Simla, dit Paresh Babou en riant. Je partirai demain matin. »

Le rire léger de Paresh Babou cachait la révolte qu'il éprouvait et que Sucharita n'ignorait pas. À son foyer, sa femme et au-dehors tous ses amis ne lui accordaient pas un instant de répit. S'il ne s'éloignait pas pour recouvrer un peu la paix, il serait entraîné dans un tourbillon de reproches et de discussions.

Sucharita subit un choc quand elle le vit en train de préparer lui-même ses bagages pour partir le lendemain ; elle souffrait de penser qu'il ne se trouvait plus personne dans sa famille pour l'aider à cette besogne. Elle l'obligea à s'arrêter, vida complètement la malle ; puis elle plia soigneusement les vêtements et, prenant les livres qu'il emportait toujours, les emballa de manière à ce qu'ils ne s'abîment pas dans le trajet. Tout en se livrant à cette occupation, elle demanda doucement : « Père, partez-vous seul ?

– Je n'ai pas besoin d'être accompagné, assura Paresh Babou, devinant le chagrin que cachait la question.

– Père, j'irai avec vous », dit Sucharita.

Il la regarda et elle ajouta : « Je promets de ne pas vous gêner.

– Pourquoi parles-tu ainsi ? As-tu jamais été une gêne pour moi, ma petite mère ?

– Quand je ne suis pas près de vous, Père, je ne sais pas me conduire, insista Sucharita. Il y a bien des choses que je ne suis pas encore capable de comprendre, et si vous ne me les expliquez pas, je me noie. Père, vous me dites de me servir de ma propre intelligence ; mais je ne suis pas intelligente, mon esprit n'a pas de vigueur. Emmenez-moi, Père. »

Et elle se détourna en se penchant vers la malle, tandis que ses larmes débordaient.

CHAPITRE LXXVIII

Quand Gora eut remis entre les mains de Hari-mohini les quelques lignes qu'il avait écrites, il eut l'impression d'avoir, par l'envoi de ce texte, mis fin à ses relations avec Sucharita. Pourtant il ne suffit pas d'un document ou d'un acte écrit pour abolir ce qui est. Quoique Gora eût signé son nom avec toute la force de sa volonté, son cœur refusait de souscrire à cette signature, il restait rebelle aux ordres donnés. Si rebelle que, soudain, Gora décida de courir le soir même chez Sucharita. Mais, au moment où il partait, il entendait la cloche du temple voisin sonner dix heures, et il se rendit compte subitement qu'à cette heure toute visite était impossible. Ensuite, il demeura étendu, mais éveillé, à écouter l'horloge sonner successivement les heures de la nuit ; finalement, il n'était pas allé comme il l'avait d'abord résolu passer la nuit dans la villa au bord du Gange ; il avait fait prévenir qu'il arriverait seulement le lendemain matin.

Il s'y rendit en effet le lendemain. Mais où étaient cette force et cette pureté d'esprit qu'il voulait apporter à la cérémonie ? Plusieurs pandits étaient déjà présents et l'on en attendait d'autres.

Gora les accueillit chaudement ; eux, de leur côté, accordèrent les louanges les plus hautes à la foi si ferme de Gora en la religion éternelle. Le jardin se remplit peu à peu d'agitation et Gora y circulait pour prendre toutes les dispositions nécessaires. Mais au milieu du bruit et de l'activité, une pensée unique revenait sans cesse à son esprit, montant du plus profond de son cœur : « Tu as eu tort. Tu as eu tort. »

Ce tort ne consistait pas en la violation de règles et de rites, ce n'était pas une faute contre les *shastras** ou une infraction aux pratiques religieuses, c'était un tort commis par lui-même contre lui-même. Aussi toute son âme se révoltait devant les préparatifs de la cérémonie.

L'heure de la commencer approchait. Sur le terrain où devait se célébrer le service, on avait monté un dais soutenu par des piquets de bambou. Mais juste à l'instant où Gora, qui venait de se baigner dans le Gange, revêtait son costume de soie, un remous se produisit dans l'assistance ; une sorte de malaise parut se répandre. Enfin, Abinash, l'air affolé, vint trouver Gora et lui dit : « La nouvelle arrive de chez vous que Krishnadayal Babou est gravement malade. On a envoyé une voiture qui doit vous ramener immédiatement. »

Gora se précipita pour partir ; comme Abinash voulait l'accompagner, il l'en détourna : « Non, il faut

---

* *Shastra* : recueil de préceptes religieux, traité technique ou didactique faisant autorité, doctrine sacrée.

que vous restiez ici pour recevoir les invités ; il est impossible que vous vous absentiez aussi. »

En entrant dans la chambre de Krishnadayal, Gora vit son père couché sur son lit tandis qu'Anandamoyi lui massait doucement les jambes. Il jeta sur tous deux un coup d'œil anxieux. Krishnadayal lui fit signe de s'asseoir sur une chaise qu'on lui avait préparée.

« Comment va-t-il ? demanda Gora à sa mère, dès qu'il fut assis.

– Un peu mieux ; nous avons appelé le médecin européen. »

Sochi et un domestique étaient aussi dans la chambre ; de la main, Krishnadayal leur montra la porte. Quand il se vit seul avec Anandamoyi et Gora, il regarda le visage de sa femme, puis, se tournant vers Gora, dit d'une voix faible : « Mon heure est venue. Ce que je t'ai si longtemps caché, il faut que je t'en informe avant de mourir · autrement je ne mourrais pas en paix. »

Gora pâlit, mais demeura immobile et muet.

Le silence régna un long moment. Puis Krishnadayal reprit : « Gora, à cette époque, je n'avais pas de respect pour notre société, voilà pourquoi j'ai commis cette grave erreur. Et, quand elle eut été commise, il n'y avait pas de retour en arrière. »

De nouveau, il se tut. Gora non plus n'ouvrit pas la bouche, il attendait.

« Je pensais qu'il serait toujours inutile de t'avertir et que les choses continueraient ainsi indéfiniment. Maintenant, je vois que c'est impossible. Comment pourrais-tu, après ma mort, prendre part à mes funérailles ? »

Sans aucun doute, la volte-face de Krishnadayal s'expliquait par cette perspective. Gora sentait croître son impatience de savoir et, se tournant d'un air interrogateur vers Anandamoyi, il questionna : « Dites-moi, Mère, que signifie tout cela ? N'aurais-je pas le droit de suivre les funérailles de mon père ? »

Jusqu'à cet instant, Anandamoyi était demeurée assise, la tête baissée, les membres rigides ; à cette question, elle leva les yeux, chercha le regard de Gora et répondit : « Non, mon enfant, tu n'as pas ce droit.

— Ne suis-je pas son fils ? interrogea Gora avec un tressaillement.

— Non », dit Anandamoyi.

Avec la force explosive d'une éruption volcanique, Gora questionna encore : « Mère, n'êtes-vous pas ma vraie mère ? »

Le cœur d'Anandamoyi se brisait tandis qu'elle répondait d'une voix éteinte et sans larmes : « Gora, mon enfant, tu es mon fils unique ! Je suis une femme sans enfant, mais tu es mien plus encore que n'eût pu l'être un fils issu de mes entrailles.

— Alors, d'où vous suis-je venu ? demanda Gora en regardant de nouveau Krishnadayal.

— C'était lors de la mutinerie, commença Krishnadayal, pendant que nous étions à Etawa. Ta mère, qui te portait alors, vint un soir, craignant les Cipayes, chercher un refuge dans notre maison. Ton père avait été tué la veille en combattant. Il s'appelait…

– Je n'ai pas besoin de savoir son nom, cria Gora, je n'ai pas envie de savoir son nom. »

Krishnadayal s'arrêta, frappé de l'extrême émotion de Gora. Puis il ajouta simplement : « Il était irlandais. Cette nuit même ta mère mourut peu après ta naissance. Depuis tu as été élevé à notre foyer. »

En une seconde, tout son passé parut à Gora une sorte de songe fantastique. Les fondements sur lesquels depuis l'enfance il sentait reposer sa vie s'étaient subitement réduits en poussière ; il ne savait plus où il était ni ce qu'il était. Les jours écoulés lui semblaient dépourvus de toute substance et l'avenir brillant qu'il avait su passionnément imaginer s'évanouissait. Il avait l'impression d'être une de ces gouttes de rosée qui brillent un instant sur une feuille de lotus et que le soleil fait évaporer. Il n'avait ni mère, ni père, ni pays, ni nationalité, ni famille, ni même un dieu. Tout ce qui lui restait, c'était une vaste négation. À quoi s'appuyer ? Quelle œuvre entreprendre ? D'où recommencer sa vie ? Vers quel but fixer son regard ? Où puiser peu à peu des éléments pour un travail nouveau ? Gora se taisait, accablé par ce vide où se perdait toute orientation possible, et l'expression de son visage interdisait qu'on lui adresse la parole.

Sur ces entrefaites le médecin anglais arriva, accompagné par son collègue bengali. Le médecin considéra Gora avec autant d'attention que son patient même ; surpris, il cherchait ce que pouvait bien être cet extraordinaire adolescent. Car Gora portait encore sur son front la marque de boue sacrée du Gange et le *dhuti* de soie qu'il avait revêtu au sortir du bain rituel. Il n'avait pas de chemise et son corps puissant se montrait sous la chape jetée sur ses épaules. À tout autre moment, à la vue d'un Anglais, Gora aurait éprouvé une antipathie instinctive. Mais ce jour-là, pendant que le médecin examinait le malade, Gora l'examinait lui-même avec un vif intérêt. Il se posait et se reposait la question de savoir si c'était là la personne présente qui lui était le plus apparentée.

Après avoir questionné et examiné le malade, le médecin déclara : « Ma foi, je n'aperçois pas de danger immédiat. Le pouls ne m'inquiète pas et il ne semble pas y avoir de lésion organique. Avec des soins, les symptômes actuels doivent disparaître. »

Quand le médecin fut parti. Gora se leva sans mot dire et il s'apprêtait à se retirer quand Anandamoyi rentra rapidement dans la chambre. Elle saisit la main de Gora en s'écriant : « Gora, mon chéri, ne m'en veuille pas, tu me briserais le cœur.

– Pourquoi m'avez-vous si longtemps tenu dans l'erreur ? Quel mal y aurait-il eu à m'informer de la vérité ?

– Mon enfant, dit Anandamoyi assumant tout le blâme, j'ai commis cette faute mue par la crainte de te perdre. Si, aujourd'hui, tu me quittes tout de même, je n'accuserai que moi ; mais, mon enfant chéri, j'en mourrai.

– Mère ! »

Voilà tout ce que Gora fut capable d'articuler comme réponse ; mais à ce seul mot et à l'accent dont il fut prononcé, toutes les larmes qu'Anandamoyı avait tant d'années refoulées se mirent à couler.

« Mère, il faut que j'aille chez Paresh Babou, dit Gora au bout d'un instant.

– Très bien, mon chéri, vas-y », dit Anandamoyi dont le cœur était délivré d'un poids écrasant.

Krishnadayal cependant s'inquiétait gravement d'avoir, sans que sa vie fût immédiatement menacée, confié son secret à Gora. Avant que celui-ci sortît, Krishnadayal lui dit : « Écoute, Gora, je ne vois pas la nécessité que tu répandes la nouvelle. Simplement, conduis-toi avec circonspection, mais agis à peu près comme tu avais coutume de le faire. Personne n'a besoin d'en savoir davantage. »

Gora partit sans répondre à cette suggestion ; l'idée que Krishnadayal n'était pas son père lui apportait un réel soulagement.

Mohim n'avait pu s'absenter du bureau sans avoir prévenu ; aussi, après avoir pris les mesures nécessaires pour faire soigner son père et appeler les médecins, était-il allé demander un congé. Il revenait quand il rencontra Gora sortant de la maison : « Où vas-tu ? demanda-t-il.

– Les nouvelles sont bonnes, répondit Gora. Le médecin dit que la vie n'est pas en danger.

– Quelle chance ! dit Mohim soulagé. C'est après-demain que Sochi doit se marier. Gora, il faut que tu t'occupes des préparatifs. Et puis, écoute-moi, préviens Binou de ne pas venir ce jour-là ; Abinash est un hindou très strict ; il a spécialement insisté pour qu'on n'invite pas au mariage des gens de cette espèce. Il y a autre chose dont je veux te prévenir, frère, j'ai invité le sahib qui dirige mon bureau ; tu seras bien aimable de ne pas l'accueillir avec des bourrades. Inutile de faire de grands efforts ; il suffira que tu le salues et lui dises : "Bonjour, Monsieur" Rien dans les Écritures ne te l'interdit. Au besoin tu peux t'en informer auprès des pandits. Comprends, mon garçon, que ce sont eux les maîtres et qu'il n'y a pas de honte à s'abstenir de manifester de l'orgueil. »

CHAPITRE LXXIX

Pendant que Sucharita tentait de cacher ses larmes en se penchant sur la malle qu'elle remplissait, un domestique vint annoncer que Gourmohan Babou était là. Séchant en hâte ses yeux, elle interrompit sa besogne à l'instant où Gora entrait dans la pièce. La boue sacrée du Gange marquait encore son front et il portait encore son vêtement de soie. Il n'avait pas donné une pensée à son aspect extérieur et sa toilette était de celles dans lesquelles personne n'aurait songé à faire une visite. Sucharita se rappela la façon dont il était vêtu lors de sa première apparition chez eux ; elle savait que, ce jour-là, il était venu dans une tenue de combat et elle se demanda si cette fois encore son accoutrement avait une signification belliqueuse.

En entrant, Gora s'agenouilla devant Paresh Babou et, posant la tête sur le sol, prit la poussière de ses pieds. Paresh Babou s'écarta, gêné, et releva le jeune homme en protestant : « Voyons, voyons, mon enfant, asseyez-vous.

— Paresh Babou, cria Gora, mes liens sont tombés.

— Vos liens, fit Paresh Babou sans comprendre.

– Je ne suis pas un hindou, expliqua Gora.

– Pas un hindou ?

– Non, je ne suis pas un hindou, poursuivit Gora. Aujourd'hui, on m'a appris que je suis un enfant trouvé au temps de la mutinerie. Mon père était un Irlandais. D'une extrémité à l'autre de l'Inde, les portes de tous les temples me sont fermées ; par tout le pays, il n'y a plus de place pour moi dans une cérémonie hindoue. »

Paresh Babou et Sucharita confondus étaient incapables de prononcer un mot.

« Aujourd'hui, Paresh Babou, je suis libre. Je n'ai plus à redouter la contamination ou la perte de ma caste. Je n'ai plus à examiner sans cesse ce qui m'environne pour préserver ma pureté. »

Sucharita jeta un long regard au visage resplendissant de Gora, tandis qu'il poursuivait : « Paresh Babou, jusqu'ici de toutes mes forces, j'ai essayé de concevoir nettement l'Inde. À chaque détour du chemin, j'y trouvais des obstacles, et jour et nuit, je tentais de transformer ces obstacles en objets de dévotion. Afin de fonder solidement cette dévotion, j'ai dû renoncer à toute autre tâche ; je me vouais uniquement à ce devoir. Aussi, chaque fois que je me trouvais en face de l'Inde véritable, je me détournais avec effroi. Comme je me faisais de l'Inde une idée préconçue, que cette imagination était imperméable à la réalité et à la critique, j'étais constamment en lutte contre tout ce qui aurait contredit mon effort pour maintenir ma foi pleine et entière en cette forteresse inexpugnable. Aujourd'hui, en une minute,

cette forteresse créée par mon imagination s'est évanouie comme un rêve. Cette liberté absolue qui m'est
donnée m'a placé subitement au centre même de la
vérité. Tout ce qui est bon ou mauvais dans l'Inde,
toute sa joie ou sa douleur, toute sa sagesse et sa folie
affluent ensemble à mon cœur. Maintenant, j'ai véritablement le droit de la servir, car le champ où l'on
peut véritablement œuvrer pour elle s'ouvre devant
moi. Et le but n'est plus une simple création de ma
fantaisie, c'est le bonheur de trois cent millions d'enfants de l'Inde. »

L'idée nouvelle que Gora venait de concevoir
donnait à ses paroles un accent d'enthousiasme tel
que Paresh Babou en fut bouleversé ; il ne put rester
assis, il se leva pour écouter Gora.

« Comprenez-vous ce que j'essaie de formuler ?
Ce que jour et nuit j'aspirais à être sans y parvenir, je
le suis soudain devenu. Aujourd'hui, je suis vraiment
le fils de l'Inde entière. En moi ne s'opposent plus
l'hindou, le musulman et le chrétien. Aujourd'hui
toutes les castes de l'Inde sont ma caste, toutes les
nourritures, ma nourriture. Voyez, j'ai voyagé à travers le Bengale, j'ai accepté l'hospitalité des
demeures villageoises les plus humbles ; ne croyez
pas que je me suis contenté de discourir devant des
auditoires urbains. Pourtant, jamais je ne me suis
assis auprès de mes hôtes sur un pied d'égalité. Toujours, je sentais à mes côtés un fossé invisible qui me
séparait d'eux et je n'ai jamais pu le franchir. Aussi
dans mon esprit subsistait une lacune que je tentais
de masquer par des artifices variés. Cette lacune, je

voulais la parer d'un décor artistique. Parce que j'aimais l'Inde plus que la vie elle-même, j'étais incapable de supporter la moindre critique venant de ce fragment d'elle-même que je connaissais. Maintenant que me voici délivré de ce vain effort pour embellir le vide, je sens, Paresh Babou, que je recommence à vivre.

– Quand nous accédons à la vérité, dit Paresh Babou, notre âme s'épanouit malgré sa faiblesse et ses imperfections ; nous n'éprouvons plus l'envie de déguiser cette vérité par de vains oripeaux.

– Savez-vous, Paresh Babou, la nuit dernière, j'adressais à Dieu une fervente prière pour aborder ce matin une nouvelle existence. J'implorais la destruction de tout ce qu'il y avait de faux ou d'impur dans ce qui constituait ma vie depuis l'enfance ; j'implorais de renaître. Dieu n'a pas entendu ma prière dans le sens que je prévoyais. Il m'a frappé de stupeur par la soudaineté avec laquelle Il m'a révélé Sa vérité. Jamais je n'avais rêvé qu'Il effacerait mon impureté de façon si foudroyante. Aujourd'hui, je suis si pur que je ne puis plus redouter de souillure même au foyer d'un homme de la plus basse caste. Paresh Babou, ce matin, le cœur dépouillé de tout préjugé, je me suis prosterné aux pieds de l'Inde, ma mère. Après une si longue attente, j'ai compris enfin ce qu'on appelle le sein maternel.

– Gora, dit Paresh Babou, entraînez-nous pour que nous partagions avec vous notre patrimoine commun, la paix dans son sein maternel.

– Savez-vous, demanda Gora, pourquoi en me trouvant libéré ce matin, mon premier geste a été de venir vers vous ?

– Pourquoi ?

– Parce que c'est vous qui connaissez le *mantra* de cette liberté, expliqua Gora, et c'est pour cette raison que vous ne trouvez votre place dans aucun groupe. Faites de moi votre disciple, communiquez-moi le *mantra* de cette Divinité qui appartient à tous également, à l'hindou, au musulman, au chrétien, au brahmo, cette Divinité qui ne ferme à nul homme, à nulle caste, les portes de son temple, Celui qui n'est pas seulement le Dieu des hindous, mais le Dieu de l'Inde tout entière. »

Une expression tendre et profonde de piété illuminait le visage de Paresh Babou, et, baissant les yeux, il se recueillit quelques instants en silence.

Alors Gora se retourna vers Sucharita, assise, immobile : « Sucharita, dit-il avec un sourire, je ne suis plus votre guru. Mais je vous adresse une prière : prenez ma main pour me conduire vers votre vrai guru », et il lui tendit la main droite.

Sucharita se leva, plaça la main dans celle de Gora ; ils s'avancèrent vers Paresh Babou, et tous deux ensemble se prosternèrent en un profond hommage.

ÉPILOGUE

Quand ce soir-là Gora rentra chez lui, devant sa chambre, il trouva Anandamoyi assise dans la véranda. Il s'approcha, s'assit près d'elle et posa la tête à ses pieds. Anandamoyi lui releva le front et l'embrassa.

« Mère, dit Gora, vous êtes ma mère. La mère imaginaire que je cherchais dans mes voyages et mes vagabondages, elle était assise au foyer devant ma chambre. Vous n'avez pas de caste, vous ne faites pas de différence entre les hommes, vous ne méprisez personne, vous êtes seulement la Bonté incarnée. Pour moi, l'Inde c'est vous. »

« Mère, reprit Gora après une pause, voulez-vous appeler Lachmiya et lui demander un verre d'eau pour moi ? »

Alors, d'une voix très douce où l'on sentait des larmes, Anandamoyi murmura : « Gora, tu veux bien ? Je fais chercher Binoy. »